정전 형성의
논리

글쓴이

강상순 姜祥淳 Kang, Sang-soon 고려대학교 민족문화연구원 HK교수

권오현 權伍鉉 Kwon, Oh-hyun 서울대학교 독어교육과 교수

기현주 奇賢珠 Ki, Hyun-joo 세종대학교 초빙교수

김승우 金承宇 Kim, Seung-u 고려대학교 민족문화연구원 HK연구교수

김윤희 金允姬 Kim, Yun-hee 고려대학교 강사

김장환 金長煥 Kim, Jang-hwan 연세대학교 중어중문학과 교수

김풍기 金豊起 Kim, Pung-gi 강원대학교 국어교육과 교수

박상진 朴商辰 Park, Sang-jin 부산외국어대학교 이탈리아어과 교수

백승욱 白勝旭 Baik, Seung-wook 고려대학교 민족문화연구원 선임연구원

송상기 宋相錡 Song, Sang-kee 고려대학교 서어서문학과 교수

안영희 安英姬 An, Young-hee 계명대학교 국제학연구소 연구원

오윤선 吳侖鮮 Oh, Yoon-sun 한국교원대학교 국어교육과 부교수

윤혜준 尹惠浚 Yoon, Hye-joon 연세대학교 영어영문학과 교수

이석호 李錫虎 Lee, Seok-ho (사)아프리카문화연구소장

이영섭 李永燮 Lee, Young-sub 성공회대학교 외국학연구소 HK연구교수

이형대 李亨大 Lee, Hyung-dae 고려대학교 국어국문학과 교수

문화동역학라이브러리 14
정전 형성의 논리

초판인쇄 2013년 8월 25일 **초판발행** 2013년 8월 31일
엮은이 이형대 **펴낸이** 박성모 **펴낸곳** 소명출판 **출판등록** 제13-522호
주소 서울시 서초구 서초동 1621-18 란빌딩 1층
전화 02-585-7840 **팩스** 02-585-7848 **전자우편** somyong@korea.com **홈페이지** www.somyong.co.kr

값 37,000원   ⓒ 이형대 외, 2013

ISBN 978-89-5626-909-2 94800
ISBN 978-89-5626-851-4 (세트)

이 책은 2007년 정부(교육과학기술부)의 재원으로 한국연구재단의 지원을 받아 수행된 연구임(NRF-2007-361-AL0013)

고려대학교 민족문화연구원
문화동역학 라이브러리 14

정전正典 형성의 논리

Logics of Canon Formation

이형대 엮음

문화동역학 라이브러리 문화는 복합적이고 역동적인 구성물이다.
한국 문화는 안팎의 다양한 갈래와 요소가 상호작용하는 과정을 통해 끊임
없이 변화해왔고, 변화해 갈 것이다. 고려대학교 민족문화연구원이 주관
하는 이 총서는 한국과 그 주변 문화의 복합적이고 역동적인 양상을 추적하
고, 이를 통해 한국 문화는 물론 인류 문화에 대한 새로운 통찰과 그 다양성
의 증진에 기여하고자 한다. 문화동역학(Cultural Dynamics)이란 이
러한 도정을 이끌어 가는 우리의 방법론적인 표어이다.

소명출판

책머리에

이 책은 고려대학교 민족문화연구원의 HK 기획연구팀 가운데 하나인 '정전 형성의 비교문화론적 탐구'팀(이하 정전연구팀)의 연구 성과를 기축으로 하면서, 이 팀과 문제의식을 공유할 수 있는, 호의적인 필자들의 참여에 의해 엮어 졌다.

수록된 글들은 그 관심 영역이 다양하기 때문에 다소 산만해 보일 수도 있는데, 이에 대해서는 약간의 해명이 필요할 듯하다. 오늘날 상당수의 정전 연구는 주로 르네상스 이후 서구의 근대 기획과 관련하여 성립된 정전 체계에 대한 비판과 맞물려 있다. 우리는 이러한 근대적 정전화 장치가 지닌 문제점과 이의 극복을 위한 대안의 모색에 공감하면서도, 정전 연구를 좀 더 근본적으로 검토해 볼 필요를 느꼈다.

사실, 경합하는 복수의 텍스트가 존재하고, 다양한 외재적 요인들이 관여하는 가운데 텍스트에 대한 선택과 배제의 논리가 작동한다면 정전화 과정은 특정한 시대나 장소를 떠나서 어디서건 진행되었다고 할 수 있다. 따라서 우리는 현행 정전 연구의 현재중심주의적 편향을 극복하고자 하였다. 이에 따라 연구의 시야를 시기적으로는 근대 이전의 중세나 고대까지, 공간적으로는 비서구 지역의 다양한 문명권까지, 대상 텍스트로는 협애화 된 근대적 의미의 문학텍스트를 넘어 인문학텍스트 전반으로, 확장하고자 하였다. 이야말로 정전화의 작동 방식 및 존재 양상에 대한 실사구시적 접근 태도이며, 그간 서구 중심으로 수행된 정전의 이론을 비판적으로 성찰하고, 타자적 맥락에서 재구성할 수 있는 토대를 제공할 수 있기 때문이다.

정전 형성의 사회문화적 조건이 다르기 때문에 각 문명권이나 지역 국가에 따라, 그리고 시대에 따라 정전화 및 탈정전화의 양상은 다르게 나타날 수밖에 없다. 정전연구팀은 일차적으로 세계 각 지역에서 수행된 개별적 차원의 정전화에 대한 분석을 출발점으로 삼았다. 이 책에 중국 유가 경전의 역사적 변동 양상과 남부 아프리카 구전문학에 대한 시계열적 분석, 세계문학으로 발돋움하고 있는 라틴아메리카 문학의 정체성 해명에 대한 글이 나란히 실려 있는 이유가 바로 이 때문이다.

세계 각 지역의 정전화 과정에 대한 심층적 분석과 문명권 간 비교 연구를 통해 우리는 서구 중심으로 특권화 된 정전 논의를 해체하고, 전지구적 보편성을 확보할 수 있는 정전 논의의 새로운 지평을 열고자 하였다. 서구는 물론 비서구 지역과의 횡단적 소통과 연대를 통한 기존 정전의 재평가와 새로운 정전의 발굴, 바람직한 이론 창출을 위한 열린 논의 공간 확보 방안으로 국제학술지 발간을 의욕적으로 추진하였다. 그러나 예상치 못한 사정으로 이 일은 중단되고 말았으며, 이로 말미암아 연구팀도 차츰 활력을 상실하였다. 이런 점에서 이 책은 정전연구팀이 스스로의 연구 목표를 회고하는 지점이자, 목표 실현을 다시금 추동하기 위한 시발점이기도 하다.

이 책은 분석 대상의 지역적 경계를 근거로, 국내의 정전 형성 문제를 다룬 제1부와 국외의 정전화 과정을 다룬 제2부로 나뉜다. 제1부에는 정전 연구의 이론적 배경을 고찰하고, 한국 고전문학의 정전화 과정을 분석한 국내의 논문들을 수록하였다. 박상진은 정전 연구의 흐름과 그 이론적 기반을 계보학적으로 정리하면서 정전의 재구성을 위한 새로운 사유의 지점과 접근 방법을 제시하였다. 이 책의 문제의식과 직결되어 있는 글이라고 할 수 있다. 한편, 문학 정전에 관여하는 비평이론의 작동 방식에 대해서는 비교적 잘 알려져 있다. 그런데 비평이론 자체의 정전화도 가능한 것인가. 윤혜준의 논문은 이 문제를 다각도로 검토하고 있다. 김풍기의 글은 고전의 번역과 재해석의 문제를 다루고 있다. 고전이 시·공간을 넘어 정전성을 유지하거나, 탈정전화하는 과정에서 필연적으로 개입될 수밖에 없는 번역과 해석의 기능에 대한 탐구이다.

이상의 논문들이 주로 정전화 과정에 대한 이론적 차원의 천착이었다면, 그 나머지 글들은 정전 형성의 실제 경로를 다양한 문학 양식들에서 밝혀낸 성과들이다. 이형대의 글은 국가 부재의 식민지적 상황에서 고시조가 정전의 반열에 오를 수 있었던 이념적 기반과 기타의 외재적 계기들을 해명한 것이다. 김승우의 논문은 고려가요를 대상으로 삼았다. 1930년대의 문학사 인식에서 상대적으로 공백기에 속했던 고려가요에 대한 이해의 체계를 정립하고, 작품집을 발간하여 정전화를 시도했던 김태준의 성과를 안확·조윤제와 비교하여 서술하였다. 김윤희는 『송강가사』의 근대적 재발견과 정전화 양상을 이병기의 비평활동과 관련하여 검토하였다. 강상순은 한국의 고전소설이 근대적인 정전 체계로 소환되는 과정을 단계적으로 제시하고 있다. 이러한 글들은 주로 아카데미즘의 차원에서 자국민의 고전 유산에 대해 재평가를 하고, 근대 국민국가에 대한 기획과 연관지어 정전화를 추동한 과정을 밝혀낸 것이다. 이에 비해 오윤선의 글은 19세기 말~20세기 초 외국인 선교사들이 타자의 시선에서 한국 고전문학을 선별, 그들 나름의 이해 체계를 투사하여 해석·번역하고, 이를 국외에 순환시켰던 양상을 다루고 있어 이채롭다.

제2부에는 세계 각 지역에서 실현되었거나 진행되고 있는 정전화 양상을 다룬 글들을 모았다. 김장환·이영섭은 선진시대부터 청 말까지의 장대한 역사 속에서 중국 유가경전의 구성과 변동 양상을 정치적 상황 및 학술 사상의 추이와 관련하여 구명하고 있다. 안영희는 일본 특유의 문학양식인 사소설이 정전화 되는 과정에서 국가, 독자, 젠더가 미친 작용을 분석하였다. 이석호의 글은 식민체제의 공식문학사에 의해 억압된 아프리카 본연의 구전문학 복원과 현대적 전유를 통해, 아프리카 원주민의 입장에서 역사 다시쓰기 운동이 전개되고 있는 양상을 소개한 것이다. 백승욱은 두 편의 글을 보내 왔다. 첫 번째 논문은 중세시대에 성립된 스페인의 문학 정전이 장기간의 사회·역사적 변화에도 불구하고 그 전체적인 면모를 유지해왔던, 특이한 역사를 기술한 것이다. 두 번째 논문에서는 라틴 아메리카 문학 정전을 둘러싼 쟁점적인 사안을 소개하고, 새로이 정전으로 자리매김 될 수 있는 라틴 아메리카의 주요 문학 장르들을 검토하였다. 송상기는 최근 라틴 아메리카 몇몇 작가의 작품이 곧장 세계문학의 정전이 되는 현상의 배후에는 전통문화에 대한 뿌리 없음의 인식과 지정학적인 주변부의 위치가 새로운 창조력의 원천으로 작동하고 있음을 설득력 있게 제시하였다.

정전의 문제는 문학교육 분야에서도 주된 관심사 가운데 하나인데, 권오현은 현재적 삶과 연관된 문학의 실천 가치를 높이기 위해 독일의 국어교육에서의 탈정전화 경향과 대체정전 목록의 선별과정을 소개하여, 한국의 문학교육에 기여하고자 하였다. 기현주는 최근 급속하게 다문화사회로 전환되어 가는 한국사회의 영문학 교육에서도 지역 정전 확립의 필요성을 역설하면서 필리핀계 미국인 작품을 통한 탈식민주의적 작품 읽기의 모델을 제시하고 있다.

정전연구팀의 활동과정에서 개최한 국제학술회의나 초청발표회 및 세미나 등에서 발표된 글들 중에 이 책에 미처 수합되지 못한 것이 상당수 있어 아쉬움이 남는다. 그나마 이 정도의 분량으로 책을 엮을 수 있도록 옥고를 보내준 필진들에게 감사의 마음을 전한다. 정전의 문제의식은 현실에 대한 비판적 인식 가운데 벼려지며, 더 나은 삶과 공동체를 위한 미래의 기획 속에서 실현된다. 따라서 우리가 풀어야 할 과제는 여전히 막대하다.

끝으로 정전연구팀의 연구 활동을 지원해준 민족문화연구원과 예쁜 책으로 다듬어 준 소명출판에 감사드린다. 이 책의 얼개를 짜고, 원고를 수합하는 과정에서는 박상진 교수와 김승우 선생이 수고를 아끼지 않았다. 특별히 고마운 마음 전한다.

2013년 8월의 끝자락에,
필자들을 대신하여 이형대 씀

차례

—1부—

정전(연구)의 새로운 지평
정전성의 정치학
박상진

(비평)이론과 정전, (비평)이론의 정전
윤혜준

고전의 번역과 대중화, 그 현실과 전망
김풍기

1920~30년대 시조의 재인식과 정전화 과정
이형대

김태준의 시가사 인식과 고려가사의 정전화 양상
김승우

『송강가사』에 대한 가람 이병기의 비평과 정전화의 실제
김윤희

고전소설의 근대적 재인식과 정전화 과정
1920~30년대를 중심으로
강상순

19C말~20C초 영역 작업을 통해 본
외국인의 한국 고전문학 인식
오윤선

정전(연구)의 새로운 지평*

정전성의 정치학

박상진

1. 정전의 정전성

이 글의 목표는 크게 두 가지다. 하나는 그동안 정전(正典 / canon)이라 불리는 것에 대해 주로 서양에서 연구해온 흐름을 정리하면서 그 공과를 평가하는 것이고, 다른 하나는 그 평가 위에서 정전에 대한 새로운 접근의 필요성을 역설하고 그 방향을 제안하려는 것이다.

일반적으로 정전이라는 용어는 특히 학교 교과과정 속에서 공인된 텍스트나 해석 혹은 모방할 만한 가치가 있다고 널리 인정받은 텍스트를 뜻한다.[1] 거기서 나온 정전이라는 용어는 표준과 기준, 기원을 함의

---

*   이 글은 「정전 연구의 새로운 지평 : 정전성의 정치학」(『민족문화연구』 55호, 고려대 민족문화연구원, 2011)을 수정 · 보완하여 재수록한 것이다.
1   하루오 시라네 · 스즈키 도미(2002 : 18).

한다. 정전의 개념을 구성하는 이런 함의들은 모두 고정된 것, 선험적인 것, 불변의 것이라는 속성을 공통적으로 지닌다. 이런 속성은 우리에게 안정된 지침을 주지만, 또한 우리를 그 안정성 속에서 도사리게 만들기도 한다. 다른 한편 우리는 정전을 더욱 유연하고 열린 차원에서 다시 생각할 필요가 있다. 정전이라는 개념 자체가 그러한 유연성과 열림을 내재한다고 생각할 수 있어야 한다. 정전의 정전성 자체를 새롭게 문제로 제기할 때 우리는 정전을 역사와 사회, 문화의 맥락에 따라 유연하게 변용하는 실체로 상상할 수 있다. 변용하는 실체라는 모순적인 어법이 정전의 열림, 열려있는 정전이라는 문제적인 개념을 추동시킨다.

역사적으로 정전은 그것이 지닌 원래적인 권위와 그에 대한 맹목적인 추종으로 지탱되어왔다. 그러나 그렇게 인정되는 정전들의 내부에서도 균열은 자리한다. 세계의 문학은 말할 것도 없고 한 국가의 문학 범주 내에서도 어떤 것이 정전이냐에 대한 합의는 말끔하게 정리되지 않은 것이 사실이다. 지금까지 소위 세계적인 정전이라 불리는 텍스트들은 대단히 다양한 국지적 차이들과 특수성들을 억압해왔다고 말할 수 있다.

20세기 초반 이후 미국문학 교육 현장에서 채택된 정전 혹은 세계문학의 목록은 그 점을 잘 보여준다. 1909년에 발간된 *The Best of the World's Classics*(ed. Henry Cabot Lodge)와 1910년에 발간된 *The Harvard Classics*(ed. Charles W. Eliot)는 그리스와 로마의 고전들과 당대까지 나온 미국 작품들을 적당히 버무린 형태를 취한다. 이는 정전에 대한 관심이 고전 연구로부터 근대 문화로 옮겨간 것을 증명해준다. 당대 독자들의 기호를 반영하려는 상업적인 이윤 동기가 우선 작동하고 있으나, 거꾸로 당시 높아진 교육열에 따라 지적, 도덕적인 성장을 도우려는 목적이 깔려있다. 형태는 버무린 것이지만 목적은 폭넓은 미국 대중의 지적 훈련이었다는 점에서 이 선집들이 겉으로 내보이는 세계시민주의적 경향은 사실은 토착문화 보호주의nativism의 요소들을 내재한다. 토착문화 보호주의는 폐쇄적이고 배타적인 성격을 띠고 있어서 미국이나 잘해야 서구에 중심을 두는 꼴을 내보인다.[2]

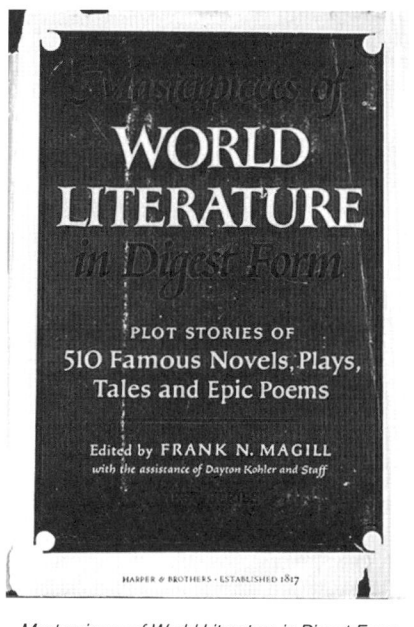

Masterpieces of World Literature in Digest Form

비슷하게 프랭크 마질Frank Magill이 1949년부터 1969년까지 총 4권으로 낸 *Masterpieces of World Literature in Digest Form*은 1,510권의 '명작'들을 수록하고 있으나, 여기서 말하는 '세계'는 서구를 가리킨다는 점을 간과할 수 없다. 처음 두 권에 수록된 1,010편의 작품들 중에서 단지 3편만이 비서구에서 쓰인 것들이며, 세계문학이 비서구까지 포함해야 한다는 요구가 나온 1960년대에 편집된 3권은 "서구 독자들이 오랫동안 무시한 세계문화의 영역인 동양문학의 광활한 저수지로부터 약간의

---

2 토착문화 보호주의와 지역성locality은 구별되어야 할 것이다. 20세기 초반 미국에서 논의되기 시작한 세계문학과 그를 부분적으로나마 받치는 세계시민주의는 토착문화 보호주의에 기반을 두고 있었다는 면에서 한계가 있다고 볼 수 있을 것이다.

The Harper Collins World Reader

작품들"을 포함시키고자 했고, 이어 나온 제4권에서도 비서구문학이 다소 포함되었다. 그러나 전체 1,008명의 작가들 중 23명, 단지 2.7%만이 비서구 작가였다.[3]

1956년에 나와 지금까지 미국 세계문학 강의에서 가장 널리 사용된 *The Norton Anthology of World Masterpieces*에서도 '세계'는 1985년 제5판까지는 서유럽과 미국을 의미했다. 1992년의 제6판에서는 '현대의 개척Contemporary Explorations'이라는 장을 마지막에 추가하여 비서구 작가들을 수록했다. 마질의 선집이 1,008명을 다룬데 비해 노튼 선집에서는 73명이 그들을 대표한다. 이들은 전통적인 영역(그리스, 로마, 이탈리아, 프랑스, 독일, 영국, 미국)에서 왔으며, 특이하게 세계적 명성을 받지 못한 남성작가들은 있어도 여성작가들은 한 사람도 없다가 1976년의 3판에 와서야 그리스의 여성작가 삽포를 넣게 된다. 또 수록된 작가들 사이에서도 비중은 한 쪽으로 쏠린다. 1976년판에서 다룬 102명의 작가들 중 1/3에 대한 서술이 전체 선집의 3/4을 차지한다.

1990년대에 들어서서 이런 편향된 징진 혹은 세계문학의 지형은 근 변화를 일으킨다. *The Harper Collins World Reader*(1994)는 475명의 작가들을 수록하면서 세계의 주요 문학 전통들과 함께 지역적인 전통들에도

---

3   David Damrosch(2003 : 120~124).

주목한다. 결과적으로 호메로스와 단테와 같은 서구 작가들에게는 이전보다 짧아진 지면을 할애하는 반면, 중국, 일본, 인도를 비롯하여 베트남, 싱가포르, 미크로네시아 같은 지역 출신 작가들을 포함시킨다. 이러한 변화는 노튼 선집에도 영향을 미친다. 2002년판 노튼 선집을 편집한 사라 라왈Sarah Lawall은 제목에서 '명작'을 '문학'으로 대체한다.(*The Norton Anthology of World Literature*)[4] 라왈은 유럽문학과 이론을 전공한 비교문학자로서, 기존의 세계문학 지형에 비판적이었으며 서구를 넘어선 '세계'에 큰 관심을 갖고 있었다.[5]

이러한 새로운 발전들은 문학 분야의 확장을 말해준다. 세계문학의 초점은 구세계로부터 전체 세계로, 시와 드라마, 픽션과 같이 대단히 한정된 문학으로부터 넓게 '문학적인 것'으로 옮겨진다. 그러나 그런 이동과 거기서 나타난 새로운 현상은 현재 우리에게 문학이 무엇인지, 정전이 무엇인지, 그들의 역할은 어떠한지 하는 새로운 문제들을 일으키고 있다.

정전 개념이 야기하는 문제는 역사적으로 정전의 설정 자체가 정전

---

4 *Norton Anthology of World Literature*. Sarah Lawall, Maynard Mack, Jerome W. Clinton, Robert Lyons Danly, Kenneth Douglas, Howard E. Hugo, Francis Abiola Irele, Heather James, Bernard M. W. Knox, John C. McGalliard, Stephen Owen, P. M. Pasinetti, Lee Patterson, Indira Viswanathan Peterson, Patricia Meyer Spacks, William G. Thalmann, René Wellek, Norton, 2003.

5 David Damrosch(2003 : 129). 그 밖에 *Longman Anthology of World Literature*(David Damrosch, David L. Pike, April Alliston, Marshall Brown, Page duBois, Sabry Hafez, Ursula K, Heise, Djelal Kadir, Sheldon Pollock, Bruce Robbins, Haruo Shirane, Jane Tylus, Pauline Yu, Longman, 2004 / 2009)와 *Bedford Anthology of World Literature*(David M. Jonson, Paul Davis, Garry Harison, John Crawford, Beford, 2003 / 2008)와 같은 선집들을 볼 수 있는데, 이 둘은 2000년대에 나온 것들임에 반해 노튼판은 1956년부터 시작해 2003년에 이르기까지 여러 판본들을 선보였기 때문에 미국에서 이루어진 세계문학 정전화의 과정을 살피는데 더 요긴하다.

의 정전성canonicity과 관계없이 혹은 거기서 비켜나서 이루어졌다는 점이다. 다시 말해 정전이 정전으로서의 자질을 갖추고 있느냐 하는 여부에 대한 면밀하고 충분한 검토가 없이 정전의 목록이 작성되었으며, 그것이 하나의 권위hegemony가 되어 보수적이고 배타적인 힘을 행사했던 것이다. 그러나 정전이 정전으로서의 자질을 갖추고 있느냐 하는 문제 자체는 자칫 정전이라는 개념을 이미 우리의 경험이나 검토 이전에 존재하는, 선험적인 것으로 취급하는 것이 아니냐 하는 논란을 일으킬 수 있다. 이에 대해 내놓을 수 있는 대답은 이러하다. 정전은 존재한다. 다만 그 존재 방식은 언제나 가변적이며, 비정전이 정전으로 되는 가능성을 전제로 한다. 바꿔 말해, 정전성이란 무릇 정전이 지녀야 할 내적, 외적 조건이지만, 그 정전성은 시대와 맥락에 따라 그 내용과 기준이 변화한다. 따라서 우리가 고려해야 할 것은 그동안 정전의 정의 혹은 형성이 방금 말한 '가변적 실체'로서의 정전성을 적절히 반영했는지 하는 점이다. 그러나 불행하게도 정전의 형성은, 앞에서 20세기 전체에 걸쳐 미국에서 일어난 정전 형성의 과정에서 보았듯, 정전의 맥락 의존성을 거의 살리지 못한 것으로 드러났다. 그 양상과 대안은 몇 가지로 정리할 수 있다.

첫째, 정전의 맥락 의존성을 살리지 못한 것은 근대(성)와 거기서 비롯된 제국주의와 그 이면으로서의 식민주의, 그리고 그들로 이루어진 세계화의 흐름과 관계가 깊다. 근대는 서구 문명 확장의 역사였고 식민의 역사였다. 근대의 첫 번째 기획은 기독교였고, 기독교의 세계화 비전에 따라 아메리카 대륙은 발견되고 통합되었다. 이는 문명화 사명, 즉 근대 유럽 국가들을 모델로 한 세계문명화 프로젝트로 이어졌다. 기독교의 세계화 기획은 유럽 르네상스와 근대성의 구성 요소, 그리고 그것의 어두운 측면인 식민성의 일부였다.[6] 이에 대한 비판으로 탈식민주의post-colonialism의 이념과 실천이 일어났고, 정전과 관련하여 그동안 탈식민주의의 문제의식과 지평 위에서 다뤄진 주제들은 오리엔탈리즘, 혼종, 서발턴, 비식민화decolonization, 다문화주의, 경계문화와 같이 대단히 다양하다. 탈식민주의는 그런 주제들과 관련하여 정전의 논의를 확장시키는 역할을 했다.[7] 하지만 탈식민주의는 현재 여러 측면에서 재정비와 재정립이 필요로 되는 상황에 처해있다.

둘째, 이와 관련하여 탈식민주의와 함께 세계시민주의cosmopolitanism가 정전의 지형을 변화시키는 주요한 이론의 장이 될 가능성을 점검해야 한다. 세계시민주의는 특히 21세기에 들어서서 보편과 특수, 전체와 부분, 내부와 외부, 주체와 타자, '세계'와 지역을 대화적 관계로 연결하려는 이론적, 정치적 논의를 펼치고 있으며, 그로 인해 네그리가 묘사하는, 우리를 둘러싼 전방적인 제국의 현실[8]을 교정할 유력한 담론으로 떠오르고 있다. 정전이 그동안 전술한 이분법적 쌍들에서 앞의 항목들에 봉사해왔다는 점을 생각하면, 세계시민주의가 제공하고자 하는 이분법적 분리의 '종합'은 기존의 정전을 포기하지 않으면서 동시에 새로운 정전을 발굴하고 정전 문제를 전면적으로 재검토하는 현재의 사업에 대단히 유용한 논점을 제공할 것이다.

셋째, 정전은 시장이라는 하나의 통국가적transnational 이념과 문명화

---

6   Walter D. Mignolo(2002 : 156).
7   Deborah L. Madsen(1999).
8   안토니오 네그리 · 마이클 하트(2001).

프로젝트로서의 신자유주의, 그리고 그들과 맞물린 계몽주의의 부활과 같은 현실적, 지적 환경의 지배에서 벗어나지 못했다. 시장이 통국가적이라고 하지만, 그 경우 국가라는 지역적 단위locality는 억압되거나 말살되는 지경에 다다르고, 신자유주의가 문명화를 지향한다고 하지만, 그 경우 문명은 소수의 적자만이 누리는 승자 독식의 전리품 같은 것이 되어가고 있다. 계몽주의의 부활은 이러한 모순을 합리화하는 철학으로 동원될 뿐이다. 이에 대해 우리는 진정한 통국가적 사고의 실천이 필요한 지점에 서 있다. 그것은 언어, 국가, 문화, 인종, 계급, 젠더 등이 형성하는 경계들을 횡단하는 것이다.

넷째, 세계문학World Literature은 괴테가 주조한 의도와는 별개로 정전을 형성하고 유지하는데 필요한 개념적 틀이자 현실적으로 동원된 장치이기도 했다. 세계의 문학 텍스트들은 세계문학으로 불리거나 세계문학 전집에 들어감으로써 정전으로 인정되었다. 그러나, 앞에서 보았듯, 세계문학에서 말하는 '세계'가 어떤 세계를 뜻하는지, 세계문학이 과연 문학적 가치를 반영하는지 하는 물음은 점점 더 커지고 있다. 현재 세계문학은 세계들의 문학들로 이루어져야 한다는 자각과 함께 문학 가치를 재수립하고, 그런 위에서 세계문학이 어떤 역할을 해야 하는지에 대한 논의가 활발하게 일어나고 있다. 세계문학이 세계와 문학을 바라보는 하나의 창문이자 문제의식으로 변신하는 이러한 과정에서 정전 문제의 논의도 새로운 전기를 맞을 것이다.

다섯째, 정전은 현재성contemporariness을 지닌다는 점을 강조할 필요가 있다. 정전은 과거 어느 시점에 확정되어 내려오는 실체가 아니라 계속적인 재점검과 재부여를 필요로 하는 과정적 개념이다. 이는 지금까지 정전으로 인정되어온 것들과 인정되어오지 않았던 것들의 문학 가치에 대한 전면적 재점검과 함께 구체적인 텍스트들의 정전화 가능성을 지속적으로 열어두어야 할 필요를 말한다.

이러한 문제의식들 혹은 문제들의 제기는 3절에서 정전 연구의 새로운 지평을 제시하는 작업과 직결될 것이다. 그전에 현재까지 이루어진 정전 연구에 직간접적으로 관련된 흐름을 정리하려 한다. 여기서는 그 흐름을 소개하면서 또한 그에 대한 비판점들이나 반대로 발전 가능성을 지닌 여러 논점을 제시하게 될 것이다. 이 작업은 전적으로 나의 관점을 중심으로 이루어진 것이며, 그렇기 때문에 그 자체로 과거의 정전 연구에 대한 일정한 개인적 해석의 방식을 취하고 있음을 밝혀둔다.

2. 서양 정전(연구)의 계보

앞 절에서 본 대로라면 서양의 정전 형성의 과거 역사는 일방적이고 배타적인 것이었음을 부정하기 어렵다. 그러나 다른 한편 서양에서는 그러한 정전 형성의 일방성과 배타성을 비판하고 극복하기 위한 이론적, 비평적, 제도적, 교육적 노력을 게을리하지 않았다는 점도 간과하지 말아야 할 것이다. 적어도 정전 형성과 그에 따른 문제들의 펼침이 서구의 역사와 공간에서 주도적으로 이루어졌다는 점을 생각할 때, 그 경험과 과정을 참조하고 발전적으로 적용하는 일은 어느 정도 필수적이라고 보인다. 이번 절에서는 서구의 몇몇 이론들을 중심으로 정전의 문제들을 적절하게 논의하는 길을 모색해보고자 한다.

하루오 시라네 콜롬비아대 교수는 역사적으로 서양의 정전 이론은 정전에 대해 크게 두 가지로 접근한다고 정리한다.[9] 첫째, 근본주의 fundamentalism적 입장이다. 정전 텍스트는 내부에 근본적인 보편 불변의 절대적 가치를 내재한다는 입장이다.[10] 둘째, 반근본주의적 입장이다. 텍스트 내부의 근본적 가치란 없으며 정전으로 선별된 텍스트는 특정한 시대와 특정한 집단의 이익이나 관심을 반영한 결과라고 보는 입장이다. 반근본주의자들은 "변함없고 자명한 그 무엇인가를 암시하는 고전 및 전통이라는 개념을 은근히 비판하면서, 이것을 대신하여 투쟁과 변화를 뜻하는 '정전'이라는 말을 사용하고 있다."[11] 이렇게 보면 '정전연구canon studies'라는 용어 자체는 이미 정전 자체 혹은 고전에 대한 비판을 함의한다고 볼 수 있다. 존 길로리John Guillory와 피에르 부르디외Pierre Bourdieu의 논의에 따르면,[12] 정전 텍스트는 항상 '재'생산된다. 정전이란 용어는 이미 자기부정과 극복을 함유하기 때문에, 필연적으로 배제되어야 할 것이라기보다 수용과 극복의 이중 과제를 내재한다고 볼 수 있다.

서양의 정전 형성은 그리스와 로마까지 거슬러 오르는 멀고 오래된 역사에 바탕을 둠으로써 그 정당성과 시원성을 확보하려는 경향이 있다. 이탈리아 르네상스와 함께 그리스와 로마 문화가 부활을 하고 중

---

9 하루오 시라네 · 스즈키 도미(2002 : 18~20).

10 이는 셍트 뵈브의 글에서 잘 드러난다. Charles-Augustin Sainte-Beuve(1963 : 1~12).

11 하루오 시라네 · 스즈키 도미(2002 : 19).

12 John Guillory(1993 : 55). 폴 길로리는 또 이렇게 말한다. "정전을 열기 위해서는 정전을 근대화해야 할 것이다." 이런 발언은 정전의 열림과 근대의 상관관계라는 또 다른 복잡한 문제를 야기한다. Pierre Bourdieu(1993 : 35), 하루오 시라네 · 스즈키 도미(2002 : 20) 재참조.

세의 암흑을 계몽의 빛으로 깨뜨리면서 근대문명 사회를 건설해왔다는 근대성의 기획은 아직 추진 중에 있는 미완성의 것인지도 모르지만, 그것을 완성의 단계로 올리기 위해서 거기서 나타난 수많은 부작용들을 감수하기보다 완성을 계속 유보해나가는 일, 다시 말해 미완성의 성격을 인정함으로써 '근대성'과는 이질적인 요소들을 환대하고 그를 통해 과거와 '다른' 성격의 근대를 일구어나가는 일이 필요하다.

마틴 버낼Martinal Bernal은 서구 문명이 그리스 로마 문명에 뿌리를 두고 있다는 '상식'은 날조라고 지적한다.[13] 이런 폭로와 주장은 분명 혁명적이고 시의적절하다. 서구의 정전 모델로서 서구문학의 역사에서 그동안 엄청난 영향을 끼쳐온 호메로스문학의 맥락이 '서구적(대서양)'이라기보다는 '혼성적(지중해)'이고, 내부적이기보다는 외부지향적이며, 완결된 것이기보다는 미완의 가능성을 계속 열어둔 것임을 생각하면, 버낼의 문제 제기는 그러한 정전 모델을 해체하는 도전이 서구의 내부에서부터 이루어진 것으로 평가할 수 있다. 이와 비슷한 맥락의 도전을 서구의 '외부'[14]에서 어떻게 수행할 수 있는지 물을 필요가 있다.[15]

이러한 나의 입장은 리차드 로티Richard Rorty식의 실용주의적 접근에 토대를 둔다. 말하자면 문제 해결을 위해서라면 나와 너의 입장을 굳이 가르지 말고 서로 활용할 수 있는 만큼 활용하자는 것이다. 그런 의미에서 20세기 초반에 혁명적인 모습으로 출현했던 구조주의를 다시

---

13 다음 역저들을 참고할 수 있다. 마틴 버낼(2006), Paul Gilroy(1993).
14 이때 '외부'는 지리를 포함하여 인식과 실천의 측면에서 외부를 가리킨다.
15 나는 이런 작업을 '地中海學Mediterranean Studies'이라는 학적 체계의 가능성을 물으면서 시도한 바 있다. 박상진(2005).

생각해볼 필요가 있다. 소쉬르의 언어학에 뿌리를 두고 있는 구조주의는 통시적인 방법 대신 공시적 방법을 통하여 인간의 지식과 문화에 내재하는 근본적 '구조'를 밝혀내려는 시도였다. 그것이 혁명적인 이유는 대상을 탐구하는 과정에서 한 대상을 다른 대상과 시간의 인과론적 사슬로 엮는 방식을 채택하는 것에서 한 대상 자체를 독립적인 상태로 떼어내서 그것을 구성하는 내적 관계를 조명했다는 점에 있다. 전자의 경우 시간상으로 앞선 대상이 기원의 역할을 하고 시간상으로 뒤진 대상에 대해 일방적인 영향을 주는 것으로 이해되는 반면, 후자의 경우 대상들을 병렬시키면서 대상들 사이의 보다 비판적인 비교를 가능하게 한다. 정전이라는 개념은 근본적으로 통시적인 사고에 바탕을 두고 있으나, 공시적인 병렬을 통하여 정전들의 위치를 재배치하고 그들의 가치를 재구성할 수 있다. 구조주의는 환원론적 오류를 지니는 것으로 비판될 수 있으나, 적어도 그 방법론은 그런 식으로 재활용할 수 있을 것이다.

한편 탈구조주의는 구조주의가 제시하는 객관화의 방법과 거기서 나오는 객관적 구조가 일방주의와 자기 중심주의로 흐른 것을 반성하고 의식적 · 무의식적 주체를 기반으로 하는 상대주의의 가능성을 도입한 것으로 평가할 수 있다. 탈구조주의의 입장은 세상에 확정된 진리는 없으며 모든 지식은 맥락에 근거하고 서로의 관계 맺기에 따라 변화한다고 본다. 자크 데리다Jacques Derrida가 주창한 해체de-construction는 플라톤 이래의 서양 철학이 이른바 현전의 형이상학에서 빠져나오지 못했다고 비판하면서, 지식 체계의 유연한 이해와 적용을 주장했다. 데리다의 해체는 기존 지식 체계의 '해체'만을 목표로 하면서 대안을 제시하지 못한다는 비판을 받기도 했으나,[16] 데리다가 차용하는 언어의 유희가 유희 자체로 빠지기보다는 유희를 통한 지시적 실천을 목표로 한다는 점에서 에마뉘엘 레비나스Emmanuel Levinas의 타자의 윤리학이나 마르크스주의의 역사적 실천과 연결되었다. 탈구조주의와 해체의 관점에서 정전은 해체의 대상이기도 하지만 또한 재구성의 대상이기도 하다.

정전을 해체의 대상이면서 또한 재구성의 대상으로 놓는 '절충적'인 혹은 '보완적'인 입장은 페미니즘에서 유력하게 발견된다. 페미니즘의 논의에 의하면 서양의 문학 정전은 남성중심주의에 바탕을 두며, 이는 가부장제 질서에 기반을 두는 근대국민국가의 형성, 그리고 그를 받쳐주는 정신적 틀로서의 정전의 형성과 밀접한 관계가 있다. 따라서 페미니즘은 정전의 해체와 재편성을 근대성의 극복과 더불어 논의한다. 이는 여성성이 깃든 문학을 국가와 인간의 정체성의 기원을 이루는 한 요소로 새롭게 채택함으로써 기원과 정체성을 유연하게 열어놓는 효과를 낸다. 예로, 『신곡』에 대한 양성애bisexuality적 접근은 비서구와 『신곡』을 가로막고 있는 근대성을 뛰어넘는 단초를 마련해주며, 마찬가지로 『구운몽』에 대한 양성애적 접근도 『구운몽』에서 나타나는 이 분법의 종합의 의미를 보편적 차원에서 고려하게 해준다. 그 결과 『신곡』과 『구운몽』이 정전성을 확보하는 과정이 새로운 측면에서 매우 설득력 있게 제시된다.[17]

---

16 이는 사실 예일학파에 국한된 비판이다. 다음 책들에서 분명히 드러나듯, 데리다는 데리다를 가장 데리다답지 않게 이어받은 예일 학파와 급진적으로 갈려나간다. Derrida, Jacques(1994), Derrida, Jacques(1999 : 65~83), Thomson, A.J.P.(2005).
17 『신곡』과 『구운몽』에 대한 이러한 분석에 대해서는 각각 다음 글들을 참조할 것. 박상진(2011b), 6장, 박상진(2010), 4장.

정전에 대한 비판적인 사고를 대표하는 것은 역시 탈식민주의다. 주지하다시피 에드워드 사이드Edward Said는 '오리엔탈리즘'이라는 신조어를 내세우면서 탈식민주의의 출발을 예고했다. 오리엔탈리즘은 동양을 낯설고 신비로운 타자로 보면서 동양에 대한 왜곡된 정체성을 형성하는 서양의 사고방식을 말한다. 페미니즘과 마찬가지로 오리엔탈리즘의 비판적 사고와 함께 자아와 타자, 중심과 주변부, 제국과 식민지와 같은 우열을 가르는 이분법적 분리가 서양의 지적 전통 내에 뿌리 깊게 자리한다는 사실이 밝혀졌고 동시에 그를 극복해야 할 필요와 가능성도 함께 제기되었다.

우리는 탈식민의 시대, 세계화의 시대에 살고 있다. 탈식민과 세계화는 서로 대립하면서 동시에 서로 작용하는 현상들이며 개념들이다. 탈식민은 근대-제국-식민의 고리들로 이루어져 온 세계화의 말미에서 제국-식민의 이분법을 종식하고자 하는 일종의 탈근대적 논리로 이해할 수 있다. 탈식민주의는 또한 식민주의에서 벗어나고자 하는 실천의 논리인 동시에 제국-식민의 관계가 여전히, 더욱 교묘하게 도사리고 있음을 지적하는 인식의 논리이기도 하다. 탈식민의 시대는 세계화의 시대와 공존하면서 세계화의 시대가 공인해온 정전들에 대하여 이른바 탈식민의 정전post-colonial canon들을 제출한다. 이를 위해 탈식민수의적 입장은 고전이란 무엇인가하는 '고전적인' 물음의 사례들을[18] 우선 재검토와 재활용의 도마 위에 올리면서 고전에 대한 '고전적인' 물음들은 그 심오한 통찰성과 그로부터 나오는 힘찬 환기력에도 불

---

[18] Charles-Augustin Sainte-Beuve(1963 : 1~12), Matthew Arnold(1961 : 306~327), T.S.Eliot(1945), F.R.Leavis(1964), J.M.Coetzee(2001 : 1~16).

구하고 그 사고의 방식 자체는 유럽 중심적이고 일방적이며 단선적
uni-linear인 경향을 띠고 있음을 지적할 수 있을 것이다.

탈식민문학 정전post-colonial literary canon은 특권화된 국가문학 텍스
트들과 지역문학 텍스트들의 혼합으로 이루어져있다. 탈식민 정전은
기존의 서구 정전의 모델과 지위를 반박하면서 떠오른 것들로서, 주로
아프리카, 인도, 캐나다, 호주, 뉴질랜드, 동남아시아, 카리브해의 영어
권에서 영어로 쓰인 문학 텍스트들을 가리킨다. 영어의 제국적 속성을
생각하면 이들은 제국에서 잉태되어 제국을 내파하는 운명을 지닌, 혹
은 그런 운명을 지니도록 만든, 텍스트들이다. 그것이 혼종의 상태이
며, 탈식민화의 과정이다. 여기서 나는 '탈'이 반복될 조짐을 발견한다.
탈식민 정전은 탈식민에 대한 기존의 합의된 논의를 또 다시 새롭게
만드는 역할을 한다.[19]

치누아 아체베Chinua Achebe의 콘래드 다시 읽기와 응구기와 시옹오
Ngugi Wa Thing'o의 셰익스피어 다시 읽기는 후자의 영문과 폐지 운동이
나 영어 쓰지 않기 운동과 더불어 정전의 보편성에 대한 불신에서 나
왔다. 이 경우에 보편성은 표준, 모범, 중심을 함의한다. 그런 의미의
보편적 정전에 대한 사물화된 체험은 특수한 체험에 대해 대단히 배타
적이다. 존 버니언John Bunyan의 『천로역정』과 존 밀턴John Milton의 『실
락원』은 모범적인 체험과 그 서술로 평가되는 반면, 작자 미상의 『천
일야화』는 특수한 체험, 무시해도 좋을 체험과 서술로 평가된다. 그러
나 그 두 체험은 양립할 수 있다. 탈식민적 맥락들은 그들의 특수한 사

---

19 문학의 정전성과 관련하여 '탈' 혹은 '포스트'의 유희가 내뿜는 이론적 · 실천적 가능성에
대해서는 박상진(2011a : 81~100)에서 논의한 바 있다.

회적, 문화적 배경들 내에 위치한다. 그러한 탈식민적 맥락 위에서 수행되는 다시 읽기와 되받아쓰기는 그 읽기와 쓰기의 대상이 되는 이전 텍스트들에 대해 다양한 형식을 통해 응답하고자 하며 동시에 그들 자체의 담론 공간을 창조하고자 한다. 그러나 이러한 다시 읽기와 되받아쓰기는 탈식민적 글쓰기와 정전을 적대적인 것으로 놓기보다 그들 사이를 이어주는 하나의 '매개'의 활동들로 이해되어야 한다. 정전이라는 이전 텍스트들을 다시 읽는 것은 그들을 탈식민적으로 전유하는 일과 다르지 않다. 즉 특수한 체험이 갖는 맥락을 이전 텍스트들 읽기에 반영하고 나아가 그들을 재구성하는 것이다.[20] 그것이 우리가 수립해야 할 진정한 보편성의 차원이다. 이런 차원에서 우리는 또한 구비문학의 재조명을 생각해야 하고, 보편과 특수의 문제, 맥락화의 문제 등을 재사고의 도마 위에 올려야 할 것이다.

앞에서 탈식민주의는 현재 여러 측면에서 재정비와 재정립이 필요로 되는 상황에 처해있다고 운을 떼었는데, 예컨대 여행문학을 통해서 그와 관련된 물음들을 좀 더 구체적으로 던져볼 수 있다. 여행문학은 전통적으로 서구 독자를 위해 나머지 세계를 생산 혹은 재현해주는 역할을 했다. 소위 탈식민 글쓰기에 대해서도 같은 말을 할 수 있을까? 즉, 탈식민 글쓰기는 비서구 독자를 위해 서구 세계를 생산 혹은 재현해주는 역할을 할까? 탈식민 텍스트들에 우리는 어떤 방식으로 가치를 부여할 수 있는가? 탈식민 텍스트들은 오히려 서구 시장에서 유통되고 소비되는 상품들이 아닌가? 이런 물음들은 정전 비판의 영역에서 도전

---

20 John Thieme(2002).

적이고 신선한 담론으로 생각될 수 있다.[21] 그러나 여전히 비서구 맥락은 고려되고 있지 않다.

Antonio Gramsci(1891~1937)

마찬가지로 외부에서 들어온 새로운 정체성을 전파하는 이민문학은 '탈식민적' 텍스트들과 함께 문학과 영화, 음악과 같은 본토 문화의 세부 정체성들을 성공적이고 낙관적인 차원에서 변화시키고 있다. 그러나 아직까지 서구의 변화를 관찰한 것일 뿐, 그러한 변화들이 비서구에서 어떻게 일어났는지는 관찰되고 있지 않다. 이런 경우 식민성은 물론 탈식민성마저도 제국의 경계에서 벗어나지 못한다고 말할 수 있다. 그렇다면 우리는 제국의 여러 가능한 변형태들에 대해 탈식민성과 관련하여 숙고해야 할 필요가 있다. 여기에는 국가와 국민, 근대, 망명, 경계, 디아스포라와 같은 항목들에 대한 논의가 들어간다.

로버트 영Robert Young은 기념비적 저서 『백색신화』[22]에서 탈식민주의의 역사적 전개와 철학적 기초를 논구한 뒤 또 다른 저서[23]에서 전통적인 탈식민주의가 지니는 한계를 지적하고 문화횡단적 마르크스주의transcultural Marxism를 제시하고자 한다. 이는 마르크스주의의 역동성과 실천성을 트리컨티넨탈(아시아, 아프리카, 아메리카)의 사회현실 속으

---

21 Graham Huggan(2001).
22 로버트 영(2008).
23 로버트 영(2005).

로 전유하고 변용하는 번역 과정을 겪도록 하는 것이다. 여기서 번역
행위는 서양과 그 나머지, 중심과 주변 사이의 문화횡단transculturation
으로 이해된다. 그 과정에서 서구 정전은 새로운 해석과 재구성의 국
면을 맞게 될 수 있다. 영의 대안은 훌륭하지만, 일면 서양발 이론이라
는 한계를 내재하는 것으로도 보인다. 이 한계를 보정하는 일은 비서
구에 주어진 임무이며, 이는 서양발 이론에 대한 이론적, 실천적 참여
로, 또 비서구 자체의 맥락에 대한 자생적 논의와 그것의 '세계화'로 가
능하다.

  대중문학은 정전성에 관련하여 논의해야 할 또 하나의 유력한 영역
임에 틀림없다. 역사적으로 정전성은 한 사회에서 배제하고 지배하는
헤게모니의 성격을 지니면서 대중문학 혹은 대중문화의 범람에 대해
고급문학(문화)을 방어하고 강화하는 수단이었다. 안토니오 그람쉬
Antonio Gramsci의 '대중문학론'은 이탈리아의 대중이 외국문학의 지적,
도덕적 헤게모니의 지배를 받는 현상에서 이탈리아 지식인과 대중이
분리되어있는 현실을 예리하게 지적하고, 대중문학이 더 이상 배제의
대상으로 떨어지지 않도록 해주는, 지식인과 대중의 유기적 연결을 통
하여 '새로운 문화'를 건설할 것을 요구한다.[24] 정전성은 대중문학이
대항 헤게모니counter-hegemony의 역할을 하는 과정에서 또 다른 양상
을 수반할 수 있다.

  대중문학은 고급문학과 대립관계에 서지만, 그 자체로 또한 세계문
학에 당당하게 진입하는 예를 20세기 초반 세계문학의 논의가 시작된

---

24 안토니오 그람시(2003).

이래 보여주었다. 미국 세계문학선집의 출판은 고전과 근대의 혼합, 학교 교육의 향상, 일반 대중의 계몽, 그리고 상업적 판매 등 복합적인 요인들을 목표를 두고 이루어졌으며, 그에 따라 대중문학은 선집에 우선적으로 포함되었다. 예로, 마질은 앞서 소개한 *Masterpieces of World Literature in Digest Form*의 제1권(1949)에 일찌감치 호메로스와 셰익스피어와 더불어 코난 도일과 펄 벅을 함께 넣었다. 그 자리는 오비디우스의 『변신』이나 괴테의 『빌헬름 마이스터』가 들어가야 했겠지만, 이들은 3권에나 들어갔다.[25] 이런 흐름에서 대중문학이 새롭게 정전화되는 현상과 함께 '문학'의 변동을 관찰할 수 있을 것이다.

이와 관련하여 주목할 만한 것은 바로 사이버문학이다. 기술 복제 시대의 산물인 디지털 텍스트는 소수자minority가 생산한 텍스트들이 정전으로 재구성되는 가능성을 한층 더 자유롭게 만들었다. 이러한 사항은 저자와 독자의 쌍방향적인 관계에서 나온 창작물inter-active fiction에서 창작으로부터 독서로 흐르는 해석의 일방성이 해체되는 것, 전자책e-book의 보급으로 책(텍스트와 대비되는 물질적 의미로서)의 권위가 일정 부분 느슨해진 것, 아우라가 복수적으로 발생하는 것, 대중문학의 효용과 가치가 떠오르는 것과 같은 복합적인 문제들과 관계하여 현재 활발하게 논의되고 있다.

다문화주의는 정전 형성의 문제, 즉 문학 가치가 공인된 고전은 어떻게 생성되었는가의 문제를 하나의 '문제'로 나오게 만든 문화적 현상이자 지적 배경이다. 문화는 본질적으로 복수multi의 형태를 취한다는 입

---

25 Damrosch(2003 : 125).

장에서 나온 다문화주의multiculturalism는 세 가지의 문제를 제기한다. 첫째, 젠더의 문제. 유럽 중심의 정전에는 여성의 문학이 거의 없다는 비판, 즉 정전에는 '죽은 백인 남성dead white males'밖에 없다는 비판이다. 둘째, 민족성ethnicity의 문제, 즉 정전 중에는 유럽이나 유럽계 백인 작가의 작품만이 있다는 비판이다. 셋째, 비서구문화의 문제, 즉 대학 교양교육에 유럽작가는 들어있어도 아시아, 아프리카, 중근동, 남미 작가는 포함되어있지 않다는 비판이다.[26] 적어도 이런 논의를 펼치는 한에서 다문화주의는 (탈)민족주의와 탈식민주의 연구와 깊이 관련된다.

19세기 유럽 실증주의의 흐름에서 태어난 문학사History of Literature 서술은 정전을 실질적으로 발명했고 주조했으며 기입했다. 문학사 서술은 텍스트들의 취사선택 위에서 이루어진다. 취사선택은 문학사가의 개인적인 취향이나, 그보다 더 중요하게, 사회적인 합의에 기반을 두었다. 문제는 그 개인적인 취향의 독단성은 말할 것도 없고, 사회적인 합의가 개인의 특수한 질적 차이들을 무마해버릴 수 있다는 점이다. 그러나 텍스트가 살아남았다는 것은 긴 세월 동안 다수의 동의를 받았다는 것을 말해주고, 따라서 그 보편적 가치는 개인의 특수한 질적 차이와 양립할 수 있다는 반론도 가능하다. 다만 보편성의 문제를 재고할 필요는 있으며, 그 이전에, 19세기에 출발한 문학사 서술이 국가, 공동체, 문학 등을 유기체론으로 이해함으로써 결국에는 사회적 다원주의Social Darwinism에 기반을 두었다는 점에서 문학 외적인 가치에 기준을 두었다는 문제도 지적할 수 있다. 그것이 또한 문제인 것은

---

26 하루오 시라네·스즈키 도미(2002:4).

사회적 다윈주의가 발전론적 역사관과 결정론, 그리고 그로 인한 문명의 패턴화로 인해 일방적 정전화와 그 전파 혹은 강요를 야기한다는 점이다. 그것은 문학사와 장르론에서 분명하게 확인될 수 있다. 문학사 쓰기에서는 이른바 순문학을 중심으로 작가들을 서열화하는 것, 장르론에서는 소설을 근대의 대표 장르로 내세우는 것이 바로 그것이다.

모든 정전은 어떤 형태로든 그것이 속한 집단을 대표 / 재현representation 한다. 이는 다른 비정전들을 대신함으로써 비정전들을 억압하는 부정적인 기능을 하는, 문화정치학의 측면에서 파악될 수 있을 권력 구도를 형성한다. 여기서 페미니스트들이나 소수집단들이 이른바 하위 정전sub-canon을 구축하면서 교육과 문화 일반에 그들의 정체성을 반영하려는 운동을 보이고 있다.

정전은 처음부터 정전으로서의 가치를 지니고 있는 까닭도 있으나 그보다는 사후적事後的인 평가와 향유의 과정, 즉 사회와 교육 제도 속에서 살아남았기 때문에 정전으로 형성되었다. 따라서 정전은 문학 가치의 부단한 재부여의 과정에서 성립된 것이다. 정전은 텍스트에 가치를 부여하는 기관 — 이를테면 사원, 학교, 미술관, 출판사 등 — 과, 텍스트 및 텍스트의 가치를 재생산하는 과정에서 형성된다. 정전 형성의 문제는 국민국가의 정체성national identity과 밀접한 관계가 있다. 정전 형성은 내부적으로는 젠더와 계급과 같은 차원에서 억압과 통제의 역할을 했지만 외부적으로는 저항의 동력이 되기도 했다.[27] 이러한 이중적인 차

---

27 미국에서 이미 널리 퍼진 새로운 학문 분야들 즉, '캐나다 연구', '아프로-아메리카 연구', '미국 원주민 연구', '여성학' 등은 새로운 문학 정전을 구축함으로써 유럽 중심, 남성 중심의 담론 속에서 인종적, 민족적, 젠더적 정체성을 확립하기 위한 노력들이다. 또한 내셔널리즘문학이 독립과 저항의 역할을 한 것도 생각해볼 수 있다.

원에서 정전 형성의 기능을 조명해야 할 것이다. 그러나 그런 작업은 젠더와 계급, 국가의 정체성을 자기중심적인 것에서 벗어나 열린 공동체를 건설하는 목표를 지니도록 하는 차원에서 추구되어야 한다.

2절에서는 정전과 관계시킬 수 있을, 서양에서 그동안 생산된 여러 문제들, 개념들, 담론들을 정리해보았다. 20세기 이후에 쏟아져 나온 서구의 대부분의 문학 이론들은 사실상 정전의 문제에 직간접적으로 연결되어있다. 그것은 정전의 문제가 기원과 정체성이라는 근본적인 개념들과 연루되어있고, 제국, 헤게모니, 공동체, 해석, 문학 가치, 윤리 등과 같이 문학뿐만 아니라 인류 문명에 관계된 주요한 문제들이 그들로부터 파생하기 때문이다. 이 글의 목표가 정전 논의의 흐름을 정리하는 것이 아니라 거기서 더 나아가 정전 연구의 새로운 지평을 가늠하자는 것에 있는 것은 틀림없지만, 위에서 나타난 문제와 개념, 담론들을 말끔하게 청산하자는 것은 물론 아니며 그럴 수도 없고 그럴 필요도 없다. 다만 그들이 현재 더 심화된 논의 선상에 여전히 놓여있음을 상기하고, 그들을 발전시키며 재사고하는 동시에 그들을 넘어선 논의의 필요와 가능성을 점검해야 한다. 그들은 이미 그런 작업의 필요를 제기하고 또 모색하고 있다. 따라서 2절에서 정리한 내용은 비판과 반성의 대상으로만 칠 것이 아니라 정전에 대한 미완의 연구를 위한 일종의 '매개'로 삼아야 한다. 이는 서양의 자기반성과의 협업이 절대 필요하다는 것을 의미한다.

3. 정전 연구의 지평

2절에서 정리했듯, 서양에서 그동안 정전과 관련하여 진행된 흐름은 크게 두 가지로 나눠볼 수 있다. 첫째, 정전을 옹립하던 역사적 과정이다. 정전은 르네상스 이후에 시작된 근대화의 기획을 받치는 주요한 장치들 중 하나로 발명되었다. 근대화는 제국-식민의 세계화 구도 위에서 급속도로 진행되었고, 정전은 그 허구적 구도를 받치는 토대의 역할을 했다. 둘째, 그러한 정전의 제국성, 비윤리성, 허구성을 비판하고 극복하고자 하는 노력이 최근 들어 주로 탈식민주의의 등장과 함께 이루어졌다. 이 경우 탈식민주의는 제국-식민의 이분법에 기초한 근대화-세계화에 대한 저항의 거대한 전략으로 이해할 수 있다.

이러한 내용이 과거의 일반화된 논의들이었다. 이후로 새롭게 등장하는 논의의 특징은 정전을 옹립하는 과정을 문명화 과정으로 보는 한편 정전을 극복하는 과정을 재문명화 과정으로 보자는, 근본적이면서 외연을 확장한 문제 제기라고 볼 수 있다. 이러한 논의를 수행하는 영역의 예들로 세계문학과 세계시민주의를 들 수 있다. 이들을 근원적으로 받쳐주는 것은 안토니오 네그리Antonio Negri와 질 들뢰즈Gilles Deleuze와 같은 탈근대 혹은 더 정확히 말해 제3의 지평에 선 철학일 것이다. 그들은 정전에 대한 새로운 탐사의 방향을 탈서구중심적 측면에서 제시하는 계기를 제공했다는 면에서 새롭게 주목받을 필요가 있다.

우리는 여기에 참여하거나 협력하거나 혹은 더 나아가 이런 새로운 흐름을 주도하면서 가능하다면 또 다른 지평을 여는 것이 필요하다. 비서구의 입장은 더 이상 서구에 대한 반명제일 필요가 없으며, 서구와 비서구, 중심과 주변부의 이분법 자체를 넘어서서 탈중심의 반복되는 구도 위에서 그 둘을 하나로 아우르는 그런 '빈 중심'이 되어야 할 것이다. 마찬가지로 '중심에서 벗어나는 정전de-centering canon', 또는 '탈정전의 정전de-canonizing canon'과 같은 내부 모순적 개념들을 견지할 수 있어야 할 것이다.

1) 학문, 학과, 연구, 교육 : 비교문학의 역할

문학의 지역적 차이들은 미적 가치의 보편적 원리에 의거하여 서로 조화를 이루어야 한다. 오늘날 더욱 강조되어야 할 이런 언명은 1959년에 나온 '비교문학의 위기The Crisis of Comparative Literature'[28]에서 르네 웰렉Rene Wellek이 비교문학은 국민문학사들의 잘못된 고립과 맞서 싸우는 거대한 가치를 지니고 있다고 말했을 때 이미 명확히 드러난 바 있다. 국가들 사이의 수용과 영향 관계를 다루는 협의의 비교문학에서 문학 이론의 탐구와 비문학 영역들 사이의 비교를 비교문학의 영역에 넣으면서 비교문학의 확장과 강화에 기여한 미국 비교문학의 공로를 인정해야 할 것이다. 비교문학은 늘 위기를 맞는 것처럼 묘사되었으나,[29] 위기를 신단하고 그에 대한 처방을 내린 것 또한 늘 비교문학의

---

28 René Wellek, "The Crisis of Comparative Literature", ed. Stephen G. Nichols, *Concepts of Criticism*, New Haven : Yale University Press, 1963, pp.282~295, Damrosch(2003 : 136)에서 재참조.

29 1950년대에 르네 웰렉도 비교문학의 위기를 언급했는데, 2000년대 들어 가야트리 스피박 역시 비교문학의 위기를 언급한다. (G. Spivak, *The Death of Discipline*) 그러나 이들이 말하는 위기는 언제나 비교문학의 재정비와 재출발을 의미하는 것이었다.

몫이며 역할이었다.

전통적 비교문학은, 에드워드 사이드가 지적한 바와 같이, 괴테의 세계문학 패러다임을 사용私用해 유럽과 미국문학의 미적 가치가 다른 지역의 문학들의 미적 가치보다 우월하다고 전제하면서 하나의 계층 구조를 구축한 바 있다.[30] 그것은 1891년 콜롬비아대학에 비교문학과가 설치된 당시에 일어난 일이었으며, 현재까지 비교문학은 그러한 오류를 교정하고 경계의 학문으로 서기 위해 변신을 거듭해오고 있다.

비교문학의 생명은 대화적 관계를 구축하는데 있다. 예로, 우리는 정전 서구문학과 비정전 한국문학의 대화를 생각할 필요가 있다. 한국의 맥락에 따라 서구 정전을 다시 읽고 다시 쓰는 작업, 또 거꾸로 세계의 맥락에 따라 한국 비정전문학을 다시 읽고 다시 평가하는 작업이 필요하다. 이는 정전과 비정전이 이루는 중심 대 주변부의 관계를 역전시키고 더 나아가 그 관계 자체를 폐기하는 것이다. 그 폐기에서 대화적 상상력이 발동한다. 이러한 작업은 비교문학적 교육과 연구로 가능하다.

비교문학은 그 자체가 맥락에 의존하기 때문에 한국의 비교문학은 미국의 비교문학과 또 다른 차원의 비교문학을 펼쳐야 한다. 이를 위해서는 이하에서 다룰 문제들을 참조해야 한다.

① 서양 정전을 한국의 맥락에 따라 재해석하는 문제. 서양의 정전은 보편적인 문학으로 공인되어왔으나, 엄밀히 말해 서구 중심으로 수행된 평가일 뿐 비서구의 맥락을 참조한 적은 드물었다. 따라서 서양의 정전이 보편적이라는 말은 서양중심적 보편만 가리킬 뿐이며, 그

---

30 Edward Said(1993 : 46~47).

경우 보편은 가짜 보편 혹은 특수한 보편에 지나지 않는다. 따라서 서양 정전의 보편성을 다시 측정하는 과제는 앞으로 서구와 비서구에 공히 주어진 과제다. 서양 정전을 한국의 맥락에 따라 재해석하는 문제는 그 전 지구적 과제에 참여하는 일이다.

②서양 정전을 한국의 맥락에 따라 되받아쓰기. 이는 위의 과제의 일환으로 이해될 수 있으나, 서양 정전의 해석과 평가에 머물지 않고 그 변용의 가능성과 의미를 강화하는 작업이다. 변용은 수용에 동반되는 필연적 현상으로서, 수용의 대상보다는 주체의 맥락을 강조하는 상황에서 일어나는 일이다. 따라서 변용은 수용자의 문화에서 일어나는 양상을 측정하는 일에 관계하며, 수용자의 문화가 지닌 보편적 가치를 측정하는 작업으로 연결된다. 요즘 새롭게 부상하는 번역학Translation Studies은 이런 측면에서 주목되는 연구 경향이다.

③한국 정전의 재해석과 그 보편적 가치의 재검토. 한국에서 정전으로 공인된(아무도 의심하지 않는) 텍스트들은 왜 세계적 차원에서는 조명되지 못하거나 국지적 현상으로 간주되는가? 누가 언제부터 어떻게 정전으로 공인했는가? 국학과 한국학의 차이를 어떻게 조정할 것인가? 한학과 국학, 국문학의 구분 혹은 발전이 문학 정전의 형성과 어떤 관련을 지니는가? 이런 물음을 던지면서 한국 정전 문제에 대한 자기 반성을 통해 서양 정전의 문제와 함께 다룰 필요를 제기한다.

④위의 작업들이 동아시아 국가들에서 어떻게 이루어지는지 조사. 세계 체제의 한 부분으로서 근대국민국가가 형성되는 과정에서 자체적으로 정전이 어떻게 확립되었는지, 서구의 정전과 어떤 관계를 이루었는지, 또 동아시아 국가들 사이에서 그러한 문제들이 어떻게 비교될

수 있는지 연구할 필요가 있다.

⑤ 한국의 특수한 맥락을 반영하는 새로운 창작, 혹은 그러한 창작의 소개. 이는 정전 형성의 과정에 참여하는 일이다. 예로 시가와 서예, 회화가 분리되지 않았던 '전통적' 서화 창작이 문학과 미술로 구분되는 것은 근대의 새로운 분과학문 체제에 따른 것이었다. 이로부터 정전 형성 혹은 규정의 기준이 변화했다는 점을 주목해야 한다.

⑥ 교양 교육. 정전 비판과 새로운 정전의 창출을 교양 교육에 도입함으로써 텍스트의 자유로운 해석 능력을 배양하고 세계 문화에 대한 통찰을 육성할 필요가 있다. 교육의 측면에서 정전의 연구는 대단히 시의적절하고 필수적이다. 요즘 들어 정전에 대한 관심과 연구가 대단히 폭넓고 강력하게 이루어지고 있는 상황이다. 그러나 정전(여기서는 서양 정전에 국한하여 말한다면)에 대한 우리 학계의 연구는 서양에 비해 충분히 이루어지지 않았다. 정전이 그 이후의 문학과 예술, 그리고 문명 전체에 미친 절대적인 영향을 생각할 때, 정전에 대한 적절한 이해는 가장 우선시되고 중요하게 다루어져야 할 사항이다. 거기에 더해 이른바 '정전'이 동서고금을 막론하고 시공을 뛰어넘는 가치와 진리를 담고 있다면, 그것이 우리의 시대와 장소에서 갖는 가치와 진리가 무엇인지를 주체적으로 탐구하는 작업이 요구되며, 교육을 통하여 사회의 구성원들이 공감과 합의를 구성해나가도록 하는 장기적 기획이 필요로 된다.

2) 정전 연구에 필요한 개념들

(1) 보편성

앞에서 보편성은 여러 항목들에서 더욱 논의해야 할 문제로 지적되었다. 에마뉘엘 월러스틴Immanuel Wallerstein의 유럽적 보편주의라는 아이디어의 내부적 성찰이 보여주듯,[31] 보편은 현재 그 가치를 의심받고 있으며, 그렇기에 재논의와 함께 그야말로 그 보편성의 '보편적' 정당성을 다시 수립해야 할 단계에 서있다.

정전은 보편성 위에서 세워지고 거꾸로 보편성을 지속시킨다. 정전과 보편성은 필연적인 공생 관계에 있다. 문제는 그런 관계에 있는 보편성이 '보편적'이지 못할 수 있다는 점이다. 그것은 그런 관계에 있는 보편성이 규격과 표준을 제공하고 그에 따라 개별과 특수를 말살하기 때문이다. 개별과 특수를 생략하거나 무시하는 보편은 그 정의부터 결코 보편일 수 없다.

보편성은 정전 형성에서 필수불가결하고 또 다른 가치들에 선행하는, 정도程度에 관련된 가치다. 다시 말해 정전은 비정전에 비해 보편성을 '더 많이' 갖는 것이다. 그런 면에서 문학 텍스트의 보편성은 텍스트가 내재하는 영원한 본질이라기보다는 텍스트의 事後的 효과들 중 중요한 하나의 요소로 생각되어야 한다. 다시 말해, 문학텍스트는 읽기의 과정에서 더 깊이를 갖춘 다양한 해석들을 생산하면서 그 보편화 가능성universalizability을 높여나갈 수 있다.

---

31 Immanuel Wallerstein(2006).

우리는 새로운 보편, 복수의 보편을 상상할 수 있어야 한다. 이는 세계 시민주의가 표방하는 다보편성di-versality이나 복수보편성plural-versality 과 더불어 수행될 수 있으나, 보편성uni-versality의 진정한 개념이 그런 항목들과 대치하는 것은 아니다. 다시 말해, 'uni'와 'di', 'pluri'를 가로지르는 접점 지대를 탐사하는 작업이 궁극적으로 요청된다.

(2) 재현

정전이 과연 그 자체로 시대마다, 장소마다 올바로 재현되었는지 점검할 필요가 있다. 예를 들면, 우리는 '근대에 사로잡힌 단테the modernized Dante'라는 표현을 떠올려볼 수 있다. 단테는 '중세의 시인'이었으나 근대에 들어서서 수 세기 동안 잊혀졌다가 19세기 낭만주의 시대에 와서야 재발견된다. 이러한 부활은 국민국가와 국어의 형성, 공동체의 이상, 구원의 현실적 의미와 관련하여 이루어졌으며, 이후 단테의 문학은 서구 근대성의 측면에서 해석되고 구성되었다.[32]

일본을 통해 서구 근대를 수입한 우리의 경우 서구에서 근대성의 확립에 동원되고 또 일본에서 재차 근대화의 과정에 동원된 단테를 만났던 것이다. 근대에 사로잡힌 단테 이전의 혹은 그를 넘어선 단테를 만나는 것은 단테의 회복이며 정전의 재구성이라 할 수 있다. 그를 위한 방법의 예로 공시적 병렬의 전략을 들 수 있다. 공시적 병렬이란, 예컨대 영국의 화가 윌리엄 블레이크William Blake가 단테를 재현한 것은 통시적 과정에서 일어난 일이지만, 적어도 우리의 현재적 관점에서는 단테가

---

32 이러한 내용에 대해서는 졸저 박상진(2011b) 참조.

블레이크를 재현한 것으로 읽을 수 있다는 생각이다. 다시 말해, 블레이크의 그림을 통해서 단테를 읽는 것은 시간을 거꾸로 거슬러 올라가면서(가역적 관계) 블레이크라는 매개를 통해 단테를 만나는 것이다. 매개의 종류가 얼마든지 대체될 수 있을 이런 과정에서 단테는 근대적 해석의 일방성이 아닌, 열린 쌍방향의 해석들과 함께 풍요로워지고 새로워진다. 이것이 우리가 서구 정전을 다시 읽는 하나의 방법이다.[33]

이와 함께 댐로시가 제안하듯, 정전에 대한 타원적 접근을 적극 고려할 필요가 있다. 단테의 평가가 시대에 따라 달라지는 그 의미를 제대로 포착하자는 것이다. 댐로시는 시간에 따른 고려만 했지만, 나는 거기에 더해 공간의 차이에 따라 달라지는 작가의 이미지와 의미를 논해야 한다고 본다. 단테가 수 세기 동안 잊혔다가 다시 부활하여 새로운 평가를 받는 것은 새로운 평가를 하는 시대의 문화적 맥락과의 대화의 결과다. 그런 상호 작용을 통해 단테는 우리 앞에 '재현'되는 것이다. 문화적 맥락이란 시대의 분위기뿐만 아니라 여러 소통 매체들 — 대단히 넓게 얘기한 것인데, 이를 테면 그림, 음악, 영화, 사진 등과 같은 다른 장르들, 다른 종류의 철학이나 종교과 같은 다른 이론들을 가리킨다 — 을 포괄하는 의미이며, 그들을 통해 단테의 가치는 '달라질 수밖에 없다.' 그런 운명에 처한 것이 바로 정전이다.

따라서 단테(를 비롯해 평가의 변화를 경험한 작가들)의 정전성은 그 달라짐에 의해 유지된다. 『신곡』을 '번역'하면서 『꿈하늘』을 쓴 한국의 작가 신채호의 기여는 거기에 있다. 그는 단테를 변신시킨 사람이며, 다

---

33 이와 관련해서 위의 책, 5장 「공시적 병렬과 수평적 재현 : 단테와 블레이크」을 참조할 수 있다.

른 종류의 문화적 맥락을 단테에게 적용시키고, 단테를 다른 공간에서 부활시켰으며, 그럼으로써 단테의 정전 작가로서의 가치를 재구성하는 효과를 냈다. 이를 나는 주변부적 변용이라 이름붙인다. 그것은 한국이 주변부라는 것이 아니라, 타자화와 재구성의 효과, 그리고 정전과 비정전의 대화적 관계를 가능하게 하는 공간을 일반적으로 그렇게 부르고자 한 것이다.

(3) 비동일화

타자의 시선으로 정전을 읽는 것은 자기중심주의에서 자유로울 수 없다. 타자의 위치가 하나의 기준이며 중심이 되기 때문이다. 따라서 타자를 하나의 위치가 아니라 과정으로 보고 작동시켜야 한다. 타자는 외부에 대해 타자일 뿐만 아니라 타자 자체에 대해서도 타자가 되는 방식으로 존재해야 한다. 끝없이 타자로 남는 존재 방식(이를 나는 '타자화' 혹은 '비동일화'라고 불렀다)은[34] 앞서 말한 정전과 비정전의 대화적 관계 맺기를 가능하게 한다.

(4) 아우라

정전과 비정전의 존재를 부정할 수 없다. 그들은 분명 실체로 존재한다. 즉 구분할 수 있다. 물론 정전은 살아남은 것이며 비정전은 사라지는 것이다. 그런 관계는 필연적으로 일어난다. 다만 문제는 헤게모니를 누가 어떻게 쥐느냐 하는 것이다. 우리는 문학 가치에 기반을 두

---

34 박상진(2010).

지 않은 헤게모니에 저항해야 하고, 그러기 위해서는 자유로운 타자적 독자의 위치를 회복해야 한다. 그럼으로써 비정전의 사라짐을 방어하고, 정전과 비정전을 각각 어떻게 인정하고 또 둘 사이를 어떻게 연결하는지 논의해야 한다. 아우라의 복수성이라는 개념은 벤야민의 아이디어에 토대를 둔 것이지만, 실제로 어떻게 적용할 수 있는지는 우리가 앞으로 해야 할 일이다.

3) 정전 연구에 필요한 사유 방식들

현재 우리나라에서는 세계문학 전집 출판이 다시 유행하고 있다. 세계문학 전집마다 세계의 문학들을 전공하는 편집위원들이 있지만, 출판의 방향은 출판 권력을 쥔 출판사의 주먹구구식 기획과 상업성 추구에 따라 결정된다. 전집에 들어갈 텍스트의 선택에서 과거와 다른 변화는 있지만 여전히 유럽 중심적 편집 경향을 농후하게 드러낸다. 고전과 정전의 차이를 생각하면 우리의 세계문학 전집들은 비서구문학의 주체적 정전화 가능성을 거의 발휘하지 못하고, 단지 서구 중심으로 고정된 고전 범주에만 머무는 것이 아닌가 하는 생각을 할 수 있다.

시간적으로 보았을 때 세세문학 선십늘에 현대의 작품들이 대거 진입했다는 점은 흥미롭다. 그러나 그것은 출판사가 시장성과 대중성을 염두에 둔 것에서 나온 현상일 가능성이 크다. 물론 미국 의회도서관 입구를 장식한 작가들의 경우에서 보듯, 대중성은 정전의 변화, 특히 고전과 대중성을 혼합하거나 나아가 고전을 근대적 가치로 대체하는 효과로 이어지기도 한다. 서양에서 상대적으로 문학 전통이 짧은 미국은 세계문학을 교육과 자기개발을 위한 중요한 요소로 강조해왔다. 출판사, 학교, 도서관은 세계문학의 정전을 다듬고 강화하면서 이런 요구에 부응하려 노력했다. 댐로시는 미국이 세계문학을 구성하는 방식은 수세기를 이어온 광범위한 변주 세트로서의 과거와 극적인 충돌을 보이지 않는다고 말한다. 미국 의회도서관 입구(도서관은 1897년에 완공되었다)의 중앙에는 벤자민 프랭클린이, 오른편에는 데모스테네스Demosthenes, 에머슨Emerson, 어빙Irving, 괴테Goethe가 있고 오른편으로는 매컬레이Macaulay, 호손Hawthorne, 스콧Scott, 그리고 불굴의 단테가 자리한다. 이런 배치에서 두드러지는 것은 근대성이다. 아홉 명 중에서 청년 괴테와 프랭클린이 18세기, 그 이전 시대는 데모스테네스와 단테뿐이고, 나머지 다섯은 19세기 이후 사람들이다. 이런 선택은 전략적이었다. 그것은 미국과 유럽, 과거와 현재, 문학과 정치를 분명히 불완전하지만 무한하게 뻗어나갈 수 있는 짝짓기를 통하여 연결하고자 한 것이다. 말하자면 고전적 권위와 대중적 호소를 버무린 것이었다. 처음부터 언제나 세계문학의 구성은 공적 의식과 사적 즐거움의 혼합에 의해 추동되어왔다.[35] 미국의 이러한 '혼합'의 경향은 여러 면에서 생각해야 할 중요한 문제다. 그러나 우리 출판사들에 그런 문제의식 자체가 있느냐 하는 것은 별개의 문제다.

댐로시는 세계문학이 '고전'이라는 체계화된 통일체, '명작'이라는 서서히 전개되는 정전, 그리고 '세계를 보는 다양한 창문들'과 같은 세

---

[35] Damrosch(2003 : 117~118).

David Damrosch(1953~)

가지 방식으로 나타났다고 정리한다.[36] '고전'이라 불리는 것은 특별히 그리스와 로마의 문학을 가리키는, 초월적이고 근본적인 가치를 지닌 작품을 가리키는데, 제국적 가치와 연결되는 경우가 많다. '명작'은 고대나 근대의 작품으로서 어떤 근본적인 문화적 힘을 갖지 않았던 것이 19세기에 문학 연구가 지배적인 그리스-로마 고전들을 덜 강조하고 근대 명작을 고전과 거의 동등한 위치로 올리면서 두드러지게 되었다.(괴테는 자신의 작품들을 '근대적 명작'이라고 간주한다.) 명작은 고전들과의 '위대한 대화'를 벌였고, 그러면서 명작이 새롭게 표현하는 위대한 사상이 기원의 문화보다 더 중요하게 취급되었다. 마지막으로 괴테가 중국 소설과 세르비아 시에 대해 깊이 탐구한 것은 그가 외국 세계를 내다보는 '창문'으로 쓸 수 있을 작품들에 대해 지대한 관심을 가졌음을 보여준다. 세계문학의 이러한 세 가지 방식은 서로 배타적이지 않고 오히려 함께 작용한다. 예컨대 베르길리우스의 『아이네이스』는 초월적 고전이지만 서사시 장르에서는 하나의 명작이고 또 로마 제국 세계를 보는 창문이기도 하다.

댐로시에 의하면 주요 정전들은 어떤 초월적 영역에서 영원히 흐르기 때문이 아니라 다른 시대와 장소의 변화하는 필요에 따라 효과적으

---

36 *Ibid.*, pp. 15~16.

로 변용하기 때문에 그렇게 강력하게 지속되는 것이다. 지금 세계문학의 형세에서 일어나고 있는 변용은 가장 위대한 책을 읽는 우리의 방식에도 심각한 충격을 주고 있다.[37] 여기서 중요한 것은 '변용'이라는 말이다. 그것은, 댐로시가 강조하듯, 문학 작품들이 언제나 그리고 오로지 특수한 시대와 장소의 기록으로 읽혀야 한다는 것을 의미한다. 이런 측면에서 세계문학의 문제의식은 한 편의 텍스트가 구체적인 맥락에 의거하여 끊임없이 재변용하고 보편과 특수의 길항 관계를 조성하는 양상 위에서 펼쳐진다고 할 수 있다. 그러한 인식은 위에서 말한 정전의 새로운 연구를 위한 적절한 사유 방식을 제공한다.[38]

세계시민주의는 세계문학과 마찬가지로 서구의 세속적 팽창(세계화)과 문명화 사명 위에서 출발했던 기획이었다. 세계시민주의라는 용어는 1990년대 말에 유행어가 되었고 그 후 지금까지 유행은 계속되고 있다. 그 이유를 월터 미뇰로Walter Mignolo는 네 가지로 정리한다.[39] 첫째, 내셔널리즘적 사고가 한계에 봉착했다는 점이다. 내셔널리즘은 세계시민주의가 극복하기 위해 노력한 대상이다. 예로, 내셔널리스트들은 이민을 골칫거리로 보지만 세계시민주의자들은 이민을 전 지구적 미래를 향한 하나의 시작으로 본다. 둘째, 민족주의를 벗어나면서도 신자유주의적이고 경제적인 세계화의 수중에 떨어지지 않는 논의들

---

37 *Ibid.*, p.135.
38 T.S.엘리엇은 이미 오래 전에 그의 기념비적인 에세이에서 이 점을 지방성provinciality의 개념을 들어 설명한 바 있다.(T.S.Eliot 1945) 앞에서 지적한 대로 이 글은 유럽에 참조점을 국한하면서 논의를 전개한 글이라는 점을 부정하기 힘들지만, 그 논리와 사고는 보편과 특수의 길항관계를 상상하도록 하는 강력한 힘을 지닌다.
39 Walter D. Mignolo(2010). Walter D. Mignolo(2010)은 2008년에 예일대에서 처음 발표되었고 이어 보완된 형태로 듀크대에서 발표되었다. 참고한 논문은 2010년 5월 31일 부산대학교 한국민족문화연구소의 '제6회 해외학자 초청세미나'에서 발표된 것이다.

을 세울 필요가 있었다. 셋째, 국민을 통제하려는 국가적 구상을 뒷받침하는 폐쇄적이고 단일문화적인 정체성 개념들로부터 벗어날 필요가 있었다. 이런 측면에서 세계시민주의는 개인에 주목한다. 넷째, 아래로부터의 세계시민주의라는 새로운 아젠다의 출현이 세계시민주의의 현실적 의미와 가능성을 증폭시켜주었다.

1절에서 나는 다음과 같이 말했다. "정전의 역사적 설정은 근대(성)와 거기서 비롯된 제국주의와 그 이면으로서의 식민주의, 그리고 그들로 이루어진 세계화의 흐름들과 관계가 깊다. 근대는 서구 문명의 확장의 역사였고 식민의 역사였다." 이런 측면에서 볼 때 세계시민주의라는 개념 자체는 사실상 서구에서 생장했다고 볼 수 있다. 미뇰로도이 점을 언급한다. "세계시민주의의 서사는 근대성의 전망에서 수행되어왔다."[40] 그러나 근대성의 전망에서 나온 세계시민주의와 근대성의 외부성(즉, 식민성)으로부터 나온 비판적 세계시민주의는 구별되어야 한다. 여기서 외부성은 조심스럽게 이해해야 한다. 그것은 미뇰로의 표현을 빌면 "내부에 의해 필요로 되는 외부"다.[41]

세계시민주의는 위의 여러 항목들이 결속하여 이루어내는 한계를 넘어서서 이해해야 한다. 만일 우리가 세계시민주의적 이상을 유지하려 한다면 우리는 세계시민주의를 탈식민화해야 한다. 탈식민적 세계시민수의de-colonial cosmopolitanism는 근내싱 / 식민싱의 전 지구직 경계들 위에 세워지는 복수보편적pluri-versal 세계질서의 생성이 될 것이다. 거꾸로 말해 탈식민주의의 극복은 탈식민주의의 완전한 폐기가 아니

---

40 Walter D. Mignolo(2002 : 158).
41 *Ibid.*, p.176. 나는 이를 비동일화라는 용어로 논의한 바 있다. 박상진(2010).

라 세계시민주의와의 결합으로 가능하다.

세계시민주의가 지역성을 강조하는 것은 그런 측면에서 이해할 수 있다. 앞의 1절에서 20세기 초반에 미국에서 나온 세계문학 전집들이 세계시민주의를 표방하지만 사실은 토착문화 보호주의nativism에 빠져 있음을 지적했다. 토착문화 보호주의는 유럽 중심주의 / 유럽로컬리즘의 다른 이름이다. 그것은 단일성을 표방하지만, 비서구의 로컬리즘은 복수다. 왜냐하면 비서구의 로컬리즘에는 인종주의에 의해 침해받은 다양한 기억과 식민적 상처들이 있으며, 서구와 연관되지만 동시에 서구로 포섭될 수 없는 삶의 방식과 언어가 있는 까닭이다. 단일-보편적uni-versal으로 존재하는 로컬리즘을 위한 칸트주의적 기획은 오늘날 유지될 수 없다. '세계시민주의적 로컬리즘'은 전 지구적 프로젝트로서 복수-보편성을 향한 또 다른 표현이다.[42]

따라서 세계시민주의를 다루는 우리의 태도는 그것이 우리에게 무엇인가, 어떤 것이어야 하는지를 묻는 것이어야 한다. 정전을 다루는 데서도 그런 태도는 유지되어야 한다. 정전은 한 곳에서 유래하는 것이 아니며, 정전의 기원과 중심은 복수의 형태를 지닌다는 것을 인정하고, 과거와 현재, 미래에 걸쳐서 정전성의 개념적 구성과 정전 형성의 열린 가능성을 추구해나가야 할 것이다. 그런 식으로 세계시민주의가 제대로 작동할 때에 정전 문제를 둘러싼 탈식민주의적 의식과 실천은 적절히 작동할 수 있다.

세계시민주의는 철학에서 발생하여 사회와 정치, 경제 분야로 발전

---

42 Walter D. Mignolo(2010).

되어오고 있지만, 문학 정전과 같은 부분적이면서도 근본적인 문제에 무시할 수 없는 기여를 할 것으로 생각한다. 세계시민주의와 정전 연구가 서로에게 큰 기여를 할 수 있다는 점은 그 두 진영들 모두에서 간과된 점이다.

정전 연구에 필요한 사유 방식으로 세계문학과 세계시민주의를 예로 들었는데, 당연히 이들로 충분하다고 볼 수는 없다. 더욱이 이들만 놓고 보더라도 이들의 영역이 2절에서 다채롭게 열거한 지적, 비판적 조류들과 더불어 형성되고 추진된다는 점도 분명하다. 다만 그들의 강점은 이른바 '세계'를 문제로 삼는다는 점이고, 그 과정에서 '세계'를 '지역'과 분리되지 않은, '지역'들로 이루어진, 상당히 복합적이고 변화적인 개념으로 본다는 점이다. 그런 점들로 인해 세계문학과 세계시민주의는 정전성을 과거에 비해 더욱 민주적으로 재구성하는데 큰 기여를 할 것으로 보인다.

4. 정전성의 정치학

모든 경우에서 정전 형성은 이념과 권력관계에 밀접하게 연동하여 이루어졌다. 그것을 우리는 넓게 삽아 '정치학'이라고 부를 수 있다. 정치학의 함의는 좁게는 미적 차원을 배제한 이념적 접근을 가리키고 넓게는 미적 차원과 이념적 차원을 둘 다 포괄하는 실천의 의미로 이해할 수 있다. 문학은 이제 문학만의 문제가 아니라 사회적, 경제적, 인류학적, 문명적 차원과 긴밀하게 연결되어있으며, 더 중요하게, 그런 차원들에서 일종의 저항을 추구한다. 문학상을 예로 들어보자. 맨 부커 상The Man Booker Prize은 1969년 영국의 부커사가 제정한 문학상으로, 노벨문학상과 공쿠르상과 함께 세계 3대 문학상으로 꼽힌다. 해마다 지난 1년간 영국연방 국가에서 영어로 쓰인 소설 가운데 가장 뛰어난 작품을 쓴 작가에게 수여한다. 1997년에 인도의 여성작가 아룬다티 로이Arundhati Roy가 *The God of Small Things*로 이 상을 수상했다. 상을 받은 작품이 반드시 정전이 되는 것은 아니겠지만, 제임스 잉글리시James English가 주장하듯,[43] 거기에는 정전이 형성되고 문화적 자본이 배치되며, '위대성greatness'이 결정되는 사회적-상업적-문화적 메커니즘이 자리한다. 그렇다면 아룬다티 로이의 경우, 또 살만 루시디Salman Rushdie의 경우처럼, 앞에서 말했듯 이미 내면화된 타자의 언어로 주체의 정서를 표현한 것인데, 이를 단순히 중심으로부터 인정받기라고 할 수 있을 것인가. 그보다는 애슈토시 로이Ashutosh Roy의 표현대로, '저항문학'이라고 해야 할 것이 아닌가.[44] 이런 면에서 비서구 세계의 문학 작품이 정전화되는 과정은 다분히 정치학의 측면에서 바라보아야 할 측면들이 있는 것이다.

이 시점에서 문학의 윤리성을 강조할 필요가 있다. 문학의 윤리성이란 문학이 수행하는 사회적, 문화적 기능과 관련되며, 문학의 사회적, 문화적 기능은 타자를 고려함으로써 이루어질 수 있다. 이런 측면에서 우리는 정전 형성 과정을 타자의 존재와 관련하여 이해할 수 있어야 한다. 정전의 형성은 과거에는 국민문학의 테두리 안에서 이루어졌고 그

---

[43] James English(2005).
[44] Ashutosh Roy(2010 : 89~102).

것이 일방적으로 전파되는 가운데 세계적인 정전으로 확정되는 현상이 있었다. 그러나 그렇게 이루어진 세계적인 정전은 타자를 고려하지 않은 것이기에 진정한 의미에서 보편적인 정전이라고 할 수 없다. 여기서 우리는 전파의 과정과 보편의 의미를 다시 생각할 필요가 있다. 한 편의 문학 텍스트의 국제적 전파는 보통 번역(혹은 외국어로 쓰기)을 통해 이루어진다. 번역은 언어의 차원에 국한된 것이 아니라 문화의 차원에서 이루어지는 일이다. 한 문화에서 다른 문화로 변신하는 것은 타자에 대한 윤리적 시선과 떨어질 수 없다. 따라서 번역을 통한 한 텍스트의 유통은 정치학이라는 이름으로 고찰될 수 있다. 이는 세계적 정전, 즉 세계문학은 어떻게 이루어지는가 하는 문제로 이어진다.[45]

예로 밀란 쿤데라의 경우 번역은 물론 스스로 외국어로 쓰는 행위를 통해 세계적인 정전 작가로 굳어졌다. 쿤데라는 체코슬로바키아의 프라하에 대한 소설 『참을 수 없는 존재의 가벼움』을 써서 유명해졌는데, 그 소설은 정작 체코 사람들에게는 이국적으로 느껴진다. 그것은 쿤데라의 위치가 외국적이기 때문이다. 쿤데라는 현재 파리에 망명한 체코인으로서 불어로 쓰고 있으며 체코어로 쓴 자기 작품의 번역판을 생각할 때 불어판을 정판으로 생각한다. 또 호메로스와 디드로와 같이 서유럽 독자에게 친숙한 것들을 많이 참조한다. 이런 현상은 쿤데라의 작품이 계속해서 '굴절(혹은 왜곡)'되면서 유통되었다는 것을 말해준다. 그러나 이렇게 생산되고 유통된 문학을 세계적 정전, 즉 세계문학이라고 말할 수 있을까? 그와 반대로 한 국민nation을 대표하는 문학, 즉 한

---

45 이 점에 대해 나는 다른 글에서 더 자세히 고찰한 바 있다. 박상진(2013).

국민의 테두리 내에서 머물면서 그 정서와 역사, 정체성을 대변하는 문학은 세계문학으로 올라설 수 없는 것일까? 그들 사이의 긴장이 필요할 텐데, 그 긴장은 어떻게 이루어지는가?

한 국민 혹은 지역의 테두리 내에서도 유통이 이루어진다. 앞에서 언급한 내용을 떠올려보자.

> 정전의 형성은 과거에는 국민문학의 테두리 안에서 이루어졌고 그것이 일방적으로 전파되는 가운데 세계적인 정전으로 확정되는 현상이 있었다. 그러나 그렇게 이루어진 세계적인 정전은 타자를 고려하지 않은 것이기에 진정한 의미에서 보편적인 정전이라고 할 수 없다.

그런데 이런 현상은 근대 세계체제를 선도한 나라들에서 일어난 현상이며, 오히려 그들의 지배를 받은 이른바 주변부에서는 타자를 고려할 수밖에 없는 상황이 그 내부에서 형성되었다. 타자의 언어로 주체의 정서를 표현하는 문제가 그것이다. 잘 알려져 있듯, 라틴아메리카에서는 19세기 이후 저들의 고유한 정서를 재현하기 시작했으나 언어는 스페인어였고, 인도는 '인도 영문학'이라는 말이 가리키듯 15개 이상의 공용어들이 엄존하는 가운데 영어로 쓰인 문학이 대세를 이루며, 아프리카 작가들도 영어와 불어로 작품을 써야 제대로 유통되고 독자들에게 읽히며 또한 인정을 받는다. 타자란 외부의 존재가 아니라 이미 주체를 형성하는 근본 존재다. 문제는 이런 현상이 오히려 문학의 문학다움을 지원하는 것으로 볼 수 있다는 점이다. 문학이란 보편적이기 때문인데, 이때 보편이란 모든 특수들을 소통시키고 연대시키는 과정을 의미한다.

지금까지 나는 비서구 정전과 그에 대한 주목이 중요한 이유를 설명하고자 했다. 그러나 다른 한편 비서구 정전에 서구 정전이 지녀왔던 존재론적 중량감까지는 부여하지 않아 자칫 잘못하면 서구 정전의 외연을 키우는 하나의 장식의 역할을 담당하는 것으로 전락할 가능성도 있을 수 있다. 비서구 정전에 서구 정전의 존재론적 중량감을 부여하는 일은 그리 간단한 작업이 아니다. 서구 정전의 존재론적 중량감이라는 것이 형성된 역사적 과정이 지극히 서구중심적인 패권적 사고와 실천으로 이루어졌기 때문에 비서구 정전에 그만한 중량감을 부여하는 일은 그러한 오류를 반복하지 않는 것으로 이루어져야 한다. '정전'이라는 개념 자체에는 이른바 정치성이 근본적으로 내재한다. 그 정치성이 문화의 서열화를 조장하고, 문화의 다양성과 자율성을 침해하는 역기능을 발휘할 수 있다는 점은 서구중심적 정전 형성의 역사에서 확인된 사실이다. 내가 말하는 정전성의 정치학이란 그러한 패권적 정치성과 함께 그에 대한 저항이 정전 형성의 무대에 함께 등장한다는 인식을 담고 있다. 정전성의 정치성을 말한다면 우리는 패권과 함께 저항도 함께 논의해야 한다. 여기서 저항이 또 다른 패권을 지향하는 것이 아니어야 함은 두 말할 것도 없다.

이런 측면에서 보편성은 정전을 논의하는데 궁극적인 지표라고 할 수 있다. 왜냐하면 저항이 패권의 오류를 반복하지 않도록 하려면 저항은 보편을 지향해야 하기 때문이다. 보편을 지향한다는 것은 패권의 오류를 폐기하기보다 포용하는 것을 뜻한다. 국가 혹은 문화권마다 서로 다른 정전을 제시하는 현상은 정전에 대한 상대적 인식 못지않게 정전에 패권의 정치성이 깃들어있기 때문인데, 그에 대한 해결은 정전을 정의하는 일, 정전의 한계를 제시하는 것보다는 정전을 열어두는 일, 정전의 가능성을 펼쳐나가는 일일 것이다. 말하자면 기존에 정의된 정전을 재검토하는 일을 수행하되, 주된 초점은 정전의 목록을 더욱 확장시키자는 것이다. 여기서 그 기준이 되는 것은 보편성이다. 언제 어디서나 '받아들여질 수 있는' 성질. 그 성질이 문학 외적인 것에 의해 재단되지 않고 문학가치의 평가 위에서 검토될 때 보편성은 진정한 것이 될 수 있다.

정전은 근본적으로 보편적이어야 한다. 불행하게도 그동안 공인되어온 정전은 진정한 의미에서 보편적이지 못했고, 이른바 역사적인 것, 즉 역사의 특수한 시기에 제한된 것이었거나, 지역적인 것, 즉 특수한 지역에만 해당되는 것이었다. 유럽적 보편주의라는 월러스틴의 표현은 그러한 현상이 유럽의 시공간에서 어떻게 이루어져왔는지 잘 보여준다. 이제 우리는 진정한 보편적 정전을 어떻게 재구성할 수 있는지 모색하는 단계에 와있다.

반복하건대, 이제 우리는 세계의 모든 문학들을 재점검해야 할 시점에 서있다. 문학사 자체에 대한 반성과 함께 문학사를 다시 써야 할 시점에 와있다. 또한 완전히 새로운 구성의 세계문학 전집이 출판시장에서 주력 상품으로 자리잡는 상황이 전개될 시점에 와있다. 정전은 불변하지 않으며 동시에 부재하지도 않는다. 정전을 있으면서도 변하는 것으로 보는 인식이 정전에 대한 태도들 사이의 근본적인 차이를 만들어낸다. 정전은 번역과 변용을 통해 변화하지만 그렇다고 번역과 변용이 정전이 지닌 원래적 실체를 지워버리는 것을 의미하지는 않는다.

우리는 추의 왕복 운동처럼 그 둘 사이를 왕복하는 작업을 계속해나가야 하며, 그런 과정에서 정전을 둘러싼 논의와 정전 읽기의 세계는 더욱 민주주의적으로 되고 더욱 풍요로워질 것이다. 정전은 하나의 사건처럼 우리 앞에서 매순간 일어났다가 사라지기를 반복하면서 정전 자체를 우리에게 문제로 들이밀 때 비로소 정전으로서의 지위와 가치를 유지할 수 있다. 그러나 당연하게도 정전이 그렇게 하는 것이 아니라 바로 우리 자신이 그렇게 만드는 주체라는 점을 생각해야 한다. 여기서 우리는 들뢰즈의 차이와 반복, 바로크 예술이 제공하는 나선형적 사고와 같은 오래된, 그러나 다시 살아나는 사고를 심화할 필요도 있을 것이다.[46]

정전은 존재하며 필요하다. 다만 그 존재 방식을 새롭게 상상해야 하며 그 역할을 새롭게 부여해야 한다. 정전은 그 사전적 의미로 외전 外典을 전제로 한다. 내와 외, 중심과 주변부의 이분법을 전제로 한다. 정전은 태생적으로 안을 차지하며 중심을 이룬다. 앞으로 우리가 상상해야 할 정전의 존재방식은 안과 밖이 없는, 중심과 주변부의 구분이 없는, 그러한 것이다. 이를 탈중심이라는 말로 표현할 수 있을 텐데, 그 핵심은 안과 밖을 넘나드는 횡단의 과정이 끊임없이 끝없이 일어나도록 하는 것이다. 그러한 변용과 재구성의 사건적 과정 속에서 정전은 자체를 부정하고 견지하기를 반복하고, 그러면서 세계늘의 문학늘은 (비문학적 기준에 의해 함부로 재단되기를 그치면서) 문학 가치의 조명 아래 온전히 들어갈 수 있는 것이다. 여기서 문학의 민주주의라 불릴 수 있

---

46 질 들뢰즈, 이찬웅 역, 『주름, 라이프니츠와 바로크』, 문학과지성사, 2008.

는 것이 성립한다. 결국 새로운 지평에서 정전을 논의하는 작업은 문학의 재탄생으로 직결되며, 그 재탄생은 이제까지 목격하지 못했던 민주주의적 가치를 전 지구적으로 실현하는 것이 될 것이다.

참고문헌

박상진, 「타자의 환대로서의 번역」, 『세계문학비교연구』 43, 세계문학비교학회, 2013.

_____, 「세계문학의 과제와 보편의 문제」, 『비교문화연구』 23, 경희대 비교문화연구소, 2011a.

_____, 『단테 신곡 연구 : 고전의 보편성과 타자의 감수성』, 아카넷, 2011b.

_____, 『비동일화의 지평 : 문학의 보편성과 한국문학』, 고려대 출판부, 2010.

_____, 『지중해학 : 세계화 시대의 지중해 문명』, 살림, 2005.

로버트 영, 김용규 역, 『백색신화 : 서양이론과 유럽 중심주의 비판』, 경성대 출판부, 2008.

_____, 김택현 역, 『포스트 식민주의 또는 트리컨티넨탈리즘』, 박종철 출판사, 2005.

마틴 버낼, 오홍식 역, 『블랙 아테나 : 날조된 고대 그리스 1785~1985, 서양 고전 문명의 아프리카 · 아시아적 뿌리』, 소나무, 2006.

안토니오 그람시, 박상진 역주 · 해제, 『대중문학론』, 책세상, 2003.

안토니오 네그리 · 마이클 하트, 윤수종 역, 『제국』, 이학사, 2001.

질 들뢰즈, 이찬웅 역, 『주름, 라이프니츠와 바로크』, 문학과지성사, 2008.

하루오 시라네 · 스즈키 도미 편, 왕숙영 역, 『창조된 고전』, 소명출판, 2002.

Arnold, Matthew, "The Study of Poetry", *Poetry and Criticism of Matthew Arnold*, Boston : Houghton Mifflin Company, 1961.

Coetzee, J.M, "What is a Classic?", *Stranger Shores : Literary Essays 1986~1999*, New York : Viking, 2001.

Damrosch, David, *What is World Literature?*, Princeton : Princeton University Press, 2003.

Derrida, Jacques, "Hospitality, justice and responsibility : a dialogue with Jacques

Derrida", Kearney, Richard, and Mark Dooley, eds. *Questioning Ethics : Contemporary Debates in Philosophy*, London, Routledge, 1999.

Derrida, Jacques, *Specters of Marx : the state of the debt, the work of mourning, and the new international*, London : Routledge, 1994.

Eliot, Thomas S, *What is a Classic?*, London : Faber & Faber Limited, 1945.

English, James, *The Economy of Prestige : Prizes, Awards, and the Circulation of Cultural Value*, Cambridge : Harvard University Press, 2005.

Gilroy, Paul, *The Black Atlantic : Modernity and Double-Consciousness*, Cambridge : Harvard University Press, 1993.

Guillory, John, *Cultural Capital : The Problem of Literary Canon Formation*, Chicago : University of Chicago Press, 1993.

Huggan, Graham, *The Postcolonial Exotic : Marketing the Margins*, London : Routledge, 2001.

Leavis, F.R. *The Great Tradition*, New York : New York University Press, 1964.

Madsen, Deborah L, *Post-Colonial Literatures : Expanding the Canon*, Pluto, 1999.

Mignolo, Walter D, "Cosmopolitan Localism : A De-Colonial Shifting of the Kantian's Legacies", 『부산대학교 한국민족문화연구소의 제6회 해외학자 초청세미나 자료집』, 2010.5.31.

_____, "The Many Faces of Cosmo-polis : Border Thinking and Critical Cosmopolitanism", eds. by Carol A. Breckenridge, Sheldon Pollock, *Cosmopolitanism*, Homi Bhabha, and Dipesh Chakrabarty, Durham & London : Duke University Press, 2002.

Roy, Ashutosh, "Woman as the Silenced Subaltern in the Indian Fiction in English", *Canonicity and Otherness in the Non-Western Culture*, The 3rd ICKS International Forum, 2010.

Said, Edward, *Culture and Imperialism*, New York : Knopf, 1993.

Sainte-Beuve, Charles-Augustin, "What is a Classic?", *Sainte Beuve : Selected Essays*, New York : Doubleday & Company, 1963.

Spivak, Gayatri C, *Death of a Discipline*, New York : Columbia University Press, 2003.

Thieme, John, *Postcolonial Con-Texts : Writing Back to the Canon*, Continuum, 2002.

Thomson, A.J.P., *Deconstruction and Democracy : Derrida's Politics of Friendship*, London : Continuum, 2005.

Wallerstein, Immanuel, *The European Universalism : the Rhetoric of Power*, New York and London : The New Press, 2006.

| (비평)이론과 정전, (비평)이론의 정전* |

1. 들어가며

비평이론과 정전의 관계는 새삼 논의할 가치가 없는 식상한 주제로 보인다. '정전canon'에 기초한 경직된 전통적 문학 연구를 (비평)이론은 해소, 해결, 대체했다는 인식이 보편화된 합의라면 말이다. 하지만 정전은 그렇게 말끔히 정리할 수 있는 문제가 아니다. (비평)이론은 개별 논문이나 논저의 텍스트적 실천 속에만 존재하는 것이 아니라, 대학이란 제도, 경제, 권력 속에서 연구 및 교육 되는 특정 분야를 지칭하기노 하기 때문이다. (비평)이론이 교육과정과 강의계획서, 시험과 학위논문 등과 연계되는 순간, (비평)이론은 학생이 읽어야 할 글의 목록으로 구

---

*   이 글은 「(비평)이론과 정전, (비평)이론의 정전」(『비평과 이론』 14권 1호, 한국비평이론 학회, 2009)을 수정·보완하여 재수록한 것이다.

체화되지 않을 수 없다. 그 글들을 어떻
게 가르치고 거기에 근거한 평가는 어떠
한 식이어야 할지의 실무적인 문제는 본
고에서는 다루지 않을 것이다. 그보다 더
근본적인 문제에 대한 반성이 이러한 논
의에 선행 및 병행되어야 한다고 믿기 때
문이다. (비평)이론과 정전의 관계를 흔히

Terry Eagleton(1943~)

정전에 대한 비판 및 해체로만 분석하는 단계에 머물 때 제기되지 않
는 문제는 (비평)이론 자체의 정전화이다. 이 글은 이 양자를 대등하게
살펴보므로, 오늘날 대학 및 학계에서 (비평)이론의 존재 양태에 대한
반성적 사유의 한 축을 다지고자 한다.

2. 이글튼

왜 가장 먼저 이글튼Terry Eagleton인가? '왜'에 앞서 '누구'인지부터가
문제이다. 이글튼이란 이름 내지는 기표가 의미하는 바가 한 가지만은
아니다. 이글튼의 글투를 모방하자면, '이글튼'을 대체로 검은 색 책 표
지에 붙어 있는 저자의 이름으로 알아보는 사람도 있겠지만, 무슨 (튼 피
부에 잘 듣는) 피부연고 약 이름으로 이해하는 사람도 있을 것이다. 전자
는 비평이론 정전에 어느 정도 익숙한 사람이며, 후자는 이 정전 밖에 있
는 '문외한'으로 분류된다. 말하자면 '이글튼'이란 이름은, 전통적인 문
학 정전에 대한 도전에 일조한 '이론가'이고자 하는 이글튼의 자신의 기

도와는 다른 층위에서, '정전화'의 문제와 이미 결부된 '저명한 이름'이다. 그런 점에서 '이글튼'은 (비평)이론과 정전 및 (비평)이론의 정전이라는 이 글의 두 화두를 대변하기에 적절할 기표이다. 뿐만 아니라 문학 이론을 명쾌하고 흥미롭게 소개해준 그의 『문학 이론 개요*Literary Theory : An Introduction*』는 한편으로는 전통적인 문학 정전에 대한 도전과 비판을 주도하는 데 일조하면서도 다른 한편 '이론'을 구성하는 '주의(−ism)' 및 이를 대변하는 이론가의 이름을 정전화하는 데 일조하였기에 (비평)이론과 정전의 관계를 탐구하려는 본고의 출발점이 되기에 족하다.

물론 이글튼의 『문학 이론 개요』의 일차적인 목적은 전통적인 문학 정전에 대한 도전이 아니다. 하지만 「서문」에 등장하는 다음과 같은 주장을 보면, 이 책 제목대로 '문학 이론'을 하나의 '분야' 내지는 대상으로 소개하는 행위의 전제조건이 정전의 문제와 밀접하게 연관됨을 알 수 있다.

문학 연구에 있어서 진정으로 엘리트주의적인 요소는 문학 작품을 특정 종류의 문화적 소양을 갖춘 자들만이 그 진가를 이해할 수 있다는 관념이다. 말하자면 '문학적 가치'를 타고난 자들과 바깥 암흑에서 시들어가는 자들로 구분된다는 것이다. 1960년대부터 문학 이론이 성장하기 시작한 한 가지 중요한 이유는 바로 이러한 가정이 점차 와해되었다는 사실이고, 이는 소위 '교양 없는' 계층 출신 학생들이 새롭게 고능교육에 신입하게 된 여파였다. 이론은 문학 작품을 '훈련된 감수성'의 굴레에서 해방시키는 방편이었고, 적어도 원칙적으로는, 누구건 동참할 수 있는 성격의 분석 영역으로 문학 작품을 개방시켰다.

—Eagleton(1996 : 8)

그런데 '감수성'과 '문학적 소양'의 계급적 속성을 고발하는 것 그 자체의 타당성을 인정해준다고 해도, 여기에서 '이론'이 계급적 편견으로부터의 해방의 도구일 수 있는 가능성이 곧바로 도출되는 것은 아니다. 오히려 보다 분명한 것은 '문학'이란 대상, 좀 더 정확히 말해 '정전'으로서 문학으로부터 '이론'의 해방이다. "정전을 사뭇 고정된 것, 때로는 심지어 영원불변한 것으로 인식한다는 사실은 한편으로는 아이러니한데, 이는 문학 비평 담론이 확립된 기의signified를 갖고 있지 않기에, 원한다면 대략 그 어떤 종류의 글로건 관심을 돌릴 수 있기 때문이다."(Eagleton 1996 : 175~76) 문학 비평은 '문학적 가치'가 있는 작품들만을 대상으로 삼아야 한다는 논리는 이러한 가치를 만들어주는 행위가 문학 비평 자체이기에 동어반복에 불과하다. "셰익스피어가 마침 편리하게 위대한 문학으로 곁에 있는 것을 문학제도가 요행히 찾아낸 것이 아니라, 이 제도가 그를 위대한 문학으로 만들어줬기에 그렇게 된 것이다."(Eagleton 1996 : 176) 따라서 '이론'이 원한다면 셰익스피어에게서 다른 데로 눈을 돌릴 자유는 원칙적으로 보장된다.

이렇듯 문학 정전 내지는 셰익스피어가 대변하는 '위대한 문학'의 권위가 정지된 자리에, 위대한 저자들의 명단 대신 들어선 것은, 가령 이글튼의 『문학 이론 개요』를 예로 들자면, 신비평, 구조주의, 정신분석 등 상이한 이론적 입장 내지는 방법의 이름들이다. 그렇다면 이러한 이론의 정전, 정전화된 이론들의 자격과 가치는 어디에 근거하는가? 셰익스피어 등 문학 정전을 만들어낸 것이 문학제도라면 이론 정전을 만드는 것 역시 이글튼의 저서나 소속 대학이 상징하는 문학제도의 한 축이 아닌가? 이러한 질문을 제기하고 거기에 대한 역사적, 사회적 대답을 모색하는 일은 유물론자 이글튼의『문학 이론 개요』에 당연히 포함될 수밖에 없다. 가령, 신비평에 대해, "기술지배 사회에 대한 인문적 보완 내지는 대안으로 삶을 시작한 이 운동이 이러한 기술지배의 모습을 자신의 방법론 속에서 재생산해내고 말았다"(Eagleton 1996 : 43)는 분석이라든지, 포스트모던 이론 자체가 '문화자본' 축적의 방편이 되는 순간 "포스트모던 시장터의 일부이지 그것에 대한 반성만은 아니"(Eagleton 1996 : 206)라는 비판은 이글튼의 '문학 이론 개요'가 그 실상은 매우 비판적인 개요임을 상기시켜준다. 하지만 이러한 비판의 틀이라는 부정성의 계기 속에서도 이글튼의『문학 이론 개요』속 '문학 이론'이라는 새로운 담론은 구성되고 있다. 그러한 담론이 제도 안에서 안정된 위치를 차지하는데 성공하는 한 정전화의 경향으로부터 자유롭지 않다. 이러한 이론의 정전화에 대해 (비평)이론 담론은 침묵하며 개별 이론(가)의 가치를 입증하거나 아니면 문학 정전에 대한 공격과 '해체'를 전면화하는 것을 일상적 업무로 삼는다. 그러한 전략은 (비평)이론의 가치와 의의를 부각시키기에 유리하다. 하지만 이 글은 바로 이러한 침묵에 대한 물음, 침묵에 함축된 물음을 묻고자 한다. 정전의 임의성과 정치성을 파헤치는 데 주저하지 않는 (비평)이론이기에 그러한 불편한 물음을 회피할 수도 회피해서도 안 된다고 보기 때문이다. 이를 위해 (비평)이론의 '성과'로 내세울만한 문학 정전에 대한 도전을 간략히 되짚어보기로 하자.

3. 비평이론과 정전

　문학 정전과 이론의 관계를 논하기 위해 다시 이글튼, 이번에는 최근의 이글튼에게서 출발하고자 한다. 문학 이론은 '문학'을 죽였는가? 텍스트를 세밀히 읽는 '문학 비평'은 "영혼이 없는 추상적 명제와 공허한 일반화"로 가득한 '문학 이론'에 밀려나 퇴화해 버렸는가?(Eagleton 2007 : 1) 이러한 질문에서 출발하는 이글튼의 『시를 어떻게 읽을 것인가?*How To Read a Poem?*』는 『문학 이론 개요』와는 달리 가장 '문학적인' 장르인 서정시 읽기를 가르치겠다는 교육적인 의도에서 쓴 책이다. 이 책에 등장하는 작품들은 거의 모두 엘리엇T. S. Eliot, 예이츠Yeats, 워즈워스Wordsworth 등 '문학 정전'에 포함된 작가들의 시들이다. 물론 그 과정에서 '시란 무엇인가?'에 대한 탐구가 지속적으로 진행되고 이에 대한 답변에서 '이론' 용어들이 동원되기에, 문학 정전으로의 단순 복귀는 아니다. 예를 들어, 로웰Robert Lowell의 "멋드러진 시"라고 소개한 「에드워드 씨와 거미Mr. Edwards and the Spider」(Eagleton 2007 : 55) 분석 끝에 나오는 "시란 기호학적 놀이로, 이때 기표가 갑갑한 의미전달 노동에서 풀려나서 우아하게 놀아난다"(Eagleton 2007 : 58)는 지적은 구조주의와 기호학에 대한 이해를 전제로 하고 있다. 『시를 어떻게 읽을 것인가』의 이글튼은 이론과 문학 정전이 말하자면 사이좋게 서로 도우며 '문학제도'를 지탱하도록 하자는 제안을 함축한다.

　하지만 문제가 그렇게 쉽게 풀릴 수 없음을 『문학 이론 개요』의 이글튼은 분명히 명시한 바 있다. '문학적 감수성'이란 개념에 정치적 의미가 묻어날 수밖에 없고, 또한 사회적, 정치적 변화의 한 몫을 차지하는 대학교육의 변화가 문학 연구에 영향을 미칠 수밖에 없다는 이 책의 주장대로라면, '문학 정전'에 대한 도전의 목소리는 사회적 불평등이 온존되는 한 쉽게 사라질 수 없다. 이글튼이 활동해온 영국, 적어도 잉글랜드에서의 영문학 정전은 그래도 '국문학'의 권위와 가치를 주장하기가 쉬운 편이지만, 가령 다인종, 다문화사회 미국에서의 영문학 정전은 문학 '밖의 힘겨루기에 보다 노골적으로 연루될 수밖에 없다. 이것은 어제 오늘의 일이 아니다. 미국의 영문학 교육 및 연구의 대상이 되는 정전은 영국의 영문학 정전과 같아야 하는가? 아니면 미국의 '국문학'인 '미국문학'이거나, 최소한 미국문학이 대거 포함된 정전이어야 옳은가? 그렇다면 과연 '미국문학' 정전에 포함될 작가와 작품은 누구인가? 누가 '미국'을 대표하는가? 이러한 질문은 흑인, 여성 등 소수집단 작가의 문학을 배제한 미국문학 정전에 대한 공격이 본격적으로 전개된 1980~90년대의 '정전논쟁' 이전부터 미국의 영문학 정전을 따라다녔다. 제1차 세계대전 후, 그간 미국 대학을 주도한 소수의 북동부 지역 영국계 백인 세력은 유럽의 기타 지역출신 이민자들이나 유태인, 여성들의 도전에 직면한다. 이들을 관리하기 위해 기득권층은 한편으로는 대중교육 및 대중문화를 통해 "중산층 미국인의 '동질적 사고방식'"을 심어주고, 다른 한편 대학의 문학 연구 및 교육을 재편하여 기득권의 울타리를 강화한다. 후자가 선개된 상은 나름 아닌 미국 '어문학연합회(MLA)'로, 매년 정기 학술대회 및 학회지를 조정하여 백인 남성문학 정전이 차지한 지배적 위치를 잃지 않도록 관리하는 한편, 여성문학이나 흑인문학은 특별 영역에 묶어두는 '게토ghetto화'의 전략을 취했다.(Lauter 1991 : 28~29) 문학 연구를 주도하는 세력은 표면적으로는 두 개의 상이한 입장으로 갈리기는 했다. 한 쪽은 문학의 '예술성'을 중시하며 역사적 가치나 사명을 무시하는 '형식주의적 미학'을 추종한 반면, 다른 한 쪽, 특히 미국문학 전공자들은 20세기 세계 최강국으로 부상한 미국의 국가적 위상에 걸맞은 미국문학 정전 구축에 나서고자 하는 '민족주의자'들이었으나,[1] 중요한 것은 양자가 모두 정전을 배타적이며 비좁게 제한하는 데 일조했다는 사실이다.(Lauter 1991 : 32)

이러한 정전의 폐쇄성은 곧 정전의 '정전됨'의 기본 양태이다. 정전화에 있어서 '시작'보다는 '끝'이 더 중요하다. 가령 신약성서 정전(정경)은 기독교 교회 역사 초기에 정해진 그 형태로 닫혀 있어야하지, 이후 다른 책들은 아무리 신령한 내용을 담고 있다고 해도 거기에 포함될 수 없다. 물론 정전의 문을 닫는 일이 결코 쉽지 않았다. 결국 교회라는 제도가 '시간과 합의'라는 두 개의 애매한 기준에 의해, 즉 오랜 시간 동안 다수 신도들이 인정해 온 책들을 재가하는 방식으로 신약성서 정전(정경)의 경계선을 확정하기는 했으나,(Gabel et al. 2005 : 104) 성서 정전(정경)의 '폐쇄'는 이성적으로 만족스러운 논거는 결여하고 있다. 문학이나 철학 등 세속 정전의 형성도 누구나 동의할 만큼 말끔히 해결되는 법은 없다. 르네상스 지식인들이 다시 부활시키고자 했던 그리스어와 라틴어 고전 정전은 불가피하게 플라톤에게서 출발해야 하지만 그의 글들이 대화편

---

[1] 정전canon에 담긴 문화적 야심이 근대기술문명을 활용한 군사적 지배의 야심과 같은 기원을 갖고 있다는 미하엘 디어스Michael Diers의 주장은 시대와 나라를 바꿔서 20세기 미국에 적용해도 좋을 듯하다. 디어스에 의하면 독일어의 'der Kanon(정전)'과 'die Kanone(대포)'는 둘 다 16세기 근대성 발원에 연결된 말들로, 전자가 새로운 예술적künstlerische 규범 구축의 발판이었다면, 후자는 새로운 군사기술적kriegkünstlerische 규범의 구축을 상징하는 기표였기에, 같은 담론적 뿌리에서 나왔다는 것이다.(Diers 2001 : 291) 이와 유사하게, 20세기 미국의 경우, 미국문학 정전과 미국제 핵무기는 동일한 패권주의의 산물이라는 지적이 가능하다.

Pietro Bembo(1470~1547)

이라는 '열린' 형식으로 구성되었다는 점, 이들 텍스트의 '대화성'이 의미의 고정을 방해한다는 점을, 가령 몽테뉴Michel de Montaigne 같은 지식인들은 못내 불편해 했다.(Grosse 1997 : 178) 고전이 아닌 '근대'의 정전을 구축하려 할 때 상황은 더 복잡해진다. 최초의 근대적 '민족문학' 정전을 형성한 이탈리아의 경우, 르네상스 초기의 대가들, 즉 단테Dante, 페트라르카Petrarca, 보카치오Boccaccio가 토스카나 특히 토스카나 지역을 지배한 피렌체 출신으로 이들이 피렌체 방언으로 쓴 작품들이 정전의 중심을 차지한다는 문제에 봉착했다. 피렌체 못지않게 자부심이 강한 다른 이탈리아 국가들, 가령 베네치아가 이들 피렌체 작가들을 자신들도 존경해야 할 '이탈리아 정전'으로 인정하는 것은 전혀 편치 않은 일이었다. 결국 16세기에 와서 피렌체 문화를 흠모하는 베네치아 귀족 피에트로 빔보Pietro Bimbo가 이들 피렌체 작가들의 이탈리아어에 대표성을 부여하므로 소위 '언어 문제questione della lingua'를 매듭진 다음에야 이탈리아어 문학 정전은 확립될 수 있었다.(Brucker 1998 : 219~220, Curtius 1983 : 264)

20세기 미국으로 다시 돌아와서 미국문학 정선 논생을 이딜리아 르네상스 시대와 비교한다면, (북동부 작가 중심의 정전이기에) 지방색도 일부 문제이긴 했지만 '피부색' 내지는 '인종 문제'나 '성별'의 문제가 여기에 가세하기에, 훨씬 더 상황이 복잡하다. 게다가 20세기 후반부에는 미국 및 영국에서 문학 정전 자체에 대한 회의가 제출되기 시작했다.

이 과정을 명료하게 해부하고 있는 머리 크리거Murray Krieger의 표현을 빌리자면, '이론'은 정전을 잘 읽게 해주는 '서비스 학문'의 지위에서 출발했으나 곧 이러한 부차적 지위에 대한 '인식론적 반란'이 촉발되었고, 이에 작품 해석과 평가 행위로부터 '이론'은 '독립'을 선언할 뿐 아니라 이들에 대한 '지배권'마저 주장하기에 이른다.(Krieger 1988 : 92) 이 과정은 더 이상 '문학 이론'이 아니라 '비평 이론' 또는 그냥 '이론'으로 '홀로 서는' 과정과 다름 아니다. 이렇게 독립한 '이론'은 역으로 문학 정전에서 벗어나서, 때로는 글이 아닌 시각적 텍스트까지 자유롭게 골라서 '읽고' 분석하므로, 이들 비정전 텍스트에게 '정전급' 지위를 부여할 권리를 행사한다. 앤토니 이스톱Antony Easthope의 『문학 연구에서 문화연구로Literary into Cultural Studies』가 대중소설 (및 영상물) 『타잔Tarzan』과 콘라드Joseph Conrad의 『어둠의 심연Heart of Darkness』을 동급에 놓고 비교한 것이 좋은 예이다. 두 텍스트 공히 "지배적으로 남성적인 문화"와 연루되어 있는바, "이상화되고 정형화된 여성"을 백인 남성 주인공의 애인으로 설정한 후, 그러한 '이상화'가 "남성적 욕망을 짓누르는" 모습을 그리고 있다는 논거가 정신분석학 '이론'을 이면에 깐 채 제시된다.(Easthope 1991 : 82) 물론 둘의 차이를 인정하지 않는 것은 아니나, 이번에도 '이론적인' 설명이 등장한다. "콘라드 소설과는 대조적으로 타잔의 담론은 기표의 층위를 지워버리고 기의를 물리적 행동 및 외적인 사건에 집중시킨다"(Easthope 1991 : 93)는 명제는 구조주의와 기호학에서 파생된 것이다. 이스톱은, 정전 중심의 문학 연구에서 정전을 벗어난 문화연구로의 이행 가능성 및 필요성의 배경 및 근거를 설명하는 「정전과 그 타자들The Canon and Its Other」이란 제목의 장에서, '기호 체

계', '이데올로기', '젠더', '정신분석', '제도'를 정전의 '타자'들로 제시한
다.(Easthope 1991 : 65~70) 정신분석을 제외하면 이들은 개념이나 주제
어로 보이지만, 실제로는 이들 개념은 각기 기호학 / 구조주의, 맑시즘,
페미니즘, 문화유물론을 지칭하는 환유들이다. 결국, 이스톱은, 가령
리비스F. R. Leavis의 『위대한 전통The Great Tradition』의 부제에 담긴 문학
정전의 저자 명단('조지 엘리엇, 헨리 제임스, 조세프 콘라드') 대신 기호학, 맑
시즘, 정신분석 등 이론의 이름들이 나열되는 (비평)이론의 목록이 문
학 정전 해체와 불가피하게 연관됨을 예시한다.[2]

4. (비평)이론의 정전

문학 정전의 문제는 교육의 문제와 불가분의 관계를 맺는다. 가장
근본적인 차원에서 문학이 대학교육과정에 포함되는 자격과 방식부
터가 문제이다. 문학이 교육의 대상이 아니라면, 문학은 문학 상품 시
장에서 책 판매 부수나 연극 흥행 기록의 문제로 환원될 것이다. 따라
서 문학 연구가 경영학의 분과학문이 되지 않으려면, 즉 '잘 팔리고 많

---

2 이 말이 리비스Leavis가 '이론'에서 선식으로 독립해 있다는 의미는 물론 아니다. 그의 '이
   론'을 명명하기가 쉽지 않기는 해도 다음과 같은 발언은 '철학'과 문학 비평을 구분하려는
   그의 시도 그 자체가 문학에 대한 특정 '이론'을 전제로 함을 보여준다. "It is not a question
   of a 'philosophy'; Conrad cannot be said to have one. He is not one of those who clear up
   their fundamental attitudes for themselves in such a way that we may reasonably, in talking
   of them, use that portentous term. He does believe intensely, as a matter of concrete
   experience, in kind of human achievement represented by the Merchant Service (…중략…)
   but he has also a strong sense, not only of the frailty, but of the absurdity or unreality, in
   relation to the surrounding and underlying gulfs, of such achievement." (Leavis 1948 : 229)

이 읽히는' 문학과 '좋은' 문학이 동의어가 되지 않으려면, '좋은 문학'의 가치를 시장의 그것과 다른 방식으로 부여하고 유지해야 한다. 이들 좋은 문학을 교육과정의 축으로 삼는 것은 교육기관, 특히 대학에서의 문학 교육의 이해관계와 일치한다. 그러나 암묵적 또는 신비주의적 근거에 기초해 '좋은 문학'을 규정하는 일은 이성적 담론생산과 유지를 업무로 삼는 대학과는 맞지 않는 면이 있다. 게다가 대학의 존재이유가 실용적, 과학적, 기술적 이성으로 정당화되는 추세가 강화될수록, 대학 내에서 문학 연구를 포함한 인문학의 위상은 불안정할 수밖에 없다. 단, 문학 연구에 '이론'이 가미된다면, 그리하여 '과학성'을 어느 정도 표방할 수 있다면 '학문'으로서의 정당성을 수호할 여지가 생긴다. 소위 '인문학의 위기' 담론이 유행하기 100여 년 전에 미국 어문학연합회 학회지(PMLA)에 실린 한 논문은 이런 전략을 진솔하게 제안하고 있다. 「우리의 교육과 교재가 어느 정도까지 과학적 근거를 가져야 하나?How Far Should Our Teaching and Text-books Have a Scientific Basis?」라는 제목하에, 브란트H. C. G. Brandt라는 독어독문학 교수는 아마추어리즘에서 벗어나 과학적, 즉 이론적 토대를 확보해야만 "우리의 학과와 우리의 전공이 품격과 비중을 얻게 될 것"(Brandt 1989 : 30)임을 역설한다. 이는 법학이나 자연과학 등 그 '품격'이나 '비중'이 확고한 다른 학과 및 전공과 비교할 때 어문학의 위상이 그만큼 취약하다는 것을 자인한 발언이다. 대학다운 전공으로 정착하기 위해 방법론의 과학성, 즉 '이론성'을 확보하자는 제안은 대학 내에서의 어문학 및 인문학 전체의 위상이 심각하게 흔들리고 있는 오늘날 더욱더 설득력 있게 들릴 법하다. 과학기술의 주도권이 막강해진 20세기 후반에 대학에서의 문학 연구가 지속적으로 '이론'을 통한 자기 정당화에 나서게 된 이면에는 대학에서의 문학 교육의 위상을 확보하자는 브란트적 전략이 깔려 있다.

대학에서 문학 전공이 연구 및 교육의 영역이 되려면 여타 학문과 마찬가지로, 방법론 내지는 이론의 정립이 필수적이다. 그러나 문학예술의 특성상 주관적 '감상'의 요소를 배제할 수 없기에 '이론'에 대한 저항 및 불신은 문학 연구 내부에 늘 남아있기 마련이다. 그러한 논란에도 불구하고 대학이나 학회 등 제도권 내에서 문학 연구자끼리 어떤 식으로건 토론과 대화는 유지해야하기에, 공통의 '언어,' 즉 '용어'들은 공유해야할 것이다. 막연히 '인생', '삶', '예술', '인간정신', '선', '악' 등의 표현으로 문학을 논하는 것으로는 문학제도를 유지하기가, 대학 밖 '문단'에서라면 몰라도, 적어도 대학 내에서는 용이하지 않다. 따라서 문학 연구가 학술활동 행세를 하는 데 필수품인 전문용어들의 '정전화'는, 방법론들의 '리스트'로 표현되는 '이론 텍스트들의 정전'에 선행하고 또한 보다 더 근본적일 수밖에 없다. 미국에서 만들어졌으나 한국 및 여타 지역 대학들에도 광범위한 영향을 미친 용어집을 한 권 들라면 에이브람스M. H. Abrams의 『문학용어집A Glossary of Literary Terms』을 누구건 주저하지 않고 꼽을 것이다. 첫 판이 1957년에 나왔고 1999년 제 7판을 거쳐 2008년에 9판까지 나왔나는 사실이 이 책의 위상과 활용도를 충분히 입증한다. 이 중에서 8판과 9판부터는 제프리 하팜Geoffrey Harpham과의 공저이니 에이브람스가 처음 쓴 『문학용어집』의 모습을 유지한 마지막 판본은 1999년 7판이다. 따라서 7판까지의 이 책의 탄생, 변신, 진화는 문학 연구 용어의 정전화의 내용 및 변화과정을 잘 보

여준다. 이 7판 서문에서는 초판부
터 이어진 전통적인 용어들인 '은유
metaphor', '플롯plot', '아이러니irony'
등에 덧붙여 새로운 용어들이 첨가
되고, 또한 기존의 꼭지들도 "과감
하게 다시 써서", "지난 몇 십 년간
기발하고 신속하게 진화해온 비평
이론들"(Abrams 1999 : 7)을 반영하려
했음을 밝히고 있다. 이러한 변화

M. H. Abrams(1912~)

의 지표를 가늠해볼 수 있는 항목이 다름 아닌 '비평criticism'이다. 왜냐
하면 '비평'은 문학에 대한 메타적 담론이기에 '학문'으로서 문학 연구
와 동의어처럼 사용될 수 있기 때문이다. 그러나 '비평'의 개념 규정은
특정 '입장'이나 '접근법'에 따라 상이한 정의가 나올 것이기에 불가피
하게 포괄적일 수밖에 없다. 그러니 '비평'을 설명하는 것은 이러한 상
이한 '비평방법' 내지는 유형을 나열하는 과정과 중첩될 수밖에 없다.
에이브람스의 『문학용어집』 제7판은 초판 때의 분류법인 '실제비평
practical criticism', '인상비평impressionistic criticism', '가치비평judicial criticism'
등을 유지하면서도 동시에 1970년대 이후의 '새롭고 혁신적인 비평 이
론'들의 존재를 적시하는데, 이 후자는 별도로 '문학 이론(들)theories of
literature' 항목에서 다룬다는 안내를 해준다.(Abrams 1999 : 50~51) 말하자
면 문학에 대한 담론의 이름이 '비평'과 '이론'으로 갈리고 있는 모습을
보여준다. 이 안내를 따라 '문학 이론' 항목을 찾아보면 이런 꼭지는 존
재하지 않고 대신 '비평이론들, 현재의theories of criticism, current'가 나올

뿐이니, 이는 두 용어의 혼란이 걸러지지 않은 '증상'이라고 하겠다. 아무튼 이 후자는 매우 짧은 꼭지이나, 여기에 '비평적 모드'들이 일목요연하게 시기별로 다음과 같이 정리돼 있다.

1920 · 30년대 : 러시아 형식주의Russian Formalism

1930 · 40년대 : 원형비평archetypal criticism

1940 · 50년대 : 신비평New Criticism, 현상학적 비평phenomenological criticism

1960년대 : 구조주의 비평structuralist criticism, 현대적 형태의 페미니즘 비평modern forms of feminist criticism, 문체론stylistics

1970년대 : 영향의 불안 이론theory of the anxiety of influence, 해체론deconstruction, 담화분석discourse analysis, 다양한 형태의 독자반응 비평various forms of reader-response criticism, 수용이론reception theory, 기호학semiotics, 화행이론speech-act theory

1980년대 : 대화적 비평dialogic criticism, 신비평new historicism, 문화이론cultural studies

1990년대 : 탈식민연구postcolonial studies, 동성애이론queer theory

—Abrams(1999 : 320)

에이브람스가 이처럼 '이론'들에 시기별 선후관계를 부여한 모습은 문학 성선 구성에 있어서 신내와 후내 작가들을 징결하고 디욱이 문학 사조의 '시대'를 구분하는 관행을 원용한 것으로 보인다. 게다가 각 '비평', '주의', '(이)론', '연구' 등은 사실 모두 특정 이론가 / 비평가들의 이름으로 쉽게 환원될 수 있다는 점에서 저자의 목록으로 구현되는 '정전'을 함축하고 있다. 또한 이러한 정전화 경향을 품은 시기 구분의 시간성이 갖는 고유의 애매성, 즉, '이전' 저자는 '이후' 저자에 의해 극복, 폐기되는 발전론적 시간성인지, 아니면 그 역으로 '이전' 내지는 '고전'으로 갈수록 보다 완벽한 성취가 이루어졌고 이후로 올수록 '퇴화'의 과정을 거치는지에 대한 '신구논쟁querelle des Anciens et des Modernes'도 비평이론의 역사화된 목록에 적용될 수 있다. 말하자면 원형비평은 이제 '한물간' 구식 비평인가? 가장 '최신'인 '탈식민연구'가 가장 타당한가? 반대로, 가령 '러시아 형식주의'는 이후 모든 '주의' / '비평'의 원조로서 여전히 유효한가? 아니면 이들은 모두 역사를 초월한 '공시적synchronic' 관계에 있는가? 그렇다면 굳이 '1950년대' 등의 역사적 시간성을 밝힐 이유는 무엇인가? 이러한 질문들을 억누를 수 없다면, 문학 정전의 경우와 마찬가지로, (비평)이론 정전 내부의 역사 및 비평이론사와 '외부' 역사의 관계는 명시적으로 거론하고 밝혀야 할 문제로 남는다.

에이브람스 이후의 용어집들, 이 책을 모방하거나 거기에 착안한 숱한 용어집들을 일일이 이 글에서 검토할 수도 없고 또한 그럴 필요도 없을 것이나, 이들 용어집들에서 뚜렷이 발견되는 추세로 '이론'의 자리가 보다 중요하게 마련된다는 점을 지적하기는 어렵지 않다. 가령 로스 머핀과 수프리야 레이Ross Murfin and Supryia M. Ray가 쓴 『베드퍼드 비평 및 문학용어집The Bedford Glossary of Critical and Literary Terms』은 제목부터 '문학용어' 앞에 '비평용어'를 갖다 놓으므로 '비평이론'의 중요성을 명시했다. 본문에서도 '이론theory'은 아무런 수식어 없는 단독 항목으로 들어가 있다. 또한 그럴 수밖에 없는 이유로, "탈구조주의자들이 이론에 대한 전통적 개념을, 그 중요성을 부각시키면서도 근본적으로 고쳐 놓았"기에, 그리하여 "문학 그 이상의 대상들을 설명해야 할" 과제를

'이론'에게 부여했기 때문임을 들고 있다.(Murfin and Ray 1998 : 401) 물론 이들의 용어집에서 전통적인 문학용어들이 대부분 다 등장하긴 하나, 문학 연구의 중심축이 '비평이론' 쪽으로 이동한 판세의 변화를 새로운 '용어들의 정전'에 반영하고 있다. 이를 보다 더 극단적으로 보여준 예가 렌트리키아와 맥롤린Frank Lentricchia and Thomas McLaughlin이 편집한 『문학 연구를 위한 비평용어Critical Terms for Literary Study』인데, 이 책은 일군의 중심 개념만을 선별하여 이들을 주인공으로 삼은 상세한 해설을 각 분야 전문가들이 쓴 논문집의 형태를 취한다. 이 용어집 아닌 용어집에서는 '은유'나 '플롯'이나 '아이러니'는 색인을 통해서나 찾아봐야지 목차에는 등장하지 않는다. 대신 '재현representation', '무의식unconscious', '젠더gender', '인종race' 등의 새로운 화두들이 중심부를 차지했다. 이렇듯 이 책의 지면에 들어온 새로운 용어들은 새로운 '문학 연구 용어 정전'을 구성한다. 이러한 '용어의 정전'은 각 '이론'들을 시기적인 선후관계에서 벗어난 공시적 관계 속에 배치하므로, 앞서 제기한 이론 정전의 시간성 내지는 역사성 문제에 대한 답변을 피할 수 있는 편집 체계이다. 편집자들의 서문에서 "우리는 해석은 언제나 수사적인 것이기에, 그 어떤 단일한 해석만이 '옳을 수' 없다는 전제에서 출발한다"고 밝혔듯이 말이다.(Lentricchia and McLaughlin 1995 : 7) 그럼에도 '해석' 간의 질서 내지는 관계가 늘 평등하고 대등할 수는 없다. 시기적인 선후 관계뿐 아니라 특정 이론 텍스트(들)를 선택하는 순간, 암묵적으로 어떠한 해석이 '보다 더 옳다'는 뜻이 그야말로 '수사적'으로 전달되기 때문이다. 예를 들어 각 장들마다 해당 용어와 관련된 논의들 및 적용방식을 설명하고 나서 맨 뒤에 '독서목록 안내Suggested Readings'를 달아놓았다. 여기에 포함된 텍스트 및 저자들은, 시기를 무시하고 알파벳 순서로만 나열해 놓기는 했어도, 일단 선별된 목록으로서의 정전화 효과를 낳는다. 가령 본고가 다루고 있는 '정전canon' 꼭지에 붙여놓은 리스트는 다음과 같다.

Baym, Nina, *Women's Fiction : A Guide to Novels by an about Women*, 1978.

Brooks, Cleanth, *The Well Wrought Urn*, 1947.

Curtius, Ernst Robert, *European Literature and the Latin Middle Ages*, 1953.

Fieldler, Leslie, and Houston Baker, eds., *Opening Up the Canon : Selected Papers from the English Institute*, 1981.

Von Hallberg, Robert, *Canons*, 1985.

Kermode, Frank, "The Institutional Control of Interpretation", Kermode, *The Art of Telling : Essays in Fiction*, 1983.

Macherey, Pierre, and Etienne Balibar, "Literature as an Ideological Form : Some Marxist Propositions", Young, ed., *Untying the Text : A Poststructuralist Reader*, 1981.

Marotti, Arthur, *John Donne, Coterie Poet*, 1986.

Showalter, Elaine, ed., *Feminist Criticism : Essays on Women, Literature, Theory*, 1985.

—Lentricchia and McLaughlin(1995 : 248~249)

그렇다면 이 텍스트들만 읽으면 '정전'에 대해서는 충분히 공부가 된다는 것인가? 아니면 일단 이 저자들을 읽는 것이 '정전'에 대한 공부에 필수적인 선행단계라는 말인가? 다른 사람은 몰라도 이 글의 필자는 여기에 '그렇다'라는 대답을 하기가 어렵다. 본고 끝에 첨부한 인용문헌 목록과 이 목록에 둘 다 등장하는 책은 쿠르티우스Curtius 밖에 없다. 그만큼 본고의 학술적 가치가 미미하다는 증거일 수도 있겠으나, 이 목록의 자의성을 드러내는 증거일 수도 있다. 가령 페미니즘과 정전의 문제를 다룰 때 버지니아 울프Virginia Woolf의 『자기만의 방A Room of One's Own』에서 출발하지 않을 수 있는지 물을 법하다. 울프는 이미 '비평이론 정전'이 아니라 '문학사 정전' 속에 넣어둬야 할 저자라고 변명한다면, 인종과 정전의 관계를 탐구하면서 게이츠Henry Louis Gates, Jr.를 배제할 수 있는지는 분명히 의문의 여지로 남을 것이다. 말하자면 렌트리키아와 맥롤린의 이 참신한 '이론' 중심 용어집은 비평이론의 정전화가 문학 작품 정전보다 훨씬 더 자의적인 폐쇄와 배제의 혐의에서 벗어나기 어렵다는 점을 예시한다.

(비평)이론의 정전, 대학에서 가르칠 비평이론 텍스트들의 목록을 문학 정전처럼 정리, 정립, 폐쇄할 수 있는가? (비평)이론 정전의 지형도는 어떠한 중심 저자들 주위로 구성해야 하는가? 물론 여기에 대해, 이론은 정전을 인정하지 않고 정전화의 위험성을 배제하니 전혀 해당 없는 질문들이라고 반박할 수도 있을 것이다. 그러나 정전화의 경향 및 그 필요성은 대학에서 문학 연구가 진행되는 한, 강의계획서와 교재 신청, 시험 줄제, 보고서 부여, 학위논문 심사 등 온갖 대학의 제도적 행위가 지속적으로 만들어내기 마련이다. 과목명이나 세부전공 영역을 (비평)이론으로 지목한다고 정전화의 압력 및 유혹이 사라지는 것은 아니다. 이 문제를 포괄적으로 다룰 여유가 없는 이 글에서는 (비평)이론 정전화의 가시적인 구성체들로 이론 원전 앤솔로지들의 목차를 대

조해보기로 하자. 먼저 1970년대 '이론혁명' 이전의 앤솔로지의 예로, 1940년에 초판이 나왔던 앨런 길버트 편Allan H. Gilbert, 『문학 비평 : 플라톤에서 드라이든까지Literary Criticism : Plato to Dryden』는 제목에서부터 명시적으로 '비평'의 정전을 플라톤에서 드라이든까지로 끊고 있다. 앞서 말했듯이 정전의 종료 내지는 폐쇄가 정전화의 핵심적인 계기임을 생생히 입증하는 예가 아닐 수 없다. 그러나 정작 이렇게 끊고 나도 고전 시대를 벗어나 르네상스 이후 드라이든 시대로 근접할수록 여기에 포함된 저자와 텍스트들에 대해 의구심을 가질 여지가 적지 않다. 드라이든까지 이어진 명단을 보면,

마르틴 오피츠Martin Opitz, 필립 매신저Philip Massinger, 피에르 코르네유Pierre Corneille, 조르주 드 스퀴데리George de Scudéry, 존 밀튼John Milton, 피에르 니콜 Pierre Nicole

이니 이들 저자들이 (독문학, 불문학, 영문학 등 해당 민족어 문학 정전에서는 몰라도) '문학 비평' 정전에 올라야할 자격은 수수께끼가 아닐 수 없다. 그렇다면 책의 부피와 무게를 늘리면 해결될까? 무려 1,260여 쪽에 이르는 해이저드 애덤스Hazard Adams의 『플라톤 이후의 비평이론Critical Theory Since Plato』은 플라톤이라는 정전의 출발점은 앞의 책과 공유하지만 정전의 종착점을 정하는 일의 어려움은 부피를 늘리는 것으로는 (문자 그대로) 가중시킬 뿐임을 생생하게 느끼게 해준다. 대략 정전의 종착점이 (본고에서도 인용한) 머리 크리거Krieger니 1971년이라는 이 책의 출간시점을 감안할 때 매우 '최근'까지 '플라톤 이후'의 비평이론을 끌고

오긴 했다. 그렇다면 20세기 전반부의 주요 비평이론가들은 모두 들어와 있는가? 20세기에 활동한 저자들 대략 45명 정도가 이 책에 수록되었지만, 여기에는 그 영향력이나 비중을 감안할 때 꼭 들어갔어야 마땅한 (앞서 거론한) 버지니아 울프나, 아니면 『미메시스*Mimesis*』의 저자 에리히 아우어바흐Erich Auerbach가 누락되었고, 트로츠키Leo Trotsky는 등장하지만 루카치Georg Lukács는 없으며, 시인 월리스 스티븐스Wallace Stevens에게는 지면을 내주지만 문학과 사회에 대해 목소리를 높여 발언해온 로렌스D. H. Lawrence는 배제했다.

상대적으로 시기도 짧고 분류하기에 용이한 1970년대 이후 '이론'을 대변하는 텍스트들의 목록은 보다 더 안정적일까? 실제로는 꼭 그렇지 않다. '문학 이론'이나 '비평이론'이 아닌 '이론'으로 독립한 시대의 주요 텍스트들을 앤솔로지로 묶은 책들이 한두 종이 아니고 앞으로도 계속 새롭게 생산될 것이므로 여기에 대해서 함부로 일반화하기는 어려울 것이다. 또한 늘 등장하는 이름들은 어느 정도 확립된 형편이기도 하니, '플라톤부터' 비평이론의 정전을 구성할 때의 문제점은 다소 벗어날 수도 있을 것이다. 그래도 '누가' 포함될 것이냐는 문제가 여전히 남아 있을 뿐더러, '누구의 무엇'을 읽힐 것인지의 새로운 문제가 첨가된다. 비교적 이론의 정전화 초기에 해당되는 1987년과 1989년에 나온 두 책을 예로 들자. 람브로플로스와 밀러Vassilis Lambropoulos and David Neal Miller 편 『20세기 문학 이론 : 개관 앤솔로지*Twentieth Century Literary Theory : An Introductory Anthology*』(1986)는 위에서 살펴본 이전 앤솔로지 명단에 등장했던 엘리엇이나 크로체Benedetto Croce 같은 전통적인 20세기 '문예이론가'들의 이름들과 데리다Jacques Derrida와 푸코Michel Foucault 등 새로운 '이론'의 대변자들이 섞여 있다. 말하자면 어느 정도 '정전화'되었기에 쉽게 폐기하지 못하는 이름과 새로운 정전화의 대상으로 떠오른 이름들이 같이 공존하는 목록이다. 이런 타협적인 모습을 보여주기는 1989년 초판 라이스와 워 Philip Rice and Patricia Waugh 편, 『현대 문학 이론Modern Literary Theory』도 마찬가지이다. 데리다, 푸코, 라캉Jacques Lacan, 식수Hélène Cixous, 이글튼까지 가세한 이 목록의 한 구석에서 애덤즈의 묵직한 앤솔로지에 등장했던 브룩스Cleanth Brooks를 여전히 만날 수 있으니, 독자에 따라서는 반가운 일일 수도 있다. 하지만 대세는 제목의 '현대'란 기표가 암시하듯 '신'이 '구'를 대체하는 쪽이다. 가령 엘리엇이나 크로체 등은 모두 빠지고 대신 대거 새로운 이름들이 포함됐다. 그렇다면 들어올 사람은 다 들어왔나? 그런 것처럼 보이긴 하지만, 아도르노Theodor Adorno는 있으나 벤야민 Walter Benjamin은 없고, 이글튼은 두 번씩 등장하지만 부르디외Pierre Bourdieu는 배제되었다. 두 책 모두에 수록된 데리다와 푸코 등 정전화된 이론가들의 글은 어떤 글이 포함되는 게 정당한지도 문제다. 데리다를 읽는다면 어떤 텍스트를 읽어야 하는가? 두 선집 모두 「인문학에서의 구조, 기호, 유희Structure, Sign, and Play in the Human Sciences」로 데리다를 대변하도록 하고 있으나, 과연 이 글이 그러한 대표성을 갖는지 의구심이 들지 말라는 법이 없다. 가령 『글쓰기와 차이Writing and Difference』나 아니면 『그라마톨로지Of Grammatology』에서 일부를 발췌하는 것이 더 옳다는 주장은 얼마든지 가능할 것이다. 푸코의 경우도 마찬가지이다. 람브로플로스와 밀러는 「저자란 무엇인가?What Is an Author?」, 라이스와 워는 「담론의 질서The Order of Discourse」가 푸코를 대변하도록 하고 있으나, 후자는 강연원고이니 지나치게 개괄적인 반면, 전자만 읽고서는 푸코 사상에서 큰 몫을 차지하는 '권력 / 힘'에 대한 이해가 어렵다. 이들 선집에서 이러한 텍스트 발췌의 문제가 부각되는 것은 이들이 '이론의 시대' 초기에 나온 연유만은 아님을 1992년 초판이 나온 이후 2004년에 개정판으로 나온 『문학 연구에서 문화연구로』의 저자 앤토니 이스톱과 케이트 맥가원 Kate McGowan 편집, 『비평 및 문화이론 선집A Critical and Cultural Theory Reader』이 보여준다. 이 책의 푸코는 『감시와 처벌Discipline and Punish』과 『성의 역사The History of Sexuality』에서 발췌되었으니 푸코의 업적을 대변하는 데는 보다 근접했다고 평가할 수 있다. 하지만 데리다는 「차연Différance」 전문과 『죽음의 선물The Gift of Death』에서 발췌했기에, 어딘가 자의적인 선별이라는 의혹의 여지가 여전히 남아 있다.

5. 나가며

하지만 어떤 저자의 어떤 글을 개별 선집에 포함시킬 것인가의 문제는 본고의 일차적인 관심사도 아니요 이 글에서 쉽게 다룰 수 있는 문제도 아니다. 굳이 이 문제에 대한 입장을 밝히자면, 이론정전을 구성하는 이론(가)들은 현대 철학이나 정신분석 정전에서 '차용'되었기에, 오히려 이들 원 정전으로 돌아가지 않는 한 해당 이론에 대한 정확한 이해는 쉽지 않다고 본다. 그러나 이 글에서 지적하고자 하는 바는 (비평)이론 정전의 가변성과 불안함, 그 자의성과 임시성이다. 가령 라이스와 위에 두 번 등장했던 이글튼은 이스톱과 맥가원 선집에서는 사라졌고, 대신 새롭게 슬라보예 지젝Slavoj Žižek이 두 차례 등장한다. 애덤즈의 1971년 선집에서 이스톱과 맥가원의 선집 사이의 기간이 불과 30년 정도 밖에 안 된다. 그사이 벌어진 온갖 충격적 사건들에도 불구하고, 이는 인문학의 시계로 계산하면 매우 짧은 시기에 불과하다. 아직도 수 천 년 된 플라톤이나 성서나 호메로스를 읽어야 하며 또 읽고 있는 것이 인문학 아니던가. 보다 안정된 위상을 차지한 듯 보이는 이론가들이 분명히 있기는 하나 '이론'의 대변자들의 명단이 변신하는 속도는 과연 '정전'이란 말에 함축된 초시간적 항구성을 이론(가)의 목록에 적용할 수 있을지 하는 의문을 낳기에 충분하다. 그러나 분명히 이러한 목록이, 종사자들의 정치적 의도와 상관없이, 대학이란 제도 안에서 교재와 교과과정으로 존재하는 한 정전의 효과, 권위, 권력을 생산해내지 않을 수 없다. 정전 같지 않은 정전으로서 '이론의 정전'은 그렇다면 '정전'의 '유령'인가? 아니면 '정전' 없는 '정전화'로 파악해야 하는가? 이러한 질문을 본고는 단지 제기하는 차원에 머물렀다는 한계가 있다. 하지만 분명한 점은, '정전'의 유령이 이론의 정전화를 떠나지 않는다면 '문학 정전'의 유령에서 '이론'이 우리를 해방시켜주기는 어려우리라는 것이다. 또 다른 정전이 그 자리를 대체할 것이니 말이다. 그렇다고 해도, 기왕 그럴 바에야 정전다운 정전, 말하자면 고전 정전으로 돌아가는 편이 낫다는 주장도 가능치 않다. 고전 정전을 해체하고 뒤흔든 역사가 이미 하나의 '정전'으로 정착될 만큼 자리를 잡았기 때문이다. 그렇다면 대안은 '정전'과 '이론'의 역설적인 관계를 그 역설과 모순 자체로 지속적으로 사유하는 것 외에는 없을 것이다.

'정전canon'이란 말의 기원은 서방 기독교 교회가 로마를 중심으로 한 제도와 권력으로 정착하는 과정에서 필수적인 요소로 부상한 '예배

방식의 표준화canon missae'에서 유래한다.(Cancik 1997 : 11) 이러한 '방법론적' 의미는 이후의 용법에서 점차 사라져서 성인들의 명단이나 '성스러운' 글들의 목록으로 변했다.(Curtius 1983 : 256) (비평)이론의 정전(화)는 어떻게 보면 문학 및 문화 텍스트 읽기의 방법론적 표준을 유형화한 것이기에 어원적인 의미에서의 'canon'으로 돌아간, 말하자면 '독서법의 표준canon lectionis'이라고 할 수 있다. 이러한 독서법의 표준화가 (비평)이론의 정전화에 대한 반성과 성찰을 배제할 때, (비평)이론은 정전 아닌 정전의 새로운 신비주의를 낳을 것이다.

참고문헌

Abrams, M. H., *A Glossary of Literary Terms*(7th ed.), Fort Worth : Harcourt Brace College Publishers, 1999.

Adams, Hazard ed., *Critical Theory Since Plato*, New York : Harcourt Brace Jovanovich, 1971.

Brandt, H. C. G., "How Far Should Our Teaching and Text-books Have a Scientific Basis?", Eds. Gerald Graff and Michael Warner, *The Origins of Literary Studies in America : A Documentary Anthology*, New York : Routledge, 1989.

Brucker, Gene, *Florence : The Golden Age 1138 ~1737*, Berkeley : U of California P, 1998.

Cancik, Hubert, "Kanon, Ritus, Ritual," Ed. Maria Moog-Grünewald, *Kanon und Theorie*, Heidelberg : Universitätsverlag C. Winter, 1997.

Curtius, Ernst Robert, Willard R. Trask trans., *European Literature and Latin Middle Ages*, Princeton : Princeton UP, 1983.

Diers, Michael, "Bild versus Kunst oder Kanon und Kritik", *Begründungen und Funktionen des Kanons : Beiträge aus der Literatur- und Kunstwissenschaft, Philosophie und Theologie*, Heidelberg : Universitätsverlag C. Winter, 2001.

Eagleton, Terry, *How To Read a Poem*, Oxford : Blackwell, 2007.

_____, *Literary Theory : An Introduction*(2nd ed.), Oxford : Blackwell, 1996.

Easthope, Antony and Kate McGowan, *Critical and Cultural Theory Reader*, Maidenhead : Open UP, 2004.

Easthope, Antony, *Literary into Cultural Studies*, London : Routledge, 1991.

Gable, John B. et al., *The Bible as Literature : An Introduction*, Oxford : Oxford UP, 2005.

Gilbert, Allan H ed. *Literary Criticism : Plato to Dryden*, Detroit : Wayne State UP, 1962.

Grosse, Max, "Kanon ohne Theorie? : Der Dialog als Problem der Renaissance-Poetik",

Ed. Maria Moog-Grünewald, *Kanon und Theorie*, Heidelberg : Universitätsverlag C. Winter, 1997.

Krieger, Murray, *Words About Words About Words : Theory, Criticism, and the Literary Text*, Baltimore : John Hopkins UP, 1988.

Lambropoulos, Vassilis and David Neal Miller eds., *Twentieth Century Literary Theory : An Introductory Anthology*, Albany : SUNY P, 1987.

Lauter, Paul, *Canons and Contexts*. New York : Oxford UP, 1991.

Leavis, F. R., *The Great Tradition : George Eliot, Henry James, Joseph Conrad*, Harmondsworth : Penguin, 1948.

Lentricchia, Frank and Thomas McLaughlin, *Critical Terms for Literary Study*(2nd ed.), Chicago : U of Chicago P, 1995.

Moog-Grünewald, Maria ed., *Kanon und Theorie*, Heidelberg : Universitätsverlag C. Winter, 1997.

Murfin, Ross and Supryia M. Ray, *The Bedford Glossary of Critical and Literary Terms*, Boston : Bedford, 1998.

Rice, Philip and Patricia Waugh ed., *Modern Literary Theory*(4th ed.), London : Arnold, 2001.

고전의 번역과 대중화, 그 현실과 전망*

김풍기

1. 고전의 두 얼굴

고전의 시대가 도래했다고 할 정도로 최근의 출판계는 동서양의 고전을 주목하고 있다. 기존에 이미 출판되었던 고전이 재출판되거나 재번역될 뿐 아니라 초역初譯을 자랑거리로 내세우면서 다른 고전시리즈와의 차별성을 확보하려는 시도도 그리 낯설지 않게 되었다. 그만큼 고전은 지금 문제적인 분야로 각광받고 있다. 인문학의 위기에 대한 담론은 언제나 존재했지만, 그 위기의식이 고조된 것은 21세기로 접어들 무렵이었다. 그것은 다양한 형태로 나타났다. 대학 사회에서 인문학과 같은 순수 학문을 전공하려는 학생들이 대폭 줄어들면서 학문 후

---

* 이 글은 「고전의 번역과 대중화, 그 현실과 전망」(『우리말글』 56호, 우리말글학회, 2012)을 수정 · 보완하여 재수록한 것이다.

속 세대를 어떻게 양성해야 할지에 대한 고민으로 나타나는 경우도 있었고(그런 점에서 보면 자연과학 중에서도 순수학문에 속하는 분야 역시 마찬가지 맥락을 가지고 있다), 대학이 인문학 관련 학과를 통폐합하려는 방식을 비판하는 쪽으로 나타나는 경우도 있었다. 관련 분야의 전문가나 교수, 언론인 등을 통해서 발화된 수많은 우려는 실제로 인문학이 당장에라도 사라질 것 같은 느낌을 주면서 사회의 한 담론처럼 자리를 잡았다. 그러나 어떤 형태로 나타나든 인문학의 위기의식 이면에는 자본의 그림자가 두텁게 드리워져 있었다.

고전이 중요하지 않았던 적은 없었지만, 고전의 중요성과 독서의 실천 사이에는 언제나 큰 간극이 존재해왔다. 가장 중요하지만 가장 읽히지 않는 책이 고전이라는 식의 시니컬한 언술은 이제 그리 낯설지 않다. 그만큼 고전은 누구나 관심이 있지만 쉽게 접근할 수 없는 혹은 접근할 마음을 내지 않는 책으로 인식된다. 이런 현상은 왜 나타난 것일까. 단순히 의무감으로 읽는 고전이 독서의 흥미를 유발하기에는 지나치게 진지했기 때문에 나타난 현상일까. 진중한 내용과 재미있는 내용 사이의 간극으로만 해석하기에는 무언가 꺼려지는 점이 분명히 있고, 그 간극의 의미를 해석하는 것이 이 글에서 하려는 주요 작업이 될 것이다.

고전을 이 시대에 되살려 출판하려는 움직임은 언제나 있었다. 특히 어린이나 청소년용으로 만들어서 고전을 널리 보급하려는 태도는 초시대적으로 있었다 해도 과언이 아니다. 그것은 고전의 효용성에 대한 사회적 인식을 짐작게 한다. 즉 고전은 과거의 문화유산이기는 하지만 그것이 가진 지식 혹은 지혜를 딛고 새로운 문화를 만들어가는 중요한 디딤돌이라는 점을 염두에 둔 것이다. 기성세대에게도 고전 읽기는 중요하지만 무엇보다 이 땅의 미래를 만들어 갈 세대에게 더욱 강조되어야 한다는 사회적 합의 같은 것이 암묵적으로 있었음을 짐작하게 한다. 고전은 언제나 새롭게 해석되는 것이라는 식의 친숙한 잠언이 쉽게 유포되곤 한다.

일일이 그 목록을 들지 않더라도 서점이나 도서관의 고전이나 인문학 관련 서가를 살펴보기만 해도 우리 시대의 고전 열풍을 알 수 있다. 그만큼 많은 수의 고전들이 번역되거나 다시 집필되거나 해설되고 있다. 전문 연구자의 엄정한 주석본에서부터 일반 대중 독자들을 위한 교양서에 이르기까지 고전은 무수히 변주되고 있다. 그 변주의 이면에 어떤 문화적 함의가 있는지 따지는 것 역시 우리가 해야 할 일이다. '고전'이라는 이름으로 수많은 책이 출판되고 읽히는 현실에서 번역되는 고전에 대해 우리는 어떤 점을 주목해야 하는지, 연구자들의 역할은 무엇인지를 살피고 나아가 그것의 의미를 짚어보는 것은 중요한 일이다. 이런 작업을 통해서 우리는 고전의 의미와 범주를 다시 생각해 볼 수 있을 것이다.

2. 고전 번역의 방식과 그 의미

언어는 시대와 공간에 따라 변화한다. 그 변화의 간극을 메워주는 것이 번역이다. 1930년대의 글들이 당시로서는 보편적으로 통용되었지만 21세기의 청소년들에게는 쉽게 수용되기 어렵다. 사회적으로 보

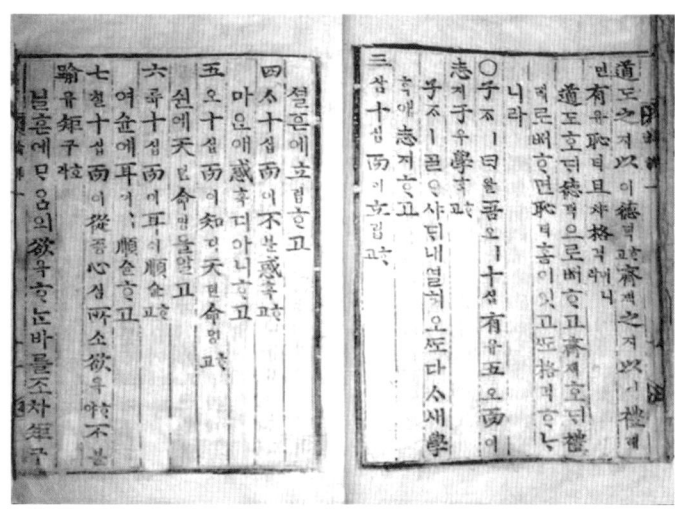

『논어언해論語諺解』

편화되어 있는 한자 능력의 범주도 달랐을 뿐 아니라 사유 방식이나 풍속, 언어 환경 등 모든 면에서 차이를 가졌으므로 그 시대의 글을 완벽하게 이해하기 어렵다. 시대와 공간이 멀어지면 질수록 번역에 대한 의존도는 높아진다.

번역은 다양한 층위를 가진다. 모든 번역은 기본적으로 원천언어를 목표언어로 옮기는 것을 기본임무로 삼지만, 그사이의 변환이 완벽하게 이루어지리라는 기대를 하지는 않는다. 완벽한 변환을 꿈꾸지만 결코 도달할 수 없는 지점이 바로 번역이 딜레마다. 매혹과 곤혹 사이에서 번역은 그림자를 남긴다. 번역의 완전함을 거부하는 원전중심주의자들(혹은 번역에서의 근본주의자들)은 다른 시공간의 언어를 이해하려면 원천언어를 자신이 배워서 직접 원전을 읽으라고 권유한다. 그렇게 하기 전에는 원전을 이해하기란 불가능하다는 것이다. 예컨대 원전이 한문으로 되어 있다면 한문으로 직접 읽으라고 한다. 한문도 읽지 못하면서 당신이 그 글을 이해했다는 것을 믿지 못하겠다는 식의 논법이다. 그것은 비단 한문뿐 아니라 다른 모든 언어에 대해서도 마찬가지의 태도를 취한다. 문제는 그렇게 해서 과연 다른 언어적 텍스트에 도달할 수 있겠는가 하는 점이다. 즉 내가 원천언어를 완벽하게 습득했다 하더라도 그것은 단순히 언어와 언어 사이의 변환일 뿐 텍스트의 의미에 도달한다는 뜻은 아니다. 언어적 이해와 의미맥락의 이해는 다른 문제다. 번역 과정에서 두 가지 문제가 명확하게 구분될 수 있는 성질의 것은 아니지만, 적어도 어느 쪽에 중점을 둘 것인가에 따라 번역의 방식이 달라진다.

범박하게 말하자면 번역은 축역(= 직역)과 의역으로 구분된다. 흔히 주석을 붙이면서 단어와 단어를 대비해서 번역하는 것('주석역')은 축역 중에서도 가장 대표적인 방식이다. 흔히 연구자들이 학문적 엄정함을 유지하면서 그것의 의미를 추적하는 과정 중에서 첫 번째에 해당하는 이 번역은 시공간의 차이를 넘어서는 가장 중요한 작업 단계다. 연구 목적으로 번역되는 책 외에도 종교 서적의 번역도 축역의 범주를 충실히 지킨다. 깨달음의 경지를 설하거나 신의 목소리를 전달하는 것으로 믿어지는 종교서적의 언술을 다른 언어로 번역할 때 번역자의 의도를 최소한으로 줄이면서 원천언어가 가지고 있는 제일의적인 의미를 완벽하게 전달하고자 하는 것이 이들 번역의 최종 목표일 것이다. 이 단계가 없다면 그 이후의 다양한 작업은 이루어지기 어렵거나 불가능하다.

번역이 거듭될수록 의역의 영역으로 넘어간다. 대부분의 축역은 원천언어의 일차적 의미를 전달하기에 급급해서 독자들을 위한 배려가

부족한 경우가 많다. 이를 보완하기 위해 번역자는 축역이 좀 더 친근하고 쉽게 독자들을 이해시키기 위하여 많은 것들을 번역 속에 포함시킨다. 예컨대 주석이 가지는 불편함 때문에 그 내용을 본문 안에 넣으려고 하는 것도 여기에 속한다.

축역과 의역을 번역의 큰 두 축으로 보고, 몇 가지 번역 방법을 설명하면 다음과 같다.[1]

주석 번역 : 원천 텍스트를 목표 텍스트로 옮기면서 될 수 있는 대로 주석을 많이 달아 독자들의 이해를 돕는 번역.

행간 번역 : 행 대응 번역이라고도 함. 목표 언어의 낱말들을 그것에 상응하는 원천 텍스트의 항목 아래나 그 위에 나란히 배열하는 방식의 번역.

번안 : 의역을 한 걸음 더 밀고 나가 자유롭게 옮기는 번역. 원천 텍스트의 큰 줄거리를 그대로 빌려오되 세부사항을 목표 언어의 문화에 맞게 바꾸어 옮기는 번역 방법.

창역 : 창작번역의 준말. 원천 텍스트에서 중요하지 않은 부분은 자유롭게 바꾸거나 생략하고, 원문에 없는 내용을 덧붙여 넣기도 하는 번역 방법.

위의 항목들을 배열하면 다음과 같다.

행간 번역 > 주석 번역 > 축역
의역 > 번안 > 창역

---

[1] 여기서 설명하는 내용은 모두 김욱동(2011 : 195~209)을 참조하여 요약한 것임.

어떤 방법을 택하든, 중요한 점은 번역자는 자신의 지향점에 가장 걸맞은 방법을 택하여 번역한다는 것이다. 이는 원천 텍스트에 집중할 것인가 목표 텍스트에 집중할 것인가의 차이다. 어떤 번역이든 두 지향점 사이에서 자신의 위치를 비정하게 된다.

위치 비정은 번역자 자신의 번역 목표와 직결되면서 동시에 출판사의 이익과도 연결된다. 독자 집단의 특징에 따라 번역 방식이 달라지는 것은 당연하다. 출판사 역시 자신들이 생각하는 혹은 번역자의 번역 목표를 고려하여 출판 계획을 수립한다. 어린이 책을 출판하려는 출판사가 주석 번역을 택한 번역자의 원고를 책으로 만들지는 않을 것이다. 동화 같은 원고를 일반 성인 독자 대상으로 출판하려는 사람은 없을 것이다. 또한 그 대상에 따라 완역과 발췌역을 결정해야 하고, 축역과 의역의 정도를 결정해야 한다. 기존에 번역이 되어 있는데 다시 번역해야 할 필요가 있는지를 확인해야 하며 완역이나 발췌역보다는 중요한 부분을 번역해서 보이되 거기에 자세한 해설을 붙이는 방식을 어째서 선택했는지 설명할 수 있어야 한다.

또한 의역을 한다 해도 그 방식에 따라 다양한 형태가 존재한다. 생략 및 축소, 첨가 및 부연, 치환 등의 방식을 이용하여 원천 언어를 새로운 형태의 읽을거리로 만들어낸다.[2] 이 경우에도 번역자(혹은 번안자)의 태도는 자신의 시대를 충분히 고려해서 작업하므로 당대의 문화 권력의 지형도에서 자유롭지 못하다. 기존의 권력을 용인하는 부분과 그것에서 약간의 이의 제기를 하는 부분을 동시에 가지기 마련인데, 어

---

2   이 점에 대해서는 권혁래(2001), 권혁래(2005)에서 자세히 논의된 바 있다.

느 쪽을 더 많이 받아들이느냐에 따라 번역의 성격이 달라진다.

교양 차원의 독서를 하는 독자들 입장에서는 어떤 방식의 번역이든 읽기 쉬우면서도 작품을 통한 지식과 상식, 지혜 등을 얻을 수 있는 책이라면 무엇이든 수용한다. 그들이 가지고 있는 고전 범주에 대한 지식은 대체로 제도적인 측면에서 비롯한다.[3] 학교 제도 속으로 들어가면서 이들은 어떤 작품을 고전으로 인식해야 하는지 '교육받는다.' 자신의 자발적 선택이 아니라 제도가 교육하는 내용을 받아들여서 고전의 범주와 내용을 만들어간다. 그들이 성장하면서 고전을 만들어 가는 통로는 다양해지지만 여전히 그 통로의 이면에는 사회적으로 이데올로기적 기득권을 가진 거대한 지식 권력이 있다는 사실에서 벗어나지 못한다. 초중등학교 교과서는 물론이거니와 대학이 추천하는 고전 도서 목록, 교육부를 비롯한 여러 정부 부처에서 추천하는 도서들의 목록, 심지어 국방부에서 발표하는 금서 목록조차도 그 권력의 한 단면을 강하게 보여준다.

제도적 영향력의 문제점을 지적하는 다른 편의 목소리 역시 고전 도서 목록을 만들어 가는 독자들에게는 중요한 정보원이다. 언론매체가 추천하는 도서 목록이나 서평들, 출판사들에서 시작하여 인터넷에서 다양한 책을 읽고 평하는 파워 블로거들에 이르기까지 엄청난 숫자의 통로가 존재한다. 어쩌면 정보의 홍수 속에서 오히려 고전이 아닌 책이 없는 게 아닌가 하는 의문을 가질 정도로 우리는 고전 도서 목록의 바다에서 허우적거린다. 바로 이 지점에서 새로운 형태의 글쓰기가 선

---

3   제도 내에서의 번역을 통한 고전의 확산 문제는 조선시대 『경서언해』에서 이미 그 예를 볼 수 있다. 이점에 대해서는 다음 김풍기(2012)를 참조할 것.

을 보인다. 바로 고전을 읽기 위한 해설에 해당하는 책들이다. 예컨대 『용비어천가』를 번역본으로 직접 접해도 독자들이 그 작품의 가치(전문가들이 생각하는 가치)에 접근하기 어렵다고 판단이 되면 전문가들은 『용비어천가』의 해설서를 써서 독자들이 의미의 본질에 가까이 갈 수 있도록 돕는다. 이러한 과정을 통해서 독자들은 이전에 비해 훨씬 고급의 독자로 변화할 것이며, 나아가 고전의 지위를 공고히 하거나 배제하는 여러 주체 중의 하나로 부각된다.

이 같은 점을 염두에 두면서 우리는 번역자가 갖추어야 할 능력을 점검할 필요가 있다. 기본적으로 번역은 고정된 언어를 살아있는 언어로 변환시키는 작업이다. 과거의 언어는 이미 역사 속에 정착되어 하나의 고착된 언어가 되었으므로 이것을 현재 살아있는 언어로 변환시켜야 한다. 그럴 때 번역자는 해당 작품이 잠재적 차원의 텍스트라는 점을 확신하고 있어야 한다. 번역자는 자신의 전문가적 연구 성과를 바탕으로, 혹은 다른 연구자들의 성과를 통해서 해당 도서가 고전의 반열에 오르는 것이 마땅하다고 믿어야 한다. 그 믿음의 전제하에 원천언어와 목표언어에 모두 정통해야 한다는 점, 문화적 차이를 넘어설 수 있는 다양한 지식의 습득과 공구서의 활용 등이 필요하다. 심지어 자신이 목표로 하는 독자들의 눈높이에 맞추는 배려도 있어야 한다.[4] 예컨대 문체의 눈높이, 주석을 달 것인가 아니면 본문 속에 모든 것을 녹여 넣을 것인가, 작중인물에 따른 대사, 호칭, 단어, 경어법 등을 어떻게 구별하여 표현할 것인가, 의역의 허용 범위를 어떻게 잡을 것인

---

[4] 전문 연구자의 번역을 논의하는 것은 다층적인 고려가 있어야 한다. 여기서는 예를 들기 위해 몇 가지만 거론한 것이다. 한문 번역과 관련해서는 김혜경(2003)이 참고가 된다.

가 하는 등 굉장히 섬세한 배려가 있어야 한다. 이러한 배려가 있어야 비로소 번역자의 번역은 시간과 공간을 넘어서 원천언어의 작가가 목표언어의 독자와 소통할 수 있는 장場이 마련된다. 동시에 그것은 원저자와 번역자, 독자가 모두 공유할 수 있는 지점을 마련하고, 그 지점에 많은 이야기가 자유롭게 오갈 수 있는 환경을 조성하는 일이기도 하다. 우리가 고전을 '과거와 현재 사이의 대화'라든지 '오래된 미래'라는 방식으로 바라볼 때, 이와 같은 번역자의 노력은 이 시대에 새로운 고전을 만들어 내거나 혹은 고전의 새로운 해석을 이끌어내는 힘으로 작동하게 될 것이다.

3. 고전의 해석과 훼손 사이

: 정전正典의 계승과 새로운 정전의 발견

책을 쓰고 읽는 행위는 세계를 변화시키려는 욕망을 내함內含하고 있다. 그런 맥락에서 세상의 모든 책은 자신만의 방식으로 세계를 공략한다. 그러나 오랜 시간 동안 인류는 중요한 책의 목록을 만들어왔고, 그것은 고전이라는 이름으로 전승되어 읽힌다. 고전의 의미는 하나의 꼭짓점으로 귀결되지 않는다. 아무리 얇은 책이라도 그것이 사람들의 추존을 받을 때에는 그 나름의 이유를 가진다. 분량은 얇지만 사람들에게 던지는 메시지는 무한하게 열려 있다면 그것은 고전의 범주에 들어갈 수 있는 충분한 자격을 갖춘 것이다.

누구나 알고 있듯이, 처음부터 고전의 범주에 들어가는 책은 없다.

모든 저술은 시대의 필요로 해석되고, 그 해석은 사람들의 삶을 변화시킨다. 그 변화의 저편에 세계의 변화가 있고, 그렇게 될 때 비로소 하나의 책은 고전의 반열에 오른다. 한 편의 저술은 사람들의 독서 행위를 통해 영향을 미치고, 그 저술을 이용한 새로운 저술 활동으로 이어진다. 작게는 간단한 주석을 다는 행위부터 크게는 그 저술과는 전혀 다른 방식의 새로운 저술에 이르기까지, 고전이 끼치는 영향은 지대하다.

모든 글쓰기가 정치적-문화 권력적인 차원을 지니고 있다면, 번역도 마찬가지다. 문제 제기로서의 문학을 역설하지 않더라도, 글쓰기의 중요한 목표 중의 하나는 세계를 바라보는 작가의 시선이 어떻게 조화와 길항 사이의 긴장을 유지하는 것이라 하겠다. 그럴 경우 우리는 고전이 가지는 기본적인 성격을 상기해야 한다. 하나의 저술이 탄생해서 많은 사람의 지지를 받아 각광받는 책으로 인정되었다면 그것은 해당 시기를 살아가는 사람들의 사유지평을 넓혔다는 증거다. 그렇지만 그 책의 의미가 그 시기 모든 독자에게 일률적으로 받아들여지지는 않는다. 의미를 파악하는 양이나 정보량의 다과多寡, 영향력의 방향에 대한 이견들, 주변의 문화 상징들과의 결합 여부 등 많은 부분에 있어서 독자들의 판단은 상이할 수밖에 없다. 이럴 때 유용하게 사용되는 것이 바로 주석이다. 주석은 사서삼경에 대한 주석처럼 글자부터 단어, 문장, 단락의 의미에 이르기까지 자잘한 것에서부터 거대담론에 이르기까지 모든 것을 포괄하는 것도 있지만, 하나의 책을 어떻게 읽고 의미를 만들어 나갈 것인가에 대한 안내서의 형태를 띠는 것도 있다.[5]

---

5   여기서 해설서의 역할을 한다는 것은, 고미숙의 『열하일기, 웃음과 역설의 유쾌한 시공간』(그린비, 2003)이 박지원의 『열하일기』에 대한 해설을 한다든지, 김용옥이 『논어』와

이러한 과정을 거쳐서 하나의 저술에는 다양한 해석이 공존하면서 그 성과를 축적해 나간다. 한 시대에 많은 주석이나 해석이 붙을 수도 있지만, 그 영향력이 다음 세대에 이어지면서 오랫동안 그러한 행위가 이어지기도 한다. 다양한 해석 가능성이 있는 저술이라 해도 시간의 흐름과 함께 문화 권력의 자장 안에서 주류 해석으로 부각되는 주석을 가지게 된다. 주류 해석의 성립은 정치권력이나 문화 권력과 같은 다양한 권력들과의 암묵적인 결합을 통해 이루어진다. 이렇게 형성된 주류 해석을 그와 같은 강력한 권력으로 작동시키는 것은 앞서 언급했던 여러 제도적 장치들이다. 정부의 정치적 제도, 사회적 제도, 종교 제도 등을 포함하여 작품의 유통 과정이나 지식인 사회의 관례 등 다양한 것들이 주류 해석으로 인정된 것들을 적극 지지하고 계승하면서 권력을 유지한다. 새로운 사유의 길을 만들었던 뛰어난 저술들이 어느 순간 이데올로기화하는 경향을 보이는 것은 바로 이 같은 경로를 통해서이다.

고전의 반열에 오른 책이라 해도 그것이 절대적인 권위를 영원히 가지고 있는 것은 아니다. 고전이 고전으로서의 명성과 권위를 유지하기 위해서는 당대 독자들의 사유에 끊임없이 새로운 충격을 던져줄 수 있어야 한다. 근대 이전에는 누구나 읽었던 『천자문』이나 『계몽편啓蒙編』은 더 이상 널리 읽히지 않는다. 조선의 지식인들이 즐겨 읽었던 『고문진보』나 『문선文選』 등도 지금의 독자들에게는 생소하고 어려운

『맹자』 등 유교 경전을 번역하고 자신의 생각을 각 단락마다 다양한 방식으로 붙인다든지, 문광훈이 『사무사』(현암사, 2012)를 통해서 김우창의 『궁핍한 시대의 시인』을 해설한다든지 하는 작업들을 포괄하는 것이다. 이 같은 사례는 동서고금을 막론하고 꾸준히 이루어져 온 작업들이다.

책이다. 『묵자』나 『전습록』(왕양명), 『분서』(이탁오) 등은 조선의 선비들에게 이단의 책으로 지목되어 비난받고 제거되었지만 지금의 독자들은 이러한 책들에서 새로운 생각의 단초를 이끌어내며 열광한다. 시대의 고전이 되기 위해 과거 고전의 대우를 받았던 책들을 참조하고 적극적으로 이끌어내는 것은 좋지만, 그러한 책의 고전성이 얼마나 유효한지를 면밀히, 엄정하게 따져보는 일은 반드시 필요하다.

시대에 따라 고전의 기준이 달라지는 것은 널리 알려진 사실이다. 그러나 새로운 고전을 만들어 내는 일은 어렵다. 이미 만들어져 있는 고전의 숲을 뚫고 지나가야 비로소 자기 목소리를 낼 수 있기 때문이다. 전통적인 해석을 충분히 습득한 다음 그것을 넘어서는 새로운 목소리를 만들어 내는 것이야말로 새로운 고전을 만드는 중요한 조건이다. 새로운 목소리는 언제나 전통적 해석과의 갈등과 논쟁을 유발한다. 대부분의 목소리는 발화되는 순간 사라지거나 전통적 해석의 공격을 받아 사라지지만, 극소수의 목소리는 상당한 울림을 가지고 있어서 전통적 해석에 균열을 일으킨다. 물론 새로운 목소리에는 균열을 일으키기만 하고 자신의 임무를 마치는 것도 있고 균열된 전통의 벽에 새로운 충격을 일으키는 것도 있으며, 전통을 무너뜨리는 역할을 하는 것도 있다. 어느 쪽이든 이들 목소리가 새로운 세대의 추종자를 확보하면 그가 주장하는 새로운 사유 지평이 사회적으로 용인되고 나아가 세계를 변혁시키는 사상적 기반이 된다.

①다양한 해석의 집적 → 기득권 세력의 인정 → 전통적 해석의 성립 → 이데올로기로서의 기능 → **②로 이어짐**

② 새로운 해석 제기 → 전통적 해석과의 논쟁 → 추종자의 확보 → 새로운 사유 지평 개척 → **①로 이어짐**

여기서 ①이 전통적 해석의 확립을 보여주는 것이라면 ②는 창조적 해석 혹은 현대적 해석의 발현을 보여주는 것이라 할 수 있다. ①과 ②가 언제나 교차하면서 이어지는 사회야말로 바람직한 사상적 소통이 이루어지는 사회다.

고전으로서의 절대적 기준이 존재하는 것은 아니지만 시대가 바뀌었다고 해서 고전의 기준이 자주 바뀌는 것은 아니다. 『논어』는 고려시대에도 고전이었고 조선시대에도 고전이었으며, 지금도 고전으로 인정을 받고 있다. 그에 비하면 『묵자』나 『한비자』, 『열하일기』 등과 같은 책은 조선의 지식인들에게 이단으로 배척되었지만 지금은 중요한 고전의 반열에 올라있다. 우리는 여기서 고전에 대한 또 하나의 인식 내지는 기준을 발견할 수 있다. 하나의 텍스트로 언제나 존재하고 있는 것도 시대와 독자의 사상적 경향에 따라 새로운 해석을 이끌어낼 수 있어야 한다는 점이다. 새로운 해석의 발현은 독자의 몫이기도 하지만, 그러한 토대를 가지고 있는 것도 고전의 힘이다. 저자의 목소리가 중층적인 구조를 내함하고 있어야 다양한 해석의 가능성을 발견할 수 있다. 아무리 시대가 달라지고 녹자의 사상석 경양이 날라섰나 해도 책의 내용이나 저자의 목소리가 단선적이면 새로운-다른 해석의 가능성은 없다. 그렇게 되면 그 책은 시대와 공간을 넘어서서 깊고 다양한 울림을 던져 주기는 어렵다. 고전으로서의 역할을 할 수 없다는 것이다.

문제는 고전의 '새로운 해석'과 그것의 '훼손' 사이의 거리가 모호하다는 것이다. 우리는 새로운 해석과 훼손 사이를 구분하는 것에도 서로 다른 층위의 담론이 존재한다. 하나는 글자와 단어, 문맥에 스며있는 문화적 맥락 등을 잘못 해석함으로써 생겨나는 오역을 비판하는 방식이다. 완벽한 번역의 불가능성을 전제로 한다 해도 모든 번역은 원천 텍스트와 목표 텍스트 사이의 일치를 지향한다. 그럴 때 출발점은 각각의 글자와 단어 등을 정확하게 변환시키는 것이다. 글자를 잘못 판독하는 단순한 실수부터 글자의 의미나 단어에 들어있는 고사를 파악하지 못해서 고유명사를 일반명사로 해석하는 실수, 문장을 잘못 파악하는 실수, 판본의 성립 시기를 잘못 판단하는 실수, 작자의 비정比定에 실패하는 경우, 과거의 문화적 관습을 이해하지 못해서 오역하는 실수 등 텍스트 간의 일치를 이루지 못하는 계기는 수없이 많다. 시대가 멀면 멀수록 이 같은 실수는 더욱 잦아진다. 훈고학은 이런 점을 비판적으로 보면서 형성된다. 이러한 비판을 통해서 우리는 원본의 모습을 복원해낼 수 있을 뿐만 아니라 관행처럼 계승되던 전통적 해석을 전복시키는 힘을 얻기도 한다. 정약용丁若鏞의 경서에 대한 방대한 주석이 결과적으로 전통적인 해석에 균열을 일으킨 것이 바로 그런 예다.

또 다른 층위는 같은 텍스트에 대한 상이한 해석에서 발생한다. 해석들 사이에서의 논쟁은 정통과 이단 논쟁으로 이어진다. 조선시대 유학자들이 주자학을 정통으로 삼아 양명학을 비롯한 노장, 불교 등 다른 학파의 논의를 모두 이단으로 몰아붙인 것이 그 예라 하겠다. 또한 주자학 내부에서도 윤휴나 박세당 등을 사문난적으로 몰아서 제거한 것 역시 상이한 해석의 여파다. 이 경우 대부분은 단순히 학문적 차원에서만 논의된다기보다는 학문 외적인 고려가 더욱 강하게 작용한다.

사회가 용인한 고전이 조선 기득권층의 다양한 이익과 맞물리면서 기타 세력의 도전을 물리치는 과정에서 발생한다. 기득권의 지지를 얻고 있는 전통적 해석은 그들이 내세우는 고전의 중요한 토대를 이룬다. 그 토대는 해당 시기 사회를 전반적으로 지탱하고 있으므로 작은 균열을 내기 매우 어렵다.

우리가 흔히 고전의 번역이 '훼손'이라는 비난을 받는 경우는 위의 두 경우에서 모두 보인다. 첫 번째는 번역 과정에서 최대한 줄여야 하는 실수들이므로 고전의 훼손에 큰 역할을 한다. 그러나 두 번째의 경우는 조심스럽게 접근해야 한다. 번역의 표면적인 차원을 넘어 심층적인 부분에 이르기 위한 것이므로, 전통적 해석은 자신들의 생각을 정당한 해석으로 여기면서 다른 의견은 훼손으로 배격한다. 어느 시대나 정당한 해석과 훼손 사이의 논쟁은 활발하게 이루어져 왔고, 그러한 과정을 통해서 이들은 상호 영향관계를 형성하거나 제3의 의견에 도달하기도 한다.

전통적 해석과 고전의 훼손 문제를 장황하게 이야기하는 것은 바로 지금 이 시대의 고전 번역의 의미를 따져보기 위한 것이다. 수많은 고전의 숲에서 우리가 내세워야 할 작품은 어떤 것이고, 그것은 어떤 방식과 내용으로 해석되어야 하는지 고민하는 것이 바로 우리의 몫이다. 그럴 때 전통적인 해석과 고전의 훼손 문제를 어떻게 정리해야 할지 고민이다.

4. 새로운 고전의 발견

고전은 재해석될 때 비로소 고전의 지위를 유지한다. 과거의 언어를 묵수한다면 이는 독자들의 접근을 막고 내용을 쉽게 드러내지 않는 방식으로 자신의 권위를 유지하는 것과 다를 바 없다. 고전은 번역을 통해서 대중화되고, 대중은 다시 고전을 통해서 새로운 사유의 지평을 확대한다. 흔히 '고전문학 연구에서 역사적 이해의 원근법'[6]이라 불리는, 쉬우면서도 어려운 것이 고전의 번역이다. 이 부분을 살필 때 우리는 두 가지 지점을 상정할 수 있다. 첫째, 번역과 대중화 과정을 통해서 우리는 고전을 어떻게 재해석해야 할지, 그 과정에서 고전은 어떤 경로를 통해 고전으로서의 지위를 획득하는지를 논의할 수 있을 것이다. 둘째, 현재 이루어지고 있는 수많은 고전의 해석과 대중화 작업은 과연 일정한 기준을 상정할 수 있을지, 있다면 어떻게 설정할 수 있을지를 고민해야 한다. 이렇게 될 때 비로소 우리 시대에 걸맞은 고전의 재해석과 새로운 고전의 발견에 이를 수 있을 것이다.

고전의 번역에서 일차적인 토대는 당연히 연구자들에 의해서 이루어진다. 이 과정은 세심하면서도 치열한 학문적 열정을 전제로 한다. 그렇지만 이 연구가 일반 독자 대중에게 널리 읽히고 교양의 차원으로 나아가기 위해서는 또 다른 경로를 통해야 한다. 연구자들을 포함하여 고전을 이 시대의 독자들에게 선보이는 작업은 하이퍼텍스트적인 자민족중심주의가 그 바탕에 깔려 있다.[7] 이러한 경로들 가운데서 번역

---

6 김흥규(2002 : 306~321) 참조.
7 "모든 번역의 이면에는 일종의 자민족중심주의라는 것이 개재할 수밖에 없다. 그것은 외

자는 하나의 통로를 선택해서 자신의 입장을 드러내고, 자신이 생각하는 고전을 독자들에게 선보인다. 물론 그럴 때 번역자가 생각하는 고전의 범주 중에서 상당 부분은 이미 확립되어 있던 범주에서 가져온 것이다. 고전의 확립은 시대의 필요로 많은 대중이 고전으로 인정하고 공유하는 것과 그 궤를 함께 한다. 앞서 언급한 것처럼, 고전의 확립에 중요한 역할을 하는 것은 교육제도다. 근대 이전의 교육제도는 유교 경전을 필두로 하여 사회가 요구하는 성리학적 태도를 강화하는 내용의 책들을 고전으로 지목하고 교육시킨다. 근대 이후에는 학교제도가 내세우는 교육과정을 통해서 고전의 범주가 구체적으로 교육된다. 따라서 이미 문화 권력을 포함하여 사회적 정치적 권력을 소유하고 있는 계층의 입장에서는 이들이 계승되어야 마땅한 고전이지만, 그들에 이의를 제기하는 계층 입장에서 보면 하나의 이데올로기가 되는 셈이다.[8]

어느 쪽의 입장을 지지하든, 고전의 유통은 언제나 이전 시기의 고전을 대부분 수용하면서 그 시대만의 특징을 담보하는 부분을 첨가-보완하면서 이루어진다. 어떤 작품이 고전인가를 공부하는 것보다는 그 작품에 어떤 가치를 부여할 것인가가 더 중요한 것은 바로 이 때문이다.

2000년대 들어서면서 초등학교부터 대학교에 이르기까지 많은 종

부의 모든 것을 낯선 것으로 간주하면서 그것을 이렇게 친숙한 것으로 변환시키는가 하는 것이 번역의 이면에 스며있기 때문이다. 그런 점에서 자민족중심적 번역은 하이퍼텍스트적일 수밖에 없다는 점을 다시 한 번 절감한다. '하이퍼텍스트적'이란 이미 존재하는 텍스트를 출발점으로 하여 이루어지는 모방, 패러디, 모작, 각색, 표절, 혹은 기타 모든 형식상의 변형들을 지칭한다." 앙트완 베르만(2011 : 38) 참조.

8 해방 이후 국정교과서로서의 『국어』가 고전의 범주와 구체적인 작품을 형성하는 것에 큰 기여를 했지만, 동시에 그것은 정부의 입장을 강화하는 방식으로 만들어졌기 때문에 하나의 이데올로기로서의 기능을 했다는 사실을 그 예로 들 수 있다. 이 문제에 대해서는 강진호 외(2007)에 수록된 여러 편의 논문에서 집중적으로 거론한 바 있다.

류의 고전 도서목록을 만들어 배포하고 있다. 그것은 인문학의 위기 담론과 맞물리면서, 고전을 통해 우리가 당면한 문제를 해결할 수 있는 힘을 얻고 나아가 미래를 준비하는 원대한 계획을 만들어 내자는 생각에 이어져 있다. 고전은 접근하기가 어렵다는 점을 고려하더

『열하일기|熱河日記』

라도 꾸준히 읽어야 한다는 생각이 지지를 받으면서, 그에 걸맞은 책들이 집필되기 시작했다. 이는 마치 1920~30년대 조선학운동의 일환으로 시대에 걸맞은 고전이 새롭게 발견되면서 독자들의 관심을 유도했던 것과 구조적인 상동성을 가진다.[9] 고전의 중요성을 재인식하면서 다양한 책들이 출판되었다. 이와 함께 각급 학교의 도서목록뿐 아니라 교육단체, 사회단체, 정부, 크고 작은 독서모임, 지역사회의 문화단체 등에서도 도서목록을 만들어서 독서 열풍을 일으켰으며, 다양한 인문학 강좌를 통해서 고전의 의미를 대중적으로 논의할 수 있는 장을 만들어냈다.

---

9 예컨대 박지원의 『연암집』이 어떻게 해서 고전으로 인식되는 과정을 들 수 있다. 『연암집』(『열하일기』 포함)은 오히려 조선시대에는 사회적으로 배척당하다가, 1930년을 전후로 하여 식민지 조선의 독자들에게 고전처럼 인식되기 시작한다. 이는 일본의 침탈과 국가의 위기에 맞서기 위한 인문학적 대응으로서의 조선학의 발흥과 깊은 연관을 가진다. 그런 점에서 우리 시대인 문학의 위기라는 담론에 맞서서 각계각층의 독자들의 눈높이에 맞춘 다양한 고전 번역 및 해설서가 쏟아져 나오는 것은 지금 우리 시대가 당면한 문제의 해결을 고전에서 찾아 보자는 태도라고 할 수 있다. 시대의 차이에도 불구하고 구조적 상동성을 가진다고 하는 것은 이런 맥락이다. 박지원의 글이 고전으로 형성되는 것에 대해서는 김남이(2008), 김남이(2011), 송혁기(2009) 등을 참조하면 된다.

다양한 고전 번역이 선보이는 것은 긍정적이지만, 번역자나 독자 모두가 고전 작품이 어떤 맥락에서 유통되고 있는지를 인식하는 태도는 매우 중요하다. 고전을 읽고 토론하는 과정에서 우리는 우리 시대의 정신적 가치 혹은 정신적 목표를 설정하는 것에 대한 진지한 고민을 동반하기 때문이다. 고전이 설령 보수성이나 이데올로기적인 측면을 가지고 있다 하더라도 그것을 새롭게 재해석함으로써 시대의 견고한 편견에 균열을 낼 수 있다면 그것은 '새로운 시대를 만들어 가는 고전'으로서의 이미지를 만들어 낼 것이다. 절대적 고전을 거부하고 다양하면서도 논쟁을 촉발시키는 고전이 필요한 시대, 고전을 공부하고 번역하는 전문가들이 새로운 의미를 해석해내고 주목받지 못하던 작품을 새롭게 발견해냄으로써 우리 시대 고전의 범주를 확장시키는 것이 중요한 것도 이런 맥락에서일 것이다.

참고문헌

강진호 외, 『국어 교과서와 국가 이데올로기』, 글누림, 2007.

권혁래, 「고전소설의 현재적 독자와 다시 쓰기의 문제」, 『동화와 번역』9, 건국대 동화와번역연구소, 2005.

_____, 「조선 후기 한문소설의 번역 및 개작 양상에 대한 연구」, 『고전문학 연구』20, 한국고전문학회, 2001.

김남이, 「'연암'이라는 고전의 형성과 그 기원(1)」, 『어문연구』58, 어문연구학회, 2008.

_____, 「20세기 초～중반 '연암'에 대한 탐구와 조선학의 지평」, 『한국실학연구』21, 한국실학학회, 2011.

김욱동, 『번역의 미로』, 글항아리, 2011.

김풍기, 「조선 전기 언해사업의 문화적 의미」, 『한국어문학 연구』58, 한국어문학연구학회, 2012.

김혜경, 「고전번역의 조건」, 『중국어문학지』13, 중국어문학회, 2003.

김흥규, 「고전문학 교육과 역사적 이해의 원근법」, 『한국 고전문학과 비평의 성찰』, 고려대 출판부, 2002.

송혁기, 「연암의 발견과 실학의 지적 상상력」, 『한국실학연구』18, 한국실학학회, 2009.

앙트완 베르만, 윤성우·이향 역, 『번역과 문자 : 먼 것의 거처』, 철학과 현실사, 2011.

1920~30년대 시조의 재인식과 정전화 과정*

이형대

1. 서론

본고에서는 1920~30년대에 이르러 시조라는 장르가 어떠한 경로를 통해 정전으로 구성되었는지를 구명해보고자 한다.

현전하는 고전시가 가운데 시조가 정전의 지위를 부여받고 있다는 점은 교과서를 통해 손쉽게 확인할 수 있다. 현행 제7차 고등학교 국어 교과서에 수록된 고전문학 작품 가운데 시조의 비중은 단연 높다. 이 것이 근래의 일시적이거나 우연한 현상만은 아닌 것은 미군정기 이래 고등학교의 국어교과서에 실린 고전시가 작품 중 시조의 수록 비율이 60%에 가깝다는 사실이 증거한다.[1] 현재 고등학교 교육과정에서 시조

---

* 이 글은 「1920~30년대 시조의 재인식과 정전화 과정」(『고시가연구』 21집, 한국고시가문학회, 2008)을 재수록한 것이다.

장르는 정전으로서의 지위를 확고하게 구축하고 있는 것이다. 혹시 교과서 수록 작품의 비율이 현전하는 다양한 고전시가들의 양적 비례에 의거한 것은 아닌가 하는 의문이 있을 수 있다. 그러나 서정 장르 가운데 엄청난 분량으로 전해 오는 한시의 문학 유산을 감안해 본다면 시조의 정전적 지위 확보는 단순한 작품수의 차원은 아닌 것이다.

주지하다시피 정전이란 특정한 역사적 상황에서 텍스트를 둘러싼 제도나 권력에 의하여 텍스트의 가치가 새로이 부여된 것으로, 특권화된 것을 의미한다. 이처럼 정전으로 구성된 텍스트가 어느 특정한 시대의 특정한 그룹 또는 사회집단의 이익이나 관심을 반영한 것이라면, 시조 장르가 언제, 어떤 계기에 의해서 정전으로 목록화되었는지 궁금하지 않을 수 없다. 본고는 해방 후 국가체제의 성립과 제도 교육을 통해 시조가 정전적 지위를 확립하게 되기까지에는 식민지 시기 근대국민국가에 대한 상상과 맞물려 시조가 새로운 가치를 부여받았다는 점을 주목한다. 1920~30년대는 시조부흥운동과 더불어 특히 고시조에 대한 본격적인 학적 탐구가 진행되고, 문단이라는 근대적 문학제도를 통한 현대시조 창작이 이루어진 시기이기도 하다. 따라서 이 시기에 시조의 정전화 과정에 관여했던 몇 가지 요인들을 유형화하여 살펴보고자 한다. 나아가 당대에 다양한 분야에서 취택된 고시조의 빈도통계를 통하여 어떤 작품이 어떤 맥락에서 수용되고, 재평가되었는지 검토해보고자 한다.

다만 시조의 정전 형성과 관련하여 참조할 만한 선행연구가 전무하고, 필자 역시 이 시대의 문학제도에 대한 전문적인 식견이 넓지 않은

---

1   유옥순(1995).

관계로 그 대략의 윤곽을 더듬어 보는 차원을 넘기 어렵다는 점을 미리 밝힌다.

2. 근대계몽기, 국권회복의 기획과 시조의 위상

시조가 잠재적인 정전적 가치를 부여받게 된 첫 계기는 근대계몽기에 들어와 계몽지식인들에 의해 수행된 국민국가 프로젝트와 긴밀한 관련이 있다. 우선 이 시기에 이르러 새로이 근대적 공공영역으로 자리 잡은 신문, 잡지 등 근대매체에서 나타난 시조 관련 담론들을 주목해보자. 근대계몽기 신문이나 잡지 매체들은 시기에 따라 그리고 간행 주체에 따라 다소간 성격의 차이가 있지만, 대체로 반식민지 상황의 극복과 근대국민국가 수립을 위한 계몽의 담론 생산에 주력하였다고 볼 수 있다. 이 시기에 이르러 시조는 당당하게 동국시東國詩의 하나로 규정된다. 예컨대, 『대한매일신보』에 실린 신채호의 「천희당시화」를 주목해 보자. 여기에서 '東國詩란 何오? 東國語 東國文 東國音으로 製한 자가 是오'[2]라고 규정된다. 또한 '詩란 國民言語의 精華라'[3]고 언명되고 있으며, 실제로 시조작품들을 '國詩'로 지칭하고 있다.[4] 즉 근대국민국기의 기획 과정에서 국민 만들기 및 국민의 정신적 통합을 위한 기제로서 '국어'의 개념이 성립되었고, 일찍이 이를 활용했던 국문시가

---

2 「천희당시화」, 『대한매일신보』, 1909.11.9.
3 「천희당시화」, 『대한매일신보』, 1909.11.11.
4 「천희당시화」와 관련해서는 임형택(1984), 고은지(2004), 김주연(2006) 참조.

장르들이 주목되었던 것이다. '대개 국어와 애국심이 서로 밀접한 관계가 있어서 나라의 성품을 보전함도 국어로써 되고 나라의 혼을 깨게 함도 국어로써 되나니 그 나라의 국민이 된 자는 반드시 그 국어를 존숭히 여기며 그 나라의 말은 통일하기를 위하는 바인데 국문이라 하는 것은 곧 그 국어와 일치되는 문자인고로 국어의 발달됨은 또한 그 나라의 문화와 함께 진취가 되는 것이거늘 슬프다! 한국에 국문은 창조한 지 이미 오래되나 지금까지 침체하야 진취치 못함은 실로 가석하도다'라는 『대한매일신보』의 논설[5]에서 국어에 대한 계몽지식인의 새로운 인식을 짐작할 수 있다. 그러나 국문으로 지어졌다는 최소 요건을 갖추었다고 할지라도 모든 전통시가가 곧장 긍정될 수는 없었다. 전통시조의 의미지향과 정서적 짜임이 계몽의 방향과는 판연하게 달랐기 때문이다.

①　현재 우리 한국에서 익히 불리는 노래는 풍속을 병들게 하고 性情을 상하게 하는 亂雜 아닌 것이 없으니 불가불 개혁해야 하는 것이 또 하나의 急務이다. 이른바 妓女나 唱夫 및 거리의 아이들이 입만 열면 부르는 노래가 대개 수심가, 난봉가, 아리랑, 흥타령뿐이니 (…중략…) 기실은 이러한 開明 · 전진의 시대를 만나 志氣를 방해하는 것이 이보다 심한 것이 없다.[6]

②國詩로 말하면 (南薰展 달 밝은 제 八元八凱 거느리시고) 한 閑談의 詩

5　「국문학교의 증가」, 『대한매일신보』, 1908.1.29. 인용문은 가독의 편의를 위해 현대어로 표기한다.
6　琴父(1908).

뿐이며, (말없는 靑山 態度 없는 流水)란 放狂의 시뿐이며, (말은 가자고 네 굽을 땅땅 치는데 님은 잡고 落淚한다) 한 淫蕩 시뿐이며, (風波에 놀랜 沙工 배 팔아 말을 사니) 한 厭退에 시뿐이며[7]

첫 번째 인용문에서는 현재 시정에서 불리는 전통가요 전반이 '풍속을 병들게 하고 성정性情을 상하게 하는 亂雜' 아닌 것이 없다고 비판하면서 잡가와 유흥민요를 예로 들고 있으며, 두 번째 인용문에서는 국시國詩로 규정한 시조時調조차도 한담閑談·방광放狂·음탕淫蕩·염퇴厭退의 시편들뿐이라고 한탄하고 있다. 요구되는 새로운 내용과 전통의 형식 사이에 심각한 괴리가 발생한 것이다. 계몽지식인들은 근대국민국가 성립의 필수 항목으로 국어國語를 인식하고, 이에 의거한 국시國詩를 찾았다. 이것은 항차 건설할 정치공동체로서의 네이션과 국민의 정신적 통합을 위한 기제로써 민족어문학을 일치시키고자 한 것이다. 그러나 이들이 갈망하는 현재적, 이념적 요구 수준에는 시조가 그 내용상 현저한 함량 미달을 보였던 것이다.

따라서 시가의 개혁이 불가피했던 바 「천희당시화」에서는 그 대강의 혁신 방향을 제시하고 있다. 우선 '强武한 국민은 그 시부터 强武하'다고 주장하여 시詩의 정교적政敎的 효용을 높이 사고 있다. 다음으로 내용의 측면에서 '煩陋를 改革하고 新思想을 輸入'하자고 하여 시는 당대의 새로운 시대정신과 이념을 담아야 함을 강조하고 있다. 셋째, '詩歌는 人의 感情을 陶融함을 목적'으로 한다면서 무열武烈, 웅건雄建, 용

7   「천희당시화」, 『대한매일신보』, 1909.11.25.

「천희당시화」, 『대한매일신보』, 1909.11.25.

한勇悍, 맹분猛奮의 정조를 강조한다. 이렇듯 시詩의 효용이 개인의 정감을 발현하기보다는 국민의 집합적 열정을 촉발하여 구국의 에너지로 전화되어야 함을 분명하게 밝히고 있다. 이처럼 시의 현실적 효용성과 상무정신, 애국사상을 강조했던 신채호는 전통의 시조 가운데 최영, 김종서, 남이의 시조를 높이 평가하였다.

실상 근대계몽기 시조는 이러한 시론詩論이 정립되기 이전부터 이미 전통적인 시조의 형식과 내용에 변형을 가하면서 이미 새로운 모색의 단계에 들어서고 있었다. 이 시기에 창작된 계몽시조는 『대한매일신보』(1908.11~, 381수), 『대한민보』(1909, 287수), 『국민신보』(1906), 『소년』(1908, 54수), 『대한유학생회보』(1907), 『대한학회월보』(1908), 『시천교월보』(1911), 『조선불교월보』(1912), 『신문계』(1914), 『청춘』(1914) 등의 신문이나 잡지에 꾸준히 게재되었다. 그런데 전통 양식으로부터 변형·일탈의 정도는 매체와 작품에 따라 매우 다양한 층차를 보이고 있다. 그 대강을 간추려본다.

내용적인 면에서 종교적 교리를 풀이한 일부 시조를 제외하고는 문명개화와 국권회복, 국민단결과 매국노 비판, 세태묘사 등 주체적인 민족의식에 입각한 현실 비판과 구국계몽의 의지가 투영되어 있다. 이러한 면모는 『대한매일신보』 소재 작품이 가장 뚜렷하다. 『소년』에 실린 최남선의 작품은 국토의 지리나 역사에 대한 예찬이나 근대문물에 대한 탄상을 주 내용으로 하고 있다. 형식적인 면에서 변화된 점은 고시조의 정형적 음보 구성이 무너지고, 이것이 시상의 흥기 ― 전개와 고양 ― 서정적 전환과 완결이라는 시적 구조의 파탄을 유발하기도 한다. 또한 당대에 유행하던 잡가나 민요의 구절과 혼종화 현상을 보인다는 점, 정보량의 증가에 따른 연작 형식의 시조형이 도입되고 있다는 점 등이 주목된다. 어조의 측면에서의 변화도 놀랄 만하다. 원래 사대부 양식으로서 시조는 절제된 언어를 담박·온아한 미의식으로 평담하게 표현하는 대표적인 서정양식이다. 그러나 계몽시조에서는 강렬하게 고양된 시대정신이 정서적 증폭을 통해 폭발적으로 분출되기도 하고 비판적 현실에 대한 예리한 풍자가 싸늘한 언어를 통해 준엄한 어조로 실현되기도 한다. 따라서 그 정서의 편폭은 전통적인 고시조에 비해 매우 클 수밖에 없다. 이처럼 계몽시조는 양식적인 측면에서 다기한 시도와 실험을 감행하고 있었다. 그럼에도 불구하고 이러한 계몽시조는 고시조의 경계 영역에서 유동하였을 뿐, 새로이 자기의 양식적 정체성을 확립한 단계에까지는 이르지 못했던 것으로 판단된다.

정전의 형성이란 관점에서 본다면, 이 시대에 소통되던 전통시조가 정전 구성 주체들의 주목을 받기에는 부족한 점이 많을 수밖에 없다. 반제반봉건 투쟁과 문명개화를 통한 국민국가의 수립을 지상과제로 삼았던 계몽지식인들의 관점에서 볼 때, 시詩에서는 개체적 서정성보다는 계몽이념의 담지체이자 애국적 열정의 촉매제로의 집단적 이념성이 강렬히 요청되었기 때문이다. 이런 점에서 전통시조는 이들의 현재적 요구에 부응할 수 없었다. 음악적 매개를 통해 향수 되는 고시조의 속성상, 더군다나 19세기 후반의 통속적, 심미적 낭만주의의 경향이 농후했던 시조 예술사의 맥락을 고려해볼 때, 이러한 시조에서 계몽지식인들이 갈구했던 치열한 역사의식이나 핍절한 리얼리티를 발견할 수 없다는 점을 그들 스스로도 경험적으로 체득할 수 있었을 것이다. 이 때문에 신채호는 오히려 자신이 본 적도 없는 『풍소속선風騷續選』 전편前篇이라는 책에다가 그가 열망했던 시조의 목록을 상상적으로 채워넣기도 하였다. 그의 추론대로라면 이 책에는 필시 삼국시대를 기록하였을 터이고, 따라서 온달이나 을지문덕의 「출군가出軍歌」, 신라인들이 명장 운연韻蓮을 조상하여 지었을 법한 노래, 신라인들의 '권농가勸農歌'인 「회소곡會蘇曲」 등이 실려 있지 않을 수 없다는 것이다. 그래서 만일 이 책이 발견된다면 '我國詩界에 一大紀念'이 될 것이라고 주장하기에 이른 것이다.[8] 결국 실제 현실에서의 결여가 그로 하여금 상상적 보족을 창출하도록 추동한 것이다.

그럼에도 불구하고 이 시기에 이르러 시조時調 장르는 지식인들에 의해 나름의 가치를 인정받았다. 민족·언어공동체에 의해 창출된 양식으로써 '국시國詩'로 규정되었다는 점, 시조 양식 스스로 일정 정도의 자기 변형을 통해 급박한 민족현실의 시대적 소명에 부응하고자 하였다는 점, 비록 몇몇 작품에 불과하지만 일부 애국적 내용의 고시조 작품이 현재 및 미래적 가치를 인정받았다는 점 등이 그 근거이며, 이런

---

8 「천희당시화」, 『대한매일신보』, 1909.11.11.

면에서 시조의 정전화의 가능성은 여전히 열려 있었다고 볼 수 있다.

3. 1920~30년대 국민문학으로서
   시조의 재발견과 정전화 과정

경술국치와 함께 나라가 일제의 식민지로 전락하자, 저항적 민족주의에 근거한 계몽시조의 이념과 시적 파토스는 더 이상 견지될 수 어렵게 되었다. 더군다나 전대의 문학적 유산에 대한 강한 부정에서 출발한 신문학이 전개되면서 시조는 몇몇의 창작자를 제외하고는 관심의 권역에서 멀어져갔다. 시조가 다시금 관심의 대상으로 부각된 것은 3·1운동 실패 후 문화주의적 사조 아래 전개된 시조부흥운동을 통해서였다.

정전이 통상 국가적 매개를 통한 공교육을 중심으로 한 교육과정에 의해 만들어진다면, 1920~30년대 시조의 정전화 과정은 다른 고전과 마찬가지로 국가를 상실한 식민지적 상황을 배경으로 하기 때문에 그 경로가 다를 수밖에 없다. 식민체제하에서 시조는 문단의 비평과 학술적 연구 및 출판의 매개, 기타 대중적 문화행사를 통해서 정전의 지위를 획득했던 것으로 보인다. 이를 순서대로 살펴보기로 한다.

1) 시조부흥을 둘러싼 문예비평과 시조의 정전화

1926년 최남선의 「조선국민문학으로서의 時調」를 필두로 시작된 시조부흥운동의 영향력은 매우 크다. 그것은 문예비평 논쟁 그 자체로도 시조에 대한 관심을 높였을 뿐만 아니라, 시대 현실에 맞는 시조의 시적 형상화 가능성에 대한 모색이라는 의미도 지닌다. 즉 현대시조 창작방법론 및 실제적인 창작활동을 활성화하는 계기가 되었던 것이다. 또한 시조의 시형을 탐구하는 과정에서 고시조에 대한 학문적 성찰이 본격적

최남선(1890~1957)

으로 이루어질 수 있었는데, 이러한 일련의 활동이 시조 정전 형성의 뚜렷한 기반이 되었다. 당시에 전개된 시조부흥론을 찬반양론으로 나누어 논란의 핵심을 간추려보기로 한다.[9]

알다시피 이 논쟁에서는 시조부흥의 찬성론자들이 주류를 이루고 있었다. 이들은 대개 국민문학파에 속하는 문인들이며, 문화적 민족주의자들이라 할 수 있다. 찬성론자들은 일제치하에서 정치적 주권의 회복하는 대신에 종교나 문화면에서 민족보존에 치력한다는 명분을 앞세웠던바, 최남선의 조선주의 발상도 이러한 맥락에서 이해할 수 있다.[10] 부흥론의 선두에 선 최남선은 '時調는 朝鮮人의 손으로 인류의 韻律界에 提出된 一 詩形'이며, '朝鮮人의 風土와 朝鮮人의 性情이 音調를 빌어 그 渦動의 一 形相을 具現한 것'으로 '朝鮮心의 放射性, 朝鮮語의 纖維組織이 가장 壓搾된 狀態에서 표현된 공든 塔'으로 평가하고 '時調가 朝鮮에 있는 唯一한 成立文學'이며, '朝鮮의 國民文學(民族文學)'[11]

---

9 시조부흥운동과 관련된 선행연구로는 박을수(1992),안지영(1999), 김윤식(1982), 김영민(2002), 권영민(2002) 참조.
10 김영민(1989 : 167).
11 최남선(1974 : 386~390).

1920~30년대 시조의 재인식과 정전화 과정　119

이라고 규정하였다. 이처럼 최남선은 시조를 우리 민족의 유일한 문학 형식으로 내세워 최상의 가치를 부여하였다. 실상이 그러하다면 시조의 정전적 가치는 의심할 여지가 없다. 그러나 최남선의 논의는 시조의 형식과 미학적 성취, 조선심朝鮮心의 내용, 그리고 그것과 시대와의 상관성에 대한 해명이 결여된 채, 추상적 수준의 당위론에 머물고 말았다. 따라서 선언적 언명 정도의 의미를 넘어서기 힘들다. 그러므로 이후의 논쟁에서는 시조양식과 그것의 현대적 변용에 따른 문제점 등이 하나하나 지적되지 않을 수 없었다. 즉 부흥 찬성론자들은 국민문학으로써 시조 부흥은 당연하다는 당위론적 입장을 펼치면서도 논자에 따라 악착齷齪한 형식의 파탈과 신新시형의 개척, 한취적漢臭的 내용의 개선을 요구하고 있다.

시조부흥의 반대론은 계급문학의 진영에 있던 김동환으로부터 제기되었다. 그는 시조가 이미 도태된 장르이므로 버려야 할 것임을 분명하게 전제한다. 그 근거로써 3행으로 이루어진 시형은 시상 전개를 무리하게 재단한 기계적 시형이라는 점, 3 · 4 또는 4 · 4의 전아한 리듬은 사회모순으로 인한 문제적 현실에 전혀 맞지 않는다는 점, 읽는 시가 아니라 노래로 실현되는 고풍적 · 귀족적 성악이라는 점, 내용적 측면에서 피상적이고 관념적인 자연묘사와 현실에 대한 은둔과 도피, 거짓된 낙천적 정서 등을 들었다.[12]

선행연구에서 이미 지적하였듯이 이 논쟁의 치명적인 약점은, 찬성론자나 반대론자 모두가 당시 창작되고 있던 현대시조가 아니라 고시

---

12 이병기 외(1927), 허영호(1927), 김동환(1927), 염상섭(1927), 이은상(1927).

조를 입론의 근거로 사용하고 있다는 점이다. 과
거와 현재 간의 시간적 격차를 인지하고 있으면
서도 굳이 고시조를 논거로 활용했던 점은 그들
모두 구체적인 창작방법론상의 지침이나 대안을
확보하지 못했기 때문으로 판단된다. 때문에 시
조부흥을 위해 제시했던 개선 사항들도 피상적
인 문제제기 수준에 머물고 말았다. 그럼에도 불

이병기(1891~1968)

구하고 1926~27년에 제기된 이 논쟁은 시조에 대한 본격적인 탐구의
계기를 마련했다는 점에서 큰 의의가 있다. 특히 이 방면에 골똘했던
연구자는 이병기이다. 그는 이 당시 제시된 문제들을 화두로 삼아 현
대시조 창작방법론 탐구에 몰두하여 1932년 「시조는 혁신하자」라는
창작지침을 『동아일보』에 발표하였다. 그 과정에서 산출되었던 고시
조 연구는 이에 관한 동시대의 학술적 성과로서는 가장 탁월했던 것으
로 판단된다.

시조장르의 정전화 과정에서 이 논쟁이 획득한 성과는 시조가 '조선
의 국민문학'이라는 최남선의 선언이 많은 한계를 안고 있었음에도 불
구하고 어쨌든 당시 다수의 전문학자나 작가로부터 그 정당성을 추인
받았다는 점이다. 그리고 더욱 유의할 점은 시조가 본래부터 국민문학
으로서 존재했던 것이 아니라 문화적 민족주의자들의 기대 지평 속에
서 국민문학으로 새롭게 인식·발명되었다는 사실이다. 카프의 논객
김동환이 예리하게 지적했듯이 시조는 기실 기층민중의 생활 정감과
는 거리가 먼 상층사대부의 문학이었으며, 조선 후기에 이르러서야 중
간계층들이 새롭게 향유층으로 진입하게 된 것이다. 근대계몽기 공간

에서도 시조의 주 창작자는 계몽지식인들이었고, 그 이후도 마찬가지였다. 평민과의 연관성을 굳이 찾자면 그 기원이나 내용미학 쪽에서 근접했던 사설시조를 꼽을 수 있을 것이다. 그러나 이 당시 시조부흥론자들은 사설시조의 가치를 평가절하하고 평시조 중심의 부흥론을 제기하였다. 단적인 예로써 이병기는 '엇時調나 사설시조는 짓기도 어려우니만큼 자래로 名作을 볼 수 없다. (…중략…) 나의 經驗과 意見으로는 엇時調·辭說時調보다도 平時調 형식으로 하여 아무리 긴 것이라도 쓸 수 있다고 한다'[13]고 주장하였다.[14]

그러나 시조가 국민문학, 곧 국시國詩로서의 위상을 갖추고자 한다면 그 향유층에서 기층 민중을 배제할 수 없다. 따라서 시조는 다시 정의되기에 이른다. '時調는 조선 固有의 詩形이고 조선 情調의 表現인 것이다. 國詩 곧 조선시를 말하자면 時調를 第一位로 칠 수밖에 없다. 한글과 같이 배우기 쉽게 된 平民詩다'[15]라는 인식이 그것이다. 애초에 주된 향유층에서 배제된 평민들이 국민이라는 평등적 분자로서 시조 향유의 자격을 획득하게 된 것이다. 이렇듯 시조는 국시國詩가 요구되는 상황을 맞이하여 '국민적 시가의 부재를 보상하기 위한 일종의 심리적 등가물'[16]이 되었다. 시조의 전통적인 존재방식과 견주어 볼 때, 다분히 실상보다는 과장되고 상상이 된 것으로써 정전의 지위를 부여받았던 것이다.

---

13 이병기(1926).
14 이 사설시조는 이후로 22년이 지난 뒤 고정옥에 의해 '서민계급이 양반계급의 율문문학을 상속받아 그것을 자기네들의 문학으로 만들려고 발버둥친 고민의 문학'으로 평가받아, 『고장시조선주』(1949)에 정리되었다.
15 이병기(1927 : 77).
16 시나다 요시카즈(2002 : 67).

2) 학술연구에서의 시조 조명과 해석적 권위

정전의 형성 과정 가운데는 문단과는 별도로 대학에서 학자들에 의해 연구의 대상으로 해당 장르나 작품이 취택됨으로써 '아카데미 차원에서 전통의 해석에 대한 권위를 자생적으로 획득'하는 방식이 존재한다.[17] 한국 근대학문연구의 출발단계에서 초기 학자들의 학적 관심은 주로 고전에 있었고, 그중에서도 시가부문의 시조 장르에 쏠려 있었다는 점은 널리 알려져 있는 사실이다. 시조는 최초의 국문학사로 평가받는 안확의 『조선문학사』(1922)에서부터 실려 있다. 그런데 설총이나 을파소로 작자표기가 잘못된 시조 작품들이 중고시대의 시가로 배치되어 있거나, 근세문학의 가사란 항목에 시조가 잡가나 유흥민요, 십이가사 등과 잡연하게 섞여 있는 걸로 보면 당시 시조연구의 학적 수준을 가늠할 수 있다. 시조 발생의 시기나 장르적 경계를 제대로 파악하지 못했던 것이다.

그러나 1930년을 전후하여 시조의 형식이나 율격, 기원, 악곡과의 관련성 등에 관한 기초적인 연구는 이미 상당한 수준에 도달하였다. 이 시기까지의 중주척인 역할을 한 학자는 가람 이병기와 자산 안확이다. 이들은 민족주의 이념을 지닌 국학파 학자로 분류된다. 이들은 국학파 특유의 실증적인 학문태도를 견지하며, 문헌을 모으고 작품을 분석하여 시조의 정체성을 구명하는데 주력하였다. 특히 고시조의 음악적 연관성을 밝혀내는데 뛰어난 성과를 보였다. 이들은 또한 시조 시

---

17 천정환(2003 : 430).

인이면서 학자라는 점에서도 동일하다. 따라서 이들의 시조연구는 아카데미즘에 함몰된 것이 아니라, 항상 창작방법론과 연계되어 진행되었다. 고시조 연구의 성과를 현대시조 창작의 지침으로 전환시키는데 비상한 관심을 기울인 것이다. 따라서 현대시조운동의 초기 시조 작법이 이들에게서 마련된 것은 그리 놀랄 일이 아니다.[18] 학술과 문예의 양 방면에 능한 이들의 시조 작품 선택과 해석은 그만큼의 권위를 가지고 있었기에 정전의 구성에 있어서 이견의 여지가 없었다. 특히 이병기의 안목과 작품선택은 독특하다. 현대시조의 작시 요건상 실감실정의 표현이 중요한 덕목이었기에 그는 황진이의 시조에 최고의 가치를 부여하기도 하였다. 주지하다시피 당시 학자들에 의해 작성된 글은 전문학술지가 아닌 신문이나 잡지 등에 기고되었으므로 문단이나 대중에 대한 이러한 저술의 영향력은 매우 컸으리라 생각된다.

1930년대에도 시조에 관한 이들의 연구활동이 지속되는 가운데 도남 조윤제의 학술활동이 두드러진다. 시가형식론에 비상한 관심을 기울였던 그는 시조 자수율을 검토하는 등 형식적 측면에 대한 관심에서 연구를 출발하였다. 그러나 그의 초창기 연구는 가집의 문헌실증적 탐구에서 오히려 더 많은 성과를 축적했다. 실제로 주요 가집들의 편찬자나 편제, 문헌적 특성 및 가집간 대조적 특징 등이 상당수 조윤제에 의해 밝혀졌다. 시조에 대한 그의 연구는 소선시가의 사석 체계를 집대성한 『조선시가사강』에서 가장 두드러진 성과를 거둔다. 이 책을 통해 시조사의 전체적인 윤곽이 마련되었을 뿐 아니라 강호가도와 같은

---

[18] 이병기(1929), 이병기(1932),안확(1927), 안확(1931).

문예현상의 원리가 논리적인 설명의 틀을 갖추며 해명되었던 것이다. 따라서 조윤제에 이르러 시조는 본격적으로 문학사 구성의 장르적 위상과 정전적 지위를 튼실하게 부여받았다고 평가할 수 있다.

3) 출판 및 문단활동을 통한 정전화 과정

1920~30년은 고시조와 현대시조 장르가 모두 정전화 되어가는 과정을 보여주고 있다는 점에서 매우 중요한 시기이다. 특정한 장르나 작품이 전문적 지식인에 의해 선택되고 출판되는 과정은 정전의 형성에 있어서 매우 중요하다. 왜냐하면 왜냐하면 선택된 장르나 작품은 문학적 장의 인정 투쟁에서 승리하였음을 의미하는 것이며, 출판된 책은 선자選者의 권위에 의해 비자발적인 독자들을 정전의 체계 안으로 흡입하는 효과를 가져올 수 있기 때문이다.

이런 점에서 고시조와 관련한 최남선의 선집 『歌曲選』(1913)과 『時調類聚』(1928)는 주목할 만하다. 『가곡선』은 최남선이 『청구영언』을 비롯한 수종數種의 전통 가집에서 596수의 빼어난 작품을 선별하여 근대의 활자 인쇄로 출간한 책이다. 이 책의 편제를 살펴보면, 악곡별 분류라는 가곡창 가집의 전통적 체제를 따르고 있다. 그러면서도 그 노랫말은 작품을 초장·중장·종장의 3장 형식으로 띄어쓰기 하여 읽기의 용이함을

『시조유취時調類聚』(1928)

도모하고, 색인을 넣어 작품 검색의 편의를 제공하고 있다. 이 책이 절판되자 그는 더 많은 가집을 참조하여 1,405수를 수록한『시조유취』를 발간하였다. 이 책에서 특별히 주목할 점은 21개 항목의 내용별 분류체계를 악곡보다 상위의 분류체계로 활용하고 있다는 것이다. 책의 용도가 바뀐 것이다. 즉 편자 자신이 밝히고 있듯이 가창자들을 위한 교본이라기보다도 독서를 통한 감상이 일반화된 시대현실에 조응하여 독자의 편익을 도모하기 위해 편찬한 것이다. 가창에서 가독으로 전환된 시조 소통체계의 변화가 책의 편제를 바꾸게 한 것이다. 시조의 정전적 가치에 대한 최남선의 확신은 이 책의 서문에서도 선명하게 드러난다.

> 時調는 朝鮮文學의 精華며 朝鮮詩歌의 本流입니다. 시방 朝鮮人이 가지는 精神的 傳統의 가장 오랜 實在며 藝術的 財産의 오즉 하나인 形成입니다. 그것이 진실로 朝鮮人의 藝術的 能力의 最良部面 最高能率은 아니라 할지라도 시방까지의 그 最大建立이오 또 언제까지든지 그 一大勢力일 것은 의심할 수 업습니다. (…중략…) 時調는 진실로 朝鮮心 朝鮮語의 金字塔이며 또 朝鮮歷史의 大綱領이라 할 것입니다. 어느 意味에 잇서서는 時調는 朝鮮歷史의 大文이오 一切의 文獻은 그 註疏로 볼 수도 잇습니다.[19]

이보다 더 앤솔로지적 성격이 강한 책이 이병기에 의해 교주된『역대시조선』(1940)이다. 이미『문장』지를 통해 200여 수의 작품을 주해하였

---

19 최남선 편(1935 : 1~2).

던 경력이 있듯이 그는 이 책에서 현대식 표기와 띄어쓰기를 수행했으며, 주석 및 작품해설을 상세하게 달았다. 또한 박문문고의 문고본으로 간행되었다는 점도 특기할 만하다. 이러한 문고본은 '대중적 선택의 戰場에서 다른 책에 비할 수 없는 우위를 지닌다'고 볼 수 있다.[20] 문고를 구성할 작품을 선정하는 것 자체가 권위와 영향력을 행사하는 것이어서 손쉽게 정전 구성의 목록에 포함될 수 있기 때문이다. 실제로 이 책의 「序」에서 이병기는 '우리 從來 文學에 詩歌가 으뜸이었고 詩歌에도 시조가 으뜸이었음은 물론'이며, '有名한 鄕歌보다 더 淨化한 것'으로 시조를 높이 평가하고 있다.[21] 시조에 관한 당대의 전문학자이자 현대시조 작가이며, 문단의 권력까지 확보한 대가의 이와 같은 평가는 시조의 정전적 지위 확보에 적지 않은 영향력을 행사하였으리라 판단된다. 이병기의 이 언표가 얼핏 최남선의 그것과 유사해 보일지라도 이러한 인식에 도달한 배경은 최남선과 사뭇 다르다. 최남선의 경우 관념적 민족주의의 차원에서 시조로부터 추상적인 민족성의 근원과 본질을 찾아내고자 했다면, 이병기는 국학파적 실증주의의 관점에서 전통적인 예술형식과 그것의 근대적 전환을 모색하는 가운데 시조 작품이 담지한 예술성에서 민족주의적인 자기동일성을 확보하고자 한 것이다.[22]

한편 정전의 구성과 관련하여 이 당시 신문의 신춘문예 제도나 문예지의 추천제 또한 주목할 만하다. 명망 있는 전문가의 심사과정을 통하여 등단한 현대시조 작가들은 등단과 동시에 작품의 가치를 인정받

---

20 천정환(2003 : 437).
21 이병기 교주(1940 : 3~4).
22 황종연(1988), 차승기(2006), 김병구(2006) 참조.

음은 물론 작가적 권위를 확보할 수 있기 때문이다. 『동아일보』는 1932년부터 신춘문예에 시조부를 두었고, 1930년대에 이를 통해 등단한 현대시조 시인이 12명이다. 이병기가 심사했던 『문장』의 추천제도는 매우 엄격하였는데 1940년까지 7명의 작가를 배출하였다. 오늘날 교과서에 실린 대부분의 현대시조가 이렇듯 엄격한 심사과정을 거쳐 문단에 진출한 작가들의 작품이다. 등단제도는 작가적 역량에 대한 검증이며, 작품의 질적 수준을 평가하는 과정이기 때문에 향후 정전 구성의 한 준거점이 될 수 있었으리라 본다.

4) 대중강좌와 놀이를 매개한 정전의 구성

선행연구에 따르면 공식적인 조선문학의 교과서가 존재하지 않는 식민지 상황에서 직·간접적인 대중강좌는 정전을 공포하고 교육하는 과정에 상응할 수 있을 것이라고 한다. 이 당시에 시조와 관련한 문예강좌도 종종 발견되는데 1928년 『문예공론』을 통한 이은상의 「시조작법 강좌 : 시조의 기준율」과 같은 것을 예로 들 수 있다. 1935년 연재된 삼천리 문예강좌 가운데 하나로 지정되어 『삼천리』 7권 12호에 수록된 이병기의 「시조의 감상과 작법」, 1937년 『학해』에 게재된 이병기의 「시조와 그 연구 : 시조강좌」가 모두 이러한 부류에 속한다.

정전의 존재방식이 결국은 수용자의 기억 속에 각인·환기·존속되는 가운데 생명력을 유지하는 것이라면 '화가투 놀이'도 정전 구성의 한 요소로 기능할 수 있다고 판단된다. 화가투 놀이에 대한 기사는 1922년

경부터 1940년대에 이르기까 지 『동아일보』, 『조선일보』 등의 신문이나 『신민』과 같 은 잡지에 상당수 발견되는 데, 이에 따르면 가투는 거의 전국의 대부분의 지역에서 광범위하게 행해진 인기있는 놀이였음을 확인할 수 있다.

불선사不湶舍 간행『가투歌鬪』

가투 놀이는 개별 가정에서 행해졌을 뿐만이 아니라 신문사, 잡지사 또 는 각종 단체의 주관으로 현상대회를 개최하기도 하였는데 대체로 큰 성황을 이루었던 것으로 보인다. 식민지 조선에서 가투가 언제부터 시 작되었는지 정확하게 고증하기는 어렵지만, 그 대강은 『동아일보』 1922 년 7월 4일자, 「新遊戱具歌鬪」라는 제하의 기사에서 살펴볼 수 있다. 즉 '경성부 숭사동崇四洞 륙십이 번디에 거주하는 윤태오尹泰五씨가 새로히 고안한 가투歌鬪라는 실내 유희구는 조선에 유명한 시조 백 수를 리용하 야 그 유희 방법이 매우 자미잇슬 뿐 아니라, 유희하는 중에 그 시조의 사 설로부터 교훈을 밧게 되어 취미와 리익을 겸한 조흔 유희구이라 하겟 는데 갑흔 한 벌에 이 원썩이오 종로 동양서원東洋書院에서 발매한다더 라'라는 소개가 그것이다. 여기에서 가투의 고안자로 지목된 윤태오는 1922 년 5월 『歌鬪原本時調百首』라는 소책자를 경성의 불선사不湶舍에서 발간 하기도 하였는데, 이를 통해 선정된 시조 작품의 면면을 살펴볼 수 있다.

이미 알려져 있다시피 가투놀이는 주로 정초에 부인들이 하는 놀이 로써, 시조를 활용하여 게임을 하고 우열을 가리는 것이다. 가투는 시조 종장만을 기록한 엽쪽과 시조 한 수 전체를 기록한 화쪽으로 나누어져 있다. 놀이는 시조 종장만 기록한 카드 수십 장을 참가자 앞에 늘어놓고 게임의 주관자가 화쪽의 시조를 초장부터 읽어가는 사이에 종장이 기재된 카드를 빨리 집는 사람이 득점을 하는 방식으로 진행된다. 따라서 이 놀이에서 이기기 위해서는 시조의 암송이 필수적이다.

가투놀이가 정전 구성의 중요한 계기로 작용할 수 있었던 이유는 분명하다. 우선 광범위한 대중적 호응성을 들 수 있다. 유희를 겸한 이 놀이는 언론매체들의 광범위한 지원에 힘입어 식민지 시대 우리 민족의 대표적인 놀이 가운데 하나로 정착될 정도로 빠르게 확산, 정착되었다. 언론매체들이 가투대회를 개최하거나 후원하게 된 동기에는 시조보급운동이라는 목적성이 개입되어 있다. 가투의 기획자 또는 제작자의 입장에서는 시조보급을 통해 국민국가의 구성원들로 하여금 광범위한 문화적 동질성, 또는 국민적 정체성 확보를 의도하고 있었다. 1927년 신민사에서도 가투를 제작, 보급하면서 '古時調中에서 國民文學으로써 가장 가치가 있는 것만을 엄밀히 선택하여 (…중략…) 이 일백 수의 時調로써 우리 國民文學의 정신과 계통을 학습하게 되어 있'다고 광고하였다.[23] 식민지 상황에서 식민 당국의 의도와는 다른 국민적 정체성을 시조라는 문학 전통의 재발견을 통해 새로이 만들고자 한 의도의 연장으로 볼 수 있는 것이나. 일세의 전시 파시즘 체제가 좀더 노골화되어 가던 1938년에 이르러 이은상은 가투를 '문화운동'으로 규정하고 있다. 그는 시조가 오랜 기간 동안 계급을 망라한 '조선사람 전체

---

23 『신민』 24호, 신민사, 1927.3.

가 사랑하던 노래인 만큼 조선의 전통과 조선의 향취가 가장 만히 고여잇는 조선 특유의 노래이므로 우리가 옛시조를 기억하고 부른다는 것은 우리의 조선적 교양에 있어 무엇보다도 필요하고 가까운 방법'[24] 이라고 보고 있었다. 이렇게 가투 놀이를 위해 선정된 시조는 동일 장르내에서 치열한 경합의 과정을 거쳤기에 정전으로서의 가치를 담보할 수 있었다. 이러한 가투를 제작하기 위해서는 대개 노산 이은상과 같은 전문가에게 의뢰하여 작품을 선정하고 정밀한 교감을 거쳐 텍스트를 확정하게 된다. 가투놀이에 이기고자 한다면 이렇듯 엄선된 작품을 기억 속에 각인하는 과정이 필수적이었다. 이처럼 놀이를 통한 시조독자의 확대과정 자체가 정전 구성의 또 하나의 계기가 되었음을 확인할 수 있다.

이상에서 식민체제하의 공교육의 교과목으로써 조선문학 교육이 부재한 가운데 시조 장르가 정전으로 구성되어가는 다양한 방식을 살펴보았다. 물론 광복 이후 1955~56년에도, 그리고 그 이후 1950년대 후반에도 시조부흥을 둘러싼 논쟁은 존재했고, 시조 연구와 출판이 점증하였다. 이는 이미 시조가 정전으로 자리잡은 이후의 일이다. 이미 미군정기의 고등학교 국어교과서에는 고전시가 전체에서 가사작품 1수, 시조작품 19수가 실릴 정도로 시조가 압도적인 비중을 차지하였기 때문이다. 이러한 결과가 나오기까지는 당시 교과서 편수에 참여한 이병기의 영향력이 컸으리라는 추정이 있지만, 위에서 살펴본바 1920~30년대 시조의 정전화 과정이 없었다면 이는 실현되기 어려웠을 것이다.

---

24 이은상(1938).

고전시가의 장르들의 정전 경쟁에서 시조장르가 우위를 차지한 것이 확실하다면 그 다음의 의문이 이어진다. 시조 장르 내에서는 과연 어떤 작품들이 이 시기에 들어 높은 고전적 가치를 부여받았을까? 다음 절에서 이를 살펴본다.

4. 선택 빈도 통계를 통해 본 개별 작품의 정전적 위상

실제로 1920~30년대에 시조가 정전으로서의 지위를 구축하고 있었다고 할지라도 당시 대중이 생활현장에서 가장 애호했던 노래는 잡가이다. 유성기 음반이나 경성방송국의 공중파를 타고 식민지 대중에게 가장 친근하게, 가장 빈번하게 제공, 향유되었던 인기있는 레퍼토리는 단연 잡가였던 것이다. 그럼에도 불구하고 시조가 정전으로 주목받게 된 것은 국민국가의 상상력과 맞물린 기획의 결과이다. 이런 점에서 정전은 대중의 기호나 취미 활동의 부산물로써 저절로 생겨나는 것이 아니라, 특정한 의도하에 철저하게 재발견되는 것이며 인위적으로 구성된다는 점을 다시금 확인할 수 있다.

현재까지 전해지는 고시조는 대략 5,000여 수에 달한다. 물론 이는 사십산 중출작품을 뺀, 독립적인 작품단위의 신술적 총합이다. 이처럼 많은 작품들 가운데 1920~30년대에는 과연 어떤 작품이 정전으로 선택되었을까? 이를 검토하기 위해 앞에서 논의한 정전 구성의 요소를 감안하여 4개의 텍스트 군집을 설정한 다음, 선정된 텍스트에서 작품의 수록 여부를 확인하여 빈출의 빈도 통계표를 작성하여 보았다. 좀 더 정밀한 통계적 결과를 얻기 위해서는 대상 자료의 확충이 불가피할 터이나 텍스트 선택의 기준에 대한 고려가 선행되어야 할 것이다. 따라서 작품수록의 균형적 안목을 유지하고 있다고 판단되는 텍스트 가운데 대표적인 자료들을 위주로 통계분석을 시도하였다. 이를 통해 획득한 결과는 〈표 1〉과 같다.[25]

〈표 1〉

빈출순위	순번	작품	가집류							가투류		단행본 연구서류		시조선집류		
			대동풍아	가곡선	정선조선가곡	무쌍신구잡가	현행일선잡가	중보신구잡가	가곡보감	가투원본시조	가투의시조*	조선문학사	조선시가사강	시조유취	시조전집**	역대시조선
		발행연도	1908	1913	1914	1915	1916	1925	1928	1922	1932	1922	1937	1935	1936	1940
		수록 작품 수	316	596	380	216	216	215	266	100	100	—	—	1405	1648	306
1	1	이 몸이 죽고 죽어		117	133	68	68	68	12	93	10	○	○	586	14	6
2	2	간밤에 부든 바람	165		263	124	124	121	1	48	39		○	593	753	18
	3	공산이 적막한대	22	2	2	3	3	3	182	1	34			94	318	128
	4	국화야 너는 어이	119	111	97	53	53	53	148	31			○	66	1004	
	5	녹양이 천만사인들	86	353	141	74	74	74	132	86				408	303	106
	6	눈 맞아 휘어진 대를	73,173	80	81	49	49	49		22		○		80	19	
	7	반 남아 늙었으니	99	286	149	78	78	78	155	76				136	337	131
	8	백설이 잦아진 골에		116	101	55	55	55		33		○		739	15	9
	9	이화우 흩뿌릴 제	126	175	161	88	88	88	36	42	3,27			457	887	96
	10	○○은 터이 되고	70	3	3	4	4	4		46		○		681	712	
	11	청석령 지나거다	63	156	125	64	64	64	169	37					446	132
	12	태산이 높다하되	124	115	100	54	54	54	218	32	95			690	206	48
	13	감장새 작다 하고	109	36	48	33	33	33	215					117	689	161
	14	귀거래 귀거래 하되	50	193	43,176	32,92	32,92	32,92	121				○	918	53,781	
	15	귀또리 저 귀또리	244	447	329	170	170	167	110					123	1381	243
3	16	꿈에 왔던 님이	130	293	219	112	112	111					○	1007	933	233
	17	남훈전 달밝은 밤에	38	13	26	19	19	19	137	4				623	1031	
	18	님 글인 상사몽이		262	210	109	109	108		70	6		○	216	928	232
	19	매화 옛등걸에	129	338	164	91	91	91		82	100			51	883	101
	20	모시를 이리저리 삼아	301	588	354	193	193	190	123					510	1612	256

25 〈표 1〉 가운데 가집류에 대한 통계는 현재 20세기 초반의 가집을 연구하고 있는 대학원생 조경철 군이 제공해주었다. 이 자리를 빌려 감사를 표한다. 표 안의 숫자는 해당 선집이나 가집에 수록된 작품의 가번이다. 가번을 부여할 수 없는 연구서류에서는 수록 유무를 '○'표로 표시하였다.

빈출순위	순번	작품	가집류							가투류		단행본 연구서류		시조선집류		
			대동풍아	가곡선	정선조선가곡	무쌍신구잡가	현행일선잡가	증보신구잡가	가곡보감	가투원본시조	가투의시조*	조선문학사	조선시가사강	시조유취	시조전집**	역대시조선
		발행연도	1908	1913	1914	1915	1916	1925	1928	1922	1932	1922	1937	1935	1936	1940
		수록 작품 수	316	596	380	216	216	215	266	100	100	—	—	1405	1648	306
	21	산은 옛산이로되		310	226	116	116	113	231	79				737	876	44
	22	잘 새는 날아들고	59	7,193	120	60	60	60					○	1274	1340	34
	23	철총마 타고 보라매	277	555	336	177	177	174	101					1255	908	226
	24	청산도 절로절로	108		153	80	80	80	95		60		○	1037	80	39
	25	화작작 범나비 쌍쌍	215	590	292	146	146	143	111					199	195	75
	26	황화수 맑다더니	2	1	1	2	2	2		3	57			627	467	127
	27	동짓달 기나긴 밤을	40	15	28	21	21	21			96			389	874	41
	28	동창이 밝았느냐		14	29	22	22	22					○	932	691	154
	29	새벽 서리 지샌 달에	192		280	137	137	134	32					463	1247	271
	30	선인교 나린 물이		197	177	93	93	93			65		○	550	23	11
	31	술을 취케 먹고	98	307	148	77	77	77			46		○	1151	475	
4	32	煙霞로 집을 삼고	46	39	39	28	28	28				○		876	96	
	33	왕상의 鯉魚 잡고	49	45	42	31	31	31	2	11				665		
	34	이리하여 날 속이고	181		274	133	133	130	16					401	1043	285
	35	一百년 살줄 알면	304		356	195	195	192	119					1265	1610	69
	36	자네 집에 술 익거든	105	396	152	79	79	79			31			871	474	146
	37	청량산 육육봉을	62	9	123	63	63	63			42			517	1020	56
	38	청산리 벽계수야	127		162	89	89	89	97				8,99	855	873	45
	39	철령 높은 봉에	60	400	121	61	61	61					○		271	85

* 편집부, 「가투의 시조」, 『조선일보』, 1932.2.1～11. 원래 『조선일보』에 100수가 연재되어 있으나 결면으로 인해 약 20수 정도를 확인하지 못하였다. 사정이 이러하기 때문에 『조선일보』 수록 가투작품은 이 통계표의 합산에서 제외하였다. 『조선일보』는 이외에도 몇 차례에 걸쳐 가투에 쓰이는 시조를 연재한 바 있다.
** 신명균 편, 이병기 교열, 『시조전집』, 중앙인쇄서관, 1936.

통계분석을 하는 과정에서 발견한 점은 가창의 현장성과 대중적 감수성이 반영된 가집·가투류, 근대국민국가로서의 자기정체성 확보 차원에서 저술된 문학사류, 계몽적 시선이 투여된 선집류들 사이에는 작품 선택에 있어서 상당한 시각의 차이가 게재되어 있다는 것이다. 예컨대 전문학자들이 저술한 문학사에서는 '고인도 날 못보고~'와 같은 도학적 시조와 '오백 년 도읍지를~'과 같은 역사회고류의 시조가 수록되어 그 가치를 부여받고 있었으나 상당수 가집류에서는 이러한 작품이 빠져 있다. 반면에 가곡창의 중요한 레퍼토리였던 '이래도 태평성대~'는 거의 모든 가집에 실려 있었으나 학자들의 연구서에서는 대부분 빠져 있다. 이러한 사실은 1920~30년대 시조 정전의 구성 과정에 있어서 전통적인 가창문화의 권역과 새로이 형성된 근대적 문학의 장 사이에 상당한 거리와 갈등이 있었음을 암시한다. 물론 역사적 흐름의 대세는 후자의 편에 있었기에 근대적인 문인 학자들이 결국 정전 구성의 주체적 역할을 하였지만, 전통적인 가창공간에서 형성된 향수자의 감수성과 가집 편찬자들의 작품선택 취향을 완전히 무시하기는 어려웠을 듯하다. 결국 〈표 1〉에서 확인할 수 있듯이 당대 최상의 정전적 가치를 획득한 작품은 이 양편의 대립적 장 사이에서 쌍방으로부터의 인정투쟁에서 승리한 작품들이다.

위에서 살펴볼 수 있듯이 정전으로 주목받은 약 40여 편의 작품들은 대체적으로 작품의 예술적 형상력이 뛰어나며, 주제적 지향 또한 다채롭다. 그러나 찬찬히 살펴본다면 우리는 여기서 일정정도 작품과 시대의 상관성을 발견할 수 있다.

빈출빈도 상위 1~2위를 차지하는 12수의 작품을 주목해 보자. 우선 가정 먼저 확인할 수 있는 사실은 역사현실에서 국가의 흥망이나 국가적 위기를 초래할 만한 정치적 사건을 소재로 한 작품이 많다는 점이다. 가장 높은 출현빈도를 보인 1번 작품, 정몽주의 일명 「단심가丹心歌」는 주지하다시피 이성계라는 무장세력과 혁명적 신흥사대부의 연합에 의한 역성혁명을 반대하고 몰락해가는 고려왕조에 대한 절의를 표명한 작품이다. 8번의 이색 작품 또한 역사적 전환기에 국가흥망의 갈림길에서 갈등하는 지식인의 번민을 노래한 작품이고 9번의 원천석 작품 역시 고려왕조에 대한 절의를 세한고절歲寒孤節의 알레고리적 기법에 담아낸 것이다. 이 시기에 들어와 여말선초에 생성된 회고가류가 유독 관심을 끌었던 점은 일제 식민지 상황과 관련하여 시사하는 바가 적지 않다. 3번 작품 역시 촉국蜀國의 망한亡恨을 두견새의 울음에 의해 환기하는 비극적 역사인식을 다루고 있다. 논자에 따라 일부 가집에 표기되어 있는 정충신鄭忠信의 행적과 관련하여 임진왜란과 정묘호란 등 역사적 위기상황을 체험한 그가 전고를 활용하여 국가수호 의지를 드러낸 작품으로 해석하기도 한다. 이로써 본다면 상위 12수의 작품 가운데 국가 패망의 비극적 역사와 그럼에도 불구하고 사라졌거나 사라져가는 국가에 대한 충절을 드러낸 작품이 4수로써 전체의 1/3을 차지하고 있다. 이는 어떠한 의미를 지니는 것인가? 국가부재 또는 상실이라는 식민지적 조건이 고려 멸망이라는 역사적 사실과 조응된다는 점에서 이러한 노래는 당대인들에 의해 공감적 지지가 높았으리라 추측할 수 있다. 그렇다면 사라져가는 국가에 대한 절의라는 것도 결국은 이 시기 사람들의 '근대적인 민족국가를 창안하고자 하는 내셔널한 욕망'의 발현과 동일시 될 수 있다. 회고가류 노래에 대한 1920~30년대의 역사적 호명은 결국 이러한 민족주의적 욕망의 표상으로 여겨진다.

이외에도 12수의 작품 중에는 국가적 위기와 관련된 노래가 더 있다. 2번 유응부의 작품은 세조의 부조리한 정치적 야심이 초래한 계유정난과 이로 인한 인재 살육의 비극적 역사를 그린 노래이고, 11번 효종의 작품은 병자호란 때 인질로 끌려가다 떠오른 쓸쓸한 서정과 연군의식을 노래한 것이다. 이러한 노래들을 18~19세기에 발간된 가집의 수록 빈도나 주제적 지향과 비교해 볼 때, 이 노래들이 1920~30년대에 새롭게 정전으로 떠올랐다는 사실을 새삼 확인할 수 있다. 말하자면 이 작품들의 전대 가집 수록 비율을 본다면 평균적 수준이어서 특별하게 주목된 노래들은 아니었다. 또한 고시조 작품에서 국가와 관련된 懷古나 政爭에 관한 모티프나 내용소는 시대에 따라 다소 증감이 있었지만 19세기까지의 가창문화공간에서 차지하는 비율은 그다지 높지 않았다.[26] 남녀 간의 애정이나 그리움 등 개체적 존재의 내면표출이 19세기에 단연 높은 비중을 차지했던 것과 비교해 본다면, 확실히 1920~30년대의 시조 정전 구성은 이채로운 바가 있다.

사정이 이러하기 때문에 여타의 시조도 식민지의 민족현실과 관련하여 의미맥락과 정서적 지향이 사뭇 달리 읽혀질 수 있다. 당대 현실의 문제의식을 투사하여 새로운 가치와 의미를 이끌어 내는 것은 정전으로서의 기본적 속성에 해당되기 때문이다. 이런 점에서 9번의 이별한 님에 대한 연정과 그리움을 노래한 계랑의 시조에서 님은 민족국가로 환치될 수 있고, 12번의 불굴의 의지를 노래한 작품은 탈식민의 역사 건설을 위한 욕망의 투사일 수 있다.

시조의 정전 구성과 관련이 있는 1920년대 국민문학파의 지향이나 1930년 중반 고전부흥 운동이 단일하고도 선명한 이념적 지향이나 체계적인 프로그램, 또는 강력한 실천노선을 갖는 것은 아니었다. 선행연구에서 밝혀진 바 있듯이 매우 다양하고, 심지어는 상반된 의견들이 교차하기도 하였다. 때문에 정전 구성과 관련한 작품의 함의를 특정한 입장에만 결부지어 해석한다면 이는 오히려 환원주의적 오류를 초래

---

26 김흥규(2006 : 52~63) 참조.

할 가능성도 없지 않다. 그럼에도 불구하고 이 시기 시조의 정전 구성은 단순한 복고주의적 취향이 아니라 민족국가 건설의 상상력이 그 기저에서 작동하고 있었다는 사실은 부인하기 어려울 것으로 판단된다.

5. 결론

1920~30년대에 이르러 시조가 새롭게 재인식되고 이러한 과정 속에서 정전으로 구성되는 양상을 구명해보고자 하였던 본고의 논의를 요약하여 결론으로 삼고자 한다.

현전하는 고전시가 가운데 시조에 대한 정전적 지위 부여의 첫 계기는 근대계몽기의 계몽지식인들에 의한 국민국가 기획과정에서 마련되었다. 국민국가건설을 위한 정치적, 정신적 통합적 기제로서 국어가 발견되었고, 민족의 일상어를 활용한 시조는 국민국가의 문학 양식으로서의 기본적 자질을 구유한 셈이었다. 그러나 급박한 민족현실의 시대적 소명에 부응하기 위한 '강무強武'한 노래여야 한다는 요청적 현실에는 부응할 수 없었다.

시조가 다시금 정전으로 구성된 것은 1920~30년대이다. 3·1운동 실패 후 문화민족주의의 사조 아래 진행된 시조부흥운동이 그 실마리가 되었다. 시조 부흥을 둘러싼 논란은 적지 않았지만 이러한 과정에서 시조는 비로소 조선의 국민문학이라는 지위를 확보하게 된다. 다분히 정신적, 관념적 민족주의 차원에서 선언된 시조의 지위는 1930년대에 들어와 그 예술적 형식에 대한 탐구와 근대 문학적 전환을 위한 모색 속에서 새롭게 조명되었다. 이렇듯 학술분야에서의 시조에 대한 탐구는 아카데미즘에 의한 해석적 권위를 확보하는, 정전 구성의 또 하나의 요소로 작용하였다. 시조부흥운동과 더불어 새로운 창작 방법에 대한 모색은 문학의 근대적 형식에 부합하는 근대시조를 창출하였고 문단의 제도를 활용한 시조 작가의 탄생은 시조의 정전적 위상을 제도적으로 보장하게 되었다. 한편 고시조 연구의 연장선상에서 이루어진 선집 또는 문고류의 출판활동 또한 정전 형성의 중요한 기능을 한 것으로 파악된다. 마지막으로 대중강좌와 가투놀이 또한 시조를 대중의 기억 속에 각인시키는데 중요한 역할을 하였다. 이러한 일련의 과정들은 시조를 국민문학으로 정립시키고, 시조를 통해 국가에 대한 상상을 추동하는, 근대국민국가 건설 프로젝트의 기획과 긴밀한 관련이 있다.

　이렇듯 몇 가지 기제를 통해 정전으로 구성된 시조 장르 내부에서 당시 가장 집중적 선택을 받았던 작품들을 마지막으로 살펴보았다. 이 당시 정전적 지위를 부여받았던 작품 가운데 상위를 차지한 작품들은 19세기까지 가창의 현장공간에서 주제적 모티프 차원에서 그다지 주목되지 않았던 작품들이다. 즉 국가의 흥망이나 위기를 노래한, 회고가류의 작품들이 집중적으로 선택되었던 바, 이는 식민지 현실과의 표면적 동일성 이외에도 그 기저에서는 근대적 민족국가를 향한 내셔널한 욕망이 해석의 과정에서 투사되고 있었기 때문으로 파악된다.

　요컨대 국가가 부재한 식민지 상황에서 시조의 정전 구성은 민족국가를 향한 당대인의 열망과 긴밀한 상응관계에 있었다고 할 수 있다.

참고 문헌

1. 자료

琴 今, 「歌曲改良의 意見」, 『대한매일신보』, 1908.4.10.

김동환, 「시조배격 소의」, 『조선지광』 68, 1927.6.

신채호, 「천희당시화」, 『대한매일신보』, 1909.11.9.

염상섭, 「시조와 민요」, 『동아일보』, 1927.4.30.

이병기 교주, 『역대시조선』, 박문문고, 1940.

이병기 외, 「『시조는 부흥할 것이냐?』, 『신민』 23, 1927.3.

이병기, 「시조는 혁신하자」, 『동아일보』, 1932.1.23〜2.4.

_____, 「時調란 무엇인고」, 『동아일보』, 1926.12.13.

_____, 「시조의 현재와 장래」, 『신생』 2(6), 1929.4.

이은상, 「시조문제」, 『동아일보』, 1927.5.1〜4.

_____, 「여성과 가투. 가투대회를 앞두고」, 『조선일보』, 1938.1.13.

최남선 편, 『시조유취』, 한성도서주식회사, 1935.

최남선, 「朝鮮國民文學으로의 時調」(『조선문단』, 1926.5), 『육당 최남선 전집』 9, 현
　　　암사, 1974.

허영호, 「시조부흥에 대한 관견」, 『신민』 24, 1927.3.

2. 논저

고은지, 「「천희당시화」에 나타난 애국계몽기 시가인식의 특질과 그 의미」, 『한국시
　　　가연구』 15, 한국시가학회, 2004.

권영민, 『한국 현대문학사』 1, 민음사, 2002.

김병구, 「고전부흥의 기획과 '조선적인 것'의 형성」, 『민족문학사연구』 31, 민족문학사
　　　연구소, 2006.

김영민, 「1920년대 한국문학 비평 연구」, 이선영 외, 『한국 근대문학 비평사 연구』, 세계, 1989.

_____, 『한국 근대문학 비평사』, 소명출판, 2002.

김윤식, 『한국 현대문학 비평사』, 서울대 출판부, 1982.

김주연, 「'천희당시화'의 성격과 위상」, 『어문학』 91, 한국어문학회, 2006.

김흥규, 『고시조 내용소의 분포 분석과 시조사적 고찰』, 고려대 민족문화연구원, 2006.

박을수, 『한국시조문학전사』, 성문각, 1992.

시나다 요시카즈, 「국민시가집으로서의 '만요슈'」, 하루오 시라네·스즈키 도미 편, 왕숙영 역, 『창조된 고전』, 소명출판, 2002.

안지영, 「1920년대 시조론의 고시조관 : 전통 계승문제와 관련지어」, 『시조학논총』 15, 한국시조학회, 1999.

유옥순, 「고전시가 단원의 변천에 대한 연구 : 고등학교 국어 교과서를 대상으로」, 『이화교육논총』 6, 이화여대 교육대학원, 1995.

임형택, 「'동국시계혁명'과 그 역사적 의의」, 『한국문학사의 시각』, 창작과비평사, 1984.

차승기, 「근대 문학에서의 전통 형식 재생의 문제」, 『상허학보』 17, 상허학회, 2006.

천정환, 『근대의 책 읽기』, 푸른역사, 2003.

황종연, 「1930년대 고전부흥운동의 문학사적 의의」, 『한국문학 연구』 11, 동국대 한국문화연구소, 1988.

김태준의 시가사詩歌史 인식과 고려가사高麗歌詞의 정전화 양상*

김승우

1. 들어가며

한국 고전문학사 관련 저작에서 고려시대는 여타 시대에 비해 서술하기가 비교적 까다로운 대상으로 인식되고는 한다. 이러한 인식은 국문학 연구 초창기인 1920·30년대 저작으로 갈수록 더욱 직접적으로 토로되는 것을 확인할 수 있는데, 그 요지를 정리해 보면 고려시대는 문학사를 서술하기 위한 재료 자체가 별반 발견되지 않는 '공백기' 내지 '침체기'였다는 데 의견이 모아진다. 물론, 그 같은 난섬은 국문표기 작품만으로, 또는 국문표기 작품들을 위주로 고전문학사를 서술해 가고자 했던 초기 연구자들의 경향이 반영된 결과이기도 하다.

---

* 이 글은 「김태준의 詩歌史 인식과 高麗歌詞」(『민족문화연구』 57호, 고려대 민족문화연구원, 2012)를 제목을 조금 바꾸어 재수록한 것이다.

바로 그러한 상황 속에서,「청산별곡靑山別曲」·「서경별곡西京別曲」·「가시리」·「동동動動」 등 흔히 '고려가요高麗歌謠' 또는 '고려속요高麗俗謠'로 통칭되는 20편 남짓의 국문시가는 고려시대 문학을 특징짓는 작품들로서 매우 중요하게 부각되는 것이 일반적이다. 비록 몇 편 되지 않는 유산인 데다 길이와 형식 역시 제각각이어서 하나의 역사적 갈래로 묶어 내기는 어려운 작품군임에도 불구하고, 고려가요는 한국문학사의 공백기 또는 침체기를 메워 주는 매우 소중한 자산으로 평가되고 있는 것이다.[1]

그저 '노래'라는 뜻의 일반명사 '가요'에, 시대적 관칭冠稱 '고려'를 얹어서 만든 '고려가요'라는 말은 국문학사의 역사적 갈래에 대한 명명법命名法으로서는 이례적이라 할 만하다.[2] 과연 어떤 작품까지를 고려가요의 범주에 포함시켜야 하는지에 대해 논자들마다 서로 다른 의견이 제시되어 왔던 것도 형식이나 내용보다는 시대를 갈래 성립의 근거로 내세운 기준 때문이겠거니와, 굳이 '고려'라는 시대를 앞세워서라도 이 시기 노래들을 따로 포괄해 내야만 했던 국문학사적 배경이 무엇이었는지 되짚어 보아야 할 필요성이 제기된다.

그러한 물음에 대한 해명은 응당 김태준金台俊의 저작에 대한 고찰로부터 시작되어야 할 것이다. '고려가요', 약칭 '여요麗謠'를 체계적으로

---

1 한문학이 한국문학의 일부로서 재평가되던 1970 · 80년대를 거치면서 이러한 경향이 얼마간 완화된 것은 사실이지만, 고려가요의 중요성이 부인되거나 축소될 만큼 관점에 큰 변동이 있었다고 보기는 어렵다. 이는 중 · 고등학교 국어, 문학 교과서나 한국문학 작품 선집 등에 고려가요 작품이 지속적으로 실리고 있는 현상을 보아도 알 수 있다.

2 「공무도하가公無渡河歌」·「구지가龜旨歌」·「황조가黃鳥歌」 등 삼국 초기까지의 몇몇 한역 시가 작품들을 잠정적으로 '고대가요古代歌謠' 또는 '상대가요上代歌謠'라 부르는 정도 이외에는 '고려가요'와 같은 갈래 명칭을 달리 찾아볼 수 없다.

종합하고 그 서지적·어휘적 특성을 탐색한 연구가 양주동梁柱東의『여요전주麗謠箋注』(1947)로부터 비롯된다는 데에는 이론의 여지가 없지만, 실상 '고려가요'라는 명칭이 일반화되기 이전인 1930년대에 이미 '고려가사高麗歌詞'라는 명칭을 새로 만들어 내고 동명의 자료집을 출간함으로써 이들 노래의 의의를 학계에 처음으로 각인했던 인물이 곧 김태준이기 때문이다.

그의 양대 저작이라 할 만한『조선한문학사朝鮮漢文學史』(1931)와『조선소설사朝鮮小說史』(1933·1939 증보),[3] 그리고 조선시가에 대한 최초의 종합적 저술인 조윤제趙潤濟의『조선시가사강朝鮮詩歌史綱』(1937)에 가려 김태준의 시가 관련 논의들은 연구사적으로 그다지 주목을 받지 못했던 것이 사실이다. 더구나 단행본으로 엮어 출판까지 했던 한문학 및 소설 분야의 연구에 비해 시가 관련 논의들은 단상 내지 착상 수준에 그친 사례가 흔해서 김태준이 조선의 시가를 이해했던 방식이 명확하게 드러나지 않는 경우도 적지 않다. 그러나 단편적이고 계기적인 서술들 속에서도 고려가요에 대한 그의 기본적인 인식은 비교적 뚜렷하게 표출될 뿐 아니라 그 같은 인식이 오늘날의 연구 동향에까지 매우 중요한 영향을 미치고 있는 것은 부인할 수 없다. 과연 고려가요는 그의 국문학 연구에서 어떠한 의미를 지니고 있었는지, 또한 그가 고려가요의 존재를 부각해 냄으로써 강조하고자 했던 조선문학의 특질은 무엇이었는지를 확인해 보아야 할 필요성이 여기에서도 발견된다.

---

3   『조선소설사』의 '자서自敍'에서 김태준은 이 책을 1931년 무렵에 초하였다고 밝힌 바 있다. "돌아보건대 벌서 三年前 조선의 것을 한번 보리라는 마음으로 六堂 崔南善 先生과 故學友 金在喆 兄의 懇篤한 指導와 啓發을 받아서 本稿를 草하엿섯다." 한편 1939년에는『조선소설사』의 증보판이 출간된다.

이 같은 문제의식을 바탕으로 이하에서는 김태준이 고려가요의 존재를 학계에 소개했던 배경과 방식을 중점적으로 검토하고자 한다. 아울러 그의 논의가 동시기 연구자인 조윤제에 의해 비판적으로 수용되는 궤적을 살핌으로써 고려가요 관련 논의의 향방도 함께 거론하게 될 것이다.[4]

2. 고려시대에 대한 초기 국문학사의 시각

일본인 학자들이 조선의 문학을 연구하기 시작하면서 특히 관심을 두었던 분야는 향가鄕歌였다. 『삼국유사』 소재 향가를 처음으로 어학적으로 분석해 내었던 가나자와 쇼자부로金澤庄三郎와 그에 이어 연구 영역을 좀 더 확대했던 아유카이 후사노신鮎貝房之進이 대표적인 초기 연구자로 지목되며,[5] 이들의 연구는 후일 오구라 신페이小倉進平의 『향가 및 이두의 연구鄕歌及び吏讀の硏究』(1929)에 종합되면서 현전 향가 작품들이 모두 해독되는 성과로 이어졌던 것이다.[6]

이처럼 향가가 일찍부터 일인 학자들의 관심의 대상이 되었던 이유는 조선문학의 초두에 향가가 놓여 있을 뿐만 아니라, 향찰鄕札의 운용

---

4 김태준의 저작에 대한 검토는 대부분 그의 『조선한문학사』나 『조선소설사』에 치중되어 왔으며, 시가 분야에 대해서는 상대적으로 관심이 미약하였다. 그러한 가운데에서도 박희병(1993 : 166~193), 류준필(1998 : 146~158), 한창훈(2006 : 168~189), 김용직(2007 : 193~229), 김명준(2007 : 247~272) 등에서 이루어진 분석은 중요한 성과로 평가되며, 본고 역시 이들 논문의 소론에서 많은 시사를 받았다.
5 金澤庄三郎(1918), 鮎貝房之進(1923).
6 小倉進平(1929).

법이 일본의 가나假名와도 밀접하게 연관되기 때문으로 분석된다. 특히 조선문학의 원류라 할 수 있는 향가에 대한 연구 분야에서 일인 학자들이 선편을 잡음으로써 그들이 도입해 온 근대적 학문 방식의 우위를 조선인들에게 효과적으로 입증해 보일 계기가 마련될 수 있기도 하였다.[7]

비록 주로 어학적인 측면에서 이루어진 연구이었으되, 향가의 형식과 그 의미가 차츰 밝혀지기 시작하면서 조선의 문학을 사적으로 재구해 볼 수 있는 밑바탕이 확보되기에 이른다. 더구나 오구라는 익히 그 존재가 알려져 있었던 『삼국유사』 소재 향가 작품 14수뿐만 아니라, 고려대장경 가운데에서도 무척 궁벽한 곳에 실려 있던 균여均如대사의 「보현시원가普賢十願歌」 11수까지도 새로 찾아내어 모두 해독해 내는 열의까지 보였는데, 이로써 향가가 매우 유서 깊은 문학 양식으로서 신라시대는 물론 고려 초기까지도 지속적으로 향유되었다는 점을 실증해 낼 수 있게 되었던 것이다. 향가를 깊이 애호했던 신라인들에 관한 언술,[8] 향가를 신이한 노래라 인식하여 담벼락에 적어두기까지 하였다는 고려인들에 관한 기록,[9] 실전 향가집 『삼대목三代目』에 대한 언급[10] 등은 삼국과 통일신라, 고려 초기에 이르기까지 향가가 시대와 계층을 아우르며 매우 광범하게 퍼져 있었다는 점을 뒷받침하는 증거 자료로 빈번하게 인용되기도 하였다.

---

7 양주동이 오구라의 『鄕歌及び吏讀の硏究』에 자극 받아 『朝鮮古歌硏究 : 詞腦歌箋註』(博文書館, 1942)를 출간하였던 사정은 잘 알려져 있다. 한편, 향가 연구와 관련된 초기 일인 학자들의 학적 태도에 대해서는 고운기(2008 : 5~36)에서 자세히 논의된 바 있다.
8 『삼국유사』 권5, 「感通」 제7, 月明師兜率歌. "羅人尙鄕歌者尙矣, 蓋詩頌之類歟. 故往往能感動天地鬼神者非一."
9 『均如傳』, 「歌行化世分」. "右歌播在人口, 往往書諸墻壁."
10 『삼국사기』 권11, 「新羅本紀」 제11, 眞聖王 2년 2월. "王素與角干魏弘通, 至是, 常入內用事, 仍命與大矩和尙修集鄕歌, 謂之'三代目'云."

이렇듯 향가에 대한 연구가 본격화되면서 중세 이전, 즉 통일신라까지의 조선문학사는 비교적 풍부한 재료를 확보하게 된다. 비록 작품 수가 적고 그마저도 8세기 중반 경덕왕대景德王代에 그 다수가 편중되어 있는 탓에 이들 작품만으로 고대의 문학사를 풍성하게 서술할 수는 없었으나, 그러한 난점은 향가의 인기에 대한 옛 기록들을 언급하거나 『삼대목』이 실전되어 버린 사정을 환기함으로써 얼마간 피해갈 수 있는 것이기도

안확(1886~1946)

했다. 이를테면, 향가는 조선의 고대문학사를 화려하게 장식했던 작품들임에 분명하지만, 전승의 제약 때문에 그 실체를 명확히 확인하기 어려울 따름이며, 그나마 현전 작품들로부터 그 뛰어난 시작 방식의 일단을 가늠할 수 있다면서 연구자들 스스로 위안을 삼았던 것이다.[11]

---

11 안확의 다음과 같은 서술이 그 대표적인 사례이다.
　　"此時에는 歌謠는 크게 發達하야 上은 君主 宰相으로부터 下는 庶民 兒童까지라도 다 作歌의 風이 行하니 其度가 漢詩 以上에 進한지라. (…중략…) 鄕歌라 하는 것은 新羅의 歌로 其種이 頗多한지라 眞聖王 二年에 魏弘이 大矩和尙으로 더브러 修集하야 名曰 三代目이라 하는 것이 잇다 하는대 此亦 散失하니라. 今에 三國遺事에 散在한 바를 收集하야 보면 僅 十二篇을 得하다. (…중략…) 此等은 다 漢字와 吏讀文을 合하야 記한 것인대 古語와 古調가 됨으로 不覺無味하다 할지라. 詳察하면 措辭가 巧妙하며 着想이 細微에 入함을 可認이라. 또한 直覺과 眼前의 景色을 敍述한 것이 안이라 人情과 世事를 流暢하게 寫出함을 感할지라. 僧의 作이 多하매 佛語를 多用하얏스나 文學上 空前絶後의 貴詩됨은 言을 俟치 안코 알 것이니라." 安廓(1922 : 24~28).
　　한편, 이 시기를 '鄕歌의 時代'라고 지칭했던 조윤제 역시 이와 유사한 서술을 한다.
　　"이 鄕歌의 價値에 對하여는 多辯을 要할 것도 없이 朝鮮文學史上 光彩있는 存在다. 萬一 이것이 傳치 안었다 할가, 그때는 過去의 朝鮮文學은 實로 慘憺한 것이었을 것이다. 多幸히 이 二十五首라는 極히 微微한 것이나마 있음으로 말미암아 우리는 過去의 옛 文學에 接觸할 수도 있고 또 그 中에서 얼마큼 古代 우리 先祖의 文學的 生活를 窺視할 機會을 얻게 되었다. 여기서 더 慾心을 낸다면 그 總本集이라고도 보이는 三代目이 있었으면 하겠지마는, 이것은 암만하여도 벌서 過去의 存在이고 말았으리라 밖에 생각되지 아니하니,

특히, 조선 고유의 문자가 없었던 시절에 향찰이라는 독특한 표기법을 고안해 내어 자국어를 어떻게든 적어내려 노력했던 흔적이 현전 향가에 고스란히 녹아있다는 점이 상기될 때마다 외래문물을 받아들이면서도 자기 것에 대한 애호를 깊숙이 간직하고 있었던 신라인들의 마음가짐은 한층 강조되었고, 고유의 문화가 약동했던 삼국 및 통일신라시대에 대한 긍정적 시각 역시 더욱더 굳어지게 마련이었다.

문제는, 이처럼 향가를 바탕으로 비교적 건강한 모습을 유지해 왔던 고대의 문학이 다음 시기인 중세 고려시대에 이르러 매우 빈한한 상태에 떨어지게 되었다는 인식으로부터 촉발된다. 실상, 한자의 음과 훈을 복합적으로 활용하는 향찰 표기와 같은 방식은 일본의 『만요슈萬葉集』등에서도 발견되는 것이지만, 이후 일본에서는 특정 한자들을 표음부호로만 사용하는 방식으로 전환하여 가나를 만들어낸 반면, 우리의 경우는 짧은 노랫말을 적어내는 정도로만 향찰을 사용할 수 있었을 뿐 더 이상의 발전은 애초 어려운 것이었다.[12] 이를테면 표기체계의 불완전성 때문에 향찰은 보다 적합한 표기방식이 고안될 경우 언제든 쉽게 사라질 만한 대상이었고, 그 직접적인 계기는 고려시대에 들어와 마련된다.

통일신라시대까지의 문학적 자산을 대표하는 향가는 『균여전』에 수록된 「보현십원가」에 이르러 매우 정련된 형식으로 발전되는 한편, 향가에 대한 인식과 향가를 향유하는 내궁의 태도 역시 대단히 적극적인 단계로까지 높아지게 되지만, 대략 이 시기를 전후하여 향가의 자

只今은 다만 三國遺事와 均如傳에 남은 그 몇 首에 注意와 敬意를 表하며 新羅鄕歌의 槪念的 經驗을 얻어 두자."(조윤제 1937 : 38)

12 향찰이 일본의 가나와 같은 표음부호로 끝내 발전되기 어려웠던 국어사적 배경에 대해서는 이익섭(2000 : 229~230)에서 분석된 바 있다.

취가 더 이상 뚜렷하게 드러나지 않는다는 데에서 문제가 발생한다. 고려 예종이 지었다는 「도이장가悼二將歌」가 전하고, 현종이 군신群臣들과 '향찰체가鄕札體歌'를 지었다는 기록만이 발견될 뿐 고려 초기에 그 극단에 이르렀다고 할 수 있을 만큼 발달되었던 향가는 급속하게 쇠퇴하고 말았던 것이다.[13]

고유어를 살려 창작 행위를 했던 고대의 관행이 중세 고려에 들어 한문산문과 한시를 짓는 방향으로 전환됨으로써 고유어문학을 위주로 문학사를 서술하려 했던 초기 연구자들 역시 큰 난관에 봉착하게 되었던 것은 당연하다. 초기 국문학 연구 저작들에서 향가가 소멸한 이래 훈민정음이 창제될 때까지의 시기에 걸쳐 있는 고려시대 전반全般이 조선문학사의 암흑기로 자리매김 될 수밖에 없었던 이유가 여기에 있다. 가령 조윤제는 고려시대를 '한역漢譯의 힘을 빌어 그 생명生命을 보존保存'할 수밖에 없었던 침체기로 규정한다.

> 新羅의 뒤를 이어 이러난 高麗는 政治上으로는 相當한 改革을 加하얏지마는, (…중략…) 그 反面에 固有文化는 追年 그 勢力이 衰落하야 消化力이

---

13 이처럼 향가가 더 이상 명맥을 유지하기 어려웠던 사정에는 고려 초기, 특히 광종대에 본격화된 과거제가 결정적인 요인으로 작용하였음은 물론이다. 과거제는 지식인들의 관심사를 한문 일변도로 편향하는 결과를 불러왔을 뿐 아니라 동아시아의 보편문어로 이미 자리를 잡아 가던 선진시대의 한문이 고려에 정착되는 데 중대한 영향을 미쳤기 때문이다. 시재로 명망이 높았던 부대사傅大師와 가도賈島 등에 못지않게 동국에는 마사摩詞와 문칙文則 등 향가를 잘 짓는 문사들이 즐비하다거나, 한시와 향가가 창과 방패와 같아서 서로 우열을 가릴 수 없다고 자부했던 최행귀의 다음과 같은 언술은 더 이상 유효하지 않았다. "彼漢地則, 有傳公將賈氏湯師, 濫觴江表賢首及澄觀宗密修絁闋中, 或皎然無可之流, 爭雕麗藻, 齊已貫休之輩, 競鏤芳詞. 我仁邦則, 有摩詞兼文則體元, 鑿空雅曲元曉與薄凡靈爽張本玄音, 或定猷神亮之賢, 閑飄玉韻, 純義大居之俊, 雅著瓊篇, 莫不綴以碧雲, 淸篇可玩, 傳其白雪, 妙響堪聽. (…중략…) 論聲則隔若參商, 東西易辨, 據理則敵如矛楯, 强弱難分, 雖云對衒詞鋒, 足認同歸義海, 各得其所, 于何不臧?"(『均如傳』, 「譯歌現德分」)

駑鈍하야지고, 나종에는 도로혀 그에 吸取되고 말랴할 狀態에 이르렀으니,
新羅文化의 結晶이라할 鄕歌文字도 高麗朝에 들어와서는 그 使用이 漸漸
드믈어저 거의 一般 認識밖에 두게 되고, 오로지 漢文만을 써나와 朝鮮의
文學은 겨우 漢譯의 힘을 빌어 그 生命을 保存하얏다.[14]

　그가 '향가의 시대'라고 이름 붙였던 불교 전래~통일신라시대에도
남아 있는 향가 작품은 몇 편 되지 않지만, 이 시기를 서술하는 데 걸림
돌이 되는 것은 자료의 부재일 뿐, 현상 자체의 부재는 아니다. 남아 있
는 자료를 정밀하게 검토함으로써 현전하지 않는 작품군이나 작가군
을 이런 저런 방식으로 추론해 볼 수 있는 여지는 충분히 존재했던 것
이다.[15] 반면, 고려시대는 작품 자료가 전하지 않음은 물론, 당초부터
자료가 있었는지조차 확신할 수 없는 암흑기에 다름 아니었다. 더불어
그 같은 현상은 한문에 잠심하여 고유의 사상과 언어를 홀대했던 고려
문인들의 사대적 태도로부터 연원한다는 부정적 인식이 고려시대를
바라보는 초기 연구자들의 인식 속에 자리 잡아 갔던 것이다.
　김태준 역시 예외는 아니다. 그도 또한 한문학사와 소설사의 서술 문
맥에서 이러한 시각을 적지 않게 표출하는데, 그의 글들 속에서 고려시
대를 평가하는 대목들을 뽑아 보면 매우 비판적인 어조가 묻어난다.

　高麗太祖는 新朝廷에 對한 民心을 安定식히고저 從來로 民間信仰의 上
乘을 占領하여오든 佛教에 對하야 그후 名僧 諦觀 大覺이 天台宗을 傳布하

---

14 조윤제(1937 : 88).
15 위의 책, 38면.

고 普照가 禪宗을 弘布하엿스며 한편 羅末의 儒生들을 登庸하야 學校制度를 獎勵하고 光宗 成宗 以後로 大學과 科擧制度를 完成하엿스니 高麗의 前半은 中國學制의 模倣과 創設에 汲汲하엿스며 비로소 文은 文選을 버리고 唐을 배호기 始作하였다. 이처럼 社會의 裏面은 佛敎가 支配하고 表面은 儒學이 盛行하야 崔沖 以後 處處에 私學의 創設은 있엇스나 그 또한 學은 詩賦詞章을 專主하며[16]

高麗는 그의 四百七十五年이라는 長久한 歷年임에 比例하야 보면 新羅 藝術의 繼承을 除한 모든 意味에서 文化的으로 暗黑時代이엿다. 小說뿐만 아니라 모든 文學이나 或은 文化的 事業에 있어서 特히 指稱할 만한 것이 없다. 하물며 古代人의 對岸火 가티 尋常視하든 小說文學에 있어서야 다시 論할 餘地가 있으랴? 元來 麗人의 文學的 著述이 高麗의 前半에 있어서는 朱子學의 方盛하야짐으로 因하야 極히 적으며 若干의 稗官文學도 高麗의 中葉에 있어서 高麗文化의 黃金期를 일러 놓은 高宗時代를 中心으로 하야 發端되엿다.[17]

요컨대 고려가 일면 문화적으로는 신라의 문물을 계승하려는 노력을 경주했음에도 불구하고, 그러한 노력이 철저하지 못하였다는 논리가 펼쳐진다. 때문에 새로운 문화, 즉 중국문화가 전면적으로 밀려들어오자 재래의 신라적 요소들을 버리면서 쉽사리 중화문명 속으로 포섭되어 들어갔다는 것이다. 이러한 논리의 저변에는 고려가 신라의 문

---

16 김태준(1931 : 38).
17 김태준(1933 : 23~24).

화적 요소를 그대로 승습했어야 한다는 당위적 규정이 내재되어 있는 것을 확인할 수 있다. 불교문화와 연계된 청자나 금속활자 정도를 제외하면 고려시대에는 내세울 만한 문화적 요소가 전혀 없다고 혹독한 평가를 내린 것은 바로 그 같은 규정 속에서 도출된 결론인 것이다.

물론 한문학사 서술에 있어서는 전대인 삼국~통일신라기에 비해 고려조에 들어 다수의 문인이 배출되고 주목할 만한 저작이 출현하는 등 큰 발전이 이루어진 것은 분명하다. 때문에 적어도 『조선한문학사』의 서술에서는 고려시대의 문학사적 맥락이 훨씬 명확하게 드러나기도 한다. 그러나 김태준이 직접 표명하고 있듯이, 그가 『조선한문학사』를 저술했던 목적은 수천 년 이래의 '골동품'들을 정리ㆍ청산하고 새로운 시대의 문학으로 나아가기 위한 발판을 마련하기 위함이었다.[18] 따라서 고려시대 들어 동아시아 보편문어가 지식인들 사이에 확고하게 자리잡게 된 상황을 그가 특별히 환영할 만한 처지는 아니었던 것이다.

소설사 서술에 있어서도 사정은 크게 다르지 않다. 김태준은 서구의 'Novel'에 대응하는 근대적 형태의 소설이 조선에 존재하지는 않더라도 그 이전 단계인 픽션이나 로망스 등등을 찾는다면 작품 수가 대단히 많다고 판단하였으며, 그 같은 논의 구도 속에서 포섭된 자료가 곧 문헌설화나 패관문학稗官文學 등이었다.[19] 이를 반영하듯, 한글 소설이 조선 후

<hr>

18 김태준(1931 : 191). "在來의 漢文學은 京鄉에 若干 殘喘을 保存하고 있지만은 自然淘汰로써 新鮮하게 刷掃되는 것을 우리는 본다. 날근 것을 整理하고 새로 새것을 배워서 新文化의 建設에 힘쓰자! 이것이 조선漢文學史의 웨치는 標語라 하노라."

19 김태준이 『조선소설사』에서 적용했던 '소설'의 개념에 대해서는 최근 강상순(2011 : 72~76)에서 보다 자세하게 분석되었다. 한편, 서구의 Novel 개념을 이처럼 포용적으로 적용하려는 논리를 김태준이 처음 고안해 낸 것은 물론 아니다. 약 30년 전 미국인 선교사 헐버트 역시 이미 같은 논리를 들어 한국의 소설을 논의했던 전례가 있기 때문이다. Homer B. Hulbert(1902 : 289~291), "Korean Fiction." 헐버트의 이 글에 대해서는 김승우(2011 :

기 들어 본격적으로 제작·유통되기 전까지의 소설사 서술은 대개 『삼국유사』, 『대동운부군옥大東韻府群玉』, 『백운소설白雲小說』, 『파한집破閑集』 등에 수록된 설화들을 위주로 이루어졌거니와, 그러한 자료들조차도 고려시대의 것은 전후 시대에 비해 영성하거나 단편적인 수준을 넘어서지 못한다고 보았던 것이다.

결국, 안확, 조윤제, 김태준 등을 비롯한 초기 국문학 연구자들에게 고려시대는 국문학적 자산이 매우 소루할 뿐만 아니라 이렇다 할 자산을 산출해 낼 수 있는 추동력조차 갖추지 못한 시기로 인식되기에 이른다.[20]

30~34)에서 검토된 바 있다.

[20] 그러한 초기 연구자들의 시각은 해방 이후의 소위 2세대 국문학자들에게도 이어져 오랫동안 학계의 일반화된 견해로 정착되기에 이르는데, 다음과 같은 장덕순의 견해는 그 대표적인 사례로서 참고할 만하다. "실로 高麗의 文人들은 前代의 有産인 향가 文字도 시험하여 그 군색하고 부자연스러운 데 불만을 느꼈을 것이다. 따라서 固有文字 없는 설움에 차라리 漢文에 傾倒해 버린 것이라고도 생각할 수 있다. (···중략···) 이와 같은 한문학 爛熟은 固有文學을 크게 주접들게 하였으나, 그렇다고 완전히 그 명맥을 잃어버린 것이 아니라 오히려 漢文이나 漢詩 같은 것이 진정으로 이 民族의 情緖를 담기에는 그리 흡족할 수 없는 도구요, 형식이라는 것을 깨닫게 된 것이라고 볼 수 있다. 이와 같은 점으로 미루어 볼 때, 高麗文壇, 특히 그 詩壇은 확실히 前代 遺産에 실망했고 또 현상에 불만을 품었고, 미래에 큰 뜻을 기대하였다는 사실을 찾아 볼 수 있다. 동요하는 詩壇에 混沌한 世紀가 휩쓸려 그 시대는 正히 過渡期(Epoque de transition)라 할 만하다."(장덕순 1975 : 101~102) 한문으로 쓰인 작품이라면 어떤 것이든 국문학사 서술에서 가급적 배제하려 했던 김태준, 조윤제 등과 달리, 장덕순은 훈민정음 창제 이전까지의 한문학 작품을 잠정적으로 포섭하는 한편, 정음 창제 이후에는 국문 작품만을 문학사 서술의 대상으로 설정하는 이중적 구도를 적용한다. 그러나 그 같은 구도 속에서도 여전히 고려시대는 과히 특기할 만한 문학 작품을 내놓지 못했던 시대로 규정된다. 초기 연구자들과 마찬가지로 그 역시 고려시대를 침체기로 보았던 것이다. 그나마 이전 시기 논자들에 비해 이 시대를 다소라도 긍정적으로 읽어 내려 했던 궤적은, 다음 시기, 즉 훈민정음이 창제되어 국문문학이 온전히 정착되어 가던 조선시대를 예비하는 '과도기'라는 규정 정도에서 찾아볼 수 있다. 그 같은 우회적 논리를 준용해야 할 만큼 고려시대 문학사의 공백은 좀처럼 해결하기 어려운 과제로 남아 있었던 것이다.

3. 김태준의 시가사 인식과 '고려가사高麗歌詞'의 성립

오구라 신페이가 『향가 및 이두의 연구鄕歌及び吏讀の硏究』를 통해 향가 작품들의 의미를 해독해 내자 조선시가의 흐름과 특질을 찾아보려 했던 논자들은 자연스럽게 향가에 더욱 비상한 관심을 갖게 된다. 향가 해독에 관한 오구라의 독보적 업적을 받아들이거나 때로 비판하면서 삼국 및 통일신라기 문학의 사정을 밝혀내기 위한 논의가 잇따라 제출되었던 것도 이 때문이다. 양주동梁柱東의 『朝鮮古歌硏究 : 詞腦歌箋注』(1942)는 그 같은 후속 연구의 대표격으로 현재까지도 높이 평가받고 있는 저작이기도 하다.

또 한편, 1920년대 초부터 본격화된 조선학 연구의 기풍 속에서 최남선, 이병기, 이은상 등 국학파의 주도로 추진된 시조부흥운동 역시 이 시기 연구자들에게 중요한 영향을 미칠 만한 사건이었다. 시조부흥운동이 『동아일보』·『조선일보』 등 저널리즘과 연계되어 확산되면서 시조는 영국의 소네트Sonnet, 일본의 하이쿠俳句, 중국의 한시와 어깨를 나란히 하는 조선의 국민문학이라 홍보되었고, 시조의 형식이나 미감 등을 이론화하려는 시도들 또한 활발하게 전개되기 시작한다.[21]

오구라에 의해 향가는 사구체四句體·팔구체·십구체 등 세 종류의 정형적 시형으로 해독되었으며,[22] "詩는 중국말로 지으므로 오언칠자

---

[21] 1920년대부터 본격화된 시조의 정전화 과정에 대해서는 근래 이형대의 연구에서 다각도로 검토된 바 있다. 이형대(2008 : 265~293).

[22] 물론, 오구라 이래 여러 논자들이 향가를 4·8·10구체의 형태로 해독한 것이 각 작품의 실상에 부합하는지, 특히 8구체 향가가 실재했는지에 대해서는 반론이 제기되고 있다. 성기옥·손종흠(2006 : 64~68), 박재민(2009 : 51~72) 등 참조. 그럼에도 불구하고 향가가 모종의 정형시 양식이라는 점에는 이론의 여지가 없다.

로 갈고 쪼아야 하고 歌는 우리말로 지으므로 삼구육명으로 끊고 갈아야 한다"라는 최행귀의 증언은 그러한 향가의 정형적 양식을 실증하는 확고한 논거로 활용될 수 있었다.[23] 아울러, 본래는 악곡에 올려 부르는 노랫말 텍스트로 인식되어 왔던 시조가 국학파에 의해 '시조시時調詩', 즉 명확히 시poetry로서의 위상을 확보하게 되는 과정에서, 오장五章 형태의 가곡창사歌曲唱詞가 초·중·종 삼장三章의 시조창 형식으로 재편되었고, 이것이 곧

김태준(1905~1950)

문학적 시조의 고유한 정형이라 규정되기도 하였다. 그 같은 과정을 거쳐 신라에는 향가, 이조에는 시조라는 두 가지 우뚝한 정형시 양식이 조선시가사에 건재하였다는 구도를 확립할 수 있게 되었던 것이다.

그러나 신라와 이조의 문학이 이렇듯 강조될수록 그 가운데에 놓인 고려는 또다시 난감한 대상으로 남겨질 수밖에 없다. 향가와 시조는 조선 민족이 이루어낸 빛나는 문학적 성취임이 분명하지만, 향가와 시조 사이에 놓인 수백 년을 공백기로 남겨두고서는 조선시가, 나아가 조선문학의 역사적 전개를 합리적으로 설명해 내기가 어려웠던 것이다.[24]

---

23 『均如傳』, 「譯歌現德分」, "詩構唐辭, 磨琢於五言七字, 歌排鄕語, 切磋於三句六名." 여기에서 '삼구육명'의 의미가 무엇인지에 대해서는 대단히 많은 이견이 제시되어 왔으며, 이 문제는 아직까지도 한국문학사의 주요 쟁점 가운데 하나로 남아 있다.(김학성 1986 : 128~137) 물론, '삼구육명'의 의미가 무엇이든 이 말이 향가의 정형성을 지시하는 것만은 분명하다.

24 물론, 고구려 을파소乙巴素, 백제 성충成忠, 신라 설총薛聰 등의 작으로 기명된 시조가 현전 가집歌集들에 전해온다는 점을 들어 시조가 삼국시대부터 존재해 왔다는 논리가 성립될 수 있다. 그러나 이들 작품은 국문학 연구 초창기에서부터 후대의 위작일 것으로 추정되었으며, 시조의 발생 시기는 고려 말로부터 잡아가는 것이 통례였다. 이러한 시각은

결국 문학사가들은 이 간극을 어떠한 방식으로든 메워야 했고, 그를 위해서는 고려시대의 문학 유산을 새로 발굴하거나 검토해야만 했다.

이러한 작업을 선두에서 이끌었던 이는 김태준이다. 한문학사와 소설사 서술에서 김태준이 고려시대의 문학을 부정적으로 평가하였다는 점은 앞서 언급한 바이며, 그러한 시각은 시가 분야에도 마찬가지로 적용되었지만, 그가 조선시가의 사적 전개를 어떻게든 유기적으로 연결지어 설명하기 위해 고민했던 흔적만은 비교적 이른 시기부터 발견된다. 이 대목에서 주목되는 글이 1932년 1월 15일부터 2월 2일까지『동아일보』에 13회에 걸쳐 연재했던 「別曲의 研究」이다. 조윤제의 『조선시가사강』보다도 5년여 앞서 발표된 이 글은 조선시가에 대한 김태준의 초기 견해를 살피는 데 여러 가지 면에서 시사하는 바가 크다.

歌辭(一名 歌詞)는 高麗 中葉 以後 外國系의 樂府, 樂章, 樂歌 等에 反抗하야 安軸의 關東別曲, 竹溪別曲과 가티 樂府에 對立하는 特別한 曲調라는 意味에서 別曲이라는 것이 생겨나서 當時의 別曲은 御用的 漢文體의 樂府, 樂章에 각금 代用되여섯다. 勿論 形式에 잇서서도 一種 中國의 詞(詩餘 塡詞) 長短句에 조선 史讀을 달어 노흔 形式으로 그 끄테는 반드시 短章이 添附되어 잇는 一定한 形式이 잇섯스니 이것이 流行한 끄테는 一般 歌, 曲 等도 分化하야 發達되고 또 어느새 이 사이에 短歌라는 새로운 形式이 發達되어 이는 時調라는 名稱으로써 一般에 通用하게 되엇다.

그러나 別曲이라는 노래 體는 李朝의 中葉까지 傳하여 오는 동안에 그 形

김태준 역시도 표명했던 바이다. 김태준(1932a : 5), 김태준(1932b : 5).

式에도 만흔 變遷을 주어슬 뿐 아니라 近世에 일으러서는 古相思別曲, 相思別曲, 江湖別曲, 秋風感別曲, 彩鳳感別曲 等 例와 가티 『別曲』이라는 意味를 『離別에 對한 歌曲』이라고 誤解한 關係로 毫釐의 差가 드디어 千里의 어김이 되고 말엇다. 짤하서 樂府, 樂章을 正曲으로 한 데 對한 別曲인 同時에 그를 舊調로 본다면 後者는 新調로도 볼수 잇스니 別曲新調라는 것이 古代歌詞 總稱이다.[25] (강조는 원문의 것)

우선 그가 규정한 '별곡'의 개념부터가 오늘날 연구에서와는 이질적이다. '청산별곡', '서경별곡', '한림별곡翰林別曲', '화산별곡華山別曲', '관동별곡關東別曲', '상사별곡相思別曲' 등 여러 국문시가 작품의 제목에 등장하는 이 '별곡'이라는 용어의 의미는 아직까지도 뚜렷이 해명되지 못한 상태이나, 위 작품들의 형식이 고려속요, 경기체가景幾體歌, 가사歌辭, 십이가사十二歌詞 등으로 그 형태를 달리한다는 점에서 이 말이 특정 시가군에 대한 지칭이 아니라는 사실만은 분명하다.[26] 따라서 '별곡'이라는 용어로써 모종의 양식사적 검토를 수행하기는 어려운 측면이 있고, 김태준 역시 이 점을 파악하였으나, 그는 '별곡'의 의미를 보다 적극적으로 풀이하여 한문으로 이루어진 악부나 악장에 대응되는 고려 중엽 이후 '우리말 가요'의 범칭으로 규정하고자 하였다. 결국, 「별곡의 연구」는 우리말 노래의 특성과 전개를 되짚어 보려 했던 적극적인 탐구의 소산으로서 비록 논의의 규모나 밀도에 있어서는 『조선

---

25 김태준(1932a : 5).
26 '별곡류' 작품들을 통시적으로 검토했던 박경우(2005)는 '별곡'이란 여러 시가 갈래에 걸쳐 관습적으로 붙여지는 제명이며, 특히 작품이 산출된 공간적 배경과 밀접하게 연관되는 것으로 논의한 바 있다.

시가사강』에 미치지 못하지만 통시적 시각을 기반으로 한 일종의 시가사 기술로서의 위상은 뚜렷이 지니고 있었던 것이다.

「별곡의 연구」에서도 향가와 시조는 각각 삼국~통일신라와 이조을 대표하는 문학사적 성취로 언급되었으나, 고려시대의 우리말 노래, 즉 고려시대 별곡에 대해서는 별다른 사적 고찰이 이루어지지 않는다. 사실상 정몽주, 길재, 권근 등 여말선초 문인들의 몇몇 시조를 제외하면, 고려시대의 노래로서 당시 그가 명확하게 제시할 수 있었던 문헌적 자료는 안축安軸(1282~1348)의 개인 소작으로 전하는 「관동별곡關東別曲」·「죽계별곡竹溪別曲」 정도가 전부였다. 그나마 이 작품들은 오늘날의 연구에서 이른바 '경기체가'라 부르는 독특한 시가 양식으로서 전대절前大節과 후소절後小節 말미의 '景 긔 엇더하니잇고'라는 투식구 이외에는 대부분 한자 어휘의 연쇄로 이루어진 형태이기 때문에, 향가나 시조 등에 비할 때 딱히 우리말 노래라고 규정지을 수 있는 측면이 그다지 발견되지 않는다. 바로 이 점 때문에라도 고려시대가 한문에 압도된 국문학사의 침체기라는 김태준의 인식이 더욱 굳어지게 되지만, 또 한편으로는 그처럼 한문 편향의 작품들을 통해서라도 향가와 시조 사이의 간극을 이어보고자 했던 그의 고민이 묻어나기도 한다.

물론 '향가 → 경기체가 → 시조'의 구도를 제시하는 것으로써 그의 시가사 서술이 일난락될 수는 없다. 김태준이 종래에 뚜렷이 언급되지 않았던 또 다른 자료들을 찾아보고자 했던 이유도 여기에서 발견된다. 그 첫 번째 귀착점이 『문헌비고文獻備考』, 『지봉유설芝峯類說』 등의 유서類書들이며, 오늘날 고려문학의 정수로 평가받는 고려가요 혹은 고려속요 역시 대략 이 대목에서부터 언급되어 나오기 시작한다.

문헌은 無徵하나마 西京曲과 西京別曲, 大同江曲과 翰林別曲 等이 모다 高麗의 俗樂에 쓰든 歌詞라고 하나 只今은 도모지 傳치 아니한다

西京曲과 西京別曲 : 成宗十八年 敎曰 宗廟之樂 (…중략…) 俗樂如西京別曲은 男女相悅之詞니 甚不可也라 樂譜則 不可卒改니 宜依其曲調하야 別製曲調하라고 하엿다 西京曲은 言仁恩充暢以及草木하야 雖折敗之柳라도 亦有生意也라 箕子之民이 習於禮讓하야 知尊君親上之義하야 作此歌라

大同江曲 : 箕子施八條之敎하야 以興禮俗하니 朝野無事하고 人民이 懽悅하야 以大同江으로 比黃河하고 永明嶺으로 比嵩山이라 此曲이 今亦 不傳이라 (同上)

翰林別曲 : 高麗翰林諸儒所撰이라 自高麗時로 最重翰林하야 人望之若登瀛洲라 觀於翰林別曲이면 可想翰林宴이니 至我朝하야 濫觴尤甚이라 (芝峯類說)

이로 보아 西京別曲 翰林別曲 가튼 것은 東方 三疊을 지은 鄭知常의 '綠窓朱戶笙歌咽하는 盡是梨園弟子家'(西京絶句)에서 벌서 일즉 麗朝의 中葉부터 傳唱되어 麗末의 모든 時調와 別曲의 根源을 일넛던 것인 듯하며 그리고 보니 '別曲'의 天地의 開闢된 지가 뜻박게 오랜 듯하다[27]

『문헌비고』와 『지봉유설』에서 인용해 온 위 자료 가운데 대부분은 『고려사』 권71, 「악지樂志」에서도 발견되는데, 「악지」에 한꺼번에 정리되어 있는 해당 내용을 굳이 유서류로부터 재인용해 온 것을 보면, 이때까지도 김태준은 『고려사』 「악지」의 존재를 몰랐거나 그 내용을

---

27 김태준(1932c : 5).

충분히 인지하지 못했던 것으로 보인다. 그는 유서류에 적힌 단편적인 서술이나마 되짚어 가면서 별곡의 시원을 가늠해 보았지만, 원문을 확인하지 못한 상태에서 이루어진 그 같은 시도는 추정의 수준에 한정될 수밖에 없었다.

더구나 위 글은 정밀한 자료 검증에 기반을 둔 것도 아니었다. 그 직접적인 정황은 「서경별곡」에 대한 언급에서 발견된다. 그가 예시한 것은 「서경」과 「서경별곡」, 「대동강」, 「한림별곡」의 네 작품으로서 이 가운데 「서경별곡」을 제외한 나머지 작품들은 「악지」에 그 창작 배경과 내용이 전하고, 「서경별곡」은 고려의 속악이 선초에 들어 '남녀상열지사'로 배척받는 문맥에서 그 제명만 종종 등장한다. 김태준 역시 『성종실록』의 기사를 통해 「서경별곡」의 존재를 확인하였으며, 「서경」과 「대동강」 등 서경을 배경으로 한 또 다른 작품들의 존재도 함께 언급하면서, 작품들의 실체가 남아 있지 않아서 유감이라는 심사를 토로하였던 것이다.

하지만 그가 「별곡의 연구」를 발표하기 1년 6개월여 전에 안확은 이미 「서경별곡」을 비롯한 고려조 노래들의 원문을 지면에 공개한 바 있다. 조선시가의 형식적 특징을 밝혀내고자 했던 안확은 「朝鮮歌詩의 條理」라는 연재를 통해 향가, 시조, 가사 등 역대의 시가 작품들을 예시하면서 각종 논의를 전개하였고, 그 가운데에는 「서경별곡」은 물론 「정읍사井邑詞」, 「정산별곡」 등 고려가요 작품들의 원문이 포함되어 있다.[28] 그는 이들 원문을 『악학궤범樂學軌範』과 『악장가사樂章歌詞』 등에서 인용해 온 것이라고 직접 밝혔는데, 평소 조선문학의 역사적 흐름

---

28 安廓(1930a : 4), 安廓(1930b : 4) 등.

『악장가사』

에 관해 다각도로 탐문하던 안확이 『악학궤범』과 『악장가사』를 이 무렵 구체적으로 검토하였으며, 그곳 '속악'편에 적힌 국문시가 작품들을 초출하여 조선시가의 면모를 논의하였던 것이다.

반면, 본래 한문학과 소설에 관심을 가지고 그 사적 전개를 고찰한 이후 그다음 탐구 대상으로 시가를 선택했던 김태준은 아직 충분한 자료를 확보하지도, 소론을 면밀하게 정리하지도 못한 상태에서 「별곡의 연구」를 집필해 나갔기 때문에 『악학궤범』·『악장가사』 등과 같은 매우 중요한 악서들을 자신의 서술 속에 반영하지 못했던 것으로 보인다.[29] 특히 같은 시기 논자인 안확의 논의를 간과했던 것을 보면, 당시

---

29 김태준은 조선문학의 영역을 ① 신화·전설·고사·야담류, ② 소설류, ③ 희극류, ④ 가

몇 편 되지 않았던 선행 연구들조차 뚜렷이 살피지 못했던 김태준의 부주의가 드러나기도 한다.

물론, 조선조의 악서들, 특히 『악장가사』가 지닌 문헌적 가치를 본격적으로 검토해 낸 작업이 김태준에 의해 이루어졌다는 점은 여전히 주목해야 할 부분이다. 실상 『악장가사』 소재 국문시가들을 논의에 활용했던 안확은 문헌 자체의 특성은 물론, 개별 작품의 의미나 제작 연대 등에 대해서도 별다른 언급을 하지 않았다. 『악장가사』에 서·발문을 비롯하여 이 책의 편찬 과정을 짐작케 하는 별도의 기록이 없기 때문이기도 하지만, 기본적으로 안확이 관심을 가졌던 대상은 조선시가의 형식과 표현법이었기 때문에 개별 시가 작품의 특성이나 역사적 전개 등에 대해서는 몇몇 사례를 제외하고는 깊이 있는 고찰을 수행하지 않았고 그럴 필요도 과히 느끼지 못했던 것이다.

『악장가사』 소재 작품들에 대해서 김태준이 본격적으로 관심을 보이게 된 계기는 뚜렷하지 않지만, 그 관심의 결과로 오늘날 '고려가요'라 불리는 작품들이 하나의 군집으로 다루어지기 시작했던 것은 분명하다. 김태준은 「별곡의 연구」를 발표한 이듬해에 『朝鮮歌謠集成 : 古歌篇』(1933)을 편찬하면서 처음으로 '고려가사'라는 말을 사용하기 시작한다.

요류, ⑤ 조선한문학(제2의적)의 다섯 가지로 구분하였다. 이 가운데 ②와 ⑤는 그가 직접 정리하였고, ①에 대해서도 『조선소설사』에서 부분적으로나마 다루어졌다. 또한 ③은 김재철의 『조선연극사』에서 검토된다. 따라서 ①, ②, ⑤를 거친 김태준은 남은 영역인 ④가요류를 연구하는 단계로 나아가게 되었던 것이다. 이상 김태준의 조선문학 연구가 점차 확대되어 가는 궤적에 대해서는 류준필(1998 : 146)에서 논의된 바 있다.

李朝成宗 때 成倪의 손에된 樂學軌範에 動動, 眞勺(鄭瓜亭), 處容歌의 本
文을 한글로 譯載하여있고 嶺南으로 傳해온 樂章歌詞에는 우의 處容歌 外
에 翰林別曲의 全文을 傳하고 또 步虛子, 感君恩, 鄭石歌, 靑山別曲, 西京別
曲, 思母歌, 楞嚴讚, 靈山會相, 雙花店, 履霜曲, 가시리, 儒林歌, 新都歌, 風
入松, 夜深詞, 滿殿春, 漁父歌, 華山別曲, 五淪歌, 宴兄弟曲, 霜臺別曲, 與民
樂(龍飛御天歌의 一部)이 傳해 오는데 語意와 作者, 作風으로 보아 新都歌
와 및 漁父歌, 華山別曲, 五淪歌, 以下는 李朝歌詞에 屬할것으로 看做하엿
고 鄭石歌, 西京別曲의 一部는 李益齋의 漢譯이 있고 雙花店의 一部「三
藏」은 高麗史 所載의 三藏과 吻合하는것이요 其他도 以下 各各 解說에 論한
바와 같은 理由로써 이 十七篇을 高麗歌詞에 부첫다(…중략…) 高麗歌詞는
그 自體는 傳치 못하나 그 遺跡만은 여러 文獻에 만히 들어나는 것이다[30]

그가 이 책의 서문에서 직접 언명한 대로 이때에 이르러서야 김태준
은 『악학궤범』이나 『악장가사』의 존재를 명확히 인식하였으며, 불과
1년여 전 「별곡의 연구」에서 작품이 '도모지 傳치 않는다'라고 했던
「한림별곡」, 「서경별곡」의 원문 역시도 이 책에 그대로 전재할 수 있
게 된다. 아울러 조선 후기 전적인 『문헌비고』와 『지봉유설』을 활용하
여 고려시대 속악을 논의하던 방식도 탈피하여 1차 자료인 『고려사』
「악지」의 내용을 직접 거론하기도 하는데,[31] 이 같은 사정을 종합해 보
면, 김태준은 1932년과 1933년 사이에 걸쳐 『고려사』 「악지」와 『악학
궤범』 · 『악장가사』 등의 악서를 집중적으로 검토하는 시간을 가졌으

---

30 김태준 편(1934 : 29~31).
31 위의 책, 29면.

『조선가요집성』

며, 이를 바탕으로 「별곡의 연구」의 미비점과 오류들을 대폭 보정할 수 있었던 것으로 분석된다.

그가 이 작업에 얼마나 공을 들였는지는 특히『악장가사』소재 작품들의 시대를 판정하는 문맥에서 잘 드러난다. 기본적으로 『악장가사』의 편자는 아악雅樂과 속악俗樂으로 구분 지어 노랫말을 수록하였을 뿐, 개개 작품이 어느 시대의 산물인지에 대해서는 단서를 남기지 않았기 때문에 작품의 시대 귀속은 온전히 연구자들의 몫으로 남겨질 수밖에 없었던바, 안확은 이 작업에 별다른 관심을 두지 않았던 반면, 김태준은 활용 가능한 문헌적 증거들을 찾아 가면서 특정 작품이 고려시대부터 전승되어 온 것인지, 이조에 들어 새로 지어진 것인지를 판가름하였던 것이다.

실제 이 책 「고려가사편」에 수록된 작품의 내역을 보면, 「처용가處容歌」·「이상곡履霜曲」·「쌍화점雙花店」 등은 그 자신이 『고려사』「악지」나 실록 등을 면밀히 살펴 가면서 고려시대 노래라는 획증을 얻은 것이었던 반면, 「만전춘별사滿殿春別詞」·「청산별곡」·「가시리」 등은 문헌적 증거 없이 작품의 시상과 어조만으로 판단하여 고려가사에 귀속한 것이었다. 이러한 검토와 추정의 절차를 거쳐서 『악학궤범』·『악장가사』에 전하는 조선시대의 여러 궁중 악곡들은 고려조로부터 승습된 것들과 조선초기에 새로 지어져 편입된 것들로 뚜렷이 양분되기에 이른다. 오늘날의 연구에서도 이 구분법은 유지되어, 전자를 '고려가요' 또는 '고려속요'로, 후자를 '악장樂章' 또는 '선초악장鮮初樂章'으로 갈라서 국문학의 역사적 갈래를 설정하고 있거니와, 그 같은 분류를 처음으로 시도한 연구자가 김태준이었고, 그 결과물이 처음으로 기재된 지면이 바로 『조선가요집성(고가편)』의 「고려가사편」이었던 것이다.

개념이나 분류가 과연 적확한지 여부는 차치하고서라도 조선문학사의 침체기로 규정되어 왔던 고려시대에 국문으로 된 시가 작품이 뚜렷하게 존재하고 있었다는 점을 김태준이 부각해 낸 것은 학계에 큰 파장을 불러올 만한 일대 사건이었음에 분명하다. 그 같은 반응은 『조선가요집성(고가편)』이 편찬된 직후부터 나타난다. 일례로 이 책의 서평을 쓴 이종수는 「고려가사편」을 『조선가요집성(고가편)』 가운데 가장 뛰어난 부분이라 추켜세우면서 찬사를 아끼지 않았다.

高麗歌詞는 全部 二十二篇, 그 大部分은 樂學軌範과 樂章歌詞에서 轉載하엿고, 그밧게 高麗 文集과 全羅道 方面에서 蒐集하야 編者가 解釋을 부친 것이 잇다. 編者가 가장 勞作한 것은 實로 이 高麗歌詞일 것이니 이와 갓튼 勞作은 編者와 갓치 讀書의 範圍가 넓은 ○學者가 아니고는 하기 어려운 일이다. ◇高麗歌詞篇을 編한 金君의 功勞는 둘로 볼수 잇스니 하나는 編者가 ○○○○을 널리 涉獵하야 高麗歌詞를 추려내고 이것을 高麗歌詞라고 時代的 考證을 加한 것이오, 또 하나는 그 歌詞를 ──히 解釋한 것이다. 이 두 가지가 다 하기 어려운 일인 것은 말할 必要도 업다.[32] (○는 해독불가)

엄밀히 말해서 『조선가요집성(고가편)』은 김태준의 학술적 견해가 뚜렷이 표명된 저작은 아니다. 실상 제1부인 「신라향가편」은 오구라의 해독을 전재한 데 지나지 않았고, 「백제고가편」이나 「이조가사편」 역시도 작품 자료를 모은 후 거기에 간략한 해제를 붙인 데 불과했기 때문이다. 그럼에도 불구하고 여타 편목과는 달리 유독 「고려가사편」만은 자료를 모아 제시한 것 자체가 큰 성과로 인식될 만했으며, 해당 작품들을 고려시대의 소작으로 비정했던 그의 안목 또한 이전 연구자들에게서는 찾아볼 수 없는 뛰어난 자질로 평가되기에 충분했던 것이다.

이러한 세간의 반응에 화답이라도 하듯, 김태준은 『악장가사』 소재 작품들의 시대 판정을 더욱 정교화하기 위한 작업을 지속적으로 수행한다. 「만전춘별사」가 고려조의 소작임을 증명하기 위해 김수온金守溫의 악부시를 새로 찾아내어 제시하거나,[33] 「청산별곡」이 고려가사의 초기작임을 강조하고자 작품 원문을 다시 가져 와 게재했던 사례[34] 등이 그러하다.

이로부터 수년이 흐른 1939년에 그가 『고려가사高麗歌詞』라는 소책자를 따로 펴내게 된 것도 '고려가사'를 최초로 논리화하였다는 자긍심이 뒷받침된 결과로 해석된다. 실상 『조선가요집성(고가편)』을 편찬할 당시 김태준이 공언했던 후속 작업은 그 속편을 펴내는 일이었다. 어떤 이유에서인지 김태준은 이 속편을 끝내 출산하지 않은 대신, 기왕의 『조선가요집성(고가편)』에서 「고려가사편」만을 따로 떼 내어 증

---

32 李鍾洙(1990 : 220), 「BOOK REVIEW : 朝鮮歌謠集成 古歌篇 第一輯을 읽고 (中)」. 이 서평이 본래 어떤 지면에 수록되었는지는 확인하지 못하였다.
33 김태준(1934 : 2).
34 天台山(1934 : 105).

보・개편한 후 별도의 자료집으로 엮어 내었던 것이다. 추정컨대, 그는 이미 그 실체가 밝혀진 이조의 시조 작품들을 이런 저런 문헌들에서 초출하여 평탄하게 엮어내는 것보다는 일전에 새로 개념화하여 반향을 일으켰던 고려가사를 보다 정교하게 해설하고 그 의의를 조명하는 작업이 훨씬 가치가 있다고 여겼던 것으로 보인다.

표면적으로만 판단하면 『조선가요집성(고가편)』 「고려가사편」과 『고려가사』에 수록된 내역의 차이는 몇몇 작품들이 들고 나는 수준에 불과해 보인다. 하지만 특정 작품을 넣거나 빼기 위해 김태준이 또다시 고심했던 흔적은 역력히 드러난다.

〈표 1〉 『조선가요집성』(1933) 「고려가사편」과 『고려가사』(1939)의 수록작품 일람

『조선가요집성』 「고려가사편」			『고려가사』		
순서	수록작품	출전	순서	수록작품	출전
1	睿宗이 二將을 悼한 노래	壯節公行狀	1	動動	악학궤범, 악장가사
2	動動다리	악학궤범, 악장가사	2	西京別曲	악장가사
3	處容歌	악학궤범, 악장가사	3	處容	악학궤범, 악장가사
4	鄭瓜亭(眞勺)	악학궤범, 악장가사	4	鄭瓜亭	악학궤범, 악장가사
5	翰林別曲	악장가사	5	鄭石歌	악장가사
6	西京別曲	악장가사	6	翰林別曲	악장가사
7	鄭石歌(딩아돌아)	악장가사	7	履霜曲	악장가사
8	靑山別曲(살어리)	악장가사	8	雙花店	악장가사
9	滿殿春[別詞]	악장가사	9	靑山別曲	악장가사
10	履霜曲	악장가사	10	滿殿春	악장가사
11	思母曲	악장가사	11	關東別曲	謹齋集
12	雙花店	악장가사	12	竹溪別曲	謹齋集
13	가시리	악장가사	13	思母曲	악장가사
14	感君恩	악장가사	14	가시리	악장가사
15	關東別曲[安軸]	謹齋集	15	寒松亭	靑丘永言
16	竹溪別曲[安軸]	謹齋集	16	睿宗悼二將歌	壯節公行狀

17	楞嚴讚	악장가사	17	井邑詞(百濟歌詞)	악학궤범, 악장가사
18	觀音讚	악장가사			
19	西往歌 一 [懶翁和尙]	新編普勸文			
20	西往歌 二 [懶翁和尙]	권상로 채집			
21	尋牛歌 [懶翁和尙]	권상로 채집			
22	樂道歌 [懶翁和尙]	권상로 채집			

※ ▨ : 『고려가사』에 누락된 작품 / ■ : 『고려가사』에 새로 수록된 작품

　　수록 작품 수가 『고려가사』에 들어 오히려 줄어든 것이 특징적이다. 어떻게든 고려가사 작품들을 확보해 보려 했던 김태준의 당초 의도와는 어긋나는 결과라 할 만한데, 그 사정은 본래 『조선가요집성』에 수록되었다가 『고려가사』에서 누락된 작품들의 특성을 살핌으로써 얼마간 가늠해 볼 수 있다. 여기에 해당하는 작품들은 크게 세 가지 부류로 나뉜다.

　　먼저 「감군은」은 선초의 윤회尹淮가 지은 악장을 김태준이 고려의 작품으로 잘못 인식하였다가 후일 오류를 인정하고서 덜어낸 경우이다. 다음으로 「능엄찬」과 「관음찬」은 시대적 기준으로만 본다면 충분히 고려가사에 넣을 수 있는 사례이지만, 「동동」·「서경별곡」 등 여타 작품들과 달리 한문어투 위주인 데다 특유의 불찬가적 성격이 강한 탓에 고려가사의 범주에서 제외한 것으로 보인다. 또한, 여말의 고승 나옹화상 혜근慧根의 작으로 선해오는 「서왕가」(1·2), 「심우가」, 「낙도가」는 문헌적 증거가 불명확할 뿐 아니라 외형이 가사歌辭의 양식이고 역시 불교적 내용이어서 제외한 듯하다.

　　물론 「감군은」 이외의 나머지 작품들을 김태준이 『고려가사』에서 누락했다고 해서 그가 이들 작품을 고려가사가 아니라고 단정한 것은

아니지만, 종래 시대적 기준 일변도로 작품을 선정했던 태도가 표기나 내용적 기준으로까지 확대된 것은 분명하다. 요컨대 그는 우리말 위주로 된 노래이면서 꾸밈없는 감정 표현이 묻어나는 민요적 성격의 작품들을 위주로 고려가사를 다시 모아 보고자 하였던 것이다. 『고려사』 「악지」의 관련 기록을 바탕으로 『청구영언』에서 「한송정」으로 추정되는 작품을 찾아내어 새로 『고려가사』에 옮겨 적은 것이나, 본래 백제의 노래이지만 고려를 거쳐 조선조까지 전래되었던 「정읍사」를 고려가사의 범주에 넣어 제시했던 것도 그처럼 변화된 기준이 반영된 결과라 할 수 있다. 이러한 작업을 통해 오늘날 흔히 '고려가요' 또는 '고려속요'라 불리는 작품들의 기본적인 윤곽이 『고려가사』에 들어 보다 뚜렷이 드러나게 되었던 것이다.

한편, 수록 작품의 내역보다도 더욱 중요하게 살펴야 할 사항은 김태준이 강조했던 고려가사의 의의이다. 『조선가요집성(고가편)』에서는 아직 명확하게 제시되지 못했던 고려가사의 특징이나 문학사적 의미가 『고려가사』의 단계에 들어 한층 직접적으로 표명되고 있기 때문이다. 『고려가사』의 서문을 통해서 그가 굳이 「고려가사편」을 별도의 자료집으로 엮어내고자 했던 의도도 함께 되짚어 볼 수 있으며, 그 대의는 고려가사야말로 고려문학의 정수라는 칭송으로 수렴된다.

'고려가사'라는 책이 따로 있는 것이 아니라, '악학궤범樂學軌範', '악장가사樂章歌詞' 같은 책에 전해 내려오는 노래를 모으고 한편으론 여러 책에 한두마디씩 노래를 모아서 '고려가사'라는 명칭을 붙여서 이번에 학예사學藝社에서 경영하는 조선문고본朝鮮文庫本으로 세상에 내놓은 것입니다. (…중략…) '고려가사'는 그럭저럭 二十首를 얻었습니다. '신라' 시절엔 '향가鄕歌'가 있었고 '이조'에 들어서는 '시조' 같은 노래가 있으나 '고려' 시절에는 무엇이 있었는가 하고 궁금하던 中에 이러한 것이 있은 것을 발견한 것은 저의 平日 늘 기뻐 말지 않는 바이외다. 그는 '신라' 시절의 '향가'처럼 알기 어려운 것도 아니고 힘을 써서 읽으면 좀 더 읽을 수 있는 것이외다. 노래로도 절창일 뿐 아니라, 어학적으로 가장 귀중한 '문헌적 가치'를 갖고 있는 것이외다. 만일 '고려가사'의 발견이 없었더란들 고려 오백 년의 문학 乃至 문화의 역사의 일부분을 알 길이 없을 뻔했습니다. 그中에도 '살어리랏다', '가시리', '어름우혜 댓닙자리보아', '셔경이아즐가', '딩아돌아' 같은 노래는 듣기도 전에 어깨가 으쓱으쓱 춤이 추어지는 감흥적인 노래요 이조 오백 년의 한문 문화의 지독한 영향을 받기 이전의 조선의 노래는 '이조'의 시대의 저렇게 단조로운 千편一律의 三四調가 아니고 좀 더 '리듬'이 아름다운 것이 있다는 것을 알 수 있고, 조선말로도 그런 노래를 지을 수 있다는 것을 알 수 있는 것이외다. 나는 '고려가사'를 어학적으로 연구한 사람이 아니고 문학적으로 감상鑑賞하려는 者이외다. 고려시대는 '한글'도 생기기 전이라, 조선말로 된 소설도 없고 시도 없고 연극도 없고 오직 이 노래 한 권이 남아 있을 뿐입니다. 여기 '고려가사'의 중요성重要性이 있습니다. '고려문학사'는 오직 이 '고려가사'로 씌어질 것입니다. 오직 고려가사를 예찬하고 이만 붓을 던지나이다.[35]

위 글의 초두에서부터 김태준은 '고려가사'가 본래부터 있었던 것이 아니라 자신에 의해 새로 창안된 지칭이라는 점을 분명히 한다. '고려

---

35 김태준(1939 : 44~45).

가사'에서 노랫말이라는 뜻의 일반명사 '가사'를 빼면 남는 것은 '고려'이며, 그가 중점을 두었던 대상도 결국은 고려라는 특정 시대였던 것이다. 앞서 살핀 대로 그가 그처럼 고려에 천착할 수밖에 없었던 이유는 고려시대의 문학 자산이 전후 시대에 비해 무척 소루하다는 인식 때문이었다.

한문학사와 소설사를 직접 저술했던 김태준은 고려시대에는 국문문학의 유산을 찾기 어렵다는 점을 절감하였을 뿐만 아니라, 자신이 서문을 쓰기도 했던 김재철의 『조선연극사』(1933)에서도 고려시대 연극의 자취를 찾기는 쉽지 않았다. 결국, 서구문학의 갈래 구분법에 따라 시, 소설, 극으로 조선문학을 대별한 후 여기에 설화류와 '제이의적第二義的' 한문학을 포함시켰던 김태준의 논리 구도에서[36] 고려시대 문학의 흐름은 그가 뒤늦게야 관심을 가지고 천착했던 고려가사로써만 서술될 수밖에 없는 상황이었다. "'고려문학사'는 오직 이 '고려가사'로 씌어질 것입니다. 오직 고려가사를 예찬하고 이만 붓을 던지나이다"라고 했던 고양된 어조의 저변에는 기나긴 모색 과정 끝에 마침내 조선문학사의 연속성을 확증할 수 있게 되었다는 감격이 깔려 있는 것이다.

더 나아가서 그가 모아들인 고려가사, 그중에서도 대표작으로 예시했던 「살어리랏다」(「청산별곡」)・「가시리」・「어름우혜 댓닙자리보아」(「만전춘별사」)・「셔경이아즐가」(「서경별곡」)・「딩아돌아」(「정석가」) 등에 조선 고유의 리듬이 녹아 있다는 점 역시 간과할 수 없는 부분이었다. 초창기 국문학 연구자들이 대개 그러하였듯이 김태준 또한 조선문학 속에서 조선

---

36 이 글의 각주 29 참조.

고유의 특질을 찾아내고자 노력했던 탓에, 외래적 요소, 특히 중국문학의 자장권에 놓인 작품들에 대해 비판적 인식을 표출하곤 하였다. 조선 고유의 특질이란 흔히 민중적 성격과 연계되었고, 외래 사상과 관습에 물들지 않은 진솔한 작품들에 찬사가 이어졌던 것이다. 이러한 태도가 반드시 김태준에게만 국한되는 것은 아니지만, 한문학과 소설, 시가에 이어 곧바로 민요 연구에도 깊은 관심을 내비쳤던 김태준의 경우 그 같은 요소들에 경도될 여지가 보다 컸던 것만은 사실이다.

이처럼 김태준에게 고려가사는 각별한 의미를 지닌 대상이었다. 무엇보다도 고려가사를 새로 범주화함으로써 조선문학사의 연속적인 흐름을 찾아낼 수 있게 되었다는 데 대해 김태준 스스로도 만족감을 표출하였다. 더불어 한문학에 온통 물들어 국문문학이 크게 위축된 시대라 부정적으로만 인식해 왔던 고려시대에 뜻하지 않게 그처럼 감흥적이고도 고유한 정서를 지닌 시가 작품들이 존재하였다는 점 또한 김태준에게는 과외의 소득으로 여겨질 만했다. 고려가요를 국문학사의 주요 자료로 다루게 된 것이나, 고려가요의 속가적俗歌的 요소를 중시하여 이들 작품을 아예 '고려속요'라 지칭하는 관행이 오늘날 일반화된 것도 그 연원을 따져 올라가면 결국 김태준의 작업에 맞닿게 되는 것이다.

4. 나가며 : 고려가사 논의의 향방과 의의

김태준이 한문학이나 소설은 물론 시가에 대해서도 적지 않은 저술을 남긴 것은 사실이지만, 시가사 전체를 통괄할 만큼 체계적인 논의로까지 그의 연구가 발전되었다고 보기는 어렵다. 『조선한문학사』나 『조선소설사』에 비견될 만한 사적 저술을 시가 분야에 대해서는 시도하지 않았던 것도 그가 시가사를 종합적으로 엮어낼 만큼 충분한 준비를 갖추지는 못했다는 점을 반영한다. 익히 알려져 있다시피 그와 같은 작업은 조윤제에 의해서 비로소 이루어지게 된다.

조윤제(1904~1976)

조윤제가 『조선시가사강』을 출간한 1937년은, 김태준이 『조선가요집성(고가편)』에서 고려가사의 존재를 언급했던 1933년과 고려가사의 의의를 더욱 강조하면서 『고려가사』를 별도로 편찬해 내었던 1939년 사이에 놓이는 시기로서, 조선시가의 역사와 맥락을 통시적으로 고찰하고자 했던 조윤제에게도 김태준이 개념화 해 놓은 고려가사는 응당 중요한 자료로 활용될 수 있을 만한 대상이었다. 더구나 조윤제 역시도 고려시대 국문시가의 향방을 알기 어렵다는 점을 인식하고 있었던 것은 마찬가지였기 때문에 향가와 시조 사이의 공백을 메워 줄 수 있는 자료로서 고려가사의 존재는 각별할 수밖에 없었던 것이다.

그러나 실제 『조선시가사강』에 서술된 내용을 보면, 조윤제는 고려가사를 그다지 중요하게 거론하지 않는다. 이러한 사정은 고려시대를 다룬 제3장의 제명을 그가 '시가詩歌의 한역시대漢譯時代'라 달아놓은 데에서도 직접적으로 간취된다. "(고려의 문인들이) 오로지 漢文만을 써나와 朝鮮의 文學은 겨우 漢譯의 힘을 빌어 그 生命을 保存하얏다"[37]라는 언술에서도 드러나듯, 조윤제는 고려가사의 존재가 고려시대 시가사 내지 문학사의 특질을 재고하게 할 만큼 중요하게 부각될 수는 없다고 보았던 것이다. 특히 그는 고려가사의 대다수를 차지하는『악학궤범』·『악장가사』소재 작품들을 제3장의 마지막 절인 '고려高麗의 속악俗樂'에서 차례로 개관하는 데 그쳤는데, 여기서 '속악' 혹은 '속악가사俗樂歌詞'라는 말은『악학궤범』이나『악장가사』의 편명에서 그대로 가져 온 것이다. 김태준이 '고려가사'라는 용어를 새로 만들어 내면서까지 이들 작품이 '고려'의 소산이라는 점을 강조하려 애썼던 데 비해 조윤제는 보다 객관적인 자세로 문헌 위주의 검토를 수행하면서 현상을 제시하는 데 주력했던 것이다. '고려문학사는 오직 고려가사로 쓰여 질 것'이라 했던 훗날 김태준의 공언이 정작 조윤제의 시가사 서술에서는 관철되지 않았던 셈이다.

조윤제가 기왕의 고려가사를 시가사 서술에서 적극적으로 활용하지 않았던 주요 이유 가운데 하나는 작품들의 형식이 일정하지 않기 때문으로 추정된다. 그가『조선시가사강』에서 중시했던 사항은 개개의 작품들을 넘어서는 양식사적 특징과 변천이었다. 그는 특정 시대, 특정 사조가 작품의 양식을 구성하는 데 중요한 영향을 끼치게 된다고 보았으며, 그렇게 구성된 양식 속에서 개별 작품의 특징이나 미감도 도출해 낼 수 있다는 입장을 시종 지니고 있었던 것이다. 이 같은 논의 구도 속에서 예의 중요하게 거론되는 것이 '성형시成型詩', 곧 정형시 양식이었다.『조선시가사강』의 목차를 '향가시대鄕歌時代', '가사송영시대

---

37 조윤제(1937 : 88).

歌辭誦詠時代', '시조문학발휘시대時調文學發揮時代' 등 양식사적 변천에 주목하여 작명해 놓은 것 역시 그러한 시각을 반영하는 사례이다.[38]

때문에 조윤제는 작품마다 모두 다른 형식을 지닌 고려가사를 하나의 응집력 있는 양식으로 규정하기는 어려울 뿐만 아니라 이들 작품을 따로 군집화하려는 시도조차도 합당하게 여기지 않았던 것으로 보인다.[39] 이를테면 김태준은 조선시가사, 나아가 조선문학사의 공백을 메우는 데 고려가사가 대단히 중요하게 기여할 수 있으리라는 확신을 내비쳤던 데 반해, 조윤제는 『악학궤범』·『악장가사』 등에 산재한 고려가사를 조선시가의 정격적 반열에 위치시키는 순간, 조선시가의 역사적 발전상이나 맥락은 오히려 훼손될 될 수밖에 없다는 인식을 지니고 있었던 것이다. 20여 편이나마 남아 전하는 고려가사를 과히 중요하게 처리하지 않은 대신 조윤제는 상당한 추정을 거듭해 가면서까지 그가 고려시대의 '성형시' 양식이라 규정했던 진작眞勺의 본체를 밝혀내기 위해 노력하였거니와,[40] 그 또한 개별 작품보다는 양식의 변천을 위주로 시가사를 집필하려 했던 의도가 반영된 결과라 할 수 있다.

요즘의 관점에서도 조윤제의 이 같은 소견은 여전히 유효하게 계승되고 있는 것이 사실이다. '고려가요' · '고려속요'라는 조어 대신 '속악

---

38 이와 관련하여 안확이 '가시歌詩', 김태준이 '가요歌謠'라는 용어를 사용한 데 비해 조윤제는 '시가詩歌'를 내세웠던 사실도 주목할 만하다. 류준필이 지적한 바와 같이, 이들 가운데 어떤 용어든 음악과의 관련성을 중시한다는 점에서는 동일하지만, '시가'는 문학적 성격을 보다 강조한다는 점에서 차이가 있다. 즉, '시가'는 자연발생적인 민속이나 생활로서의 성격과는 일정한 거리를 두는 용어인 것이다. 류준필(1998 : 146~147) 참조.
39 고려가요를 하나의 단일한 양식으로 파악하고 그 안에서 기본형, 변격형, 파격형 등을 설정하는 방식은 후대의 논자들 사이에서 적지 않게 시도되었던 바이다. 대표적으로 정병욱의 논의가 여기에 해당한다. 정병욱(1967 : 802~808).
40 조윤제(1937 : 96~102).

가사'라는 객관적 지칭을 선호하거나 고려가요 갈래의 실체에 대해 비판적 시각을 표출하는 오늘날 연구자들의 입장은 바로 『조선시가사강』에 피력된 조윤제의 견해와 잇닿아 있는 것이다.[41]

이처럼 고려가요의 의의나 실상에 대한 시각차는 해당 논의가 처음으로 본격화된 1930년대부터 이미 잠재되어 있었다는 사실이 발견된다. 대략 양주동의 『여요전주』(1947)를 기점으로 논의의 균형은 한동안 김태준의 논리 쪽으로 기울게 되지만, 조윤제의 반론적 시각 역시 만만치 않은 영향력을 확보하고 있었던 것이다. 저간의 사정을 되짚어 보면, 고려가요와 관련된 논란은 결코 국문학의 단일 갈래를 설정하는 문제에 국한되지 않는다. 논란 자체가 국문학사를 합리적으로 서술해 내기 위한 치열한 고민의 산물일 뿐 아니라, 그러한 모색의 과정이 현재까지도 이어져 내려오고 있기 때문이다. 이미 시한이 다한 것처럼 보이기도 하는 김태준의 고려가사 관련 저술들을 되살펴 본 이유가 여기에 있다.

---

41 가령, 조동일, 조규익 등 적지 않은 국문학 연구자들이 '속악가사'라는 명칭을 보다 선호한다. 한편, 고려가요 갈래의 실체성에 대해서는 여러 논자들에 의해 비판적 견해가 제시되어 왔으며, 김흥규(1997 : 37~55)에 의해서 그러한 반론들이 보다 논리적으로 종합된 바 있다.

참고문헌

1. 자료

『均如傳』, 『三國史記』, 『三國遺事』.

金澤庄三郎, 「吏讀の硏究」, 『朝鮮彙報』 4, 朝鮮總督府, 1918.

김태준, 『朝鮮漢文學史』, 朝鮮語文學會, 1931.

_____, 「別曲의 硏究 (一)」, 『동아일보』, 1932a. 1. 15.

_____, 「別曲의 硏究 (二)」, 『동아일보』, 1932b. 1. 16.

_____, 「別曲의 硏究 (三)」, 『동아일보』, 1932c. 1. 17.

_____, 『朝鮮小說史』, 淸進書館, 1933.

_____, 「高麗歌詞의 一種 「滿殿春別詞」에 대하여」, 『조선일보』, 1934. 2. 20.

_____, 「高麗歌詞 이야기」, 『한글』 68, 한글학회, 1939.

김태준 편, 『朝鮮歌謠集成 : 古歌篇 第一輯』, 조선어문학회, 1934.

小倉進平, 『鄕歌及び吏讀の硏究』, 京城帝國大學, 1929.

안 확, 『朝鮮文學史』, 韓一書店, 1922.

_____, 「朝鮮歌詩의 條理 (五)」, 『동아일보』, 1930a. 9. 6.

_____, 「朝鮮歌詩의 條理 (九)」, 『동아일보』, 1930b. 9. 11.

양주동, 『朝鮮古歌硏究 : 詞腦歌箋註』, 博文書館, 1942.

_____, 『麗謠箋注 : 朝鮮古歌硏究 續篇』, 乙酉文化社, 1947.

鮎貝房之進, 「國文(方言, 俗字) 吏吐, 俗謠, 造字, 俗音, 借訓字 : 薯童謠, 風謠, 處容歌
　　　　解說」, 『朝鮮史講座』, 朝鮮總督府, 1923.

조윤제, 『朝鮮詩歌史綱』, 東光堂書店, 1937.

天台山, 「古歌 靑山別曲」, 『한글』 17, 한글학회, 1934.

2. 논저

강상순, 「고전소설의 근대적 재인식과 정전화 과정 : 1920~30년대를 중심으로」, 『민족문화연구』 55, 고려대 민족문화연구원, 2011.

고운기, 「향가의 근대 1 : 金澤庄三郎와 鮎貝房之進의 향가 해석이 이루어지기까지」, 『한국시가연구』 25, 한국시가학회, 2008.

김명준, 「한국 고전시가 연구사에서 『조선가요집성』의 성격과 위치」, 『국어문학』 42, 국어문학회, 2007.

김승우, 「구한말 선교사 호머 헐버트Homer B. Hulbert의 한국시가 인식」, 『한국시가연구』 31집, 한국시가학회, 2011.

김용직, 『김태준 평전 : 지성과 역사적 상황』, 일지사, 2007.

김학성, 「三句六名의 해석」, 장덕순 외, 『한국문학사의 쟁점』, 집문당, 1986.

김흥규, 「고려속요의 장르적 다원성」, 『한국시가연구』 1, 한국시가학회, 1997.

류준필, 「형성기 국문학 연구의 전개양상과 특성 : 조윤제·김태준·이병기를 중심으로」, 서울대 박사논문, 1998.

박경우, 「別曲類 詩歌의 題名慣習과 空間意識 연구」, 연세대 박사논문, 2005.

박재민, 「『삼국유사』 소재 향가의 原典批評과 借字·語彙 辨證」, 서울대 박사논문, 2009.

박희병, 「천태산인의 국문학 연구 (하) : 그 경로와 방법」, 『민족문학사연구』 4, 민족문학사연구소, 1993.

성기옥·손종흠, 『고전시가론』, 한국방송통신대 출판부, 2006.

이익섭, 『국어학개설』(2판), 학연사, 2000.

李鍾洙, 「BOOK REVIEW : 朝鮮歌謠集成 古歌篇 第一輯을 읽고 (中)」, 『김태준 전집』 1, 보고사, 1990.

이형대, 「1920~30년대 시조의 재인식과 정전화 과정」, 『고시가연구』 21집, 한국고시가문학회, 2008.

임형택, 「한국근대의 '국문학'과 문학사 : 1930년대 조윤제와 김태준의 조선문학 연구」, 『민족문학사연구』 46, 민족문학사학회, 2011.

장덕순, 『한국문학사』, 동화문화사, 1975.

정병욱, 「한국시가문학사(上)」, 고려대 민족문화연구소 편, 『韓國文化史大系』 V(언어·문학사), 고려대 민족문화연구소 출판부, 1967.

한창훈, 「초창기 한국시가 연구자의 연구방법론 : 조윤제, 김태준의 초기 시가 연구를 대상으로」, 『고전과 해석』 1, 고전문학한문학연구학회, 2006.

Homer B. Hulbert, "Korean Fiction", *The Korea Review* Jul., 1902.

『송강가사松江歌辭』에 대한 가람 이병기의 비평과 정전화正典化의 실제*

김윤희

1. 서론

본고는 가람嘉藍 이병기李秉岐(1891~1968)가 1936~37년에 『진단학보震檀學報』를 통해 발표한 논문인 「松江歌辭의 研究」(1~3)를 주목해 보고자 한다.[1] 가람의 이 글은 『송강가사松江歌辭』에 대한 최초의 근대적

---

* 이 글은 「『松江歌辭』에 대한 가람 이병기의 비평과 정전화의 실제」(『한국학연구』 44집, 고려대 한국학연구소, 2013)를 수정·보완하여 재수록한 것이다.

1 이 글의 원문은 세로쓰기로 되어 있고 띄어쓰기 등 맞춤법이 오늘날의 기준과 다른 점들이 있다. 이러한 셈이 수정·보완되어 신경림·이은봉 조규익 편, 『송강문학의 연구』(국학자료원, 1993)에 재수록되어 있고 이 과정에서 논문이 두 편으로 분할·수록되어 있다. 본고에서는 『진단학보』에 게재된 자료를 기본적 참고로 삼되 인용문은 편의상 『송강문학의 연구』에 재수록된 글을 원용하였다. 또한 가람은 '가사歌辭'를 가창으로 불리던 노래라는 광의의 의미로 규정하여 장가長歌의 경우 가사歌詞로 지칭하고 단가短歌와 구분하였다. 초창기 국문학계에서 이 명칭에 대해서도 논쟁이 있었는데 오늘날의 학계에서는 조윤제의 논의를 따르고 있다. 그래서 『송강문학의 연구』에 수록된 수정본 역시 원본과는 다르게 가사歌辭의 범주 내에서 단가短歌를 분리하였다. 즉 가람에게 있어 『송강가사』는 송강이 우리말로 지은 노래들을 포괄하는 의미로 인식되었던 것이다.

비평문에 해당한다고 볼 수 있기 때문이다. 가람은 송강 정철鄭澈(1536~1593)의 시조時調문학은 물론 가사歌辭 작품들까지 본격적으로 분석·비평함으로써 『송강가사』가 한국시가사韓國詩歌史의 정전적正典的 자료가 되는 데 있어 선구적 역할을 한 것으로 보인다. 근래 들어 가람은 한글문학 유산에 대한 뛰어난 안목을 바탕으로 정전의 재편을 선구적으로 수행한 고전 비평가로서의 역할과 그 중요성이 강조된 바 있다.[2] 본고에서 살펴보고자 하는 논문 「『송강가사』의 연구」는 이러한 가람의 고전 비평 역량을 살펴볼 수 있는 좋은 자료이기도 하다.

주지하듯 고전문학에 대한 가람의 비평적 능력이 가장 빛을 발한 분야는 바로 시조인데 '시조혁신론'으로 집약되는 그의 실천적 시조론은 이미 많은 연구를 통해 주목을 받아왔다.[3] 그렇지만 시조문학과 관련된 비평론이 심화되던 시기에 가람이 『송강가사』에 대한 연구를 진행한 노력 또한 고전비평사의 의미 있는 현상으로 해석되어야 할 것으로 보인다. 가람은 『송강가사』를 고전시가 분야의 역사적 정전正典으로 인식하여 근대적 소통을 위한 연구를 추진했던 것으로 보이기 때문이다. 이는 『송강가사』가 조선 후기에도 많은 비평가들의 예찬과 함께 지

본고는 『송강가사』라는 가집에 대한 가람의 비평 인식을 살펴보는 것이므로 『송강가사』는 가람과 동일한 관점에서 사용되었다. 그러나 논증 과정에서 필자가 사용하는 '가사'라는 표현은 가람이 지칭한 '장가長歌, 가사歌詞'에 대한 오늘날 학계의 일반적 용어임을 밝혀 둔다. 또한 「『송강가사』의 연구」는 『송강가사』에 포함된 장가長歌와 단가短歌에 대한 통합적 비평문인데 본고의 경우 여러 제약상 단가短歌와 관련된 논의는 상세히 다루지 못하였다. 『송강가사』라는 개인적 가집이 근대적 시야에서 가치가 조명되고 정전화 되던 양상을 거시적으로 살펴보는 것이 본고의 기본 목표이다 보니 가람이 보다 주목한 장가長歌 논의가 주를 이루게 된 것이다. 그러나 송강의 단가短歌에 대한 비평 역시 그의 시조관이나 작품 세계와 관련하여 검토해 볼 필요가 있을 것으로 보인다.

2   최원식(2012 : 66~79).

3   가람의 시조문학과 관련된 고찰은 최승범 외(2001) 참조.

속적으로 향유·전승된 맥락을 가람이 포착했기 때문이었을 가능성이 높다. 「『송강가사』의 연구」를 보면 가람은 조선 후기 『송강가사』와 관련된 비평문들을 검토하여 주요 내용들을 소개하고 있음이 확인된다. 따라서 광범위하고 실증적인 연구를 토대로 『송강가사』를 해석하고 비평했던 가람의 노력과 그 가치는 재조명될 필요성이 충분해 보인다.

국문학 연구사에서 가람의 좌표는 대체로 국학파의 범주 안에 설정되는데 국학파의 국문학 연구는 전통적 고증방법과 민족주의적 지향이 두드러진다. 회고적·복고적·관념적이라는 비판과 한계를 받기도 하지만 국학에 대한 가람의 광범위한 연구와 실증적 노력은 유의미한 평가를 받고 있기도 하다.[4] 정합적 논리로 무장한 방법론이나 참신한 시각은 발견하기 어렵지만 민족어인 한글의 보급과 연구, 시조의 현대적 계승과 창작의 실천, 국학관계 문헌의 광범위한 수집과 해제·주석 및 고시조·고전 연구에의 침잠은 일제의 민족문화 말살 정책과 신문화의 물결 속에 스러져가는 민족문화의 연맥을 위한 노력의 소산으로 볼 수 있는 것이다.[5] 본고에서 주목하고 있는 『송강가사』에 대한 가람의 연구 역시 이러한 국학 연구의 소중한 결과물로 볼 수 있을 것이다. 또한 가람은 고서 수집에도 심혈을 기울이고 서지에 대한 통찰력 가졌던 학자로서도 재조명되고 있는데[6] 이러한 그의 노력과 혜안에 힘입어 『송강가사』 역시 중요한 고전문학의 텍스트로 간주될 수 있었던 것이다.

1920년대 안확, 조윤제를 필두로 시작된 조선조 시가에 대한 연구는

---

4 이형대(1997 : 345~385).
5 위의 글, 385면.
6 이민희(2011 : 194~223).

1930년대에 이르러 시조, 가사와 같이 장르별 고찰로 확대된다. 가사문학의 경우 규방가사閨房歌辭, 송호가사松湖歌辭 등에 대한 작품 소개가[7] 시작되었으며 1936년 가람에 의해『송강가사』라는 단일 텍스트가 분석되었다. 비슷한 시기인 1936년에 도남 조윤제 역시『진단학보』를 통해「조선시가의 형식적 분류시론」이라는 논문을 발표했으며 이어 1937년에는『조선시가사강』을 통해 고전시가사를 체계화하고자 했다. 또한 가람은 1939년『문장』지誌를 통해「규원가閨怨歌」와「봉선화가鳳仙花歌」를 허난설헌의 작품으로 보고 주해한 자료를 소개하면서 가사 작품에 대한 관심을 지속해 나갔다. 같은 해 이희승에 의해 여러 가사 작품들에 대한 해설이 이루어지기도 하였는데[8] 이러한 정황을 보면 1930년대는 고전문학으로서 가사문학에 대한 관심이 본격화된 시기임을 알 수 있다.

　이후 송강에 대한 개별적 연구는 1947년 김사엽에 의해 재개되었고 이후 1950년대에도 김사엽, 정인보 이하 많은 연구자들에 의해 연구가 지속되어 왔다.[9] 근래에 이르기까지 이『송강가사』에 대한 연구는 양적 · 질적으로 상당히 진전되어 왔다. 교주본의 지속적 발간[10]과 함께 조선 후기 송강의 시가 작품들이 향유되고 수용된 양상을 심도 있게 고찰한 성과[11]도 제출되었다. 그리고 이 과정에서 송강 시가 작품들이

7　高橋亨,「嶺南大家 閨房歌辭」,『朝鮮』222, 총독부, 1933; 최응록,「東崖 松湖歌辭 西湖別曲」,『동아일보』, 동아일보사, 1933; 최익한,「東崖 松湖歌辭 : 허미수의 古歌詞 十編」,『동아일보』, 동아일보사, 1935.

8　이와 관련된 논문 목록은 임기중(2003 : 22~23) 참조.

9　위의 책, 23~27면.

10　『송강가사』에 대한 근래의 상세한 교주본은 정재호 · 장정수(2006)이다. 이 교주본은 송강의 생애와 서지적 이해, 가사문학, 시조문학의 순서로『송강가사』를 분석하여 체계적인 이해를 가능케 하고 있다. 가람의 논문과 비교해 보면 이선본 이 외에 이후 발견된 성주본, 별집추록본 등에 대한 자료 설명이 추가되어 있으며「성산별곡」과 시조 작품들 전체에 대한 해석도 진행되었다.

후대의 전범으로 향유·지속된 정황들이 구체적으로 확인되기도 하였다. 많은 작가들에게 수용·변주되었던 「관동별곡」, 「사미인곡」, 「속미인곡」 등은 역사적 정전으로서 기능한 정황들이 논증된 것이다. 그런 점에서 가람은 일찍이 이러한 『송강가사』의 문학적 가치와 역사적 맥락을 포착하여 근대적 문학의 자장 내에서 『송강가사』를 논의한 최초의 고전비평가로 볼 수 있을 것이다. 그렇지만 그동안의 연구사에서는 20세기 초반에 진행된 송강 시가에 대한 담론이 주목을 받은 경우는 거의 없다. 시조문학에 대한 가람의 연구와 시각이 집중적 조명을 받아온 것에 비하면 「『송강가사』의 연구」는 연구사에서 잊혀진 자료라고 보아도 과언이 아닌 것이다.

따라서 본고에서는 『송강가사』에 대한 가람의 비평을 고전문학 정전화의 실제적 사례로서 검토해 보고자 한다. 20세기 초는 국학자들을 중심으로 고전문학이 발굴·소개되던 시기로 시조나 고전소설의 경우 정전화의 관점에서 연구가 진행된 바 있다.[12] 그러나 가사문학과 관련된 이 시기 고전 비평의 양상에 대해서는 상대적으로 연구가 미진한 것이 사실이다. 『송강가사』에 수록된 「관동별곡」의 경우 해방 이후 고등 교과서에 지속적으로 수록되어 왔기 때문에 교육 분야의 정전正典이라는 관점에서 비교적 많은 연구가 진행되었지만 이 과정에서도 20세기 초의 비평 양상이 고려된 성과를 찾아보기는 어렵다. 그러므로 1930년

---

11 최규수(2002).

12 근래의 대표적 성과는 이형대, 「1920~1930년대 시조의 재인식과 정전화 과정」, 『고시가연구』 21, 한국고시가문학회, 2007(시조 분야), 강상순, 「고전소설의 근대적 재인식과 정전화 과정 : 1920~30년대를 중심으로」, 『민족문화연구』 55, 고려대 민족문화연구원, 2011(고전소설 분야).

대에 가람이 진행한『송강가사』비평의 선구적 가치는 재조명되어야
할 것으로 보인다. 이를 위해 본고에서는 근대적 문학의 장에서 논의될
수 있는 정전正典으로서『송강가사』를 해석하고 소개하려 했던 가람의
노력과 그 실제적 양상에 보다 주목해 보고자 하는 것이다.

2. 가람 이병기의「『송강가사』의 연구」와 실천적 고전 비평

〈표 1〉「『송강가사』의 연구」목차

1. 板本의 考訂
   (1) 關北本 (2) 關西本 (3) 義城本 (4) 黃州本 (5) 星州本
2. 松江의 生活과 그 歌道의 傳統
3. 그 歌辭의 解釋과 批評
   (1) 思美人曲 (2) 續美人曲 (3) 關東別曲 (4) 將進酒辭 (5) 短歌
4. 結論

〈표 1〉은「『송강가사』의 연구」목차를 정리해 본 것인데 연구 논문으
로서의 틀을 비교적 체계적으로 갖추고 있음을 알 수 있다. 우선 가람은
『송강가사』의 여러 판본들을 검토한 것으로 보이는데 (1) 관북본關北本
~(4) 황주본黃州本의 경우 실전失傳된 자료들이지만 관련 기록들을 간략
히 제시하고 있다. 반면 현전하는 (5) 성주본星州本 항목에는 서지 사항
과 수록된 작품, 간행 시기, 부록 등이 상세히 설명되어 있다. 이후 장을
달리하여 가람은 송강의 생활과 가도歌道의 전통을 살펴본 후 가사 작품
들에 대한 해석과 비평을 진행하고 있다. 자료의 판본과 작가론에 해당

하는 1, 2 항목이 전반부에 배치되어 있는데 이는 '3. 그 歌辭의 解釋과 批評' 항목의 이해를 위한 교두보 역할을 하고 있는 것으로 보인다.

그런데 본고가 보다 주목하는 것은 1의 (5) 성주본 항목에서 가람이 『송강가사』와 관련된 여타 자료들을 다양하게 검토·제시하고 있다는 점이다. 『경민편警民編』, 『사미인곡첩思美人曲帖』, 『협률대성協律大成』에 부분적으로 수록된 작품들은 물론 『단가초집短歌抄集』, 『고금가곡古今歌曲』 등과 같은 가집에 수록된 송강의 시조, 나아가 '관동별곡역關東別曲譯', '사미인곡해思美人曲解', '장진주사역將進酒辭譯'과 같은 한역 작품들까지도 참고의 자료가 되고 있다. 나아가 가람은 이 자료들을 단순히 소개한 것에 그치지 않고 검토 과정에서 발견된 성주본의 오류를 최대한 수정하기 위해 노력하고 있다. 이러한 그의 시도는 현전하는 성주본을 『송강가사』의 정전으로 삼되 오류를 최소화함으로써 완성도 있는 선본善本을 확립하려 한 노력으로 평가되어야 할 것이다. 다음의 사례를 통해 이러한 과정의 실제에 대해 간략히 검토해 보도록 하겠다.

參考書에 대한 말은 이만큼 하여두고 ㉠ 다시 星州本으로 돌아가 그 歌辭를 逐條하여 보면 혹은 訛傳, 혹은 誤書·落書, 혹은 刑缺된 자들이 여간이 아니다.

①【同卷上 2장 후면 제7행 「關東別曲」의 반半공空이 소소쯔니의 이는 의의 誤字요 同卷上 4장 전면 제8행의 '넙거나 넙은 天쳔下하엇씨 ㅎ야젹닷말고'라는 구절 다음에는 어와 뎌 境界를 어이 ㅎ면 알거이고 하는 한 구절이 빠진 것이다. 이는 『協律大成』에나 李澤堂 關東別曲譯의 優優大哉彼境界欲窺渾溪何渺渺란 것을 보더라도 이 구절이 다 적혀 있고 그 문맥으로도

당연히 있어야 할 것이다.】

②【同卷上 7장 전면 제2행의 바다히쩌날제는 萬만國국이 일위더니 의 일위는 알 수 없는 말이니『協律大成』에는 萬國이 어릐더니라 하고『澤堂譯』에는 初離海上耀萬國 이라 하였으니 즉 일위는 어릐의 缺字요 '어릐'는 '어릐어릐 비친다'는 말임을 알 수 있다.】

위의 밑줄 친 ㉠을 보면 가람은 여러 자료들을 검토해 본 결과『송강가사』성주본에는 와전, 오류, 결락缺落된 부분들이 많다는 점을 지적하고 있음을 알 수 있다. 그로 인해 가람은 작품들의 세세한 오류들까지 수정해 나가고 있는데 인용된 ①과 ② 부분을 통해 이 과정의 일면을 확인해 볼 수 있다. 우선 ①을 보면 가람은 「관동별곡」

이병기(1891~1968)

내 한 구절의 오자誤字와 결락된 한 구절을 바로잡고 있다. 이를 위해 기본적으로 『협률대성協律大成』에 수록된 작품을 참고한 것으로 보이며 이택당李澤堂의 한역까지 검토함으로써 완성된 '문맥'을 지향하고 있다. 또한 ②를 보면 가람이 두 자료를 참고하여 의미 파악이 어려운 고어古語들도 해석해내고 있음을 알 수 있다. 예컨대 '바다히쩌날제는 萬만國국이 일위더니'라는 문장에서 '일위더니'는 '어릐더니'의 결자缺字이며 그 의미는 한역의 '요耀'라는 한역 표현을 통해 '어릐어릐 비친다'라고 해석하고 있는 것이다.

이처럼 가람은 성주본『송강가사』를 분석함에 있어 한 구절, 한 글자까지도 꼼꼼하게 대조하고 수정한 것은 물론 작품의 의미를 명확하게 파악해내고자 했음을 알 수 있다. 단순히 성주본을 분석하여 소개하는 것에 그치지 않고 실증적이고 방대한 자료들을 치밀하게 검토함으로써 『송강가사』를 '고전문학의 정전'으로 확립하고자 했던 것이다. 이러한 가람의 의식적 노력은 논문의 곳곳에서 확인된다.

③【松江歌辭는 벌써 340여 년 전의 것이라 그 用語, 語法, 句法, 文意, 文勢가 難澁하고 齟齬하고 晦昧한 곳이 적지 않을 뿐 아니라 또는 간간이 舛誤 된 것이 많으나 그 舛誤에 舛誤를 더하여 전할 뿐이고 제법 교정다운 교정도 없었고 더구나 그 해석 같은 것은 李澤堂(植), 金坯窩(相肅), 金北軒(春澤), 成研經齋(海應)의 漢字역 외에는 아무 것도 없었다. 그 歌辭를 정확히 감상하고 비평하자 하면 먼저 그 해석부터 해야 하겠다. 몇몇 前人의 비평이 없는 건 아니나 그건 겨우 막연한 단편적 설화에 그치고 말았다.】

④【이에 그 歌辭 — 關東別曲·思美人曲·續美人曲·將進酒辭·短歌 등을 전부 다 들어 말하자면 本報의 지면이 허락지 않으므로 그중 대표작이라고 할 만한 몇 篇 몇 首를 뽑아 그 구절, 단락을 나누고 혹은 前人의 번역도 붙이고 그 次序대로 어구의 註解, 大義의 설명, 그리고 겸하여 나의 妄評도 加하려 한다.】

⑤【그 歌辭의 辭說은 星州本의 것을 주장으로 하되 그 舛誤된 것은 기타 諸本에 의하여 考訂하기도 하고 다만 그 절자법은 그대로 무어 그 語音과 표기법을 보존케 하고 '江강湖호, 竹듕林림, 關관東동'과 같이 漢字와 그 音과를 疊書한 것은 그 漢字만을 들어, 즉 '江湖, 竹林, 關東'과 같이 적어 되도록 간편케 하려 한다.】

위의 인용문은 '3. 그 가사의 해석과 비평' 항목에서 작품들을 수록하기 앞서 가람이 서술해 놓은 부분이다. 의미 단락을 크게 ③~⑤로 구분해 볼 수 있는데 『송강가사』를 20세기 초에 소환하게 된 계기와 방식, 방향성을 확인해 볼 수 있다. 우선 ③을 보면 가람은 『송강가사』가 340여 년 전의 작품으로 용어, 어법, 문의 등이 난삽하며 부분적으로 오류도 있는 상태에서 전해지는 것을 탄식하고 있다. 오류에 대한 교정이 없었던 것은 물론 해석이 한자역漢字譯밖에는 없었기 때문에 근대적 시야에서 『송강가사』를 정확히 감상하고 비평하기 위해서는 올바른 해석이 필요하다고 보고 있는 것이다. 그리고 조선 후기 몇몇 이들의 비평은 막연하고 단편적이었기 때문에 가람은 ④의 마지막 문장에서와 같이 자신이 보다 구체적이고 종합적인 '망평妄評'을 첨부하고자 했음을 알 수 있다.

또한 ④를 보면 가람이 『송강가사』에 수록된 전편을 소개하지 않고 그중 대표작이라 할 만한 몇 편, 몇 수를 선별하려 한 의식을 확인할 수 있다. 실제로 「『송강가사』의 연구」를 통해 가람은 「관동별곡」, 「사미인곡」, 「속미인곡」, 「장진주사」는 모두 전편을 소개하고 있으며 단가 즉 시조 작품들은 일부 선별하였다. 비록 가사 「성산별곡」은 제외되었지만 가람은 대체로 『송강가사』를 정전화 하는 과정에서 장편의 가사 작품들이 지닌 문학적 가치를 시조에 비해 보다 높이 평가했던 것으로 보인다. 근래의 연구에서도 송강 가사 작품들의 우수성은 구체적으로 논증되고 있는데[13] 이를 보아도 『송강가사』의 대표작을 가사 위주로

---

13 고정희는 『송강가사』의 작시 원리를 분석하여 정철의 인식 지향이 가사 장르의 인식틀과 부합하였기 때문에 후대의 문학에도 기여할 수 있는 작가가 될 수 있음을 논증하였다. 고정희(2004).

선별한 점은 가람의 선구적 안목을 보여주는 사례로 볼 수 있다.

그리고 ④를 보면 가람이 작품을 소개하면서 구절과 단락을 구분하려 했음을 알 수 있다. 작품 분석과 의미 전달의 효율성을 위한 가람의 의식적 고민과 노력을 짐작할 수 있는 부분인 것이다. 또한 한역과의 비교, 어구의 주해, 대의의 설명, 비평의 순서 역시 오늘날 고전 작품을 해석하는 방식과 크게 다르지 않다. 작품에 대한 정확한 해석은 물론 독자들의 효과적 이해를 위한 가람의 이러한 시도는 고전을 비평하는 그의 실천적 노력을 보여주는 것으로도 평가될 수 있을 것이다.

앞서 살펴보았듯이 가람은 이 과정에서 성주본을 기본 텍스트를 삼되 오류인 부분들을 다각도로 교정하였는데 이에 대한 논의도 ⑤에서 확인된다. 다만 ⑤를 통해 새롭게 알 수 있는 점은 고어의 철자법을 그대로 보존하고자 한 가람의 의식이다. ④ 부분에 보이듯이 가람은 '대의의 설명'과 같이 현대역을 진행하고자 했기 때문에 원문을 그대로 제시함으로써 고전문학의 역사적 가치를 존중하고 보존하고자 했던 것이다. '江강湖호'와 같은 원문 표기는 편의상 '江湖'와 같은 한자 표기로 수정하고 있는데 이 역시 『송강가사』가 근대적으로 소통되는 과정에서의 효율성을 고려하여 시도한 방식으로 보인다.

이처럼 가람은 1930년대에도 소통될 수 있는 『송강가사』를 확립하기 위해 상당히 방대한 자료들을 치밀하게 검토했으니 그가 시도한 '밍평乻評'은 『송강가사』에 대한 최초의 근대적 고전 비평문에 해당한다고 볼 수 있다. 이러한 실천적 노력과 관련하여 가람은 연구의 결론을 다음과 같이 내리고 있어 먼저 검토해 보고자 한다.

ⓛ 松江은 短歌도 많이 짓기는 하였으나 그 所長은 短歌보다도 長篇에 있다. 두 美人曲이며 關東別曲과 같은 것은 222句, 228句나 되는 浩汗한 長篇이면서도 字字 句句에 그 정력과 공정이 들어보이지마는 겨우 78句에 지나지 못하는 短歌에 있어서는 더러 날리고 실상 회심의 作으로 볼건 몇몇 首가 아니된다. 그리하여 그 내용으로나 형식으로 具格하여 된 것이 적고 畸形인 것이 많다. 워낙 松江의 作은 그 색채보다도 그 선이 勝하여 그리 풍성하고 화려하지는 않는 바에 더구나 이 畸形임이랴. ⓒ 그러나 우리 詩歌史에 있어 그 어느 한 부분으로는 松江보다도 더 날 이가 있을는지 모르되 短歌와 長篇을 통하여 본다면 그만한 이가 또 있을까. 만약 松江과 같은 天稟으로서 그 才分과 노력을 더욱 그 歌道에 湊重하였더라면 더 좋은, 더 많은 작품을 남겼을 것이 아닌가. ⓔ 그 몇 篇, 그 몇 首로도 그와 같은 큰 영향을 끼치고 그 暗黑하던 시대에도 한 줄기 광명을 이어오던 것이 아닌가. 松江은 우리의 한 은인이고 그 歌辭는 한 重寶이다.

논문의 전체적 결론에 해당하는 위의 인용문을 살펴보면 가람은 밑줄 친 ⓛ에서와 같이 시조보다 장편의 가치를 높이 평가하고 있음을 알수 있다. 시조의 경우 내용과 형식면에서 부족함이 보이지만 가사는 '자자 구구에 정력과 공정이 들어보인다'라고 하여 언어 조탁의 노력과 표현미에 대해 예찬하고 있는 것이다. 그렇지만 가람은『송강가사』라는 가집에 시조와 가사가 같이 수록되어 있는 현상에도 주목하고 있음을 ⓒ을 통해 알 수 있다. 시가사詩歌史를 볼 때 시조와 가사 각각의 장르에서는 송강보다 우위에 있는 작가가 있을 수도 있겠지만 통합적 시야에서 본다면 송강이 최고임이 강조되고 있는 것이다. 이는 가람이

『송강가사』라는 가집 자체의 문학적 가치와 위상을 높이 평가하고 있음을 의미하는 내용이기도 하다.

　나아가 가람은 송강의 작품이 몇 편밖에 되지 않음에도 불구하고 조선 후기 내내 지속적으로 영향력을 발휘해 온 역사적 맥락에도 주목하고 있다. '암흑'의 시대에 '한 줄기 광명'과 같았다는 비유에서도 알 수 있듯이 가람은 『송강가사』의 독보적 역사성과 문학사적 가치를 강조하고 있으며 ㉣에 보이는 '은인', '중보重寶'라는 표현 역시 이러한 가람의 의식이 반영된 어휘들에 해당한다. 이처럼 가람은 고전문학의 한 정전正典으로서 『송강가사』의 위상을 높이 평가했으며 이를 논증하기 위해 정확한 원문과 현대역, 비평을 시도했음을 알 수 있다. 따라서 다음 장에서는 『송강가사』에 수록된 작품들에 대한 가람의 분석 과정과 주요 특징에 대해 구체적으로 살펴보도록 하겠다.

3. 『송강가사』의 해석 및 비평을 통해 본 정전화正典化의 실제

1) 『송강가사』 이해를 위한 작가론과 문학적 계보의 추적

　「『송강가사』의 연구」의 3장에 해당하는 '그 가사의 해석과 비평'을 보면 본격적으로 작품이 소개되기에 앞서 송강 정철에 대한 상세한 설명이 제시되어 있다. 다음의 인용문은 이러한 작가론의 일부를 간추려 정리해 본 것이다.

①【松江歌辭의 작가는 과연 어떤 이며 어떤 생활을 하던 인가. 이에 그 문집, 전기, 연보, 기타 기록을 상고하여 보자.

그는 鄭澈, 字 季涵, 號 松江, 延日人이다. 】(…중략…)

②【松江은 李朝 中宗 31년(1536) 丙申閏 12월 초6일 京城 藏義洞第에서 출생하였고 어렸을 때 큰누이를 보러 東宮에 자주 드나들며 그때 大君으로 계시던 明宗과 年相若한 터라 함께 놀기도 하고 퍽 정답게 지냈다. (…중략…)

45세에는 강원도 觀察使가 되어 風化를 선도키 위한 短歌 16首와 關東山水를 찬미한 關東別曲이라는 長歌 등을 지었고 퇴락하고 매몰되어 있던 寧越의 魯山君 墓를 修築하였다. 】(…중략…)

그 이듬해는 壬辰亂이라 大駕가 西狩하실새 松京에 이르러 放釋하여 召命을 내려 평양에 拜謁하고 義州로 扈駕하고 體察使가 되어 江華에 머무르고 宣祖 26년(1593) 癸巳에 奉使하여 明에 갔다가 復命하고 同年 12월 18일 江華에서 생을 마치니 그해 나이가 58세. 그 遺著에는 松江集 7책과 歌辭 1책이 있다.】

③【그의 일생은 이상과 같으려니와 다시 그에 대한 평들을 들어보면 松江別集 卷2 연보에 退溪稿中 有古諫臣風 이라 하였고 】(…중략…)

④【그는 꾀죄죄한 한낱 謹飭에 그칠 이가 아니고 豪逸도 하고 放奔하기도 하다. 다만 그때 그것만으로 숭상하고 교양하던 儒學과 한문에 젖어 그 溝壑을 벗어날 만한 별다른 사상은 없었더라도 때때로 자연과 人事에 대하여 남달리 감동하며 소박하고 솔직하게 표현한 것이 지금 우리가 보배로 보는 그의 歌辭들이다. 그는 儒學이나 漢詩文에도 능통하지마는 그의 참다운 조예와 생명은 그의 歌辭에 있는 것이다.】

정철 신도비(충북 진천군)

우선 ① 부분에 밝혔듯이 가람은 송강의 문집, 전기, 연보, 기타 기록 등을 참고하여 서술을 진행했음을 알 수 있다. 『송강가사』의 작가로서 정철이 어떤 인물이었는가를 살펴보고자 한 가람의 표현에서도 알 수 있듯이『송강가사』를 구심점에 둔 작가론에 해당하는 부분인 것이다. ②를 보면 송강의 일생과 주요 사건들이 연대기적 방식으로 소개되고 있는데 '45세에는 강원도 觀察使가 되어 風化를 선도키 위한 短歌 16首와 關東山水를 찬미한 關東別曲이라는 長歌 등을 지었고'에서와 같이『송강가사』에 수록된 일부 작품들의 창작 시기에 대한 정보가 확인된다. ③ 부분에는 송강에 대한 평가가 수록된 여러 기록들이 나열되어 있다.

이처럼 가람은 작가로서 송강의 생애, 성품, 평가 등을 비교적 상세히 소개하고 있는데 이 작가론의 결론이라 할 수 있는 ④ 내용을 보면 가람이 작가를 소개한 의도가 선명하게 확인된다. 송강의 성품에 대해서 가람은 호방豪放하기는 하지만 유학과 한문에 경도된 전형적 사대부로서 별다른 사상을 내세운 이노 아니었나고 평가하고 있다. 그렇지만 가람이 보기에 송강은 '자연과 인사에 대해 남달리 감동하며 소박하게 솔직하게 표현'한 작가이기 때문에 그의 가사들을 '지금 우리가' '보배'로 평가할 수 있다고 보고 있다. 자연이나 인사人事에 대해 '남달리 감동'하는 정서적 층위를 자국어로 '소박하고 솔직하게 표현'해낸 송강의 능력을 높이 평가함으로써 작품들의 현재적·보편적 소통 가치를 간파해내고 있는 것이다. '유학이나 한시문에도 능통하지만 그의 참다운 조예와 생명은 그의 가사에 있다'는 마지막 구절 역시 고전 비평가로서 가람의 세련된 안목을 보여준다. 유학이라는 사상과 한문이라는 언어에 구속되지 않고도 훌륭한 문학적 성과를 남긴 송강의 능력에 대해 국학파였던 가람은 일찍부터 그 우수성을 간파하여 예찬할 수 있었던 것이다. 나아가 가람은 작가로서 송강의 위상을 보다 확고히 하기 위해 전후 작가들과의 상관성을 추적하는 작업까지 진행하고 있다.

⑤敍上함과 같이 松江이 우리 歌道에 통달함은 그 소질과 수련에도 있으려니와 또 얼마큼은 그 전통에 있을 줄로 안다. 말하자면 松江은 金河西 麟厚에게, 河西는 宋俛仰 純에게 그걸 師受함이 아닌가 한다. (…중략…)

⑥河西의 노래로 지금 전하는 것은 悼林士遂歌, 蘆花歌, 自然歌 이 세 首밖에 없는데 는 이미 판본의 考訂에서 말한 바와 같이 松江歌辭에 編入한 것은 과연 착오이며 또 自然歌의

青山도 졀로졀로 綠水ㅣ라도 졀로졀로 山졀로졀로水졀로졀로 山水間에 나도졀로졀로 그中에 졀로졀로 자란몸이니 늙기도졀로졀로ᄒ리라

는 海東歌謠나 大東風雅에 宋尤庵 時烈의 작품으로 되어 있으나 河西集 續編 卷首에는

青山自然自然 綠水自然自然 山自然自然水自然自然 山水間我自然

이라 하여 河西의 作으로서 번역되었고 自然亭이라는 亭子까지도 있었다 한다. (…중략…) 그리고 儒學淵源譜에는 그가 金慕齋安國의 門人으로만 되어 있으나 河西集 卷之7 附錄 卷2 敍述에 '先生 初學於新平宋先生純 又出

入于 新齋崔先生山斗 慕齋金先生安國 二生先之門'이라 한 것을 보면 宋俛仰 純에게 수업을 한 것도 사실이다.

⑦ 宋純은 字 遂初 號 企村, 또는 俛仰亭 新平 사람이다. (…중략…) 그의 歌辭에 風霜歌, 잘새歌는 板本의 考訂에서 말한 바와 같으려니와 그 밖에 또 俛仰亭 短歌의 중략이라고 번역된 것과 俛仰亭新翻長歌와 俛仰續集 卷之 1 燕行錄短歌 한 首가 전하여 있는데 俛仰亭長歌는 俛仰亭歌라고도 하여 芝峯類說(李朝 光海朝人 李睟光 著) 卷14 歌詞에 如近世 宋純 鄭澈 所作 最善 - 宋純俛仰亭歌 - 盛行於世 라 하였고, 旬五志(孝宗朝人 洪萬宗 著)에 (…중략…) 이상의 말들을 종합하여 보더라도 俛仰亭은 과연 그 풍류도 놀랍거니와 그 歌道에도 그 年代의 한 거장임은 물론이다. 번역된 그 長短歌들이 원문 그대로 전하였더라면 더 얼마나 좋았을 것인가. 다만 霜風歌, 잘새歌로도 그 조예가 어떠한가를 족히 엿볼 수 있으며 松江의 歌道도 간접으로나 또는 직접으로 그 師受를 받은 것이라고 할 수 있을 것이다.

위의 인용문은 하서河西 김인후金麟厚(1510~1560)와 면앙정俛仰亭 송순 宋純(1493~1582)에 대해 상세히 설명하고 있는 부분을 일부 간추려 본 것인데 실제로는 그 분량이 상당하다. 『송강가사』작품들을 분석하기에 앞서 가람은 비교적 많은 지면을 할애하여 일종의 문학적 계보를 추적하며 있기 때문에 그 의미를 살펴볼 필요가 있어 보인다. ⑤에서 확인되듯이 가람은 '가도歌道'라는 개념을 사용하면서 면앙정 → 하서 → 송강의 순서로 영향 관계를 추측하고 있다. 그리고 ⑥, ⑦ 부분에 보이듯이 다양한 자료 검토와 사례 제시를 통해 그 계보를 논증해 내고 있다.

먼저 ⑥ 부분을 보면 '자연가自然歌'로 명명될 수 있는 시조는『하서집

河西集』의 한역시를 통해 그 작가가 하서임을 알 수 있는데『송강가사』 내에 송강의 작으로 잘못 수록되어 있는 오류가 제시되어 있다. 가람은 이 사례를 통해 하서와 송강의 상관성을 추론해내고 있으며『하서집』의 또 다른 기록을 통해 하서가 면앙정의 제자였다는 점도 제시하고 있다. 이는 면앙정이 장단가長短歌를 많이 창작한 것은 물론 그 작품들이 조선 후기에 높은 평가를 받은 자료들의 실체를 가람이 접했기 때문으로 보인다.

ⓖ을 보면 가람은 작품들의 '원문'은 발견하지 못했지만 문집을 통해 한역시를 검토했고『지봉유설芝峯類說』,『순오지旬五志』에서 면앙정의 작품을 칭송하고 있는 부분들을 확인함으로써 면앙정을 '그 연대年代의 한 거장巨匠'으로 평가하고 있다. 특히 ⓖ 부분의 마지막 문장을 보면 송강의 가도歌道는 직·간접적으로 면앙정의 영향을 받았다고 한 것을 보아도 가람은 자신이 파악한 자료들 내에서 송강문학의 계보를 최대한 파악해내려 했음을 알 수 있다. 이처럼 가람이 송강과 관련된 자국어문학 작가들의 계보에 대해 실증적으로 추적하고 장황해 보일 만큼 자세하게 설명하고 있는 현상은『송강가사』의 정전화를 위한 기초 작업으로도 볼 수 있을 것이다. 송강이 문학적 조예가 깊은 전후 시대의 뛰어난 작가들과 직·간접적으로 연계되어 있다는 사실과 관련된 역사적 논증은『송강가사』의 문학사적 가치를 격상케 하는 데 기여할 수 있기 때문이다.

송순을 전후한 문학적 계보에 대해서는 조윤제가 '성산가단'의 개념으로 설명한 이후 면앙정가단과 성산가단을 포괄하는 호남가단의 실체와 특징이 논증[14]된 바 있다. 근래에는 장흥 지역의 고전시가 작가들을 분석하여 16세기 호남 지역의 가사는 이서의 「낙지가」→송순의 「면앙정가」→정철의 「성산별곡」의 계보에 이어 백광홍의 「관서별곡」 →정철의 「관동별곡」으로 이어지는 맥이 있었다는 점도 논증[15]될 만큼 연구가 심화·발전되고 있기도 하다. 이러한 정황을 고려해 보아도 이미 1930년대에 가람이 송순, 김인후, 정철의 문학적 계보를 추론해 낸 것은 비록 부분적이기는 하나 검토 과정 상당히 실증적이고 체계적이었다는 점에서 초기 비평사적 의의가 충분하다고 볼 수 있을 것이다. 이제 다음 장에서는 실제적 작품 분석 과정에서 가람이 주목했던 작품들의 정전적 가치와 그 의미에 대해 살펴보도록 하겠다.

2) 근대적 소통을 위한 작품 분석과 정전적 가치의 재발견

앞서 살펴보았듯이 가람은 작품들의 의미 단락을 구분한 후에 한역과의 비교, 어구의 주해, 대의의 설명, 비평 등과 같은 순서로 『송강가사』소재 주요 작품들을 소개하고 있다. 특히 이 과정에서 가람은 생경한 고어古語들을 근대적 의미로 번역하는 데 많은 노력을 할애하고 있다. 좀더 많은 독자들에게 『송강가사』의 자료적 가치와 문학적 의미를 전파하고자 한 가람의 의식이 확인되는 것이나. 이와 관련하여 「사미인곡」과 「속미인곡」을 소개한 후에 두 작품을 통합적으로 비평하고 있는 다음의 내용에 먼저 주목해 보고자 한다.

---

14 정익섭(1988 : 25~49).
15 김성기(2004 : 14~21).

①【이런 前後曲은 그가 지은 그 여러 장편 가운데 가장 회심의 작이다. 그 남다른 憂時戀君의 끓어오르는 심혈로서 그 漢詩, 漢文보다도 더 좋아하고 더 잘 알고 더 잘하는 우리말, 우리글을 가지고 마음대로 주물러 만들어놓은 것이다. 白玉의 티와 같이 이 노래에도 적이 부족한 곳이 없는 건 아니나 그보다 우수한 여러 가지 점으로 보아 우리 노래의 장편들 가운데 歷代的 최고봉이라 하겠다.】②【이 노래가 그뒤 세상에 성행하여 詩人, 文士로부터 樂人, 妓女에게까지도 흠모와 愛誦을 받았던 것이다. 한두 예를 들면 思美人曲帖(金坩窩 書) 後跋에는 (…중략…) 우리말, 글로 되어 있는 하나의 작품으로서 역대를 거쳐오며 이만큼 파문을 일으킨 것은 없을 것이다. 과연 역사적으로 뚜렷하에 존재하여오던 것이다.】③【지금 우리로서는 이러한 것을 더욱 천명하여야겠다. 이 의미로서 나의 이런 淺解와 妄評도 과히 無用한 일이 아니라고 생각하는 바이다.】

우선 ①을 보면 가람은 「사미인곡」과 「속미인곡」을 '전후곡前後曲'이라 지칭하면서 '여러 장편 가운데 가장 회심의 작', '우리 노래의 장편들 가운데 역대적 최고봉'과 같은 평가를 내리고 있다. 이러한 평가를 내리게 된 배경은 크게 자국어 활용의 우수성, 비평 기록의 역사성으로 정리해 볼 수 있다. ①을 보면 송강이 한시, 한문보다 자국어에 더욱 능했고 '마음대로 주물러 만들어 놓았다'와 같은 표현에 보이듯이 언어적 조탁과 활용의 능력에 뛰어났음이 예찬되고 있기 때문이다. 또한 ②를 보면 가람이 '사미인곡첩思美人曲帖'과 같이 두 작품의 우수성을 입증할 수 있는 사례들을 제시하면서 역사적 파급력과 지속성을 강조하고 있음을 알 수 있다. 시인은 물론 악인樂人과 기녀妓女에 이르기까지 향유의 스펙트럼이 폭넓었고 역대를 거쳐오며 지속적 '파문'을 일으킨 점에 가람은 주목하면서 그 현상이 '역사적으로 뚜렷하게 존재하였다'는 재차 강조하고 있다.

이는 두 작품이 조선 후기에 역사적 정전正典으로 기능해 온 맥락을 근대적 문학의 장으로 가람이 소환했음을 보여주는 논리인 동시에 정전적 가치를 '재발견'하려 한 의식으로 볼 수 있을 것이다. ③의 첫 문장을 보면 가람은 '지금 우리로서는 이러한 것을 더욱 천명하여야겠다'라는 논리를 통해 두 작품의 역사적 가치가 근대적 의미에서 재인식되어야 하는 당위성을 강조하고 있다. 두 작품이 자국어문학의 우수성과 역사성을 실증케 하는 작품들이라는 가람의 비평 의식을 선명하게 확인해 볼 수 있는 것이다. ③의 마지막 문장에서도 확인되듯이 결국 가람이 두 작품에 대한 근대적 해석과 비평의 필요성을 확신할 수 있었던 것은 두 작품의 정전적 가치에 대한 그의 확고한 인식이 있었기 때문임을 알 수 있다. 이러한 가람의 실천적 노력에 대해서는 「관동별곡」에 대한 분석과 비평의 일례를 통해 구체적으로 확인해 보고자 한다.

112_ 天根을 못내 보와　　　　天根去來看未足
　　　望洋亭의 올은 말이　　　快馬行登望洋亭
113_ 바다밧근 하늘이니　　　　海外長天天外何
　　　하늘밧근 므어신고
114_ 곳득 怒き 고래　　　　　脩鯨駭噴波晦暝
　　　뉘라셔 놀래관대
115_ 블거니 씀거니

어즈러이 구는디고

116_ 銀山을 것거 내여　　　欲折銀山下六合

　　　六合의 놀리는듯

117_ 五月 長天의　　　　　五月白雪胡爲乎

　　　白雪은 므스일고

　④'天根'은 동방에 있는 氐星의 별명이되 이는 東天의 밑바닥이라는 뜻. '못
내'는 흡족지 못하여 恨하는 뜻. (…중략…) '五月長天'은 제때가 아닌 하늘.

　⑤ 東天의 밑바닥까지라도 흠뻑 보고자 望洋亭에 오르니 시퍼런 바다가
浩浩茫茫하다. 그리고 그 바다 밖에는 또 玄玄渺渺한 하늘이다. 그 하늘 밖
엔 또 무엇인고. (…중략…) 마치 銀山이 부서져 천지사방에 흩날리는 듯 제
때도 아닌 백설이 펄펄 長空에서 흩날리는 듯.

　⑥ 퍽 壯快하다. 퍽 거덜거렸다. 그 큰 바다의 파도가 굽실거리는 모양이
눈앞에 선연하고 그 소란스러운 소리까지도 귀에 들리는 듯하다. 이런 筆
致를 보고야 과연 雄渾, 豪壯이라는 문장의 뜻을 알리로다. (…중략…)

　⑦ 그 112절 譯의 '快馬行登望洋亭'의 快馬 2자도 명백한 誤譯이다. 그 原詞
'望洋亭의 올은말이'의 말이는 하나의 어조사이다. 이것이 요 別曲에 있어
여러 군데 쓰인 것이다. (…중략…) 제7절의 '鳴少길 나근 물이'의 말馬이와는
전연 그 의미가 다른 대문이다. 제116절의 '六合의'의 의字는 에字에 當하다.

　위의 인용문은 「관동별곡」의 원문과 이택당의 한역을 병렬한 후 그
에 대한 분석과 비평을 진행하고 있는 의미 단락의 한 부분에 해당한
다. ④~⑦은 어구 해석, 대의 설명, 비평, 한역과의 비교의 순서로 진행

되는 비평문의 특징을 구획해 본 것이다. 「사미인곡」, 「속미인곡」뿐만 아니라 「관동별곡」에 대해 가람은 이처럼 단락을 구분하여 원문을 소개한 후 유사한 패턴을 유지하며 비평문을 작성하고 있다.

우선 ④를 보면 가람은 '천근天根', '망양정望洋亭'과 같은 한자어, 고유명칭은 물론 '못내'와 같은 고유어까지 비교적 상세히 설명하고 있어 작품의 의미를 정밀하고 명확하게 파악하려 했음을 알 수 있다. 이어 가람은 이러한 어구들의 의미를 문장 단위로 조합하여 단락의 전체적인 현대역을 ⑤ 부분과 같이 진행하고 있다. 독자들이 작품의 의미를 완전히 이해할 수 있도록 하기 위한 가람의 노력과 배려를 엿볼 수 있다. 나아가 가람은 간혹 자신의 감상문도 첨부하고 있는데 위에 제시된 ⑥ 부분이 대표적인 사례에 해당한다. 가람은 망양정에 올라 바라본 바다를 묘사한 장면에 대해 '장쾌壯快하다', '거덜거렸다'라는 표현으로 감흥을 표출하고 있다. 파도의 굽실거리는 모습은 물론 소란스러운 소리까지도 연상케 하는 문장력과 표현력을 예찬하고 있는 것이다.

실제로 '블거니 쁨거니 어즈러이 구는디고'는 순우리말의 묘미를 잘 살리면서 한시로도 번역 불가한 의미 영역을 표현해낸 문장임을 위의 인용문을 통해서도 확인할 수 있다. 또한 '노怒한 고래', '은산銀山', '백설白雪'과 같은 다채로운 비유들 역시 파도 치는 바다에 대한 감각적 형상화를 가능케 한 수사라고 볼 수 있다. 이처럼 가람은 일찍부터 자국 어문학의 가치에 주목했었기에 「관동별곡」의 이러한 언어적 미감과 효용성을 포착해낸 것으로 보인다.

또한 ⑥의 후반부를 보면 가람은 『송강원집』에 수록된 한시 '망양정望洋亭'과 비교하는 작업까지 진행했음을 알 수 있다. 가람은 「관동별

『송강가사松江歌辭』

곡」을 분석하는 과정에서 유사한 장면이나 소재와 관련된 송강 문집
의 한시 작품들을 일일이 대조하면서 그 언어적 미감의 차이를 발견해
내려 했던 것이다. 이러한 그의 실천적 노력은 조선 후기에 이미 정전
으로 기능해왔던『송강가사』를 '고전문학'의 정전으로서 재발견하여
소개하고자 한 의식을 재차 확인케 하는 사례이기도 하다. 더욱이 ⑦
을 보면 한역 구절의 오류를 지적하면서 그 근거를 '요 별곡에 있어 여
러 군데 쓰인 것이다'로 제시하여「관동별곡」의 언어적 특질을 장악하
고 있는 가람의 능력 또한 확인된다.

　이처럼 가람은『송강가사』의 근대적 소통을 위해 상당히 실증적이고
체계적인 방법으로 작품을 분석하고 소개한 비평가였다고 볼 수 있다.
이 과정에서『송강가사』의 역사적 수용 양상에 주목하여 그 정전적 가

치를 '자국어 노래'의 미감과 효용성을 중심으로 재발견하고자 했던 것이다. 나아가 가람은 「관동별곡」에 대한 분석을 마치면서 「사미인곡」, 「속미인곡」에 비해 상당히 통합적이면서 구체적인 비평론을 첨부하고 있기도 하다.

⑧【그런데 關東別曲은 關東 山水의 유람가로서 그 道程, 山水, 風景, 古事, 風俗 등을 말함은 물론이지마는 그중에 가장 특이한 것은 戀君과 仙語이다. 戀君, 仙語 이 두가지가 처음부터 끝가지 내내 뒤섞여 그 맥락이 이어 있다. 말하자면 제2절에서 제3절, 제9절에서 제11절, 제35절, 제57절, 제89절, 제106절, 제139절에서 제140절, 제148절은 戀君에 해당한 것이고, 제23절에서 제26절, 제79절에서 제82절, 제110절에서 111절, 제128절, 제130절에서 제143절은 仙語에 해당하는 것인데 仙語보다도 戀君이 주로 되어 戀君으로 비롯하여 戀君으로 마쳤으며 戀君에는 진지하다고는 할망정 詔諛는 아니고 仙語에는 황당한 듯은 하나 壯浪, 縱恣하여 李白 詩 그것과 같기도 하다.】⑨【그 용어에 있어서는 간혹 孤臣去國, 玲瓏碧溪, 數聲嗚鳥, 孤舟解纜, 比屋可封과 같은 漢文句語를 쓴 것은 좀 불순한 점이 없지는 않으나 대개 정확하고 온당하며 그 句句이 음악적 음조가 풍부하고 적이 이걸 읽는 이로 하여 이 塵俗을 떠나 별천지에 드는 듯한 황홀한 쾌감을 나게도 하는 것이다.】⑩【이걸 思美人曲, 續美人曲에 비하면 누 美人曲이 沈雄하고 정에 勝한다면 이는 기발하고 氣에 勝하다 할 것이고 安軸(高麗 忠肅王 時人)이 지은 關東別曲도 있으나 그건 翰林別曲體를 襲用하여 漢文句語를 나열한 것이라, 이는 그와도 전연 다르고 또는 종래의 그많은 遊覽歌와 같이 恒茶飯形式化한 것이 아니고 한 독창적 서정적 장편의 詩로서 가장 그 대

표적 巨作이라고 하겠다.】

위의 ⑧은 가람이 '연군戀君'과 '선어仙語'라는 두 핵심어를 통해 「관동별곡」의 특징적 면모를 설명하고 있는 부분이다. 「관동별곡」은 산수유람가遊覽歌이지만 주로 연군의 정서와 선어仙語가 교직을 이루고 있는 양상에 주목하여 관련 구절들을 구체적으로 분류하여 제시하고 있는 것이다. 연군의 정서는 진지하지만 도유諛諛로 볼 수 없고, 선어仙語는 황당한 듯하나 호방함이 이백의 시詩와 견줄만 하다는 가람의 이러한 평가는 「관동별곡」을 관류하는 주요 정서와 어휘 특질에 대한 최초의 비평이라고 볼 수 있다.

작품에 대한 이러한 내재적 분석이 심화되면서 확장된 독자 효용론적 관점의 비평도 ⑨에서 발견된다. ⑨를 보면 '고신거국孤臣去國', '영롱벽계玲瓏碧溪'와 같은 한문 어구들이 사용된 점에 대해 가람은 다소 '불순不純'하는 평을 내리기도 하지만 구절의 적확한 배치와 음악적 음조의 풍부함에 대해서는 예찬하고 있다. 나아가 그로 인해 독자가 '진속塵俗을 떠나 별천지에 드는 듯한 황홀한 쾌감을 나게 한다'는 가람의 평은 작품의 문학적 효용성을 포착한 논리로 볼 수 있을 것이다. 이러한 시각은 또한 가창의 방식으로 향유하지 않더라도 『송강가사』 어구語句들의 음악적 특질이 풍부하기 때문에 독서물 형태의 정전으로 전환될 수 있다고 생각한 가람의 의식을 보여주는 논리이기도 하다. '읽는 이'라는 표현이 사용된 점을 보아도 그동안 가창의 현장에서 향유되었던 가사였지만 근대 문학의 시야에서는 독서물 형태로 소환된 고전문학으로 소개하려 했음을 확인할 수 있는 것이다.

마지막으로 ⑩ 부분을 보면 가람이 「사미인곡」, 「속미인곡」과 함께 「관동별곡」을 종합적으로 분석하면서 두 미인곡에 대해서는 '정情', 「관동별곡」은 '기氣'의 관념이 우세하다고 평가하고 있다. 이러한 비교는 ⑨에 제시되었듯이 「관동별곡」에는 초월적 세계로의 상상을 가능케 하는 수사와 장면들이 있기 때문에 추론된 것으로 보인다. 앞서 가람은 두 미인곡에 대해 자국어 활용의 우수성, 역사적 파급력을 중심으로 예찬한 바 있다. 그런데 「관동별곡」에 대해서는 '독창적 서정적 장편의 시詩로서 가장 그 대표적 거작巨作'이라는 평가를 내리고 있는 것이다. 한문 사용이 주를 이루는 안축의 「관동별곡」과 차별됨은 물론 종래의 많은 '유람가遊覽歌'들의 형식을 답습하지도 않았기 때문에 '독창적'이며 '서정적'인 시라고 예찬하고 있는 것이다.

이처럼 『송강가사』에 대한 가람의 본격적 비평론을 살펴보면 근래의 비평문들과 비교해도 큰 손색이 없을 정도로 정밀하고 유의미한 성과를 도출해내었음을 알 수 있다. 가람의 이러한 노력이 이후 『송강가사』에 대한 학계의 연구와 어떠한 영향관계가 있었는지에 대해서는 앞으로 논의가 심화되어야 할 것으로 보인다.

4. 결론

본고는 1930년대에 『진단학보』에 3회에 걸쳐 발표된 논문인 「『송강가사』의 연구」를 검토하여 가람이 『송강가사』를 고전문학의 정전으로 간주하여 비평한 양상과 그 실천적 의미를 고찰해 보았다. 우리말의 아름다운 언어미를 통해 서정적 감동을 준다는 점에서 고전시가의 '꽃'으로 평가되기도 한[16]『송강가사』에 대한 최초의 근대적 비평이라 볼 수 있는 가람의 연구는 국학파로서 광범위하고 실증적인 방식으로 고전 작품들을 주해하고 소개해 나갔던 일련의 노력들과 궤를 같이 하고 있다. 특히 20세기 초 가사문학의 향방이나 연구 경향에 대한 학계의 관심이 미진한 상황에서『송강가사』를 종합적으로 고찰한 가람의 성과는 재조명될 필요가 있을 것이다.

우선 가람은 여러 이본들 중 당시 확인이 가능했던 성주본을 기본 텍스트로 삼되 관련된 여러 자료들을 다양하게 검토하여 오류를 수정·보완하였다. 오탈자 교정은 물론 결구缺句를 보완하고 고어의 의미까지 정확하게 해석하려 함으로써 완성도 있는 선본善本을 확립하려 했던 것이다. 또한 보다 종합적이고 구체적인 방식으로 자신의 비평도 첨가하여 조선 후기 비평문들과 차별을 두고자 하였다.

나아가 가람은 가사 작품들을 상세하게 주해함으로써 명확한 의미를 독자들에게 전달하고자 하고 있다. 자국어 노래의 미감과 효용성을 중심으로『송강가사』의 가치를 재발견하여 강조하고자 했던 가람은 주해 과정에서 의미 단락을 구분하는 시도하는 등 근대적 문학의 장에서도 소통될 수 있는 텍스트로의 정전화를 모색했던 것이다. 또한 송강에 대한 상세한 작가론은 물론 송순, 김인후 등 관련성이 있는 고전시가 작가들의 계보까지 추론해냄으로써『송강가사』에 대한 이해의 편폭을 넓히고 있기도 하다. 특히 가람은 송강의 시조 작품들보다 장

---

16 장정수(2005).

편 가사들이 보다 뛰어난 문학성을 보인다고 평가였으며 『송강가사』를 예찬한 조선 후기 자료들을 제시함으로써 독보적 역사성과 문학사적 가치를 강조하기도 했다.

「관동별곡」에 대한 비평을 통해서는 가람이 그동안 가창의 현장에서 향유되었던 가사를 독서물 형태의 고전문학으로서 소개하려 한 의식도 확인해 볼 수 있었다. 이처럼 1930년대에 『송강가사』를 소개하고 역사적 정전正典으로서의 가치를 포착하여 근대 문학의 장에서도 고전문학의 정전으로 재조명될 수 있도록 한 가람의 선구적 혜안은 앞으로의 연구사에서도 반드시 고려되어야 할 것으로 보인다.

지금까지 살펴보았듯이 본고는 가람이 고전 비평가로서 『송강가사』를 분석한 연구 논문을 중점적으로 검토해 본 것이다. 그러다 보니 가람의 시각이나 성과가 20세기 초 다른 고전문학 장르의 연구나 여타 국학자들의 시각과 변별되는 점들을 고찰하는 방향으로까지 논의가 확장되지는 못하였다. 특히 특정 작품이 정전의 지위를 확보하기까지에는 텍스트 외부의 국가권력이나 출판사항, 학계의 판단, 독자의 반응 등 여러 요소들이 개입하기 마련이다. 그러므로 1930년대 당시 고전 부흥 및 조선학 운동과의 연관성, 송강의 텍스트를 둘러싼 당대 학계의 전후 연구사적 평가 등이 포괄적으로 고려될 필요가 있다.

그리고 20세기 초에도 가사문학은 지속적으로 창작 · 향유되었지만 한편으로는 '고전문학'으로서 소환되어 연구되는 등 시조 영역만큼이나 이 시기 가사의 정전화 문제에 대해서도 학계의 관심이 지속되어야 할 것으로 보인다. 나아가 1930년대 이후 『송강가사』의 연구에서 가람의 연구가 미친 영향에 대해서도 고찰해 보아야 그 선구적 가치가 더욱 빛을 발할 수 있을 것으로 보인다. 그리고 앞서 언급했듯이 가람의 논문 중 시조 해석과 비평의 영역에 대해서도 다루지 못한 한계를 보이고 있기도 하다. 이러한 미진한 여러 부분들에 대해서는 앞으로의 연구를 통해 보완해 나가도록 하겠다.

참고문헌

1. 자료
이병기, 「松江歌辭의 研究(其一~三)」, 『진단학보』 14, 진단학회, 1936~1937.

2. 논저
고정희, 『고전시가와 문체의 시학 : 윤선도와 정철의 경우』, 월인, 2004.

김성기, 「백광홍의 관서별곡과 기행가사」, 『고시가연구』 14, 한국고시가문학회, 2004.

신경림·이은봉·조규익 편, 『송강문학의 연구』, 국학자료원, 1993.

이민희, 「서지학자로서 가람 이병기 연구 : 『가람일기』에 나타난 고서 수집 및 거래를 중심으로」, 『한국학연구』 37, 고려대 한국학연구소, 2011.

이형대, 「가람 이병기와 국학」, 『민족문학사연구』 10, 민족문학사학회, 1997.

임기중, 『한국가사학사』, 이회, 2003.

장정수, 「국문시가의 꽃 : 『송강가사松江歌辭』」, 『선비문화』 8, 남명학회, 2005.

정익섭, 「16世紀 湖南歌壇 研究」, 『시조학논총』 3·4, 한국시조학회, 1988.

정재호·장정수, 『송강가사』, 신구문화사, 2006.

최규수, 『송강 정철 시가의 수용사적 탐색』, 월인, 2002.

최승범 외, 『가람 이병기의 국문학 연구와 시조문학』, 한국어문교육연구회, 2001.

최원식, 「고전비평의 탄생 : 가람 이병기의 문학사적·지성사적 위치」, 『민족문학사연구』 49, 민족문학사학회, 2012.

고전소설의 근대적 재인식과 정전화 과정*

1920~30년대를 중심으로

강상순

1. 들어가며

'정전(正典, canon)'은 원래 측정의 도구로 사용된 '갈대'나 '장대'를 의미하는 고대 그리스어 'kanōn'에서 유래된 말로, 라틴어에서는 '표준·척도·모델' 등의 의미를 지니고 있었으며 특히 크리스트교에서는 '성령의 감동을 받아 쓰인 경전'이나 '교회법'을 지칭하는 어휘로 사용되었다. 이처럼 가치의 척도나 행위의 기준이 되는 텍스트 혹은 그것에 근거한 규범을 뜻했던 정전이라는 용어는 이후 문화 영역 전반으로 그 쓰임이 확장되었으니, 이 글에서 논의하는 문학 정전literature canon도 그러한 용법 중 하나이다.

---

* 이 글은 「고전소설의 근대적 재인식과 정전화 과정 : 1920~30년대를 중심으로」(『민족문화연구』 55호, 고려대 민족문화연구원, 2011)를 수정·보완하여 재수록한 것이다.

그런데 문학 영역에서 정전이라는 용어가 사용될 때 이 말은 일반적으로 '오랫동안 많은 사람에게 널리 읽히고 모범이 될 만한 문학 작품'의 뜻으로 쓰이는 '고전(古典, classic)'이라는 용어와 의미역意味域에 있어 중첩되는 부분이 많다. 이 두 개념은 지시하는 대상이 동일한 경우가 많고 그래서 곧잘 혼동 / 혼용되기도 한다. 그렇다면 고전과 정전은 어떤 개념상의 차이를 지니고 있는가. 필자가 보기에 이 두 개념의 차이는 고전이 사적이고 개별적이며 통시적인 범주에 가깝다면 정전은 공적이고 총체적이며 공시적인 범주에 가깝다는 데 있는 것 같다. 비록 실제로는 계속 유동하고 있을지라도, 정전이라는 용어는 그 자체로 어떤 특정한 시점에 총체적으로 완결된 하나의 공인된 텍스트들의 목록이 존재한다는 믿음을 불러일으킨다. 그것은 정전이라는 개념을 지지하고 있는 다음과 같은 측면들 때문에 발생하는 효과라고 할 수 있다. 텍스트를 선별選別 / 성별聖別하고 그것에 대한 정통적 해석을 부여하는 상징권력의 주체, 그리고 학교 교육이나 교과서, 언론, 출판 등을 통해 정전의 가치를 재생산하는 이데올로기적 국가장치와 그 프로그램들. 고전이라는 개념보다 정전이라는 개념이 더 빈번히 인문학적 논쟁의 대상이 되었던 것은 이런 측면들 때문이라고 할 수 있을 것이다.

　이처럼 정전은 권력과 제도에 의한 선별과 재생산을 통해서만 성립·유지될 수 있는 것이기에 일반적으로 그 사회의 지배 이데올로기를 규범적이고 보편적인 가치로 확산시키고 내면화시키는 데 기여할 수밖에 없다. 특히 근대 이후 정전은 국민국가의 건설이나 제국주의의 확장 과정에서 국민적 정체성을 형성하고 식민 지배를 정당화하는 데 중요한 역할을 수행했다.[1] 마르크스주의적 혹은 탈식민주의적 문화연구에서 정전이 계급 갈등을 은폐하고 젠더나 하위집단의 정체성을 부정하며 식민 지배를 합리화하는 도구로써 비판적으로 논의되었던 것은 이와 같은 맥락에서였다고 할 수 있다.[2]

하지만 그렇다고 정전이 오로지 지배계급과 제국주의의 지배 수단으로만 기능하는 것이라고 단정할 수는 없을 것이다. 식민화되었거나 식민화의 위기에 놓인 약소민족이나 하위집단이 특정한 텍스트들을 자신들의 정전으로 내세움으로써 지배계급이나 제국주의의 문화적 지배에 저항하는 경우도 상정해볼 수 있기 때문이다.[3] 특히 19세기 말~20세기 전반에 활발하게 이루어진 한국문학의 근대적 정전 형성 과정은 대체로 이 경우에 해당한다. 즉 이 시기 새롭게 선별된 근대적 정전은 식민지하에서 소멸의 위기에 처한 민족적 정체성을 유지하고 장래에 독립된 국민국가를 건설하는 데 기여할 만한 가치 있는 작품들이

---

1 19세기 유럽에서 대두한 문화 내셔널리즘은 '국민문학'이라는 이름으로 자국-자민족을 대표하는 정전을 선별하고 그것을 통해 국민적 정체성을 형성하려는 기획을 낳았다. 그런데 이러한 자국 / 자민족 우월주의는 곧 식민 지배를 합리화하는 논리로 전용되었으니, 예컨대 영문학이 영국에서 제도화되기 이전에 이미 영문학을 가르친 곳은 식민지 인도였다. 1835년 영국교육법에 의해 인도인은 영어를 배우고 영문학을 배우는 것이 공식적으로 의무화된 것이다. 문명화라는 미명 아래 수행된 식민화에서 핵심 수단으로 이용된 것이 문학 정전이었던 셈이다. 인도의 사례에 대해서는 이연숙(2010 : 24~25) 참조.
2 레이몬드 윌리엄즈가 이끌었던 영국 버밍엄학파의 문화연구나 다문화주의 교육을 둘러싸고 촉발된 미국의 정전 논쟁canon debate은 이와 같은 맥락에서 정전을 문제 삼았다.
3 하루오 시라네는 18세기 이후 일본의 국학자들에 의해 시도된 기존 정전체계의 전복과 민족주의적 전통의 형성을 중국의 문화적 식민지의 지위에서 일본을 해방시키려 한 탈식민화 운동으로 평가하면서, 이처럼 정전 형성이란 정치적 지배의 수단일 뿐 아니라 저항의 수단이며 민족적·국가적·젠더적 정체성을 확립하는 수단이기도 하다고 역설했다.(하루오 시라네·스즈키 도미 2002 : 39~40) 그런데, 하루오는 미처 언급하고 있지 않지만, 국학 운동을 통해 정전 반열에 오른 텍스트들은 이후 한국과 류큐 등의 식민화를 합리화하는 도구로도 이용되었다. "정전 형성은 지배와 해방의 양 극단 모두의 수단"(하루오 시라네·스즈키 도미 2002 : 41)이라는 하루오의 견해에 이만큼 적절히 부합되는 사례를 찾기는 쉽지 않을 것이다.

라고 여겨졌던 것들이다.

물론 식민지하에서 한국문학의 새로운 정전 체계를 구축하고자 했던 주체들로서는 정전을 공인하고 재생산하는 데 핵심적인 역할을 하는 이데올로기적 국가장치를 장악할 수 없었다. 국가라는 심급에서의 보증이 없으면 정전의 안정성은 유지되기 어렵다. 그런 점에서 보면 식민지 지식인들에 의해 선별·구축되기 시작한 한국문학의 근대적 정전이란 차라리 정전이라기보다 '대항정전'이라고 불러야 할 만한 것인지도 모르겠다. 하지만 비록 이데올로기적 국가장치를 장악하지는 못했지만, 식민지하 지식인들은 사학私學이나 신문, 출판, 대중강연 등을 통해 나름의 공공영역을 창출했으며 이를 통해 사회적 합의를 도모할 수 있었다.[4] 그러므로 우리는 정전을 반드시 지배계급이나 제국주의 통치자들만이 전유할 수 있는 것으로 한정지을 필요는 없을 것이다. 피지배계급이나 피지배민족도 그 나름의 상징권력과 공공영역을 창출할 수 있으며, 그러한 것이 존재하는 곳에서는 어디나 그 나름의 정전이 형성될 수 있기 때문이다. 특히 누구보다 빨리 근대문명을 받아들이고 높은 문화적 자산을 가지고 있다는 자부심을 지니고 있었지만 제국의 이등국민으로서 어쩔 수 없이 차별적인 처우를 받아야만 했던 식민지의 문화 엘리트층에게는 나름의 독자적인 공공영역 창출을 통한 상징권력의 획득에 대한 욕구가 더욱 컸다고 할 수 있다.

이 글에서 검토하고자 하는 고전소설은 이처럼 한국문학의 근대적

---

4 천정환에 따르면 식민지하 정전 형성 과정에서 이데올로기적 국가장치의 역할을 한 것은 문단과 대학이었다. 그리고 1930년대 활발하게 이루어진 정전 구성 작업에서 최소한의 합의기준으로 받아들여진 것은 '문화민족주의'였다. (천정환 2003 : 430~431)

정전 체계 혹은 목록이 구축되는 과정에서 정전으로 소환된 것이다. 근대 이전에 소설은 심심풀이 혹은 여기餘技로 폄하되거나 독자들의 도덕성에 해를 끼치는 불온한 것으로 여겨져 그 문화적 가치가 부정되었다. — 물론 주로 지배층 남성이 제기한 소설 부정론은 역설적으로 소설의 인기를 말해주는 것이다. — 조선의 사대부들 중 다수는 소설을 즐겨 읽었으며, 일부 소설들은 전반적인 소설 부정론 속에서도 긍정적으로 평가받았다. 19세기 말~20세기 초 소설 장르가 갑자기 문학의 총아로 부상된 후에도 고전소설은 여전히 독자들의 정신을 부패시키는 저급한 통속물이나 봉건적 잔재로 배척받았다. 하지만 그러한 부정과 배척 속에서도 일부 작품들은 여전히 독자들에게 큰 인기를 끌었으며 점차 그 문학적·민족적 가치를 인정받기에 이른다. 이 글의 목적은 바로 이처럼 고전소설이 근대 이후 점차 그 가치를 인정받으며 학문적 연구의 대상으로, 민족문화의 소중한 유산으로 재평가되는 과정, 즉 고전소설의 정전화 과정을 간략히 검토해 보는 데 있다.

그런데 이에 대한 본격적인 논의에 앞서 지적해두고 싶은 부분이 있다. 우선, 앞서도 언급한 바 있듯이, 식민지의 문화 엘리트들에 의해 구축되기 시작한 한국문학의 정전 체계 혹은 정전 목록은 매우 허약하고 유동적인 지반 위에 서 있었다는 것이다. 식민지의 문화 엘리트들은 이데올로기적 국가장치를 장악하지 못하고 있었을 뿐 아니라 좌우·세대 간의 대립을 겪고 있었기에, 한국문학의 정전성에 대한 폭넓은 토론과 합의는 충분히 이루어지지 않았다. 특히 근대소설과 연속보다는 대체의 관계에 있었다[5]고 여겨졌던 고전소설의 정전성에 대해서는 더욱 그러하였다. 물론 이 시기 구축된 한국문학의 정전 체계는 대체로 오늘날까지도 그 유효성을 잃고 있지 않지만, 당시 그에 대한 합의의 수준은 그리 높지 않았다고 판단된다.

다음으로 해방 후 비록 분단된 상태에서나마 국민국가가 수립되고 이데올로기적 국가장치들이 민족적 부르주아지에 의해 장악되었음에도 불구하고 정전에 대한 논의는 여전히 활발하게 일어나지 않았다는 것이다. 교과서에 특정한 문학 작품을 수록하거나 문학 선집을 출판하는 것은 소수의 학자, 문인, 비평가의 몫이었지 공적 토론과 사회적 합의의 대상이 아니었다. 그런 점에서 한국문학에서는 "서양문학에서의 정전에 해당하는 작품이나 작가 목록이 만들어진 적이 없다"[6]는 지적도 충분히 제기될 법하다. 물론 한국문학 교육이나 연구에서 정전의 역할을 담당했던 목록이 전혀 없었다고 할 수는 없다. 무엇보다 초·중등학교의 국어교과서와 문학교과서가 그런 역할을 수행했고,[7] 대학의 고전강독·문학사 강좌와 강의교재용 저작들, 고전 / 명작 선집 등도 그러한 역할을 수행했다. 하지만 정전 선별의 기준이나 정전의 가치 등에 대한 공적 토론은 부족하였고, 선별 기준은 다분히 관행적이었다. 그러므로 어떤 점에서 한국문학에서 정전 개념은 아직도 낯선 것이다.[8]

그렇다고 해서 필자가 정전이라는 개념이 한국문학에서 유효하지

---

5 권보드래(2000 : 115).
6 윤여탁(2008 : 140).
7 위의 글.
8 미국의 정전 논쟁이 소개되기 전에 한국문학에서 정전을 둘러싼 논의는 거의 일어나지 않았다. 미국의 영문학 교육에서 정전이 문제시되었던 것은 무엇보다 인종적·성적 차별의 문제라고 할 터인데, 이 가운데 전자의 문제는 지금까지 한국문학 교육에서 거의 문제화되지 못하였다. 현재도 한국에서 정전에 관한 연구의 다수는 교과서의 편수나 교육 지침을 검토하는 국어 / 문학 교육학계에서 이루어지고 있는 실정이다.

않다고 말하고 싶은 것은 아니다. 지체된 근대화를 촉진하기 위해, 차별과 동화라는 식민정책의 양면성에 저항하고 민족적 전통과 정체성을 발견·보존하기 위해, 반공주의와 민족주의를 토대로 한 국민국가를 건설하기 위해 특정한 문학 작품들은 선별되었고 문학사라는 계보 속에 도드라지게 기록되었으며 고전/명작 선집이라는 이름의 목록 속에 등재되었고 교육과 출판을 통해 확대·재생산되었다. 이와 같은 일련의 과정을 포착하고 설명하는 데 정전 혹은 정전화와 같은 개념은 꽤 효용이 있다.

이 글은 이와 같은 정전화라는 개념을 통해 고전소설의 근대적 수용과 재평가 과정을 검토하는 데 그 목적을 둔다. 특히 고전소설 부정론이 비등했던 1900~10년대를 지나 고전소설이 한국문학의 가치 있는 자산이라는 인식이 점차 확산되어가던 1920~30년대의 고전소설 수용과 재평가 과정을 주목해보고자 한다. 물론, 엄격한 의미로 사용할 경우, 고전소설의 근대적 정전화란 근대적 국민국가가 수립되고 학교와 같은 이데올로기적 국가장치를 통해 특정한 작품들이 반복적으로 선별·교육되기 시작한 이후에야 비로소 성립 가능한 개념이라고 볼 수도 있을 것이다.[9] 하지만 앞서도 논했듯이 필자는 나름의 공공영역과 상징권력의 주체가 존재하는 곳에서는 그 나름의 정전이 형성될 수 있다고 보는 입장에 선다. 특히 서구의 근대 문명에서 강한 충격을 받으면서 중세적

---

9   예컨대 김종철은 『춘향전』의 정전화 과정을 검토하면서 이 작품이 '고전'으로서의 가치를 인정받은 것은 근대에 들어서면서부터이지만 '정전'의 지위를 획득한 것은 해방 이후의 국어교육에서라고 언급한 바 있다.(김종철 2005 : 153) 이는 '고전'으로 인정받은 작품들 가운데 국가와 이데올로기적 국가장치에 의해 선별되어 공교육의 대상이 된 것만을 '정전'이라고 보는 입장에 기반을 두고 있다. 필자의 생각은 이와 조금 다르다.

정전 체계를 전복·해체하고 근대적 정전 체계를 수립하고자 기획했던 애국계몽기와 식민지기 문화 엘리트들의 문학적 담론투쟁을 정전화의 이전 단계로 치부하여 정전 논의에서 배제할 이유는 없다고 생각한다. 정전화란 가치 있는 문학적 유산을 선별하고 목록화하며 그 역사적 가치와 의미를 해명하고자 하는 활동에 다름 아니기 때문이다.

2. 근대 이전 정전 체계 속에서 소설의 위상

근대 이전에도 정전은 있었다. 아니 오히려 근대에 비해 훨씬 그 범주는 확고했으며 권위도 높았다고 할 수 있다. 조선의 경우를 보면 유교 경전이 그 중심에 놓이고 권위 있는 역사서와 양식화된 한문학漢文學 작품들이 이를 동심원처럼 둘러싸고 있는 중세적 정전 체계가 확고하게 정립되어 있었다. 그리고 이는 성균관이나 서원 같은 교육제도, 과거科擧와 같은 엘리트 선발 과정에까지 철저히 관철되어 매우 안정적으로 재생산되었다. 물론 때로 그 목록의 구체적인 항목이나 올바른 해석 등을 두고 논쟁이 벌어지기는 했으나, 정전 자체의 가치와 필요성은 조금도 의심되지 않았고 장르의 위계는 큰 변화 없이 유지되었다.[10]

'소설小說'은 이와 같은 동아시아의 중세적 정전 체계에서 배제된 잡다한 비정형의 서사적 산문들을 쓸어 담는, 명확히 정의하기 어렵고

---

[10] 유교 경전이나 역사서에 비해 문학 정전의 구체적인 목록은 상대적으로 유동적이었다. 시대적 유행이나 사조, 개성에 따라 정전으로 꼽는 작품들의 목록이 조금씩 다를 수 있었던 것이다. 그리고 서거정의 『동문선東文選』에서 보듯 자국의 문학 전통 가운데서 작품을 선별하여 정전화할 수도 있었다.

그 범위도 모호한 어휘였다. 처음에는 '하찮은 철학 담론(장자莊子)'이나 '민간에 떠도는 이야기를 모은 저급한 역사(반고班固)' 정도를 지칭하였던 소설이라는 어휘는 점차 그 의미가 확장되어 '이야기를 지닌 비정형의 산문들' 일반을 총칭하는 용어[11]로 사용되기도 했다. 그 가운데 오늘날의 소설 개념 — 작가의 상상력이 가미된 허구적 서사체 — 에 부합하는 작품들은 근대 이전에 소설小說 · 전기傳奇 · 패설稗說 · 연의演義 등 다양한 명칭으로 불렸는데, 근대에 들어서자 소설이라는 어휘가 이를 대표하는 용어로 확립되었다.[12] 이 글에서 검토하는 고전소설은 이처럼 근대에 이르러 하나의 장르로 확립되면서 그 계보가 짜인 소급적 구성물이면서, 동시에 동아시아문학사에서 오랜 전통을 지니고 전변을 거듭해온 역사적 장르의 명칭이기도 하다.

그런데 한국 고전소설은 근대 이전의 정전 체계와 문화 장르들의 배치 구도 속에서 대체로 비주류 문화 혹은 통속문화의 영역에 속했다고 할 수 있다. 문언체 한문으로 창작된 전기소설傳奇小說 같은 한문소설이 주로 엘리트층이 향유한 비주류 문화에 속했다면, 한글로 창작 혹은 번역되어 유통된 한글소설은 대체로 상층의 여성이나 중하층의 독자들을

---

11 조선 전기의 문인 어숙권魚叔權은 「패관잡기稗官雜記」에서 다음과 같은 부류들을 소설로 지칭한 바 있다. 「파한집破閑集」, 「역옹패설櫟翁稗說」, 「동인시화東人詩話」 같은 시화류詩話類, 「태평한화골계전太平閑話滑稽傳」, 「촌담해이村談解頤」 같은 소화류笑話類, 「용재총화慵齋叢話」, 「추강냉화秋江冷話」 같은 필기류筆記類, 「육신전六臣傳」 같은 전류傳類, 『금오신화金鰲新話』 같은 전기류傳奇類 등. 이 잡다한 부류의 산문들을 관통하는 하나의 공통점을 찾자면 그 속에 모두 이야기를 담고 있다는 점일 것이다.

12 동아시아에서 소설이라는 용어가 경쟁하던 다른 용어들을 제치고 최종적 승리를 거두게 된 데는 쓰보우치 쇼요坪內逍遙의 『소설신수小說神髓』(1886)의 영향이 컸다. 근대 이전 일본에서는 중국에서 수입된 '독본讀本'을 '소설小說'이라고 일컬었는데, 쓰보우치 쇼요는 이 소설이라는 용어를 'novel'의 역어로 확립하고 그 핵심을 인정세태의 묘사라고 보는 관념을 확산시키는 데 결정적으로 기여했다.

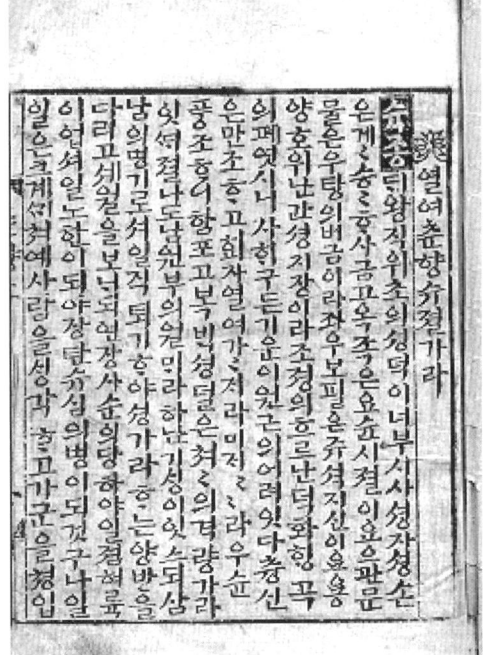
완판본完板本「열여춘향슈절가」

겨냥한 통속문화에 속했다. 여기서 비주류 문화란 정전 체계에는 들지 못하지만 상층문화의 일부로서 향유되며 일부 엘리트층의 탈脫 / 반反사회적 욕구를 충족시켜주던 한문소설의 문화적 위상을 지시한다. 이에 비해 통속문화란 특정한 계층의 전유물을 넘어 여러 계층의 독서물로 확산되고 결국 상품화에까지 이른 한글소설의 문화적 위상을 지시한다. 물론 양자 간의 경계는 그리 엄격하지 않았다. 한문소설이 한글소설로, 한글소설이 한문소설로 번역되는 경우도 종종 있었을 뿐 아니라, 조선 후기로 갈수록 양자가 서로 영향을 주고받으며 수렴되는 경향이 나타났던 것이다.[13]

한국 고전소설은 17세기 후반을 분수령으로 그 통속문화로서의 성격이 두드러지게 강화되는데, 특히 18~19세기에 이르면 고선소설은 사

---

[13] 문화 엘리트층이 주로 향유한 한문소설에서도 통속소설의 흥미 요소를 더하여 대중성을 갖추려는 시도가 나타났으니, 19세기 전반 창작된 「옥루몽玉樓夢」 같은 장편 한문소설을 그 대표적인 사례로 들 수 있다. 이에 반해 『춘향전』 같은 작품은 민속문화에서 발생하여 통속문화로 발전하면서 상층 문화의 수사와 표현을 끌어들여 세련됨을 더한 대표적인 사례라고 할 수 있다.

장 인기 있는 통속문화popular culture의 한 장르로 자리 잡는다. 소설을 낭독하는 직업적 이야기꾼이나 소설을 대여하는 세책가貰冊家가 등장하고 소설의 상업적 출판이 이루어지기 시작한 것은 18세기부터였으며, 19세기에는 그것이 더 확대되고 다른 문화 장르와의 교섭도 활발하게 이루어졌다. 그 대표적인 사례가 판소리와의 교섭일 것이다. 원래 민속문화folk culture로부터 발생한 판소리는 19세기에는 이미 소설 못지않은 인기를 누린 통속문화의 한 장르가 되었다. 판소리는 그 자체로 대중적인 인기를 확대해가면서 근대 초 창극唱劇으로까지 이어졌는데, 그 사설辭說은 소설 형태로 정착되어 활발하게 출판되었다. 그리하여 『춘향전』을 비롯한 판소리계 소설들은 방각본 출판뿐 아니라 활자본 출판에서도 가장 인기 있는 고전소설 레퍼토리 가운데 하나가 되었다.

이상이 근대 이전의 정전 체계와 문화 장르들의 배치 구도 속에서 한국 고전소설이 차지하고 있던 위상과 그 변동을 거칠게 개괄해본 것이다. 요약하자면 소설은 근대 이전 정전 체계로부터 배제되어 비주류 문화 혹은 통속문화로서 존재했으며 조선 후기로 갈수록 이 가운데 후자의 성격이 더욱 강화되어갔다고 할 수 있겠다.

3. 1900~10년대 소설 장르의 재발견과 고전소설 부정론

그런데 19세기 말~20세기 초 서양과 일본을 통해 근대문명의 힘을 경험하면서 조선도 하루바삐 근대적 국민국가로 전환해야 한다는 믿음이 계몽적인 지식인들을 사로잡았을 때, 소설의 가치는 갑자기 새롭게 '재발견'되었고 그에 따라 그 위상도 갑자기 높아졌다. 즉 소설은 이제 기존의 중세적 정전을 대체하는 근대의 정전으로 떠받들어지면서 봉건적 신민을 계몽하여 근대적 국민으로 만드는 막중한 책임을 부여받기에 이른 것이다.

근대 초 한국의 계몽적 지식인들은 서양의 힘이 단지 무력이나 과학 기술에서만 비롯되는 것이 아니라 정치에서도 비롯된다고 인식했다. 그리고 정치혁명을 이끌어내는 힘은 국민에게서 나오며 그 국민을 일깨우고 교도하는 최고의 도구는 문화, 특히 그 가운데서도 문학이라고 보았다. 이와 같은 인식을 바탕으로 국민적 정체성을 일깨우고 계도하는 사명을 부여받은 대표적인 문학 장르가 바로 시와 소설이었다.[14] 그중에서도 소설은 더욱 큰 기대를 받았는데, 그것은 소설에 대해 널리 퍼져 있었던 다음과 같은 인식 혹은 믿음 때문이었다고 여겨진다.

우선 소설은 근대적 국민국가를 건설하는 데 필수 요건으로 여겨졌던 자국어 글쓰기를 앞서 실현하고 있을 뿐 아니라 이를 바탕으로 여성과 중하층의 독자들에게까지 파고든 가장 대중적인 문화 장르로 인식되었다. 소설은 지식인들만이 아니라 우부우부愚夫愚婦, 아동주졸兒童走卒, 인민, 무식한 노동자들 — 이들은 소설처럼 근대 초에 '국민'으

---

14 그런데 이 가운데서도 상대적으로 소설이 근대적인 시민의식을 담아내는 장르로 주목받은 데 비해, 시는 자국어를 통해 자민족의 정수精髓를 담아내는 장르로 더 주목을 받았다. 이러한 인식은 고전시가古典詩歌를 통해 민족성의 원형이나 국민적 정체성의 뿌리를 찾으려는 시도를 낳았으니, 다이쇼 초기 일본의 국민문학운동이 『만요슈萬葉集』 등을 통해 일본적 정신의 원형을 재발견하고자 한 것처럼 20세기 초 한국의 문화민족주의자들은 향가나 시조 같은 자국어로 된 시에서 민족성의 원형을 재발견하고자 했다. 『만요슈萬葉集』의 정전화에 대해서는 하루오 시라네・스즈키 도미(2002), 「국민시가집으로서의 『만요슈萬葉集』」 참조. 시조의 정전화 과정에 대해서는 이형대(2008) 참조.

로 새롭게 재발견된 존재들이었다 — 도 즐겨 읽고 들었다. 근대 초 지식인들은 이처럼 여러 계층의 독자들에게 쉽게 다가갈 수 있는 소설을 자국어 글쓰기의 모범이자 계몽의 통로로써 주목하고 이를 적극 활용하고자 했다.[15]

다음으로 소설은 인정세태의 사실적 묘사를 통해 독자들로 하여금 봉건적 인습의 폐해를 깨닫게 하고 국민으로서 갖춰야 할 정치의식이나 윤리의식, 감성을 함양케 하는 가장 근대적이고 진보된 문학 장르로 인식되었다.[16] 즉 계몽적 지식인들의 눈에 소설은 한 국가의 인심·풍속·정치·사상의 실상을 있는 그대로 드러내 주는 거울이자 동시에 그 국민을 계몽하고 의식을 고양시키는 국민적 교과서처럼 여겨졌던 것이다.[17] "소설은 국민의 나침판"[18]이라는 저 유명한 신채호의 주장은 이와 같은 인식 위에서 나온 것이다.

이처럼 소설은 무지한 대중에게조차 통할 수 있는 가장 대중적인 문학 장르이자, 그 대중을 계몽시켜 근대적 국민 혹은 시민으로 정체화시

---

15 권보드래(2000 : 118~121).

16 이러한 인식의 뿌리를 거슬러 올라가면 19세기 유럽의 리얼리즘적 문학론이나 사회진화론에까지 가닿지만, 그 가까운 원천은 19세기 말 일본에서 형성된 근대적 소설 관념에서 찾을 수 있다. 후쿠치 오치福地櫻痴의 「일본문학의 부진을 개탄한다」나 쓰보우치 쇼요의 『소설신수小說神髓』는 소설이 가장 진화된 근대적 장르이자 시민문학이라는 주장을 담고 있는데, 이는 한국의 지식인들에게 큰 영향을 끼쳤다. 후쿠치 오치나 쓰보우치 쇼요의 소설관에 대해서는 스즈키 사다미(2001 : 198~290) 참조.

17 『서사건국지瑞士建國誌』(1907) 서문의 다음 진술은 당시 계몽적 지식인들이 소설에 대해 지니고 있었던 인식과 기대가 무엇이었는지 잘 보여준다. "태서 학사들이 말하기를 어떤 나라든지 그 나라에 무슨 소설이 성행하는가를 보아 인심과 정치와 풍속과 사상을 가히 알리라 하니 참 격언이로다. 구미 문명한 나라마다 소설의 선본을 발행하여 여항간 우부우부라도 어떠한 나라는 인심풍속이 어떠하고 어떠한 나라는 정치사상이 어떠한지 다 능히 아는 고로 사람의 성품을 배양하며 백성의 지혜를 계도하거늘" 김윤식·정호웅, 『한국소설사』, 문학동네, 2000, 16면 재인용.

18 신채호(1909).

신채호(1880~1936)

킬 수 있는 가장 진보된 장르로써 '재발견'되었
다. 그런데 이 가운데 전자의 측면은 이미 고전
소설에서부터 그 역량이 확인된 것이지만, 후
자의 측면은 당시로서는 아직 현실화되지 못
한, 소설 장르가 떠맡아야 할 당위적 과제 같은
것이었다고 할 수 있다. 1900년대를 전후로 하
여 서구의 근대문명을 배우고자 하는 열풍이
거세게 불면서 유교 경전과 한문학을 중심으
로 구축된 기존의 중세적 정전 체계와 장르들
의 위계가 전복되고 이제까지 주변화되어 있었던 소설이 갑자기 근대
적 정전 체계의 중심 장르로 부상했지만, 정작 그 위상에 걸맞은 작품
은 아직 제출되지 않은 상태였다. 즉 근대 초 한국에서 소설의 정전화
는 장르의 재발견과 성별화聖別化가 먼저 이루어지고 그것을 채울 구체
적인 내용과 목록은 당위의 과제로써 사후적으로 요청되는 순서로 전
개되었던 것이다. ― 소설을 중심으로 한 근대적 문학 정전체계와 목록
이 일차적으로 완성된 것은 1930년대 전후라고 여겨진다.[19]

그렇다면 이와 같은 소설 장르의 재발견과 정전화 속에서 고전소설
은 어떻게 인식되고 평가되었을까. 일단 먼저 지적해둘 것은 20세기
전반에도 여전히 고전소설을 애독하는 독자층은 두껍게 존재했었나

---

19 1929년 7월호『삼천리』에는 이광수의 소설을 비롯한 총 38권의 문학선집의 할인판매를
알리면서 "조선문학사상에 劃時期的 중요한 수확이며 또 신흥계급의 유일한 경전"이라
는 광고 문구가 덧붙는다. 박숙자(2009) 재인용(밑줄은 재인용자). 이 광고 문구에는 19
세기 말~20세기 초부터 시작된 근대 문학의 정전화가 이제 어느 정도 구체적인 내용과
목록을 갖추었다는 식민지 지식인들의 자부심이 엿보인다.

는 것이다. 하지만 이들의 대다수는 공론장에서 발언권을 지니지 못한 '무지한 대중'이었을 뿐이다. 소설을 둘러싼 담론의 헤게모니를 장악하고 소설 장르의 재발견을 주도했던 이들은 근대적 엘리트층이었다.[20] 이 점을 고려하면서 식민지하 공론장을 장악했던 문화 엘리트들의 고전소설에 대한 인식을 살펴보면, 대체로 소설 장르에 대한 기대가 컸던 만큼 고전소설에 대한 부정도 컸고 그 폐해를 고발하는 목소리도 높았다고 말할 수 있다.

물론 고전소설은 근대 이전에도 일반적으로는 부정의 대상이었다. 소설의 허구가 역사적 사실에 위배된다거나 기존의 도덕과 사회질서를 위태롭게 한다는 비판, 소설 독서가 인간(특히 여성)의 심성을 나태하게 만든다는 비판 등은 성리학적 이념이 지배했던 조선 사회에서는 거의 피할 수 없는 것이었다. 하지만 그런 비판에도 불구하고 소설은 계속 창작·유입되었고 즐겨 읽혔으며 이를 변호하는 논리 또한 꾸준히 제출되었다. 심심풀이라는 소극적 방어 논리에서부터 억눌린 정서의 해방, 허구를 통한 진실의 추구와 도덕성 함양, 인정물태의 묘사 등 적극적인 옹호 논리에 이르기까지 소설의 창작과 독서를 변호하는 다양한 논리들이 개발되었던 것이다. 그리고 허균許筠, 김만중金萬重, 박지원朴趾源 등의 사례에서 보듯 당대 최고의 사대부 문인들도 소설을 직접 창작하고 향유했다. 소설은 비록 정전 체계에서 배제되었지만,

---

20 천정환은 1920~30년대 소설 독자층을 크게 세 층위로 구분한 바 있는데, 전통적 독자층, 근대적 대중 독자, 엘리트적 독자층이 그것이다. 이 가운데 고전소설의 주 독자층은 당연히 전통적 독자층이었다. 천정환(2003 : 53). 물론, 채만식이나 이태준의 자전적 술회가 보여주듯, 엘리트적 독자들조차 한때는 ― 혹은 여전히 한편으로는 ― 고전소설 애독자였다. 이들의 유소년시절 고전소설 애독에 대해서는 천정환(2003 : 376~377)에 인용된 독서기를 참조하라.

어떤 점에서는 오히려 그 때문에 정전이 수호하는 도덕과 이념을 비틀거나 정전이 억압하는 욕망과 환상을 펼칠 수 있는 자유를 누렸다고도 말할 수 있다.

그런데 근대 초 고전소설이 직면한 부정론은 비현실적 · 비도덕적이라는 기존의 비판 논리 위에 반근대적이라는 비판 논리가 더해진, 지금에서 보자면 지나칠 정도로 엄격하고 근본주의적인 부정론이었다. 여기서 반근대성이란 봉건사회의 유제라고 치부되었던 악습 · 무지몽매 · 사대적 굴종 · 나태함과 나약함 등 근대적 국민 / 시민이 되기 위해서 버려야 할 온갖 악덕들을 총칭하는 것이었다. 그런 점에서 그것은 새로 추가된 비판의 한 항목이라기보다 모든 비판 이면에서 작동하는 최종 심급의 비판 논리라고 보는 편이 더 타당할 것이다.

소설을 국민의 교과서로, 근대의 정전으로 재발견했던 근대 초 엘리트들의 눈에 고전소설은 폐기되어야 할 봉건적 잔재에 불과한 것으로 여겨졌다. "우리나라는 여간 국문소설이 있다 하나 허탕무거하거나 음탕패설이요 한문소설이 있으나 또한 허무하여 실상이 적어서 족히 후세에 감계와 모범이 되지 못한"[21]다는 박은식의 비판이나, "『춘향전』을 보면 정치를 알겠소, 『심청전』을 보고 법률을 알겠소, 『홍길동전』을 보아 도덕을 알겠소? 『춘향전』은 음탕 교과서요 『심청전』은 처량 교과서요 『홍길동전』은 허황 교과서라"[22]는 이해소의 비판은 애국계몽운동의 열기가 아직 뜨거웠던 1900~10년대의 계몽적 지식인들의 고전소설에 대한 부정적 인식을 보여주거니와, 이러한 부정적 인식은

---

21 박은식, 「『서사건국지』 서문」, 김윤식 · 정호웅, 앞의 책, 16면 재인용.
22 이해조(1910 : 10~11). 이하 인용문은 현대어법에 맞게 수정했다.

1920~30년대까지도 문화 엘리트층 다수에게 여전히 강하게 지속되고 있었다고 여겨진다. 고전소설을 독자들을 몽매에서 벗어나지 못하게 만드는 정신적 마약 같은 것으로 묘사하거나[23] 봉건적이고 사대주의적인 굴종의 산물로 치부하는 것은[24] 식민지기뿐 아니라 심지어는 (식민사관의 극복이 중요한 화두로 떠올랐던) 1960~70년대까지도 여전히 강하게 지속된 관념이었다고 여겨지기 때문이다.

오늘날의 시점에서 돌이켜 보면 이와 같이 과격하면서도 조급한 고전소설 부정론에서 우리는 다음과 같은 한계들을 발견할 수 있을 것이다. 우선 고전소설의 주된 향유층이었던 여성이나 농민·노동자들을 나름의 욕망을 지닌 주체로 인정하지 않고 오로지 인습의 노예로, 일방적인 계몽의 대상으로만 보았던 근대 초 계몽적 지식인들과 식민지기 문화 엘리트들의 강한 엘리트주의를 지적할 수 있다. 이와 함께 근대 이전에 이미 제시되었던 소설의 가치와 효용에 대한 다양한 변호 논리에조차 미치지 못하는 일면적이고 편협한 근대주의의 한계를 지적할 수 있을 것이다. 덧붙여 우리는 이러한 고전소설에 대한 과격한 부정론 혹은 단절론[25]을 서구의 근대문명이 지닌 힘에 일찍 눈뜬 계몽

---

23 예컨대 1925년 『조선문단』 7호의 독자투고란에 실린 「小說作家의게」라는 글에서 홍순명은 『구운몽』, 『장백전』, 『삼국지』 같은 고전소설(구소설)의 반근대성을 다음과 같이 혹독하게 고발하고 있다. "구소설은 그 대부분이 우리로 하여금 영원히 정신 드는 날이 없어라, 오직 취생몽사 중에 꿈질대는 蠢蠢거리는 바보가 되라 하는 말 같더이다." 『조선문단』 7호, 1925, 40면.

24 예컨대 이광수는 『구운몽』, 『창선감의록』, 『사씨남정기』 등의 고전소설이 중국을 무대로 삼고 한문으로 표기된 것을 지적하며 "朝鮮人이 暫時 支那人이 되어서 지은 것이오 내가 朝鮮人이라는 自覺으로 지은 것은 아니다. (…중략…) 精神的으로 支那의 古代에 들어가 살았다"고 비판하는데,(이광수 1926) 이와 같은 인식은 이광수만의 생각이 아니라 당대의 지식인들 사이의 일반적인 통념이었다고 여겨진다. 이 때문에 김태준은 그의 『조선소설사』 서론에서 별도로 한 장을 할애하여 한국 고전소설이 흔히 중국을 배경으로 취했던 이유에 대해 장황히 변호해야만 했다. (김태준 1990 : 20~21)

적 지식인들이나 근대적 교육을 받으며 성장한 식민지기 엘리트층의 기존 세대에 대한 인정투쟁 혹은 문화적 헤게모니 장악 시도로 파악할 수도 있을 것이다.

하지만 이러한 명백한 한계에도 불구하고 고전소설에 대한 과격한 부정의 이면에는 근대화라는 도도한 역사의 흐름에 빨리 편승하지 못하면 식민지로 전락할지 모른다는, 혹은 식민 치하에서 영구히 벗어나지 못하고 민족 자체가 소멸할지 모른다는 약소민족 지식인들의 불안과 조급함이 깔려있다는 점을 인정하지 않으면 안 된다. 그런 점에서 그 한계만을 지적하고 마는 것은 공정하지 않을 것이다. 당대적 맥락에서 볼 때 그것은 무엇보다 제국주의의 침탈 속에서 정치경제적·문화적 식민화가 점점 심화되어가던 현실을 타개하기 위한 탈식민적 저항의 실천이라고 볼 수 있기 때문이다.

사실 고전소설은, 20세기 전반에도 여전히 그 인기를 유지하고 많은 독자들을 지니고 있긴 했지만, 이미 자본주의적 세계체제 속에 강제로 편입되었고 그에 따라 근대적인 생활양식이 점차 확대되어가는 현실에서 재창조되지 않으면 결국 과거의 유물로 사라지게 될 처지에 놓여

---

25 고전소설에 대한 과격한 부정은 근대소설이 고전소설과 근본적으로 '단절'된 것이라는 관념을 낳았다. 이는 이인직을 비롯한 신소설 작가들과 이광수 이후의 근대소설 작가들에게 공히 나타나는 관념인데, 임화는 『개설신문학사』(1939)에서 이에 이론적 근거를 제공하며 이인직-이광수로 이어지는 근대소설이 형성 계보른 확립했다. 그런데 임화와 동시대에 『조선소설사』를 저술했던 김태준은 이러한 단절론을 내재적인 차원에서 부정하고 있다. 예컨대 그는 우리 고전에 대한 수양이 없는 당시의 작가들을 조선의 토질 기후에 맞지 않은 "외국산인 화초의 씨"로 비유하기도 하고,(201면) 이광수 이후 근대소설 작가들에게 나타나는 수법을 "구라파적 수입"이 아니라 "이야기책의 장구한 발전과 유명무명의 신소설 작가의 은은한 그러면서도 막대한 노력의 성과 위에서 입각"(230면)한 것이라고 주장하기도 한다. 김태준은 정치적 입장이나 갑오경장 이후의 문학사적 전망에 있어서 대체로 임화와 견해를 같이했지만, 고전소설과 근대소설의 연속/단절 문제에 있어서는 임화와 견해를 달리했다.

있었음이 분명했다. ― 실제로 고전소설의 출판 붐은 1910~20년대에 정점을 찍었고 1930년대 들어서자 감소하기 시작한다.[26] ― 그것은 이제 역사화되거나 재창조되어야 할 것이었다. 여기서 역사화란 고전소설을 무매개적으로 현재화하는 것이 아니라 그것을 산생시킨 역사적 조건 속에서 해석하고 재평가하는 것을 말하는데, 이를 위해서는 대상과의 거리 및 역사적 원근법이 필요하다. 하지만 근대문명의 힘과 광휘에 압도되어버린 근대 초 계몽적 지식인들과 식민지기 문화 엘리트들은 스스로의 문화 전통을 역사화하거나 재창조할 만한 정신적 여유를 갖지 못했다.

---

[26] 물론 1929년 『조선일보』에 실린 다음 논설이나 1938년 『조광』에 실린 대담에서 박문서관 주인 노익형의 다음 언급을 보면 1930~40년대에도 여전히 고전소설은 여성층, 노동자층, 농민층에게 가장 인기 있는 독서물이었음을 알 수 있다.
"지금 조선서 가장 많이 팔리는 책이 무엇이냐 하면 『춘향전』이나 『심청전』이라고 한다. 이 『춘향전』과 『심청전』의 애독자는 많이 중류 이상 가정부인이다. (…중략…) 중류 이상 가정뿐 아니라 행랑방의 헐고 떨어진 반짇고리 위에도 『춘향전』이나 『심청전』이 놓여있다. (…중략…) 구소설을 가정으로부터 구축하지 않으면 안 된다. 낡은 도덕 낡은 의식 오직 그것을 주장하고 오직 그것을 고조한 구소설이 우리네 가정 안에서 봉건적 성벽을 지지하기에 얼마만큼 큰 능률을 발휘하는지 알지 못한다."(H.K生 1929)
"잘 팔리고 말구요. 지금도 잘 팔리지요. 예나 이제나 같습니다. 『춘향전』, 『심청전』, 『유충렬전』 이 셋은 농촌의 교과서이지요."(『조광』 4, 1938.12)
하지만 1912년에서 1942년까지 고전소설 출판 양상을 검토한 이주영의 연구에 따르면 1910~20년대 활황을 보였던 고전소설 출판은 1931~42년 사이에 신규 발행 작품수에서도, 총발행 횟수에서도 크게 감소하는 것으로 나타난다.(이주영 1998 : 36, 표 참조) 이 점은 1930년대 이후 고전소설 출판이 일부 인기 있는 작품들을 중심으로만 집중되었으며 전반적으로 볼 때는 그 활력이 점차 소진해가고 있었음을 추정케 한다.

4. 1920~30년대 고전소설의 역사화와
고전적 가치의 재인식

1) 고전소설의 민족지적 관심과 국학적 연구

그런데 이처럼 근대 초기 대부분의 지식인들이 고전소설을 무지한 대중을 몽매함에서 벗어나지 못하게 만드는 봉건적 잔재로 평가하고 있었을 때 이와는 다소 다른 관점에서 한국 고전소설의 가치를 주목하고 그 의의를 재평가하려는 시도들이 일각에서는 존재했다. 이러한 재평가가 본격화된 것은 1930년대에 이르러서이지만, 이에 앞서 민족지적民族誌的 관심에서 고전소설을 한국의 문화 전통을 이해하는 주요한 통로로 인식했던 이들이 있었으니 주로 선교의 목적으로 한국을 찾은 외국인들 중 일부가 그들이다.

19세기 후반 조선왕조가 쇄국을 버리고 개항을 택하자 많은 개신교 선교사들이 선교를 위해 한국을 찾았는데, 그들이 와서 가장 먼저 착수한 일 가운데 하나는 성서를 한글로 번역하는 것이었다. 그런데 이를 통해 한국의 언어와 문화에 대해 일정한 이해를 갖게 된 이들 중 일부는 '은둔의 나라'로 알려졌던 한국을 서구에 알리기 위해 설화나 소설, 시조 등을 영어나 불어, 독어 등으로 번역하였다. 1889년 알렌H. N. Allen이 『흥부전』·『춘향전』·『심청전』·『홍길동전』 4편의 고전소설과 민담들을 영역하여 *Korean Tales*[27]란 제목으로 출판한 이래 테일러Charles M. Taylor, 게일James S. Gale 등도 『심청전』과 『구운몽』 같은 고전

---

27 Allen, H. N.(1889).

소설들을 영역英譯하여 미국과 영국 등지에서 출판하였다.[28] 물론 이러한 번역과 출판은 다분히 낯선 동양 문화에 대한 민족지적 관심과 약소민족에 대한 우호적 연민에 이끌린 것으로, 한국 고전소설의 문학적 가치를 인정한 결과라고 보기는 어렵다. 하지만 고전소설이 한국의 전통 문화를 대표하는 작품으로 선정되어 국외에서 번역·출간되었다는 사실 자체는 식민지 지식인들에게 일정한 자극이 되었으리라 여겨진다.[29] 그리고 게일의 『구운몽』 영역본 *The Cloud Dream of the Nine*[30]의 서문이 보여주듯 때로 이방인의 관찰자적 시선에 입각한 고전소설 이해가 식민지 지식인들의 조급하고 모멸적인 고전소설 이해를 넘어서는 측면도 있었다.[31]

---

28 한국 고전소설의 영역에 대해서는 오윤선(2008) 참조.

29 예컨대 김태준은 『조선소설사』(1933)에서 『구운몽』을 '조선사회 事情辭典'이라고 평하고 있는데, 이는 게일의 영역본 *The Cloud Dream of the Nine*(1922)의 『구운몽』 해석에서 일정한 영향을 받은 것이다. 김태준은 『구운몽』에 대한 이 같은 해석을 자신보다 먼저 게일 박사가 제시했다고 하면서 *The Cloud Dream of the Nine* 서문의 한 구절을 인용하고 있다. — 사실 이 서문을 쓴 이는 게일이 아니라 스콧(E. K. R. Scott)이었다.(오윤선 2008 : 34) — "『구운몽』은 진면목한 極東智識의 啓示이니 그 문장과 어구가 奇巧할 뿐 아니라 극동적 사상과 취미의 신앙적 해석에 있어서 한층 더 문학적 성가를 발휘하고 있다." 김태준은 이 말이 핵심에 적중했다고 동의하고 있다.(김태준 1933 : 88~89)

30 James S. Gale(1922).

31 *The Cloud Dream of the Nine*의 서문에서 스콧E. K. R. Scott은 『구운몽』을 가장 감동적인 重婚의 연애담이라고 평하면서 극동아시아인의 관념을 이해하는 데 큰 도움을 주는 작품이라고 썼다. 그리고 일부다처제하에서 여성들이 토로하는 불만이나 그녀들만의 신의를 소중히 여기는 측면 등을 주목하였다. 이는 표기문자나 배경 등을 근거로 『구운몽』을 "정신적으로 지나의 고대에 들어가 살았다"고 혹평하거나(이광수 1926) "조선의 국토에서 생한 중국문학"에 불과하다며 한국문학사에서 아예 배제해버린(이광수 1929) 이광수의 격하하고 조급한 근대주의적 해석과 뚜렷이 대비된다. 그런데 *The Cloud Dream of the Nine* 서문에서 제시된 이러한 『구운몽』 해석은 김태준의 『조선소설사』에 일정 정도 수용된다. 앞서도 언급했듯이 김태준은 1933년 초판 『조선소설사』에서 *The Cloud Dream of the Nine*의 서문을 참조하여 『구운몽』을 "朝鮮社會 事情辭典"이라는 평하고 있거니와, 1939년 증보판에 이르면 『구운몽』에서 일부다처제의 합리화뿐 아니라 여성들의 회의와 불평이라는 측면 또한 주목하고 있는 것이다.(김태준 1990 : 120)

최남선(1890~1957)

이처럼 한국의 전통 문화와 한국인의 심성을 보다 잘 이해하기 위해 고전소설에 관심을 가졌던 일부 외국인들을 제외하면, 19세기 말에서 1920년대까지의 계몽적 지식인들 중에 고전소설을 계승할 만한 가치가 있는 '고전'이라고 생각했던 이는 거의 없었다고 보아도 무방할 것이다. 다만 여기서 다소 예외적인 입장을 지녔던 인물을 찾는다면 최남선을 들 수 있다. 그는 자신이 경영하던 신문관을 통해 '육전소설총서六錢小說叢書[32]를 기획·출판하면서 그 간행 취지를 다음과 같이 밝힌 바 있다.

옛 책 가운데 가히 전할 만한 것을 가리어 사연과 글의 잘못된 것을 바로잡으며 옳지 못한 것을 마땅토록 고치어 이 육전소설이라는 것을 내오니 사연은 옛 맛이 새로우며 글은 원법에 맞으며 책은 얌전하며 값은 싼지라.

이 간행 취지만을 놓고 본다면, 최남선은 고전소설 중에는 후세에 전할 만한 고전적 가치를 지닌 것이 있으며 이를 가려 정본화定本化한 후 싼값에 보급하는 것이 자신의 역할이라고 자부했다고 볼 수 있다. 그리고 이와 같은 간행 취지는 중요한 고전들이 다 매몰되기 전에 간행하여 천하에 그 우수함을 알리겠다는 조선광문회朝鮮光文會의 창립취

---

[32] 육전소설총서의 이름으로 출판된 작품들의 목록은 다음과 같다. 『남훈태평가』, 『삼설기』, 『심청전』, 『홍길동전』, 『흥부전』, 『제마무전』, 『사씨남정기』, 『전우치전』. 이 가운데 『남훈태평가』는 가집歌集이니, 7종의 고전소설이 이 시리즈로 간행된 셈이다. 육전소설의 목록과 특성에 대해서는 이주영(1996) 참조.

지문과도 통하는 바가 있다.

하지만 이와 같은 간행 취지와는 달리 육전소설총서의 구체적인 출판 양상을 보면 텍스트 선정의 기준도 불명확하고 정본화의 취지도 제대로 살리지 못하고 있다. 이 점에서 육전소설총서는 조선광문회와 신문관에서 간

1969년 철거 전의 조선광문회 건물(서울 삼각동)

행한 고전과 청소년 잡지의 낮은 수익성을 보전하기 위해 상업적으로 기획된 것이며 그 간행 취지는 광고 문구에 불과했다고 보는 비판적 해석[33]도 충분히 설득력 있다. 최남선은 저술과 출판을 통해 서구의 근대문명을 소개하고 우리 고전의 가치를 재발견해보고자 한 계몽적 지식인이지만, 또한 이윤 창출을 위해 대중의 기호를 쫓아야 했던 출판사 경영자이기도 했다. 그러므로 육전소설총서에 붙은 간행 취지문은 당시 활자본 고전소설에 흔히 덧붙곤 했던 미사여구의 광고 문구에 불과할 수도 있는 것이다.

그렇기는 하지만, 비록 광고 문구에 불과하다 할지라도, 최남선 같은 명망 있는 계몽적 지식인이 당시 저급한 통속물로만 인식되던 고전소설을 전할 만한 가치가 있는 고전으로 선전하고 있다는 사실은 나름 의의가 있다. 최남선은 『소년』과 『청춘』에 연암의 소설이나 조선 후기

---

33 최호석(2010).

의 야담을 번역하여 싣기도 하고 신문관을 통해 자신이 개작한 『고본
古本 춘향전春香傳』[34]을 출판하기도 하는 등 동시대의 계몽적 지식인들
중에서 유독 고전문학에 많은 관심을 보인 인물이었다. 자국의 문화
전통에 대한 최남선의 지속적인 관심은 1922년 "조선인의 손으로 '조
선학'을 세울 것이다"는 이른바 '조선학 선언'으로 구체화되었는데,[35]
일제의 '조선연구'[36]에서 큰 자극을 받으며 시작된 그의 조선학은 1920
년대 중반 이후 이른바 국민문학파에 의해 주도된 '시조 부흥 운동'이
나 1930년대 초중반 좌 · 우파 민족주의자들을 중심으로 유행한 '조선
학 운동', '위인 선양 · 고적 보존 운동' 등에도 일정한 영향을 미쳤다.
여기에 그가 당시 경성제대를 다니던 전도유망한 소장학자 김태준에
게 한국 고전소설을 연구해 보도록 격려했다는 전언[37]까지 고려한다

---

34 『고본 춘향전』은 서울 향목동 세책본 『춘향전』을 저본으로 삼아 최남선이 직접 개작한
이본이다. 외설적인 내용이나 중국과 관련된 것은 빼고 순정한 연애소설처럼 읽히도록
만든 『고본 춘향전』은 이후 1936년 김태준의 교열을 거쳐 재간행되었고 1941년에는 『문
장』에 실려 지식인 독자들에게 널리 읽혔다. 그런데 『청춘』 1호(1914.10)에 실린 광고에
서 최남선은 『춘향전』을 "조선의 第一等 傳奇"라고 추어올리며 "文辭가 雅麗하고 敍述이
巧妙"하다고 평가한 바 있다. (이윤석 2010)

35 최남선(1922). 최남선을 비롯한 초기 국학자들의 '조선학'의 성격과 변모양상에 대해서
는 정출헌(2010) 참조.

36 본고에서는 일제가 주도한 식민지 조선의 역사 · 문화 · 민속 등에 대한 연구를 '조선연
구'라고 칭하기로 하겠다. 일제가 주도한 '조선연구'는 명목상 근대적 · 과학적 아카데미
즘을 표방했으나, 그 실질은 한국사의 정체성停滯性과 타율성을 증명하고 '동양학'이라는
제국 중심적 학문체계를 보충하는 식민지 지역학을 수립하는 것을 목표로 한 것이었다.
최남선의 '조선학' 선언은 이러한 일제의 '조선연구'에서 큰 충격을 받고 1910년대 자신의
국학적 연구를 반성하면서 제출된 것이었다. 일제의 조선연구에 대한 최남선의 대응에
대해서는 이영화(2004) 참조.

37 김태준은 『조선소설사』 초판의 자서自序에서 자신이 이 책을 쓰게 된 동기를 다음과 같
이 술회하였다. "돌아보건대 벌써 3년 전 조선의 것을 한번 보리라는 마음으로 육당 최남
선 선생과 故 학우 김재철 형의 간독한 지도와 계발을 받아서 본고를 草하였었다." (김태
준 1933 : 3) 그런데 이 자서는 1939년 증보판에서 삭제된다. 김태준은 1935년 「단군신화
연구」를 통해 최남선의 불함문화론을 국수주의적이라고 극렬하게 비판한 바 있는데, 이
는 유물변증법적 관점을 강화해나가면서 최남선의 조선학에 대한 인식이 크게 변했기

면, 고전소설에 대한 그의 관심이 오로지 상업적인 동기에서만 비롯된 것은 아니었으리라는 추측을 가능하게 한다.

이와 함께 1922년 안확이 제출한 최초의 한국문학사인 『조선문학사』도 고전소설의 정전화 과정에서 주목할 만한 의의가 있는 성과라고 할 수 있다. "문학사란 문학의 기원 변천 발달을 질서적으로 기재한 것이라. 즉 일국민의 심적 현상의 변천발달을 추구하는 것이라"는 언급에서 보듯, 안확에게 문학사는 국민 / 민족의 정신사를 해명하는 핵심적인 통로로 여겨졌다. — 그런 점에서 그의 사유는 신채호나 박은식, 최남선 같은 초기 국학자들의 사유와 통한다. — 이처럼 문학사를 국민 / 민족의 정신사로서 파악하는 안확이 생각하는 문학의 범주에는 "시가 소설같이 상상을 주로 한 것은 물론이요 다소 고찰을 가한 사전, 일기, 수록 또 교해계발의 문류"도 다 포함되는데, 이는 오히려 전통적인 '문文'의 범주에 더 가까운 것이라고 할 수 있다. 이와 같이 문학사를 국민의 정신사로 파악하고 문학의 범주를 전통적인 문과 유사하게 설정하는 『조선문학사』는 근대 초기의 계몽적 문학관과 전통적인 한학적漢學的 지식체계가 혼효된 과도기적인 성격을 지니고 있었다. 그 결과 그의 『조선문학사』에서 고전소설은, 마치 근대 이전의 소설의 위상이 그러하듯, 상당히 주변적인 것으로 서술되어 있다.

하지만 그와 같은 한계에도 불구하고, 무엇보다 문학사에 고전소설이 등재되고 그 내용과 성격이 간략하게나마 기술되고 있다는 점은 의의가 있다. 『조선문학사』에서 안확은 고전소설 작품들을 열거하면서

때문이다. 증보판에서 최남선과 관련된 언급이 대거 삭제된 것은 이와 연관된 것으로 보인다. 『조선소설사』 초판과 증보판의 차이에 대해서는 류준필(1997) 참조.

그 성격을 매우 간략하게 제시하고 있는데, 예컨대 별다른 설명이나 논증 없이 『홍길동전』을 '사회소설'이라고 규정하거나 『춘향전』을 "연예신성과 인권평등의 정신으로 출한 것"이라고 해석하는 식이다. 비록 구체적인 설명이나 논증이 제시되지 않은 단발적인 언급이긴 하지만, 이러한 촌평은 이후 이 작품들이 근대적으로 재해석될 방향을 비교적 정확히 짚고 있다. 이처럼 고전소설을 한국문학사의 한 영역으로 자리 매김하고 그 작품 목록과 성격을 간략히 제시하고 있다는 점에서 안확의 『조선문학사』는 이후 고전소설의 역사적 재평가에 일정한 기여를 했다고 볼 수 있을 것이다.

2) 고전소설 연구의 본격화와 고전적 가치의 재인식

그런데 이처럼 일각에서 이루어지던 고전소설에 대한 관심과 재평가가 본격화되고 고전소설을 학문적 연구의 대상이자 계승할 만한 민족문화의 유산으로 인식하게 된 것은 1930년대로 접어들면서부터라고 할 수 있다. 그리고 이와 같은 인식의 변화에 가장 결정적으로 기여한 인물로는 근대적 분과학문체제 속에서 본격적으로 고전문학 연구를 수행한 경성제대 출신의 신진 연구자들, 특히 『소선소설사』(1933)라는 최초의 고전소설사를 저술·출판했던 김태준과 대학 졸업논문으로 『조선소설의 연구』(1929)를 제출했던 조윤제 등을 꼽을 수 있다. 이 가운데서도 고전소설의 정전화와 관련하여 더욱 중요하게 검토해보아야 할 인물은 김태준이라고 할 수 있다. 조윤제는 김태준에 앞서 고전소설에 대한 최초의 근대적 논문을 제출했으나, 그의 논문은 경성제대 특유의 복고적이고 실증주의적 학풍을 거의 넘어서지 못한 채 고전소설 전반에 대한 개괄적인 소묘에 그치고 있다.[38] 이 때문에 당대의 학계나 문화계에 미친 영향에 있어 김태준의 『조선소설사』에 아주 미치지 못하였다. 이에 비해 김태준은 고전소설을 본격적인 학문의 대상으로 삼아 그 역사를 체계적으로 정리해내고 주요한 작품들의 역사적 가치를 밝힘으로써, 그것이 한국문학사에서 정전으로서 인정받을 수 있는 근거와 논리를 제공했다. 비록 해방 후 분단이 고착화되어가던 1949년 남로당 활동으로 인해 간첩죄로 사형되고 말았지만, ― 이 때문에 한동안 그의 학문적 공적은 공식적으로 지워졌다. ― 그가 제시한 고전소설의 역사적 전개 구도나 개별 작품의 해석틀은 이후 여러 후학들에게 수용되어 고전소설 연구와 교육에 지대한 영향을 미쳤다.[39] 그런 점에서 김태준이 『조선소설사』에서 고전소설을 어떻게 재평가하고 의미화했는지, 그리고 그의 연구는 어떤 담론적 지형 속에서 형성되었으며 후대에 어떤 영향을 미쳤는지를 좀 더 자세히 검토해볼 필요가 있을 것이다.

---

38 조윤제가 경성제대 졸업논문으로 제출한 『조선소설의 연구』(1929)는 이 방면으로 제출된 최초의 근대적 논문이었지만, 김태준의 『조선소설사』의 성과에 가려 큰 빛을 보지 못했으며, 그 또한 이후 고전시가 연구에 더 깊이 매진했다. 『조선소설의 연구』는 총 6장으로 구성되어 있는데, 1~2장은 「도남유고(5)」(『도남학보』 6, 도남학회, 1983)에, 3~6장은 「도남유고(6)」(『도남학보』 7~8집, 도남학회, 1985)에 수록되어 있다.

39 정하영은 김태준의 『조선소설사』의 성과를 다음 네 가지로 요약한 바 있다. ① 민간에 떠다니는 저급한 이야기 정도로 취급되던 소설을 소중한 민족문화의 유산으로 인정하고 본격적 연구대상으로 삼았다는 것. ② 소설의 발전 과정 자체를 중요한 요인으로 고려했으며 고전소설과 현대소설을 연속적 흐름으로 파악한 점. ③ 개별 작품론을 통해 후대 연구자들에게 일정한 지침을 제공한 점. ④ 역사주의적 방법을 바탕으로 작가에 관한 연구를 시도한 점이다.(정하영 1993 : 137~141)

김태준의 『조선소설사』는 우선 '소설의 정의'를 다시 검토하는 데서부터 논의를 시작하고 있다. 그는 '소설'이 동아시아에서 오랜 역사를 지닌 용어라는 점을 상기시키며 이를 영어의 '노벨'에 맞춰 파악할 필요는 없다고 주장한다. 그가 보기에 "조선에는 소설이 없었다"는 세간의 주장은 소설을 novel과 같은 것으로 파악할 때만 성립될 수 있는 말이다. 하지만 우리에게는 이미 패설·해학·야담·수필에서부터 전기와 연의 등을 소설이라 불러온 전통이 있고, 또 서양의 romance·story·fiction 등에 해당하는 작품들도 무수히 많다.[40] 이 점들을 지적하면서 김태준은 소설의 정의와 『조선소설사』의 서술 목표를 다음과 같이 천명하고 있다. "예전 사람들이 律하던 소설의 정의로써 예전 소설을 고찰하고 소설이 발달하여온 경로를 분명히 하고자 한다."[41]

그런데 언뜻 평이해 보이는 이와 같은 진술에는 서구의 근대적 문학 개념을 받아들이면서 동아시아 지식인들이 겪었던 혼란과 고민이 깔려 있다. 소설 개념을 둘러싼 논란, 즉 소설을 단편적인 이야기에서 점차 복잡한 이야기로 발전해간 동아시아의 서사문학을 일컫는 광의의 명칭으로 사용할 것인지 아니면 근대 이전의 서사문학을 환골탈태시킨 근대의 사실적인 서사문학만을 일컫는 협의의 명칭으로 사용할 것인지를 둘러싼 논란도 그와 같은 고민 중의 하나였다.[42] 이 가운데 김

---

40 일반적으로 영문학사에서 novel은 18세기 영국의 시민계급 작가들에 의해 발전된, romance와 변별되는 근대적 서사양식을 지칭하는 용어였다. ─ 근대 초 일본이 받아들인 소설 개념도 이와 같았다. ─ 하지만 근대에 들어 이러한 근대주의적 관점을 비판하며 novel을 romance, story, fiction 등을 포괄하는 확대된 의미로 사용하는 연구자들이 늘고 있다.(조동일 2001 : 76~100) 김태준의 '소설' 개념은 이런 광의의 'novel' 개념에 가깝다고 할 수 있겠다.

41 김태준(1933 : 17~18).

42 전자가 대체로 한국과 중국에서 널리 받아들여진 입장이라면 후자는 일본에서 널리 받

태준은 동아시아의 전통적인 '소설' 개념을 취함으로써 고전소설과 신소설·근대소설을 하나의 문학사적 지평 위에서 함께 다루는 길을 선택하였다.[43]

이 같은 소설의 개념 정의를 바탕으로 김태준은 우리 고전소설에는 자랑할 만한 작품이 없다는 당대의 일반적인 통념에 대해서도 이의를 제기한다. 그가 보기에 "기대 수준을 내리고 준엄한 비판적 태도를 버리고 자세히 탐색하면" 고전소설에도 자랑할 만한 작품들이 "헤아릴 수 없이 많다." 비록 자국의 것을 돌아보지 않는 당대의 현실에서는 그것이 가상街上에서 '싸구려' 책자로 팔리면서 그 가치를 충분히 인정받고 있질 못하지만 말이다. 여기서 '기대 수준을 내리고 준엄한 비판적 태도를 버린다'는 것은 근대소설에 적용되는 평가 잣대를 내려놓는다는 뜻일 것이다. 예를 들어 고전소설 부정론의 대표적인 논거로 항상 거론되어왔던 봉건적 도덕관념이나 숙명론에 대해 생각해 보자. 고전소설 ─ 김태준의 용어로는 조선소설 ─ 은 "엄격한 유교의 가정과 허망한 道禪의 동산에서 자라난" 것이니 만큼 봉건적 도덕관념이나 숙명

아들여진 입장이었다. 예컨대 안확의 『조선문학사』(1922)나 김태준의 『조선소설사』(1933), 루쉰魯迅의 『중국소설사략中國小說史略』(1923) 등에서 사용되는 소설 개념이 전자에 가깝다면, 쓰보우치 쇼요의 『소설신수小說神髓』에서 받아들인 소설 개념은 후자에 가깝다. 물론 쓰보우치 쇼요도 근대 이전의 서사물인 물어物語·희작戱作·독본讀本 등과 근대의 서사물인 소설小說 사이에 일정한 연속성이 있음을 부정하지 않았지만, 장르적으로는 이를 엄격히 구별하는 노선을 택했다. 반면 그의 저작에서 큰 영향을 받았음에도 불구하고 한국과 중국의 문학 연구자들은, '구舊'·'신新'·'근대近代'·'당대當代' 등의 수식어를 붙여 그 차이를 구분하기는 했지만, 소설의 장르적 연속성에 더 주목했다.

43 물론 그렇다고 김태준이 고전소설과 신소설, 근대소설의 질적 차이를 부정한 것은 아니다. 그는 이들의 관계를 다음과 같이 간명하게 정리한 바 있다. "그 새 것이란 것은 낡은 것 속에 배태되어 낡은 것을 부정하고 나온 것이다." "신소설은 이야기책의 전통에서 나오고 춘원 이후의 현 소설은 신소설에서 구피를 버리고 나온 것이다."(김태준 1933 : 220·244면) 요컨대 그는 이들을 변증법적 지양의 관계로 파악하고 있는 셈이다.

론을 피하기 어렵다. 그런데 김태준이 보기에 "이것은 고대사회의 기록인 소설로서는 면치 못할 것이니 과도히 책할 필요"가 없는 것이다.[44] 이에 대한 과도한 책망은 고전소설의 역사적 조건을 고려하지 않는 과도한 수준의 기대이자 너무 준엄한 비판적 태도인 셈이다. 이처럼 김태준은 고전소설을 그 역사적 조건 속에서 고찰함으로써, 즉 고전소설의 의미와 가치를 역사화함으로써 그것이 새롭게 재평가되고 재의미화될 수 있는 길을 열어놓고 있는 것이다.

그렇다면 구체적으로 『조선소설사』에서 김태준이 그 역사적 의미와 가치를 적극적으로 재평가한 작품들, 즉 그 고전적 가치를 인정한 작품들로는 어떤 것들이 있으며 그 가치평가의 기준은 무엇이었던가. 『조선소설사』에 언급되는 많은 고전소설 가운데 특히 김태준이 그 가치를 높이 평가한 작품들을 꼽는다면 대략 『금오신화』, 『홍길동전』, 『구운몽』, 연암의 소설, 『춘향전』 등을 들 수 있을 것이다. 이 가운데서 『금오신화』와 연암 소설에 대한 해석과 평가는 기존의 것을 이어받은 측면이 크고, 『구운몽』에 대한 해석과 평가에는 모호함이 있다.[45] 그

---

44 위의 책, 25~26면.
45 연암 소설의 경우 근대 초 연암이 근대적 지식인의 선구로 재발견되면서부터 이미 그 고전적 가치를 인정받고 있었다. 연암에 대한 재평가에 대해서는 송혁기(2009), 김남이 (2010) 참조. 『금오신화』의 경우는 오랫동안 실전되었다가 최남선이 일본에서 간행된 목판본을 발견하여 1927년 『계명』 19호에 그 원전과 해제를 실어 국내에 소개했는데, 김태준은 최남선의 성과를 전적으로 수용하면서 여기에 자신의 견해를 조금 덧붙이고 있을 뿐이다. 『구운몽』의 경우 김태준의 평가는 다소 모호하다. 그는 한편으로 『구운몽』을 숙종의 문예난숙기를 혼자 대표하는 "공전의 대걸작"이자 (『사씨남정기』와 함께) "조선 예원의 가장 자랑"이라고 극찬하고 있지만(김태준 1933 : 107~108 · 115면), 다른 한편으로는 숙명론과 일부다처제의 합리화 같은 "동양적 봉건사회에 상응한 사상"을 지닌 작품으로 다소 평가절하하기도 하였다.(김태준 1933 : 120~121면) 김만중을 소설의 가치와 자국어문학의 중요성을 일찍 간파한 '국민문학가'로 선양했던 김태준으로서는 『구운몽』의 난만한 귀족 취향과 낭만성을 적절히 해석하고 평가하기 곤란했을 것이다.

런 점에서 김태준의 고전소설 연구방법론의 특징을 더 잘 드러내 주는 작품론으로는『춘향전』과『홍길동전』에 대한 작품론을 들 수 있겠는데, 이를 통해 김태준이 고전소설을 해석하고 그 가치를 재평가하는 방법과 논리를 검토해보기로 하자.

『춘향전』은 사실 김태준의 연구 이전부터 이미 문제적인 작품이었다. 그것은『춘향전』이 방각본뿐 아니라 1910~30년대의 활자본으로도 가장 많이 출판되면서 폭넓은 대중적인 인기를 얻은 작품이었기 때문이다. 애국계몽기의 지식인들이나 식민지하의 문화 엘리트들은『춘향전』의 봉건성을 비판하면서도 독자 대중을 사로잡는 그 강한 매력에 대해 주목하지 않을 수 없었다. 그래서 (누구보다 고전소설의 봉건성을 극렬하게 비판했던 이해조나 이광수까지 포함하여) 많은 소설 작가와 연극인들은 이 작품을 신소설·근대소설로 개작하거나 연극으로 무대화하면서 근대적인 텍스트로 재창조하고자 하는 유혹을 받았던 것이다.

그런데 문학 연구자로서 김태준은『춘향전』을 그 형성기의 역사적 조건 속에서 해석함으로써 이 작품이 지닌 문학(사)적 가치를 명확히 제시하고자 하였다. 그에 따르면『춘향전』의 가치는 무엇보다 조선 후기 사회의 다층적 면모를 풍부하게 반영하고 있다는 점, 인격의 평등을 희구하는 조선 후기 민중의 요구를 수용하고 있다는 점, 아름다운 문장을 통해 유창한 조선어 사용법을 보여주고 있다는 점 등에서 비롯된다. 이와 같은 해석을 바탕으로 그는『춘향전』을 "종래의 봉건적 형식을 전수하여 집대성한 저수지를 이루어서 다음 시대의 중계적 역할"을 하는 "조선 최고의 수준에 달한 조선 고전"으로 높이 평가할 수 있었던 것이다.[46] 이러한 그의 해석은 대중의 통속적 취향과 엘리트 지식인들의 규

『조선소설사』 초판

범적 판단 사이, 혹은 지식인들 내면의 감성적 매혹과 이성적 거부 사이에 가로놓여 있던 간극과 분열을 해소할 수 있는 논리를 제공했으며, 이후 『춘향전』이 국민적 / 민족적 정전으로 널리 공인받는 데 중요한 이론적 근거로 활용되었다.

한편 허균의 창작으로 알려진 『홍길동전』은 조선시대 사대부들의 기록 속에서 부정적으로 언급되었을 뿐 그 실체가 묘연하다가 19세기 중후반 방각본으로 출판되고 세책가를 통해 유통되면서부터 독자 대중에게 큰 인기를 얻기 시작한 작품이다. 안확이 『조선문학사』에서 간략하게 '사회소설'이라고 그 성격을 규정하고 있듯이, 『홍길동전』을 적서차별과 가렴주구 같은 봉건적 가족 · 사회제도의 모순을 문제 삼고 있는 작품으로 보는 것은 근대 초 지식인들이나 대중 독자들 사이에서 널리 퍼져 있는 인식이었던 것 같다. 그런데 김태준은 조선 후기 지배층이 남긴 역사 기록 속에 패륜적인 이단아로 낙인찍혀 있던 허균을 조선 중기의 혁명가로 재평가하고 그의 혁명적 삶과 『홍길동전』의 유사성을 주목하는 방식으로 『홍길동전』을 해석하고 있다. 그리고 이를 바탕으로 『홍길동전』을 사회혁명을 꿈꾸었던 허균

---

46 김태준(1933 : 185~202).

의 자서전과도 같은 작품이며 조선 최초의 소설다운 소설이라고 재평
가하고 있는데,[47] 이처럼 『홍길동전』의 주제나 내용을 허균의 사상이
나 행적과 연결지어 해석하는 방식은 이후『홍길동전』연구와 교육의
기본적인 틀이 되었다고 할 수 있다.

3) 고전소설 재인식의 담론적 지형

그런데 어떤 점에서 이 글의 주제와 관련하여 보다 더 중요하게 검토
해보아야 할 점은 김태준의 고전소설 연구 그 자체보다 김태준을 포함
하여 근대적 학문방법론을 배운 새로운 세대의 지식인들로 하여금 고
전소설을 본격적인 문학 연구의 대상으로 여기게 만든 동시대의 담론
적 지형과 추이일 것이다. 사실 김태준이 고전소설을 본격적인 연구 대
상으로 삼고 중요한 성과들을 제출했던 1930년대에는 김태준 이외에
도 많은 지식인들이 전통문화에 대한 관심을 표명하고 이를 적극적으
로 재평가하고자 하는 움직임을 보이고 있었다. 그러므로 1930년대를
전후하여 김태준을 포함한 많은 지식인들에게 전통문화에 대한 관심
을 불러일으키고 그 속에서 계승할 만한 민족적 고전을 발견하도록 추
동했던 거시적인 담론적 지형과 추이를 검토해볼 필요가 있을 것이다.
　이와 관련하여 우선 주목되는 것은 1920년대 벽두부터 불기 시작했
던 '문화민족주의'[48]라는, 주로 부르주아민족주의자들에 의해 주도된

47　위의 책, 86~90면.
48　천정환은 문화민족주의가 '부르주아 민족주의'나 '민족개량주의'보다 폭이 더 넓은 개념

개량적인 민족운동의 바람이다. ─ 1920년대 초반 이러한 문화민족주의 바람을 선도한 것은 『개벽』(1920~26)이나 『계명』(1921~33) 같은 잡지였다. ─ 1900~10년대의 계몽적 지식인들은 서구의 근대문명의 힘과 광휘에 압도되어서 이를 보편으로 받아들이고 열렬히 추구했다. 물론 신채호처럼 서구가 아니라 상고에서 문명의 이상을 찾으려는 시도가 없었던 것은 아니나, 그 실상은 서구나 일본의 제국주의적 · 팽창주의적 국가관을 투사한 것에 불과한 것으로, 그에게도 조선과 같은 가까운 시대의 전통은 부정과 폐기의 대상일 뿐이었다. 하지만 제1차 세계대전이 끝나고 1920년대에 들어서면 식민지 지식인들 중에서 많은 이들은 서구 근대문명에 대한 일방적인 찬사와 동경을 거두고 오히려 조선적인 전통과 특질을 찾아 연구하고 그 속에서 민족의 진로를 모색해보고자 하는 문화민족주의로 나아갔다. (사회주의와 함께) 1920~30년대 시대정신의 한 축으로 떠오른 문화민족주의는 1920년대 중후반의 시조 부흥 운동이나 1930년대의 고전 부흥 운동 · 조선학 운동 등으로 다양하게 분기하며 전개되어갔다.[49]

　김태준의 고전소설 연구 역시 그 출발점에서는 이와 같은 시대적 조류에서 많은 영향을 받고 있었다고 여겨진다. 일단 김태준에게 『조선

이며, 일제히 대다수 조선민족 구성인이 헌신을 소극저으로 대이㈎㈎하는 대준저인 이데올로기였다고 파악한다. 그 속에는 최남선이나 이광수 같은 우파 민족주의자들뿐 아니라 안재홍 · 홍명희 같은 좌파 민족주의자들도 포함된다. (천정환 2008)

49　1930년대의 고전 부흥 운동 · 조선학 운동 등을 촉발하고 확산시킨 중요한 매체는 각각 좌 · 우파 민족주의자들의 거점이자 보루였던 『조선일보』와 『동아일보』였다. 『동아일보』는 신간회가 해소된 1930년대 초반부터 '위인 선양 · 고적보존운동' 등을 벌였다. 그리고 1935년 신년 초부터 『조선일보』와 『동아일보』는 고전문학에 대한 대대적인 특집 기사를 내보내며 고전에 대한 근대적 재평가와 계승을 촉구하였다. 1930년대 고전부흥 운동의 경과에 대해서는 황종연(1988a) 참조.

소설사』를 저술하도록 격려했다는 최남선부터가 1920년대 초반 '조선학 선언'을 통해 자신의 초기 국학적 연구를 반성하고 문화민족주의 바람을 선도했던 인물이었다. 그리고 김태준은, 비록 『동아일보』에 『조선소설사』를 연재하기 시작하던 1930년경에는 이미 사회주의에 경도되어 있었고 당대 유행하던 '조선학'을 과거의 '국학'과 별반 차이가 없는 관념적인 것으로 비판하기도 했지만,[50] 조선적인 특수성을 강조하는 문화민족주의에 대해서 (임화와 같은 강경한 사회주의자들에 비해) 그리 배타적이지 않은 입장을 지니고 있었다.[51] 그가 보기에 과거의 전통은 무조건 배격되어야 할 역사발전의 장애물이라기보다 오히려 근대 문학이 발 디디고 흡수해야 할 토양이자 자양분이었다. 그래서 그는 『조선소설사』에서 "고전에 대한 수양이 없는" "최근의 작가들"에 대해 "마치 외국산인 화초의 씨를 조선의 토질 기후도 고려하지 아니하고 조선의 적토 위에 뿌려두는 것과 같이 그것이 일시 싹이 틀지라도 잘 성장할는지 의문이"[52]라고 비판을 던지고 있는 것이다.

---

50 김태준은 1930년 북경여행에서 곽말약의 『중국고대사회연구』를 접하고 사회주의 사상과 연구방법론에 큰 자극을 받았다. (박희병 1993 : 252~253) 이와 함께 단짝이었던 김재철을 통해 경성제대의 좌파적 학생운동을 접한 것도 그의 사회주의적 경도를 더 깊게 만들었을 것이다. 그러므로 그가 당대를 풍미한 '조선학' 열풍에 비판적이었을 것임은 충분히 예측할 수 있다. 1933년 제출한 「조선학의 국학적 연구와 사회학적 연구」라는 글에서 김태준은 당대의 '조선학'이 과거의 '국학'과 다를 바 없는 것이라고 비판하며 사회학적 연구로 나아갈 것을 제안하였다. (김태준 1997 : 351~353) 하지만 이 글의 제목 자체가 보여주듯 그는 조선학 자체의 폐기를 주장했다기보다 국학적인 관념론을 극복한, 사회학적 방법론에 기반한 비판적 조선학을 제안하고 있는 것이다.

51 1935년 『조선일보』에 기고한 글에서 김태준은 "이 땅의 특수성만을 고조함으로써 능사를 삼으며 한갓 보수 퇴영의 기세를 일조하고 있는" 일부 민족주의 진영뿐 아니라 "조선적이라면 함부로 거절하고 조선학 연구는 현실도피의 반동적 현상이라고 손쉽게 타기"하는 일부 사회주의 진영도 아울러 비판하면서, 그의 입장을 다음과 같이 피력한 바 있다. "과거에 대한 정당한 인식이 없는 문화운동은 또한 정당한 진로로 향할 수가 없는 것이다."(김태준 1935)

이처럼 1920~30년대 식민지 지식인들의 공론장에서 조선적인 전통이나 고전 등에 관한 관심을 촉발하고 이를 핵심적인 의제로 끌어올린 것은 문화민족주의 바람이었다. 비록 이념적 지향에 따라 이에 대한 다양한 입장들이 분화되긴 했지만, 김태준을 비롯한 새로운 세대의 연구자들이 고전소설을 본격적인 연구의 대상으로 삼고 계승할 만한 가치가 있는 민족문화의 유산으로 여기게 된 데는 문화민족주의 담론과 (그 결과물인) '조선학' 열풍이 큰 영향을 끼쳤다고 볼 수 있다.

다음으로 이러한 1920~30년대의 문화민족주의 바람과 밀접히 연관되어 있는 식민 통치자들의 문화정책, 특히 경성제대를 중심으로 이루어진 일제의 관학 '조선연구'를 주목할 필요가 있다.

3·1운동 이후 1920년대 벽두부터 거세게 불기 시작한 문화민족주의 바람과 민립대학 설립 운동 등에 대응하기 위해 일제는 근대적인 연구방법에 입각한 '조선연구'를 주도하고 경성제국대학을 설립하였다. 1920년대 들어 총독부가 일본의 역사학자와 고고학자들을 대거 투입하여 조직한 '조선사편수회'와 이를 통해 벌인 '조선고적조사사업' 등을 전자('조선연구')의 대표적인 사례로 들 수 있다면, 후자(경성제대 설립)는 이러한 성과가 학문적 권위로 제도화된 것이라고 볼 수 있다.[53] 특히 1926년 경성제대에 개설된 '조선어학조선문학' 강좌는 제국에 복속된 한 지역으로서 식민지 조선의 언어와 문화, 사상, 종교, 민속 등을 연구하는 것을 그 목적으로 설립된 것이다. 즉 제국의 지역학의 일환

---

52 김태준(1933 : 201).
53 '조선연구'와 경성제대 설립을 통한 일제의 학문적 제도화와 그 효과에 대해서는 백영서 (2005) 참조.

으로 시도된 조선연구는 "학문의 권위라는 이름으로 주변 민족의 언어와 문예를 표상하고 지적으로 지배하려는"[54] 목적을 지니고 있었는데, 1920~30년대 식민지 지식인들이 주도한 '조선학'은 이처럼 제국적 시선을 내재한 '조선연구'에 대한 대타의식에서 출발한 민족주의 사상·문화운동으로 이해될 수 있다.[55]

물론 김태준을 비롯하여 조윤제, 김재철 같은 경성제대 출신의 1세대 한국문학 연구자들이 이러한 '조선연구'의 관점과 방법론을 일방적으로 받아들였다고 볼 수는 없다. 이들이 근대적 학문방법론을 배워 각각 고전소설이나 고전시가·민속학 등의 연구에 몰두하게 된 것은 일차적으로 민족주의적인 동기에서 비롯된 것이었으리라 여겨진다. 즉 제국의 학문적 지배력을 강화하고 식민지 통치를 돕기 위해 이루어진 '조선연구'와 이들의 한국문학 연구는 그 동기와 목적을 달리한다는 것이다. 비록 일제가 구축한 특권적인 제도 속에서 근대적 연구방법론을 배우긴 했지만, 제국의 이등국민으로서 차별을 받았던 식민지 출신의 젊은 연구자들은 조선인의 예속성과 정체성을 강조하는 일본인 스승의 오리엔탈리즘에 쉽게 동의하기 어려웠다.[56] 그리고 독서회를 기

---

54 하루오 시라네·스즈키 도미(2002 : 270). 무라이 오사무는 이 글(「멸망의 담론 공간」)에서 도쿄제국대학이 언어학과를 설립해서 아이누어, 류쿠어, 중국어, 조선어 등의 전공자를 양성하고 그 언어들을 보존, 기록, 연구하게 했던 목적을 이렇게 파악했다. 그런데 바로 이 도쿄제국대학 언어학과에서 조선어를 전공한 오구라 신페이는 경성제대 조선어문학과 초대교수로 부임했다.

55 김병구(2006 : 16~17). 물론 김병구의 지적처럼 일제가 이러한 조선학 열풍을 허용한 것은 '조선적인 것'에 대한 식민지 지식인들의 욕망을 "제도적 틀 안에 묶어놓고 제국과 식민지 사이의 적대성을 순화시키는 일종의 정류장치의 역할"을 그것에서 기대했기 때문일 수 있다.(김병구 2006 : 22)

56 특히 한국사의 타율성을 강조하고 식민지인들을 멸시했던 경성제대 조선어문학과 교수 다카하시 토오루에 대한 조선인 학생들의 불만은 꽤 높았던 것 같다. 다카하시는 총독부의 '종교조사'와 '조선도서조사'에 위촉되었다가 그 공로로 경성제대 교수로 부임한 인물

반으로 한 반제동맹사건이 보여주듯 경성제대는 식민주의자들의 관점이 일방적으로 전수되는 통로 혹은 일제의 식민화 정책에 동조하는 협력자를 생산하는 도구로만 기능하지도 않았다.

하지만 그럼에도 이들의 한국(고전)문학 연구는 때로 위험하리만큼 '조선연구'와 닮아 있었고 유사한 정치적 효과를 발휘했다.[57] 곧 이들은 경성제대의 제도적 권위와 근대적 분과학문체제, 실증주의적 연구방법론 등을 바탕으로 기존의 '조선학'을 학문적 권위를 지니지 못한 비전문가들의 저널리즘 차원으로 몰아붙였는데, 이러한 일종의 '전문가주의'는 분과학문체제의 강화와 학술활동의 폐쇄성, 학문의 복고성과 탈정치화 같은 (어떤 점에서 보면 오늘날까지도 지속되는) 부작용을 낳을 수 있었던 것이다. 덧붙여 이는 '조선연구'를 주도했던 일제의 관학자들이 조선어로 된 기존의 학술세계를 배제했던 방식과 매우 유사한 것이기도 했다.[58]

물론 특히 이 글에서 주요하게 다루고 있는 김태준의 경우 경성제대에 다니던 1930년경부터 이미 사회주의 사상에 경도되기 시작했고 특히 1935년을 전후하여서는 실증주의에서 완전히 탈피해 확호한 유물

로, 어떤 점에서 일제가 주도한 '조선연구'의 궤적과 목표를 가장 잘 체현하고 있는 인물이었다고 볼 수 있다. 다카하시 토오루의 '조선연구'의 내용과 성격에 대해서는 박광현(2003) 참조.

57 조윤제의 자전적 술회에 따르면 그가 국문학 연구에 뛰어든 것은 그것을 민족독립운동의 일환이라고 여겼기 때문이다. 하지만 그는 1939년 보성전문학교 도서관에서 연구에 몰두하면서 이제까지 자신이 학문을 위한 학문만 해온 것은 아닌가, 일본 학풍의 맹종은 아니었나 반성하고 있다. 이와 같은 반성은 그 의도가 어떠했든 결국 그의 초기 연구가 경성제대의 조선연구 풍토를 거의 벗어나지 못했음을 인정한 셈이다.(조윤제 1964 : 377~381)

58 1929년부터 배출되기 시작한 경성제대 출신 조선인 졸업생들의 전문가로서의 자부심은 대단했다. 그들은 기존의 조선인에 의한 연구와 자신들의 연구를 구별하면서 조선어로 된 진정한 학술논문은 자신들로부터 비롯된다는 자부심을 지니고 있었다.(백영서 2005 : 176~177)

변증법적 입장에 도달했다는 점[59]에서 매우 일찍부터 '조선연구'의 영향력을 벗어난 인물이었다고 볼 수 있다. 하지만 1930년대를 전후하여 고전소설을 비롯한 고전문학 전반에 관한 관심이 크게 증가하고 전문적 연구가 속출하는 것에는 문화민족주의를 바탕으로 한 '조선학' 열풍뿐 아니라 이에 대응하는 일제의 '조선연구'와 그 제도적 효과 또한 복합적으로 작용했기 때문이라는 점은 분명해 보인다.

마지막으로 1920~30년대까지 문화민족주의와 함께 식민지 지식인들에게 강력한 사상적 영향력을 지니고 있었던 사회주의 담론이 이와 같은 고전열古典熱에 대해 지니고 있었던 입장에 대해 간략히 검토해보기로 하자. 사실 사회주의 담론은 국제주의와 보편주의, 진보주의를 지향한다는 점에서 복고적이고 자민족 중심주의적인 성향을 띠기 쉬운 '조선학'이나 '고전' 열풍과 일정한 거리가 있어 보인다. 임화나 김남천 같은 계급주의적 입장을 강경하게 고수했던 사회주의자들은 1930년대 들어 유행한 '조선학운동'이나 '고전 부흥 운동'에 대해 몰락하는 부르주아문학의 복고주의로 가혹하게 비판하기도 했다.[60] 그리고, 그보다 강도가 낮긴 하지만, 김태준이나 백남운 같은 사회주의자들 또한 당대의 조선학운동이 지닌 과도한 관념성을 비판한 바 있다. 그런 점에서 사회주의 담론은 1920~30년대의 조선학이나 고전 열풍에 대해 적극적positive이라기보다 소극적negative으로, 조선적 전통이나 고전에 대한 과잉의 낭만화나 탈역사화를 제어하는 방향으로 작용했다고 말하는 편이 아마도 타당할 것이다.

---

59 박희병(2005 : 279).
60 황종연(1988a : 241~255).

그런데 대부분의 식민지-반식민지 사회운동의 역사가 보여주듯 민족적 고유성이나 전통 같은 문제는 사회주의 이념으로 간단히 부정될 수 있는 것이 아니었다. 사실 이를 간단히 퇴영적 복고주의라고 배격하고 세계사적 보편성 속에 민족사적 특수성을 해소해버리는 것은 서구-근대 중심주의와 식민주의에 더 쉽게 포섭되는 길일 수 있기 때문이다. 그런 점에서 1930년대 식민지 공론장에 제기된 조선적인 특수성이나 전통, 고전 등에 관한 문제는 사회주의자들에게 중대한 도전이었던 셈이다. 그들은 부르주아 민족주의자들이 제기한 이와 같은 문제를 애초부터 잘못된 문제설정으로 몰아 폐기할 수도 있고 적극적으로 받아들여 역사주의를 더욱 심화시킬 수도 있었다. 김태준은 후자의 입장에서 고전소설의 가치를 그 역사성 속에서 재발견하는 길을 선택했다. 그리고 그것은 오늘날까지도 고전소설의 정전적 가치를 논의하는 데서 여전히 그 유효성을 잃지 않은 길이다.

이처럼 고전소설은 1930년대에 이르러 '조선적인 것'에 대한 관심과 더불어 문학 연구의 대상으로 재인식되기 시작했고 마침내 계승할 만한 문화적 유산으로, '고전'으로 자리매김되기에 이르렀다. 일단 그와 같은 관심은 서구적 근대화에 대한 맹목적 열정이 식고 그동안 멸시와 부정의 대상이 되어왔던 과거의 전통 속에서 계승하고 재창조할 만한 유산을 찾아보고자 하는 인식이 확산되면서 나타난 것이다. 문화민족주의로 통칭될 수 있는 이러한 지적 · 정서적 분위기 속에서 고전소설 또한 새롭게 재평가되기에 이르렀지만, 한편으로 그것에 대한 연구는 제국의 '조선연구'에 의해서도 크게 자극받고 있었다. 그런 점에서 '조선학'과 '조선연구' 사이의 표면적 대립과 이면적 공모를 지적할 수도 있을 것이다. 하지만 어떤 의미에서 제국주의와 그 속에서의 탈식민주의는 이와 같은 모순적인 상호관계를 맺을 수밖에 없다고 볼 수도 있다. 저항이 항상 지배에 대한 저항이듯 지배 또한 항상 어떤 형태의 저항을 겨냥한 지배일 수밖에 없기 때문이다.

5. 나가며

1930년대의 식민지 공론장에서 핵심 의제로 떠오른 '조선적인 것', '고전' 등에 대한 열렬한 관심과 토론은 일제의 식민지배가 전시총동원 체제로 전환된 1940년대로 접어들면서 점차 소멸하기에 이른다. 물론 1939년 창간되어 1941년 폐간된 『문장』에서 고전 열풍이 그 마지막 불꽃을 피웠다는 사실은 강조해야 할 것이다. 『문장』의 주간이었던 이태준은 이러한 고전 유행 현상을 '고전열古典熱'이라 부르면서 "요즘 신식에 멀미난 사람들이 청년층에도 늘어간다. 이 일종 고전열은 고완품가에도 나타난다"고 지적한 바 있다.[61] 중일전쟁 이후 총동원체제로 전환한 식민지 조선의 급박한 현실에서 '신식에 멀미가 나서 고전문학이나 골동품에 취미를 붙이는 사람이 늘고 있다'는 말을 액면 그대로 받아들이기는 어려울 것이다. '멀미나는 신식'에서 물러나 침잠하는 고전열이란 기실 폭압적인 현실에서 잠시 벗어나 누리는 정신적 여유에 불과할

---

61 이태준, 「고완품과 생활」, 『문장』 20, 1940.10, 208면, 정주아(2007 : 319) 재인용.

것이기 때문이다. 그런 점에서 『문장』에서 그 절정에 달한 고전부흥의 열풍은 "고전적인 것 혹은 조선적인 것의 낭만적 사유화"이자 "딜레탕티즘"에 불과하다는 황종연의 해석에 충분히 공감할 수 있다.[62]

하지만 그렇다고 해서 이를 통해 1920년대부터 점차 고조되기 시작하여 1930년대를 풍미한 조선학 운동이나 고전에 대한 열풍 전반을 부정적으로 평가할 필요는 없을 것이다. 필자가 보기에 그것은 강요된 근대화—예속적인 식민화를 주체적으로 소화하고 극복하려는 과정에서 불가피하게 제기될 수밖에 없는 질문 혹은 과제였다고 보이기 때문이다. 물론 그 질문은 애초부터 매우 복잡하게 착종된 형태로 제출된 것이었다. '소설'이나 '문학' 같은 개념을 둘러싼 인식상의 혼란은 그러한 착종이 어떤 형태였는지를 보여주는 한 예이다. 중역重譯된 이 개념들이 불러일으킨 혼동은 근대와 전근대, 단절적 재구성과 누적적 흔적 사이의 복잡하고 착종된 관계를 반영하고 있다. 이처럼 ('번역된 근대'의 식민지적 변형판이라고 할 수 있을) '중역된 근대'를 주체화하기 위해서는 다시 '조선적인 것'이 무엇인지, '전통'이나 '고전'의 가치는 무엇인지 묻지 않을 수 없다. 그런 점에서 그것은 고전적인 것 혹은 조선적인 것에 대한 질문이기도 하지만 동시에 근대적인 것에 대한 질문이기도 하다.

고전소설은 서구적인 근대를 이상적인 것으로 받아들이고 열렬히 주종할 때, 그러한 이상을 실현하기 위해 부시한 대중을 국민 / 민족으로 계몽시키고자 할 때, 근대화와 계몽을 가로막는 봉건 사회의 유물로 여겨져 철저히 배척되었다. 그러한 고전소설이 본격적인 문학 연구

---

62 황종연(1988b : 224~225).

의 대상으로, 민족문화의 유산으로 인식되게 된 것은 서구적 근대에 대한 회의가 일어나고 소멸의 위기에 처한 민족적 전통에 대한 복고적 관심이 일어나면서부터이다. 물론 이러한 문화민족주의 열풍의 반대편에는 식민통치를 위해 조선의 민족지를 구축하고자 했던 제국의 '조선연구'가 놓여 있었다. 오늘날까지 이어지는 고전소설 연구의 학문적 · 제도적 기초는 이러한 '조선학'과 '조선연구'의 길항 속에서 형성된 것이라고 할 수 있다.

참고문헌

1. 자료

김태준, 『조선소설사』, 청진서관, 1933.

_____, 박희병 교주, 『증보 조선소설사』(학예사, 1939), 한길사, 1990.

_____, 「고전탐구의 의의 : 조선연구열은 어데서?」, 『조선일보』, 1935.1.26.

_____, 정해렴 편역, 『김태준문학사론선집』, 현대실학사, 1997.

신채호, 「소설가의 추세」, 『대한매일신보』, 1909.12.2.

안 확, 「시조작법」, 『현대평론』 7호, 1927.8.

_____, 「시조의 작법」, 『조선』 186호, 1931.10.

이광수, 『신생활론』, 박문서관, 1926.

_____, 「조선문학의 개념」, 『신생』 4, 1929.

이해조, 『자유종』, 광학서포, 1910.

조윤제, 『도남잡지』, 을유문화사, 1964.

최남선, 「朝鮮歷史通俗講話」, 『동명』 6, 1922.10.

H.K生., 「가정과 구소설」, 『조선일보』, 1929.4.2.

Allen, H. N., *Korean Tales*, New York & London : The Nickerbocker Press, 1889.

Gale, James S. trans., *The Cloud Dream of the Nine*, London : Daniel O'Connor, 1922.

2. 논저

권보드래, 『한국 근대소설의 기원』, 소명출판, 2000.

김남이, 「연암이라는 고전의 형성과 그 기원」, 『고전, 고전번역, 문화번역』, 미다스북
　　　스, 2010.

김병구, 「고전부흥의 기획과 '조선적인 것'의 형성」, 『민족문학사연구』 31, 민족문학
　　　사학회, 2006.

김종철, 「정전으로서의 춘향전의 성격」, 『선청어문』 33, 서울대학교, 2005.

류준필, 「김태준의 『조선소설사』와 『증보 조선소설사』 대비」, 『한국학보』 88, 일지사, 1997.

박광현, 「경성제대 '조선어학조선문학' 강좌 연구 : 다카하시 토오루를 중심으로」, 『한국어문학 연구』 41, 한국어문학연구학회, 2003.

박숙자, 「1930년대 명작선집 발간과 정전화 양상」, 『새국어교육』 83, 한국국어교육학회, 2009.

박희병, 「천태산인의 국문학 연구(상)」, 『민족문학사연구』 3, 민족문학사학회, 1993.

백영서, 「'동양사학'의 탄생과 쇠퇴」, 『한국사학사학보』 11, 한국사학사학회, 2005.

송혁기, 「연암문학의 발견과 실학의 지적 상상력」, 『한국실학연구』 18, 한국실학학회, 2009.

오윤선, 『한국 고소설 영역본으로의 초대』, 지문당, 2008.

윤여탁, 「한국의 문학 교육과 정전 : 그 역사와 의미」, 『문학교육학』 27, 한국문학교육학회, 2008.

이연숙, 「고전의 '국민화'」, 『고전, 고전번역, 문화번역』, 미다스북스, 2010.

이영화, 「1920년대 문화주의와 최남선의 조선학운동」, 『한국학연구』 13, 인하대 한국학연구소, 2004.

이윤석, 「고본 춘향전 개작의 몇 가지 문제」, 『고전문학연구』 38, 한국고전문학회, 2010.

이주영, 「신문관 간행 육전소설 연구」, 『고전문학연구』 11, 한국고전문학회, 1996.

_____, 『구활자본 고전소설 연구』, 월인, 1998.

이형대, 「1920~30년대 시조의 재인식과 정전화 과정」, 『고시가연구』 21, 한국고시가문학회, 2008.

정주아, 「문장지에 나타난 고전의 의미 고찰」, 『규장각』 31, 서울대 규장각 한국학연구원, 2007.

정출헌, 「국학파의 '조선학' 논리구성과 그 변모양상」, 『유럽 중심주의 비판과 주변의 재인식』, 미디어북스, 2010.

정하영, 「김태준의 조선소설사」, 『고소설사의 제문제』, 집문당, 1993.

조동일, 『소설의 사회사 비교론』 I, 지식산업사, 2001.

천정환, 『근대의 책 읽기』, 푸른역사, 2003.

_____, 「초기 삼천리의 지향과 1930년대 문화민족주의」, 『민족문학사연구』 36, 민족

문학사학회, 2008.

최호석, 「신문관 간행 육전소설에 대한 연구」, 『한민족어문학』 57, 한민족어문학회,
　　　2010.

황종연, 「1930년대 고전부흥운동의 문학사적 의의」, 『한국문학연구』 11, 동국대 한국
　　　문학연구소, 1988a.

_____, 「1930년대 고전부흥운동의 발흥과 전개」, 『국어국문학』 99, 국어국문학회,
　　　1988b.

스즈키 사다미, 김채수 역, 『일본의 문학 개념』, 보고사, 2001.

하루오 시라네 · 스즈키 도미 편, 왕숙영 역, 『창조된 고전』, 소명출판, 2002.

19C 말~20C 초 영역英譯작업을 통해 본 외국인의 한국 고전문학 인식*

오윤선

1. 들어가며

우리가 설화와 고소설에 관심을 가지고 그 가치를 논하기 시작한 것은 1930년대 들어서지만,[1] 이미 1889년에 미국인 선교사 알렌에 의해 한국 고전문학이 영역 출판되었다. 어느 작품이 가장 대표성을 가지는지 아직 우리나라 안에서 논의되기도 전에 벌써 외국인들은 우리 작품

---

* 이 글은 논자의 다음 연구들을 수정 · 보완 재구성한 것임을 밝힌다.
오윤선, 「단군신화檀君神話 영역자英譯者의 시각視角 일고찰」, 『국제어문』 48집, 국제어문학회, 2010; 오윤선, 「한국설화 영역본英譯本의 현황과 특징 일고찰 : 「견묘쟁주설화犬猫爭珠說話」를 중심으로」, 『동화와 번역』 21집, 동화와 번역 연구소, 2011; 오윤선, 「근대초기 한국설화 영역자들의 번역태도 연구 : Allen, Griffis, Hulbert, Carpenter를 중심으로」, 『동화와 번역』 23집, 동화와 번역 연구소, 2012; 오윤선, 「영역작품英譯作品을 통해 본 외국인의 한국 고전소설 인식」, 『한국어문교육』 26집, 한국교원대 한국어문교육연구소, 2013.
1 김태준(1933), 손진태(1947). 손진태의 책은 1927년 『신민』에 연재된 내용을 단행본으로 출간함.

들을 영어로 번역해서 소개한 셈이다. 역자들 중에는 한국어가 가능한 사람도 있었지만, 전혀 알지 못하는 사람들도 많았는데, 한국 고전 중에서 번역대상을 선정하는 기준은 역자마다 조금씩 달랐다.

이 글에서는 1889년부터 1955년까지 국내외에서 출판된 외국인이 영역한 한국 고전문학의 영역본을 대상으로 외국인의 한국 고전문학 번역태도에 대해 고민해 보기로 한다. 특히 일제강점기까지의 영역작업은 역자들이 참조할 수 있는 한국인의 연구 성과가 없었기 때문에, 역자들의 작품에 대한 태도가 작품선정의 결정적인 기준이 되었다. 이들을 통해 한국 고전문학의 대표 작품들이 선정되어 국외에 소개된 셈이다. 이 글에서는 영역본의 양상과[2] 역자들이 역본譯本에 쓴 서문들, 또한 그들의 여타 저술들을 통해 영역자들의 한국 고전문학에 대한 태도를 살펴볼 것이다.

2. 19C 말~20C 초 국외에 영역 소개된 한국 고전문학

19세기 말부터 20세기 초까지는 주로 한국에 들어온 선교사들이 한국 고전문학을 번역한 뒤 미국이나 영국의 출판사에서 출간했다. 설화와 고소설이 섞여 있지만 명확히 구분되지는 않았으며, 특히 설화를 번역한 것이 많았다. 〈표 1〉은 당시 출간된 설화집들이다.

---

2   영역의 양상은 오윤선(2008)을 참조.

〈표 1〉 1889~1955년 출간 영역 한국설화집 목록

번호	역자	표제	출판지 : 출판사	출간 연도
1	Horace Newton Allen	*Korean Tales*	New York&London : The Nickerbocker	1889
2	William Elliot Griffis	*The unmannerly tiger and other Korean tales*	New York : Crowell	1911
3	Homer B. Hulbert	*Omjee The Wizard : Korean Folk Stories*	Springfield, Mass. : Bradley Quality Books	1925
4	Berta Metzger	*Tales told in Korea*	New York : Frederick A. Stokes	1932
5	Frances Carpenter	*Tales of a Korean Grandmother*	Doubleday & Company	1947
6	In-Sŏb Zŏng	*Folk Tales from Korea* 우리고담	London : Routledge&Kegan Paul Ltd.	1952
7	So-un Kim, compiled. / Setsu Higashi, trans.	*The Story of bag : a collection of Korean folktales*	Rutland, Vt. : Tuttle	1955

　〈표 1〉의 책들은 현재 모두 원본 혹은 복본으로 유통되고 있다. 설화집 중에서 6번과 7번은 한국인의 역본이지만, 같은 시기에 출간되었으므로 비교를 위해 넣었다.

　설화집과 고소설집 통틀어 제일 먼저 알렌Horace Newton Allen(1858~1932)에 의해 *Korean Tales*가 1889년 미국에서 출판되었다.[3] 의사인 그는 선교사업을 하기 위해 1884년부터 1905년까지 한국에 머물면서, 외교관으로서의 활동도 하다 본국으로 돌아간다. 그는 이 책에서『흥부전』,『춘향전』,『심청전』,『홍길동전』등과 설화들을 번역해서 싣고 있다. 영역대본으로 삼은 원전이 선본은 아니지만, 충실히 옮기느라 애를 썼고, 당시에 이 정도의 번역본이 있었다는 사실이 놀랍다. 살펴본 결과 소설의 원전은 모두 경판계임을 알 수 있으나, 정확한 원대본을 찾기 힘들었다. 그가 한국에 온 지 겨우 5년 만에 이러한 설화와 고소설의 영역집을 냈다는 사실이 믿기 어려운데, 구자균도 추론했듯이 알

3　H. N. 알렌(1999).

Horace Newton Allen(1858~1932)

렌이 원전을 제대로 읽고 영역했을 가능성은 거의 없다. 하지만, 오역이라고 지적할만한 곳이 거의 없다고 할[4] 정도로 무난한 번역을 했다. 백년이 넘은 지금도 미국에서 다시 출판되어 시장에 나와 있는데, 연구자료로서의 성격은 아니고 한국의 설화집으로 소개되고 있다.

이후 1911년에 그리피스William Elliot Griffis(1843~1928)의 *The Unmannerly Tiger, and Other Korean Tales*가 출간되었다. 그는 미국인 과학자로 일본 정부의 초청을 받아 1870년부터 1874년까지 일본 도쿄대학에서 교수생활을 했는데, 일본을 연구하다가 일본의 뿌리를 찾기 위해 한국을 연구하게 된 학자다. 그는 한국 방문의 경험 없이 한국 관련 책들을 집필하느라, 서양의 다른 한국전문가들의 도움을 받았음을 알 수 있다. 책의 머리말 부분에[5] 언급한 Allen, Hulbert, Gale, Jones, Appenzeller, Underwood 등이 그들이다. 그의 책은 현재에도 미국에서 영인본 출판을 전문으로 하는 출판사들에 의해 유통되고 있다.

*Omjee The Wizard : Korean Folk Stories*를[6] 쓴 헐버트Homer Bezaleel Hulbert(1863~1949)는 한국의 독립운동을 도운 미국인 선교사로 한국사에서 숭요하게 다루어지고 있는 인물이나. 국적불명의 삽화들이 눈에 아주

---

4 구자균(1963 : 233).
5 William Elliot Griffis(2008 : 7).
6 이 책은 최근 2011년 1월에 영한英韓 대역본對譯本으로 출간되었다. 헐버트, H.B(2011)은 '한국 최초의 영어교사 호머 헐버트가 들려주는 한국 옛날 이야기'라는 부제가 말해주듯 초 · 중 · 고등학교 학생들을 대상으로 한 이야기책 성격의 대중서로 출간되었다.

거슬리지만, 한국어를 살려서 인명을 만드는 등 한국 설화의 소개를 위한 노력이 보인다. 'Omjee(엄지)'와 'Soktary(석달이)'라는 인명과 'jiggy(지게)', 'jim-koon(짐꾼)' 등의 단어들을 활용하고 있다.

베르타 메츠거Berta Metzger가 서울에서 1931년에 펴낸 *Tales told in Korea*의 서문을 보면, 한국의 이야기꾼들에게서 직접 들은 설화들을 기록한 것을 출판한 것이라고 한다. 다양한 이야기가 너무나 많은 나라라고 극찬을 하고, 화자의 교육 정도나 성향에 따라 이야기가 달리 구연口演됨을 이야기하고 있다. 그리고 *Tales Told in Korea* 이외에도 *Tales Told in India*와 *Picture Tales from the Chinese* 등을 출판한 것으로 보아, 여러 나라의 설화에 관심을 가졌던 인물임을 알 수 있다. 또한 특이한 점은 앞의 사사표기에 'Dedicated to Dr. Syngman Rhee From the Garden of Whose Memory Came many of These Stories'라고 되어 있다. 이는 이승만 전 대통령을 이야기하는 것으로 많은 이야기가 그로부터 채록되었음을 알 수 있다.

*Tales of a Korean Grandmother*를 출판한 카펜터(Frances Carpenter, 1890~1972)는 1937년 중국의 이야기책인 *Tales of Chinese Grandmother*를 먼저 출간한 뒤 1947년 한국의 이야기를 출간했다. 그녀는 인류학자이면서 여행 작가인 아버지 프랭크 카펜터Frank Carpenter를 따라 여행을 다녔으며, 여러 나라의 설화집을 펴냈다. 한국에 대해 많이 알지 못하지만, 이전에 간행된 *The Korean Repository, The Korean Review* 등의 정기간행물들과 Griffis, Allen, Carles, Bishop, Gale, Hulbert 등의 선교사, 여행가들의 글들을 참고했으며, 특히 1888년 한국을 처음 방문했던 아버지 프랭크 카펜터의 도움이 많았다고 밝히고 있다.[7] 이 책은 출판사를 바꿔서 현재까지 출판되고 있으며, 미국 온라인 또는 오프라인 서점들에서 잘

〈표 2〉 1889~1955년 출간 영역 한국고소설집 목록

번호	역자	표제	출판지 : 출판사	출간연도	해당작품
1	H. N. Allen	*Korean Tales*	New York & London : The Nickerbocker Press	1889	『흥부전』, 『춘향전』, 『심청전』, 『홍길동전』
2	Eli Barr Landis	"A Pioneer of Korean Independence", *The Imperial & Asiatic Quarterly Review* VI		1898	『임경업전』
3	James S. Gale	"Ch'unhyang", *Korea Magazine*		1917~18	『춘향전』
4	James S. Gale	"The Story of Sim Chung", *Gale James Scarth Paper* *		1919	『심청전』, 『흥부전』, 『토끼전』
5	Charles M. Taylor	*Winning Buddha's Smile : A Korean Legend*	Boston : Gorham Press	1919	『심청전』
6	James S. Gale	*The Cloud Dream of the Nine*	London : Daniel O'Connor	1922	『구운몽』
7	Edward J. Urquhart	*The Fragrance of Spring*	서울 : 時兆社	1929	『춘향전』
8	In-Sŏb Zŏng	*Folk Tales from Korea* 우리고담	London : Routledge&Kegan Paul Ltd.	1952	『장화홍련전』, 『홍길동전』, 『전우치전』

* 토론토대 토마스피셔 희귀본 장서실 소장, 미간행 원고임. 권순긍·한재표·이상현(2010 : 422~423).

팔리고 있는 한국이야기책이다.

〈표 2〉는 같은 시기 출간된 영역 한국고소설 목록이다. 고소설집 1번, 8번은 앞의 설화집 1번, 6번과 중복된다. 이는 당시 우리나라 안에서도 설화와 소설의 구분을 명확히 하지 않았었고, 역자인 알렌과 정인섭은 한국이라는 나라를 알리기 위한 목적으로 번역하다보니, 고소설도 하나의 이야기로 소개했던 것이다.

19세기 말의 역자들, 전공자도 아니었던 그들이 어떤 과정을 거쳐 작품을 선정했을지 궁금하다.

"A Pioneer of Korean Independence"를 쓴 미국인 랜디스(Eli Barr Landis, M.D, 南得施, 1865~98)는 영국성공회 의료선교사로 1890년 한국에 왔다. 1892년 인천에서 병원을 열어 의료선교활동과 영어교육, 고아구

---

7   Frances Carpenter(1973), "Acknowledgement."

제사업도 했었는데,[8] 학구적이었던 그는 한국의 종교에 대한 논의들도 글로 남겼다. 비록 1898년 장티푸스에 걸려 32세의 나이로 사망하였지만, 그는 한국에서 의료선교를 하며, 한국의 작품을 영역 소개했다.

그와 비슷한 시기의 역자들이 주로 판소리계소설이나 『홍길동전』, 『구운몽』을 번역한 것과 달리 그는 역사군담소설인 『임경업전』을 영역했다.[9] 한국을 대표하는 작품으로 『임경업전』을 선정한 그의 의도가 궁금해지는데, 그가 작품명을 "A Pioneer of Korean Independence"(한국독립의 개척자)라고 붙인 것은 조선의 영웅으로서의 임경업에 주목했기 때문일 것이다. 『임경업전』이 그 시대에도 여전히 인기 있는 작품이기도 했지만, 어려운 현실에 처한 조선에 영웅이 나타나기를 기대하며 번역했으리라 생각된다. 그는 그가 번역한 소설의 마지막 부분에서 강화도에 임 장군과 그의 아내를 기억하기 위한 절을 세우고 유품을 간직하고 있다는 설명을 덧붙이고 있다.

> 강화도에 임 장군과 그의 아내를 기리는 절이 세워졌다는 점을 덧붙이겠다. 여기에는 옷과 그의 초상과 함께 창과 칼이 보존되어 있다.[10]

하지만 그가 임경업 이야기를 영역한 것이 여전히 의문스럽다. 그 또한 당시 다른 선교사들과 마찬가지로 한국의 우상숭배에 대해 반감을 가지고 있었을 것이기 때문이다. 서해에서는 풍어를 기원하며 임경

---

8   기창덕(1997 : 14).
9   『임경업전』 내용 관련은 이복규(1994)의 논의를 참조.
10 I must add that a memorial temple is erected to Im and his wife in the island of Kang Hoa. Here his spear and sword are preserved, as well as a suit of clothing and his portrait.

업 장군을 신으로 모시는 지역이 많았다. 민간에서는 임경업 장군신이 흔히 잡귀를 쫓아내고, 병을 낫게 하며, 무병장수와 안과태평을 가져다준다고 믿고, 무당의 수호신의 역할까지 한다.[11] 그럼에도 불구하고 선교사인 그가 『임경업전』을 소개하고 있는 것은 이 이야기가 한국적인 요소들을 잘 담고 있다고 생각했기 때문일 것이다. 이는 그의 번역 태도에서도 볼 수 있다.

나는 동양적 상상력을 참작했고, 가필되었다고 생각되는 세부적인 부분들은 옮기지 않았다. 그럼에도 불구하고 비록 무모하지만, 숭배할만한 강한 캐릭터를 우리에게 보여주기에 충분하다.[12]

그는 한국인들이 임경업 장군을 숭배하는 것에 주목했고, 그가 조선 독립을 위해 싸웠던 인물이라는 점을 부각했다. 『임경업전』은 여느 역사군담소설들처럼 소설과 역사가 섞여 있어, 랜디스는 번역과정에서 한국인들이 섬기는 임경업 장군의 행적을 기록하듯이 서술하고 있다.

3번, 4번, 6번의 영역본을 출간한 게일은 캐나다 출신의 선교사이다. 성경을 한국어로 번역한 역자의 한 명이었다. 이외에도, 한국어 문법 책, *Korean : English Dictionary*와 같은 사전과, *Korea in Transition*[13]과 같은 한국견문기 등의 한국 관련 서적들을 출판한, 한국어와 한국문화에 대

---

11 국립민속박물관(2009).

12 I have made allowance for Oriental imagination, and have avoided giving some of the details which have a strong suspicion of colouring. There yet remains sufficient to show us a strong, though reckless, character, in which there is much to admire.

13 James S. Gale(1909).

한 깊이 있는 이해를 가지고 있던 인물이었다. 하지만『구운몽』은 비교적 긴 한문소설로[14] 웬만한 열의와 지식을 가지고서는 번역이 힘들다. 그러나 원전을 충실하게 옮겼으며, 초기의 영역으로서는 놀라운 성과라고 볼 수 있다. 이 영역본은 최근에 미국에서 다시 출판되었는데, 무려 3개의 출판사에서 나왔다.

한편,『심청전』을 번역한 *Winning Buddha's Smile : A Korean Legend*의 테일러Charles M. Taylor에 대해서는 알려진 바가 거의 없다. 그의 저서 *Vacation Days in Hawaii and Japan*(1849)이 남아있을 뿐이다. 다만 그의 번역본 서문에서 그가『심청전』을 선택해 번역한 계기를 엿볼 수 있다.[15]

중국문학이나 일본문학은 영역이 많이 되었으나, 한국문학은 잘 알려지지 않고 인정받지 못한 채로 남아 있다. (…중략…)『심청전』은 한국문학에서 가장 오래된 작품 중의 하나다. 원작의 작가와 창작 시기는 알 수 없지만, 14세기 말 극의 형식으로 잘 알려졌다는 것은 어느 정도 확실하다.

종교적 충돌이 반도를 휩쓸었을 때, 특히 불교교리나 사상의 기미를 띤 많은 문학 유산들이 불태워졌다. 어떤 식으로든 이러한 대규모 문학 말살에서 벗어난 우리 전설이, 다른 사람 다른 영토의 것들에 흥미를 느끼는 사람들이 점점 많아지면서 너그러운 환대를 받으리라는 희망을 가지고 영어권 독자들에게 소개한다.[16]

---

14 『구운몽』은 한문본과 한글본이 있으나, 게일은 한문본을 영역의 주텍스트로 삼았다.
15 Charles M. Taylor(1919 : 8). 테일러는 한국인 학자 홍종우의 불어판에 힘입었다고 서문에서 밝히고 있다.
16 ""Winning Buddha's Smile" is one of the oldest existing specimens of Korean literature. Both the author and date of its original composition are unknown, but it is reasonably certain that it was well known in dramatic form about the close of the fourteenth century.

그는 한국문학이 중국이나 일본문학에 비해 알려지지 않아 안타까운 마음을 가지고 있다. 물론『심청전』의 형성연대를 14세기로 지나치게 높여 잡고, 작품을 불교탄압과 연관 지은 것은 잘못된 설명이다. 하지만『심청전』을 지극히 한국적인 작품이라 판단해서 선정했음은 분명하다. 그는『심청전』의 내용 중에서도 특히 부처에게 공양미를 바쳐 아버지의 눈을 뜨게 하려는 마음에 주목해 지극히 불교적인 작품으로 보았고, 이와 같은 불교적인 성격을 한국적인 특징으로 읽고 있다. 그가 작품명을 *Winning Buddha's Smile*(부처의 미소) 라고 한 것은 그가 작품의 가치를 어디에 두고 있는지, 왜 이 작품을 골랐는지 말해준다. 또한 그는 번역의 마지막 부분에서 '악은 반드시 멸망하며, 선은 모든 것을 극복하고 승리하게 된다는 위대한 지도자나 현인의 지혜를 보여주고 있음'을[17] 주제로 밝히고 있다.

마지막으로 *The Fragrance of Spring*은 저널리스트인 어쿼트Edward J. Urquhart가 서울에서 출간한 책이다. 질이 좋은 종이에 중간 중간 한국의 사적사진을 이야기와 연계해서 실었다. 한국의 출판사에서 간행되었는데, 아쉽게도 한국 외에서는 발간되지 않았다. 1929년에 출판되었고, 총 136면인데 정가가 3원이라고 매겨져 있다. 구활자본으로 간행되었

At one time when religious dissension was rife on the peninsular, many of the monuments of a rich and abundant literature, especially those tinged with Buddhistic doctrines and thought, were consigned to the bonfire. In some manner, our legend escaped this wholesale literary destruction, and it is here presented to English readers with the hope that it will meet with an indulgent reception by the ever-widening circle of those who take an interest in the things of other peoples and other lands. Charles M. Taylor(1919 : 7)

[17] *"For it has been proclaimed by The Great Teacher and Venerable Philosopher from the depths of his Wisdom, that all things having the appearance of Evil are transient and that Goodness will overcome and Virtue triumph."* Charles M. Taylor(1919 : 153)

던 신소설들 중에서 가장 비싼 정가가 매겨있는 것이 80전인 『허영의 눈물』(성문당서점, 1934, 총 210면)과 70전인 『혈루몽』(대성서림, 1932, 총 108면)임을 볼 때, 상대적으로 비싼 책임을 알 수 있다. 이는 종이의 질이 좋고, 구매력이 큰 외국인을 대상으로 했으며, 시장이 작은 출판물이기 때문인 듯하다.

서문에서 어쿼트는 자신의 역서가 직역은 아니지만, 원이야기에 가깝게 쓰려 했다고 하며, 동양문화에 익숙하지 않은 이들을 위해 약간의 수정을 가했다고 한다. 완판계열을 번역한 듯한데, 번역에서 노래와 내용과 설명이 구별되지 않게 섞여 있다.

이상 19세기 말 20세기 초의 번역자들은 주로 선교사였고, 의사, 언론인, 저술가들이었다. 따라서 이들이 한국문학을 번역 소개한 것은 연구목적 때문은 아니었다. 다음 3절에서는 이들의 번역 태도에 대해 한국설화를 중심으로 살펴보겠다.

3. 외국인의 한국설화 영역태도

1) 동양적 환상성을 활용한 동화

헐버트의 *Omjee The Wizard : Korean Folk Stories*는 한국의 설화를 소개하는 이야기이지만, 전체적으로 마법사 엄지가 석달이와 그의 친구들에게 이야기를 들려주는 형식으로 되어 있다. 지루하지 않게 열두 편의 이야기를 듣게 되어 있으며, 이야기들이 독립되어 있기는 하지만 가끔

Omjee The Wizard : Korean Folk Stories(1925)

은 연계되기도 하는 독특한 옴니버스식 구성이다. 이와 같은 구성은 전통적인 한국 설화집에서는 보기 힘든 구성이다. 꼼꼼하게 읽어보면 한국의 이야기이지만, 전체적인 틀이나 단어의 쓰임이 한국적이지는 않다.

그리피스 또한 *The Unmannerly Tiger and Other Korean Tales*에서 김씨 할머니가 손주들에게 온돌에서 이야기를 들려주는 구성으로 서술하고 있으며, 중간 중간 'Yongi(Dragon)', 'Hananim' 등의 한국어들을 섞어가며 전개하고 있다. 할머니는 단군에 대한 이야기를 하면서 아울러 왜 곰은 착하고 호랑이는 나쁜지에 대해서도 설명하겠다고 한다. 신화가 아니라, 재미있는 동화를 듣는 듯하다. 다음은 환웅과 곰이 만나는 장면이다.

환웅이 큰 숲에 들어섰을 때, 그는 개울가의 아름다운 여인을 발견했습니다. 그것은 아름다운 인간의 모습으로 변신한 곰이었습니다. 환웅은 아주 기뻤습니다. 그가 그녀에게 숨을 불어넣었더니, 곧 작은 사내아이가 태어났습니다.[18]

---

[18] When he(Whanung) entered the great forest, he found a beautiful woman sitting by the brookside. It was the bear that had been transformed into lovely human shape and nature. The Heavenly Prince was delighted. He breathed on her and, by and by, a little baby boy was born. William Elliot Griffis(2008 : 25~26).

이와 같은 구성은 카펜터의 이야기도 마찬가지다. *Tales of a Korean Grandmother*에서는 김씨 가족의 할머니가 손주들에게 이야기를 한 편씩 들려주는데, 이 이야기들이 한국 설화들이다. 설화 이외에 김씨 가족의 이야기도 많은 분량을 차지하고 있고, 이들 가족이 한국의 문화를 소개하는 역할을 한다. 또한 한국설화 내용 중에서 이해하기 어려운 한국 고유의 풍속들은 할머니와 손주들의 대화를 통해 설명해 나가고 있다. 하지만 서구적인 느낌의 헐버트 설화집과는

Tales of a Korean Grandmother(1947)

달리 한국에서 이야기를 듣는 것 같은 분위기를 느낄 수 있는데, 이는 다양한 한국어를 직접 인용하고 있고, 인명들이 한국어이기 때문이다.

헐버트는 책의 서문에서 그의 개작의 방향을 분명하게 서술하고 있다.

한국 이야기의 특징을 잘 살리면서, 6세에서 13세까지의 어린이들이 이해할 수 있는 범위 내의 언어로 옮기려 했다.[19]

중요한 의미가 약화되지 않는 한도 내에서 원이야기의 상스럽고 가혹한 요소들은 부드럽게 만들었다. 모방할만한 가치로서 인간애의 숭고한 자질이 제시되고 있음을 알 수 있을 것이다. 어린이의 상상력을 자극할 것이지만, 과도한 자극은 주지 않을 것이다.[20]

---

19 Homer B. Hulbert(1925), "preface", 번역은 인용자.
20 *Ibid.*, 번역은 인용자.

원전을 살리면서도 여섯 살에서 열세 살의 아이들이 이해할 수 있는 말로 옮겼으며, 아이들에게 교훈적이면서도 자극적이지 않은 이야기를 만들려고 했다. 이러한 헐버트의 의도는 곳곳에서 보인다. 그는 "The Sea King's Daughter"를 옮기면서 크게 개작을 했다. 거북이에 대한 응징이 없는 여타 「구토지설」과 달리, 헐버트의 결말은 토끼를 놓친 거북이가 용궁에서 추방을 당한다. 게다가 여기에서 그치지 않고, 두 개의 장을 할애해 후일담 두 가지가 이어진다.

> 토끼(앞 이야기의 토끼와 다른 토끼)가 새에게 잡혀먹힐 뻔한 물고기를 구해냈다. 다음날 그 물고기는 용왕님께서 보은하실 거라고 토끼를 용궁으로 데려갔다. 용왕의 딸은 아팠지만, 착한 일을 한 토끼의 간을 먹을 수는 없었다. 자초지종을 들은 토끼는 육지의 '토끼간rabbit liver plant'이라는 식물을 구해 공주를 살려냈다. 그리고는 잘못이 없는 거북이를 도로 용궁으로 돌아오도록 건의했다.[21]

> 용왕은 토끼에게 감사의 선물을 하려고, 거북이에게 선물로 무엇이 좋은지 알아 오라고 했다. 육지에서 진주가 값나가는 것을 알고 진주를 선물했다. 토끼가족은 부자가 되었다.[22]

위의 이야기를 보면, '토끼간'이 식물임을 알게 되어 그 식물로 약을 만들어 용왕의 딸이 나았고, 이런 착한 일을 한 토끼는 큰 상을 받게 되

---

21 *Ibid.*, "How mr. Rabbit Cured the Princess" 요약.
22 *Ibid.*, "Mr. Rabbit and the Pearls" 요약.

었다. 착한 일을 한 사람은 복을 받는 권선勸善의 결말을 가진 아이들을 위한 동화로 마무리되고 있음을 볼 수 있다.[23] 이와 같이 선행을 한 토끼를 차마 죽이지 못하는 용왕의 착한 마음, '토끼간' 문제를 해결하는 토끼의 지혜, 이전의 잘못으로 추방되었던 거북이가 토끼에게 줄 선물로 진주가 좋을 것이라고 조언함으로써 자신의 존재감을 찾는 과정 등을 함께 그림으로써, 선함과 배려, 도움이 가득한 아름다운 세상을 그리고 있다.

"The Brothers and the Bird"에서도 동화의 교훈성을 강조하기는 마찬가지여서, 작품의 마지막 부분에서 헐버트는 다음과 같은 당부의 말로 맺고 있다.

돈은 불과 같다. 만약 당신이 그것을 제어하고 올바로 쓴다면, 그것은 세상에서 가장 좋은 것 중의 하나일 것이다. 그러나 만약 불이 당신에게서 떠나서 당신의 집을 태워버린다면, 그것은 세상에서 최악의 것이 될 것이다. 그것은 전적으로 당신 또는 돈, 누가 주인이 되느냐에 달려있다.[24]

재물에 대한 욕심 때문에 파멸을 겪은 놀부의 최후를 보면, 쉽게 얻을 수 있는 교훈임에도 친절하게 직접적인 언술로 보여주고 있다.

그는 "The Brothers and the Bird"의 결말도 독특하게 이끌었다. 다른 모든 『흥부전』은 착한 동생이 나쁜 형을 부양하는 것으로 마치지만,

---

23 이러한 적극적인 개작은 이 이야기책을 창작물로 판단하는 언급이 있을 정도다. 실제로 헐버트는 많은 소설을 창작했다. 김동진(2010) 참조.
24 Homer B. Hulbert(1925 : 140). 번역은 인용자.

헐버트는 형이 하인을 시켜 새의 다리를 일부러 부러뜨렸다는 사실을 알고는 동생이 도와주지 않는 것으로 개작했다.[25] 이는 이야기의 교훈성을 강조한 헐버트의 판단으로 만들어진 독특한 결말이다. 나쁜 사람도 잘살 수 있다는 결말은 어린 독자들에게 적절하지 않다고 본 것이다. 선한 사람은 무조건 선하게 그리는 고소설의 기법은 교훈성을 추구하는 동화에는 맞지 않은 셈이다.

그리고 또 동양의 이야기지만, 독자가 아동임을 고려한 개작들이 많이 보인다. 동양에 대한 지식이 거의 없는 아동들에게 작품배경 사이의 거리감을 줄이고 이해를 돕기 위해 개작을 한 것이다.[26] 승수가 박을 타서 얻은 금모래를 팔아 그 돈을 은행bank에 예금했다든가, 홍수의 나쁜 짓을 모르고 승수가 매일 25센트씩twenty-five cents a day 주었다는 표현들이 그렇다.

그리피스 또한 마찬가지다. 독자층으로 아동을 염두에 두었음을 알 수 있다.

근래에 과학, 도그마, 끔찍할 정도로 많은 교리들, 형편없는 실용주의, 너무 지나치게 얌전만 빼는 상상력 없는 사람들의 모습 때문에 동화가 어려움을 겪고 있다. 어린이들로부터 성스러운 선물과 과학의 영역 밖에서 찾을 수 있는 기쁨을 빼앗아 가는 이들 가운데 작가는 가장 마지막 사람이었으면 좋겠다. 도그마 박사들과 팩트 장사치들이 정신세계를 사하라사막 같은 불

---

25 "만약 그가 그런 종류의 인간이라면, 그는 내 돈을 한 푼도 가질 수 없어. 나는 그가 굶도록 두지는 않을 것이지만, 그는 앞으로 항상 가난할 거야." *Ibid.*, p.231. 번역은 인용자.
26 20세기 초였던 당시, 동양에 대해 무지하기는 성인들도 마찬가지였다.

모의 현실로 축소시켜 버린다면 이 세상은 얼마나 칠흑같이 어두울까?[27]

그는 이야기가 어린이를 대상으로 하고 있으며, 사실의 전달, 이념의 전파보다는 초현실적인 상상의 세계에서 이야기를 읽으면서 아이들이 기쁨을 느끼기를 바라는 것이다. 다음은 그리피스의 "The King of the Sparrows" 도입부다.

> 한국 어린이들은 매일 아침 참새들의 지저귐 소리에 잠을 깬다. 이 작은 새들은 지붕 위의 넝쿨이나 처마를 따라 둥지를 튼다. 사람들은 봄이면 그들 집의 볕 잘 드는 곳을 따라 참외, 박 그리고 오이씨를 심는다.[28]

한국 농촌 가옥을 아름답게 묘사하며, 동양적인 분위기의 전달에 집중하고 있다. 다음은 참새가 다치게 된 과정이다.

> 떨어진 참새는 다리가 집의 베란다 앞에 걸려있는, 대나무를 쪼개 만든 커튼(발)에 걸려 다쳤다.[29]

한국문화의 소개에 큰 의미를 두고 있지 않았던 그가 이와 같이 가끔씩 동양적 분위기, 독특한 동양물건에 대해 묘사를 하는 것은 동화적 환상성을 위한 장치인 듯하다. 동양은 이국적인 또 하나의 색다른

---

27 조웅희(2010 : 93), William Elliot Griffis(2008 : 7) 번역.
28 William Elliot Griffis(2008 : 135). 번역은 인용자.
29 Ibid., p.136. 번역은 인용자.

William Elliot Griffis
(1843~1928)

환상공간인 것이다.

한편 그리피스의 역본은 독특하게도, 두 주인공이 형제관계가 아닌 이웃에 사는 두 사람이다.[30] 동생을 박대하는 형의 태도가 비교육적이라 생각해 이웃사람 사이로 바꾼 것 같다. 게다가 무엇보다 특이한 것은 철새 제비가 아닌 텃새 참새가 등장해서 이야기의 전개 속도를 빨리했다.

그리고 새는 날개를 펴고 참새나라 수도에 살고 있는 참새의 왕에게 날아갔다. 그리고 새들이 곤경에 빠졌을 때 치료해주고 도와줘 어린 참새의 생명을 구해준 착한 사람에 대해 즉시 폐하께 보고했다.[31]

전개 속도도 빨라졌지만, 계절에 따라 옮겨 다니는 철새에 대한 이해가 없는 지역의 아이들도 쉽게 읽을 수 있도록 한 배려라고 보인다.

이와 같이 그리피스나 헐버트, 카펜터의 이야기 구성법, 교훈을 가지고 있는 이야기로의 개작이나 합리적인 방향으로의 개작은 언어번역의 과정에서만 겪는 문제는 아니다. 우리가 전래설화를 동화화하는 과정에서도 겪었으며,[32] 그림Grimm 등 서구의 설화정리자들의 작업에서도[33] 보이는 문제들이다. 헐버트가 서문에서 밝힌 상스럽고 가혹한

---

30 "집주인은 새들을 사랑하는 친절한 사람이었다." *Ibid.*, p.136, 번역은 인용자.
　　 "그러나 사악한 남자는 참새들을 증오했고, 때때로 그의 집에서 쫓아내곤 했다." *Ibid.*, p.139, 번역은 인용자.
31 *Ibid.*, pp.136~137. 번역은 인용자.
32 김환희(2001), 박현숙(2008).
33 브루노 베텔하임(1998).

요소들이나 지나친 자극을 피하는 것은 아동문학으로서의 조건이 어때해야 한다고 그가 이미 인지하고 있었음을 알 수 있다.

역자들은 그 번역된 텍스트의 독자를 '아동'으로 두었고, 이는 원천어source language에서 목표어target language로 옮기는 번역의 단계에서 하나 더 나아가, 성인 독자에서 아동 독자의 수준에 맞추는 단계를 더 거친 셈이다. 두 단계를 거치면서, 원전의 동양적 분위기를 살리면서도 디테일한 부분들은 아동의 눈높이에 맞춘 환상성을 강조한 동화로 탈바꿈한 것이다.

2) 한국문화 소개를 위한 한국이해 자료

물론 초기 한국설화의 국외 소개는 한국문화를 알리기 위한 목적이 가장 컸다. 가장 먼저 한국설화집을 낸 알렌의 서문에는 이러한 의도를 잘 드러내고 있다. 한국에 거주한 경험이 있는 그에게 주변사람들은 한국에 대한 글을 쓰라고 했지만, 그때마다 그는 그리피스의 *Corea, the Hermit Nation*을[34] 추천했다. 하지만 결국 그는 한국인이 반미개한 민족이라는 잘못된 생각을 바로잡기 위해서 이 설화집을 쓰게 되었다고 한다.[35]

이러한 목적에 맞게 그는 서문에서 한국에 대한 소개를 썼으며, 책의 표지에 제목과 함께 'Introductory Chapters Descriptive of Korea'라

---

[34] W. E. Griffis(1882).
[35] Horace N. Allen(1992 : 3).

고 밝히고 있다. 또한 한국소개에 한 챕터를 할애하고 있는데, 이는 번역대상이 문학 작품이라는 의식 없이 문화이해의 자료라고 이해한 그의 관점을 보여준다.

> 그리고 그들 고유의 설화에 묘사된 사람들의 사상, 생활, 그리고 습관을 보여주는 것이 목적을 가장 잘 이룰 수 있다고 믿었다. 나는 이 번역을 하면서, 삶의 다양한 면들을 다룰 수 있는 이야기를 골랐다.[36]

이와 같이 예술적인 완성도가 높은 작품이 아닌 한국인의 다양한 삶을 보여주려 한 그의 의도는 작품선정 단계에서부터 보인다.

또한 작품 내에서도 그는 로마자로 한국어를 그대로 표기해서 한국의 문화를 보여주려는 시도를 하고 있다. 'sarang, or reception-room', 'tarack, or garret over the fireplace'[37] 등과 같이 한국어 '사랑방'과 '다락'을 설명해내고 있다.

이처럼 한국의 것을 그대로 보여주는 그의 시도는 번역의 기술적인 부분 이외에 내용의 차원에서도 보인다. 흥부의 보은報恩박은 모두 네 개이며, 이 중 마지막 박에서는 흥부의 첩이 될 여자가 나온다. 이 화소는 경판본이나 신재효본 모두에 나타나는 부분으로, 알렌은 이를 충실하게 옮기고 있다. 하지만 다른 역자들의 영역본들에는 모두 첩의 박 화소를 빼서, 박을 세 개로 줄이거나 아예 한 개만 열리게도 한다. 사실 흥부에게 포상으로 첩을 선물한다는 것은 아동문학의 소재로는 적합

---

36 *Ibid.*, "preface", 번역은 인용자.
37 *Ibid.*, p.101.

하지 않다. 놀부의 열두 개의 보수報讐박은 그 수가 많음에도 다 옮기면서, 네 개뿐인 흥부의 보은박을 세 개로 줄인 것은 이와 같이 아동 독자를 고려한 배제의 결과라고 생각된다.

하지만 거꾸로 생각해 보면 첩concubine은 당시 한국에서 그 수가 적지 않았고, 한국문화의 일부로 소개할 만한 요소였음에도 알렌을 제외한 역자들은 이를 배제한 것이다. 각자 번역의 무게중심을 어디에 두고 있는지 엿볼 수 있는 부분이다.

같은 사례로 놀부가 박을 타기 위해 언청이harelip 목수를 불렀지만, 자꾸 재앙이 커지자 언청이에게 재수 없다고 계속 구박하는 화소가 있다.

> 그리고 날보는 심한 언청이라 더 못나 보이는 추한 얼굴의 목수를 향했다. "너", 그는 말했다. "이게 다 너 때문이야. 니가 이 마당에 들어오기 전엔 이 박들은 금으로 가득 찼었는데, 니 흉한 얼굴이 그것들을 거지들로 만들어버렸어."**38**

못생긴 장애인에게 재수 없다고 한 것 또한 전근대의 한국에서는 흔했던 일이다.**39** 하지만 이 또한 아동을 대상으로 한 작품에 실리기에는 교육적이지 못한 내용이라, 알렌의 영역본 이외에는 모두 배제되어 있다. 이와 같이 한국문화를 소개하려는 목적을 가진 알렌은 성인 독자를 대상으로 한국문화를 있는 그대로 옮기고 있음을 볼 수 있다. 물

---

38 *Ibid.*, p.107.
39 불교의 윤회를 믿었던 한국인은 전생의 지은 죄 때문에 환생한 현생에서 장애를 가지게 되었다고 생각한 듯하다.

론 아동 독자를 대상으로 한 역자들도 한국의 문화를 옮기고 있기는 하지만, 이는 어디까지나 교훈성과 온화한 표현을 지키는 범위 내에서 이루어지고 있음을 알 수 있다.

한국의 풍속을 드러내려는 역자들의 노력은 곳곳에서 보인다. 이는 한국이라는 생소한 나라와 이국적인 이야기를 소개하려는 것이 목적인 만큼 당연하다. 이야기의 내용을 통해서 그리고 삽화를 통해서도 한국의 독특한 풍속을 보여주려 했다. 그림책이 아니면 본격적인 그림이 들어가 있는 경우는 거의 없지만, 그리피스의 책에는 몇 개의 삽화가 실려 있다. 또한 헐버트의 책에도 꽤 많은 삽화가 있지만 등장인물들이 중국 옷차림을 하고 있다.

물론 내용에서도 한국의 생활모습을 살리려는 시도도 많았다. 당시 우리나라 사람들은 고양이를 좋아하지 않고 개를 좋아했는데, 이것이 서구인의 눈에는 독특하게 보였다. 「견묘쟁주설화」를 영어로 옮기면서, 한국에는 개가 많고 개를 좋아하고 고양이는 집에서 별로 기르지 않는데, 그 이유는 개는 충직하고 고양이는 멍청한 동물이기 때문이라 이야기한다.

다음은 영역본 계열에 나타난 고양이와 개에 대한 시각이다.

- **알렌**: 한국에는 개가 많고 고양이가 석다. 개는 충식하나.[40]
- **그리피스**: 한국에는 개가 많고 고양이가 적다. 아무도 고양이를 사랑하지 않는다. 고양이는 나쁜 동물이며 개는 충직하다.[41]

---

[40] "Cats are indeed in Korea, while dogs are as abundant as in Constantinople" Horace N. Allen(1992 : 53) 각주, "He carefully tended his faithful dog" *Ibid.*, p.55.

• **카펜터** : 개는 영리하고 충직하다.[42]

    한국은 전통적으로 고양이보다는 개를 선호하는 편이다. 개는 충직한 동물로 여겨왔고, 사람과 함께 집에서 살았다. 고양이를 요물로 여겨 꺼리는 우리의 풍속이 서구인들의 시각에서는 색다르게 보였을 것이다. 다음은 알렌의 기록이다.

    그 후 나는 미국 배에서 외국산 고양이 한 마리를 얻어 품종이 좋은 놈들을 번식시켰더니 우리 집과 친구들의 집에서 쥐가 사라졌다. 조선에서는 고양이가 그다지 흔하지 않으며 미국인들처럼 귀여워하지도 않는다. 몇몇 한국인들은 우리가 뱀을 증오하는 것만큼이나 고양이를 증오했다. 나는 조선의 관리들이 외국 공사관에서 저녁 식사를 하다가 그 집의 고양이가 우연히 방안으로 들어온 것을 보고서는 기절초풍하는 것을 두 번이나 보았다. 그들 중 바로 내 앞에 앉아 있던 사람은 갑자기 기절했다. 그의 넓은 갓 테두리가 앞에 놓여 있던 유리컵을 쓰러뜨렸고 그의 얼굴은 접시 속에 푹 파묻혔다. 나는 그를 밖으로 운반했다. 바깥 공기를 쐬고 다시 정신을 차리더니 그는 자기네 말로 뭐라고 소리 질렀다.[43]

    지금도 한국에서는 고양이가 개만큼 귀애貴愛받지 못하지만, 당시

---

41 "There are many dogs, but few cats, in Korea. Nobody loves poor pussy there." William Elliot Griffis(2008 : 69), "Wild, unloved and unpetted, the cat belongs to the bad animals in Tokgabi's museum, while the puppy dog, with a good reputation, is the pet of the family and his big father and uncles are the faithful friends of man." *Ibid.*, p.77.

42 "clever dog" Frances Carpenter(1973 : 52), "faithful dog" *Ibid.*, p.53.

43 H. N. 알렌(1999 : 107~108).

고양이의 수와 고양이에 대한 대우는 지금보다도 훨씬 열악했다. 따라서 서구인의 이러한 인상은 개의 충직함을 크게 부각하는 원동력이 되었던 것 같다. 구슬을 되찾는데 쥐의 도움을 받는 아이디어를 내거나, 다시 잃어버린 구슬을 강 밑바닥에서 찾을 수 없자 낚시나 그물에 걸리기를 기다린다는 영리하고 충직한 개를 그린다.[44] 반면 당시 구비전승되던 설화나 정인섭, 김소운 등 한국인의 영역본에는 고양이의 영리함을 강조하고 있어, 서구인의 역본과는 정반대다.

또한 서구인의 눈에 색다르게 보이는 것들은 그대로 옮기려고 하는 노력이 보인다.

> 매끄러운 기름종이로 덮인 따뜻한 돌 바닥 : the warm stone floor, with its slick oil-paper covering[45]
>
> 작은 초가집과 흙담으로 둘러싸인 작은 마당 : the little straw-thatched hut and its small court encircled by a mud wall[46]
>
> 상투는 나무베개에, 몸은 기름종이 깔개에 눕고 : Laying their topknots on their wooden pillows and their bodies on their oiled-paper carpet[47]

그들의 눈에는 상투도 인상적이고, 온돌 위에 장판을 깐 초가집과 흙담으로 둘러싸인 작은 마당도 특이하게 비쳤던 것이다.

---

[44] "First, he tried swimming out into the stream to look for the amber. But it was too deep for him to see the bottom. Then he sat beside the river fishermen, wishing he had a line or a net like theirs that would bring up the golden prize he sought." Frances Carpenter(1973 : 53)

[45] Horace N. Allen(1992 : 42).

[46] Ibid., p.45.

[47] William Elliot Griffis(2008 : 72).

한편으로는 한국의 용어를 살리거나, 원어 그대로를 보여주는 노력
도 있었다.

> 양반 또는 관리 : yang ban, or official[48]
>
> 양반 또는 신사 : Yang-ban or gentleman[49]
>
> 구경 : *kuh kyung*(look see)[50]
>
> 이야기 : *yaygee*(chat)[51]
>
> 도깨비 : *tok-gabbies*[52]
>
> 할머니 : Halmoni[53]
>
> 워리! 워리! : *Wori! Wori!*[54]
>
> 아이고! 아이고! : *Ai-go! Ai-go!*[55]

또한, 엽전을 줄에 꿰어 쓰는 것을 설명하거나,[56] 공자의 말을 들먹
이기도 한다.[57] 특히 카펜터는 한국을 방문해 본 적도 없지만, 설날을
위해 연을 만들고 있는 아이들을 이야기 중간에 지속적으로 묘사하고

---

48 Horace N. Allen(1992 : 49).
49 William Elliot Griffis(2008 : 74).
50 Horace N. Allen(1992 : 46), 강조는 원문의 것.
51 *Ibid.*, p.46.
52 Berta Metzger(1932 : 90).
53 Frances Carpenter(1973 : 47).
54 *Ibid.*, p.48.
55 *Ibid.*, p.51.
56 "poor man, was now at the end of his string(coin in Korea is perforated and strung on a
    string)" Horace N. Allen(1992 : 54).
57 "Come, faithful dog, do you not know that Confucius says that all men are brothers within
    the Four Seas?" Berta Metzger(1932 : 97). 이는 『논어論語』의 「안연顏淵」편篇의 '四海之內
    皆兄弟也'를 번역한 것이다.

있다.[58] 카펜터는 당대 유통되던 한국 관련 서적을 참고했는데, 이들 서적에 연에 대한 언급이 많아 이야기 중간에 연 이야기를 끼워 넣은 것 같다. 다음은 당시 서양인의 눈에 보이는 연에 관한 서술 중 극히 일부만 추려본 것이다.

그중에서 연(鳶)날리기는 아마도 가장 중요한 놀이일 것이다. 실제로 그것은 조선에서 거의 하나의 기술로 여겨지는데, 어린아이들도 그것을 널리 좋아할 뿐만 아니라 심지어 어른들도 이와 같은 아이들 놀이에 적극적으로 참여하고 있다.[59]

아마 조선의 소년들이 가장 즐기는 놀이는 연날리기일 것이다. 연은 4각형 종이를 가벼운 대꼬챙이로 만든 틀 위에 펴서 풀로 바른 것이며, 종이 중앙에는 구멍을 낸다. 줄은 긴 손잡이가 달린 얼레에 감아 둔다. 소년들은 매우 익숙한 솜씨로 얼레를 감았다 풀었다 하며 바람이 약간만 불어도 연이 보이지 않을 만큼 멀리 띄운다.[60]

한국의 어린이들은 연(鳶)날리기를 가장 좋아하고 또 그 기술도 탁월하다. 정초가 되면 하늘에는 수백 개의 아름다운 연들이 날으는데 그 대부분은 정교하고 아름답게 만들어진 것이다. 연줄에는 우선 풀을 입히고 그다음에는 유리가루를 입힌다. 두 소년이 얼레를 교묘히 조정하면서 하는 '연싸

---

58 "where Yong Tu and his cousins were busy making kites for the New Year flying (…중략…) but Yong Tu was afraid the animals might spoil his precious kite-making materials which were spread out on the ground." Frances Carpenter(1973 : 48)
"Before she was well started, they had brought their papers, their bamboo sticks, and their gluepots and set up their little kite factory at her feet." *Ibid.*, p.49.

59 A. H. 새비지 랜도어(1999 : 86).

60 H. N. 알렌(1999 : 119).

움'을 보는 것은 멋진 구경거리이다.[61]

하지만, 정인섭과 김소운의 역본에서는 이러한 부분들이 많지 않았다. 외국인 역자들에게는 생소하고 이국적이라 강조하는 부분들이, 한국인 역자들에게는 친숙한 것들이라 드러내지 않았기 때문일 것이다.

4. 외국인의 왜곡된 한국문화 묘사

1) 일본인의 한국인식 반영

(1) 호랑이의 해석

그리피스의 이야기에서 화자인 할머니는 단군이야기를 시작하면서 호랑이가 왜 나쁜 동물이 되었는지의 유래에 대해서도 설명하겠다고[62] 한다. 굴에 들어간 호랑이는 지쳤다.

호랑이는 지겨웠다. 매일매일 맥이 빠져 있고, 미칠 듯이 혹은 나지막하게 으르렁거리다가, 친구(곰)에게 무례하게 굴기도 했다. 그러나 곰은 호랑이가 가하는 모욕들을 참아냈다.[63]

---

61 E. 와그너(1999 : 37).

62 "Now I shall tell you, also, why the bear is good and the tiger bad" William Elliot Griffis(2008 : 22).

63 "the tiger got tired. Day after day he moped, snarled, growled and behaved rudely to his companion. But the bear bore the tiger's insults." *Ibid.*, p.23.

호랑이는 한국의 상징동물이다. 한국에 호랑이가 많이 서식하고, 한국이야기에 호랑이가 많이 등장한다. 조선의 이야기를 조사했던 다카하시는 '조선은 역시 호랑이의 본고장'이라고 할 정도로 호랑이 이야기가 많고 그 수가 100여 가지가 된다고 평했다.[64] 하지만 일제는 호랑이를 대량으로 살상하고, 당시 조선 국민에게 조선 땅은 호랑이 모양이 아니라 토끼 모양이라는 인식을 심기 위해 노력한다. 이는 조선 땅의 모양을 폄하하려는 의도인 동시에, 민족정신 깊숙이 뿌리박힌 호랑이 관념을 도려내고자 하는 의도가 함께 내재해 있는 것이다. 1903년 일본인 지리학자 고토 분지로小藤文次郎는 『조선산악론朝鮮山岳論』(An Orographic Sketch of Korea)에서 한반도의 지질구조도를 발표하면서 한반도는 토끼 모양이라고 하였다.[65] 조선총독부가 편찬한 『조선동화집』에 등장하는 호랑이들이 유독 부정적인 호랑이상에만 국한되는 것을 이러한 맥락에서 해석한 연구도 있다.[66] 「단군신화」에서의 곰과 호랑이는 곰 토템 부족과 호랑이 토템 부족을 상징하는 것으로 해석하는 것이 중론이다. 곰과 호랑이에 대한 한국인의 호불호와는 전혀 상관없는 이야기임에도 호랑이를 지극히 부정적으로 그리고 있는 것은 역자의 의도적인 개작이다. 역자가 그리고 있는 부정적인 호랑이상은 일본인의 시각으로부터 비롯되었다고 보아도 크게 틀리지 않을 것이다. 오랫동안 일본에서 살며 일본에 대해 연구한 그가 일본인의 호랑이에 대한 시각을 통해 이야기를 옮겼다고 보인다. 기자에 대한 시각 또한 철저히 일본학자들의 연구를

---

64 오오다케 키요미(2003).
65 백민정(2008 : 273).
66 위의 글, 274면.

따르고 있음을 볼 때, 충분히 가능성 있는 추론이다.

(2) 기자箕子에 대한 서술

「단군신화」의 해석에서 '단군'보다 더 문제가 되는 것이 '기자箕子'의 존재다. 주지하다시피 기자에 대해서는 「단군신화」의 기록과 중국 『史記』의 기록에 따라 학계에서도 여러 의견이 있었다. 기자족이 은을 떠나 일부가 요서 지방으로 이동하여 백이, 숙제의 나라인 난하 하류의 고죽국孤竹國 근처에 한동안 정착하였는데, 그곳이 조선이라는 초기의 학설이 있었다. 하지만 현재의 역사학계에서는 고고학적 연구성과와 여러 근거로 기자의 고조선 동래설은 부정되고 있다. 설사 상주의 유민 일부가 고조선에 망명했을 가능성이 있더라도 이들이 고조선의 문화에 동화되었으며, 고조선의 문화에 영향을 끼치지는 못했다는 것이 중론이다.[67]

하지만 애국계몽기·일제강점기 당시 소위 한국에 대해 잘 안다는 서양인들에 의해 기자조선은 확실한 역사적 사실로 소개되었다. 특히 앞서 살펴보았듯이 그리피스는 일본에서 살며 일본에 대해 연구한 일본통이며, 한국에 대한 저술들은 한국에 한 차례도 와보지 않은 채, 다른 이들의 글을 참조해 써내려간 것들이었다.[68] 게다가 그가 출판한 이야기책들이 벨기에, 네덜란드, 일본, 한국, 스위스, 웨일즈 이야기[69]들을 망라하고 있어, 그가 특별히 잘 알고 있는 나라들의 이야기를 출

---

67 조원진(2009), 송호정(2005).
68 김상민(2007 : 40~43 · 50~54).
69 *Belgian Fairy Tales, Dutch Fairy Tales, Japanese Fairy Tales, Korean Fairy Tales, Swiss Fairy Tales, Welsh Fairy Tales.*

판했다고 볼 수도 없다.

기자조선에 대해 크게 왜곡된 그의 시각은 그의 한국 소개 저술로서 서양에서 널리 읽힌 *Corea, the Hermit Nation*[70]에서뿐 아니라, 한국 이야기 책인 *The Unmannerly Tiger, and Other Korean Tales* 중에서 "Prince Sandalwood (단군이야기)"에서도 반영되고 있다. 그는 환웅과 웅녀가 결합해서 단군을 낳은 뒤의 일을 이렇게 서술한다.

> Now the people who dwelt at the foot of the mountain were in those days very rude and simple. They wore no hats, had no white clothes, lived in huts, and did not know how to warm their houses with flues running under the floors, nor had they any books or writings.[71] Seeing that the people were rough and unkempt, Prince Sandalwood showed them how to tie up and dress their hair. (…중략…) Thus our Korean civilization was begun.[72]

모자도, 흰옷도 안 입고, 오두막에서 살며, 난방도 할 줄 모르고, 책도 없는 사람들이었는데, 이들에게 머리 묶고 옷 입는 법을 가르쳐 준 것이 단군이라고 한다. 그리고 한국의 문명이 시작되었다고 설명하고 있다. 한국의 조상이 미개한 종족으로 묘사된 이 부분의 왜곡까지는 참을 수 있다 하더라도, 다음은 심각한 왜곡이다. 그는 "Topknots and Crockery Hats"[73]라는 장에서 기자에 대한 다음과 같은 이야기를 실었다.[74]

---

70 William Elliot Griffis(1882).
71 William Elliot Griffis(2008 : 26).
72 *Ibid.*, p. 28.
73 William Elliot Griffis(2008 : 36~44).

기자는 중국의 지혜롭고 학식 있는 사람이었는데, 전쟁에 휘말려 추종자들을 이끌고 압록강을 건너고 대동강을 건너 조선 땅에 정착하게 되었다. 그는 평양에 배 모양의 성을 쌓고, 8개 항의 법 조목을 제정하였으며, 미개한 사람들에게 좋은 집을 짓는 법을 가르쳤다.[75] 특히 사람들이 너무 거칠고 미개해서, 끊임없이 싸웠고, 살인도 흔했다.[76] 기자는 이를 개선하고자, 단군이 만든 법령을 재공포해서 머리를 묶도록 했다. 하지만 거친 사람들은 기자의 선의를 오해하고 오히려 묶은 머리를 잡으며 싸웠다. 그래서 기자가 고안한 것은 거친 사람들이 큰 자기로 구운 모자를 쓰면 서로 가까이 할 수 없어 싸움이 줄어들게 하는 것이었다. 기자의 지혜는 증명되어,[77] 거리는 싸움이 없어졌다. 기자는 깡패들도 신사로 변화시켰고, 이때부터 한국인은 예의 바른 민족이 되었다.[78]

한국 땅으로 온 기자는 조선의 야만인들을 문명인으로 만들었다는 내용이다. 거친 품성의 야만인인 한국인이 문명이 발달한 중국의 한 현자에 의해 개화된 것으로 묘사되고 있다. 이는 그리피스가 지극히 왜곡된 시각으로 쓴 이야기다. 이는 그가 쓴 여러 저술에서 보이고 있는 시각과 일치한다. 그는 일본에 대해 동경하고 있었으며, 한국이 일본의 오랜 조공국이었으며, 임나일본부설에 입각하여 일본인들이 한

---

74 *Ibid.*, "Topknots and Crockery Hats" 요약.
75 "He taught the savage people how to build good houses" *Ibid.*, p.39.
76 "The people of the land were very rough and savage in these early times and being constantly given to hard fighting, murder was common" *Ibid.*
77 "Kija's wisdom was justified" *Ibid.*, p.42.
78 "Kija changed also ruffians into gentlemen. Ever since, Koreans have been famous for their politeness" *Ibid.*, p.43.

국을 제국의 일부라고 주장해 왔다.[79] 심지어는 일본이 한국의 악한evil 신하들을 척결했다고 주장하며 한국인들도 그것을 알고 있다고 언급 할[80] 정도로 친일본파다. 그의 책들이 서구에 한국을 아는 통로로서 역할을 했었음을 볼 때, 안타까울 따름이다.

카펜터 또한 이전의 학자들 글을 바탕으로 한국이야기를 엮었으므 로, 똑같은 양상을 보이고 있다. 단군을 발견한 '야생의 부족들'[81]이 그 를 왕으로 삼고 말을 잘 들었다고 한다. 그래서 단군은 거친 사람들에 게 먹고 입는 법을 가르쳤다. 그렇게 단군이 천 년 이상을 통치한 후에, 두 번째 지혜로운 통치자 기자가 압록강을 건너 중국에서부터 왔다.[82]

한국의 아버지라 불리는 기자는[83] 중국에서 의사, 학자, 기술자, 목수 등 을 이끌고 책, 그림 악기 등을 가지고 왔다. 밤길도 안전하며, 사람들이 예 의 바르던 당시가 황금시대였으며,[84] 기자의 무덤은 평양의 모란봉 근처 에 있다.[85]

카펜터는 여기에서 그치지 않고, 그리피스와 마찬가지로 "Kija's Pottery Hats"[86]라는 장을 따로 설정해서 기자에 대한 이야기를 늘어놓 는다. 현재에도 사람들이 자주 싸우지만 예전엔 더 많이 싸웠기 때문

---

79 이에 관한 자세한 논의는 김상민(2007 : 42)을 참조.
80 위의 글, 45면.
81 "wild tribes" Frances Carpenter(1973 : 29).
82 Ibid., p.30.
83 "Kija, who is often called the 'Father of Korea'" Ibid., p.31.
84 "Those were golden days" Ibid.
85 Ibid.
86 "Kija's Pottery Hats" Ibid.

에 기자가 흙으로 빚어 구운 넓은 자기 모자를 쓰게 했었다는 이야기를 한다. 사실 이 이야기는 한국에서 전해지는 단군의 이야기를 기자의 것으로 바꾼 것이다. 다음은 1930년에 일본에서 출간된 『조선민담집朝鮮民譚集』에 수록된 「玄笠の由來(삿갓의 유래)」[87] 전문이다.

> 인간이 아직 의복을 입는 것을 몰랐던 옛날엔 투쟁이 많았다. 그 전쟁을 못 하게 하기 위해서 단군은 백성에게 명했다. "흙으로 모자를 만들어 쓰라. 만일 그 모자를 찢거나 부수는 자가 있으면 엄벌에 처한다." 이로부터 사람들은 싸움을 하지 않게 되었다고 한다. 그리고 오늘의 삿갓은 옛날 흙으로 만든 모자로부터 발전한 것이라고 한다.
>
> ―「1923년 8월 함흥 김호영 씨 담談」[88]

물론 이 이야기는 채록시기와 출판시기 모두 그리피스의 것보다 후대이지만, 채록시기 이전에도 유전되던 이야기를 그리피스가 일본에서 접했을 가능성이 크다. 친일본파인 그리피스가 단군의 이야기를 기자의 이야기로 만들고, 카펜터는 그리피스의 책을 참고하고 부연해서 쓴 것으로 추정된다. 다행히 이후의 영역본들에서는 이 이야기가 보이지 않고 있지만, 초기 영역본들은 '기자'에 대해 왜곡된 모습을 그리고 있다. 특히 카펜터의 책은 현재에도 좋은 독자평을 받으며 많이 팔리고 있다는 점에서 크게 우려된다.

---

[87] 孫晉泰(1930).
[88] 손진태(2009 : 52).

2) 서구인의 시각 투영

(1) 기독교 문화의 반영

「단군신화」에서 환인桓因은 천신, 환웅은 그의 아들로서 신격, 단군은 반신반인의 존재다. 여기서 환인의 정체에 대해 일연은 '제석帝釋[89]이라는 불교용어로[90] 주를 달고 있다. 하지만 처음에 「단군신화」를 접했던 서양 선교사들은 환인을 하나님과 같은 존재로 보기도 했다. 초기 선교사 중의 한 명으로 『구운몽』을 영역 출간한 게일의 경우도 단군을 하나님과 같은 성격으로[91] 보았고, 중국에서 온 기자가 단군 백성의 쇠퇴한 운명을 회복하였다고[92] 설명한다.

그리피스나 카펜터도 환인을 기독교에서 이야기하는 '하나님Hananim'이라고 번역하고 있다. 호랑이와 곰이 사람이 되게 해달라고 환웅에게 비는 부분이다.

the bear and tiger, agreed to go before Hananim, the Great One of Heaven and Earth, and ask him to change at once their form and nature.[93]

---

89 "昔有桓因(謂帝釋也)", 최광식·박대제(2009 : 88~89).
90 일연은 환인을 수미산 꼭대기에 있던 도리천忉利天의 임금인 석제환인다라釋帝桓因多羅 이 후예료 해서.
91 임문철(2003 : 23).
"게일은 믿음의 대상으로서의 단군에 대해 말하면서 환인桓因은 하나님(GOD, 天), 환웅桓雄은 영(spirit, 神), 단군은 신인(god-man, 神人)으로, 이들은 삼위일체(divine trinity, 三神)를 이룬다며 놀라움을 표시하고 있다. 특히 단군은 이 땅에 보내진 사명이 계몽하고 enlighten, 구원save하러 온 메시아의 사명과 같다고 하면서, 단군을 기독교의 그리스도와 유사하다고 설명하고 있다."
92 위의 글, 24면.
93 William Elliot Griffis(2008 : 22~23).

His father, they say, was Han Woon, the very soon of <u>Hananim</u>, the Lord of Heaven and Earth.94

또한 다음 부분에서 환웅과 웅녀의 이야기는 성경에서 하나님이 숨을 불어넣어 인간을 만드는 모습을 연상하게 한다.

> 환웅은 아주 기뻤습니다. 그가 그녀에게 숨을 불어넣었더니, 곧 작은 사내아이가 태어났습니다.
> : The Heavenly Prince was delighted. <u>He breathed</u> on her and, by and by, a little baby boy was born.95
> 여호와 하나님이 땅의 흙으로 사람을 지으시고 생기를 그 코에 불어넣으시니 사람이 생령이 되니라.
> : the Lord God formed the man from the dust of the ground and <u>breathed</u> into his nostrils the breath of life, and the man became a living being.
>
> —(Genesis 2 : 7)96

「단군신화」가 성립될 때에는 불교의 영향을 고려할 필요가 없으며, 특히나 기독교의 영향은 생각할 수도 없다. 하지만 채록자나 역자의 개인 신앙에 따라 다르게 해석되고 있음을 볼 수 있다.

한편, 「견묘쟁주설화」의 한국인 영역본 혹은 한국어 채록본들은 동물

---

94 Frances Carpenter(1973 : 28).
95 William Elliot Griffis(2008 : 25~26).
96 『한영성경전서』 NIV, 대한성서공회, 1987. 이하 『성경』의 인용은 이에 따른 것이다.

*The Unmannerly Tiger,
and Other Korean Tales*(1911)

의 보은 또는 나쁜 동물을 죽이는 과정
에서 구슬을 얻게 된다. 예를 들어 정인
섭의 영역본, 김소운의 영역본, 손진태
의 채록본에서는 용왕의 아들인 잉어를
살려준 대가로 구슬을 얻게 된다. 하지
만 서구인의 영역본들은 그 과정이 전혀
달라 가난한 주인공이 지나가던 나그네
를 잘 대접해서 그 보은으로 구슬을 얻
게 된다. 보은의 대가로 구슬을 얻는 것
은 같지만, 구슬을 주는 주체가 동물인
지 나그네인가 한국어본 계열과 영역본

계열의 차이다. 한국어본 계열은 잉어, 구렁이, 뱀 등의 동물과 관련되어
구슬을 얻게 되지만, 외국인 역자의 영역본 계열 각 편들은 '나그네 대접'
화소話素로 일관되고 있다. 동물 보은설화가 한국뿐 아니라 서구에서도
흔함에도 불구하고, '나그네 화소'[97]로 대치된 것이다. 이는 종교적인 영
향으로 생각해 볼 수 있는데, 『성경』에는 다음과 같은 구절이 있다.

너희는 나그네를 사랑하라 전에 너희도 애굽 땅에서 나그네 되었음이라.
(「신명기」 10상 19절)

내가 주릴 때에 너희가 먹을 것을 주었고 목마를 때에 마시게 하였고 나
그네 되었을 때에 영접하였고 (「마태복음」 25장 35절)

---

97 1980년대 채록된 「견묘쟁주설화」들에서도 '나그네 화소'는 발견되지 않는다.

나그네를 대접하라. (「디모데전서」 3장 2절)[98]

다음은 원문들 중 나그네를 표기한 부분이다.

> 지친 여행자 : a weary human traveller / 이방인 : the stranger[99] / 이방인 : the stranger[100] / 꽁꽁 얼게 추운 사람 : a freezing man[101] / 그는 이방인에게 감사인사를 하려 했지만 그는 벌써 가고 없었다. 그제서야 김씨는 그가 천국에서 온 손님이었음을 깨달았다. : He turned to thank the stranger but he was gone, and Kim realized then that he must have been a heavenly visitor.[102] / 이상한 여행자, 이방인, 여행자는 틀림없이 천국에서 온 영霊일 것이다. : a strange traveller, the stranger, traveler must have been a spirit from Heaven.[103]

나그네 대신 도깨비가 등장하는 그리피스의 번역본 이외에는 나그네를 'stranger'로 표기하고 있다. 성경에서도 '나그네'는 역본에 따라 'stranger'라는 단어를 사용하는데, 설화 영역본에서도 비슷한 단어들이 보임을 알 수 있다. 그리고 밑줄 친 문장들에 주목하면, 그 나그네가

---

98 "And you are to love those who are aliens, for you yourselves were aliens in Egypt."(DT10 : 19), "For I was hungry and you gave me something to eat, I was thirsty and you gave me something to drink, I was a stranger and you invited me in."(MT25 : 35), "hospitable"(1TI3 : 2) 『Bible : NIV(New International Version)』 참조.
99 Horace N. Allen(1992 : 43).
100 *Ibid.*, p.44.
101 Berta Metzger(1932 : 88).
102 *Ibid.*, p.89.
103 Frances Carpente(1973 : 50).

하늘에서 온 방문자 또는 영靈으로 인식되고 있다. 알렌의 경우에는 구체적으로 나그네의 정체를 지시하지 않고 있는데, 혹 나그네를 순수하게 인간으로 보았다 하더라도 보은의 주체가 동물에서 인간으로 바뀌었다는 점에서 설화의 특징이 거세되었음을 알 수 있다.

알다시피 초기 영역본들은 거의 선교사들에 의해 번역되었고, 한국을 방문해서 견문기를 남긴 이들도 대부분 선교사들이었다. 이들의 번역에는 종교적 시각이 개입될 수밖에 없다.

「단군신화」, 「견묘쟁주설화」 두 편의 이야기에서만도 선명한 종교적 시각을 발견할 수 있는 것으로 보아, 여타 설화들을 꼼꼼하게 분석해 보면 더 많은 사례를 발견할 수 있을 것이다.

(2) 미국인의 한국 구원자 의식

*Tales of a Korean Grandmother*에서는 "Land of Morning Brightness"의 번역도 문제였지만, 마지막에 실린 에필로그 부분은[104] 더 큰 논란거리를 안고 있다. *Tales of a Korean Grandmother*는 김씨 가족의 할머니가 이야기를 들려주는 형식이다. 첫 장에서 김씨 가족에 대한 설명을 한 후에 이야기가 전개되고, 마지막에는 손녀인 옥자의 후일담이 있다. 물론 이 후일담은 책이 나왔던 시기를 살아가는 한국인의 생각을 대변한다고 실은 것이다. 여기에서[105] 우리는 「단군신화」를 영역한 번역자의 태도를 볼 수 있다.

---

104 "Epilogue-Many, Many Years Later Ok Cha's Strangest Stories" *Ibid.*
105 *Ibid.*, "Epilogue-Many, Many Years Later Ok Cha's Strangest Stories" 요약.

옥자는 이제 할머니가 되어 손주들에게 이야기해준다. 이제 아이들은 학교에 다니고 다양한 과목을 배운다. (…중략…) 미국에서 온 사람들이 가장 좋았다. 그들은 우리의 친구였고, 특히 선의만을 가지고 있는 예수를 믿는 사람들이 그랬다.[106] 가장 좋은 것은, 미국인들이 우리에게 마법의 약을 가지고 온 것이다. (…중략…) 많은 한국인의 생명이 '환자들의 집'에서 미국 의사들에 의해 구원되었다.[107] 성경을 만들었고, 인력거가 일본에서 들어왔다. 자전거와 전차, 상투를 자르고, 서양 옷을 입고, 문명의 이기들을 사용하는 것이 이전의 생활보다 훨씬 편하고 좋다. 일본에 의해 한국이 점령당해 한국인이 노예처럼 살았는데, 일본인이 이제는 갔다. 제2차 세계대전에서 이기자마자 미국 군인들이 그들을 서울에서 몰아냈다.[108] 그녀의 손자들이 미군들에 대해 이야기할 때는, 늙은 할머니의 얼굴은 항상 생기가 났다. "휴, 밤색 양복을 입은 키 큰 사람들을 생각하니 좋구나." 그녀는 말했다. "겨울 끝에 죽은 나뭇가지에서 봄꽃봉오리가 피어나듯이 그들이 우리에게 새로운 희망을 주었다. 그들이 온 것은 마른 개울 바닥에 비가 온 뒤 물이 한 번 더 흐르는 것같이 반가웠다." "예, 우리 어린 용들아, 미국인들이 우리나라를 되찾아 주었다. 우리는 위대하다. 만세! 만세! 한국은 만년 동안 자유롭게 살리라!"[109]

---

[106] "But it was the people from America we liked the best. They were our friends, especially the 'Jesus-believers' who had only good will in their hearts. They told us of their God. The set up schools for our girls as well as for our boys." *Ibid.*, p. 281.

[107] "Best of all, the Americans brought us their magic medicine (…중략…) Many a Korean life was saved by the American doctors in their 'sick-houses'" *Ibid.*

[108] "The American soldiers drove them out of Seoul as soon as the World War II was won." *Ibid.*, p. 286.

[109] "The old grandmother's face always brightened when her grandsons spoke of the American soldiers. "Hué, it is good to think of those tall men in their brown suits", she said. "They give us new hope, like spring blossoms sprouting from a dead branch at the winter's end. Their

앞에서 단군과 기자를 이야기하는 부분에서는 한국을 잘 모르는 서양학자가 다른 사람들의 왜곡된 내용의 글을 읽고 쓴 책이기 때문이지 역자의 의도된 왜곡은 아니라고 생각할 수도 있다. 하지만 에필로그의 이야기를 통해 역자의 시각이 적극적으로 개입되어 있음을 볼 수 있다. 한국에 대해 잘 알지도 못하는 역자가, 위와 같이 미국인을 한국을 구원해준 은인으로 노골적으로 그리고 있다.

카펜터는 인류학자이면서도 각 나라 고유문화와 문명을 존중한 것이 아니라 그냥 이국취미로 동양의 이야기들을 쓴 문학가였다. 특히 자국이 우월하다는 자만심에 젖어 있었던 역자로 볼 수 있다. 이러한 내용이 아직도 영어권에서 활발하게 유통되고 있으며, 호주에서 인터넷 홈스쿨 교재로까지 사용된다고[110] 한다. 특히 세계 최대의 온라인 서점인 아마존닷컴에서는 우호적인 독자평가가[111] 내려진 한국의 이야기책으로 아주 잘 팔리고 있다.

한편 그리피스 같은 이에 대해서는 역사학계에서 재평가[112]가 이루어지기 시작하고 있다. 하지만 아직 시작일 뿐이고, 많은 분야에서의

---

coming was as welcome as water flowing once more, after a rain, in the dry bed of a stream." "Yé, my young dragons, the Americans gave us back our country. And we are grateful. Mansei! Mansei! May Korea live free for ten thousand years!'" *Ibid.*, p. 287.

[110] 네이버 책, *Tales of a Korean Grandmother* 리뷰.

[111] Joan Mandrick : I purchased this book as a gift for "Gotcha Day", a tradition started in our family when we picked up our new granddaughter at the airport. She has been exposed to a lot of Korean culture as a reminder of her birth country. She is an avid reader at the age of six and loves this book as well as her mother and grandmother. I recommend it to any parent or grandparent of a Korean child.
Sandra D. Coffman : This book has good stories and give a interesting look into the life of Korean family before modernize of the country.
아마존 *Tales of a Korean Grandmother* 리뷰. 게다가 한국에서 입양한 손녀를 위한 책이라니 더욱 부끄럽다.

[112] 김상민(2007).

잘못된 평가를 바로 잡아야 할 것이다.

5. 나가며

19세기 말부터 20세기 초까지는 국내에서도 우리 고전문학을 정리하지 못했던 시기다. 하지만 이미 이때부터 한국에 들어온 선교사들을 중심으로 한국문화를 소개하기 위한 수단으로 혹은 이국적인 동화의 소개라는 목적으로 한국설화와 고소설이 서구에 소개되기 시작했다. 작품들에 대한 연구성과가 전무한 상황에서 영어번역자들 또한 문학 전공자는 아니어서, 작품선정의 기준은 '한국적인', '동양적인' 독특함이었다.

이들의 번역이 서구에 한국이라는 나라를 알리는 데 기여했음은 부인할 수 없다. 하지만 타자의 시선으로 작품이 번역되다 보니, 왜곡되는 부분들도 있었다. 이와 같은 왜곡은 문화에 대한 이해 부족 또는 번역과정에서 그들의 시각이 개입되었기 때문이었다. '고조선 때 미개한 한국인에게 문명을 가져다준 중국인 기자箕子'라고 서술하고 있는 것은 번역자들이 일본을 거쳐 한국의 역사를 접하면서 갖게 된 시각이다. 또한 미국인들은 '일본에 점령된 이후 한국인의 나라를 되찾게 해준 구세주 미국인'이라고 서술하고 있다. 또한 기존에 출판된 한국문학 영역본을 영어권 역자들이 서로 참조하면서 번역하다 보니, 왜곡이 심화되는 부분도 있었다.

하지만 한편으로는 우리가 미처 알지 못했던 우리의 '독특함'을 타자의 시선에서 발견하게 되는 성과도 있었다.

　20세기 후반 들어서 국내 한국 고전문학 연구성과가 축적되면서, 영어권 번역자들도 이러한 성과를 바탕으로 번역 이본을 선정하고, 풍부한 주석을 단 번역본들을 내게 된다. 이들 한국 고전영역본들은 영어권에서 한국문학 전공자의 연구자료나 일반인의 한국문화 이해를 위한 자료로 쓰이고 있다. 그리고 한편으로는 아동을 위한 그림동화집의 형태로 한국설화를 전면 개작한 작품들도 출간되고 있다. 앞으로도 계속 다양한 한국설화와 고소설이 영어권에 소개되어 한국문학이 세계문학사에서 중요한 흐름으로 자리 잡기 바란다.

참고문헌

구자균, 「Korea : Fact and Fancy의 書評」, 『아세아연구』 6(2), 고려대 아세아문제연구
　　소, 1963.

국립민속박물관, 「무속신앙편」, 『한국민속신앙사전』, 국립민속박물관, 2009(http://fo
　　lkency.nfm.go.kr/minsok/).

권순긍 · 한재표 · 이상현, 「『게일 문서』 소재 『심청전』, 「토생전」 영역본의 발굴과
　　의의」, 『고소설연구』 30, 한국고소설학회, 2010.

기창덕, 「朝鮮時代末 開明期의 醫療(2)」, 『醫史學』 6(1), 大韓醫史學會, 1997.

김동진, 『파란눈의 한국혼 헐버트』, 참좋은친구, 2010.

김상민, 「개화 · 일제기 한국 관련 서양 문헌에 나타난 한국 인식 양태 연구」, 명지대
　　박사논문, 2007.

김태준, 『조선소설사』, 청진서관, 1933.

김환희, 「설화와 전래동화의 장르적 경계선 : 아기장수 이야기를 중심으로」, 『동화와
　　번역』 1, 동화와 번역연구소, 2001.

박현숙, 「「선녀와 나무꾼」 전래동화의 설화수용양상과 문제점」, 『겨레어문학』 41,
　　겨레어문학회, 2008.

백민정, 「『조선동화집』 수록 동화의 부정적 호랑이像 偏載 현황과 원인」, 『어문연
　　구』 58, 어문연구학회, 2008.

손진태 편 · 최인학 역편, 『조선설화집』, 민속원, 2009.

손진태, 『조선민족설화의 연구』, 을유문화사, 1947.

＿＿＿, 「玄笠の由來」, 『朝鮮民譚集』, 郷土研究士, 1930.

송호정, 「大凌河流域 殷周 青銅禮器 사용 집단과 箕子朝鮮 大凌河流域 殷周 青銅禮
　　器 사용 집단과 箕子朝鮮」, 『韓國古代史研究』 38, 한국고대사학회, 2005.

오윤선, 「근대 초기 한국설화 영역자들의 번역 태도 연구 : Allen, Griffis, Hulbert,

Carpenter를 중심으로」, 『동화와 번역』 23, 동화와번역연구소, 2012.

_____, 「한국설화 영역본英譯本의 현황과 특징 일고찰 : 「견묘쟁주설화犬猫爭珠說話」를 중심으로」, 『동화와 번역』 21, 동화와번역연구소, 2011.

_____, 「'단군신화檀君神話' 영역자英譯者의 시각視角 일고찰」, 『국제어문』 48, 국제어문학회, 2010.

_____, 『한국 고소설 영역본으로의 초대』, 지문당, 2008.

이복규, 『『임경업전』 연구』, 집문당, 1993.

_____, 「『임경업전』의 영역본 *A Pioneer of Korean Independence*의 국역」, 『국제어문』 14 · 15(합집), 국제어문학연구회, 1994.

임문철, 「J. S. 게일의 韓國史 認識 硏究」, 연세대 석사논문, 2003.

조원진, 「箕子朝鮮 硏究 : 遼西地域 商周 靑銅禮器를 中心으로」, 단국대 석사논문, 2009.

조융희, 「그리피스의 문학관과 한국 민담에 대한 이해」, 『비교문학』 50, 한국비교문학회, 2010.

최광식 · 박대제 역, 『點校 삼국유사三國遺事』, 고려대 출판부, 2009.

오오다케 키요미, 「『『조선동화』와 호랑이 : 근대 일본인의 「조선동화」 인식」, 『동화와 번역』 5, 동화와번역연구소, 2003.

A. H. 새비지 랜도어, 신복룡 · 장우영 역주, 『고요한 아침의 나라 조선』, 집문당, 1999.

E. 와그너, 신복룡 역주, 『한국의 아동생활』, 집문당, 1999.

H. N. 알렌, 신복룡 역주, 『조선견문기』, 집문당, 1999.

브루노 베텔하임, 김옥순 · 주옥 역, 『옛이야기의 매력』 1, 시공주니어, 1998.

헐버트, H.B., 이현표 역, 『마법사 엄지 : 한국 최초의 영어교사 호머 헐버트가 들려주는 한국 옛날 이야기』, KORUS, 2011.

Allen, Horace N., *Korean Tales,* New York&London : The Nickerbocker, 1889.(Ams Pr 1992 재판)

Carpenter, Frances, *Tales of a Korean Grandmother*, Doubleday & Company, 1947 (Tuttle, 1973 재판)

Gale, James S., "Ch'unhyang", *Korea Magazine*, 1917~1918.

_____, "The Story of Sim Chung", *Gale James Scarth Paper*, 1919(토론토대학 토마스피셔 희귀본 장서실 소장, 미간행 원고임, 권순긍 · 한재표 · 이상현, 「『게일 문서』 소재 『심청전』, 「토생전」 영역본의 발굴과 의의」, 『고소설연구』 30, 한국고소설학회, 2010, 422~423쪽)

_____, *Korea in Transition*, Cincinnati : Jenning & Graham, 1909.

_____, *The Cloud Dream of the Nine*, London : Daniel O'Connor, 1922.

Griffis, William Elliot, *Corea, the Hermit Nation*, W. H. Allen & Co, 1882.

_____, *The Unmannerly Tiger, and Other Korean Tales*, New York: Crowell, 1911. (BiblioBazzar, 2008 재판)

Hulbert, Homer B., *Omjee the Wizard, Korean Folk Stories*, Springfield, Mass : Milton Bradley Co, 1925.

Kim, So-un compiled, Setsu Higashi, trans, *The Story of bag : a collection of Korean folktales*, Rutland, Vt. : Tuttle, 1955.

Landis, Eli Barr, "A Pioneer of Korean Independence", *The Imperial & Asiatic Quarterly Review VI*, 1898.

Metzger, Berta, *Tales told in Korea*, New York : Frederick A. Stokes, 1932.

Taylor, Charles M., *Winning Buddha's Smile : A Korean Legend*, Boston : Gorham Press, 1919.

Urquhart, Edward J., *The Fragrance of Spring*, 時兆社, 1929.

Zŏng, In-Sŏb, *Folk Tales from Korea* 우리고담, London : Routledge & Kegan Paul Ltd, 1952.

네이버 리뷰(http://book.naver.com/bookdb/review_view.nhn?bid=3781037&review.seq =1589699), 최종방문일 : 2010.1.31.

아마존 리뷰(http://www.amazon.com/Tales-Korean-Grandmother-Traditional-Books/dp /0804810435/ref=sr_1_1?ie=UTF8&s=books&qid=1269597431&sr=1-1), 최종방문일 : 2010.3.27.

2부

중국 정전正典의 성립과 변천*

유가儒家 경전經典을 중심으로

김장환 · 이영섭

1. 동양의 정전正典인 경전經典의 탄생

동양에서 '정전'이란 크게 '중심 되는 전적典籍', 또는 '국가가 반포한 전장제도典章制度'의 의미를 갖는데, 본고의 범위에 해당되는 것은 전자다. 동양에서는 '정전'의 의미로 '정전'이란 명칭보다는 '경전'이란 명칭이 자주 사용된다.[1] '경전'이란 명칭은 원래 중국 학술사에서 한漢 무제武帝 때 성립한 '경학經學'의 중요 문헌을 뜻하는 '경經[2]이란 개념에 기초

---

* 이 글은 「중국 正典의 성립과 변천 : 儒家 經典을 중심으로」(『인문과학』 93집, 연세대 인문과학연구소, 2011)를 수정 · 보완하여 재수록한 것이다.

1 실제로 고대에는 '경전經典'보다 '경전經傳'이란 표현이 훨씬 많이 쓰였지만, 뜻이 좀 다르다. '경전經傳'이란 '경전經典'의 의미를 가진 經과 이에 대한 일종의 주석인 傳을 통칭하는 것이다. 경전經典이란 표현은 『한서漢書』에 처음 보이고, 경전經傳이란 표현은 이보다 앞선 『사기史記』에 처음 보인다.

한 것이다.

그렇다면 정전으로서의 '경'은 언제부터 본격적으로 사용된 것일까? 물론 전국시대戰國時代에도 문헌에 대해 경經이란 명칭이 사용된 적이 있었지만, 정전의 의미로서 본격적으로 사용된 것은 한대 초 무제 때부터로 보인다. 선진시대先秦時期에 중국의 전통 지식인들(당초 이들은 대부분 귀족이자 관료였다)은 자신들이 위정爲政 활동을 하는 데 필요한 정보들 중 일부분을 문헌으로 정리해 두었는데, 그 대표적인 것이 『역易』,[3] 『서書』,[4] 『시詩』,[5] 『예禮』,[6] 『악樂』,[7] 『춘추春秋』[8]였다. 여기서 『역』은 점서占

---

2   '경'의 원의原義에 대해서는 학자들의 의견이 분분하지만, 정전으로서의 '경'에 담긴 의미에 대해 보편적으로 제시되는 주요 해석은 다음과 같은 정의들이 복합적으로 수용되어 있다고 볼 수 있다.
① **경영**經營, **경륜**經綸 : 세상을 경영하고, 천하를 경륜한다는 의미. ② **경상**經常 : 늘상 그러하며 영원히 절대 변치 않을 이치라는 의미. ③ **경위**經緯 : 베틀로 옷감을 짤 때 세로로 놓이는 날실(경經)을 주축으로 삼아 가로로 씨실(위緯)을 넣는 것에 대한 비유로, 날실처럼 모든 것을 관통하고 있는 이치라는 의미. ④ **경로**經路 : 아무 막힘이 없는 도로처럼 이를 통해 도道에 다다를 수 있다는 의미.

3   원래 서명은 『주역周易』. 전설에는 복희씨伏羲氏가 팔괘八卦를 만들고, 주周 문왕文王이 이를 겹쳐 육십사괘六十四卦를 만들고, 공자孔子가 이에 대한 주석으로 십익十翼(「단전彖傳(上·下)」, 「상전象傳 (上·下)」, 「계사전繫辭傳 (上·下)」, 「문언전文言傳 (上·下)」, 「설괘전說卦傳」, 「서괘전序卦傳」, 「잡괘전雜卦傳」)을 덧붙였다고 전한다. 하지만 이는 믿기 어렵다. 우선 복희씨와 주 문왕 부분은 워낙 전설적인 성격이 강하고 증거가 부족해 논외로 할 수 밖에 없는 데다, 현재는 공자와 『주역』과의 관계조차 의심받고 있다. 공자 시기에 『주역』이 존재했는지, 공자가 『주역』에 주목했는지가 모두 의문시되고 있다. 현재 우리가 알고 있는 공자와 『주역』과의 관계 설정이나 『주역』의 중시는 대개 한대에 덧입혀진 것으로 보인다. 마왕퇴馬王堆에서 발굴된 한초漢初의 백서본帛書本 『주역』을 보면 현재의 『주역』과 괘의 배열순서부터 상당한 차이가 있다. 게다가 이른바 '십익'은 한 시기에 모두 지어진 것이 아니며 송사 시기 이후에 씌어진 부분이 있다는 점은 이미 부정할 수 없는 사실이 되었다.

4   원래 서명은 『상서尚書』. 『상서』가 상고시대부터의 역사기록의 축적임은 공인된 바이지만, 그 신빙성에 있어서만큼은 이미 전국시대에 의문이 제기되었다. 그 예로 『맹자孟子』 「진심장구하盡心章句下」에 "『상서』를 모두 믿느니 차라리 『상서』가 없다고 여기겠다. 난 「무성」편에서 한두 쪽의 죽간만 취하겠다(盡信『書』, 則不如無『書』. 吾於「武成」, 取二三策而已矣)"는 지적이 보인다. 게다가 한대에 이미 금문본今文本과 고문본古文本의 진위 / 우열 논쟁이 있었고, 동진東晉 시기엔 아예 위고문僞古文 『상서』가 등장해 청대淸代에 이르기까지 『상서』의 표준으로 통용되었다. 비록 송대부터 위고문 『상서』에 대한 의문이 제기 되었으나, 확실한 고증을 통해 위작임을 판정한 것은 청대에 이르러서였다.

書고, 『서』는 상고시대의 역사기록이고, 『시』는 고대 시가집이고, 『예』와 『악』은 고대 전장제도와 예약의전禮樂儀典을 다룬 것이고, 『춘추』는 편년체編年體로 수찬修撰된 노魯나라의 역사서다. 그래서 이를 합쳐 '육예六藝'[9]라고 칭했다. 선진시기의 육예는 일반적으로 고래의 지식

---

5 고증학적으로 위작시비가 없는 거의 유일한 문헌이다. 공자 시대부터 '시詩', 혹은 '시삼백詩三百'으로 불렸다.

6 『예』가 지금의 어느 문헌을 가리키는지는 약간 논란의 여지가 있지만, 대체로 『의례儀禮』의 전신前身으로 추정되고 있다. 한대 이후로 예학禮學에서 가장 중시하는 문헌으로는 『주례周禮』, 『의례儀禮』, 『예기禮記』가 있다. 『주례』는 원래 서명이 『주관周官』이며 전문적으로 관직제도에 대해 기술되어 있다. 그 내용이 주대周代 실정實情과는 다른 도식적인 부분이 적지 않아서 진작부터 위작으로 공격받아왔다. 현재까지의 연구결과에 따르면, 지금의 『주례』는 분명 한대에 적지 않은 윤색을 거친 것이지만, 날조된 것이 아니라 일정 부분 실제에 근거했다고 인정받고 있다. 『의례』는 원래 『사례士禮』로 불렸으며, 사士의 예법을 중심으로 하여, 천자天子와 제후諸侯, 그리고 경대부卿大夫들의 예법도 논하고 있다. 『예기』는 일반적으로 『의례』라는 경經 밑에 첨부된 일종의 전傳으로 간주되었다. 하지만 실제로 살펴보면 그 내용이 『의례』에만 종속되어 있지는 않다. 이렇게 예에 관계된 세 문헌을 일러 '삼례三禮'라고도 칭한다.

7 『악』에 대한 전적이 존재했었는지에 대해서는 아직까지도 논쟁이 그치질 않는다. 전통적으로 고문경학古文經學 계열에서는 『악』이라는 전적이 존재했다고 주장하고, 금문경학今文經學 계열에서는 '악은 실연實演되던 것일 뿐 애당초 따로 전적이 구비되지는 않았다고 본다. 본고에선 고문경학의 입장을 따라 서명으로 표기했다.

8 원래 『춘추』는 노나라의 편년체 사서史書인데, 공자가 과거에 전해지던 『춘추』를 새로이 편정編定했다고 전해진다. 그래서 공자가 편정하기 전의 『춘추』를 '불수춘추不修春秋'라고 부르며 따로 구분하기도 한다. 하지만 실제로 『논어』에는 공자가 직접 『춘추』에 대해 언급한 부분이 보이지 않는다. 주로 공자와 『춘추』를 연계해 강조한 것은 맹자였다. 이 때문에 공자와 『춘추』의 실제 관계에는 약간 의문의 여지가 있다. 그런데 더 큰 문제는 공자의 편정 여부를 떠나 현존하는 『춘추』의 기술이 너무 간략해 구체적인 내용을 알기가 어렵다는 데에 있다. 이 때문에 진작부터 『춘추』에 대한 전傳으로 『공양전公羊傳』, 『곡량전穀梁傳』, 『좌씨전左氏傳』 등이 지어졌다. 이 중 크게 주목받은 것은 『공양전』과 『좌씨전』으로, 각기 금문경학과 고문경학을 대변하는 문헌이다. 『공양전』은 주로 간략한 『춘추』의 역사기술에 담긴 미언대의微言大義를 밝히고 있으며, 『좌씨전』은 『춘추』의 역사기술에 대한 구체적인 서사敍事를 위주로 하고 있다. 현재 우리가 『춘추』의 역사기술을 이해할 수 있는 것은 모두가 『좌씨전』의 공로다. 『좌씨전』은 사실 『춘추』에 대한 해설이 아니라 『좌씨춘추左氏春秋』라는 독립된 책이라는 금문경학의 대대적인 공격이 있었지만, 한대 이후 고문경학이 주류학술로 자리 잡으면서 결국 주요 경전으로 공인되었다. 현재 일반적으로 『춘추』라고 말하면 바로 이 『좌씨전』까지 함께 가리킨다. 『공양전』, 『곡량전』, 『좌씨전』을 '춘추삼전春秋三傳'이라고 칭하기도 한다.

9 일반적으로 주대周代에는 '육예六藝'가 두 가지 뜻으로 사용되었다고 보는데, 하나는 본문

을 집대성한 전통 지식인들의 보편적인 문헌으로 간주되었다고 얘기되지만, 사실 주周나라 전체에 보편적으로 받아들여지지는 않았을 것이다. 물론『시』,『서』,『예』,『악』은 상당히 보편적인 문헌이라 간주할 수도 있겠지만, 지금 우리가 직접 읽거나 접하게 되는『시』,『서』,『예』,『악』의 내용들은 아마도 공자의 편집을 거친 것으로 추정된다.[10] 특히 육예 중『춘추』가 노나라의 역사서인 것만 봐도 확인되듯이, 육예라는 설정은 다분히 공자를 대표로하는 노나라, 그리고 유가 계열이라는 지역성과 학파성學派性을 전제로 하고 있다. 그러나 중국 각지로 퍼져나간 공자의 제자들에 의해 공자의 학문이 널리 퍼지게 되면서 이러한 지역적, 학파적 국한성은 점차 희석되었고, 결국 한나라 무제 때 이르러 중앙집권적이고 전제적인 제국 이데올로기 확립이라는 정치목적을 달성하기 위해, 제자백가諸子百家를 모두 내치고 '유술儒術'만을 홀로 존숭하게 되면서, 육예가 국교화된 유술, 즉 유가만의 정전으로 격상되었다. 이렇게 한대에 구축된 유가가 육예를 전유하게 되면서 그 안에 담긴 내용 역시 역사적 사실의 기록이나 실질적인 정보에서 누구도 그것의 정당성을 부정하거나 권위에 도전할 수 없는 지고무상의 도그마dogma로

에서 설명한 6가지 중요 문헌이란 뜻이고, 또 하나는 귀족이 갖춰야 할 6가지 재주, 즉 예법(예禮), 음악(악樂), 활쏘기(사射), 마차몰기(어御), 글씨쓰기(서書), 셈하기(수數)를 뜻한다.

10 무문석이나마 식섭섞인 난서는『논어論語』「자헌了了」편에 보인다. "내가 위衛나라에서 노나라로 돌아온 이후에야 음악이 올바르게 되었고,『시』의「아」와「송」이 각자 그 알맞은 위치를 찾게 되었다(吾自衛反魯, 然後樂正, 雅頌各得其所)." 이에 대해 구체적으로 언급하고 있는 것은『사기史記』의「공자세가孔子世家」다.『사기』에서는 더 나아가 아예 원래 3,000수이던 시를 공자가 골라 뽑아 지금의 305수로 편정했다고 주장했다. 물론『사기』의 관련 기술을 모두 그대로 받아들여 맹종할 수는 없다. 우선『사기』에 보이는 공자의 산시설刪詩說은 이미 사실이 아님이 공인되었을뿐더러, 사마천司馬遷의 기술 자체가 전체적으로 다분히 유교의 성립 이후 육예, 즉 육경을 직접적으로 공자의 권위에 연결하기 위한 설정이기도 하기 때문이다.

전환되었다. 이때부터 육예는 '육경'으로 칭해졌는데, 실제로는 『예』와 『악』을 하나로 간주하여 '오경'이란 표현이 좀 더 상용되었다.[11] 또한 전 문적으로 육경을 다루는 학문을 '경학'이라 부르게 되었다.[12]

육경은 한나라 무제 때 경학의 확립과 함께 등장한 이래로 경학이라 는 범주 안에서 뿐만 아니라 정치, 사회, 학술, 예술 등 각 분야에서 근 대에 이르기까지 줄곧 비할 바 없는 지위와 권위를 유지해 왔고, 후대 의 모든 군주와 신하, 학자와 문학가들은 자기 주장의 정당성을 확보 하고 권위를 획득하기 위해 자신의 주장과 문장이 모두 육경에서 연원 한 것임을 증명해야 했다. 2,000여 년에 달하는 기나긴 시기 동안 모든 정치, 사회, 학문, 예술 등 거의 모든 분야에 걸쳐 끊임없이 영향력을 끼친 이러한 정전의 존재는 타 문화권에서 비견될 만한 예를 찾아보기 어려울 정도다. 이 밖에도 유가와 함께 중국 사상의 3대 근간을 이루는 불가나 도가 역시 유가의 경전에 상응하는 『대장경大藏經』이나 『도장 경道藏經』 같은 자신들의 경전 체계를 지니고 있지만, 아무래도 중국에 서 정전의 주류는 유가의 육경과 경학이었다. 본고에서는 논의의 선명 성을 견지하기 위해 편의상 불가와 도가의 경전은 논외로 하고 아주 제한적으로 유가 경전과 상호 영향 관계가 있는 부분만을 언급하겠다.

---

11 구체적으로 보자면, 『주역』을 『역경』으로, 『상서』를 『서경』으로, 『시』를 『시경』 등으로 칭하게 된 것이 이때부터다.
12 선진유학先秦儒學이 한대경학漢代經學으로 어떻게 변천해 갔는지에 대해서는 박원재 (2001)에 상세하다.

2. 경전 해석의 전개와 변천

화이트헤드Alfred North Whitehead는 서양 철학사를 가리켜 플라톤에 대한 각주footnote였다고 정의했는데, 이 표현을 빌려오자면 중국 전통 사상의 주류는 유가 경전, 즉 육경에 대한 각주였다고 말할 수 있다.

한나라 무제 이후 유가의 경전은 더 이상 과거의 역사기록이나 실질적인 정보에 그치지 않고 시공간을 초월해 늘 적합성을 담보해주는 준거이자 권위로서 존숭되었고, 경학이라는 범주 속에서 철저히 당시 정치 이데올로기에 맞추어 해석되었다. 그리고 육경 안에서도 어느 경전을 최고 경전으로 삼을지, 어떤 경로를 통해 전수된 경전 해석을 따를지에 따라 경학 안에서도 유파가 나뉘고 치열한 논쟁이 발생하기도 했지만, 궁극적으로 그들 안에서 발생했던 이러한 분쟁들은 학술적인 갈등이라기보다는 각자 정치적 입지를 확보하고 헤게모니를 선점하기 위한 경쟁에서 야기된 것이었다. 당초 최초로 통일된 중국에게 매우 유용한 제국 이데올로기를 제공해 주었던 유가 경학이었으나, 이처럼 정치적 이해득실에 따른 견강부회가 만연하게 되면서 학문의 내실에 있어서는 갈수록 부화浮華하고 빈약해질 수밖에 없었다. 심지어는 경전의 한 글자를 설명하는 데에 이삼만 자에 달할 정도의 번쇄한 주석이 달리다보니 생전에 경전의 주석을 다 읽기조차 어려운 지경에 이르렀다.[13] 결국 후한 말에 정현鄭玄이란 학자에 의해 총괄적으로 유가의 경전에 대한 주석이 정리되었을 때, 그 주석에서 채용된 학설은 정치적으

---

13 『한서漢書』 「예문지藝文志」 중 「육예략六藝略」 말미에 이 같은 상황에 대한 기술이 보인다.

로 비교적 외면당해오던 비주류 학파의 것을 위주로 하고 있었던 것도 이 때문이다.[14]

당시의 문학은 주로 운문을 중심으로 전개되었는데, 귀족들이 즐기던 장르인 부賦나 민간에서 채집한 악부시樂府詩도 모두 그 연원을 육경 중 『시』에 두고 있다고 믿었다. 산문은 다분히 실용적인 목적을 위해서 쓰였는데, 이 역시 모두 육경의 가르침을 계승한 것으로 믿었다. 그리고 이러한 문학의 용도 역시 궁극적으로는 육경과 마찬가지로 정치와 사회에 공헌할 수 있는 데에 있다고 간주되었다.

정현鄭玄(127~200)

위진魏晉 시기에 다다르자 중국 전역은 전란에 휩싸였고 통일제국은 해체되었다. 극도의 정국혼란이 계속되었고 지방분권적인 성향이 강해졌다. 학술 역시 이러한 추세에 따라 전제적인 통일제국의 이데올로기를 위해 봉사해온 기존의 경학도 권위를 상실하고 말았다. 게다가 경학의 학술 내실 자체도 과도한 정치논리화로 번잡하기만 할 뿐 실질적인 학술성은 부실해졌기 때문에 학술적 위상이 흔들릴 수밖에 없었다. 이러한 상황에서 중국 전통 학술에 과거에 없었던 요소가 첨가되었는데, 그것이 바로 불교다. 사실 불교는 후한 때 이미 중국에 전래 되었으나 중화중심주의가 극도로 강조되던 제국 이데올로기 아래에서 그동

---

14 정현鄭玄은 기본적으로 고문경학자였다. 물론 금문경학에도 능했고, 모든 경서에 주석을 달면서 금문경학의 주석 역시 능동적으로 끌어다 사용했지만 기본적으로는 고문경학의 틀 속에서 유가 경전의 주석 작업을 완성했다.

안 동면 상태에 놓여 있었다. 그랬던 불교가 중국의 정치적 혼란이 초래한 제국 이데올로기의 약화를 틈타 본격적으로 중국 지식인들에게 전파되기 시작했다. 실제로 당시 지식인들은 너무나 정치화된 경학의 사상적 빈곤함에 불만을 품고 있었는데, 그들에게 사변적이고도 내면의 의리義理를 위주로 하는 불교의 교리는 매우 낯설면서도 매력적이었다. 이러한 성향이 출현하게 된 것은 군웅이 할거하면서 전화戰火가 끊이지 않았고 그들 간의 정권 획득과 유지에 무력이 결정적인 요소로 작용하게 되면서 더 이상 이전 같이 정치권력과 학술 간의 강력한 밀착관계가 형성되지 못했기 때문이기도 했다. 이는 결국 국가권력과 예의질서로 대변되는 명교名敎를 배척하고, 탈정치적인 내면의 자아를 중시하는 자연自然을 추구하는 당시 주류 학풍을 조성하게 되었다.

하지만 이러한 탈정치적 성향도 결국엔 혼란한 정국에 대한 적극적인 정치적 입장의 표출로 이해할 수 있다. 한대 경학의 그늘에서 벗어난 당시 주류 학술은 '현학玄學'이라 불렸다. 현학은 삼현三玄(육경의『주역』과 함께 제자백가의 문헌인『도덕경道德經』과『장자莊子』)을 주요 경전으로 삼아 사유를 전개해 나갔다. 하지만 결코 유가의 경학이나 경전 자체가 완전히 몰락해 버린 것은 아니었다. 이전에 비해 전반적인 권위나 영향력은 많이 감소한 것은 분명한 사실이지만, 여전히 정치적으로는 국가권력과 예의질서를 대변하는 나름대로의 지위를 유지하고 있었다. 삼현에 육경의 하나인『주역』이 포함되어 있었을 뿐만 아니라 육경의 다른 경서들 역시 불교와 현학의 새로운 관점에 맞춰져 새로이 읽히고 새로운 주석이 지어졌다. 다시 말해 오히려 이러한 상황은 경학으로 하여금 한대의 폐단을 시정하고 새로이 등장한 불교와 현학의 사상을 음으로 양으로 흡수하면서 고루해진 경학의 면모를 일신하여 새로이 학술성의 향상을 가능케 해주는 기회로 작용했던 것이다. 특히 정치나 사회에만 치우쳐 있던 경학에 본격적으로 본체론本體論의 문제가 다루어지게 된 것은 불교·현학과의 경쟁과 융합 때문이었다. 이렇게 보자면, 위진 시기 이래 남북조를 거쳐 수당의 재통일에 이르기까지의 장기적인 정치 사회적 혼란이 역설적으로 사상의 해방과 발전을 촉진했다고 말할 수 있다. 또한 지식인들의 현실 정치와의 괴리는 내적 자아에 대한 본격적인 관심을 초래했고, 이는 다시 글쓰기에 있어서 공적인 사회 공간 안에서 정치·사회적인 공헌을 하고 이름을 후세에 남기고자 하는 전통적인 욕망을 희석시켰으며, 과거에 주목하지 않았던 남과 다른 나 자신이라는 창작 주체를 발견하게 만들었다. 이 시기에 처음으로 별집別集, 즉 개인의 시문집詩文集이 편찬되기 시작한 것[15] 역시 이러한 지식인들의 인식 변화에 기인한 것이다. 또한 지식인들 간의 주체적인 창작이 보편화되면서, 상호간의 우열을 따지기 위해 작품평가의 기준을 제시하는 문학 비평서들이 등장하게 되었다.[16]

당시 주석 작업의 성향은 한대 경전 주석의 번쇄함을 천시하며 간단명료하게 내면적인 의미를 천명하는 것을 추종했다. 왕필王弼의 『주역주周易注』와 『노자주老子注』, 곽박郭璞의 『장자주莊子注』가 그 대표작이

---

15 지금까지 알려진 바로는 남조南朝 양梁나라 소통蕭統이 편정한 『도연명집陶淵明集』이 중국 최초의 별집이다. 아쉽게도 소통의 『도연명집』은 이미 망실되었지만 그의 「도연명집서陶淵明集序」만은 현재까지 전해온다. 그 「서」의 말미를 보면 양나라 대통大通 원년元年 (527)에 지어졌음을 알 수 있다. 고증에 따르면 소통이 편정한 『문선文選』 역시 이때쯤 완성된 것으로 보인다.

16 당시 등장한 문학 비평서들에 대한 구체적인 설명은 곽소우郭紹虞(1971)의 第四編 「魏晉南北朝」를 참조하기 바람.

다. 특히 유가 경전에 속하던 『주역』에 대한 왕필의 새로운 주석은 과거 한대 주석과는 판이하게 달랐다. 현재에 이르기까지 형이상학적으로 『주역』을 이해하는 근저에는 왕필의 주석이 자리해 있다.[17] 이처럼 위진 시기의 경학은 기존의 한대 경학의 입장을 답습하는 것이 아니라 음으로 양으로 현학이나 불교의 영향을 흡수하게 된다. 그리고 이러한 경향은 당시 지어진 유가 경전의 주석에도 그대로 드러나고 있다.[18]

그러나 현학이 이러한 성취를 거두며 주목받게 되면서 결국 다시 주류 담론으로 자리 잡게 되고, 동진 시기부터 남조南朝(송宋, 제齊, 량梁, 진陳)에 이르기까지 무기력하고도 무책임한 기득권층의 시정施政에 대한 변명거리로 남용되는 사태가 초래되었다.[19]

위진남북조에서 수나라로 이어지는 혼란상을 진압하며 등장한 당나라는 다시금 통일국가의 제국 이데올로기를 강화하기 위해 유가의 경학을 적극적으로 받아들였다. 우선 본격적으로 과거제도를 시행하면서 오경, 즉 『주역』, 『상서』, 『시경』, 『예기』, 『춘추좌전』을 과거 시험의 교과서로 삼았다. 내적으로 자유로이 불교와 현학의 자양분을 섭취

---

17 한대 경학에서는 『주역』을 대부분 상수역학象數易學의 관점으로 다루고 있었다. 이는 주로 음양오행설陰陽五行說 등을 근간으로 실제 점을 치는 것을 중시했지만, 왕필은 이러한 상수역학의 관점을 폐기하고 『주역』의 문사文辭 자체에 담겨 있는 의미, 즉 의리義理를 찾는 데에 주력했다. 그래서 왕필의 입장을 상수역학과 대비해 의리역학義理易學이라고 부른다.

18 대표적인 일례로 남조 양나라 때 학자인 황간皇侃이 지은 『논어의소論語義疏』를 들 수 있다. 『논어의소』에 보이는 경학 전통과 현학·불학의 융합에 대한 구체적인 지적은 장문수張文修의 「皇侃『論語義疏』的玄學主旨與漢學佛學影響」(『燕山大學學報』(哲學社會科學版) 2003年 11月 第4卷 第4期)을 참조하기 바람.

19 당시 북조는 남조와 달리 여러 호족들에 의해 지배되고 있었다. 그들은 농경문화에 뿌리내리기 위해 적극적인 한화漢化 정책을 펴고 있었는데, 그때 주요 정치담론으로 삼은 것이 정현鄭玄으로 대변되는 고문경학과 그 경전주석서들이었다. 하지만 이는 매우 정치적인 성격의 채택이었을 뿐, 실제 북조의 학술이 이를 근거로 하여 주도적으로 활발한 변혁을 모색했던 것은 아니었다.

하여 내실을 다진 뒤, 다시금 정치와 밀착된 관계를 회복하게 된 경학은 입신양명에 뜻을 둔 모든 지식인들을 통해 보다 확고한 지위와 영향력을 회복하게 되었다. 혹자들은 이러한 과정을 두고 현학이 폐기되고 다시 한대 경학의 입장으로 돌아간 것이라고 보기도 하는데, 이 같은 이해는 타당하지 않다. 실제로 당시 과거시험의 교과서였던 『오경정의 五經正義』 중 『주역』의 주석은 아예 한대의 상수역학과 상치되는 왕필의 주석[20]이 채택되었을 정도였다. 하지만 당대唐代의 이 같은 학문과 정치의 결합은 유가 경학과 경전이 결국엔 한대에 만연했던 정치를 위한 도구로 회귀하게 되었음을 의미하는 것이기도 했다. 이 때문에 정권이 주도하는 경학의 학술적인 내실은 다시금 점차 경직되고 정체될 수밖에 없었다. 하지만 당대는 한대와는 이미 커다란 차이가 있었다. 우선 정치, 사회, 학술, 종교 면에서 상당히 개방된 체제를 갖추고 있었고, 과거제도를 통해 보다 저변을 확대한 지식인층은 국가가 공인한 『오경정의』의 그늘에만 머무는 것이 아니라 계속되는 불교나 다른 사상의 도전에 대응하고 상호 영향을 주고받으면서 나름대로 새로운 변화를 모색해 나갈 수 있었다. 비록 경학의 이러한 변화가 정치권의 주류 세력을 통해 주도되진 않았지만, 재야의 지식인들은 부단한 대응과 변화를 통해 宋代에 꽃피울 학술상의 대변혁의 씨앗을 심어나가고 있었다.

문학에 있어서도 압운과 평측을 엄격히 따지는 이른바 '근체시近體詩'의 형식이 완성되었다. 이러한 시 창작의 위상도 날로 높아졌고, 이에

---

20 왕필은 『주역』의 십익十翼 중 「계사전繫辭傳」, 「설괘전說卦傳」, 「서괘전序卦傳」, 「잡괘전雜卦傳」에 주석을 달지 않았다. 이 부분은 이후 한강백韓康伯이 마저 주를 달았는데, 이후로 왕필의 『주역주』라고 말할 때는 사실상 한강백의 보주補注까지도 포함하는 것이 일반적이다.

따라 지식인의 주체성도 날로 제고되었다. 물론 이러한 시 창작 역시 『시』의 정신을 계승한 것이라 여겨졌다.[21] 그리고 당시 지나치게 형식에만 치우친 산문 풍조에 반발해 자유로운 산문 쓰기가 등장하기도 했는데, 이것이 바로 한유韓愈와 유종원柳宗元이 주도한 '고문古文' 운동이다. 그들이 제창한 고문의 '古'란 유가 경전이 지어진 옛 시대와 이를 지은 옛 성인들, 그리고 유가 경전을 통칭했다. 사실 고문의 실제 기술방식은 자유로운 잡문에 가까웠고 그 내용은 실용과 거리가 있는 것이었지만, 그 연원 역시 유가의 경전으로 설정되었던 것이다.

송대에 이르러 중국 학술계에는 큰 변혁이 일어나게 되는데,[22] 그것은 한대부터 내려온 학술의 근저를 뒤바꾸는 것이었다. 그들의 학문은 모든 시간과 공간 속에 존재하는 이치를 궁구하려고 했기에 '이학理學'이라고 불리는데, 형이상학적인 도道를 중시하기에 '도학道學'이라고도 불린다. 그리고 송대 이전의 유가에 대해 따로 '신유가新儒家(Neo-Confucianism)'로 구분하기도 한다.

과거 중국의 모든 학술은 기본적으로 군주를 정점으로 하는 전제적 위계질서를 그 바탕으로 하고 있었다. 때문에 자신이 군주가 되거나 아니면 군주 밑에서 신하 노릇하며 실질적인 정치참여를 함으로써 사회적인 자기완성이 가능했다. 재야의 은거는 불우한 시기의 부득이한

---

21 대표적인 일례로 이백李白은 「고풍古風」에서 "『시경』의 「대아」가 지어지지 않은지 오래이건만, 내 이미 쇠약해져 버렸으니 누가 있어 이를 펼쳐내리오!(大雅久不作, 吾衰竟誰陳)"라고 했다.

22 당대에서 송대로의 변화는 사실 학술에 국한된 것이 아니라 정치, 사회, 경제, 문화 전반에 걸쳐 있을 만큼 광범위한 것이었고, 그 변화의 정도도 매우 큰 폭이었다. 그래서 이를 '당송변혁唐宋變革'이라고 부르기도 한다. 당송지간唐宋之間을 역사적 전환점으로 간주한 것은 일본 교토학파京都學派의 나이토 고난內藤湖南이 처음이었다. 당송변혁에 대한 개괄적이고도 깊이 있는 설명은 피터 K. 볼(2008)을 참조하기 바람.

선택일 뿐이었다. 하지만 위진 시기 이래 본격적으로 시작된 자아에 대한 성찰이 점차 축적되다가 결국 송대에 이르러 군주나 조정과는 상관없이 한 개인의 수양과 공부만으로도 내적인 자기완성을 이룰 수 있다는 인식이 보편화 되었다.[23] 물론 지식인들에게 있어서 정치참여와 입신양명에 대한 욕망이 수그러든 것은 아니었지만, 원칙적으로 세상의 모든 만물에 우주의 이치가 담겨져 있고 이를 깨닫는 데에 직접적인 사회참여가 필요치 않았기에, 철저히 국가질서에 종속적이고 오로지 군주만을 그 정점으로 바라봐야하던 기존 경학의 관점은 늘 불만의 대상이었다. 이에 그들은 자신들의 입지를 확보해줄 경전에 대한 새로운 해석을 계속해서 내놓는 것만으로는 부족해서 아예 지금껏 외면 받아오던 경전의 일부분을 발굴하여 자신들의 주장을 견지할 근거로 제시했다. 그들은 자신들이 새로 주석을 달고 따로 발굴해낸 문헌들을 최고의 경전으로 받들었는데, 이는 유가 경전의 기존 위계질서에 대한 부정을 의미했다. 이러한 과정에서 탄생하게 된 것이 바로 사서四書다. 『대학大學』, 『논어論語』, 『맹자孟子』, 『중용中庸』으로 이루어진 사서는 유가의 경전에 속하는 문헌들이긴 했어도 원래는 그다지 주목받지 못하거나 육경보다는 덜 중요하다고 치부되었다.[24] 하지만 송대에 이르

---

[23] 이러한 인식의 대전환을 상징적으로 보여주는 일화가 북송오자北宋五子 중 맏이라 할 수 있는 주돈이周敦頤(2002 : 40)의 『통서通書』「성학제이십聖學第二十」에 보인다. "혹자가 물었다. 성스러움이란 배울 수 있는 것입니까? / 내가 답했다. 배울 수 있다. / 혹자가 다시 물었다. 무슨 요령이 있습니까? / 내가 답했다. 있다. / 혹자가 말했다. 청컨대 듣고자 합니다. / 내가 말했다. 한 가지를 요령으로 한다. 그 한 가지란 바로 무욕이다. 무욕하면 가만있을 땐 텅 비게 되고 움직일 땐 올곧게 된다. 가만있을 때 텅 비게 되면 명철해지고, 명철해지면 통달하게 된다. 움직일 때 올곧게 되면 공정해지고, 공정해지면 두루 미치게 된다. 명철해져 통달하게 되고 공정해져 두루 미치게 된다면 성인에 거의 가까워 진 것일진저!(聖可學乎? 曰 : 可. 曰 : 有要乎? 曰 : 有. 請聞焉. 曰 : 一爲要, 一者無欲也. 無欲則靜虛 · 動直, 靜虛則明, 明則通; 動直則公, 公則溥. 明通公溥, 庶矣乎!)"

러 본격적으로 재조명을 받아 새로이 조직된 사서는 결국 육경보다 핵심적인 유가의 경전으로 인정받게 되고, 새로운 주석을 통해 사서를 정점으로 하는 새로운 유가 경전의 학술체계가 구축되었다. 이러한 경향의 성과를 집대성한 것이 바로 주희朱熹의 『사서집주四書集注』다. 이는 같은 유가 경전에 대한 주석이라 할지라도 이전의 주석과는 그 궤를 완전히 달리하고 있었다.[25]

이학은 당초 정치 사회에 치우쳤던 유가에 결핍되어 있던 본체론을 완전히 충족시키면서 자족적인 학술체계를 형성했다. 하지만 '자족적'이란 동시에 '폐쇄적'이란 의미를 가지기도 한다. 그 학술 성향은 다분

---

24 『대학大學』과 『중용中庸』은 원래 『예기禮記』에 실려 있던 편들로 당초엔 그다지 주목받지는 못했다. 당대부터 따로 이 두 편을 주목하고 따로 분리하려는 경향이 보이기 시작하다가 결국 송대에 이르러 아예 독립된 책으로 간주되었다. 『논어』는 과거부터 중시되던 문헌임에는 틀림없지만, 경經보다는 한 단계 아래인 전傳으로 간주되었다. 위진남북조 시기에 이미 남다른 주목을 받게 되었지만 유가 경전 속에서 기존의 오경보다도 높은 위치에 오르게 된 것은 아무래도 송대에 이르러서였다. 당초 『맹자』는 흔히 유가 경전이라기보다는 차라리 제자백가 중 유가에 속하는 문헌으로 간주되었다. 『맹자』에 대한 주석 역시 문헌에 보이는 것은 한대에 다섯 종류 정도가 있었다지만 그다지 중시 받지 못했던 것으로 보인다. 실제로 송대에 이르기까지 남아있던 『맹자』에 대한 주석은 후한 말에 지어진 趙岐의 것 하나뿐이다. 그리고 당대에는 주로 경전의 범위가 확대되어 '구경九經(『주역周易』, 『상서尙書』, 『모시毛詩』, 『주례周禮』, 『의례儀禮』, 『예기禮記』, 『좌전左傳』, 『공양전公羊傳』, 『곡량전穀梁傳』)'이란 범주가 생겨났고, 만당晩唐에 이르러서는 '십이경十二經(『주역周易』, 『상서尙書』, 『모시毛詩』, 『주례周禮』, 『의례儀禮』, 『예기禮記』, 『좌전左傳』, 『공양전公羊傳』, 『곡량전穀梁傳』, 『논어論語』, 『효경孝經』, 『이아爾雅』)'으로까지 확대되었지만 여전히 『맹자』는 빠져 있었다. 『맹자』가 공식적으로 경經의 지위에 오른 것은 오대십국五代十國 시기 후촉後蜀에서 간행된 '십일경十一經(『주역周易』, 『상서尙書』, 『모시毛詩』, 『주례周禮』, 『의례儀禮』, 『예기禮記』, 『좌전左傳』, 『공양전公羊傳』, 『과량전穀梁傳』, 『논어論語』, 『맹자孟子』)'이 처음이다. 하지만 이는 전국적이라기보다는 지역적이었고 지속적이라기보다는 일시적이었다. 『맹자』가 본격적으로 경經으로서의 확고한 자리를 인정받게 되는 것은 아무래도 송대에 이르러서 '십삼경十三經(『주역周易』, 『상서尙書』, 『모시毛詩』, 『주례周禮』, 『의례儀禮』, 『예기禮記』, 『좌전左傳』, 『공양전公羊傳』, 『곡량전穀梁傳』, 『논어論語』, 『맹자孟子』, 『효경孝經』, 『이아爾雅』)'이란 범주가 등장하면서 부터였다.

25 때문에 『논어』의 경우 한대 주석부터 위진남북조의 주석을 통칭해 '구주舊注'라 하고(주로 위魏나라 하안何晏의 『논어집해論語集解』를 가리킨다), 이에 대비해 주희의 『논어집주論語集注』를 '신주新注'라고 부르기도 한다.

『논어집주論語集注』

히 철리적이고 사변적이었으며, 엄격한 자기수양과 대의명분, 그리고 무욕無慾을 강조했다. 그러다 보니 무미건조하고 인정을 벗어난 공리공담에 빠질 위험이 컸다. 실제로 대부분의 이학자理學者들은 문학 창작을 수양의 방해물로 간주하고, 모든 글쓰기는 성현이 전한 경전의 도道에 근거하고 이를 구현하는 데에 주력해야 한다고 주장했다. 이러한 이유로 송대의 문학은 운문과 산문 모두 대부분 담박하고 사변적인 것을 특징으로 한다.

원대元代부터는 아예 과거시험의 교과서가 『사서집주』로 대변되는 이학理學의 문헌들로 바뀌면서 이학은 정치적 권위까지 획득하게 되었고, 결국 과거의 경학과 완전한 세대교체를 이룩하게 되었다. 하지만 이내 정치권력과의 밀착과 형이상학에 대한 편중으로 인해 번쇄해지고 공소해지는 길을 걷게 된다. 때문에 명대明代에 이르러 이학 안에서 기존의 주자학朱子學에 대해 보다 본질과 간결함을 중시하는 양명학陽明學[26]이 제기되기도 했지만, 이 역시 궁극적으로는 이학의 범주를 벗어나지는 않았다.[27] 양명학은 자유분방한 주장들로 주자학을 공격했지만, 결정적으로 『사서집주』로 대변되는 주자학을 대체할만한 패러다임과 이를 반영해낸 유가 경전의 새로운 주석들을 제시하지 못했다.[28] 주자학은 각종 경서들에 대한 주석을 통해 경전으로서의 정통성을 인정받고 있었고, 이로 인해 청대 말엽 과거제가 폐지될 때까지 과거시험의 주교재로 자리 잡았다.[29]

오히려 이학 안에서의 새로운 변화는 다른 방향으로 싹을 틔우고 있었다. 명말明末부터 이학의 지나친 형이상학적 편중이 초래한 공소함에 대한 반발로 경전에 담긴 자구字句의 실질적인 의미를 탐구하고 증명하는 학풍이 본격적으로 일어나기 시작한 것이다. 이학 안에서 비주

---

26 양명학은 일명 심학心學이라고도 하는데, 이는 송대에 주희와 아호논쟁鵝湖論爭을 벌였던 육구연陸九淵의 학설을 계승한 것이다.

27 흔히들 송대를 주자학의 시대로, 명대를 양명학의 시대로 간주하고, 양자 간에 심각한 대립구도가 존재한다고 여긴다. 하지만 '성즉리性卽理'든 '심즉리心卽理'든 궁극적으로는 '이理'를 지향하는 '이학理學'이다. 양자 간의 차이점은 송명이학朱明理學 내부에서의 이동異同을 세세히 따질 때 두드러지는 것이지, 외부에서 보자면 차이점 보다는 공통점이 더 많다. 주자학과 양명학이 '송명이학'이라 통칭되는 이유 역시 여기에 있다. 김용옥은 주자학에서 양명학으로의 이행을 인도에서 들어온 불교가 선종화禪宗化 되는 과정에 비유했는데, 양자의 동질성과 연계성을 긍정했다는 측면에서 일리가 있다. 뚜 웨이밍杜維明(1994), 「陽明根本義」.

28 가상 군에 띄는 섯이 무희가 함부도 글자와 문딘 순시를 고치고 멋빝인『대학장구大學章句』에 대한 반발로 제시된 왕수인王守仁의『고본대학古本大學』인데, 나름대로 큰 의의는 있더라도, 전체적으로 주희가 구축한 패러다임에 약간의 균열을 가할 수 있을 뿐, 사서四書와 이에 대한 일관된 주석으로 촘촘히 구축된 주자학의 패러다임 자체를 대신할 대안을 제시하기엔 역부족이었다. 이에 대한 구체적인 내용과 사상사적 의의는 김용옥(2009)의 제7장 「왕양명의 고본대학론」과 제8장 「왕양명 「대학고본서」 역주」를 참조.

29 때문에 명대 양명학자든 청대 고증학자든 간에 관직에 오른 자, 혹은 관직에 오르려고 노력했던 자는 개인적인 호오好惡를 떠나 모두가 주희의 『사서집주』에 매진했었고, 이에 근거한 팔고문八股文 시험을 통과한 자들이었다.

류였던 이러한 학풍은 청대에 들어서 더욱 보편화되고 심화되어갔고,[30] 결국 자구의 의미에 대한 치밀한 고증을 기초로 경전을 풀이하는 연구방법론을 수립했으며,[31] 학술계에서 주류의 지위를 획득하게 되었다. 이러한 고증학적考證學的 방법론은 이학의 형이상학적 세계관을 여전히 바탕으로 하고 있었지만, 그 형이상形而上, 즉 도道에 도달하기 위한 방법은 정의하기 모호한 수행이나 깨달음이 아니라 형이하적形而下的인 경전 자구의 구체적인 고증으로부터 차근차근 시작해야 한다고 믿었다. 때문에 표면적으로는 한대 경학의 주석들을 모범으로 삼고 이를 중시하고 있었지만,[32] 실제로는 그 주석의 성격이 정치 사회

---

30 양계초梁啓超는 이러한 청대 학풍의 등장을 송명이학의 공소함에 대한 반동이라고 설명했지만, 사실은 이러한 반동 자체가 명대에 이학 내부에서 이미 준비되고 있었던 것이다. 즉 송명이학 외부에서 송명이학을 붕괴시킨 것이 아니라 송명이학 내부에서 비주류의 학풍이 주류 학풍에 균열을 가하고 있었던 것이다.

31 이 같은 연구방법론의 내용을 간명하게 보여주는 것이 바로 청대 건가乾嘉 연간의 저명한 학자 대진戴震의 지적이다. 그는 「與是仲明論學書」에서 이렇게 주장했다. "저는 어려서 집안이 가난하여 스승을 직접 모시지는 못하였으나 성인聖人 중에 공자孔子라는 분이 육경六經을 편정編定하여 후세 사람들에게 보이셨다고 듣고는 각 경서經書를 구하여 펼쳐 읽어보았으나 망연히 아무런 깨달음이 없었습니다. 오래도록 심사숙고한 끝에 마음속으로 '경서經書에서 지극한 것은 바로 도道인데 그 도道를 밝히는 것은 낱말이며 낱말을 이루는 것은 문자文字다. 문자文字로써 낱말에 통하고 낱말로써 도道에 통하는 것은 필시 점진적인 것이다'라고 여겼습니다. 이른바 문자文字에 대한 공부를 추구하여 여러 전서篆書를 고찰하고 허신許愼의『설문해자設文解字』를 얻어 3년 만에 그 요체要諦를 알게 되고 나서야, 점차 옛 성인聖人이 지으셨던 경서經書의 본래 모습을 들여다볼 수 있게 되었습니다. 또 허신許愼이 훈고訓詁에 완전할 수 없었을 것이라 여기고 벗에게『십삼경주소十三經注疏』를 빌려 읽으면서, 한 글자의 뜻을 파악하는 데에도 마땅히 여러 경서經書를 두루 살피고 육서六書에 근본을 두어야함을 알게 되고 나서야 제 학문이 확고히 정립되었습니다(僕自少時家貧, 不獲親師, 聞聖人之中有孔子者, 定六經示後之人, 求其一經, 啓而讀之, 茫茫然無覺. 尋思之久, 計於心曰 : 經之至者道也, 所以明道者其詞也, 所以成詞者字也. 由字以通其詞, 由詞以通其道, 必有漸, 求所謂字, 考諸篆書, 得許氏『說文解字』, 三年知其節目, 漸睹古聖人制作本始. 又疑許氏於故訓未能盡, 從友人假『十三經注疏』讀之, 則知一字之義, 當貫群經本六書, 然後爲定)." 戴震,『東原文集』卷9, 張岱年 主編(1995 : 370~371).

32 이 때문에 청대 중기를 넘어가면서 고증학자들 사이에 스스로의 학문 성향을 아예 '한학漢學'이라 정의하는 이들이 생겨난다.

담론이 강했던 한대의 것과는 전혀 다르게 학술담론에 가까웠다. 앞서 언급했듯이 청대에도 여전히 과거시험에서 경서의 이해는 주자학의 것을 따르고 있었기에 정치적으로는 주자학의 주석이 변함없는 권위를 유지하고 있었다.

이후 건륭乾隆 연간 말년부터 청조는 붕괴되기 시작했고, 전제정권의 정치담론에 대한 통제력 역시 약화되기 시작했다. 이 틈을 타 주로 학술담론에서 주류를 차지하던 청대 한학漢學이 그 영역을 정치와 사회 담론으로까지 적극적으로 확장하기 시작했다. 그러나 학술담론으로서의 한학이 주로 한대 고문경학의 주장과 방법론을 원용하던 것에 반해, 새로이 정치담론으로 각광받던 것은 한대 금문경학의 이론과 방식을 활용했다.[33] 하지만 이러한 새로운 정치담론들 역시 정치실세들에 의해 배척되었고 탄압의 대상이 되고 말았다. 결국 아편전쟁으로 대변되는 서구의 충격western impact을 받은 이래, 더더욱 구국救國과 민중계몽이라는 시급한 국가적 요구에 시달리게 되었다. 이러한 위기 상황에서 구국과 계몽을 위한 서구화에 대한 요구로 중국 전통학술은 계속 도전을 받았고, 결국 우여곡절 끝에 사회주의 국가체제의 등장으로 인해 중국은 전통학술과의 급작스러운 단절을 경험하게 된다.[34] 그리고 이러한 미증유의 단절로 인해 2,000여 년 넘게 정치적, 사회적, 학술적으

---

33 하지만 청대의 금문경학은 한대의 금문경학과 실질적으로 큰 차이가 있었다. 우선 한대에는 음양오행陰陽五行 같은 술수術數나 참위설讖緯說 같은 혹설惑說이 남발되었으나, 청대에는 이 같은 낭설들을 일소하고 단지 금문경학 중 변혁變革을 다루는 데 효과적인 부분에 집중하고 있었다.

34 우리나라도 이와 유사한 단절 과정을 거쳤다. 단지 전통과의 결정적인 단절이 중국에서는 중국인민공화국中國人民共和國의 등장을 통해서였고, 우리나라에서는 이보다 먼저 일제강점을 통해서였다는 차이가 있다. 부분적으로 대만 역시 우리나라와 유사한 일제강점을 거쳤고, 홍콩은 영국의 점령 하에 놓이면서 전통과의 단절을 경험했다.

로 지고의 권위를 지켜온 경학도 급속한 해체의 과정을 걷게 되었다.

3. 경전과 현대사회

간략히 살펴본 중국 유가 경전의 변천과 부침에서도 쉽게 보아낼 수 있듯이 중국 전통학술의 특징 중 하나는 강한 정치적 성향이다. 당초 본격적인 중국 학술의 태동기라 할 수 있는 선진시기 제자백가의 등장부터가 정치를 위한 것이었다고 말해도 과언이 아니다. 비록 위진남북조 시기에 본격적으로 불교나 현학의 영향을 받아 학술 내부에 본체론적인 측면이 활성화되었고 지식인의 내면적 성찰도 심화되었지만, 전반적으로 학술의 강한 정치적 성향은 여전했다. 당송대를 거치면서 이학의 성립을 통해 다시 한 번 획기적으로 지식인들의 주체성이 강화되었고, 더 나아가 정치사회담론과 학술담론이 분리되어 서로 다른 성향의 학술을 추구하는 양상을 보이기도 했지만, 궁극적으로 중국 학술은 정치와 강한 유대관계를 유지하고 있었다. 특히 한무제 이래로 유가의 경전은 청대까지 줄곧 이러한 학술과 정치의 긴밀한 역학구도의 중심에 위치해 있었다.

흥미롭고도 역설적인 사실은, 유가 경전이 안정된 통일국가 속에서 학술과 정치가 강력한 유대관계를 형성했을 때가 아니라 학술에 대한 정치의 통제력이 약화된 혼란스러운 시기나 정치담론과 학술담론이 분리된 시기에야 비로소 학술적인 혁신과 발전의 돌파구를 찾게 된다는 점이다. 다시 말해, 정치를 지향하는 유가 경전이 정치와 밀착된 주류담론 안에서는 점점 정체되고 타락하지만, 늘상 정치와 거리를 둔 비주류담론 안에서는 새로운 가능성을 발견하게 된다는 것이다.

　이러한 엄연한 역사적 사실은 우리에게 무엇을 시사해 주는가? 사실 학술은 궁극적으로 현실세계를 지향하기에 현실의 정치와 완전히 분리될 수는 없다. 오히려 학술은 정치의 훌륭한 자양분이 되고 정치는 학술의 좋은 자극제가 되는 긍정적인 연관 고리로 연결되어 있다. 적극적으로 말하자면 상호 필수불가결한 존재다. 하지만 잊지 말아야 할 것은, 학술을 연구하는 자는 늘상 경각심을 갖고 정치의 시녀가 아닌 진정한 안정과 시의적절한 변혁을 위한 계기와 논리를 지향해야 한다는 점이다. 학술이 기존의 정치권, 특히 기득권 안에서 안주하고 부용附庸으로 전락해 버린다면, 결국 '어용御用'이라는 꼬리표를 달게 되고 말 것이다. 앞서 살펴봤듯이 학술의 정체와 왜곡, 그리고 파탄은 늘 그렇게 시작되었다. 이런 맥락에서 학술과 정치의 상호관계에는 공자의 "공경하되 멀리하라(경이원지敬而遠之)",[35] "조화를 이루되 부화뇌동하진 말라(화이부동和而不同)"[36]는 훈계가 그대로 적용된다고 할 수 있다.

　지금의 관점에서 보자면, 자의였든 타의였든, 그리고 의도했든 의도하지 않았든 상관없이 전통과의 단절이란 경험은 우리에게 부단히 변천해오면서 끊임없이 영향력을 행사해온 유가 경전과 주석의 권위를 소멸시켰다. 일종의 정신적 유산이 유기되거나 폐기된 것이다. 하지만 동시에 유가의 경전과 주석들을 전통적인 경학의 틀에서 벗어나 새로

---

35 『논어論語』「옹야雍也」. 원래는 공자가 제자 번지樊遲에게 귀신을 어떻게 대할지에 대해 언급한 표현이다.
36 『논어論語』「자로子路」. 원래는 소인小人과 대비되는 군자君子의 덕목을 언급한 표현이다.

이 해석할 수 있는 계기를 마련해 주었다. 현재 유가 경전, 더 나아가 중국의 고전古典들은 다시금 전에 없는 주목을 받으며 재평가되고 있다. 하지만 여전히 갈 길은 멀고 할 일을 많다. 특히 중국의 경우, 유가 경전의 권위는 해체되었지만 학술과 정치의 결속력은 여전하다.[37] 안정된 정치체제 안에서 학술과 정치의 밀착은 중국의 유구한 전통이자 특징이며, 이는 유가 경전의 부침과는 무관하게 간단없이 지속되어 왔음을 알 수 있다. 우리나라의 경우, 유가 경전의 전통 단절이라는 일종의 무중력 상태에서 경전에 대한 새롭고 창조적인 해석의 동력을 상실한 채 조선시대 주자학을 시비의 기준으로 상정하는 퇴행적 복고주의가 여전히 일정한 영향력을 행사하고 있다.

때문에 유가 경전의 과거 해석에 대한 꼼꼼한 고찰과 반성, 그리고 이 시대에 걸맞은 새로운 해석의 탄생은 여전히 우리의 철저한 자각과 반성, 그리고 꾸준한 노력을 필요로 하고 있다.

---

37 전통과 단절되고 유가 경전의 권위나 정당성이 거의 사라졌으며 경전에 대한 새로운 해석이 시도되고 있는 이 시점에서 중국의 정치와 학술 역시 이완되었을 법하지만, 사실은 학술과 정치의 적극적인 결속에는 아무런 변함이 없어 보인다. 중국의 유명 학자들이나 작가들 중 중국 공산당 고위간부가 적지 않고, 중국 정부의 정책 방향이 정해지면(혹은 정해지기 전에) 그 정책을 지지하거나 이론적으로 뒷받침해주는 연구가 속속 등장한다. 물론 이러한 상호 결속에 긍정적인 부분도 있고, 학술성도 나름대로는 담보되는 경우도 있긴 하다. 하지만 이러한 학술과 정치의 관계라는 부분에 집중해서 중국의 현상황을 좀 거칠게나마 유비적으로 표현해 보자면, 한무제 때 유학을 국교화하고 경학박사를 세웠을 때와 별반 차이가 없다고 하겠다.

참고문헌

김용옥, 『대학 · 학기 한글역주』, 통나무, 2009.

박원재, 『유학은 어떻게 현실과 만났는가』, 예문서원, 2001.

오만종 외, 『중국 고대 학술의 길잡이 : 『漢書 · 藝文志』 註解』, 전남대 출판부, 2005.

정세근, 『제도와 본성』, 철학과현실사, 2001.

가노 나오키狩野直喜, 오이환 역, 『中國哲學史』, 을유문화사, 1995.

고지마 쓰요시小島毅, 신현승 역, 『사대부의 시대』, 동아시아, 2004.

郭紹虞, 『中國文學批評史』, 臺北 : 明倫出版社, 1971.

戴 震, 『東原文集』 卷9, 張岱年 主編, 『戴震全集』 6, 合肥 : 黃山書社, 1995.

도가와 요시오戶川芳郎 외, 조성을 외역, 『儒敎史』, 이론과실천, 1994.

뚜 웨이밍杜維明, 권미숙 역, 김용옥 해제, 『한 젊은 유학자의 초상』, 통나무, 1994.

樓宇烈 校釋, 『王弼集校釋』, 臺北 : 華正書局, 1992.

미야자키 이치사다宮崎市定, 조병한 편역, 『中國史』, 역민사, 1989.

司馬遷, 『史記』, 北京 : 中華書局, 1997.

시미다 겐지島田虔次, 『주자학과 양명학』, 까치, 1993.

시어도어 드 베리, 표정훈 역, 『중국의 '자유' 전통』, 이산, 1998.

阮元 校刻, 『十三經注疏』(上下冊), 北京 : 中華書局, 1996.

왕 필, 임채우 역, 『왕필의 노자』, 예문서원, 1997.

　　　　　　　　, 『주역 왕필주』, 길, 1999.

兪紹初 校注, 『昭明太子集校注』, 鄭州 : 中州古籍出版社, 2001.

張岱年 主編, 『戴震全集』 6, 合肥 : 黃山書社, 1995.

張文修, 「皇侃『論語義疏』的玄學主旨與漢學佛學影響」, 『燕山大學學報』(哲學社會科
　　　學版) 第4卷 第4期, 2003.11.

張政烺,『馬王堆帛書周易經傳校讀』, 北京 : 中華書局, 2008.

錢　穆,『兩漢經學今古文平議』, 臺北 : 東大圖書公司, 1989.

＿＿＿,『中國近三百年學術史』上·下, 臺北 : 臺灣商務印書館, 1996.

朱　熹,『四書章句集注』, 北京 : 中華書局, 1983.

周敦頤, 譚松林·尹紅 整理,『周敦頤集』, 長沙 : 岳麓書社, 2002.

朱維錚 校注,『梁啓超論淸學史二種』, 上海 : 復旦大學出版社, 1985.

皮錫瑞, 이홍진 역,『中國經學史』, 형설출판사, 1995.

何耿鏞, 장영백 외역,『經學槪說』, 청아, 1992.

피터 K. 볼, 심의용 역,『중국 지식인들과 정체성』, 북스토리, 2008.

일본 사소설私小說의 정전 형성*

『이불蒲団』을 중심으로

안영희

1. 서론

사소설私小說은 일본의 독특한 문학 양식이라고 말해지고 있다. 문학사적으로 보면, 시마자키 도손島崎藤村의 『파계破戒』가 일본자연주의의 길을 열었다고 한다. 그러나 다야마 가타이田山花袋의 『이불蒲団』이 일본자연주의를 변형시켰고 사소설의 길을 열었다고 평가한다.

정전에 대한 정의를 보면 "일반적으로 오늘날 정전이라는 용어는 특히 학교 교과과정 속에서 공인된 텍스트나 해석 혹은 모방할 만한 가치가 있다고 널리 인정받는 텍스트를 뜻한다. 협의의 정전은 표준적 레퍼토리, 다시 말해서 개개의 장르 내에서 그리고 특정 조직이나 기

---

* 이 글은 「일본 사소설의 정전 형성 : 『이불』을 중심으로」(『일본문화연구』 42집, 동아시아일본학회, 2012)를 수정 · 보완하여 재수록한 것이다.

관에서 아주 높이 평가되어 자주 읽히고 상연되는 작품을 의미한다. 이와는 대조적으로 보다 광의의, 정치적인 의미에서의 정전 (…중략…) 확립된 또는 유력한 제도나 기관에 의해 인정받은 텍스트를 의미한다"[1]라고 하고 있다.

다야마 가타이田山花袋(1871~1930)

『이불』이 사소설의 원류이며 최초의 사소설라는 것은 부정할 수 없는 사실이다. 『이불』은 자신의 사생활을 숨김없이 고백하는 사소설의 전통을 만들었다. 『이불』이 나온 후 이를 모방한 수많은 사소설이 등장하게 되었다. 이와노 호메이岩野泡鳴의 『오부작五部作』(1918), 시마자키 도손의 『신생新生』(1918~19), 가사이 젠조葛西善藏의 『슬픈 아버지哀しき父』(1912), 다자이 오사무太宰治의 『인간실격人間失格』(1948), 그리고 현대의 사소설로는 유미리柳美里의 『생명命』(2000) 등이 있다. 비록 사소설의 스토리는 다르지만 이들 소설들은 전부 자신의 사생활을 숨김없이 고백한 사소설인 것이다. 따라서 『이불』을 사소설의 정전이라고 봐도 무방할 것이다. 이처럼 『이불』은 1907년에 등장했고 사소설이 정전이 된 이후 100여 년 동안 계속해서 새로운 모습으로 나타나고 읽혀지고 있다.

제1절에서는 사소설이 탄생하고 『이불』이 사소설의 정전이 되는 과정에서 '나'라는 근대적 자아와 국민국가가 어떻게 작용하였으며, '나'

---

1 하루오 시라네 · 스즈키 도미(2002 : 5).

의 이데올로기가 일본과 서구를 어떻게 차별화하였는지 알아본다. 제 2절에서는『이불』의 서사구조와 독자와의 관계, 그리고 활자 인쇄로 인한 묵독과 내면의 탄생에 대하여 본다. 제3절에서는 근대와 젠더의 문제를 함께 살펴보고자 한다. 이러한 검토를 통해『이불』이 정전이 되는 과정에서 국가, 독자, 젠더가 어떻게 작용하였는지 보기로 한다.

2. 사소설의 탄생과『이불』의 정전화

1)『이불』의 정전화

먼저 사소설의 정의를 보자. 사소설私小說은 일본어로 '와타쿠시 쇼 세츠わたくししょうせつ', '시쇼세츠ししょうせつ', 영어로는 "I' story", "I' novel", 'watakushi-shosetsu'라고 한다. 일본어의 와타쿠시私는 일인칭인 '나'의 겸양어로, 상대방을 높여주고 자신을 낮추는 표현이다. 따라서 와타쿠 시 소설은 나에 관한 이야기를 쓰는 소설이라고 할 수 있다. 사전에는 사소설을 작가자신을 주인공으로 하여, 그 경험이나 신변의 사실을 소 재로 하여 쓴 소설이라고 하고 있다. 이 사전적인 의미만을 생각한다 면 자서전이 가장 먼저 머리에 떠오를 것이나. 사서전과 사소실의 차 이점을 보면, 자서전은 책을 쓴 작가와 주인공이 동일인물이라는 것을 책머리에 쓰고 있는 것에 비해 사소설은 그러한 것이 없다.[2] 그다음은 왜 사소설이 일본만이 가진 독특한 문학 양식인가라는 것이다. 일본의

---

[2] 안영희(2006 : 5) 참조.

사소설은 먼저 픽션이 아닌 사실이라는 소설의 패러다임을 역전시켰다는 것이 일반적인 소설의 개념과는 다른 것이다. 다시 말하면 소설은 픽션이 전제가 된다. 그러나 일본의 사소설 작가는 자신이 경험한 사실事實(실제로 있었던 일)을 적어야 한다. 작가가 자신의 사생활을 있는 그대로 적는다고 해서 완전하게 픽션이 배제될 수는 없다. 하지만 일본의 사소설은 허구가 아닌 작가가 자신이 경험했던 일을 있는 그대로 적는다는 것이 전제가 된다. 그리고 독자는 미리 작가의 신변적인 사실을 알고 그 소설에 나오는 주인공과 작가를 일치시켜서 읽는다. 이처럼 사소설은 작가와 독자의 암묵적인 약속이 있어야 성립되는 것이다. 사소설은 소설이 픽션이 아닌 사실이라는 새로운 소설 양식을 만들었고 주인공 = 작가라는 등식을 성립시켰다. 이러한 조건이 서구의 소설과 일본의 사소설의 차이점이다. 일본의 사소설은 픽션과 논픽션의 경계에 있는 것이다.

사소설이라는 용어가 최초로 등장한 것은 우노 고지宇野浩二의 『시시한 세상이야기甘き世の話』(『中央公論』, 1920.9)이다. 사소설의 원조인 『이불』이 1907년에 나왔으나 사소설이란 용어가 처음으로 등장한 것은 1920년이다. 1920년에 등장한 용어를 다이쇼의 소설가 및 평론가들이 정착시켰다. 『이불』이 나온 후 사소설의 용어가 정착된 것은 약 20여 년이 지나서였다. 우노 고지는 「사소설사견私小説私見」(『新潮』, 1925.10)에서 사소설의 원류는 다야마 가타이의 『이불』이라고 한다. 이러한 주장은 히라노 겐에 의해 강화되고 '자기' '자신'을 중심으로 생각하고 진심을 토로하는 시라카바파작가들도 『이불』을 그 원류로 생각해야만 한다고 주장해 왔다. 다이쇼 말기에 구메 마사오久米正雄는 「사소설과 심경소설私小說と心境小說」[3](『文芸講座』, 1925)이라는 평론에서 처음으로 순문학이라는 용어를 사용했다. 구메 마사오는 서양의 19세기 본격소설을 통속소설이라고 했으며 사소설만이 순문학이라고 주장했다. 그는 자신이 통속소설의 대가이면서 예술소설에 대한 동경이 강했고 톨스토이도 도스토예프스키도 통속소설가라고 했다. 지금은 심경소설도 사소설의 범주에 포함시키고 있으며 거의 같은 의미로 사용되고 있다. 그러나 당시에 심경소설은 서구의 본격소설과 대립되는 용어로 사용하였고 사소설로 총칭적으로 사용하고 있었다. 구메 마사오는 심경소설은 사소설과 동질적인 면이 있으며 작가가 자기를 직접적으로 나타낸 건전한 동양적 선에 통하는 최고의 경지라고 주장했다. 사소설만이 순문학이라는 그의 주장이 오랫동안 문단을 지배했다. 고바야시 히데오小林秀雄는 1935년『사소설론』을 쓰고 폐쇄적인 심경소설을 지양하고 '사회화'한 나의 필요성을 논했다. 제2차 세계대전 이후는 히라노 겐平野謙과 이토 세이伊藤整에 의해 자연주의파와 시라카바파, 파멸형과 조화형이라고 하는 분류가 사소설에 교묘하게 적용되어 더욱 사소설을 쓰는 동기로써 일상생활의 긴박한 위기의식과의 대결, 소설과 생활이 일치하는 생활연기설 등이 강설되기도 했다.[4] 이토 세이는 근대

---

3 심경소설은 사소설의 일종이지만 깊은 자연주의에 인류를 두고 있다. 심경소설은 시라카바파의 흐름을 이어받아 동양적인 자기연마를 목표로 하는 점이 사소설과 다르며 위기극복의 문학이라고도 했다. 자연주의전성기의 사소설이 작가개인의 실제생활에 기조를 두고 있으며 그 생활을 실패로 돌아가게 하는 사회적인 제도며 억압에 대한 반감의 가분을 전제로 하고 있는 것에 대해 심경소설은 개인의 성장 등에 의해 언젠가 사회적 조화에 이르는 과정에 의한 보다 추상적인 작가의 심경의 표현이라는 성격이 강하고 거기서는 작가의 '나'를 둘러싼 사회적 상황은 문제시되지 않는다. 百科事典マイペディアの解説 (http://kotobank.jp).

4 '私小說', Yahoo! 百科事典(http://100.yahoo.co.jp).

소설의 원류는 작가본인의 고백성에 있다고 하고 사소설작가는 현세 포기자로서의 파멸형이라고 했으며 심경소설작가는 현세수용적 조화자라고 했다. 히라노 겐은 「사소설의 이율배반」에서 이토 세이의 분류를 발전시켜 심경소설을 조화자의 문학이라고 했고 사소설은 파멸자의 문학이라고 했다. 이처럼 그들은 파멸자의 사소설과 조화자의 심경소설로 구분했다.

『이불』이 사소설의 정전이 된 이후 문학사의 교과서에 반드시 실리게 되었다. 자연주의 문학과 일본 근대문학의 특질을 이야기할 때 『이불』을 빼고는 이야기할 수 없기 때문이다.

『이불』이 문학사적으로 중요한 이유는 그 작품성보다는 가장 일본문학의 특질을 잘 보여주는 작품이기 때문이다. 다야마 가타이의 『이불』에 의해 겨우 일본 근대문학이 있는 그대로의 인간을 그리게 되었다고 평가된다. 일본 근대문학 초기에 쓰보우치 소요坪內逍遙는 근대문학이 지향해야할 '사실(리얼리즘)'이라고 하는 것을 충분하게 표현하지 못했다. 그런데 『이불』의 등장에 의해 겨우 '리얼리즘'을 그리는 작품이 등장했고 실증을 중시하는 자연주의 문학사조가 일본에서 나타난다. 또한 자연주의 문학사조는 사소설의 시작이었다. 『이불』에 의해 일본 근대문학은 처음으로 고백할 내면을 만들었다고 하는 지적도 있다. 이러한 여러 가지 요소로 인해서 『이불』은 사소설의 원조이고 정전임과 동시에 일본 근대문학의 본질을 가장 잘 설명할 수 있는 작품이기도 하다.

2) '나'와 근대적 자아형성, 국민국가 형성

사소설은 나에 관한 소설이다. '나'와 '소설'은 모두 근대화의 산물이다. '나'는 근대적 자아형성의 한 과정이기도 했다. 이 근대적 자아인 '나'는 근대국민국가의 기초가 되었다. 이러한 근대적 국민국가를 형성하는 과정에서 끊임없이 나에 관한 이야기를 하는 사소설이 등장하게 되었고 주목을 받기 시작했다. 다이쇼시기에 많은 작가들이 사소설에 열광하는 이유는 근대국가를 이룩한 이후 개인의 자아 찾기에 사소설이 그 역할을 담당했기 때문이다.

1920년대 중반 사소설 비평 담론이 형성된 이후, '나'를 둘러싼 사적인 시·공간을 무대로 하는 사소설은 자기 탐구의 수단으로 여겨져 왔다. '나'라는 자아가 어떻게 형성되어왔고, 혹은 어떻게 분열되었는지에 대한 작가의 자기 고백으로 읽혀왔던 것이다.

일본 근대 문학자들이 보여 온 '나'에 대한 과도한 관심은 근대화의 부산물이다. 서양으로부터 자아 혹은 자기라는 개념이 들어온 후, '나'라는 일본어에는 근대적 자아 형성의 명제가 부여되었다. 이성적 주체로서의 근대적 자아 '나'는 끊임없이 자신이 누구인지를 자문하거나, 남에게 설명하거나 납득시키려 하기 마련이며, 필연적으로 언어는 자기 폭로 혹은 사아의 자기 정당화의 도구로 전용된다.[5]

---

5 윤상인(2009 : 183).

사소설담론이 형성된 1920년대에는 '나'에 대한 관심이 집중된 시기이기도 하다. 메이지세대들이 국가를 위해 자신을 희생했던 시기라면 다이쇼시기에는 아버지세대들이 만든 안정된 생활터전 위에서 '나'와 '자아'를 중시하기 시작했던 것이다. "이 시기에 대두한 '개인', '자아', '자기'라는 중심개념은 '국민nation' 혹은 민족주의적인 '국민national정신' 등의 개념과 불가분하게 연결되어 있었다"는 지적은 사소설 담론과 정치 이데올로기의 유착 관계에 대한 의미 있는 문제제기이다.[6] 일본의 근대화과정에서 자립한 나는 객체가 아닌 주체적인 존재가 된다. 주체적인 존재인 나는 근대의 국민이 되고 근대국가를 형성하게 된다. "사소설을 포함해서 일본 근대소설에 등장하는 '나'는 언제나 자아의 연합 형태로서 '우리'로의 변환 가능성을 내포하고 있다. 다시 말해서 개인은 종족과 언어, 전통의 동일성에 근거한 집단적 자아 ─ 즉 국민으로서의 정체성을 겸비한다. 사소설에 등장하여 지나치리만큼 직설적인 형태로 '인생의 진실'을 추구하는 수많은 '나'들은 서양적 가치관으로부터 온전히 독자적인 '자기(= 우리)를 담보하는 이데올로기 장치이기도 했다."[7]

'나'를 '우리'로 변환시키는 장치, 즉, 개개인을 국민국가에 포함시키는 가장 필요한 장치가 언문일치였다. "언문일치는 근대국가의 확립을 위해 불가결한 것이라고 간주된다."[8] 근대 이전까지 각 지방은 독립적인 언어를 사용하고 있었다. 각 지방을 하나의 국가에 통합시키기 위해서는 각각의 독립적인 언어를 하나의 언어로 통합하는 것이 시급한

---

6 위의 책, 180면.
7 위의 책, 181면.
8 柄谷行人(1988 : 53).

과제였다. 따라서 어려운 한자를 폐지하고 새로운 문자개혁을 단행해야만 했다. 이 새로운 문자개혁이 언문일치였다.

도대체 언문일치의 결과 나타난 것은 무엇인가? 다야마 가타이는 『이불』을 쓴 후 『동경의 30년』의 「나의 안나 마와르」 중에서 "나도 괴로운 길을 걷고 싶다고 생각했다. 세상에 대해서도 싸우는 것과 동시에 숨겨두었던 것, 감추었던 것, 그것을 밝히고 나서는 자신의 정신도 파괴된다고 생각하는 것, 그러한 것을 열어내 보려고 생각했다"[9]라고 진술하고 있다. 도대체 작가(다야마 가타이)는 『이불』에서 무엇을 고백하고 있는 것일까?

다음은 작가(다야마 가타이)가 여제자인 요시코에게 애인이 생기자 육체관계가 있었나에 대해 고민하는 부분이다.

무엇을 했는지 모른다. (…중략…) 손을 잡았을 것이다. 가슴과 가슴이 닿았을 것이다. 사람이 보지 않는 여관 이층 방, 무엇을 하고 있는지 모른다. 더럽혀지고 더렵혀지지 않는 것은 순간이다. 이렇게 생각하자 도키오는 견딜 수 없었다. "감독자의 책임에 관한 것이다!"라고 마음속에서 절규했다.[10]

그 남자에 몸을 허락했을 정도라면, 굳이 처녀의 정조를 존중할 필요도 없었다. 자기도 대담하게 손을 내밀어 성욕을 만족시켰으면 좋았을 것이다. 이렇게 생각하자 지금까지 하늘에 올려놓았던 아름다운 요시코는 매춘부인지 뭔지 생각되어 그 육체는 물론 아름다운 태도도 표정도 싫어졌

---

9   田山花袋(1995 : 601).
10 田山花袋(1993 : 542).

다. 그래서, 그날 밤은 번민하고 번민해서 거의 자지 못했다. (…중략…) 그 약점을 이용하여 내 마음대로 할까하고 생각했다.[11]

『이불』에서는 사랑하는 여제자에게 남자친구가 생기자 육체관계가 있는 것은 아닐까하고 끊임없이 의심하고 번민하는 주인공의 내면 만이 그려져 있다.

다음은『이불』의 마지막 부분이다.

성욕과 비애와 절망이 곧 도키오의 가슴을 엄습했다. 도키오는 그 이불을 깔고 잠옷을 덮고 차갑고 더러운 비로드의 칼라에 얼굴을 묻고 울었다. 어두컴컴한 방, 집 밖에는 바람이 거칠게 불고 있었다.[12]

『이불』에서 주인공이 행동하는 것은 여제자인 요시코가 떠난 뒤에 그녀의 잠옷을 덮고 우는 행위뿐이다. 주인공은 고백할 아무런 행동도 하지 않는다. 오로지 주인공의 추악한 내면만이 고백되어 있을 뿐이다. 다야마 가타이가 고백해야 할 것은 행동이 아니고 자신의 '내면'인 것이다. 결국 국민국가 형성을 위해 언문일치가 필요하게 되었고 언문일치가 이루어진 결과 한 개인의 내면이 발견된 것이다.

---

11 위의 책, 594~595면.
12 위의 책, 606~607면.

3) '나'의 이데올로기 : 일본과 서구

'나'의 근대적 자아형성은 근대국민국가를 형성하는 계기가 되었다. 앞에서 본 것처럼 국민국가형성에 필요한 도구가 언문일치였다. 언문일치에 의해 개인의 내면이 발견되었다. 근대의 사소설담론은 서양과는 다른 새로운 일본의 발견이었다. 사소설은 항상 서양의 소설과 비교의 대상이 되었다. 서양의 소설과 비교한 결과 소설이 '픽션'이 아닌 '사실'을 적는다는 사실에 많은 연구자들이 놀라게 되었다. 그리고 사소설을 일본만이 가진 특수한 문학이라고 생각하게 되었다. 사소설을 구성하는 "'사私'는 나를 의미하며 '소설'은 근대정신을 구현하는 장치로 여겨졌다."¹³ 일본의 근대소설은 서양의 '소설novel'을 수입하면서 성립했다. "메이지 시대 문학자들은 소설이 인간의 내면을 그리는 데 효과적인 장치라는 것을 깨달았다."¹⁴ 일본의 근대소설가들은 '소설novel'을 수입하면서 소설에서 끊임없이 나의 작은 이야기를 하면서 서구와 차별되는 사소설을 만들어내었다.

> 사소설 언설은 필연적으로 서양적 가치와 이항대립 관계를 조성한다. 즉 나에 대한 작은 이야기(= 사소설) 속에 등장해서 지근거리의 어법으로 '인생의 진실'을 추구하는 '나'들은 서양적 가치 기준으로부터 '자기(= 우리들 일본인)'를 온존시키는 대항 이데올로기 장치인 것이다. 어떠한 경우든 사소설 언설에는 화혼양재 이데올로기의 문학적 실천에 대한 욕망이 내포되

---

13 윤상인(2009 : 180)에서 재인용.
14 위의 책, 89면.

어 있다.[15]

스즈키 도미는 "사소설은 작가의 사생활에 충실한 있는 그대로의 묘
사 또는 고백이다"[16]라고 하고 사소설을 텍스트에 내재하는 특질에서
규명될 수 없다고 논하고 있다. 스즈키 도미는 사소설의 핵심은 "역사
적으로 구축되어진 지배적인 읽음과 해석의 패러다임"이라고 했다. 결
국, 사소설이라고 정의된 담론의 장, 표준적인 문화사가 태어난 담론
의 장의 역사적 생성에 역점을 두고, 사소설담론을 일본의 근대화라고
하는 역사적인 프로세서 중에서 위치 지으려고 했다. 스즈키 도미는
"사소설은 특정의 문학 형식 또는 장르라고 하기보다, 대다수의 문학
작품이 그에 의해 판정·기술되어진 하나의 문학적, 이데올로기적인
패러다임이다. 결국 어떤 텍스트라도 이러한 모드로 읽으면 사소설이
된다"라고 말한다.[17] 스즈키 도미는 사소설을 "1920년대에서 1980년대
까지의 시대를 지배한 특정의 이데올로기와 인식론적 패러다임"이라
고 보고 있다. 바로 이 시기는 '근대적 개인' '자기'에의 관심이 높았던
시기이다. 스즈키는 사소설담론이 나타난 시기는 문학 작품이 작가의
직접체험 또는 진실한 자기의 표현이라고 생각해 "소설의 언어가 작가
의 자기를 직접적으로 표상할 수 있는 투명한 매체"라고 생각된 시기
라고 말했다.[18] 물론 필자는 사소설이 오로지 독자의 해석만으로 성립
된다고 하는 그녀의 의견에 전적으로 동의할 수는 없다. 사소설은 텍

---

15 위의 책, 182면.
16 鈴木登美(2000 : 3).
17 위의 책, 10면.
18 위의 책, 13면 참조.

스트에 내재하는 요인과 독자들의 해석에 의해 이루어지는 것이라고
필자는 생각한다. 하지만 사소설이 근대화되는 과정에서 특정의 이데
올로기적인 읽기와 해석이라는 그녀의 의견에는 동의한다. 독자들이
주인공을 작가로 생각하고 읽지 않았다면 사소설이라는 문학 장르는
존재하지 않았을 것이기 때문이다.

사소설에서 그려지는 나는 근대화과정에서 서양적 가치관과 전통
적 가치관 사이에서 고뇌하는 지식인들이 그려져 있었다.

> 일본의 문학자들이 가장 중심적인 주제로 추구했던 것은 자아의 문제였
> 다. 작자 자신이 일인칭 대명사 '와타쿠시(私 = 나)'로 작품 속에 등장하는
> 사소설은 '나'가 누구인지를 가장 극단적으로 탐구한 장르였다. 인간 본연
> 의 나, 사회적 존재로서의 나라는 주제는 급격한 근대화 과정에서 서양 문
> 명의 가치관과 전통적 가치관 사이의 갈등에 직면해야 했던 지식인들의 고
> 뇌를 표출한 것에 다름 아니었다.[19]

지금까지 사소설은 사회적·예술적인 측면에서 부정적인 평가를
받아왔다. 문학의 사회적인 기능을 포기한 "사소설은 일본 제국주의를
지탱하는 보조적 이데올로기 장치였다고 해도 과언이 아닐 것이다."[20]
결국 사소설은 일본문학의 특수성을 강조하면서 서구와 차별화하는
역할을 하였다. 그리고 '나'는 일본의 제국주의를 보조하는 수단이 되
었고 일본의 근대정신을 구현하는 장치로 사용되었다.

---

19 윤상인(2009 : 90).
20 위의 책, 185면 참조.

3. 『이불』과 독자

1) 『이불』의 서사구조와 독자

『이불』이 최초의 사소설이 되었고 사소설의 정전이 된 이유에 대해서는 많은 연구가들의 연구가 있다. 작가에서 그 원인을 찾는 연구가와 독자에게서 원인을 찾는 연구가, 그리고 텍스트에서 그 원인을 찾는 연구가도 있다.[21] 여기서는 텍스트의 어떠한 요소가 독자들로 하여금 사소설로 읽게 하였는지에 대해 보기로 한다.[22]

① 뜨거운 주관의 정과 차가운 객관의 비평이 엉켜진 실처럼 단단히 묶여져 일종의 이상한 마음 상태를 나타냈다.

② 슬프다. 실로 통절하게 슬프다. 이 비애는 화려한 청춘의 비애도 아니고 단지 남녀의 사랑의 비애도 아니고, 인생의 가장 깊은 곳에 숨어 있는 어떤 커다란 비애다.

③ 갑자기 눈물은 도키오의 수염을 타고 흘렀다.[23]

---

21 최근의 중요한 사소설연구서에는 이루메라 히지야의 『사소설 : 자기폭로의 의식』(1981)과 에드워드 파울라의 『고백의 수사학』(1988), 스즈키 도미의 『고백된 나 : 근대일본의 사소설담론』(2000)이 있다. 세 사람은 사회문화적인 측면, 텍스트에 내재하는 특질, 사회적 측면이라고 하는 나름대로의 어프로치로 사소설을 연구하려 했다. 이와 같이 사소설담론이 성립되는 중요한 요인을, 이루메라・히지야는 사회적 특질, 에드워드 파울라는 텍스트의 내재적 특질, 스즈키 도미는 독자의 해석이라고 했다. 또, 가라타니 고진은 고백이 제도이고, 그 제도를 기독교와의 관련에서 분석하고 있다.

22 3절 1항은 안영희(2004)를 참조하여 서술한다.

23 ① "熱い主觀の情と冷めたい客觀の批判とか絡り合せた糸のやうに固く結び着けられて、一種異樣の心の狀態を呈した。"
②"悲しい、實に痛切に悲しい。此の悲哀は華やかな青春の悲哀でもなく、單に男女の戀の上の悲哀でもなく、人生の最奧に秘んで居るある大きな悲哀だ。"

여기에서 작품세계 바깥에 있는 화자는, 작품세계 안에 있는 도키오를 초점화하고 있다. 화자는 ①, ②에서 도키오의 내면, ③에서 도키오의 외면을 바라보는 시점에서 서술하고 있다. 어느 것도 작중인물이 도키오를 초점화하고 있지만 화자와 도키오의 거리는 제각기 다르다. 예를 들면, ①에서 화자는 도키오에게 거의 동일화될 정도의 근거리에 시점을 두고 있다. ②는 도키오의 독백이 지문으로 되어있기 때문에 도키오의 독백과 지문이 '융합하고 일체'하고, 화자와 도키오의 거리가 영으로 될 것 같은 담론으로 되어 있다. ③의 경우, 화자는 도키오를 객관적으로 대상화 할 수 있는 거리에서 그의 내면이 아닌 외면을 보고 있다. 이와 같이 『이불』에서는 ①, ②, ③에 보이는 것과 같이 주인공에게 시점을 고정하고 ①, ②와 같이 주로 그 내면을 그리고 있다. 따라서, 『이불』에는 삼인칭 '그' 소설이면서 항상 일인칭 '나' 소설로써 읽혀져 왔고, 그것이 주인공＝다케나카 도키오라고 하는 읽기의 콘테스트를 만들어 왔다.

　　①′ 요시코는 연인과 헤어지는 것이 괴로웠다. 될 수 있으면 함께 도쿄에 있으면서 가끔 얼굴을 보고 이야기를 하고 싶었다. 그러나, 지금은 그것이 불가능하다는 것을 알고 있었다. 이 년, 삼 년, 남자가 도시샤를 졸업하기까지는 가끔 오는 편지만을 의지한 채 공부에만 선념하시 않으면 안 된다고 생각했다.
　　② 도키오는 때때로 밤에 요시코를 자신의 서재에 불러 문학 이야기, 소

---

③ "汪然として涙は時雄の鬚面を傳つた。"(田山花袋 1993 : 547~548)

정전 형성의 논리

설 이야기, 그리고 사랑 이야기를 하곤 했다. 그리고 요시코를 위해 장래에 대한 주의도 주었다. 그럴 때의 태도는 공평하고 솔직하며 동정심으로 가득 차 있어 결코, 만취하여 화장실에 눕거나 땅 바닥에 눕기도 했던 사람으로는 생각되지 않는다.

③ 도키오의 뒤에 한 무리의 배웅하는 사람이 있었다. 그 뒤 기둥 옆에 언제 왔는지 낡은 중절모를 쓴 한 남자가 서 있었다. 요시코는 그를 알아보고 가슴이 설레었다. 아버지는 불쾌함을 느꼈다. 그렇지만 공상에 빠져서 서있는 도키오는 뒤에 그 남자가 있는 것을 꿈에도 몰랐다.[24]

①에서 화자는 요시코의 시점에 붙어 있고, ②에서 요시코에 대한 화자의 해석이 보여진다. ③에서 화자는 모든 작중인물의 내면과 외면을 보는 전지적 시점을 가지고 있다. 제각기 초점화되는 내용을 자세하게 보면 ①에서 화자는 애인과 같이 있고 싶다고 생각하는 요시코의 내면을 보고 있다. ②의 도키오가 요시코에게 문학을 가르치는 장면에서는 화자는 도키오의 "그럴 때의 태도는 공평하고 솔직하며 동정심으로 가득 차 있어 결코, 만취하여 화장실에 눕거나 땅바닥에 눕기도 했던

---

24 ①´ "芳子は戀人に別れるのが辛かつた。成らうことなら一緒に東京に居て、時々顔をも見、言葉をも交へたかつた。けれど今の際それは出來難いことゝ知つて居た。二年、三年、男が同志社を卒業する迄は、たまさかの雁の音信をたよりに、 一心不亂に勉強しなければならぬと思つた。"(위의 책, 559면)

②´ "時雄は夜などをりをり芳子を自分の書齊に呼んで、文學の話、小說の話、それから戀の話をすることがある。そして芳子の爲めに其の將來の注意を與へた。其の時の態度は公平で、率直で、同情に富んで居て、決して泥醉して厠に寢たり、地上に橫つたりした人とは思はれない。"(위의 책)

③´ "時雄の後に、一群の見送人が居た。其の蔭に、柱の傍に、いつ來たか、一箇の古い中折帽を冠つた男が立つて居た。芳子は此を認めて胸を轟かした。父親は不快な感を抱いた。けれど、空想に耽つて立盡した時雄は、其の後に其の男が居るのを夢にも知らなかつた。"(위의 책, 605면)

사람으로는 생각되지 않는다"와 같이 서술하고 스승으로서의 얼굴과 여 제자에게 욕망을 가지고 있는 추한 중년남자라고 하는 두 개의 얼굴을 가지고 주인공을 비웃는 화자의 해석이 들어있다. 최후의 장면 ③의 요시코를 시골에 돌려보내는 부분에서 화자는 "도키오의 뒤에 한 무리의 배웅하는 사람이 있었다"와 도키오에게는 보이지 않는 '낡은 중절모를 쓴 한 남자'의 존재를 보고 있다. 그리고 화자는 그 남자 즉 애인을 발견했을 때의 요시코의 내면을 "요시코는 그를 알아보고 가슴이 설레었다"라고 서술하고 있다. 그후 요시코 부친의 내면에 들어가서 "아버지는 불쾌함을 느꼈다"는 부친의 내면을 엿보고 있다. 최후의 "그렇지만 공상에 빠져서 서있는 도키오는 그 뒤에 그 남자가 있는 것을 꿈에도 알 수 없었다"라고 하는 부분에서 그 남자의 존재를 모르는 도키오를 그리고 있다. 이 부분에서 화자는 도키오 이외에도 아내, 아내의 언니, 요시코의 내면에도 들어가고 또, 화자는 객관적으로 대상화하는 거리에서 도키오를 바라보거나 자유롭게 움직이고 있다.

고백의 장에 의존한 작가 = 주인공이라고 하는 『이불』 및 사소설의 읽기는 허구를 전제로 한 소설의 개념을 전복시키고 있다고 이야기되고 있다. 그리고 그 전복의 원인으로서 『이불』은 비판되어져 왔다. 그것은 이불만의 책임일까? 다야마 가타이는 『이불』에서 자기자신을 모델로 한 주인공을 그리고 있지만 주로 주인공의 내면에 조섬이 맞추어져 있고 다야마 가타이와 그 여 제자의 관계를 사실로 증명할 근거는 어디에도 없다. 즉, 『이불』은 다야마 가타이의 경험을 있는 그대로 한 고백이라고 하는 근거는 어디에도 없는 것이다. 그럼에도 불구하고 『이불』이 항상 다케나카 도키오의 이야기 = 다야마 가타이의 이야기라고 하는 사소설의 담론을 만든 원인으로서는 ①, ②, ③와 같은 화자의 특이성을 지적하는 것이 될 수 있다. 결국, 주어가 삼인칭 '그'이면서도 항상 '나'소설의 수법을 첨가한 것, 즉, 서술의 시점이 도키오에게 고정되어 있는 것이다. 그러나 다른 한편으로는 일인칭이 아니고 삼인칭으로 쓰고 객관성을 유지하려고 하는 것과 ①', ②', ③'에서 본 것과 같이 화자가 주인공 이외의 인물의 시점 즉 요시코를 초점화하고 그녀의 내면을 그리고 있는 것 등은 사소설로서 읽을 수 없는 근거가 된다. 그럼에도 불구하고 『이불』이 단지 사실의 고백으로서 읽혀져 왔던 것은 ①, ②, ③와 같은 서술 그 자체의 문제임과 동시에 당시의 비평가들의 읽기의 문제라고도 생각된다. 당시의 비평가들은 ①', ②', ③'의 읽기를 배제하고 ①, ②, ③와 같은 읽기만을 부각시켜 실제로는 다야마 가타이를 주인공으로 바꿔 읽었다. 이와 같은 읽기가 없었다면 사소설은 성립되지 않는다. 또한 『이불』의 기묘한 서술이 없었더라면 비평가들은 그와 같은 읽기를 하지 않았을 것이다. 결국, 사소설담론은 『이불』 서술과 비평가들의 읽기의 합치에 의해서 생긴 것이다.[25] 그리고 그것은 한 여성의 이야기라고 하는 읽기의 해석을 배제하는 것에 의해 가능하게 되었다. 이처럼 『이불』의 정전 형성은 작가자신이 모델이 되었다는 것, 텍스트 자체의 서술과 독자들이 텍스트의 주인공을 작가라고 생각하고 읽은 것이 원인이 되었다.

---

25 안영희(2004 : 222~238) 참조.

2) 활자 인쇄로 인한 묵독의 시대와 근대 개인의 내면

『이불』의 독자들이 작가 = 주인공이라고 생각하게 된 원인은 작품이 삼인칭임에도 불구하고 끊임없이 주인공의 내면에 시점이 들어가 있었기 때문이다. 『이불』에서는 중년 작가인 다야마 가타이가 여제자에게 애욕을 가졌다는 것으로 센세이션을 일으켰지만 텍스트에는 주인공의 아무런 행동도 없고 오로지 내면만이 그려져 있었다. 이렇게 내면이 그려지게 된 것은 언문일치의 결과이면서 동시에 인쇄술의 발달과도 밀접한 관련이 있다.

근대 문학의 묘사(특히 심리묘사)라는 것은 활자 인쇄의 발달과 밀접한 관계가 있어서, 만약 독자 측에 고속도의 묵독력이라는 기본 조건이 충족되어 있지 않다면, 아마 충분히 발달할 여지가 없었을 것이다. (…중략…) 근대소설의 독자가 제일 깊은 '착각' 속에 몰입하는 때는 설화자의 존재를 잊고 있는 순간이고, 말을 말로서 의식하지 않게 되는 순간이며, 언어가 무슨 화약처럼 가연성 물질 같은 매체가 되어 독자 내부에 뭔가가 생겨 축적되고 불타오르며, 눈은 심지에 타들어가는 불꽃처럼 활자 위를 훑어가는 그러한 순간인 것이다.[26]

일일이 손으로 베껴 쓰던 필사본의 시대와 페이지 전체를 나무판 표면에 새긴 후 잉크를 묻혀 종이에 찍어내는 목판인쇄시대까지는 책을

---

26 마에다 아이(2003 : 298).

대량으로 생산할 수 없었다. 필사본은 매우 지루한 작업이고 정확도가 떨어지며 엄청나게 많은 시간이 소요되었다. 목판인쇄는 모든 페이지를 힘들게 새겨야 하고 한번 사용한 목판을 다른 책에는 사용할 수 없었다. 활판인쇄는 금속으로 주조 활자들을 제작하고 그것들을 조합하여 원하는 문장을 만들면 인쇄 작업이 끝난 후에 활자를 해체하여 다시 사용할 수 있었다. 서양에서 1445년경에 구텐베르크가 활판인쇄술을 발명했지만 동양에서 활판인쇄술의 사용이 늦어졌던 이유는 한자 때문이었다. 서양의 알파벳은 26개인 반면 한자는 수 천 개나 된다. 서양에서는 활판인쇄를 위해서 수십 개를 만들면 되지만 한자의 경우는 수천 개를 만들어야 한다. 그리고 한자의 다양한 글씨체를 고려한다면 목판인쇄술이 실용적일 수도 있다. 이러한 측면에서 동양에서 목판인쇄술이 오랫동안 인기가 있었다.[27]

근대에 들어와서 활판인쇄술이 발달되고 책을 대량으로 생산하면서 손쉽게 책을 구입할 수 있게 되었다. 책을 구하기 힘들었던 시대에는 한 사람이 글을 읽고 여러 사람이 듣게 되었다. 따라서 근대 이전의 독자들은 항상 설화자를 의식하였다. 활판인쇄의 발달로 많은 사람들이 눈으로 책을 읽게 되고 묵독하는 습관이 생겼다. 그리고 근대소설은 끊임없이 작가가 이야기 세계에서 독자에게 말을 거는 작가의 모습이 소설세계에서 사라지게 되고 독자들은 소설세계에 몰두하게 되면서 주인공의 내면을 발견하게 된 것이다. 인쇄술의 발달이 있었기에 묵독이 가능했고 내면의 발견이 용이하게 이루어진 것이다. 끊임없이 작가가 작품세

---

27 송성수, 「동양에서 목판인쇄술이 발전한 까닭은?」, 프린팅코리아(http://www.printingkorea.or.kr) 참조.

계에서 얼굴을 드러내던 소설에서 작가가 얼굴을 감추는 것으로 언문일치가 완성되었다. 동시에 언문일치문장이 완성되고 인쇄술의 발달로 인한 묵독의 결과 주인공의 내면을 생생하게 그릴 수 있게 되었다.

『고독한 군중』의 저자 리스먼은 커뮤니케이션 역사의 관점에서 문화의 발전 단계를 세 가지로 나누고 있다. 첫 번째는 구화口話 커뮤니케이션에 의존하는 문화, 두 번째는 인쇄된 문자 커뮤니케이션에 의존하는 문화, 즉 활자 문화, 세 번째는 라디오·영화·텔레비전 등의 시청각적 미디어에 의존하는 소위 대중문화이다.[28]

메이지 초기는 구화 커뮤니케이션에서 문자 커뮤니케이션으로 이동하는 과도기였고 메이지 말기에 나온 『이불』은 문자 커뮤니케이션으로 정착되었을 때 발표되었다. "메이지 초년에 광범위하게 온존溫存해 있던, 읽는 사람 하나를 둘러싸고 여러 명이 듣는 공동의 독서 형식은, 일본 '가정'의 생활양식 — 프라이버시의 결여, 민중의 낮은 식자 능력 수준, 희작소설의 민중연예적 성격 등의 여러 조건 — 에 바탕을 두고 있었다."[29]

메이지 정부는 서구를 따라잡기 위해서 근대국가의 체재와 국력을 갖추어야 했다. 이 과세를 실현하기 위해서는 무엇보다 문맹률을 낮추는 것이 시급한 과제였다. 따라서 근대교육의 필요성을 느끼고 1872(메이지 5)년에 학교(초등학교)제도를 만들었다. 1873년의 취학률은 28%

---

28 마에다 아이(2003 : 178).
29 위의 책, 172면.

였으나 30년경이 지난 1907년(메이지 40)에는 98%에 달했다고 한다.[30] 『이불』이 나온 1907년에 이미 독자들은 대부분 아무런 문제없이 혼자서 책을 읽었고 묵독하는 습관이 길러졌다고 추정된다.

일본의 경우 활판 인쇄술이 이입되기 전의 목판 인쇄 시대가 거의 이 음독 시절에 해당된다. 그리고 목판 인쇄에서 활판 인쇄로 교체되는 메이지 초년은, 리스먼이 말하는 구화 커뮤니케이션에서 활자 커뮤니케이션 단계로 변해가는 과도기, 그것도 그 마지막 시기였다고 규정지을 수 있을 것이다.[31]

묵독으로 서적이 향유되던 시대 이전에 음독의 습관이 일반적이던 시대가 성행했음은, 리스먼 같은 사회학자뿐만 아니라, 독자층의 문제에 관심을 기울이는 문학사가들도 지적하고 있다.[32] 언문일치와 활판 인쇄의 발달로 인한 묵독의 결과 내면이 발견되었다. 『이불』도 이러한 시대적 흐름에 따라 주인공의 내면이 나타나게 된 것이다.

4. 근대 그리고 젠더

『이불』이 사소설의 정전이 되는 과정에는 단지 작품성만이 아닌 다른 수많은 요인들이 작용했다. 근대소설에는 대부분 남성작가들에 의

30　文部科學省, 「日本の成長と教育」, 1962(http://www.mext.go.jp) 참조.
31　마에다 아이(2003 : 180).
32　위의 책, 179면.

일본 사소설의 정전 형성　349

한 남성들의 이야기가 주로 다루어졌다. 여성작가들은 소수에 불과하다. 이처럼 근대소설의 정전들이 대부분 남성작가들에 의한 남성들의 이야기이다.

> 정전 형성을 둘러싼 또 하나의 중심적인 문제는, 정전 형성이 지니는 배제하고 지배하는 권력으로서의 기능 즉 민중문화 · 대중문화의 침식에 대하여 엘리트문화를 지키고 강화하는 수단으로서의 기능에 있다. 정전에 대한 지식과 이것에 접근할 수 있는 능력, 특히 정전에 체현된 언어를 이해할 수 있는 능력은 사회적인 구별 혹은 서열을 유지하는 수단으로서 종종 이용되어 왔다.[33]

남성작가들이 다루는 이야기에 신여성들이 등장하지만 주로 꿈이 좌절되고 포기할 수밖에 없는 상황에 놓이게 된다. 『이불』에서도 요시코라는 신여성이 등장한다. 요시코는 처음에 도키오에게 문학수업을 받으려고 편지를 보내어 제자로 받아달라고 부탁한다. 그러나 첫 번째 편지에서 거절당하자 3번이나 편지를 써 결국 허락을 받아낸다. 이처럼 의지가 강한 신여성으로 그려지다가 남자친구를 사귀는 것이 계기가 되어 신여성으로서의 꿈을 접고 결국 고향으로 돌아가는 것으로 결말이 난다.

요시코가 도키오의 제자가 되고 난 이후, 도키오에게 그녀의 내면을 토로한 편지는 세 통이 있다. 첫 번째 편지는 요시코의 애인 다나카가

---

33 하루오 시라네 · 스즈키 도미(2002 : 45).

상경한 것에 대한 상담, 두 번째는 다나카와의 관계를 인정해 달라는 것, 세 번째는 다나카와의 육체관계를 고백한 것을 쓰고 있다.

첫 번째 편지이다.

지난번 사가에 함께 간 친구를 증인으로 세워, 두 사람의 관계가 결코 부정한 일이 없었다는 것을 변명하고,[34]

두 번째의 편지는 요시코가 다나카에게 따라 가겠다고 하는 강한 의지를 표현하고 있다.

선생님, 저는 결심했습니다. 성서에도 여자는 부모를 떠나 남편을 따르라고 한 것처럼 저는 다나카를 따르기로 결심했습니다.[35]

세 번째 편지이다.

선생님
저는 타락한 여학생입니다.
저는 선생님의 은혜를 이용하여 선생님을 속였습니다. 그 죄는 아무리 빌어도 용서받을 수 없을만큼 크다고 생각합니다.[36]

---

34 "あの時嵯峨に一緒に参つた友人を證人にして、 二人の間が決して汚れた關係の無いことを辯明し、"(田山花袋 1993 : 541~542)

35 "先生、私は決心致しました。聖書にも女は親に離れて夫に從ふと御座います通り、私は田中に從はうと存じます。"(위의 책, 577면)

36 "先生、私は墮落女學生です。私は先生の御厚意を利用して、先生を欺きました。其の罪はいくらお詫びしても許されませぬほど大きいと思ひます。"(위의 책, 597면)

『이불』 속 여주인공의 실제 모델 오카다 미치요岡田美知代의 생가
(히로시마현廣島縣 후추시府中市)

최초의 편지에서는 거짓말을 해서라도 자신들의 관계를 인정받으려고 하고, 한번은 성공했지만, 세 번째의 편지에서는 진실을 고백해 버린다. 진실을 고백하지 않으면 안 되었던 것은 도키오의 "두 사람 사이에 신성한 영의 사랑만이 성립하고 더러워진 관계는 없다"[37]라고 하는 발언에 대한 요시코 부친의 "그렇지만 그쪽의 관계도 있는 것으로 보지 않으면 안 된다"[38]라고 하는 발언이 발단이 된다. 부친의 말은 도키오의 인식에 영향을 미치고 구체적인 행동을 일으키는 계기가 되는 힘을 가진다. 부친의 말은 이 텍스트에 있어서 단순한 "작품세계 내에

---

37 위의 책, 587면.
38 위의 책.

서의 발언 이상의 작용"**39**을 하고 있다. 부친의 대화 뒤에 도키오는 "그 몸의 결백을 증명하기 위해서 그 전후의 편지를 보여달라"**40**고 한다. 그 말을 들은 요시코는 얼굴이 빨갛게 되고 편지를 태웠다라고 변명하지만 강력하게 요구하는 도키오에게 위의 편지를 쓰고 진실을 고백한다. 결국, 부친의 말을 계기로 도키오는 더욱 의심을 하게 되고 요시코에게 고백을 강요하고, 그녀가 육체관계를 가졌다고 하는 고백을 듣는 행위가 발생한다.

그녀는 "선생님에게 배운 새로운 메이지 여자로서의 임무, 그것을 저는 행하지 못 했습니다"**41**라고 하고 진실을 고백함으로써 자신의 꿈을 포기하지 않으면 안 된다. 이와 같은 진실의 고백에 의해 요시코의 꿈은 좌절되고 요시코는 실패와 좌절을 맛본다.**42**

"정전 형성이 지니는 배제하고 지배하는 권력으로서의 기능", "즉 민중문화 · 대중문화의 침식에 대하여 엘리트문화를 지키고 강화하는 수단으로서의 기능"이 『이불』에서도 그대로 적용되는 것이다. 『이불』에서는 요시코가 신여성의 꿈을 펼치기 위해 도쿄에 상경했으나 그 꿈이 좌절되어 고향으로 내려가게 된다. 이러한 결말은 곧 여성들이 지배사회에서 배제되는 여성이 되는 것을 의미한다.

서양의 정전이론 기본주의자 입장과 반기본주의자의 입장이 있다. 기본주의자 입장은 "기본주의자들은 텍스트 안에 기초적인 근거 또는 기본 원칙

---

39 藤森清(1994 : 85).
40 田山花袋(1993 : 593).
41 위의 책, 597면.
42 이 부분은 안영희(2004) 참조.

이 있다고 보고, 정전 텍스트가 보편불변의 절대적인 어떤 가치를 체현體現하고 있다고 생각한다." 반기본주의자 입장은 "이들은 텍스트 자체에 기본적인 근거 따위는 없으며 정전으로 선별된 텍스트는 어느 특정한 시대의 특정한 그룹 혹은 사회집단의 이익이나 관심을 반영한 것이라고 주장한다."[43]

정전이론의 반기본주의자들은 정전은 "어느 특정한 시대의 특정한 그룹 혹은 사회집단의 이익이나 관심을 반영한 것"이라고 한다. 이처럼 『이불』은 반기본주의자들의 입장에 포함된다고 할 수 있다. 『이불』이 사소설로 읽히게 된 것은 다야마 가타이가 자신의 이야기를 썼다는 것과 그 소설을 읽는 작가그룹이 전부 다야마 가타이의 실생활을 잘 알고 있었다는 것이 전제가 된다. 이러한 요인이 작가 다야마 가타이 = 주인공 다케나카 도키오라는 사소설의 공식을 만들었다. 만약에 『이불』을 읽은 독자들이 작가의 사생활을 알지 못한다면 이러한 공식은 성립되지 않기 때문에 사소설은 성립되지 않는다. 결국 사소설은 특정한 지배집단에 의해 만들어진 것이라고 할 수 있다. 그 지배그룹이란 당시의 다야마 가타이의 실제 생활을 잘 알고 있는 남성작가들이다. 작가의 사생활을 알지 못한다면 사소설이 성립되지 않기 때문에 이들은 사소설 독자에서 배제된다. 이처럼 사소설은 일본의 폐쇄적인 지배그룹에 의해 만들어졌다고 해도 과언이 아니다.

---

[43] 하루오 시라네 · 스즈키 도미(2002 : 18~19).

5. 결론

『이불』은 1907년에 나온 후 20여 년이 지난 1920년대에 이르러서 사소설의 정전이 되었다. 『이불』이 사소설의 정전이 된 요인은 여러 가지가 있었다. 사소설은 국가, 독자, 젠더가 연동하여 정전화가 이루어졌다.

먼저, 사소설의 정전화는 일본 근대국민국가 형성과도 밀접한 관계가 있었다. 사소설은 나에 관한 이야기이다. 이 '나'는 근대적 자아 형성과 국민국가 형성에 필요한 요인으로 작용했다. 근대국민국가를 이루기 위해 자립적인 '나'의 인식이 필요했고 이는 근대국가를 이루는 원동력이 되었다. 또한, 일본의 독특한 문학 양식인 사소설은 일본과 서구를 차별화하는 기능을 하였다. 근대국민국가는 서구와 차별화하는 수단으로 사소설을 이용했다.

그다음에, 독자의 문제와 관련이 있다. 독자들이 『이불』을 사소설로 읽게 된 요인에는 먼저 작가자신이 소설의 모델이 되었다는 점이다. 『이불』에서 작가인 다야마 가타이는 주인공인 다케나카 도키오와 일치한다. 그 다음에 서사구조의 특이성을 들 수 있다. 『이불』에서 시점은 항상 주인공에게 고정되어 있다. 그럼에도 불구하고 삼인칭으로 서사하고 있다. 『이불』은 삼인칭소설이면서 삼인칭인 그를 나로 바꾸어도 무방하다. 즉 『이불』은 삼인칭이기도하고 일인칭이기도 한 소설이다. 이러한 요인 때문에 독자들은 소설을 픽션이 아닌 사실로 읽었다. 소설이 픽션임에도 불구하고 독자들은 주인공 다케나카 도키오를 작가 다야마 가타이로 바꿔서 읽은 것이다. 이러한 『이불』의 특이한 서사구조와 독자들의 읽기 방법이 사소설의 길을 열었고, 사소설이 정전이 되는 요인으로 작용했다.

마지막으로 『이불』이 사소설의 정전이 되는 과정에서 볼 수 있었던 것은 일부 소수의 지배계층에서 『이불』을 정전화 하였다는 것이다. 이들 소수의 지배계층은 대부분 근대남성소설작가들이었다. 따라서 소설세계에서 여성이 자유롭게 자신의 꿈을 펼치는 내용은 거의 없다. 이는 여성들이 남성작가들의 시점에 의해 그려졌기 때문이다. 여기서 사소설을 정전화하는 과정에서 우리들은 사소설의 폐쇄적인 읽기방법을 발견할 수 있다. 사소설의 정전은 일부 지배적인 작가그룹이 만들어낸 개방적이지 못한 읽기이다. 왜냐하면 작가의 사생활을 모르는 독자들이 읽으면 사소설이 성립되지 않기 때문이다.

지금까지 사소설의 정전화가 이루어지는 과정을 통해 일본이라는 나라를 잘 이해할 수 있는 계기가 되었다고 생각한다.

참고문헌

1. 자료

田山花袋, 「蒲団」, 『定本花袋全集』 1, 臨川書店, 1993.

_____, 「東京の30年」, 『定本花袋全集』 15, 臨川書店, 1995.

2. 논저

藤森清, 「語ることと讀むことの間―田山花袋『蒲團』の物語言說」, 『國文學(解釋と
    鑑賞)』 59(4), 1994.

鈴木登美, 大內和子・雲和子譯, 『語られた自己―日本近代私小說言說』, 岩波書店,
    2000.

마에다 아이, 유은경・이원희 역, 『일본 근대 독자의 성립』, 이룸, 2003.

柄谷行人, 『日本近代文學の起源』, 講談社, 1988.

안영희, 「『이불』과 일본자연주의」, 『日本語文學』 24, 일본어문학회, 2004.

_____, 『일본의 사소설』, 살림출판사, 2006.

윤상인, 『문학과 근대와 일본』, 문학과지성사, 2009.

하루오 시라네・스즈키 도미 편, 왕숙영 역, 『창조된 고전 : 일본문학의 정전 형성과
    근대 그리고 젠더』, 소명출판, 2002.

3. 기타

프린팅코리아(http://www.printingkorea.or.kr/index.php?document_srl=37328&mid=jikj
    i), 최종방문일 : 2012.1.31

文部科學省, 「日本の成長と敎育」, 1962(http://www.mext.go.jp/b_menu/hakusho/htm
    l/hpad196201/hpad196201_2_011.html), 최종방문일 : 2013.7.1.

百科事典マイペディアの解説(http://kotobank.jp/word/%E5%BF%83%E5%A2%83%E

5%B0%8F%E8%AA%AC), 최종방문일 : 2013.7.3.

Yahoo! 百科事典(http://100.yahoo.co.jp/detail/%E7%A7%81%E5%B0%8F%E8%AA%AC%
EF%BC%88%E3%82%8F%E3%81%9F%E3%81%8F%E3%81%97%E3%81%97%E3%82%
87%E3%81%86%E3%81%9B%E3%81%A4%EF%BC%89/), 최종방문일 : 2011.5.15.

남부 아프리카의 구전문학과 현대적 전유의 가능성*

이석호

1. 서론 : 문학사 기술의 어려움

소위 탈식민주의 세기 혹은 문화다원주의 세기라고 불리는 21세기에 아프리카문학사 혹은 넓은 의미의 아프리카문화사를 기술하는 일은 지난하지만 중요한 과제 중의 하나이다. 아프리카의 문학사 혹은 문화사를 기술하는 일이 지난한 이유는 소위 유럽식 근대의 발명품 중의 하나인 '문학사' 혹은 '문화사'라는 다분히 특정한 지역의 특수한 계량적 의식을 반영하는 기제를 가지고 인종적, 언어적, 문화적, 역사적, 정서적 타자의 지적이면서 동시에 즉물적인 생산물의 가치를 올곧게 계량하는 일이 가능한가에 대한 객쩍은 의문 때문이다. 게다가 아프리카의 경우

---

* 이 글은 『한국연극』(2013.8)에 실린 글을 다소 손질한 것이다.

는 근대 이후 유럽의 식민주의가 정당성을 확보하기 위해 사통팔달하는 과정에서 의도적 기형화의 가장 악랄한 제물로 전락한 역사를 가지고 있기에 그 계량화의 의도가 순수하게 받아들여질 리 만무하다.

실제로 유럽이 공평무사하다는 '과학'의 이름으로 사해만방에 선포한 '문학사' 혹은 '문화사'라는 계량적 기획은 현실적인 적용 과정에서 딱히 객관적이지 않았다. 그 점은 소위 '정전'이라는 '문학사' 혹은 '문화사'의 계량화 과정에서 합격 점수를 받은 검증물을 그 양과 질 면에서 다시 심문해보면 금방 드러난다. 전 세계 인구의 1/6밖에 되지 않는 구미인이 생산한 문학이 그 나머지 인구가 생산한 방대한 저작물보다 양과 질적인 면에서 비교되지 않을 정도로 압도적인 우위를 차지하며 늠름한 '정전'의 반열에 올라있다는 점은 앞서 말한 계량화의 객관성을 쉽게 수긍하기 어렵게 만든다.

그런 의미에서 아프리카의 '문학사'는 다른 기준과 관점으로 철저히 다시 쓰여야 한다. 원주민의 기준과 관점이 그것이다. 한 예로 남부 아프리카는 통상 여러 개의 '문학사'를 가지고 있다. 남아프리카공화국만 예로 들더라도, 화란계 백인들이 주축이 되어 쓴 '아프리칸스문학사', 영국계 백인들이 중심이 되어 쓴 '남아공 영문학사', 그 외에도 원주민문학을 대표하는 '줄루Zulu', '코사Xhosa', '템바Themba' 문학사 등 그 수는 이루 헤아릴 수 없을 만큼 많다. 이 중 근 이, 삼백 여 년 동안 화란계 백인문학과 영국계 백인문학만이 대내외적으로 남아공문학의 대표성을 띠어 왔던 것이 사실이다. 이는 식민주의 백인 권력이 원주민들의 목소리를 나아가 가치체계를 조직적으로 억압하고 왜곡했기 때문이다.

따라서 남아공을 포함한 남부 아프리카 지역에 대한 문학사적 이해를 보다 농밀하게 수행하기 위해서는 식민주의자들이 내세운 소위 '공식문학사' 이면에 숨어 있는 '원주민문학사', 즉 '원주민들의 구전문학사'를 반드시 검토해보아야 한다. 그래야만 왜곡과 굴절로 점철된 이 지역의 고대사는 물론이고 근, 현대사에 대한 적확한 이해가 가능하기 때문이다. 이 글은 남부 아프리카의 문학사를 원주민들의 구전 문화를 중심으로 살피는 글이다.

2. 남부 아프리카와 구전 혹은 구연의 배경

오늘날 아프리카 지역의 '구연Oral Performance' 연구에서 가장 흥미로운 지역인 남부 아프리카는 대체로 '남부 아프리카 개발공동체'라는 이름 아래 모인 남아공을 비롯해 짐바브웨, 잠비아, 레소토, 스와질란드, 말라위, 나미비아, 모잠비크, 앙골라, 보츠와나 등 총 14개국을 일컫는다. 과거 영국, 네덜란드, 독일 그리고 포르투갈 등 당대 소위 가장 '잘 나가던' 제국주의 국가들에 의해 분할 및 통치를 당한 나라들이다. 전통적으로 이 지역은 각양각색의 인종들이 순환해내는 풍부한 구전문학을 자랑한다. 형식과 내용 면에서 여느 아프리카 지역과 비교해보더라도 전혀 손색이 없다. 이는 선사 시대부터 이 지역에 사는 것으로 전해지고 있는 산San인들[1]을 비롯해 코이–코이Khoi-Khoi인들 그리고 기원 후 약 3세기경 중앙아프리카 지역에서 철기를 들고 남하한 반투인들

---

[1] 부시먼bushman을 일컫는다.

과 17세기 중엽 이후 본격적으로 이 지역에 정착하기 시작하는 다양한 국적의 백인들이 문화적으로 상호 교차하면서 드러내는 영향 관계의 다양성 때문이다.

본디 구연이란 조상신의 음덕을 기리거나 추장이나 왕 같은 권력자의 치적을 칭송하는 것은 물론 성년식이나 장례식 혹은 결혼식, 아이가 태어날 때, 사냥을 나갈 때, 일할 때 등등 일상생활과 긴밀하게 연관된 일을 수행할 때 일종의 음유시인인 '임봉기'[2]나 '그리오'[3] 등이 읊조리는 시 또는 노래와 춤 등을 가미한 연극 등 일체의 공연 양식을 의미한다. 이는 철저하게 '문자'나 '기록'이 아닌 '말'이나 '기억'에 의존하는 연회 혹은 공연 양식으로 남부 아프리카 전역 나아가 문자가 발명되기 이전의 인류에게 공히 향유된 보편적인 문화 양식이었다.

그러나 구텐베르크 활자의 발명 이후 근대 유럽은 자신들의 역사 체계를 정립해가는 과정에서 '문자'가 아닌 '말'에 기초한 문화를 타자화, 주변부화, 그리고 엽기화하기에 이른다. 아프리카처럼 약 3, 4백여 년에 걸쳐 유럽의 식민 지배를 받았던 지역의 경우, '문자' 문화에 의한 '말' 문화의 억압 및 왜곡의 정도는 그 강도가 훨씬 심화된다. 그러나 작금에 이르러 속속들이 밝혀지고 있는 것이지만, '문자'가 '말'보다 가치론적으로 우수하다는 판단은 편견에 가깝다. 이는 굳이 스위스의 언어학자인 소쉬르와 러시아의 민담분석가인 프로프 및 야콥슨 그리고 프랑스의 문화인류학자인 레비스트로스의 말을 빌리지 않더라도 알 수 있다. 따라서 '말'에 기초한 구연 문화의 가치를 존재론적으로 복권

---

2   남아프리카의 코사Xhosa계 시인을 일컫는다.
3   세네갈과 같은 불어권 아프리카 지역의 시인을 일컫는다.

하지 않는 한, 좁게는 아프
리카문화의 원형질은 물론
이고 넓게는 유럽 문화 자
체를 포함한 인류 문화의
한 원형을 의미 있게 적출
해낼 수가 없다.

스와질란드의 스와지Swazi

현재, 전 세계적으로 아
프리카만큼 구연 문화가
다양한 지역은 드물다. 특히, 고고학과 인류학의 역사를 날마다 새롭게
써야 할 만큼 다양한 유물이 출토되고 있는 남부 아프리카의 경우는 그
래서 더욱 각별하다. 1975년 포르투갈에서 독립한 앙골라는 오빔빈두,
음분두 그리고 아프리카인과 포르투갈인의 혼혈인 물라토 등이 창조
한 구연 문화는 그 풍성함의 정도가 여느 민족과 비교할 바가 아니다.
과거 베추아나란드Bechuanaland로 불리다가 1966년 영국에서 독립한 보
츠와나Setzwana의 경우도 마찬가지이다. 세츠와나어로 사람들의 입에
회자되는 구술시는 가히 압권이다. 또한 한때 바수토란드Basotholand로
불리다가 보츠와나와 같은 시기 영국에서 독립한 레소토Lesotho도 세소
토어Sesotho를 쓰는 바수토인Bashotho들이 만든 수많은 구연 문화가 그
위용을 뽐내고 있다. 그 외에도 말라위의 통가인Tonga들, 모잠비크의
야오인Yao들, 나미비아의 부시먼들, 스와질란드의 스와지Swazi들, 잠비
아의 벰바인Bemba들, 짐바브웨의 쇼나인Shona들 및 은데벨레인Ndebele
들 그리고 남아공의 줄루, 코사, 템바인들 등이 만든 구연 문화는 그 내
용과 형식 면에서 타의 추종을 불허한다.

3. 남부 아프리카의 구전문학과 관련한 연구사 전통

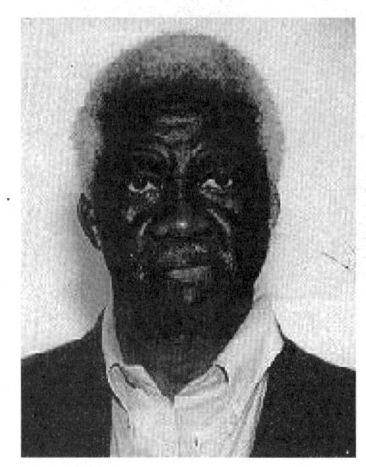

마찌찌 꾸네네(1930~2006)

남부 아프리카의 구전문학과 관련해 지금까지 진행된 선행 연구의 특징은 개별 연구자의 관심에 따라 부시먼 연구랄지, 나미비아의 헤레로Herero인 연구랄지, 남아공 코사인들의 구전에 관한 연구랄지 등속의 개별 연구로 집중되고 있다. 가령, 부시먼들을 대상으로 한 구전 채록은 19세기에 최초로 서구인들이 시작했지만, 그 용도가 다분히 선교용 혹은 행정용 등 식민

주의 사업에 복무하는 차원에서 이루어졌다는 점으로 미루어볼 때 학문적인 가치는 희박함을 알 수 있다. 이런 식의 구전 연구 전통은 그 후 꽤 오랫동안 지속되어 오다가 20세기 초 독일과 영국 그리고 남아프리카의 학자들에 의해 최초로 학적 체계를 갖추게 된다. 독일의 언어학자인 블리크W. H. I. Bleek와 그의 처제인 로이드I. C. Lloyd가 남부 아프리카의 몇 부족을 대상으로 채집한 구전집이 그 대표적인 예이다. 그러나 이들의 연구 역시 아프리카 / 서구, 야만 / 문명, 무질서 / 질서, 이교 / 기독교 등 항산의 이분법적 내립을 극복하지 못하고 타자인 아프리카의 후진성을 강화하는 방향으로 진행되었다.

이렇게 아프리카의 구전 연구는 한동안 언어학자 및 인류학자들에 의해 좌지우지된다. 정치색을 완전해 배제한 남부 아프리카의 구전에 대한 최초의 미학적 접근은 1970년대에나 와서야 가능해진다. 루스 피네간Ruth Finnegan이 그 선구자이다. 피네간은 1970년에 상자한 『아프리카의 구전문학African Oral Literature』이라는 책에서 최초로 구전문학의 스타일 및 어조 그리고 리듬 및 극적 특성 등 형식미학적 분석을 시도한다. 그러나 역사적 배경을 제거한 채 미학적 특성만을 분석하는 것으로는 정치적 알레고리 및 풍자적 은유에 기초한 구전 본래의 역동성을 제대로 파악할 수 없다는 비판에 직면하게 된다. 이후 피네간의 신비평적 구전 분석에 대한 반동으로 르로이 베일Leroy Vail과 랜드버그 화이트Landberg White가 등장해 구전의 역사적 배경에 대한 분석에 천착한다. 그러나 이들의 연구 방식 역시 구전이 지니는 정치적인 세계와의 미적 긴장을 제대로 파악하는 데 역부족이라는 비판에 노출되고 만다. 구전이 지니는 정치적이고 역사적인 배경과 미학적 긴장을 동시에 사유하기 시작한 시기는 에이. 씨 조르단A. C Jordan과 아키에 마페예 Archie Mafeye 그리고 마찌찌 꾸네네Mazisi Kunene 등 이 방면에 원주민 학자가 등장하는 1980년대 들어서이다. 본고는 1980년대 들어 구전의 역사적 배경과 미학적 맥락을 동시에 천착하기 시작한 원주민 학자들의 입장을 중심으로 남부 아프리카의 구전문학 전통을 4단계로 나누어 분석해보고자 한다. 동시에 그것이 현대적으로 어떻게 전유될 수 있는지를 고민해보고자 한다.

4. 남부 아프리카 구전문학의 4단계 분석틀

1) 제1단계 : 선사 시대부터 17세기 중엽까지

먼저, 제1단계에는 선사시대부터 17세기 중엽, 즉 남부 아프리카에 처음으로 백인이 출현해 본격적인 정착을 시도하기 이전 시기의 구전이 속한다. 이 시기의 구전은 주로 창조 신화나 설화, 민담, 잠언 그리고 왕이나 추장 등 권력자를 칭송하는 내용으로 구성되어 있다. 이 시기 가장 대표적인 구전으로는 선사시대부터 중동부 아프리카 지역에서 이주를 시작해 현재는 보츠와나와 앙골라, 잠비아, 남아공 동부, 레소토 그리고 나미비아의 칼라하리 사막에 주로 산재해 살고 있는 남부 아프리카에서 가장 오래된 원주민인 유목민 부시먼들과 이들보다 다소 늦은 시기 이 지역에 정주하기 시작한 코이-코이들의 구전과 철기 시대 중부 아프리카의 '대호수Great Lakes' 지역에서 철기를 들고 남하했다고 알려진 반투인들의 구전이 있다.

독일의 언어학자인 블리크와 로이드가 채록한 구전집에 따르면 이 시기 부시먼들은 사냥을 나갈 시, 기우제를 올릴 시, 춤과 노래를 동반한 구전을 즐겼다고 한다. 지금까지 내려오는 대표적인 전래 구전이 바로 '얼룩말'이나. 이 구선시는 일쿰밀이라는 사냥감과 치열한 신경전을 벌이는 한 부시먼 소년의 심리를 잘 표현하고 있다.

> 한가닥 한다는 목동들의 표적이 되었을 너,
> 그놈의 머리통 잘도 피하는구나, 너!

네 사뿐 거리는 뜀박질,

자못 흥분한 눈은,

살피고 있구나

바로 너를 살피는 우리를!

너, 소녀처럼

질투가 가득하구나.

(Bleek & Lloyd 1911 : 211)

위의 시를 외형만 보고 목가적인 삶이 소박하게 드러나는 시로 이해하며 이 시에 등장하는 부시먼 소년을 주저 없이 그리고 한결같이 낭만적인 향수의 대상으로 소개한 토마스 프링글Thomas Pringle이나 스컬리, 네저 등과 같은 남아공의 백인문학사가들을 제임스 매튜James Matthews는 "원주민 문화에 무지한 이방인 평론가들"(이석호 2002 : 178~179)이라는 말로 혹평한다. "잡지 못하면 굶어 죽을 수밖에 없는 얼룩말이라는 먹거리를 놓고 사투를 벌이고 있는 한 원주민 소년의 처지"(이석호 2002 : 179)를 놓고 어떻게 '목가적인 삶'과 '낭만적인 향수'를 운운할 수 있느냐는 것이다. 이는 "원주민의 구전에 대한 무지에서 비롯한 조악한 이해"이며 동시에 "비현실적인 백인의 신화가 만들어낸 환상"일 뿐이라고 일갈한다. 그는 이 구전을 "구석기 시대의 리얼리즘"이라고 명명하며 원주민의 구전에 대한 이해가 수반되지 않고서는 올바른 남부 아프리카의 문학사를 쓰는 일이 불가능하다고 역설한다.(이석호 2002 : 179)

이외에도 소위 '동물'이나 '자연'에 자신을 이입시켜 노래한 '동물시' 혹은 '자연시'라고 부르는 구전들이 있다. 한편, 이 시기 반투인들의 대표적인 구전으로는 말라위의 반다인Banda들이 자신들의 창조주인 카무쑤를 기리기 위해 만든 '카무쑤의 노래'가 있다. 이 시기 남부 아프리카 구전의 특징은 말 그대로 '문자'나 '기록'이 아닌 '말'이나 '기억'에 의존하고 있다는 점이다. 이들의 구전이 '말'이나 '기억'에 의존하고 있다고 해서 존재론적으로나 가치론적으로 '문자'에 기초한 기록물보다 열등할 것이라는 판단은 앞서 지적한 바대로 편견에 가깝다.

2) 제2단계 : 17세기 중엽부터 20세기 초까지

이 시기는 근대 이후 아프리카 탐험의 선두 주자로 나선 포르투갈을 비롯해 영국과 네덜란드 그리고 독일인들의 식민지 건설이 본격화되는 17세기 중엽부터 유럽 각국의 이해관계에 따라 식민지의 분할 및 통치가 완성되는 20세기 초까지 생산된 원주민들의 구전을 포괄한다. 이 시기 가장 중요한 특징으로는 '야만을 문명화한다는 사명'을 가지고 산간 및 도서에서 복음을 전파하던 백인 문명의 전도사인 선교사들의 약진과 이들과 충돌하면서 형식 및 내용 면에서의 변화 및 제휴를 꾀하는 원주민들의 구전 형식에 대한 제고 등을 들 수 있다. 원주민들의 구전 문화가 형식과 내용 면에서 종체적인 변화를 모색하게 되는 까닭은 백인 식민주의자들이 전통적인 원주민들의 구전을 기독교적인 관점에서 '악마화'하고, '엽기화'하며, 동시에 '타자화'하면서 탄압을 가한 이유 때문이다. 그러나 보다 발본적인 이유는 아프리카의 원주민들 역시 식민주의 체제에 불가피하게 일정 정도 동화되고 도시화되면서 근본적으로 변모된 삶의 여건을 보다 현대적인 방식으로 추찰할 수밖에 없었기 때문이다.

그 대표적인 예가 코사인들이 부르는 찬송가이다. 코사인들은 찬송가라는 종교적인 형식을 빌려 자신들의 애환을 구연한다. 현재 남아공의 애국가 중 일절로 불리고 있는 '응코시 시케렐 리아프리카Nkosi Sikelel' iAfrica'도 감리교회의 찬송가를 코사인들이 변주한 것이다. 이 시기 남부 아프리카 지역의 역사에서 주목할 만한 또 하나의 현상은 백인 정착민들의 아이덴티티, 다시 말해 정체성의 조작이다. 여느 아프리카 지역과는 달리, 남부 아프리카의 백인 정착민들은 자신들의 정체성을 '현지화'하는 일에 몰두한다. 이는 초기 자본주의 시기부터 인도와의 무역을 자본주의 확장의 노둣돌로 삼으려던 포르투갈을 비롯한 당시 제국주의 세력들이 대서양과 인도양의 길목에 있던 남부 아프리카 지역을 경쟁적으로 선점하려던 데서 비롯한다. 따라서 이 경쟁에 참여하던 식민지 본국들은 자국의 인민들을 이 지역에 대거 이주시키고 직, 간접적인 지원을 하게 된다. 그러나 시간이 흐르면서 현지에 동화된 백인 정착민들이 때때로 첨예한 이해관계를 놓고 식민지 본국과의 마찰을 빚으면서 불가피하게 '새로운 정체성'을 창조하기에 이른다.

이 과정에서 탄생한 대표적인 인종이 바로 남아프리카의 화란계 백인들인 '아프리카너Afrikaaner'이다. 포르투갈 역시 앙골라와 모잠비크에서 현지인들과의 '의도적인 밀월'을 통해 수많은 물라토를 생산해내게 된다. 이 시기 많은 남부 아프리카 원주민들의 구전은 바로 이러한 조작된 '백인 정착민들의 정체성'을 우화적으로 조롱하고 희롱하는데 할애된다. 그중 가장 대표적인 것이 18세기 말 남아프리카의 적통임을 자부하던 샤카 줄루Shaka Zulu가 영국 군대에 맞서 싸울 때 동원하던 우화적이면서 전투적인 구전이다. 그 외에도 모잠비크의 '쵸피chopi'와 말라위의 응고니Ngoni들이 부르던 전투가인 '잉요inyo'가 있다. '잉요'라는 구전은 '호, 오야, 예, 야호' 등 의미 없는 기합소리를 리듬감을 주며 반복하면서 사이사이에 백인들을 비판하는 내용을 짧게 끊어서 삽입하는 방식으로 구성되어 있다. 구전이 진행되는 동안 여자들은 뒤에서 합창하면서 군무를 춘다. 이 시기의 구전 연구는 식민주의가 원주민들에게 정치, 경제, 사회, 문화적으로 가한 피상적인 억압의 상징이 아니라 구체적인 표현 형식의 억압과도 긴밀하게 연관된 상징임을 드러낸다. 다시 말해, 문자 문화 혹은 글 문화에 의한 말 문화 혹은 구전문화의 억압이 본격적으로 시작되는 시기인 것이다.

3) 제3단계 : 20세기 초부터 독립 이전까지

이 시기는 백인들이 제도적으로 양산한 글 문화가 지배적인 표현양식으로 등장하는 20세기 초부터 백인들의 글 문화를 구전의 한 형식으로 전유해 해방투쟁의 수단으로 활용하는 독립 이전까지를 포괄한다. 20세기 초 남부 아프리카 원주민들은 말과 글의 절합을 통해 절묘한 말글살이의 원형을 선보인다. 이 시기는 백인들이 글 문화의 우수성을 상찬하면서 원주민들의 '말과 입'을, 스피박 식으로 말하면, '직·간접적으로 대변 및 재현'하던 시기라 원주민 문화에 대한 의도적 왜곡이 극심했다. 이에 원주민들은 백인들의 지배적인 문화양식인 시와 연극 등을 합법적으로 차용해 그 속에 불법적인 구전 내용들을 채워 넣음으로써 전통적인 백인들의 글 문화를 전복한다.

이 시기 구전 양식의 전개과정에서 주목할 만한 것은 원주민들의 구전이 연극과 시, 대중가요 혹은 노동요, 심지어는 소설로까지 접목되고 있다는 점이다. 구전의 총체적 생활 세계화가 진행되고 있는 것이다. 이것은 백인들의 식민지 지배에 대한 원주민들의 전 방위적 저항이 시작되었음을 의미한다. 이 시기 시를 접목한 가장 대표적인 구전 형식으로는 짐바브웨의 『맘보북*Mambo Book*』이 있다. 이 책은 백인들의 시 형식을 빌려 쓴 것인데, 시작하는 첫 40여 쪽을 은데벨레인들과 쇼나인들의 전통적인 구전인 노동요, 자장가, 사냥가, 연가 그리고 동요 등을 가지고 어떻게 민중들을 의식화시킬 것인가를 소개하고 있다. 앙골라와 모잠비크의 대표적인 구전시인인 아구스티뉴 네투A. Neto, 작신투Jacinto, 쑤싸Sousa, 꾸뚜Couto 등도 서구의 시 형식을 활용해 저항의 내용을 전한다. 「드럼지Drum Magazine」를 중심으로 저항적인 구전시를 썼던 오스왈드 음찰리Oswald Mtshali와 시포 세팜라Sipho Sepamla 같은 남아프리카의 시인들도 마찬가지이다.

반면, 연극을 접목한 가장 대중적인 구전 형식으로는 브레히트의 서사극 형태를 모방해 '민중교육'을 표제화한 로버트 맥라렌Robert McLaren과 톰슨 쪼조Thompson Tsodzo의 '짐바브웨 교육극단'이 유명하다. 이들은 아리스토텔레스 류의 서양 연극문법을 거부하면서 아프리카 특유의 구전에 기초한 연극을 선보인다. '개발연극'이라는 아프리카 특유의 주제를 제창하면서 1970년에 창단한 잠비아의 '차크와케 극단'도 주목을 요한다. 이 극단은 대사 위주의 서양연극을 배제하고 '프웸바 춤

Fwemba Dance'이라는 선동적인 춤에 국외자는 알아들을 수 없는 쇼나어로 구연을 하는 극단이다. 스티브 비코의 '흑인의식운동'의 영향을 받아 태어난 남아프리카의 '빈민촌 연극'과 '흑인 연극', 나아가 희곡 작가인 마나카Manaka가 주도한 '다큐멘터리 연극'도 구연을 지배적으로 활용하기는 마찬가지이다. 그로토프스키의 '가난한 연극'과 피터 브룩의 '빈 공간' 그리고 아구스또 보알의 '피억압자의 연극론'을 노골적으로 아프리카화한 남아프리카의 이들 원주민 극단들은 대서양 헌장의 의미를 유린한 스멋Smut과 말란Malan 정권을 비판하는 '자유헌장'을 극 중에 선언하는가 하면, 동시에 당시 관계가 소원하던 '아프리카 민족회의'와 '범아프리카 회의'의 단결을 촉구하는 공연을 벌이기도 하는 등 극의 정치화를 꾀한다. 그 외에 대중가요의 형식을 구전에 접목한 짐바브웨의 '치무렝가Chimurenga'도 있다.

4) 제4단계 : 독립 이후

이 시기에는 독립 이후의 구전들이 해당된다. 마침내 독립을 간취한 각국이 독립 이후의 산적한 문제들을 해결하는 과정에서 구전을 어떤 형태로 목원하고 활용하는지가 이 단계의 핵심이 된다. 독립 이후 구전을 독립 '국가' 및 '민족' 구성 과정에 가장 적극적으로 활용한 국가들이 나미비아와 레소토, 스와질란드 그리고 보츠와나와 말라위 등이다. 특히 나미비아의 경우 부시먼과 나마Nama 그리고 헤레로인들의 구전이 독립 국가의 정체성을 구축하는데 혁혁한 공헌을 하게 된다는 것은 주지의 사실이다.

과거 '서남아프리카'로 불리다가 1968년 나미비아로 개명한 이 나라는 선사시대부터 이곳에 살던 부시먼 및 코이-코이인들을 비롯해, 후에 정착하게 된 반투 원주민인 나마와 다마Dama, '케이프 식민지'의 네덜란드인들 그리고 1884년 이 땅을 보호령으로 선포한 비스마르크의 독일인들이 군웅 및 할거하던 지역이다. 특히 지리적으로 사막을 끼고 있어 과거 이곳을 순례하던 백인들에게는 '미지와 야만의 땅'으로 인식되던 곳이기도 하다. 구스타프 프렌센Gustav Frenssen이 쓴 『피터 무어의 서남아프리카 기행Peter Moore's Journey to South-West Africa』이 그 일단을 보여주는 대표적인 저작물이다. 이처럼 나미비아는 풍부한 원주민들의 문화와 서구 제국주의의 문화가 팽팽하게 긴장을 유지하고 있는 땅이다. 따라서 혹자는 이 지역의 문학을 '경계문학'이라고 명명하기도 한다. 제이 엠 쿠찌에는 『황혼의 땅Duskland』이라는 작품의 후반부에서 백인들의 여행기문학이 지니는 이데올로기적 환상을 탈구조주의의 논법을 동원해 날카롭게 비판한 바 있다.

독립 후 나미비아의 원주민들은 다양한 형태의 구전을 통해 이 땅이지닌 태곳적 신비와 백인과의 조우 그리고 비극으로 점철된 오욕의근·현대사를 씨줄처럼 풀어낸다. 과거 백인들이 쓴 이 땅의 역사를 문자보다 더 문자적이고 정교하게 '구전의 기억'을 통해 복원해낸다. 일종의 역사 다시 쓰기인 셈이다.

5. 구전의 현대적 전유

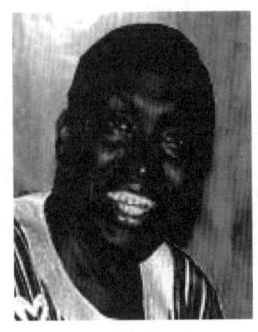

응구기 와 시옹오(1938~)

오늘날 남부 아프리카인들이 목적 의식적으로 복권하고 있는 구연은 형태와 내용 면에서 매우 다양하다. 낭송시, 공연, 가요, 집회 등속과의 접목을 통해 발 빠르게 확산되고 있는 구연 형식의 대중화는 내용 면에서도 과거 선사시대까지 거슬러 올라가는 역사를 '구술'의 형식으로 집요하게 '기억'해내는 것에서부터 백인의 출현이 갖는 의미, 식민주의 및 제국주의가 끼친 폐해 등 정치적인 주제 그리고 일상사의 반경 안에서 일어나는 사소한 주제에 이르기까지 그 폭이 매우 넓다. 이는 근대 이후 전 방위적으로 진행된 서구화에 대한 아프리카식 응전이자 응구기의 표현대로 '사라진 고리 찾기의 한 방식'이다.

우리가 어떻게 우리 자신을 바라보고 또한 어떻게 우리 환경을 바라볼 것인가라는 문제는 식민주의적 혹은 신식민주의적 단계의 제국주의와 우리가 어떤 관계를 맺고 있는가에 따라 좌우된다는 것이다. 따라서 만약 우리가 우리 자신의 개인적 그리고 집단적 존재구현을 위해 무언가를 하고 싶다면 냉철하게, 그리고 의식적으로 제국주의가 우리 자신에게, 그리고 우리가 우리 자신을 보는 관점에 어떤 짓을 자행했는가를 살펴볼 필요가 있다. 사라진 고리를 찾아내는 일과 올바른 시각을 찾아내는 일은 반제국주의 투쟁이라는 콘텍스트 내에서만 이해 가능한 것이고 의미부여가 가능한 것이다.

(응구기 와 시옹오 2013 : 200)

따라서 남부 아프리카 지역에 대한 역사적 이해
를 보다 농밀하게 수행하기 위해서는 이 지역 원주
민들의 역사의식이 질펀하게 각인되어 있는 구연
문화를 들여다보아야 한다. 왜곡과 굴절로 점철된
이 지역의 고대사는 물론이고 근·현대사에 대한
정확한 이해가 백인 식민주의자들이 '과학'이라는
이름으로 억압한 원주민들의 구연문화를 거치지
않고서는 제대로 드러나지 않기 때문이다.

프란츠 파농(1925~1961)

앞서 보았듯이 구연을 단순히 문학적인 맥락에서만이 아니고 전 방
위적인 맥락에서 탈식민화의 도구적 내러티브로 적극 활용하고 있는
대표적인 나라가 남아공이다. 남아공의 화란계 백인들은 1948년 총선
에서의 승기를 기반으로 삼아 파천황의 인종차별주의 정책인 아파르
트헤이트를 감행한다. 이후 남아공 땅에는 '아프리카너' 문화만이 유
일무이한 공식문화로 유통되고, 코사, 줄루, 수투, 템바, 응데벨레, 스
와지 등속의 원주민 문화는 비공식문화로 음성화되고 만다. 한 개의
공식문화 / 역사만이 남고, 열 개 혹은 그 이상의 문화 / 역사는 사라지
게 되는 것이다. 남아공의 현대사는 바로 이 한 개의 공식문화와 그 외
의 비공식문화가 상호 치열하게 벌인 인정투쟁의 역사라고 해도 과언
이 아니다. 1960년의 '샤프빌Sharpville'과 1976년의 '소웨토Soweto' 항쟁
도 그 맥락에서 이해할 수 있다. 이 두 사건 모두 형식적으로는 '통행법'
과 '반투교육법'에 대한 갈등에서 연유한 것으로 보이지만, 그 이면에
는 원주민 문화에 대한 강력한 인정 혹은 추인의 욕망이 숨어 있다. 이
들 원주민의 목소리를 직접적으로 대면하지 않는 한, 남아공의 근·현

대사는 곡진의 운명을 피할 수 없는 것이다. 왜냐하면 프란츠 파농의 지적대로 식민주의자들의 역사는 기본적으로 원주민 문화에 대한 왜곡을 기반으로 하고 있기 때문이다.

나는 세계를 합리적으로 이해했다. 그러나 그 세계는 나를 끊임없이 밀어냈다. 내가 흑인이라는 이유 때문이었다. 합리성이라는 측면에서 이것을 이해하기가 힘들었다. 고로 나는 비합리성에 내 몸을 맡기기로 결심했다. 나보다 더 불합리한 백인 때문이었다. 투쟁의 필연성 때문에 퇴행이라는 방법을 선택하기로 했다. 그러나 그 방법이 익히 낯익은 무기가 아니어서 좀 꺼름칙하긴 했다. 그러나 마음은 편했다. 나는 비합리성으로 똘똘 뭉친 인간이기 때문이다. 나는 물이 목까지 차는 비합리라는 여울을 건너고 있다. 목소리가 떨린다.

(프란츠 파농 1998 : 156~157)

파농의 논의를 이어받은 에메 세제르는 이를 '부메랑 효과'라고 명명하며 유럽의 식민주의를 비판한다.

또한 원주민에 대한 경멸과 그것의 정당화에 기초한 식민지 활동, 식민지 사업 그리고 식민지 정복은 불가피하게 그것을 이해한 사람들조차도 변모시킬 수밖에 없었음을 입증한다. 동시에 자신의 죄의식을 달랠 목적으로 타자를 짐승 바라보듯 했던 식민주의자들이 종국에는 그 자신이 실제로 타자를 짐승 취급하는 주체가 되었을 뿐만 아니라 급기야는 그 자신도 어느 모로 보나 짐승이 될 수밖에 없었음을 의미한다. 이것은 식민주의의 부메랑 효과로 나타난 결과이다.

(에메 세제르 2011 : 20)

6. 결론을 대신하여

아날학파 식으로 말하면, 구전이란 한 나라 혹은 한 민족의 생활사를 반영하는 대표적인 기제다. 특히 파천황적인 식민주의 체제가 양산한 공식문화사에 의해 여러 가치체계나 문화체계가 왜곡된 경험이 있는 아프리카와 같은 지역에서는 그 공식문화사에 의해 억압된 역사를 보다 입체적으로 복원하는데 가장 긴절한 도구가 바로 구전문학 혹은 문화에 대한 연구다. 기실, 구전은 아프리카 원주민문학의 시작이자 끝이라고 말해도 과언이 아니다. 특히 아프리카의 경우 구전이 '화석화된 과거'의 다른 이름이 아니고 현재에도 끊임없이 영향력을 확장하고 있는 대중적인 문화 양식임을 감안해 볼 때 그 의미는 매우 막중하다.

게다가 아프리카는 '계몽'과 '이성의 지배'라는 서구의 근대적 기획이 뿌린 '빛'의 수혜보다는 '어둠'의 폐해를 적나라하게 당한 대륙인 만큼, 서구적 의미의 문학사가 가한 폭력으로부터도 자유롭지 못하다. 그런 의미에서 아프리카문화의 원형을 고스란히 담고 있는 '구전'을 다시 꺼내 들고 아프리카의 과거와 현재, 미래를 재영토화하는 일은 정언명령에 가깝다. 실제로 구전을 현대적 맥락으로 재문맥화하는 작업은 오늘날 아프리카, 나아가 과거 아프리카의 이산자들이 대거 이주해 사는 카리브 전역에서 활발하게 진행되고 있다. 지금으로부터 약 1세기 전 마커스 가비Marcus Gervey와 드보이스Dubois가 미국에서 벌인 '할렘 르네상스 운동'과 그로부터 약 30년 뒤 레오폴드 세다르 셍고르L. S. Senghor 및 에메 세제르 그리고 레온 다마스Leon Damas 등 일군의 아프리카 및 카리브의 유학생들이 프랑스의 파리에서 벌인 '네그리튀드negritude 운동' 그리고 오늘날 아프리카 전역에서 벌어지고 있는 '아프리카 문예부흥운동'이 공히 '구전'을 아프리카 부흥의 노둣돌로 삼는 것은 결코 우연이 아니다. '구전'만큼 아프리카문화 및 문학사에서 소위 '사라진 고리'의 역할을 충실하게 담당할 그야말로 살아있는 역사가 드물기 때문이다.

  남부 아프리카의 구전문화는 그 형태와 내용 면에서 매우 다종다하다. 게다가 일상사의 구석구석에 편재해 있어 언제든지 '상용이 가능한 과거'이다. 레이먼드 윌리엄스Raymond Williams 식으로 말하면 일종의 '살아남은 과거'인 셈이다. 이처럼 '언제든지 상용이 가능한' 남부 아프리카의 '과거'와 그것을 가장 원형적인 형식으로 기억하고 있는 이 지역의 구전문화가 이 지역의 생활사 및 문화사 나아가 역사 일반을 복원하는 과정에서 끊임없이 배제되어 왔던 이유가 있다. 그 이유는 좁게는 이 지역에 영향력을 행사하던 식민지 본국의 유럽중심주의적인 사관 때문이기도 하지만 보다 넓은 의미에서는 그런 유럽중심주의 사관의 근간을 이루고 있는 보다 보편적인 정서, 즉 서구의 근대성이 지닌 원천적인 모순 때문이다. 따라서 서구의 근대성과 끊임없이 실랑하면서 자신의 역사를 내면화한 이 지역 원주민들의 구연에 관심을 쏟는 일은 현행 아프리카를 비롯한 주변부 지역에서 대대적으로 벌어지고 있는 '역사 다시 쓰기' 운동을 집행하는 일과 무관하지 않다.

참고문헌

에메 세제르, 이석호 역, 『식민주의에 관한 담론』, 그린비, 2011.

응구기 와 시옹오, 이석호 역, 『정신의 탈식민화』, 아프리카, 2013.

이석호, 「현지 작가대담 : 케이프타운의 열혈시인, 제임스 매튜」, 『미네르바』 2002년 겨울.

프란츠 파농, 이석호 역, 『검은 피부, 하얀 가면』, 인간사랑, 1998.

Bleek, W. H. I & I. C. Lloyd, *Specimens of Bushmen Folklore*, London : George Allen, 1911.

Brown, Duncan, *Oral Literature and Performance in Southern Africa*, Cape Town: David Phillip, 1999.

Chapman, Michael, *Southern African Literatures*, London : Longman, 1996.

Finnegan, Ruth ed., *The Penguin Book of Oral Poetry*, London : Penguin, 1978.

Opland, Jeff. Xhosa, *Oral Poetry: Aspects of a Black South African Tradition*, Cambridge : Cambridge University Press, 1983.

Vail, Leroy & Landberg *White, Power and Praise Poem*, London : James Currey, 1991.

스페인 중세 문학과 정전正典*

백승욱

1. 들어가며

정전은 어떤 지역이나 문화권 내부에서 교육적 가치가 있는 것으로 묵시적인 합의가 이루어질 수 있기 때문에 그 전승의 가치를 일정 기간 보장받을 수 있는 문헌을 일컫는다.[1] 정전의 범주는 고전classic으로

---

* 이 글은 2010년 12월 덕성여자대학교에서 개최된 한국스페인어문학회 겨울학술대회에서 동일한 주제로 발표한 내용을 보완한 「스페인 중세 문학과 정전」(『스페인어문학』 60집, 한국스페인어문학회, 2011)을 수정·보완하여 재수록한 것이다.

본고에서는 스페인어 발음 표기에 있어 원음의 특성을 반영하고 영어 발음 표기의 구분하기 위하여 외래어표기법에서 벗어난 표기를 일부 사용하였다.

1 정전canon에 관한 개념과 적용 서술은 시대, 지역, 문화, 교육 등의 관점에 따라 매우 다양하게 성립될 수 있다. 예를 들어 중국에서 한무제 이후 유가 경전이, 한국의 조선시대에 주자학 관련 문헌들이 각 지역에서 주요 정전으로 한동안 생각될 수 있었던 한편 현재에는 이 문헌들이 정전이라기보다 고전의 범주로 분류된다. 일본의 경우에 서구화와 자본주의적 근대화의 기점이 된 메이지유신은 그 이전과 이후의 사회 이념의 변동에 큰 영향을 주었다. 또한 라틴아메리카의 경우에 서구침략의 이전 시대 혹은 식민지시대의 정전은 서구로부터 독립한 이후에 성립된 정전과 이념적 측면에서 매우 다를 수밖에 없다.

분류되는 텍스트들을 상당수 포함하기도 하지만 그렇다고 정전과 고전이 어떤 절대적인 동등관계에 놓여있다고 볼 수는 없다. 정전은 순수한 교육의 차원을 넘어 사회이념으로서 재생산적 기능을 갖기 때문에 정치성과 밀접한 연관을 맺고 있다. 따라서 정전은 한 사회의 정체성이나 정치 · 윤리적 성격을 논의하는 과정에서 필연적으로 검토되어야 할 주요 사안들 중 하나임에 틀림이 없다.

정전에 관한 현대적 논의는 1970~80년대를 중심으로 미국에서 본격화된 다문화주의와 긴밀한 관계를 맺고 있다. 반전운동, 인권운동 등과 연계되어 당시 미국사회에서 증폭된 소외계층들(흑인, 히스패닉, 인디언, 아시아계, 여성, 게이 등)에 대한 새로운 인식은 그들의 자유와 권리를 존중하는 새로운 문화다원주의의 정의를 요구하기에 이르렀다. 이러한 시대적 흐름은 대학을 포함한 사회 전반에서 정전의 문제, 즉 무엇을 가르칠 것이며(정전 목록), 어떻게 읽어야 할 것인가(강독 방법)에 대한 논쟁을 유발시켰다.[2] 결과적으로, 이 논쟁은 미국이 처한 문화적, 정치적 현실 속에서 자신을 어떻게 정의해야할 것인가라는 본질적인 물음과 직결된다. 한편, 이러한 정전의 결정 과정에서 요구되는 선택과 배제의 문제는 정전의 정치성을 생성시키는 요인으로 작용하기도

---

[2] 미국의 대학 사회에서 대두된 정전 논쟁의 한 대표적인 예로서 1980년대 스탠포드대학교의 '서양문화사' 교양과목 관련 필수도서 및 강의내용 선정을 둘러싼 실재 사건을 기억할 수 있다. 이 사건을 통하여 결과적으로 미국 대학은 더욱 전통적 학문관에서 벗어나 보다 합리적이고 다문화적인 시민 환경을 고려한 새로운 과목 설치를 통하여 현실적인 대안을 찾아 나서기 시작했다. 그 구체적인 반응으로서 '문화Culture, 사상Ideas, 가치Value'라는 새로운 대체 과목을 개설했으며 그에 대한 필수도서 목록에 호머와 성 아우구스티누스와 같은 서구의 전통 고전작품은 대거 삭제되고 크리스토발 콜론, 파블로 네루다, 후안 룰포, 리고베르타 멘추 등의 작가들이 기록한 새로운 작품들이 다수 포함되었다. 김지연(2003) 참조.

한다. 실질적으로 정전은 정치, 문화, 교육 등 다양한 분야의 현상과 밀접하게 연관된 문제인 만큼 모든 지역이나 계층에 동등하게 다가갈 수 있는 보편적 정의나 선택 기준을 설정하기가 쉽지 않은 것은 자명한 사실이다.

본 정전 연구의 대상을 스페인 중세 문학으로 설정할 때 우리는 미국의 정전논쟁과는 동떨어진 스페인만의 개별적 맥락을 이해할 필요가 있다. 예를 들어, 다원화된 민족성, 가톨릭 전통 체제, 강대국들과의 정치적 역학관계, 주변 문화권과의 상호작용 등의 측면에서 스페인은 미국의 경우와는 매우 다르다. 뿐만 아니라 스페인 중세 문학이 오늘날 어떤 역사적 배경 속에서 성립되어 왔으며 또 언제부터 그 관련 문학 작품들이 정전으로 선택되어 왔는지 따져볼 때 현시점까지 오랜 세월이 흐르는 동안 해당 시대나 결정 주체의 성격이 바뀜에 따라 정전의 정의가 유동적일 수 있다는 것은 부정할 수 없는 사실이므로 보다 세심한 분석이 요구된다. 이에 필자는 본고에서 관련 정전의 개념과 기능을 구체화하는 주요 문헌적 근거들에 대한 비교분석을 통하여 스페인 중세 문학의 정전화 과정에 대한 체계적인 접근을 시도하고자 한다. 이를 토대로 중세 문학 정전에 대한 어떤 현재적 평가 및 가치부여가 가능한지 고찰할 수 있을 것으로 기대한다.

스페인 현지는 물론 한국 혹은 미국 일반 대학 및 대학원의 교과과정에서 가르치는 대부분의 스페인 중세 문학 작품들은 이미 해당 국가의 정전으로 자리매김의 과정을 거친 단계에 있다고 볼 수 있다. 예를 들어 알폰소 현왕Alfonso el Sabio, 곤살로 데 베르세오Gonzalo de Berceo, 후안 루이스Juan Ruiz, 후안 마누엘Juan Manuel, 후안 로드리게스 델 파드론Juan

Rodríguez del Padrón, 후안 데 메나Juan de Mena, 페로 로페스 데 아이얄라 Pero López de Ayala, 산티야나후작Marqués de Santillana, 호르헤 만리케Jorge Manrique, 후안 델 엔시나Juan del Encina 등과 같은 중세 작가들의 작품을 말한다. 물론 현존 문헌이 제한적인 만큼 이 모든 작품들이 중세시대부터 줄곧 정전으로 자리매김을 해왔다고 단정할 수는 없지만 적어도 해당 지역의 문학 전통 속에서 어느 정도 대표성을 지닌 채 전승되어 오다가 18세기 계몽주의 시대를 지나며 문학사 혹은 교육 현장에서 지속적으로 거론되어왔다고 볼 수 있다. 그 이외에도 『엘시드의 노래Cantar del Cid』, 『알렉산더의 이야기Libro de Aleixandre』 등과 같은 작자 미상의 중세 작품들 또한 르네상스와 바로크시대를 거치는 동안 특별한 언급이 없는 상태로 지속되다가 사실상 18세기 문인들에 의하여 본격적으로 국가적 차원의 정전으로 분류되었다고 할 수 있다. 이러한 작품들이 토마스 안토니오 산체스Tomás Antonio Sánchez의 『15세기 이전에 기록된 카스티야 시작품 모음집Colección de poesías castellanas anteriores al siglo XV』(1779)과 같은 문헌에서 언급되지 않았더라면 20세기 라몬 메넨데스 피달과 같은 문헌학자들의 손을 거쳐 오늘날 스페인 중세 서사시를 대표하는 작품으로 소개되었을 가능성이 결코 크지 않을 것으로 추정된다.

1700년을 지나며 프랑스 부르봉왕가의 스페인 왕권계승으로 인한 신진문화의 유입과 그 이후 심화된 신고전주의 경향 및 계몽주의의 확산으로 인하여 크게 성장한 스페인의 학문적 역량은 자체 중세 문학의 정의 및 그 정체성의 새로운 확립을 요구하였다. 특히 이 과정에서 자체 문학사에 대한 설정과 문학 정전의 구성은 필수적인 요건이었던 것으로 보인다. 이러한 시대적 현상을 대변해주는 구체적인 문헌으로 1737

년에 출판된 그레고리오 마이얀스 이 시스칼Gregorio Mayans y Siscar의 『스페인어의 기원*Orígenes de la lengua española*』과 이그나시오 데 루산Ignacio Luzán의 『시학*Poética*』, 그리고 18세기 후반에 출판된 마르틴 사르미엔토Martín Sarmiento의 『스페인 시와 시인의 역사에 관한 기억*Memorias para la historia de la poesía y poetas españoles*』(1775), 안토니오 토마스 산체스가 기록한 『15세기 이전에 기록된 카스티야 시작품 모음집』(1779~90) 등을 생각할 수 있다. 뿐만 아니라 자국의 중세 문학사에 대한 탐구는 19~20세기에도 지속되는데 무엇보다도 19세기 중반에 아마도르 델 로스 리오스José Amador de los Ríos가 집필한 『스페인문학사*Historia crítica de la literatura español*』(1852), 20세기 말에 프란시스코 리코Francisco Rico가 제작한 『스페인문학의 역사와 비평*Historia y crítica de literatura española*』 등과 같은 문헌들 속에 거론되어온 중세 작품들은 오늘날 스페인 중세 문학의 본질을 결정짓는 정전 혹은 예비 정전으로 이미 인정을 받아 왔다고 볼 수 있다. 뿐만 아니라, 근현대에 들어와 제작된 주요 문학 이론서, 교육지침서, 문학사, 작품 선집 등은 정전의 결정에 크고 작은 영향을 줌과 동시에 그 주요 정전의 전승을 지지하는 실질적 토대가 되어 왔다고 볼 수 있다.

정전은 항상 가변적 개념이며 그 결정 요인은 역사적 상황과 문화적 맥락에 따라 끊임없이 새로운 내외적 요소의 영향을 받아 왔다. 무엇보다도 본고의 주제와 관련하여 우리는 스페인 중세의 문학 정전을 결정하는 기준이 중세시대에 실제로 존재했었던 정전의 개념에 비해 전근대와 근대의 분기점이라 할 수 있는 18세기에 들어서 어떤 변화와 차이를 보여주는지 자문해볼 수 있다. 이 질문에 대한 적절한 답변은 스페인의 역사와 문학 간에 존재해온 역학 관계가 시대에 따라 다른 양상으로 현재화된다는 명제를 뒷받침할 수 있는 주요 근거가 될 것으로 본다.

2. 알폰소 현왕과 13세기 언어 개혁

: 스페인문학 정전의 생성

역사 · 문학의 관점에서 알폰소 현왕(재위 1252~84)이 이룩한 업적은 현재 사용되는 스페인어(카스티야어)의 표준화가 실질적으로 이루어졌다는 사실과 직접적으로 연관된다. 알폰소 현왕은 당시 아랍세력과의 전쟁에서 획득한 영토와 그 위업을 표현하기에 적합한 새로운 역사서와

Alfonso X el Sabio(1221~1284)

법전을 편찬하는 과정에서 당시 카스티야인들의 구어체에 기반을 둔 중세 카스티야어를 사용하도록 명하였다. 새로운 스페인어의 사용은 역사와 법 관련 문헌 기록들 이외에도 문학, 과학, 점성술, 여가 등의 분야에서 광범위하게 이루어진 사실이 관찰된다. 알폰소 현왕의 재위 이전의 주요 기록 수단이었던 아랍어, 히브리어, 라틴어 등을 배제하고 당시 사람들의 구어체에 기반을 둔 아직 충분히 검증받지 못한 언어를 새로운 기록 언어로서 내세운 것은 급박한 시대 변화에 따른 일종의 전략적 대처임과 동시에 지역에 얽매인 과거와 결별하는 참신한

세계관 아래 왕권을 공고히 하려는 정치적 목적을 대변해준다. 이와 같은 새로운 권력의 부상과 역사성의 재확립 과정은 그 이전까지 존재하지 않았던 참신한 정전의 확립을 필요로 하기 마련인 것이다. 알폰소 현왕의 새로운 국가관과 이를 통치에 실질적으로 적용하고자 하는 의지는 그의 『일반역사General estoria』와 『칠부법전Las siete partida』의 서문에 반영되어 있다.

> 신의 은총으로 인하여 카스티야, 톨레도, 레온, 갈리시아, 세비야, 코르도바, 무르시아, 하엔, 알가르베나의 왕이자 페르난도 왕과 베아트리체 여왕 사이의 아들로 태어난 나 알폰소 현왕은 과거 시대의 많은 문헌과 역사를 살펴보고 그중 내가 아는 한 가장 선하고 진실한 일들을 선별하여 이 책을 기록하도록 명하였다. 또한 태초부터 우리 시대에 이르기까지 세상에서 벌어진 큰일들처럼 성경 속의 역사에서 거론되는 모든 위업들을 기록하도록 명하였다.
>
> —Brancaforte(1984 : 104), 번역은 인용자

> 신의 은혜로 인하여 카스티야, 톨레도, 레온, 갈리시아, 세비아, 코르도바, 무르시아, 하엔, 알가루에의 왕이신 알폰소 현왕은 세상의 왕들이 신의 도움으로 지켜온 광활한 지역과 그들을 지지해온 큰 명예와 함께 수여된 재산을 이해하고 그들이 왕으로 불림을 열망한다. 또한 본 문헌은 그들이 민중을 다스리는데 있어 핵심이 된 정의에 관한 것이다. 결코 숨거나 변명할 수 없는 재판을 주관할 강력하고 지혜로우신 주님에 대한 두려움과 만약 나쁜 짓을 행하고도 그에 합당한 벌을 받지 않는다면 갖게 될 부끄러움

과 더불어 판단력이 있는 세상 사람들이 법을 따지기 이전에 스스로 생각하게 될 불명예 때문만이 아니라 그들이 그것을 실행하지 않는다면 그 자체로 발생하는 책임을 인식하기 위한 것이다. (…중략…) 따라서 우리는 이러한 맥락에 속한 모든 일과 근거에 관하여 말한다. 그리고 우리 스스로와 다른 사람들이 현상들을 확실히 인식하고 들을 수 있도록 돕기 위해 이 책을 기록하였다.

—González Cuenca(1555 : 2~3), 번역은 인용자

14세기에 들어 국토회복전쟁이 소강 국면에 접어든 상황에서 스페인 내부 지역 간의 갈등, 사회 계층 간의 극심한 괴리, 지배권 내부의 세력 다툼 등의 사회 현상은 스페인어의 확산과 지식소통의 안정적 흐름을 저해하는 요인으로 작용했던 것으로 보인다. 이러한 중세 사회의 다변화하는 모습은 문헌 전승의 상황에서 소통의 한계 내지 해석의 난립 현상을 초래하는 요인이 되기도 하였다. 특히 불안정한 언어의 확산은 문학 정전의 기존 개념에 불확실성을 안겨줄 수도 있는 상황이었던 것으로 보인다. 후안 루이스는 1330년에 기록한 자신의 작품 서문에서 해석의 가변성에 관하여, 알포소 현왕의 조카인 후안 마누엘은 1335년에 집필한 『루카노르 백작』의 서문에서 스페인어가 의사소통의 수단으로서 한계가 있을 수 있다는 사실을 각각 거론하였다.

내 말을 읽거나 듣는 이에게 원컨대 영혼의 세 가지 요소(이해, 의도, 기억)를 잘 간직해주시기 바랍니다. 첫째, 나의 의도 즉 거친 소리를 통하여 내가 왜 그러한 말을 했는지 잘 이해하고 판단해 주시기 바라며, 둘째 법칙

으로는 의중을 표현하기 위해 말이 존재하는 것이지 말을 하기 위해 의중
이 존재하는 것은 아니라는 겁니다.

—Blecua, Alberto(1995 : 10~11), 번역은 인용자

　　돈 후안께서는 책이 전사되는 과정에서 많은 과실들이 일어날 수 있다는
점을 알고 있는데 이는 글이 서로 엇비슷하여 한 글자가 쓰이는 과정에서
다른 뜻으로 혼동될 수 있으며 이로 인하여 나중에 책을 쓴 사람에게 책임
을 돌릴 수 있기 때문이다. 따라서 돈 후안께서는 이점을 걱정하셔서 그가
직접 짓거나 기록한 문헌을 전사한 책을 읽는 이들에게 만약 잘못 놓인 단
어를 발견한다면 이 책이 돈 후안이 직접 지은 것인지 확인이 될 때까지 그
에게 책임을 전가하지 말기를 간청한다. 그가 지은 책은 『연대기*Crónica
abreviada*』, 『성인전*Libro de los sabios*』, 『기사이야기*Libro de la cavalleria*』, 『왕자에 관한 책
Libro del infante』, 『기사이야기*Libro del cavallero et del escudero*』, 『백작이야기*Libro del Conde*』,
『사냥에 관한 책*Libro de la caça*』, 『속임수에 관한 책*Libro de los engaños*』, 『가요집*Libro de
los cantares*』이다. 이 책들은 그가 집필한 장소인 페냐피엘에 있는 선교사들이
거하는 수도원에 있다. 하지만 그가 쓴 책을 보고도 불명예스러운 점을 발
견한다면 그것은 작가의 의도를 탓하지 말고 왜 그런 방식으로 말하려고 했
는지에 대한 이해가 부족한 것으로 보아야 한다.

—Blecua, José Manuel(1969 : 46), 번역은 인용자

　　주제와 형식이 전혀 다른 이 두 14세기 서사문학 작품에서 공통적으
로 문제시되고 있는 작가와 독자 간의 소통 문제는 정전의 문제를 일깨
우는 중요한 계기가 된다. 구체적으로 이 14세기 작가들은 스페인 언어

와 문학의 역동적인 발전을 인정하는 한편 급속한 사회변화에 따른 표현의 불충분함 내지 독자와 작가 간의 지나친 이격 현상을 간접적으로 지적한 바 있다. 과거의 전통 속에서 전승된 언어와 현재 사회에서 요구되는 언어 사이에 존재할 수 있는 괴리감의 증폭은 독자층의 텍스트 수용 방식의 변화를 요구한다. 이는 기존 정전의 유효성 저하와 동시에 새로운 정전에 대한 필요성으로 이어지는 요건이 될 수 있다.

3. 15세기 문학 정전과 스페인문학사의 확립

시대적 흐름과 권력주체의 변화로 인해 기존의 문학 정전에 대한 전환이 가해지는 경우를 종종 관찰할 수 있다. 대표적으로 14세기 후반 프로방스의 툴루즈를 중심으로 발전, 확산된 새로운 시학이 이탈리아의 르네상스 시풍과 합세하여 이베리아반도로 유입되어 스페인에서 14세기 중반까지 유행하던 갈리시아·포르투갈 시풍 및 당시까지 자주 사용되었던 시 언어에 전면적인 수정이 가해진 경우를 기억할 수 있다. 이는 15세기 초반 카스티야 시인이었던 후안 알폰소 데 바에나

Cancionero de Baena

Juan Alfonso de Baena가 당시 카스티야의 왕이었던 후안 2세Juan II에게 1430년경에 봉헌한 『바에나 가요집Cancionero de Baena』에 나타난 새로운

형식과 어휘로 구성된 카스티야어 작품들을 통해서 유추해볼 수 있는 문제이다.

후안 알폰소 데 바에나는 「서문Prologus baenensis」에서 가요집 제작의 목적과 편집된 작품들의 형태에 관하여 서술하였다. 아래의 예문이 말하듯이 그는 당시 새로운 문학적 규범이자 정전화의 참신한 방법론으로 부상한 프로방스 시문학gaya ciencia을 카스티야 문인들에게 소개하였는데 이는 실제로 15세기 스페인 시문학을 거의 지배하다시피 한 문체적 동력원이라고 할 수 있을 만큼 파급효과가 컸던 것으로 보인다. 결과적으로 이러한 바에나의 문제의식과 시문학의 변화는 그 시점까지 스페인어로 생산된 기존 정전에 대한 한계성을 우회적으로 시사해 준다고 할 수 있으며 동시에 『바에나 가요집』은 그 자체로서 15세기 스페인의 문학 정전을 모아 소개하는 지침서로서의 기능을 수행한다.

확신하건데 현자들과 신중한 작가들, 선생들, 시인들에 의해 세상에서 기록되고 지시되고 제작된 모든 훌륭한 서적들과 칭송받는 문서들에 있어서 시학 즉 가이야학문gaya ciencia은 모든 문답체를 구사하는 문인들이나 작가들, 청중들에게 매우 섬세하고 재미있으며 달콤하고 우아한 작법임이 틀림없습니다.

—González Cuenca, Joaquín ed. (1993 : 7), 번역은 인용자

『바에나 가요집』에 나타난 시풍과 문체가 스페인문학의 주류로서 인식되어 존속되는 가운데 15세기 당시와 그 이전 스페인문학의 역사를 체계적으로 기술한 현존 문헌들 중 가장 오래된 것으로 1445년 산

티야나후작이 기록한 문학사(*Prohemio e carta*)를 생각할 수 있다. 후안 1세의 손자이자 포르투갈 지역의 사령관을 지내던 돈 페드로Don Pedro에게 보낸 편지글에서 발견된 이 장문의 문학사 기술은 당시의 시학 관련 개념들과 그리스 및 로마의 고전문학과 이탈리아문학에서 비롯하여 갈리시아와 카탈루냐 지역의 문학에 대한 내용까지 구체적으로 담아내고 있다. 그 당시 이베리아반도에 존재하는 지역별 정치권력의 독립적인 상황으로 말미암아 아직 에스파냐España라는 단일한 국가개념으로 통합되지 못한 현실 속에서 갈리시아문학, 카탈루냐문학, 카스티야문학이 각각 분리되어 상세하게 서술되었다는 사실이 매우 이례적이다. 산티야나후작에게 있어 직접적으로 관련된 문학의 핵심적 범주에는 카스티야어로 기록된 문학 작품이 대다수를 차지한다. 하지만 이 편지글에서 언급된 다양한 언어로 기록된 많은 작품들이 스페인문학사의 전개과정에 다소 영향력을 가진 주변지역의 외국문학 작품들까지 포함한다는 점을 통해서 볼 때 산티야나후작에게 있어 문학 정전은 실질적으로 국가적 차원의 가치이기보다 서구의 일부 전통문학을 아우르는 초국가적 개념이라고 할 수 있다. 엄격히 말해 산티야나후작에게 있어 카탈루냐, 발렌시아, 아라곤은 카스티야왕조에 의해 확립된 지역이 아닐뿐더러 언어에서 비롯하여 문학 형식이나 그 장르적 조류에 있어서도 이질적인 부분이 많은 지역이었던 것이다.

카탈루냐인들, 발렌시아인들 그리고 아라곤왕국 사람들은 시학에 큰 재능을 보여주지요. 그들은 때로는 자음으로 때로는 모음으로 끝나는 긴 음절의 후렴구로 이루어진 새로운 형식의 서사 음률을 처음으로 구사했습니다. 나중에는 레모시스 형식의 10음절의 연으로 이어진 데시르dezir를 사용했습니다. (…중략…)

엄밀한 정형률의 시구가 우리에 의해 최초로 사용된 경우가 있는데 바로 『알렉산더 이야기Libro de Alexandre』, 『공작새의 서원Los votos del Pavón』, 이타의 주교가 기록한 『좋은 사랑의 이야기Libro de buen amor』, 페로 로페스 데 아얄라가 궁중사에 관하여 기록한 책인 『궁중 서사Rimado de palacio』입니다. (…중략…)

카스티야 왕조에서는 알폰소 현왕께서 글을 잘 쓰셨으며 그의 서사작품 dezires을 봤다는 사람을 만난 적 있는데 라틴어로 고급스럽게 시구를 지으셨다고 했습니다. 그 이후 후안 델 라 세르다와 나의 할아버지이신 페로 곤살레스 데 멘도사께서 두각을 보이셨지요. (…중략…)

우리 왕의 부친이시자 영광스러운 기억 속의 엔리께 왕의 시대 이후 시학은 더욱 고양되기 시작했으며 이 분야에 훌륭한 사람들이 나타나기 시작했는데 알폰소 알바레스 데 이예스카스 바로 이 위대한 작가가 대표적인 분입니다. (…중략…) 미셸 프란시스코 임페리알에 대하여 말하자면 그를 소리꾼이나 가객이라기보다 시선詩仙으로 부르고 싶군요. 만약 누군가가 이러한 방면에 승리의 월계관을 수여받아야 한다면 바로 그가 적격이라 확신합니다.

—Gómez Moreno, Ángel, y Maximilian Kerkhof ed. (1988 : 447~452), 번역은 인용자

산티야나후작이 보여준 국가관의 지리적 범주는 카스티야어를 사용하는 카스티야 왕국에 국한되며 카탈루냐, 발렌시아, 아라곤과 같은 이베리아반도의 나머지 지역은 그 범위에서 벗어난다. 특히 그의 시론에서 언급되는 국가적 차원의 시인들은[3] 모두 카스티야어로 시작품을

쓴 작가들이다. 따라서 산티야나후작이 기록한 정전의 범위는 정확하게 말해서 카스티야 왕조와 그 언어를 기반으로 하며 1492년까지 비록 현실화되지 않았지만 오랜 세월에 걸쳐 염원하던 '에스파냐'라는 국가 개념을 토대로 성립되었다는 사실을 기억할 필요가 있다고 본다. 아울러 산티야나후작의 해당 문학사 속에서 언급되는 작품들과 관련 작가들은 21세기 현재 스페인을 포함한 세계 각처의 교육현장에서 거론되는 스페인문학사의 내용과 상당 부분 일치한다는 점을 염두에 둘 때 이는 현재적 관점에서 볼 때 최초의 스페인문학사라고 할 수 있다.

1492년에 아랍세력의 축출로 인해 에스파냐라는 국가적 개념이 현실화된 이후 후안 델 엔시나는 프랑스 혹은 이탈리아와 같은 인근 지역의 문학과 실질적인 비교를 꾀하며 자국문학의 성격을 『카스티야 시학Arte de poesía castellana』에 서술하였다. 이 문헌을 보면 당시 후안 델 엔시나는 이사벨여왕의 지지를 등에 업고 표준어로서 강력하게 부상한 자국어 즉 카스티야어로 기록된 스페인 중세 문학 작품들에 대하여 긍정적인 평가를 내린 바 있다. 또한 엔시나는 스페인어 문법서(Gramática castellana, 1492)의 저자인 안토니오 데 네브리하Antonio de Nebrija가 주장한 현재 스페인어의 우수성을 강조하면서 스페인어로 기록된 자국문학 작품들에 대한 독립성과 우수성을 언급하였다. 그의 시론에서 거론되

---

3 산티야나후작이 자신의 시론(1445)에서 '우리nosotros'라는 범주에서 구체적으로 거론하는 문인들을 종합해 보면 다음과 같다. Arcipreste de Hita, Pero López de Ayala, Alfonso Álvarez de Villasandino, Alfonso X el Sabio, Juan de la Cerda, Pero González de Mendoza, Sem Tob de Carrión, Alfonso González de Castro, Arcediano de Toro, Garcí Fernández de Gerena Alfonso Álvarez de Villasandino, Francisco Imperial, Fernán Sánchez de Talavera, Pero Vélez de Guevara, Fernán Pérez de Guzmán, Diego Hurtado de Mendoza, Fernán Rodríguez Portocarrero, Juan de Gayoso, Alfonso de Moraña, Fernán Manuel de Lando 등 참조.

는 '우리'라는 개념은 단순히 상상 속의 목표점이 아닌 기독교적 이념과 카스티야왕조로 통합된 실질적인 단일 국가이자 그 지리적 경계가 뚜렷한 지역으로서의 스페인을 뜻한다.

　　이러한 모든 사실을 고려하면서 나는 카스티야 시학에 관한 생각을 기록하기로 마음을 먹었다. 이로 인해 (누군가가 기록한) 글이 제대로 쓰였는지 잘못 쓰였는지 더 잘 알 수 있고 아울러 우리의 언어로 시를 작성하는 일을 가르치기 위함인데 만약 이렇게 가르칠 수만 있다면 이는 여가 시간에 할 수 있는 훌륭한 행위임에 틀림이 없다. 국왕의 선하심을 믿으며 나는 이 책을 지혜의 노櫓가 피어나는 그의 극진한 총명함에 감히 바치기로 했다. (…중략…) 또한 라틴어에서 자라난 거친 말투가 우리 스페인에서 사라지도록 인도해주신 안토니오 네브리하 선생이 지적하시는 바와 같이 그에게 로망스어 문법서를 짓도록 종용한 원인들 중 하나는 우리의 언어가 발전보다 퇴보를 더 두려워했어야할 과거와는 달리 현재 가장 잘 다듬어졌고 연마되었다고 믿었기 때문이다.

—Rambaldo, Ana M. ed.(1978 : 7~8), 번역은 인용자

4. 스페인 중세 문학의 근현대적 재구성

　　황금세기에 들어 세계적인 제국으로 부상한 스페인을 체험하던 당시 작가들에게 중세 문학은 그다지 큰 매력적인 학습의 대상이 되지 못했던 것으로 보인다. 중세를 암흑기로 인식했던 서구적 관점에서 크

게 벗어나지 못한 그들에게 14세기 중반 이후 꾸준히 증대된 인문주의와 르네상스문학에 대한 관심은 제국으로의 상승에 힘입어 이베리아 반도의 지리적 한계에 얽매이지 않은 새로운 보편적 세계관을 지향하도록 유도했던 것으로 판단된다. 제국으로의 도약과 이에 상응하는 세계관은 결과적으로 스페인의 중세 문학사 정립에 대한 필요성을 약화시킨 주요 원인으로 작용했을 가능성이 크다.

스페인 근대의 부흥이 사회 전반에서 본격화된 18세기에 들어와 중세 문학에 대한 발굴과 논의는 새로운 전기를 맞이하였다. 예를 들어 그레고리오 마얀스의 『스페인어의 기원』, 이그나시오 루산의 『시학』, 루이스 호세 벨라스케스Luis José Velázquez의 『카스티야 시의 근원Orígenes de la poesía castellana』 등과 같은 문헌에서 우리는 한동안 망각되었던 다수의 스페인 중세 문학 작가들(구체적으로 알폰소 현왕, 곤살로 데 베르세오, 고메스 만리케, 후안 마누엘, 후안 델 엔시나, 후안 데 메나, 호르헤 만리케, 에르난도 델 카스티요 등)에 대한 구체적인 정보를 발견할 수 있다. 비록 이들의 문학사 기술은 황금세기를 거치며 주목을 받지 못했던 고전 작가와 작품에 대한 기본적인 소개의 수준에 불과하지만 국가적 차원에서 스페인 자체 문학과 문화의 출발점을 재고하자는 분위기가 극도로 고조된 18세기 계몽의 시대를 지나며 자국의 문학사 기술의 필요성을 일깨운 자극제 역할을 담당했던 것으로 보인다.

18세기 당시 스페인의 지배세력으로 합스부르그왕가를 대신하여 부르봉왕가가 부상하면서 서구적 근대 국가체제가 형성되기 시작했을 무렵 지배 권력을 옹호할 수 있는 적절한 이데올로기 및 일반 계몽 교육에 부합하는 스페인 고유 문학의 기원을 설명할 수 있는 체계적인

Martín·Sarmiento(1695~1772)

서술에 대한 필요성이 과거에 비해 크게 심화되었다. 아울러 이에 따른 중세 문학 정전에 관한 논의는 학문의 '유럽화europeización'[4]라는 이슈 속에서 매우 활발히 진행되기 시작했다. 스페인 18세기 문인들에게 언제 어떤 작품들에 의해서 국가문학이 성립되었는지에 관한 물음은 스페인의 기원과 그 정체성을 결정하는 과정에서 핵심적인 사안으로 대두되었던 것으로 보인다.(Pozuelo Ivancos 2000 : 190 참조)

이러한 시대적 맥락 속에서 스페인 중세 문학을 체계적으로 소개한 문학사 서술서인 마르틴 사르미엔토의 시론(1775)과 토마스 안토니오 산체스의 문학 선집(1779)은 당시의 주요 정전을 소개한 핵심적인 사료로서의 가치를 갖고 있다. 문학사 기술과 작품 선집으로서의 양면적 성격을 지닌 방대한 이 두 18세기 문헌은 스페인 중세 문학의 기원과 시문학의 정형률이 확립되는 과정에서 상당수의 구체적인 문헌적 근거들을 제시했다는 점에서 역사적 의의가 크다. 세부적으로 사르미엔토는 1745년경에 집필하여 1775년 출판한 자신의 문헌에서 산티야나 후작의 시론(1445)을 15세기 이전 카스티야문학사를 확립한 최초의 문헌으로 소개하였다. 아울러 사르미엔토는 산티야나후작에 의해 거론

---

4 18세기 스페인에서 대두되었던 유럽화를 둘러싼 쟁점을 시볼더 교수는 아래와 같이 설명하였다. "Se observa a menudo que el conflicto entre la España vieja y nueva, así como el problema de la europeización, temas tan típicos de Larra y la generación del 98, fueron, en realidad, tratados por primera vez en las obras de ensayistas como Feijoo, Cadalso y Jovellanos." Sebold(1989 : 122) 참조.

되는 작가들이 주로 15세기 초반의 카스티야 작가들에 집중되다 보니 곤살로 데 베르세오나 후안 마누엘과 같은 이전 작가들을 다수 제외하는 결과를 낳았지만 스페인문학사 전통을 대변하는 중요한 문헌임은 부정할 수 없는 사실로 받아들였다.

한편 사르미엔또는 시문학에 대한 집필 목적이 아래 예문에서 보듯이 시학 체계의 발전 과정을 체계적으로 연구하기보다 스페인의 역사와 정체성을 탐색하기 위한 토대로 사용했다는 사실을 기억할 필요가 있다.

> 내가 지금 가지고 있는 이 편지(산티야나후작의 시론)는 매우 최근 것이며 결점이 많지만 이러한 점이 크게 문제시되지는 않는다. (…중략…) 이 작품은 이미 과거에 출판되었지만 읽어 보질 못했다. 나의 본무는 시문학 그 자체에 있지 않고 시의 역사를 연구하기 위해 과거 문헌들을 조사하는 일이기 때문에 그 작품들을 분석하는 섬세한 연구를 수행하지는 않았다.
>
> 산티야나후작 스스로 고백했듯이 그는 15세기 당시의 카스티야 시인들을 전부 거론하지는 않았으며 또한 망각에 의해서인지 아니면 정보가 부족해서 그랬는지는 몰라도 그의 시대 이전의 시인과 시에 대한 정보를 제공하기를 포기했었다. 그가 언급한 시인들은 시대별로 골고루 분포된다. 많은 경우, 책에서 발견되는 정보가 너무나 빈약하기 때문에 단지 이 편지글로써 그의 기억이 유지될 수 있다고 믿기가 쉽지 않다. 알폰소 현왕에 관해서는 많은 시작품들이 있었음에도 불구하고 단지 들어서 알고 있었던 사실만을 거론했다. 곤살로 데 베르세오와 후안 마누엘에 대해서는 거론조차 하지 않았다. 결론적으로 나는 이 편지글이 소중한 유물임에 동의함과 동시에

특별히 뭔가를 증명하기 위해 필요하다면 그의 구절들을 인용할 것이다.

—Sarmiento, Martín(1775 : 158~159), 번역은 인용자

사르미엔토의 문학사가 세간에 소개된 지 4년이 지난 후 안토니오 산체스는 『15세기 이전의 카스티야 시 모음집』(1779)에서 산티야나후작의 시론을 스페인 최초의 문학사로 인정함과 동시에 자신의 문학사 서술을 위한 문헌적 근거로 삼았으며 다수의 작가 및 작품에 대한 인용과 부연해설을 더했다. 특히, 『시드의 노래』, 『산토 도밍고 데 실로스의 생애*Vida de Santo Domingo de Silos*』, 『알렉산더 이야기』, 『좋은 사랑의 이야기』 등과 같은 주요 작품들에 관한 개별적 소개 및 분석을 심화하였으며 아울러 중세 문학을 비평적 시각에서 바라보았다는 점은 매우 주목할 만하다. 특히, 안토니오 산체스는 스페인 중세 문학을 순수한 예술의 관점에서만 바라보지 않고 카스티야 지역의 언어로 기록된 최초의 문학 작품들에 대한 선집이라는 점과 아울러 이를 자국의 정체성 확립의 계기로 보았다는 점에서 의의를 찾을 수 있다. 그는 해당 시모음집의 서문에서 다수의 스페인 중세 작가들을 거명하면서 전통문학을 소개하는 가운데 자신의 궁극적인 관심을 아래와 같이 밝혔다.

이러한 모든 작품들은 가장 어두운 문맥을 밝혀줄 주석과 함께 줄판될 것이며 또한 고어에 대한 색인을 책의 마지막 부분에 준비할 것인데 그 대부분은 필사본이나 서류에서 조차 거론된 바가 없어서 이해할 수가 없는 것들이다. 그리고 옛날 어투에 대해 설명할 것이며 라틴어 사용 지역에서 전승되어온 많은 소리들에 대한 어원을 설명할 것인데 바로 여기 우리가

사용하는 카스티야어의 생성이 시작되었다. (…중략…) 우리나라와 우리의 옛것을 사랑하는 사람들이 카스티야어 시의 형성과 그의 최초 확산과정, 그리고 우리의 언어가 어떻게 발전했는지를 볼 수 있도록 이제 설명을 이어갈 것이다.

—Sánchez(1779a : 10~11), 번역은 인용자

산티야나후작의 편지(시론)와 우리의 소고들을 읽음으로써 아르쎄디아노 데 또로 이전에 활동한 카스티야 시인들이 사용한 언어가 카스티야어임을 알 수 있다. 『시드의 노래』, 베르세오의 시작품들, 『알렉산더 이야기』, 『공작새의 서원』, 『성 이델폰소의 생애』, 『페르난 곤살레스 이야기』, 『루카노르백작』의 저자인 후안 마누엘 왕자의 시작품들, 아르씨프레스테 데 이타의 『작은 사랑의 이야기』, 페로 곤살레스 데 멘도사, 셈톱, 페로 고메스, 알론소 곤살레스 데 카스토로 등의 작품들과 알론소 11세의 연대기 등이 이 목록에 기록될 수 있다.

—Sánchez(1779a : 192~193), 번역은 인용자

산체스는 자신의 문학 선집에서 산티야나후작의 시론처럼 알폰소 알바레스 비야산디노Alfonso Álvarez de Villasandino, 미셀 프란시스코 임페리알Micer Francisco Imperial, 페르난 페레스 데 구스만Fernán Pérez de Guzmán, 후안 로드리게스 델 파드론Juan Rodríguez del Padrón, 마시아스Macías 등 『바에나 가요집』에서 발견할 수 있는 14~15세기 카스티야의 주요 시인들을 많이 거론하였다. 다만 산체스는 산티야나후작과는 달리 그러한 스페인 중세 문학 작품들을 순수한 예술의 관점에서 접근했다기보

다 역사서술서 즉 스페인 민중의 진정한 모습과 정서, 언어, 표현감각, 미적 취향 등을 유추해가기 위한 근거로 받아들였던 것으로 보인다.(Pozuelo Ivancos 2000 : 192) 예를 들어 그가 『엘시드의 노래』를 설명하는 과정에 다음과 같은 관심의 사안들을 구체적으로 표명한 바 있다.

> 이 로망스어 작품에 담긴 기교를 생각할 때 시적 이미지나 신화, 대단한 사상을 찾을 필요는 없다. 비록 어떤 정형률로 지어지긴 했지만 모든 것이 역사적 사실과 연관되며 무엇보다도 그 단순함과 자연스러움이 돋보인다. (…중략…) 그럼에도 불구하고 이해하는 독자들에게 즐거움을 계속해서 선사할 정교한 아이러니와 날카로운 표현들, 속담들, 격언들이 그 시에 존재한다. 특히 영웅의 위업에 관한 많은 서술들이 그럴 듯하게 보이도록 하는 어떤 진실한 분위기가 이 작품을 지배한다.
>
> ─Sánchez(1779a : 229), 번역은 인용자

사르미엔토와 산체스를 포함한 스페인의 많은 18세기 문인들은, 스페인 중세 문학을 당시 근대 국가적 개념의 역사 및 언어에 대한 기원을 확립하려는 맥락에서 주로 탐구했던 것으로 보인다. 그들은 중세 시 작품과 시론 이외에도 중세시대의 풍습, 종교, 사회상, 사람들의 의식구조 등 역사 및 사회·문화의 관점으로 분석하는 데 큰 관심을 두고 있었던 것이 사실이다. 중세 고전을 문학 그 자체의 수준을 넘어 새로운 시각으로 비평하거나 역사와 연관하여 재해석하려는 경향은 스페인 고전문헌학에 능통했던 호세 아마도르 델 로스 리오스(1818~78)와 마르셀리노 메넨데스 펠라이요Marcelino Menéndez Pelayo(1856~1912), 클라

우디오 산체스 알보르노스Claudio Sánchez-Albornoz(1893~1984), 아메리코
가스토로Américo Castro(1885~1972), 라몬 메넨데스 피달Ramón Menéndez
Pidal(1869~1968) 등과 같은 연구자들에 의하여 계속해 이어져 왔다. 이
들과 더불어 많은 스페인의 현대 문인들이 중세 문학을 바라보는 시각
은 그 이전과 또 다른 양상을 보여주는데 이러한 변화는 시대적 상황에
서 요구되는 관심 사안 특히 미학적 가치화의 시견과 문체적 취향이 서
로 다르기 때문에 발생한다. 예를 들어 나폴레옹의 침공과 같은 외부세
력에 대한 저항, 왕당파의 도전으로 인한 국정혼란, 1898년 전후의 참
담한 국가 현실과 정체성의 위기, 시민전쟁과 프랑코의 군부독재로 인
한 사회 격리 등의 현상들은 스페인의 정체성 확립에 있어 주요 문헌적
근거가 되는 중세 문학 작품들을 다각적으로 분석하고 특히 문학 정전
의 대상 목록을 결정하는 주요 요인이 되었던 것이 사실이다.

5. 나가며

스페인 중세 문학 정전은 중세시대에 구성된 문학 체계에서 비롯되
며 황금세기 이후 근현대를 거쳐 현재에 이르기까지 크고 작은 사회적
변혁을 겪었음에도 불구하고 사실상 전체적 차원의 변경 없이 보수적
인 수준을 유지해왔다고 볼 수 있다. 산티야나후작의 편지글과 후안
델 엔시나가 기술한 시론이 주축이 되어 구체적으로 확립되기 시작한
당시의 스페인문학사는 계몽주의 시대를 지나 현시점에 이르기까지
약간의 관점 변화를 감안한다면 거의 동일하게 유지되어 왔다는 점이

이를 증명해준다. 물론, 18세기를 지나며 자국의 전통을 지지하는 보수세력과 유럽 및 계몽사상을 호의적으로 보는 진보세력 사이에 긴 논쟁이 존재했지만 이는 기존 정전에 대한 반발을 이끌어내지 못한 채 수정이나 보완적 차원의 진화에 그쳤기 때문에 현재까지 과거와의 본질적 단절은 없었다고 보는 것이 정확하다. 이를 토대로 스페인의 문학 정전은 서발턴, 패미니즘, 다문화주의 등의 다양한 쟁점에 의해 역동적인 변화를 경험한 미국을 포함한 라틴아메리카 지역에서 관찰되는 현대 정전의 개념과는 매우 다른 독자적인 방식으로 전개해 온 것으로 판단된다. 한편 중세 사회에서 여성 및 이민족과 같은 소외된 계층에 대한 묘사 내지 그들이 가졌던 문제의식, 문화 및 종교의 혼종 상황, 사회 계층의 분화 문제 등은 정전의 문제를 거론하기 이전에 이미 그 사실을 담은 문헌 자체가 묘연한 상황에 있기 때문에 현재 우리의 논의에서 제외되어 있다는 점을 염두에 둘 필요가 있다. 이러한 문헌적 상황을 감안하더라도 스페인의 문학 정전은 그다지 역동적인 변화나 새로운 관점에 의한 재구성을 원하지 않았던 것으로 보인다.

본고를 통하여 스페인 중세 문학 정전이 결정되는 과정에는 정치권력, 역사상황, 문학 이론 등과 결부된 다양한 변수들이 영향을 줄 수 있다는 사실을 확인할 수 있었다. 문학 정전의 대상은 관련 지역의 정체성과 교육 방향을 반영하기 때문에 시대 상황에 따른 성전의 성격과 그 실체의 변화는 불가피하다. 단순히 따져만 보아도 중세 정전에 대한 논의가 새로운 권력 주체의 탄생이나 그에 따른 사상 교육과 같은 현실적 상황과 깊은 관련을 맺어 왔다는 점을 이해할 수 있다고 본다. 아울러 근현대 이후의 정전 논쟁은 과거 역사에 대한 다양한 인식론,

일반 대중문화의 향방, 새로운 미학적 해결방안에 대한 모색 등의 논의에 그 무게 중심이 점차 옮겨 갔다고 할 수 있다. 결과적으로 문학 정전은 역사와 교육 사이에서 현재적 가치관에 따라 끊임없이 변화하는 가변적 개념이다. 따라서 과거와 현재의 정전이 미래에도 지속되리라고 믿는다면 이는 일종의 착시현상일 가능성이 높다. 예를 들어 스페인 사회의 개방화와 세계화로 인해 가까운 미래에는 안달루스 아랍계 작가들 혹은 식민지시대 라틴아메리카의 입장을 객관화해주는 문헌들이 새로운 정전으로 인정을 받아 문학사에서 거론될 수도 있는 것이다. 정전과 비정전의 문제 즉 어떤 문학 작품을 정전으로 결정할 것인가의 문제는 이분법적 대결 상황이건 여러 대상들에 대한 선택의 문제이건 사회 이념과 그에 따른 교육이 존재하는 한 그 필요성이 결코 망각될 수는 없다고 본다. 논쟁을 유발하는 핵심은 바로 정전의 배제성에서 비롯될 가능성이 높다. 강독할 가치가 충분히 있는 문학 작품이 어떤 사정으로 인해 후세에게 알려지지 않고 잊혀 진다면 이는 개인적으로 보나 사회·문화적으로 보나 큰 손실이 아닐 수 없기 때문이다. 이러한 맥락에서 볼 때 적어도 현시점까지는 스페인 중세 문학 정전이 보수적 성향을 띠어왔다는 평가를 부정할 수는 없다고 본다.

참고문헌

김장환, 「중국 正典의 성립과 변천 : 儒家 經典을 중심으로」, 『인문과학』 93, 연세대 인문과학연구소, 2011.

김지연, 「미국의 다문화주의와 정전正典논쟁」, 이화여대 석사논문, 2003.

윤혜준, 「(비평)이론과 정전, (비평)이론의 정전」, 『비평과 이론』 14(1), 한국비평이론 학회, 2009.

Blecua, Alberto ed., *Libro de buen amor*, Madrid : Cátedra, 1995.

Blecua, José Manuel ed., *El conde Lucanor*, Madrid : Castalia, 1969.

Brancaforte, benito ed., *Prosa histórica : General Estoria*, madrd : cátedra, 1984.

Castro, Américo, *España en su historia : cristianos, moros y judíos*, Barcelona : Crítica, 2001.

Gómez Moreno, Ángel, y Maximilian Kerkhof ed., *Marqués de Santillana / Obras completas*, Barcelona : Planeta, 1988.

González Cuenca, Joaquín ed., *Cancionero de Juan Alfonso de Baena*, Madrid : Visor, 1993.

_____, *Las siete partidas del sabio Rey don Alfonso el nono, nueuamente glosadas por el licenciado Gregorio López del consejo real de Indias de su Magestad*, Salamanca : Impreso por Andrea de Portonaris, 1555.

Lázaro Carreter, Fernando, *Las ideas lingüísticas en España durante el siglo XVII*, Barcelona : Crítica, 1985.

Amador de los Ríos, José, *Vida del Marqués de Santillana*, Buenos Aires : Espasa-Calpe, 1947.

Amador de los Ríos, José, *Historia crítica de la literatura español*, t. I, Madrid : Imp. de José Rodríguez, 1861.

Mayáns y Siscar, Gregorio, *Orígen de la lengua española*, Madrid : Juan de Zúñiga, 1737.

Menéndez Pelayo, Marcelino, *Antología de poetas líricos castellanos*, Madrid : CSIC, 1944.

_____, *Poetas de la corte de don Juan II*, Madrid : Espasa-Calpe, 1943.

Menéndez Pidal, Ramón, *Estudios literarios*, Buenos Aires : Espasa-Calpe, 1938.

Pérez Priego, Miguel Ángel, "Formación del canon literario medieval catellano", *Ínsula*, núm. 600, 1996.

Pozuelo Yvancos, José María, y Rosa María Aradra Sáncehz, *Teoría del canon y literatura española*, Madrid : Cátedra, 2000.

Rambaldo, Ana M. ed., *Juan del Encina / Obras completas*, t. I, Madrid : Espasa-Calpe, 1978.

Sánchez, Tomás Antonio, *Colección de poesías castellanas anteriores al siglo XV 1*, Madrid : Sancha, 1779a.

_____, *Colección de poesías castellanas anteriores al siglo XV 2*, Madrid : Sancha, 1779b.

Sarmiento, Martín, *Memoria para la historia de la poesía y poetas españoles*, Madrid : Joachin Ibarra, 1775.

Sebold, Russell P., *El rapto de la mente. Poética y poesía dieciochescas*, Bercelona : Anthropos, 1989.

Velázquez, Luis José, *Orígenes de la poesía castellana*, Málaga : Francisco Martínez de Aquilar, 1754.

라틴아메리카문학 정전正典의 형성과 새로운 가능성*
소외된 문학 장르의 정전화에 대한 소고

백승욱

1. 들어가며

라틴아메리카의 문학 정전은 그들의 심화된 문화 혼종성 만큼이나 복합적이고 다의적인 개념이다. 인디오와 유럽인의 만남과 혼혈에 의해 1492년 이후 생성되어온 라틴아메리카의 메스티소 사회는 19세기를 지나며 유럽 열강의 지배권으로부터 독립하여 국가적 자치권을 획득하기에 이르렀다. 한편 이러한 정치적 · 지리적 독립에도 불구하고 그들의 근현대기 문화는 여전히 유럽을 계승하였으며 마침내는 제국과 식민의 양면성을 갖추고 있다고 말할 수 있다. 인디오 문화에 대한 부정적 시각과 그 진정한 가치를 되찾고자 하는 자성의 목소리가 역사

---

*　이 글은 「라틴아메리카문학 정전의 형성과 새로운 가능성」(『민족문화연구』 55호, 고려대 민족문화연구원, 2011)을 수정 · 보완하여 재수록한 것이다.

적으로 상존해온 가운데 서구문화와의 꾸준한 변증법적 관계 속에서 진화해온 라틴아메리카인의 애매모호한 정체성을 어떻게 정의해야 할 것인지는 결코 쉽지 않은 질문이다. 아울러 20세기 중반 이후 그들의 중심에 선 가브리엘 가르시아 마르케스Gabriel García Márquez, 옥타비오 파스Octavio Paz, 호르헤 루이스 보르헤스Jorge Luis Borges 등과 같은 대표 작가들이 유럽에서 생성된 언어와 문체 그리고 미국을 포함한 서구의 거대한 상업적 패러다임에 빚을 지지 않고서 과연 사회적 성공을 이루어 낼 수 있었을까 자문해보지 않을 수 없다.

　로렌스 화이트헤드Laurence Whitehead(2008 : 271~293)는 라틴아메리카가 독립 이후 겪어온 근대화 과정을 다음과 같은 두 가지 특징을 들어 설명한 바 있다. 첫째, 내부의 변화보다 오히려 주변부의 발전단계를 겪어왔기 때문에 라틴아메리카는 세계를 주도한 근대성과의 관계에 민감하다. 둘째, 라틴아메리카의 근대는 주변에 억압되어 온 가운데 미국과 그 이외의 국외에서 받아들이고 있는 대안적 근대성이 상대적으로 중요시된다. 라틴아메리카문학 정전의 경우에도 예외가 아니며 정치적, 사회·경제적 불안정 요소들이 산재한 자국보다 오히려 그 주변의 미국과 유럽에서 야기되는 정전 확립이나 이론적 체계화 등에 관한 논의들이 더 영향력이 큰 실정이다. 알렉산더 셀리모프Alexander Selimov는 라틴아메리카의 문학 정전에 관한 자신의 최근 발표 논문(2011)에서 라틴아메리카인의 문화적 복합성 즉 지배와 피지배의 이중성, 그리고 유럽 중심주의에 대한 갈구와 저항의 동시성을 강조하였다. 아울러 자주적 정체성 확립을 열렬히 원하고 있음에도 불구하고 강대국에 대한 의존성을 탈피할 수 있는 자체능력이 부족한 딜레마적 현실을 지적한 바 있

Gertrudis Gómez de Avellaneda(1814~1873)

다.(Alexander Selimov 2011 : 11) 종합해 볼 때 현재에도 논의가 한창인 라틴아메리카문학 정전은 지리적 개념이기보다 문화적 개념으로 국가적 개념보다 초국가적 개념으로 과거보다는 현재와 미래의 시각으로 접근하는 것이 합리적일 것으로 본다.

20세기에 들어 붐Boom 이전의 보르헤스와 붐 세대 작가들(코르타사르, 카르펜티에르, 룰포, 가르시아 마르케스, 바르가스 요사 등)에 의해 세계적 수준의 작품이 산출되기 이전에 존재했었던 라틴아메리카문학을 어떤 시각에서 보아야 할 것인가? 특히 그중에서도 소외된 상태로 전승되어온 작품들은 미래에 라틴아메리카문학 정전으로 재평가를 받을 가능성이 있는가? 문학 정전으로서의 가능성을 타진하기 위해서는 기본적으로 현재까지 충분히 주목을 받지 못한 문학 조류나 문체에 관하여 보다 폭넓은 시각으로 접근할 필요가 있다고 본다. 예를 들어 19세기 유럽 낭만주의 문체를 모방하여 라틴아메리카의 모순적 사회현실을 고발하고 인디오의 승리를 부각하기 위해 노력한 쿠바 작가 고메스 데 아베야네다 Gertrudis Gómez de Avellaneda의 『사브Sab』(1841)에서 과거 유럽적 관점에서 부정적인 전형으로만 여겨졌던 메스티소 출신의 인물이 숭고한 영혼을 가진 주인공으로 묘사된 바 있다. 아베야네다의 작품에서 사르미엔토Domingo Faustino Sarmiento가 주창한 '인디오는 야만이며 유럽인은 문명을 의미한다'라는 서구중심주의적인 전통 등식이 폐기되고 오히려 그 반대의 구도 즉 '인디오는 숭고한 영혼을 갖고 있다'라는 논리가 핵심내용으로 주목받는다. 이 작품은 유럽의 문학 전통으로부터 결별하여 지역적 개별성을 보여준 아메리카문학의 주요 사례가 될 수 있겠지만 일반적으로 널리 알려지지 않은 실정이다. 그렇다면 문학 정전은 어떤 시각에서 정의되는 것이 바람직하며 그 사회적·심미적 기능은 무엇인지 다시금 재정리해 볼 필요가 있다고 본다. 이에 필자는 본고의 주안점을 다음의 두 가지로 설정하였다. 먼저 라틴아메리카문학 정전(특히 그 범주의 문제)에 관한 논의가 현재 어떤 쟁점을 중심으로 전개되고 있는지 거시적 차원에서 살펴보고자 한다. 둘째, 과거에 소외되어 왔거나 정전의 위치를 확고히 하지 못한 실질적인 문학 장르나 문체의 예를 대상으로 새로운 라틴아메리카문학 정전의 가능성을 타진해 보고자 한다.

2. 라틴아메리카문학 정전 논의와 문제점

근대 이후 라틴아메리카문학의 정전화를 주도해온 실질적 요인이 무엇이냐는 질문에 전반적인 수준에서 다음과 같은 세 가지 요소(사용언어, 문학사 교육, 비평의 쟁점)를 생각할 수 있다. 첫째, 해당 지역의 종교와 교육에서 주된 소통의 매개체인 스페인어는 라틴아메리카니즘의[1]

---

1 '라틴아메리카'라는 개념을 엄밀히 정의하자면 브라질을 포함한 비스페인어권 지역을 포함한다. 하지만 이 글에서 사용된 '라틴아메리카'의 개념은 편의상 스페인어권 아메리

형성에서 기본적인 요건이 되어온 것이 사실이다. 둘째, 문학사, 작품 선집, 교육 커리큘럼 등에 기초한 정규 및 비정규 교육은 문학 정전의 선택과 배제에 직접적인 영향을 미치는 요소가 되어 왔다. 셋째, 지식 인들의 비평적 논의로 형성된 쟁점들은 정전 선별에 결정적인 영향을 끼칠 수 있으며 대중매체와 인터넷 소통구조가 발전한 미래에는 그 비중이 앞서 설명한 두 가지 요건에 비해 증대될 가능성이 높다.

사실상 이러한 정전화의 요인들은 어느 정도 보편성을 띠며 라틴아 메리카 지역뿐만 아니라 그 정복의 주체이자 동일 언어 사용국인 스페 인의 고전문학 정전의 전승 과정에서도 동시에 발견되는 요소라 할 수 있다. 구체적인 사례로서 라틴아메리카와 스페인의 공통적 고전이라 할 수 있는 이베리아반도의 중세 문학이 어떤 과정을 통하여 현재까지 정리ㆍ교육되어 왔으며 정전으로 자리매김을 하였는지 비교문학적 관 점에서 살펴볼 수 있다. 먼저 13세기 이후 현재까지 지속된 스페인어 사용과 카스티야 왕조의 지배력 유지에 따른 관련 문학사의 답습 및 교육이 고전문학의 정전화를 이끌어온 주된 요인이 되었다는 점에서 스페인 고전문학 정전의 형성과정은 라틴아메리카의 경우와 기본적 으로 유사하다고 볼 수 있다. 하지만 문학 정전으로서의 선택을 위한 쟁점 구성의 측면에는 스페인과 라틴아메리카 간에 큰 차이를 보여준 다. 예를 들어 스페인 고전문학이 정전화되는 과정에서 18세기에 들어 와 스페인의 역사ㆍ문화적 정체성을 새롭게 확립하려는 계몽주의자들 (Padre Sarmiento, Tomás Antonio Sánchez 등)의 역할이 지배적이었으며 이들

카 Hispanoamérica를 의미한다.

의 합리적이고 비평적인 사고에 의해 재정리된 문학사는 오늘날까지 정전으로 받아들여지고 있다. 그 이면에는 1700년 이후 스페인의 왕위를 계승한 프랑스의 부르봉왕가가 개혁의 주체인 동시에 새로운 여권세력으로 등장하여 현재까지 지배력을 유지해온 정치적 배경이 결정적인 이유로 판단된다.(백승욱 2011) 따라서 스페인 고전문학의 정전화는 18세기에 출현한 신新 상류세력과 이와 궤를 같이한 계몽주의자들에 의해 주도된 한편 라틴아메리카의 경우는 식민지 내부의 전통 지주세력이나 군부독재에 대항한 지식인 혹은 문인의 작품이 상당 부분 정전의 반열에 오른 것으로 판단된다. 이는 세사르 바예호, 파블로 네루다, 가브리엘 가르시아 마르케스 등 많은 라틴아메리카 지식인들의 저항적 성격의 작품을 통해 확인된다. 이러한 역사적 정황은 동일 언어권임에도 불구하고 역사적, 정치·사회적 맥락이 지역 간 문학 정전 형성에 있어 크고 작은 차이를 만들어 낸다는 사실을 입증해준다.

라틴아메리카문학이 정전화되는 과정을 단순히 보편적 시각에서 분석하는 일은 매우 위험한 결과로 이어질 수 있다. 그 대표적인 이유 중 하나는 스스로가 정전화의 중심에 서지 못하고 서구 강대국에게 의존하고 있거나 아니면 한층 더 나아가 그 결정권을 상당 부분 박탈당해왔기 때문일 것이다. 예를 들어 라틴아메리카문학의 출발점을 왜 1492년 콜럼버스의 발견에서 찾아야만 하는가의 문제와 라틴아메리카 문학 및 문화를 해석하는 과정에서 왜 서구 방식의 용어나 분류 체계를 사용해야만 하는가와 같은 문제의식을 통해 현재까지 유럽적 시각이 지배해온 사실을 부인할 수 없다고 본다.(박병규 2010) 뿐만 아니라 이그나시오 산체스 프라도(Sánchez-Prado 2006 : 8~9)가 이미 지적한 바와 같이 국제 출판 시장이 강대국의 지배를 받고 있어서 해당 지역 내부의 연구가 외부에 제대로 소개되지 못하고 있는 상황과 정전의 이론적 체계화가 빠르게 진행되고 있는 미국 비교문학계의 영향을 직접적으로 적용받고 있는 현실적 상황이 라틴아메리카문학을 그 자체로 이해하지 않고 서구적인 틀로써 소화하려는 분위기로 몰아가고 있다는 사실을 직시할 필요가 있다고 본다.[2] 문학 정전의 문제는 문학 분야 이외에 사회문화적 혹은 정치적 상황과도 매우 밀접한 관계를 맺고 있다. 우석균(2011 : 5)은 아르헨티나 크리오요주의의 의식구조를 반영한 사르미엔토의 이분법(문명과 야만)을 비판하면서 정전의 현실적 의미를 단순한 문학적 차원을 넘어 그것은 우월한 문명을 가르는 행위의 연장선상에 있으며 피지배자에게는 생존권과 직결될 수 있는 문제임을 지적한 바 있다.

라틴아메리카의 역사에 있어 문학 정전을 설정하는 문제는 현상을 왜곡하거나 전혀 엉뚱한 해석을 내리도록 유도할 수 있는 극도로 민감한 사안이다. 특히 그 과정에는 작가와 독자가 실제로 어떤 대상과 일치하는가라는 문제 그리고 문학의 범위를 어디까지 둘 것인가라는 문제가 동시에 작용한다. 예를 들어 산체스 프라도(2002 : 15)는 해럴드 블룸Harold Bloom이 『서양의 정전The Western Canon』(1994)에서 언급한 두 가지 논쟁거리(즉 정전은 도덕이나 국가적 차원의 문제와 직접적인 관련성이 없다는

2　그 대표적인 예로서 『백년의 고독Cien años de soledad』(Garbriel García Marqués)이 윌리엄 포크너William Faulkner의 영향을 받아 창작되었다거나 1960년대 이후 큰 인기를 누린 붐 소설이 프랑스의 누보로망과 비교되는 맥락(Leo Pollman, *La nueva novela en Francia y en Iberoamericana*, Madrid : Gredos, 1971 참조)을 생각해 볼 수 있겠다. 이 부분에 있어 유용한 정보를 주신 박병규 선생에게 감사를 드린다.

점과 하위주체의 문제를 문학과 연결시키는 것은 문학의 순수한 본질을 무시하는 처사라는 점)를 기억하면서 그의 극단적인 표현을 다소 경계하는 가운데 문학의 지나친 현실적 적용이나 왜곡된 해석을 비판하는 주장에는 오히려 긍정적 평가를 내린 바 있다. 동시에 문학 강독이 미적 가치와 결별한 채 어떤 비문학적 목적성을 강요당할 때 진정한 문학으로서의 의미를 상실한다는 해럴드 블룸의 주장을 수용하였다. 산체스 프라도의 주장이 일정 부분에 있어 정당하다는 판단에도 불구하고 세계문학에 반영된 라틴아메리카니즘의 한계성 즉 현실적으로 해당 지역의 사회·문화적 상황이나 사상적 조류를 충분히 담아내지 못하고 있는 점을 인식할 필요가 있다고 본다. 예를 들어 비스페인어권이나 사회 소외계층에 대한 망각(인디오, 여성, 하위계층 등), 복합적 인종구성으로 인해 문제 해결을 위한 주체 혹은 대상의 모호성(크리오요, 메스티소, 인디오, 아프로아메리카노 등), 민족문학에 대한 개념적 혼란 등과 같은 문제점들은 라틴아메리카 이외의 지역문학에서는 발견되기 쉽지 않은 특이한 요소임에 틀림이 없다.

헤나라 풀리도 티라도Pulido Tirado(2009 : 99~112)는 라틴아메리카의 구전문학, 인디오문학, 아프리카계 아메리카인의 문학, 메스티소문학 등이 가지는 독창성이 유럽 중심주의적 문학 정전의 형성으로 말미암아 도외시된 현실을 비판함과 동시에 해당 지역의 특수성을 고려한 새로운 문학 정전 체계에 대한 필요성을 제기한 바 있다. 아울러 산체스 프라도가 제시한 문학 정전의 엘리트주의적 개념을 비판하는 가운데 문학 정전은 시간이 지나면서 대학이나 출판사, 정치체제와 같은 지적 인프라의 변화에 따라 결코 고정적이지 않고 유동적이라는 사실을 그 비판의 근거로 내세웠다. 또한 풀리도 티라도는 라틴아메리카 사회의 다양한 소외 계층이나 부류에 대한 문학적 포용의 필요성을 강조하였다.

토마스 엘로이 마르티네스Eloy Martínez(2010 : 1~4)는 풀리도 티라노와 유사한 시각에서 기존 문학 정전에 의해 다루어지지 않은 계층에 대한 표현의 중요성을 아르헨티나문학 정전의 사례를 통하여 설명한 바 있다. 예를 들어 보르헤스의 문학은 그 인지도가 현실적으로 너무나 높아 일반인들의 판단과 선택이 개입하기 이전에 이미 출판업이나 교육커리큘럼을 통해 강요된 문학으로 다가온다는 것이다. 보르헤스 문학으로 인하여 주요 지방 작가들(Hugo Foguet, Manuel Castilla 등)의 작품이 일찌감치 출판시장으로부터 외면당한 채 독자들의 선택에서 배제된 결과가 빚어질 수 있다는 점은 우려해야할 사안이다. 한편 반대로 해당 사회 전체의 현실을 직시하도록 돕는 건설적인 문학 정전의 조성은 독자들에게 보다 넓은 선택의 폭을 제공할 수 있다고 본다. 이에 라틴아메리카의 다양한 사회 계층 및 상황을 포착한 개성이 강한 문학 작품이나 유럽식에서 벗어난 새로운 문체에 대한 발굴은 세계문학 속에서 지역을 대변하는 정전을 투시해 재구성하는 과정에서 매우 의미심장한 작업이 될 수 있다고 생각한다. 필자는 본고의 3절에서 라틴아메리카의 역사적·사회문화적 맥락을 반영한 문학 정전을 선별하는 과정에서 정전으로서의 가치를 충분히 인정받지 못했음에도 물구하고 고유한 문체적 기반으로 작용해왔거나 향후 작용할 가능성이 높은 몇 가지 문학 장르의 예를 살펴보고자 한다.

3. 라틴아메리카문학 정전과 정전화

1) 일기diario

일기는 라틴아메리카문학의 한 대표적 장르로서 특히 식민지시대 해당 지역의 문화적·문학적 정체성을 논의하는 과정에서 중요한 문헌적 근거로 인식되어 왔다. 일반적으로 콜럼버스Cristóbal Colón가 아메리카를 발견한 당시 초기 탐험 과정을 기록한 일기를 그 출발점이라 본다. 비록 이 역사적 기록물은 해당 지역의 원주민과는 전혀 다른 유럽 정복자의 관점과 언어를 기반으로 삼았다는 점에서 보편적 정당성을 획득하기가 쉽지 않다고 볼 수도 있다. 하지만 초기 식민지 시대의 신대륙을 사실적으로 묘사함과 동시에 원주민의 관점을 상당 부분 대변해준다는 점에서 일종의 역사서술서로서 의미를 갖는 데에는 이견이 있을 수 없다고 본다.

호세 미겔 오비에도José Miguel Oviedo는 자신의 라틴아메리카문학사에서 아메리카가 서구라는 범주에 유입되는 과정에서 일어난 두 가지 동시적 현상이 바로 새로운 대륙에 대한 발견이라는 것과 첫 번째 문헌 즉 콜럼버스 일기의 출현이라고 지적한 바 있다. 콜럼버스 일기의 경우 1493년 4월 스페인으로 귀환했을 때 이사벨 여왕과 페르난도 왕에게 직접 전달하여 신대륙의 상황을 자세히 보고하는 수단으로 삼았던 것으로 보아 당시의 일기는 개인의 차원을 넘어 객관적 사실에 대한 기록으로 분류될 수 있다. 한편 문학적 관점에서 이 일기 장르는 픽션과 논픽션의 양면성을 띤 채 라틴아메리카 서사문학의 발전에 한 출발점을 이루었다고 할 수 있다. 객관적 보고서와 주관적 관찰 일기로서의 복합적 성격에 기초한 이 문헌은 서구의 전통적 문학관에 의존하여 하나의 문학 장르로 인정받기가 애매한 면이 없지 않지만 라틴아메리카 메스티소문화의 초창기 역사를 묘사한 새롭고 자체적인 문체라는 점에서 역사적 의의가 적지 않다.

항해 경로와 속도, 바다와 섬에 대한 관찰, 승무원들의 불평을 포함한 다양한 선상 분위기, 신대륙 발견 후 직면한 새로운 환경과 원주민들에 관한 정보들, 콜럼버스 일행의 신대륙 탐험 여정, 원주민을 대상으로 한 기독교 포교에 대한 콜럼버스의 긍정적 믿음 등과 같은 내용에서 비롯하여 심지어는 원주민들에 대한 스페인인들의 만행에 관한 내용을 포함한다. 또한 비현실적 수준의 추측이나 과장된 것들에 대한 표현과 아울러 신대륙에 대한 부정적 사실을 최소화하려는 경향이 발견되는데 이는 신대륙 발견을 찬양하고 자신의 업적에 정당성을 최대한 부여하려는 의도에서 비롯되었다고 볼 수 있다.

제가 눈으로 보고 깨달은 바로는 이곳 사람들은 종교적인 신념을 전혀 갖고 있지 않고 우상도 숭배하지 않기 때문입니다. 그들은 성격이 매우 온순하고 악한 것이 무엇인지도 모르는데다가 다른 사람들을 죽이거나 훔치지도 않습니다. 게다가 무기도 없고 100명쯤 되어도 에스파냐인 1명이 괴롭히며 달아날 정도로 겁이 많습니다. 그들은 또 하늘에 하느님이 계시다는 것을 알고 있거나 그렇다고 쉽게 믿어 버리고 우리가 하늘에서 왔다고 확신하고 있습니다. 그들은 어떤 기도문을 말해 주어도 금세 따라 외우고 십자가도 긋습니다. 그러므로 두 국왕 폐하께서는 결단을 내려 그들을 크리스트 교도로 만드셔야 합니다.

-크리스토발 콜럼버스(2001 : 134)

콜럼버스의 일기는 개인적 차원을 넘어 객관적 사실 기술로서의 성격을 갖추고 있으나 그 이면에는 주변 환경과 현상들을 자신의 기대 수준에 맞추려는 선택적 과장 내지 상상력, 이국취향에 따른 감상론 등과 같은 주관적 요소들이 존재한다. 다시 말해 스페인 정복자들이 아메리카에서 추구했던 세 가지 구체적인 목표가 금, 노예, 기독교 포교이던 가운데 콜럼버스의 일기에는 그의 정치적·경제적 욕망을 미화하고 정당화하려는 의도가 내재한다는 사실을 인식할 필요가 있다.

크리스트 교도들이 그 땅에 도착하자 수장이 그중에 포함되어 있던 제독의 서기 손을 잡고 맞아들였다. 제독은 그들이 인디오들에게 부당한 행동을 하지 못하도록 감시하기 위해 이 서기를 함께 파견했던 것이다. 인디오들은 아주 마음이 너그러운 반면에 에스파냐인들은 탐욕스럽고 난폭했기 때문이다. 에스파냐인들은 인디오들이 무엇을 원하든 다 주는데도 그 대가로 몰 끄트머리를 주거나 심지어는 유리조각이나 도자기 파편 같은 아무 가치도 없는 것을 주고도 만족하지 않았다. 게다가 에스파냐인들이 그들에게 아무것도 주지 않고 자신들이 원하는 것을 무엇이든 갖거나 빼앗으려 하기까지 했지만 제독은 이런 행위를 언제나 금지했다. 그렇긴 하지만 그들이 크리스트 교도들에게 주는 것은 황금을 제외하고는 별 가치가 없는 것이 많았다.

-크리스토발 콜럼버스(2001 : 206)

편지, 일기, 보고서, 연대기 등의 다양한 의미를 띠고 있는 이 콜럼버스의 편지는 사실상 해당 지역에 관한 사실적 묘사와 개인적 시각에 기초한 수필의 양면성을 갖고 있다. 이에 호세 미겔 오비에도는 자신의 라틴아메리카문학사에서 이러한 다의적·다기능적인 글들을 연대기crónicas라는 명칭의 장르적 범주로 통합해 분류하였다.(Oviedo 1995 : 86) 이 문학 범주는 바르톨로메 델 라스 카사스Bartolomé de las Casas의 역사서(*Brevísima relación de las destrucción de las Indias*, Sevilla, 1552), 로페스 데 고마라López de Gómara의 연대기(*Historia general de las Indias y conquista de México, Zaragoza*, 1552), 베르날 디아스 델 카스티요Bernal Díaz del Castillo가 기록한 일지(*Historia verdadera de la conquista de la Nueva España*, 1632) 등과 같은 장편에서 비롯하여 소규모의 보고서에 이르기까지 식민지시대에 기록된 다양한 형식과 규모의 문헌들을 포괄한다. 이 일기 장르가 스페인어로 기록되었다고 해서 유럽문학의 연장선으로만 바라보기보다 제국과 식민 간의 문학적 접합의 시작임과 동시에 아메리카 토착문학에[3] 대한 일종의 보완이자 대체로서 인식하는 것이 현재적 시각에서 정당할 것으로 판단된다. 비록 정복자들의 언어인 스페인어로 기록되긴 했지만 식민지시대 이후 역동적인 삶을 경험해온 라틴아메리카 사람들의 심리와 사회 환경 등을 골고루 대변해주고 있다는 점에서 이 일기 장르는 해당 지역문학사의 일부분으로 인정받을 수 있다고 본다.

---

3 1492년 콜럼버스의 발견 이전에 존재했었던 라틴아메리카 인디오문학을 대변하는 구체적인 문헌적 근거로서 *Popol Vuh, Los libros de Chilam Balam, Cantares mexicanos* 등을 생각할 수 있다. 이 문헌들은 부족의 기원, 신화, 역사, 삶의 지혜 등을 담고 있다.

2) 단편cuento

유럽제국으로부터의 독립과 동시에 유럽
문학에 대한 본격적인 자의적 학습이 이루
어지기 시작한 시기인 19세기 이후 현재까
지 라틴아메리카문학이 이룩한 독자적인 발
전을 단적으로 보여주는 근거로서 단편 장
르를 생각할 수 있다. 주로 소규모 픽션의
형태를 띤 이 서사체 전통의 출발점은 서구
를 통해 전파된 설화나 단편소설에서 찾아
볼 수 있겠지만 19세기 유럽의 낭만주의 문

Esteban Echeverría(1805~1851)

체를 모방한 이후 그 내용과 형식의 변화를 토대로 꾸준히 라틴아메리
카의 독창적 문학으로 자리를 굳혀왔다는 사실을 기억할 필요가 있다.
특히 20세기에 들어와 라틴아메리카문학을 대표하는 호르헤 루이스
보르헤스, 알레호 카르펜티에르Alejo Carpentier, 훌리오 코르타사르Julio
Cortázar, 후안 룰포Juan Rulfo, 가브리엘 가르시아 마르케스 등의 작가들
은 다양한 예술적 동기에도 불구하고 모두 실험적이고 독창적인 단편
작품을 출판한 바 있다.

라틴아메리카 단편의 전통은 19세기 유럽 낭만주의의 영향을 받아
생성되었다. 그 대표적인 초기 작품으로 에스테반 에체베리아Esteban
Echeverría의 『도살장El matadero』(1871)과 리카르도 팔마Ricardo Palma의 『페
루의 옛이야기Tradiciones peruanas』(1872)를 떠올릴 수 있는 가운데 당시에
새로운 작품으로 평가를 받았던 이 단편들은 지역성이 강하게 배인 풍

속도인 동시에 국가주의에 대한 찬양, 개인의 권위와 자유에 대한 존중 의지가 지배적이며 섬세한 사실적 표현과 폭력에 대한 노골적 묘사가 돋보인다. 낭만주의 이후 새로운 지배 경향으로 부각된 사실주의는 낭 만주의에 비해 관찰된 바에 대한 정밀 묘사, 개인적 일상 행위에 대한 관심, 사회에 내재된 문제 성찰 등의 요소에 한층 더 심화된 관심을 보 였으며 어떤 인물이나 사상의 표현에 있어 이상화보다는 현실화에 역 점을 둔 것이 차별적 요소라 볼 수 있다. 사실주의 단편의 대표적인 작 품으로 에두아르도 아세베도 디아스Eduardo Acevedo Díaz의 「농장의 전 투El combate de la tapera」(1892), 페데리코 가나Federico Gana의 「인물El cará cter」(1894) 등을 예로 들 수 있다. 또한 자주 거론되는 주제로서 자연의 위력에 저항하는 인간의 투지, 아메리카 식민지 기획에 대한 부정적 시 각, 농부나 광부의 현실적 어려움, 도시화에 대한 위기의식, 새로운 사 회계층의 부적응과 사회 계급 간의 불만 심화 등을 들 수 있다.

단편의 정전화가 보다 독창적이고 세련된 문체로 보강하여 본격화 된 시기는 모데르니스모modernismo의 출현과 맥락을 같이한다. 기존의 문체와 비교할 때 엄밀하고 세련된 장식성, 다양한 감각적 자극, 과장 된 현학성과 같은 형식적 요소들과 아울러 라틴아메리카의 경이로운 자연 환경, 해당 지역의 정치적·사회적 쟁점들, 히스패닉 문화의 우수 성 등과 같은 내용적 요소들이 새롭게 발견된다. 그 대표적인 작가로 루벤 다리오Rubén Darío("El rey burgués"), 마누엘 구티에레스 나헤라Manuel Gutiérrez Nájera("La novela del tranvía") 등을 생각할 수 있다. 이후 모데르니 스모를 대신하여 장식성보다는 실질적 내용전개에 그리고 현학적 비 유보다는 실재 현상이나 구체적인 대상에 대한 표현을 중시하는 포스트모데르니스모가 출현하여 새로운 대중적 인기를 얻게 된다. 뿐만 아니라 사실주의의 엄밀한 표현성, 자연주의의 사회 분석적 시각, 모데르니스모의 세련된 표현 기법들은 라틴아메리카문학의 정체성을 확립하고자 하는 문인들을 중심으로 토착주의criollismo라는 명칭의 새로운 문학 세대를 구성하였다. 주요 작가의 예로 레오폴도 루고네스Leopoldo Lugones("La lluvia de fuego")와 오라시오 키로가Horacio Quiroga("La insolación") 등을 생각할 수 있는데 이들은 라틴아메리카 현대소설이 생성하는 과정에서 사용된 다양한 방법론을 탐구하기 시작한 선구자로서의 역할을 담당했다.

20세기에 들어와 라틴아메리카문학은 서구문학과의 지속적인 교류 및 공명 관계를 유지하며 서로 영향을 주고받는 가운데 단편의 발전이 본격적으로 가시화되기 시작했으며 번역을 통하여 세계문학의 반열에 올랐다. 이 과정에서 단편문학의 발전은 지역성을 토대로 한 새로운 문체에 대한 창조를 기반으로 이루어졌다고 볼 수 있다. 단적으로 1960년대에 세계적으로 폭발적인 인기를 누린 붐 세대 작가들(Alejo Carpentier, Juan Carlos Onetti, Julio Cortázar, Juan Rulfo, Gabriel García Márquez 등)이 구사한 서사체를 유럽의 관점에서 볼 때 사실주의, 모데르니스모, 포스트모데르니스모, 토착주의, 전위주의, 환상문학 등 유럽과 아메리카의 다양한 조류들의 조합으로 이해할 수 있다. 철학적 혹은 형이상학적 문제에 주로 초점을 맞춤과 동시에 적나라한 농담이나 지적 패러독스, 기발한 아이디어나 장난 등의 요소들이 자주 응용된 20세기 단편들이 생성되는 과정에서 초자연적 힘의 등장, 경이로운 사건의 발생과 전개, 공포나 스릴과 같은 자극적 요소의 첨가, 죽음을 넘어선 또 다른 세계에 대한 존재 부각, 시간 흐름의 재구성 등은 어렵지 않게 발견할 수 있는 소재들이다.

　라틴아메리카 현대 단편의 발전에서 해당 지역의 어려운 정치·사회적 현실과 새로운 미적 취향에 대한 요구는 매우 밀접한 관계에 있다. 인접 강대국인 미국 자본주의의 영향과 제국주의적 간섭, 새로운 부르주아 층의 형성과 노동자 계급의 급증, 사회 전반에 불안과 폭력의 난무 등과 같은 실재적 딜레마에 대한 일종의 해소책으로서 성숙한 삶에 대한 구상은 과거와 현재, 현실과 상상, 역사와 신화, 초기사회와 유토피아를 자유롭게 연결할 수 있는 새로운 서사체 즉 붐 소설을 형성하기에 이른 것이다. 그 대표적인 예로서 보르헤스의 환상문학literatura fantástica이나 카르펜티에르 혹은 마르케스의 마술적 사실주의El realismo mágico를 생각할 수 있다("El Aleph", "Viaje a la semilla", "Un señor muy viejo con unas alas enormes" 등). 이들의 유효성은 오늘날 지속적인 가운데 포스트모데르니스모 혹은 초현실주의 혹은 새로운 사실주의에 대한 실험적 응용이 지속적으로 이어지고 있다("El viento distante" de José Emilio Pacheco, "La muñeca menor" de Rosario Ferré, "Cocora" de Alvaro Mutis 등).

3) 증언서사testimonio

　과테말라의 우스판탄 마을 부족장의 딸로 태어난 리고베르타 멘츄가 증언한 사실을 엘리자베스 부르고스가 받아쓴 작품(*Yo, Rigoberta Menchú*, 1983)으로 말미암아 쟁점으로 떠오른 증언서사는 20세기 말 이후 현재까지 라틴아메리카 지역의 새로운 문학 장르로 수용해야 할 것인지에 관한 문학 논쟁을 야기해 왔다. 멘츄의 증언서사는 인디오 족장의 딸로 태어나 불행한 삶의 여정 속에서 인권운동가로 거듭난 작가의 자전적 일대기임과 동시에 태생과 가족, 부족의 공동체 개념, 정부군에 의한 가족의 학살, 불우한 어린 시절, 인디오와 여성의 인권보호를 위한 연대 활동 등 실제 경험들을 일인칭 화자의 목소리를 빌어 상세히 소개한다.

> 동맹파업 지시가 떨어진 것은 1980년 2월이었습니다. 나는 CUC에서 활동하는 한편 농장의 일당 노동자로서 계속 일하고 있었습니다. 지도자로서 조직 내에 들어가 있던 때가 아니었어요. 여기에서 지도자 자질에 대해서 한마디 하자면 가장 요구되는 점은 동료들이 추진하는 투쟁의 조정수완에 있다고 생각합니다. 투쟁 자체를 지휘하는 것은 동지와 동료들로 충분히 가능했기 때문입니다. 나의 가장 큰 임무는 새로운 동료를 길러내서 현재 나와 다른 지도자들이 담당하고 있는 일을 인계하는 것이었습니다. 이 투쟁에 참가하는 사람은 내가 배운 것처럼 스페인어를 배워야만 합니다. 내가 익힌 것처럼 읽고 쓰기를 하고 내가 갖고 있는 일에 대한 모든 책임을 똑같이 가질 수 있는 사람이어야만 합니다.
>
> ─리고베르타 멘츄(1993 : 349)

증언서사는 개인의 시각에서 기술한 연대기 혹은 역사서술서라는 점에서 콜럼버스의 일기나 라스 카사스 신부의 연대기와 어느 정도 맥을 같이 한다고 볼 수 있다. 하지만 증언서사를 주도하는 서술 주체와 그 표현 대상으로서의 사회계층이 전통적인 주요 인물유형과는 동떨어진 노동자, 인디오, 여성, 게릴라, 매춘부 등과 같은 소외계층임을 자각할 때 과거의 연대기 장르를 보완하는 또 다른 문학 장르로서의 기능적 가치를 가진다. 이와 거의 동일한 맥락에서 존 베벌리가 주장한 증언서사 장르에 대한 정의는 다음과 같은 두 가지 요소로 요약될 수 있다.(Berveley 2009 : 201~203)

첫째, 증언서사는 실제 당사자 혹은 증인이 자신의 삶에 대한 경험을 일인칭 화자의 시점에서 서술한 이야기이다.

둘째, 증언서사의 진술은 당장 고발해야 할 일들 즉 구속, 가난, 하위주체, 감금, 저항 등과 같은 문제와 관련이 있어야 한다.

개인의 참혹한 삶에 대한 기록이자 사회 하급계층을 위한 인권운동 투쟁사로서 이중적 의미가 있는 본 문헌은 1990년대 이후 라틴아메리카 내부에서 증언서사라는 문학 장르로서 분류되기 시작하였으며 하위주체성을 개념화하는 중요한 문학 형식으로 떠올랐다. 독자들이 증언서사를 통하여 하위주체의 현실을 충분히 공감할 수 있는지는 아직도 그 현실효과의 측면에서 더 많은 시간과 논의가 필요하며 또한 일종의 진술서로서 증언서사의 애매모호한 문체 수준 또한 그 문학 장르로서의 보편적 수용에 제동을 걸고 있는 실정이다. 하지만 베벌리(2009)가 지적하였듯이 증언서사가 전통문학을 상당 부분 지배해온 부르주아적 주체성을 해체하고 탈중심화함과 동시에 하위주체의 목소리가 문학 텍스트 속에 실재하도록 돕는다는 측면에서 일종의 포스트모던 경향의 동맹정치로서 새로운 인문학적 기능과 가치는 충분히 인정받을 수 있다고 본다. 기록의 주체에 대한 모호함과 그 문체적 불안정성에 대한 많은 의문에도 불구하고 증언서사를 문학 장르로 인정할 것인가? 라는 의문에는 시간이 지날수록 라틴아메리카의 민주주의적 사회구현에 문제의식 확산과 함께 긍정적인 답변이 더 많아질 것으로 판단된다.

4) 미니픽션minificción

미니픽션은 일반적으로 1쪽 미만 분량의 소규모 작품으로서 시, 에세이, 단편의 성격을 골고루 담고 있는 혼종성이 강한 서사작품을 의미한다. 때로는 작품 전체가 250단어 이하로 제한을 두기도 하며 때로는 두세 줄 규모에 불과할 수 있다. 이 소규모 문학 장르는 20세기 초 훌리오 토리Julio Torri(Ensayos y poemas, 1917)에 의하여 공식적으로 소개된 이후 상당 시간이 지난 1986년에 돌로레스 코흐Dolores Koch에 의하여 라틴아메리카문학 장르로서의 이론적 체계가 세워졌다. 또한 20세기 말에 와서는 선집 발간이나[4] 미니픽션 경연대회(Concurso del Mejor Cuento del Mundo, Florida State University), 온라인 및 오프라인 학술지(El cuento en red, Quimera 등) 운영 등을 통하여 전 지구적으로 급속히 알려지기 시작하였다. 한 예로 「사랑El amor」(Sergio Golwarz)이라는 제목의 미니픽션을 살펴보면 아래와 같다.

---

4 라틴아메리카의 역사적, 문학적 맥락을 의식한 미니픽션을 전문적으로 소개한 다음과 같은 선집으로 존재한다. *La mano de la hormiga. Los cuentos más breves del mundo y de las literaturas hispánicas*, Fugaz Ediciones, 1988; *Breve teoría y antología sobre el minicuento latinoamericano*, Samán Editores, 1993; *Cuentos brevísimos*, Deutscher Taschenbuch Verlag, 1994; *Relatos vertiginosos. Antología de cuentos mínimos*, Alfaguara, 2000; *100 cuentos brevísimos de Hispanoamérica*, Cuadernos Politécnicos de Difusión Cultural, 2000 등.

−사랑은 무관심입니다.

−아니요. 사랑은 이기심의 표출입니다.

−아닙니다. 사랑은 위선입니다.

−아니랍니다. 사랑은 자기애의 반영입니다.

−아니, 아닙니다. 사랑은 어리석음이지요. 왜냐하면 충실함과 영원함과 연결되니까요.

−아니, 아니지요, 선생님들, 아니랍니다. 사랑은 무관심이 아니며 이기심도 아니요 위선도 아니고 자기애의 반영도 아니며 어리석음도 아니지요. 그건 무엇보다도 훨씬 더 단순하고 더 자생적이며 더 자연스러운 것이지요. 사랑은 잔인함입니다.

−Zavala(2003 : 180)

박병규(2011 : 67)가 이미 언급된 바 있듯이 미니픽션이 문학 장르로서 체계화되는 과정에는 1970·80년대에 지속된 군부독재와 지식인의 망명, 1990년대의 인터넷 보급과 새로운 의사소통 매체의 출현, 붐 세대 소설과 문학 비평의 퇴조, 현대에 지속적으로 축적되어온 문체적 역량 등의 그 배경적 요인으로 작용한 것으로 보인다. 무엇보다도 최근 간결한 서사체에 대한 선호와 인터넷문학의 발전으로 그 발전 추세가 날로 상승하고 있다. 전통서사와의 관련성이나 근대적 실험성의 여부에 따라 미니단편minicuentos, 미니서사minirelatos 등 또 다른 명칭으로도 불릴 수 있는 이 현대 문학 장르의 특성을 라우로 사발라Lauro Zavala(2004 : 70∼85)는 다음과 같은 여섯 가지 조건으로 설명한 바 있다.

첫째, 250개의 단어 혹은 한 쪽 분량을 넘지 않는 작품의 간결성brevedad이
　　　일반적으로 요구된다.

둘째, 전통적 서사문학의 틀을 벗어나 여러 문학 장르가 혼재된 다양성
　　　diversidad이 존재한다.

셋째, 노트, 밑그림, 소고 등과 같이 독자와 텍스트 간의 설정될 수 있는
　　　다의적 연관성complicidad이 필수적이다.

넷째, 작품을 어떤 전체에 대한 상징적인 일부로 인식하는 파편성
　　　fractalidad을 필요로 한다.

다섯째, 텍스트의 강독 방법 혹은 상황에 따른 심미적 가변성fugacidad은
　　　그 필연적 조건이 된다.

여섯째, 사이버공간을 통하여 텍스트 해석과정에 독자 참여가 가능하도
　　　록 하는 가상성virtualidad이 돋보인다.

　미니픽션과 유사한 문학 형태로서 관련 작가들에게 잘 알려진 문헌
적 근거로서 성서의 비유, 불교 알레고리, 동양 설화, 속담과 격언, 일
본의 하이쿠, 전통 가요의 가사 등을 생각할 수 있다. 하지만 본고에서
논의되는 미니픽션은 라틴아메리카의 역사적·사회적 맥락을 직간접
적으로 담아내는 가운데 과거를 넘어 현재 및 미래의 문학 속성을 아
우르는 21세기 장르라고 할 수 있다. 미니픽션의 정전화는 이미 20세
기 초부터 서서히 진행되었지만 최근 라틴아메리카와 미국, 스페인,
프랑스를 포함한 서양을 중심으로 그 발전 속도가 현격히 빨라진 사실
을 인식할 때 향후의 큰 발전이 기대된다.
　미니픽션이 문학 정전으로서 안착됨과 동시에 그 계보가 형성되는

Julio Torri(1889~1970)

과정에서 여러 작가들(Julio Torri, Juan Jose Arreola, August o Monterroso 등)의 노력이 돋보인다. 하지만 미니픽션의 정전화가 안정적으로 실현되기 위해서는 더욱 확고한 이론 정립 및 검증 절차가 필요하다고 본다. 아직은 미니픽션의 장르적 범주 설정과 문학사적 계보 확립, 그 문체에 대한 정의 자체가 불안정한 이론이라고 보는 시각도 존재한다. 하지만 미래지향성이 강하고 인터넷 사이버공간에 대한 의존도가 높은 문학 장르인 이상 향후 지속적인 발전이 충분히 기대된다는 점에서는 긍정적으로 평가된다.

4. 나가며

라틴아메리카는 인디오세계와 서구와의 결합으로 생성된 복합적인 문화적 개념인 만큼 어느 한 지역에 치우쳐진 시각은 편협적인 해석으로 이어질 가능성이 높다. 근대 이후 라틴아메리카문학에 대한 주요 비평돈 생성의 상소와 출판 시상이 주로 미국을 포함한 서구들 중심으로 이루어져 왔다는 점에서 비록 멕시코나 아르헨티나 한 지역의 문학일지라도 초국가적 관점에서 접근할 필요가 있다고 본다. 다행스럽게도 꾸준히 이어지고 있는 독자들의 지적 수준 상승과 인터넷과 같은 소통 매체의 발달로 문학에 관한 미래의 정보 공유 및 해석의 문제는 시간이

지남에 따라 자연스럽게 해결될 수 있을 것이라 기대하는 이들도 적지 않은 것이 사실이다. 라틴아메리카의 물리적 지형이나 배타적 경계에 얽매이지 않은 보다 개방적인 문화적 시각은 해당 지역의 정체성 문제, 문체, 사상, 언어 등을 반영한 문학에 대한 객관적인 토론을 유도해낼 수 있을 것이라 기대한다. 현실적으로 문학 정전은 고정될 수 없는 가변적 개념이며 그 선택의 과정에는 대부분 정치성이 개입한다고 해도 과언이 아니다. 이에 자정 기능을 부여할 수 있는 전략적 장치는 억압적 권력이 간섭할 수 없는 열린 논쟁 그 자체라고 본다. 특히 시대가 흐름에 따라 문학 정전을 선택하는 주체가 상부 권력계층에서 대중매체의 힘을 입은 일반대중으로 서서히 옮겨감으로써 정전 논쟁은 문학의 역할과 가치를 더욱 다채롭게 발전시켜줄 것으로 기대한다. 아울러 논의 과정에서 보다 많은 선택의 자유를 독자들에게 선사하기 위해서는 소외되어 제대로 알려지지 않거나 최근 새롭게 평가된 문학 작품이나 문체에 관한 지속적인 발굴 및 소개가 중요한 과제라고 생각한다.

　세계문학의 흐름 속에서 라틴아메리카 현대 문학을 대표하는 장르를 생각해 본다면 그것은 20세기 중반 이후 폭발적인 인기를 누려온 붐 소설일 것이다. 특히 장편소설이 주종인 이 현대 경향은 사실상 본고에 소개된 어느 장르보다도 문학적으로 보나 사회적으로 보다 더 큰 중요성을 갖고 있다는 사실을 부인할 수 없다. 그럼에도 불구하고 본고의 초점이 아직 정전의 안정적 위치를 확립하지 못했거나 제대로 소개되지 않은 스페인어권 아메리카를 대표하는 문학 장르 중 일부를 선택했다는 점을 고려하여 장편소설의 가치는 차기 연구과제로 남겨두고자 한다. 뿐만 아니라 본고에서 거론된 네 가지 장르가 서로 다른 배경과 목적성을 갖고 있다는 사실(즉 역사와 문학의 양자적 가치를 담고 있는 일기 장르, 라틴아메리카 하위주체 연구에서 출발하여 대안문학으로 떠오른 증언서사, 문학에 대한 미래지향적 실험을 지속하고 있는 미니픽션 등)[5]에 관해서도 더 세부적인 분석이 미래의 과제로 남아 있다는 점을 밝힌다.

---

5 본고에서 거론된 네 가지 장르가 각각 추구하는 지향점과 목적성에 관하여 많은 조언을 주신 서울대 라틴아메리카연구소 우석균 선생에게 감사를 드린다.

정전 형성의 논리

참고문헌

박병규, 「중남미문학사 서술의 제문제에 대한 고찰」, 고려대 스페인라틴아메리카연
구소 · 서울대 라틴아메리카연구소 공동학술대회, 2010.10.2.

_____, 「라틴아메리카 미니픽션 기원과 대중문화」, 『이베로아메리카연구』 22(2),
서울대 라틴아메리카연구소, 2011.

백승욱, 「스페인 중세 문학과 정전」, 『스페인어문학』 60, 한국스페인어문학회, 2011.

우석균, 「라틴아메리카의 문학 정전 논의」, 고려대 민족문화연구원 초청강연록, 2010.12.

로렌스 화이트헤드, 서울대 라틴아메리카연구소 역, 「언제부터 라틴아메리카가 근대
적이었는가?」, 『라틴아메리카의 근대를 말하다 : 서구중심주의에 대한 성찰』,
서울대 라틴아메리카연구소, 2008.

리고베르타 멘츄, 엘리자베스 부르고스 기록, 윤연모 역, 『리고베르타 멘츄』, 장백,
1993.

월터 미뇰로, 김은중 역, 『라틴아메리카, 만들어진 대륙 : 식민적 상처와 탈식민적 전
환』, 서울대 라틴아메리카연구소, 2010.

크리스토발 콜럼버스, 바르톨로메 델 라스 카사스 편, 박광순 역, 『콜럼버스 항해록』,
범우사, 2001.

Berveley, John, "El evento del latinoamericanismo : un mapa político-conceptual", *Revista
Iberoamericana* 20(2), Institute of Latin American Studies, 2009.

Damrosch, David, *What is world literature?*, Princeton : Princeton University Press, 2003.

Eloy Martínez, Tomás, 「Una mirada sobre la literatura nacional : el canon argentino」(http://
sololiteratura.com/cor/unamirada.html, 2010).

Oviedo, José Migue, *Antología crítica del cuento hispanoamericano 1830~1920*, Madrid : Alianza,
1989.

_____, *Antología crítica del cuento hispanoamericano del siglo XX(1920~1980)*, Madrid : Alianza, 1992.

_____, *Historia de la literatura hispanoamericana / 1. De los orígenes a la Emancipación*, Madrid : Alianza, 1995.

Pulido Tirado, Genara, "El canon literario en América Latina", *Signa* 18, Madrid : UNED, 2009.

Sánchez-Prado, Ignacio M., *El canon y sus formas : la reinvención de Harold Bloom y sus lecturas hispanoamericanas*, México : Secretaría de Cultura-Gobierno del Estado de Puebla, 2002.

Sánchez-Prado, *América latina en la "literatura mundial"*, Instituto Internacional de Literatura Iberoamericana, 2006.

Selimov, Alexander, "Latinamerican romanticism, the canoncity and the dialectical reversal of otherness", 고려대 민족문화연구원 국제학술대회, 2011.9.29.

Zavala, Lauro, *Minificción mexicana*, México : Universidad Nacional Autónoma de México, 2003.

_____, *Cartografías del cuento y la minificción*, México : Renacimiento, 2004.

토대를 일구는 라틴아메리카문학과 세계문학으로의 출현*

송상기

이제 라틴아메리카문학은 코스모폴리탄하며 세계문학과 동시대적이라고 1950년대에 부르짖은 옥타비오 파스의 말을 이해하기 위해서는 이 지역문학이 지니고 있는 식민지적 문화의 유산과 이와 동시에 느낀 뿌리 없음에 대한 한탄을 인식해야 한다. 라틴아메리카는 고질적인 과두제와 군부독재 그리고 서구 제국주의로 인해 고통을 받아온 대륙이다. 파스는 이러한 병폐가 사라진다면 이 대륙의 국경선의 경계는 달라질 것이라고 주장하며 라틴아메리카문학의 존재 자체가 대륙의 역사적 단일성을 보증하는 증거라고 말한다. (Paz 1969 : 4) 라틴아메리카문학은 아메리카의 유토피아적 현실에 답하는 라틴아메리카인들이

---

*   이 글은 「토대를 일구는 라틴아메리카문학과 세계문학으로의 출현*The Foundation of Latin American Literature and its Emergence in World Literature*」(『스페인 · 라틴아메리카연구』 5권 2호, 고려대 스페인 · 라틴아메리카 연구소, 2012)을 번역하여 재수록한 것이다.

옥타비오 파스Octavio Paz(1914~1998)

몸담은 역사적 현실을 통한 응답이다. 하지만 라틴아메리카의 역사적 현실은 유럽은 상상적 발견의 소산이다. 그래서 호르헤 루이스 보르헤스의 단편 「원형의 폐허들」에서 일어나는 것처럼 라틴아메리카의 실재세계와 상상세계 사이에는 뫼비우스의 띠와 같은 평행적 뒤틀림이 존재한다. 이미 유럽의 지식인들은 르네상스시기에 이러한 유토피아를 꿈꿔왔고, 이러한 꿈이 아메리카를 발명했다. 뿌리가 없다는 인식은 라틴아메리카 작가들에게 모종의 책임감을 부여했고 자신들 스스로의 꿈만으로 무언가를 창조해야 했다. 이들의 꿈들은 뿌리가 없었고 동시에 코스모폴리탄했다. 이러한 꿈들은 그들의 고유한 현실을 시적으로 육화할 무엇인가를 찾았으며 문학의 토대를 일굴 무언가를 추구했다. 보르헤스의 부에노스아이레스가 그가 창조한 바빌로나아나 이타카처럼 비현실적이지만 이렇게 시적으로 육화된 부에노스아이레스는 단순히 코스모폴리탄한 꿈일 뿐 아니라 보편적인 거울이자 이와 동시에 아르헨티나의 미로를 상징하게 되었다.(Paz 1969 : 4) 라틴아메리카의 현실에 대한 새로운 상상을 일구겠다는 집념과 뿌리가 없다는 느낌은 라틴아메리카의 이야기꾼들에게 그 어떤 선배작가들의 영향력에 대한 불안 없이 상상의 팜파와 대초원과 원주민시대의 유적지들을 넘나드는 자유를 선사했다. 하지만 라틴아메리카 근현대작가들에 대한 진정한 선배들은 바로 크리스토퍼 콜럼버스나 에르난 코르테스 같은 신대륙에 스페인 식민지를 세운 정복자들로 이들은 자신들이 난생처음 접한 유토피아적이고 환상적인 현실을 유럽적인 경험세계에서 파생된 언어들로 표현해 내었다. 이러한 서구적 언어들은 원주민들이 남긴 상형문자들을 영원히 추방하였다. 근대 라틴아메리카 작가들이 지녔던 유토피아적인 투사는 정복자들이 지녔던 집념과 열정과 원주민들이 잃어버린 우주관의 흔적을 모두 포괄하려 한다. 이러한 라틴아메리카문학이 일구어 놓은 각각의 토대는 사실 통시적으로 볼 때 오래된 양피지원고에 덧씌운 또 하나의 새로운 글쓰기에 불과하다. 하지만 이러한 글쓰기 자체가 지니는 각인은 강력한 것이어서 아우렐리아노 부엔디아 대령의 17명의 사생아의 이마에 아로새겨진 십자가처럼 후대 작가들에게 지워지지 않는 흔적을 제공할 것이다. 또한 이러한 문학은 대륙 간 문학적 공간이라는 공시적인 차원에서 볼 때, 주제와 서사기법상의 동시적인 연결이 되어있기도 하다. 본문에서는 세계문학에서 부상하는 라틴아메리카문학의 위치와 이 문학이 지니는 토대와의 관계에 대해 논하고자 한다. 라틴아메리카문학이 지니는 통시적인 흐름과 공시적인 세계문학공화국의 교차로를 살펴보는 과정에서 세계문학에서의 라틴아메리카문학이 지니는 좌표를 그려볼 수 있기를 희망한다.

파스는 이러한 유토피아적 꿈이 라틴아메리카문학을 보다 동시대적이고 범세계적이며 보편적으로 만든다고 믿었다. 유토피아와 범세계성과 보편성이라는 동어반복적인 의미의 연쇄 고리는 근대성의 개념을 기반으로 한다. 계몽에 대한 범세계적인 프로젝트인 근대성은 항상 직선적인 역사관과 유토피아적인 목적론을 상정하고 있다. 『율리시스』나 『황무지』처럼 모더니즘 계열의 작품들이 근대성을 비판한다

할지라도 이 작품들의 이면에는 총체적 세계에 대한 향수와 집착이 서려 있다. 보편의 의미 자체가 지역이나 계층, 성별이나 인종을 망라하고 모두에게 적용가능하다는 것을 함축하고 있지 않은가?

특이성과 차이의 문제는 문학의 범주와 추상적인 주제에 있어서 주요한 이슈가 아니다. 칼데론 데 라 바르카Calderón de la Barca의 『인생은 꿈이다La vida es sueño』나 괴테의 『파우스트』처럼 삶과 세상에 대한 의미의 추구를 주제로 다루는 작품은 역사적이고 지역적인 그 어떤 배경에도 들어맞을 수 있다. 프랑코 모레티Franco Moretti는 『근대적 서사시Modern Epic』에서 서사시에서 소설로 진화하는 루카치의 소설에 대한 이론을 재해석한다. 모레티의 도발적인 이론은 텍스트의 형식에 의해 분류되던 문학 장르에 대한 고전적인 개념을 위반하고 주제의 스케일에 의해 문학 텍스트를 범주화한다. 그리하여 그는 『파우스트』, 『모비 딕』, 『율리시스』와 『백년의 고독』과 같은 텍스트를 서사시라 분류하기에 이르는데 이들 작품들이 전통적인 서사시들과의 형식상의 단절은 있지만 서로 다른 시간대의 과거들을 서사시적 방식으로 한데 묶어 총체적이고 유토피아적으로 풀어내고 있기 때문이다. 그리고 이러한 근대적 서사시들은 전 세계 독자들이 자신들의 문화적 문맥에서 재해석할 수 있기 때문에 보편적인 의미를 지닌다. 모레티는 이러한 근대적 서사시를 '세계문학'으로 부르고 이러한 '세계문학'은 유럽의 문학적 전통으로부터 시작하여 범세계적인 신화로 자리 잡게 되었다고 본다.

그는 에마뉘엘 월러스틴의 근대세계체제이론의 해석 틀을 사용하며 콜롬비아 작가 가브리엘 가르시아 마르케스의 『백년의 고독』을 전근대적 마술과 주술을 보존하고 있는 주변부의 마술적 사실주의 계열의 작품이라고 보면서도, 이와 동시에 중심부의 문학 전통을 이어가고 있다고 주장한다. 그리고 주변부로부터의 이러한 서사시는 주변부의 관점으로부터 볼 때, 서구문학이 거부해 오던 상상력과 마법에 새로운 의미를 부여한다. 모레티는 이러한 주변부로부터의 근대적 서사시의 출현을 세계문학의 확산 결과라고 본다. 그가 문학 보급에서 중심과 주변부 사이의 불균등한 관계에 대해 조심스럽게 언급하고 있긴 하지만 그가 간과하고 있는 것은 비서구적 주체로 국민국가 형성시기 이전의 바로크적 상상과 전근대적 민담으로 가득 찬 세계인 반국가체에 대한 향수를 지니고 있는 식민주체가 바로 부엔디아 집안의 구성원들이라는 점이다. 『백년의 고독』에 나타나는 바로크적 상상과 크리오요 가계의 생성과 전개는 서구 식민화의 산물이다. 앙헬 라마(1996 : 31)는 『문자화된 도시 *The Lettered City*』에서 라틴아메리카의 문화적 상수常數로서의 바로크에 대한 알레호 카르펜티에르의 이론을 따르며 식민지 시대의 초기적 글쓰기부터 유럽인들에게는 생소한 사물들에 대한 묘사를 함에 있어서 그들이 인식 가능한 바로크적 우회적 수사와 사물의 대상 사이에 있는 메타언어를 통해 표현해 왔다고 주장한다. 이러한 두 문화의 교접을 통해 생성된 이종성은 태생적으로 바로크적이다.

서구에 비해 뒤처져 있거나 서구의 서자라는 인식은 마콘도의 창시자인 호세 아르카디오 부엔디아를 괴롭혀왔다. 그래서 그는 서구의 과학기술을 습득해서 뒤처져 있다는 열등감을 씻어내고 닫힌 세계에 살고 있다는 인식에서 벗어나려 하였다. 서구 과학의 추이를 연금술부터 상대성이론까지 습득한 그는 서구의 과학과 종교 자체에 대한 의문과 회의를 품기 시작한다. 그리고는 서구를 뛰어넘으려는 탈식민적인 자기의식의 극한 속에서 식민적인 혹은 근대적인 시각에서 볼 때 미쳐버리고 만다. 그는 근대적 시공간의 인식을 넘어서 버린 것이다.

마꼰도 창시자의 성대하고 마술적인 장례식은 서구의 우주관과 근대성의 신화를 극복하려는 라틴아메리카인들의 의지를 암시하는 것이다. 노란 꽃비가 내리는 가운데 콜럼버스 이전 문명들에 대한 기억을 앗아간 망각의 병이 마꼰도에도 도지자 마을 떠나 산속에 숨어 살던 원주민 부족의 왕손인 카타우레가 조문객으로 방문한 사실은 이를 입증해준다.

파스가 제기한 '동시대인'이라는 개념은 파스칼 카사노바가 『세계문학공화국The World Republic of Letters』에서 문학 공간의 '그리니치 자오선'(Casanova 2006 : 134)의 개념과 동일 선상에서 논의할 수 있다. 카사노바는 상업적 이익에 개의하지 않고 미학적이고 혁신적인 문학을 전파하는 중심이자 미학적 기준의 자오선으로 걸맞은 문학 공간으로 파리를 손꼽는다.

그녀는 중심부 문학과 주변부 문학과의 불평등한 관계를 상정하는 '세계체제'라는 용어를 사용하는 대신에 각각의 세계문학 작품들에 있어서 보다 많은 자율성을 부여하는 '구조'나 '문학 공간'이라는 용어를 쓰는 것을 선호한다. 각각의 텍스트는 경계와 경쟁하는 불특정한 공간에서 개별적으로 작동한다. 소위 말해 '세계문학'이라는 것의 역사는 라틴어의 영향을 받은 속어로 쓰여 민속문학이 태동하기 시작했던 유럽문학의 발흥기로부터 시작했다고 카사노바는 회고한다. 이후 프랑스 작가들은 국민문학의 시기를 극복하려고 했고 문학의 자율성을 선포했다. 그리하여 19세기에 이르러 파리는 세계문학공화국의 수도가 되었고 번역가들과 비평가 그리고 출판업자들이 모여 소위 '보편'이라는 것의 기준을 제시하며 이러한 공화국에 편입될 수 있는 기준을 부여하였다. 하지만 카사노바는 '보편'이라는 것이 중심부가 만들어 놓은 허구적 기준으로 주변부 문학 혹은 '작은 문학'을 주변화하거나 중심부의 인정을 받게끔 경쟁을 유도하게끔 한다고 비판한다.

옥타비오 파스가 '동시대적이다'라고 선언한 것은 세계문학의 흐름이 동시대적으로 멕시코에 수용되고 이를 즉각적으로 소화할 수 있다는 의미일 수도 있고, 자신의 시를 포함한 멕시코문학이 세계에 단기간에 번역되고 자신의 미학이 그리니치 자오선과 일치하거나 공화국 내의 문학적 흐름에 영향을 주어 파리와 같은 미학적 중심공간에서 자신의 문학을 수입한다는 것을 의미하는 자신감의 발로에서 나온 것이다.

우리는 지금과 같은 지식과 과학기술 그리고 재화의 전 지구화 시대에서 모레티와 카사노바의 시각이 지니는 아이러니를 이해하고 평가함에 옥타비오 파스나 호르헤 루이스 보르헤스와 같은 라틴아메리카문학이 배출한 코스모폴리탄한 작가들이 가졌던 미학적 전략을 살펴볼 필요가 있다. 이 작가들은 주변부에서 작품 활동을 하여 중심부에 진입하여 아방가르드적인 문학을 선보였고 중심부 문학의 담론을 새롭게 재구성한 작가들이기 때문이다. 우선은 이들이 라틴아메리카적인 시각에서 어떻게 세계문학을 어떻게 보았는지 면밀히 살펴볼 필요가 있다.

옥타비오 파스와 호르헤 루이스 보르헤스는 보편문학의 전통을 따르는 작가들이다. 옥타비오 파스에게 영향을 준 문학적 자양분은 낭만주의에서 모더니즘에 이르는 근대시의 유산으로부터 불교, 힌두교와 도교와 같은 종교의 경전 등에서 나온다. 그의 시에 영향을 준 작가는 스테판 말라르메, 샤를 보들레르, 에즈라 파운드, T. S. 엘리엇, 앙드레

호르헤 루이스 보르헤스
Jorge Luis Borges(1899~1986)

브르통과 같은 서구의 근대 시인들뿐만 아니라 루벤 다리오와 안토니오 마차도, 후안 라몬 히메네스, 파블로 네루다, 호세 후안 타블라다와 같은 스페인어권 시의 전통을 새롭게 계승한 작가들도 있다.

보르헤스의 박식함은 호머로부터 카프카에 이르는 세계문학 정전들로부터 그리스의 소피스트 철학자들로부터 쇼펜하우어에 이르는 서구의 형이상학적 전통, 스칸디나비아로부터 메소아메리카에 이르는 세계 각 지역의 신화와 불교, 도교, 유대신비주의 전통인 카발라 등 인류가 만들어 놓은 각종 정신체계에 관한 관심과 호기심으로부터 나온다. 그는 진정한 의미에서 살아있는 백과사전이었다. 백과사전이야말로 도서관과 미로, 거울과 함께 보르헤스문학의 빼놓을 수 없는 소재로 문자로 이루어진 세계에 대한 총체적 표상을 의미했다. 시대와 지역을 넘나드는 총체적인 사유와 자유로운 상상은 그로 하여금 세계적으로도 가장 코스모폴리탄하고 전 지구적인 작가로 알려지게 했다. 한국에서도 그의 전집이 번역되어 출판된 1990년대 초반 이후에 후기구조주의에 영향을 주고 해체수의의 선구적인 역할을 한 가상 난해한 코스모폴리탄 작가로 알려지게 되었다.

옥타비오 파스와 호르헤 루이스 보르헤스는 프란츠 카프카, 제임스 조이스, T. S. 엘리엇, 마르셀 프루스트와 함께 고급문학을 대표하는 작가로 인식되어왔다. 그들의 작품을 미학적 이유 때문에 그들의 민족적 배경에 대한 고려 없이 읽는 것이 가능하다. 그래서 보르헤스와 파스는 1940년대와 1950년대에 민족주의 비평가들로부터 정치적이고 문화적인 현실을 무시한 근본 없는 코스모폴리탄 작가라고 비난받았다. 이러한 비난을 종식하기 위해 파스는 멕시코인의 정체성을 정신분석적 접근을 통해 그린 『고독의 미로』를 1953년에 출판했으나 민족주의 비평가들로부터 그의 시 세계가 여전히 유럽의 미학적 코드에 의지하고 있으며 이데올로기적이고 역사적인 맥락을 제거하고 있다는 비판을 받아야 했다. 이러한 비판은 파스가 『활과 리라』를 출간한 1956년에 정점에 이르게 된다. 이 책에서 파스는 낭만주의에 영향을 받아 시는 초월적 현재를 찾는 행위나 이러한 시적 경험이 언어로 표현된 정수라는 자신의 고유한 시학을 개진한다. 섬광과도 같은 순간적 현현顯現에 의해 각각의 이야기들은 서로 조우하고 역사적 조망 아래 합쳐지며 주체는 타자와 융합한다.

> 타자를 체험하는 것은 주체와의 통일된 경험 속에서 그 정점에 이른다. 두 상반된 움직임은 각각의 주체에 내재되어 있다. 자신을 뒤로 내던지는 동작 속에는 앞으로 돌진하는 동작이 잠재되어 있다. 타자에게 침잠하는 행위는 우리가 잃어버린 무언가를 선사한다. 이때 이중성은 사라지고 우리는 어느덧 피안彼岸(otra orilla)에 이른다.
>
> —Paz(1956 : 133)

여기서 필자가 스페인어 'orilla'를 '연안shore'이라 번역한 반면 아르헨티나 평론가 베아트리스 사를로는 보르헤스에 대한 평론집의 제목에 '가장자리edge'라는 용어를 사용한다. 전자가 초월적이고 형이상학적인 의미를 지닌다면 후자는 지정학적 입장을 강조하는 용어이다. 파스에게 있어 피안은 미적 근대성이 성취된 공간으로 서로 다른 지류의 시공간과 주체들이 유사성의 원리에 의해 합류하는 공간이다. 여기서 유사성analogy의 원리는 근대성을 배태한 도구적 이성을 넘어서는 것이며, 개별적 차이를 녹여버리는 강력한 상상의 힘으로 긍정과 부정을 머금으며 제3의 방향성을 내포하는 의미를 산출하는 것이다. 이것이 그의 메타시학의 핵심이다. 근대시를 형성하는 조류에 바탕을 둔 그의 시학은 자기 지시적이다. 파스에게 있어 메타적이라는 표현은 보르헤스의 서사기법에 자주 나타나는 아이러니보다는 아날로지에 가깝다. 파스의 타자와의 합일 혹은 공동체에 대한 열망은 그의 대표시 「태양의 돌」(1957)의 중심주제인데 이 시는 낭만주의부터 초현실주의에 이르는 잃어버린 유토피아나 사회와 언어의 기원을 드러내려 하는 시의 신비적 속성을 예언자처럼 드러낸다. 민족주의적 비평가들은 무시간적인 유토피아에 대한 낭만주의적 시각을 서구미학을 식민화하여 받아들이는 것이라고 비판한다.

하지만 민족주의 비평가들이 멕시코 혁명을 문화적으로 재정립하려 했다고 평가하는 호세 바스콘셀로스가 『우주적 인종』에서 멕시코의 문화적 정체성을 드러내는 용어로 문화적 혼혈을 들지 않는가? 옥타비오 파스의 문화적 신크레티즘의 힘은 문화적 정체성을 포기하는 근본 없는 서구숭상주의에서 오는 것이 아니라 타자와 융합하려는 열정과 시적인 체험에 대한 향수로부터 나온다. 멕시코의 국가적 상징인 아스텍 달력인 '태양의 돌'을 시적으로 묘사할 때에 파스는 자신이 메소아메리카 우주관에 대해 폭넓은 지식을 가지고 있었음에도 불구하고 단 한 번도 아스텍 신의 이름을 거명하지 않는다. 다만 이 시의 행수가 맨 앞에 나오는 6행을 맨 뒤에 반복하는 후렴구를 빼면 584행인데 584행은 메소아메리카 문명의 대표적 신인 케찰코아틀을 상징하는 금성의 주기를 나타내며 처음의 시구와 마지막 시구의 반복은 원형적 역사관을 상징하며 역사의 기원으로의 회귀를 암시하기도 한다. 시적 자아가 태양의 돌의 중심 얼굴을 바라보며 명상할 때 아스텍 신화에 나오는 다섯 번째 태양의 얼굴을 나타내는 태양의 돌의 중심원의 얼굴은 어느덧 시적 자아가 사랑했던 여인들의 얼굴로 치환되었다가 소크라테스, 링컨, 로베스피에르, 프란시스코 마데로와 같은 역사적 인물들의 죽음의 순간의 표정으로 변환된다. 또 다른 멕시코 작가 카를로스 푸엔테스의 『테라 노스트라』에 나오는 지울리오 카밀로의 '기억의 극장'에서처럼 파스의 시에서 태양의 돌은 개인적이고 역사적인 차원에서의 총체적인 기억을 재현하는 도구가 된다. 그리고 메소아메리카의 우주관은 근대성을 비판적으로 사유하는 필터 역할을 한다.

　라플라타 강 유역의 문화에서는 혼혈이나 문화적 신크레티즘에 대한 인식이 낮다. 부에노스아이레스는 원주민문명의 유산이 없고 스페인 이주민 출신인 크리오요와 이탈리아와 동유럽에서 온 이민자들로 이루어진 라틴아메리카에서 가장 유럽적인 도시이다. 이 도시는 서구 세계의 맨 가장자리에 있다. 유럽과 라틴아메리카 사이의 문화적 경계에 있다는 인식과 지리적 의미에서든 정신적 의미에서든 맨 가장자리에 있다는 인식은 부에노스아이레스의 지식인들로 하여금 아메리카에 살면서도 정신적으로는 유럽을 지향하고, 유럽을 정신적으로 지향

하되 유럽인일 수 없는 아이러니에 대한 인식을 더욱 첨예하게 느끼게
했다. 보르헤스의 작품에서 부분적으로 드러나는 민족주의적 특징에
대해 민족주의 비평가들이 풍속주의 작가들의 작품을 분석하는 것처
럼 구어적 전통과 시골의 모습에 대한 묘사를 강조하는 것에 대해 베
아트리스 사를로는 단호하게 반대하며 다음과 같이 주장한다.

> 결국 아르헨티나문학에서 보르헤스만큼 아르헨티나적인 작가는 없다.
> 그의 작품에서 드러나는 민족문화적인 특징은 대상들에 대한 묘사에서 드
> 러나지 않고 문화적으로 주변부에 있는 국가에서 어떻게 위대한 문학이 나
> 올 수 있는가에 대한 탐구에서 나타난다. 보르헤스는 항상 이러한 문제의
> 식을 가지고 작품활동을 했는데, 이러한 문제는 문화적 전통이 빈약한 신
> 흥국가문학에서 대두되는 가장 중요한 문제였다. 아르헨티나는 다른 라틴
> 아메리카 국가들에서 발견할 수 있는 원주민 문명의 유산이 그다지 많지
> 않은 스페인의 지배를 받은 식민지 중 가장 남쪽에 있는 문화적으로 빈곤
> 한 국가였다.
>
> —Sarlo(2007)

이윽고 그녀는 보르헤스와 그의 문학을 규정짓는 틀로 변두리, 변
경, 가장자리에 대한 논의를 진전시킨다. 보르헤스의 문학에는 유럽문
화에 대한 향수와 유럽문화를 다른 문화와 뒤섞으려 하는 갈망 사이의
긴장이 도사리고 있다. 아르헨티나에서 유럽문화는 결코 온전한 문화
적 대체물이 되어본 적이 없는데도 말이다. 이러한 긴장은 보르헤스가
연안orillas이라고 부르는 문화들이 접하는 경계에서 벌어지는 일종의

게임과 같은 것이다. 이러한 방식으로 코스모폴리탄하고 이와 동시에 민족적인 작가가 탄생한 것이다. 보르헤스는 문화적 과거를 재창조하였다. 그는 서구의 변방에 있었기 때문에 오히려 모든 문화에 대한 접근이 용이했으며 외국문학의 다양한 출처들을 자유로이 이용할 수 있는 상태에서 아르헨티나의 문학적 전통을 재구성하였다. 이런 방식으로 민족문학의 전통을 재정립하는 작업을 통해 보르헤스는 그 어떤 종속감이나 편견 없이 외국의 정전들을 오리고, 붙이고, 다시 써내려갔다. 그는 중심부의 기준에서 보면 주변부에 있었지만 경계에 있는 범세계주의적인 작가였다. 경계에 있다는 의식은 그의 작품을 보다 특별하고 독창적으로 만들게 한 계기가 되었다. 그의 독창성은 각주와 인용과 다른 작가의 텍스트에 대한 재해석을 통해 나온다. 신세계에서 문화적 맥락이 구대륙보다 결핍하고 있다는 인식은 그에게 무언가 새로운 것을 찾고 새로운 기원을 정초 하게끔 하는 특권을 안겨주었다.

이 땅에는 전설이 없고 거리를 배회하는 유령 하나조차 없다. 이것은 우리의 수치이다. 우리의 현재적 삶은 위대할진 모르지만 우리의 상상력은 빈곤하기 그지없다. (…중략…) 부에노스아이레스는 이제 단순한 도시의 차원을 넘어 국가를 대표하게 되었다. 우리는 이 도시의 위대함에 걸맞은 시, 음악, 회화, 종교와 형이상학을 찾아야한다. 이것이 내 소망의 크기이고 나는 여러분들이 이것이 실현될 수 있도록 신이 되기를 희망한다.

—Borges(1926 : 8~9)

그가 고백했듯 아르헨티나의 문학 전통의 척박하다는 사실은 주변부로부터 서구의 정수精髓를 그가 자유로이 추구하거나 변형할 수 있는 정당성을 안겨주었다. 즉 그는 전통의 무거움으로부터 벗어나 새로운 문학의 토대를 만들어야 한다는 사명 아래 서구의 고전들을 새롭게 재해석하는 작업을 한다. 주변부에 있다는 의식은 그로 하여금 서구의 정전을 넘어서야 한다는 책임감을 심어준 것이다.

무엇이 우리 아르헨티나의 전통인가? 우리는 이 질문에 쉽게 대답할 수 있다고 믿는다. 우리의 전통은 서구 문화의 모든 것이고, 이러한 전통은 서양의 한 두 국가의 국민들이 가지고 있는 것보다 더 위대한 전통으로, 이 전통에 대한 권리를 우리는 가지고 있다고 나는 믿는다. 이 대목에서 나는 서구 문화에서도 유대인들이 유독 빼어날 수 있었던 것에 대한 에세이를 쓴 미국의 사회학자 토스타인 베블린Thorstein Veblen을 떠올리고자 한다. 그는 이러한 뛰어남이 우리에게 유대인들의 선천적으로 우월한지에 대해 생각하게 하는데 대답은 그렇지 않다는 것이다. 그에 의하면 그들이 서구문화에서도 뛰어난 이유는 그들이 서구의 범주 내에서 행동하면서도 동시에 서구문화에 대해 그 어떤 특별한 사명감에 얽매이지 않은데 있다는 것이다.

—Borges(1970 : 218)

이러한 제안은 지리석으로나 문화석으로나 변누리에 있다고 생각하는 아르헨티나 작가들에게 서구의 원전들에 대해 대한 위계적인 질서에 얽매일 필요가 없고 무조건적인 경외감 없이 자유롭게 뒤섞거나 변형시킬 수 있는 자극제가 되었다. 텍스트에 독창성을 부여하지 않고 텍스트를 읽거나 쓰는 데에만 의미부여를 한다면 주변부의 열등감은 사라지고 주변부의 작가는 유럽의 선구자나 동시대작가들과 함께 같은 권리를 주장할 수 있다.

1944년에 출간된 단편 「끝」에서 보르헤스는 국민국가시대에 형성된 민족우화의 주인공인 마르틴 피에로라는 비극적인 가우초의 결투 끝의 죽음을 그리고 있다. 미겔 에르난데스의 원본에서 마르틴 피에로는 자식들과 떠나는 것으로 말미가 장식된다. 보르헤스는 바로 다음 장면을 상상하며 미겔 에르난데스가 쓰지 않은 부분을 채워나간다. 마르틴 피에로는 가우초의 전통에 따른 윤리적 죽음을 기다린다. 그는 자신이 전에 부당하게 죽였던 모레노의 동생과의 결투를 기다린다. 그는 이렇게 결투하는 것이 자신의 죄에 대한 우주적 인과응보라고 생각한다. 마르틴 피에로라는 아르헨티나 국민국가 형성기 문학의 대표적 주인공의 죽음을 추가하며 보르헤스는 자신만의 방식으로 가우초들의 윤리적 코드를 해석한다. 많은 아르헨티나인의 동정심을 샀기에 오히려 국가적 상징 인물이 된 마르틴 피에로를 죽임으로써 토속문화에 대한 낭만적 향수가 주를 이뤘던 가우초 장르의 문학에 대한 코드를 지워버리고 마르틴 피에로를 우주적 운명의 기로에 선 인간이라는 자신의 즐겨 사용하는 주제로 대치시킨다.

인류문화의 창세기적 기원으로부터 묵시록적 종말을 작품 안에 포괄시키는 서구 작가는 매우 드물다. 가르시아 마르케스와 함께 보르헤스와 파스는 서구의 경계에서 존재의 기원에 대해 물음을 던진다. 이러한 문제는 모더니즘 이후의 서구문학에서는 문제시하기를 회피하던 주제였다. 위의 라틴아메리카 출신의 대가들이 유럽작가들과 차별화되는 특징은 신대륙과 구대륙을 포괄하는 전 지구적인 관점에서 총

『백년의 고독』 초판본(1967)

체적인 역사에 대한 관심과 집착을 보인다는 것이다. 그들은 해럴드 블룸이 말하는 영향에 대한 불안뿐 아니라 시작에 대한 불안도 공유한다. 자신들의 기원과 정체성을 찾는 작업은 신세계의 시작이자 콜럼버스 이전 문명의 종말이 시작된 1492년으로 거슬러 올라간다. 역사와 주체성에 대한 묵시록적인 인식은 항상 그들의 자아반영적인 시학 속에 배어 있다.

『백년의 고독』에서 크리오요들이 세운 마을인 마콘도가 생긴 지 얼마 안 되었을 무렵 망각의 질병이 마을 전체에 도지게 되자 부엔디아 가족은 자신들의 문화적 기원과 자신들의 정체성을 정의하고 기억하려고 부단히 애를 쓴다. 이미 이 기억은 부엔디아 집안 식구들과 유일하게 같이 살던 원주민 남매인 카타우레와 비시타시온이 살던 부족 마을의 경우처럼 아메리카 원주민들로 하여금 자신의 문명 자체를 송두리째 말살하게 했다. 크리오요 마을의 창세기는 원주민 유산의 묵시록을 암시하는 것이었다.

뿌리 없음에 대한 의식은 라티아메리카의 우화에서 긍정적이든 부정적이든 무언가 새로운 토대를 일구는 것을 수반했다. 그 새로운 것이 가르시아 마르케스의 소설에 나오는 가상의 마을인 마콘도이건, 옥타비오 파스의 시에서처럼 영원한 현재를 찾아 나서는 시적인 깨달음이건, 보르헤스의 경우에서처럼 근대세계와 다른 형이상학적 구조를 갖는 우크바르와 같은 환상적인 지역이건 간에, 총체적 이야기가 가져다주는 묵시록적 발견에 대한 열망이 라틴아메리카의 대가들에게 배어 있다. 이 작가들의 시학과 이야기에 나오는 지정학적이고 문화적인 경계에 있다는 인식과 자신들의 역사에 대한 자아 반영적인 의식은 새로운 문학 정전을 만들게 했고 이러한 정전은 세계문학공화국의 그라운드제로를 역동적으로 뒤흔들었다. 지정학적인 주변부로부터 나오는 이러한 지역이야기들은 세계문학의 글로벌한 디자인을 바꿔 놓았다.

참고문헌

Alvarez, Francisco R., "Octavio Paz : hacia una metapoética de la modernidad", *Hispania*, 81(1), 1998.

Borges, Jorge Luis, Tr. Andrew Hurley, "Jorge Luis Borges : Collected Fictions", New York : Penguin Books, 1998.

Casanova, Pascale, Tr. M. B. DeBevoise, "The World Republic of Letters", Cambridge : Harvard UP, 2006.

Eduardo González, José, *Borges and the Politics of Form*, New York : Garland Publishing, 1998.

González Echevarría, Roberto, "Latin American and Comparative Literatures", Ed. Sophia A. McClennen and Earl E. Fitz, *Comparative Cultural Studies and Latin America*, West Lafayette : Purdue UP, 2004.

Grenier, Yvon, "The Romantic Liberalism of Octavio Paz", *Mexican Studies / Estudios Mexicanos* 17(1), 2001.

Hanneken, Jaime, "Going *Mundial* : What it really means to desire Paris", *Modern Language Quarterly* 72(2), 2010.

Moretti, Franco, Tr. Quintin Hoare, "Modern Epic : The World System from Goethe to García Márquez", London : Verso, 1996.

Paz, Octavio, "A literature of Foundations", Ed. José Donoso and William A. Henkin, *The Tri-Quarterly Anthology of Contemporary Latin American Literature*, New York : Dutton, 1969.

_____, Ed. Eliot Weinberger, *"The Collected Poems of Octavio Paz 1957 ~ 1987"*, New York : A new Directions Book, 1987.

Rama, Angel, Tr. John Charles Chasteen, "The Lettered City", Durham : Duke UP, 1996.

Sánchez Prado, Ignacio M., *América Latina en la "literature mundial"*, Pittsburg : Biblioteca de América, 2006.

Sarlo, Beatriz, *Borges : A Writer on the Edge*, Borges Studies Online. Internet : 14.4.1(http://www.borges.pitt.edu/bsol/bsi0.php)

독일의 국어교육에서 문학 작품의
선별 기준과 정전正典 문제*

권오현

1. 들어가며

문학 교육은 문학이 사회적으로 실천되는 방식 중의 하나이다. 문학이 자체로도 존재 가능한 자율적 가치 체계라 한다면, 문학 교육은 그러한 가치가 학습자를 통해 실현될 때에만 의미를 지닌다. 이처럼 학교에서 문학을 만날 때는 작품 자체의 이해보다는 학습자에게 일어나는 교육적 효과가 더욱 중시되기 때문에, '사회 현상으로서의 문학'을 넘어 '정제된 상태의 문학'이 늘 관심의 대상이 된다.

문학을 정제된 상태로 만드는 대표적 장치가 '정전Kanon'이다. 보편적으로 통용되는 규범, 전범, 규준 등을 뜻하는 정전은 산재된 문학의

---

* 이 글은 「독일의 국어교육에서 문학 작품의 선별 기준과 정전 문제」(『우리말교육현장연구』 5집 1호, 우리말교육현장학회, 2011)를 수정 · 보완하여 재수록한 것이다.

452 정전 형성의 논리

숲에서 사회적·시대적·교육적 이념에 부합하는 표준적인 나무들을 구별 지어 준다. 정전에 대한 논의가 문학 교육에서 쟁점이 될 수밖에 없는 것은 어떤 문학 작품이 어떤 이유에서 가치가 있으며, 문화적 연속성을 위해 다음 세대에게 어떤 작품을 전승해야 하는가 하는 문제와 결부되어 있기 때문이다.

이러한 정전에는 근원적으로 상반된 두 힘, 즉 인류 보편을 관통하는 가치를 초시대적으로 보존하려는 힘과 시대적 요구에 맞게 수정·변화하려는 힘이 긴장 속에서 작용하기 때문에 우리는 변화와 과정의 관점에서 정전을 바라보아야 한다. 문학 정전의 생성, 안정화, 변형, 해체는 사회문화적 전제 조건들에 의해 결정되는 '다차원적 과정'이기에 (Stuck 2004 : 41) 정전은 개별 차원에 대한 검토와 각 차원들의 상호 관계를 아우르는 심층적 논의 과정을 필요로 한다.

문제는 정전 설정이 역사적, 교육적, 그리고 미학적 요소와 여러 갈래로 얽혀 있어서 자칫 두 힘이 균형을 잃고 하나의 왜곡된 방향으로 오도되기 쉽다는 점이다. 보존의 힘이 강하면 표준화된 작품들만이 전면으로 나서며 문학 교육의 현재성과 소통성이 흔들리게 되고, 변화하려는 힘이 강하면 암암리에 통용되는 '숨은 정전'[1]이 난무하며 교육적 지향점은 약해지고 현상적 다양화만 남을 가능성이 존재한다. 그리하여 우리에게 맞는 문학 정전을 확립하기 위해서는 보편성과 다양성이 적절히 배분된 접점을 찾으려는 논의가 체계적으로 진행되어야 한다.

이런 점에서 보면, 한국의 학교 교육에 알맞은 문학 정전의 타당한

---

1 '숨은 정전heimlicher Kanon'은 명시적 정전에 구애를 받지 않고 문학 당사자들이 실제로 운영한 정전을 말한다. 이를 파악하려면 경험적 조사가 필요하다.

지점을 발견하려는 노력은 문학 교육의 현장 적합성을 높여 주는 데 기여할 것으로 판단된다. 이에 필자는 독일의 사례를 중심으로 문학 교육의 기본 방향과 관련하여 정전과 탈脫정전의 의미가 무엇이며, 양자의 관계 속에서 문학 작품이 어떻게 선정되는지, 그리고 동시대 문학은 어떤 과정을 거쳐 새로운 정전으로 편입되는지를 소개함으로써 한국문학 교육에서의 정전 논의에 조금이나마 힘을 보태려고 한다.

2. 독일 학교의 문학 교육 : 기본 방향

독일의 국어교육은 '독일어Deutsch'라는 단일 과목 속에서 통합적 학습을 지향한다. 그러나 교과서나 수업의 내용을 체계화하기 위해 국어 과목은 기본 영역을 나누어 각 영역을 균형 있게 다루며, 그러한 균형 속에서 학생들이 종합적으로 언어 능력을 갖추도록 한다. 각 영역의 구분은 주마다 조금씩 차이가 있지만 큰 분류는 대동소이하다. 예를 들어, 헤센 주는 국어 교과의 영역을 다음과 같이 나눈다.[2]

① 구두 및 서면 의사소통mündliche und schriftliche Kommunikation
② 텍스트와의 만남Umgang mit Texten
③ 언어에 대한 성찰Reflexion über Sprache

---

2 Hessisches Kultusministerium : Lehrplan Deutsch, Gymnasialer Bildungsgang, Jahrgangsstufe 5 bis 13.

이 가운데 '텍스트와의 만남' 영역은 읽기를 대체하는 개념으로, 문학 교육도 그 속에 포함한다. 독일어에서 '교류'나 '친교'를 뜻하는 '만남Umgang'이라는 단어는 편안하고 즐거운 상호 관계의 이미지를 담고 있다. '읽기'가 독자의 수동적인 받아들임에 치중하고 '텍스트→학생'의 일방성을 나타내는 반면에, '텍스트와의 만남'은 '텍스트↔학생'의 쌍방성 속에서 소통, 이해, 사이, 열림, 창의의 가치 구현을 추구한다. 여기에는 학생들의 자율적이고 적극적인 참여를 통해 '관계Inter' 속에서 구현되는 다양한 가치들을 탐구하고 책읽기를 즐거운 교류의 장場으로 만들려는 취지가 들어 있다.

문학은 언어와 더불어 국어교육을 구성하는 두 핵심 축으로 여겨진다. 학생들은 작품을 읽을 때 자신의 지평과 텍스트의 지평을 결합하여 스스로 의미를 구현하도록 요구받는다. 글의 내용을 파악하는 것뿐만 아니라 파악한 내용을 자신의 삶과 적극적으로 연결시켜[3] 학생들이 정체성을 확립하고 궁극적으로는 문화적 삶에 능동적으로 참여하는 자세를 갖게 하는 것이 문학 교육의 중심 과제이다. 로제브록은 오늘날 학교 문학 교육의 목표를 다음의 세 가지로 제시하고 있다.(Rosebrock 1997 : 10)

① 책 읽기를 좋아하도록 독서 동기화를 키워 주는 것. (독서 역량)

 : 학생들이 문학 작품을 '제대로, 즐겨' 읽도록 하는 데 중점

② 문화 전통과 문학사 속에 있는 주요 작품들, 문학 장르 등을 이해하고,

---

3 '독서'는 글의 내용을 파악하는 이해 개념에 기반을 둔 반면에, '텍스트와의 만남'은 글의 내용과 자신의 삶을 연결하는 생산으로서의 이해 개념을 따른다.

미적 텍스트의 수용 방식과 수용 경험을 중개해 줌. (문학 역량)

: 학생들이 문학에 대한 '지식과 안목'을 갖도록 하는 데 중점

③성장기의 문제나 일반적 삶의 문제들을 해결하는 데 도움을 주거나 청
소년이 자신의 정체성을 형성하고 가치 의식을 갖도록 하는 데 영향을
미침. (교육 역량)

: 학생들이 문학을 통해 삶에 '긍정적 변화'를 가져오게 하는 데 중점

이런 점에서 보면, 독일의 문학 교육은 다른 교과와는 달리 문학 내
적 교육목표 외에도 일반적인 교육목표를 함께 추구한다. 이때 ② 문
학 역량은 '문학으로의 교육'이라 불리는 반면에, ① 독서 역량과 ③ 교
육 역량은 '문학을 통한 교육'이라 불린다. 목표 ②는 ①과 ③을 달성하
기 위한 가능성을 제공한다고 할 수 있다. 왜냐하면 문학 역량은 그 자
체로 목적이 아니라 삶에 대한 문제 처리에 기여할 때만이 사회적 역
량으로 간주되기 때문이다.

물론 학교 문학 교육에서는 목표 ②, 즉 문학적 교양 관점이 우세하
여 그 자체가 독자적으로 존재할 가능성도 존재한다. 이것은 문학적
교양과 더불어 부르뒤에Bourdieu식 '문화적 자본'을 획득한 사람들이 미
래에 사회적으로 우월한 지위를 강화하는 데 이 자본을 이용하거나,
현실적으로 문학적 교양이 학교에서의 성취 수준을 높이는 데 직접적
으로 작용하기 때문이다. 그러나 학교의 문학 교육은 일반적으로 목표
②를 중심축으로 하여 목표 ①과 ③을 유기적으로 엮는 방식을 추구한
다. 독서 능력과 독서 습관 형성(①)은 문화적 실제로서의 책읽기를 자
기 주도적으로 수행하여 학생들이 문학으로 가는 길을 스스로 찾고 문

학 소통에 능동적으로 참여하는 바탕을 형성하게 하며, 교육적 관점(③)은 학생들이 문학과의 만남을 통해 정신적 성장에 필요한 특정 자질이나 안목을 갖추고 자신의 문제 영역을 문학을 경유해 해결 방안을 발견하도록 도움을 준다. 이렇게 독일 학교의 문학 교육에서 두드러지는 점은 문학 교양(②)을 중심에 두고 이를 자기 주도적 독서 역량 강화(①)나 다양한 삶의 역량 강화(③)와 밀접하게 결합시키는 데 있다. 그리하여 학교에서 문학 교육을 위해 필요한 문학 작품을 선별하는 방안도 이러한 기본 방향 속에서 구상되고 실행된다.

3. 문학 교육에서 정전과 탈정전 논의

정전은 '부분(나무)'을 통해 '전체(숲)'를 볼 수 있음을 전제하고, '부분'이 좋은 판단 기준으로서 지속적으로 역할을 수행하도록 타당한 준거를 설정하여 관리하는 현상이다. 즉, 정전화한다는 말은 사회적 요구에 부응하여 특정한 준거를 "보편적 가치로 정립"하고 이것이 "초시간적 자질로서 통용되게"(Winko 2002 : 596) 함을 의미한다. 문학 교육의 경우에는 문학의 주체들이 특정 기준이나 이 기준에 부합하는 작품들을 경유하여 문학이라는 전체를 관리하며 전체가 가급적 그 기준에 따라 존재하고 생성·변화하도록 유도하는 활동을 나타낸다. 문학 정전을 결정하는 데는 문학 주체(작가, 독자, 비평가, 출판사 등) 간의 다양한 권력 관계, 이해, 그리고 기호 등이 두루 작용하여 그 작동 과정을 정확하게 규명하기가 쉽지 않다.

정전의 가장 큰 특징은 사회적 이해와 관심에 따라 특정 가치를 준거의 틀로 삼은 채 주변적인 것과 다른 것을 배제하거나 이 준거에 동화시키려 하는 데 있다. 이런 점에서 정전은 사회 구성원의 사고와 행동을 통합하거나 동질화하는 기능을 수행한다. 그러나 문학 정전은 시대의 전범적 사고에 얽매여, 자라는 세대들을 특정 방향의 문학 현상에만 노출시킴으로써 이들이 문학의 다양한 국면을 만나지 못하게 할수 있다. "정전은 권력을 가진 집단의 규범과 가치를 반영하며 일종의권력 도구 역할을 수행하기"(Winko 2002 : 599) 때문이다. 우리는 문학 교육에서 문학 정전이 일부 가치를 절대화하는 '독서 권력'(Worthmann 1998)으로 변질되는 것을 경계해야 한다. 특정한 사회 그룹(예, 문학 비평가)에 의해 주도되며, 한정된 텍스트에 힘을 실어 준다는 점에서 정전은 다분히 권력적 속성을 내포하고 있다.

문학 교육에서 정전은 다양한 층위에 존재하는데, 작가의 층위에 있는 작가 정전, 작품의 층위에 있는 작품 정전, 평가 및 해석의 층위에 있는 해석 정전 등이 대표적이다. 어떤 층위든 문학에서 정전의 반열에오르기 위해서는 특정한 조건을 충족해야 한다. 일반적으로 ① 출판 시장에서의 지속성과 고전적 가치 소지, ② 작가의 종합본, 특히 비평본의존재, ③ 학교나 대학 등 문학 중개 기관의 지속적 관심, ④ 문학사에 일정하게 등장, ⑤ 이후 작가들에 의한 수용(Heydebrand 1996 : 222) 능이 정전이 될 조건들로 간주된다. 특히 문학사는 '현상으로서의 문학'과 '전범으로서의 문학'을 구분 짓는 심판대와도 같다. 어떤 작가나 작품을 문학사가 어떻게 기술하는가에 따라 정전으로서의 위상이 결정되며, 반대로 정전으로 통용되면 문학사는 이를 자신의 서술 영역에서 쉽게 배제할 수 없기에 정전은 곧 '압축된 문학사'(Peck 2003 : 21)라고 한다.

독일의 경우, 정전의 안정된 제국은 1980~90년대를 거치며 크게 흔들리기 시작한다. 이는 서로 다른 생활 형식의 병렬적 존재를 통해 삶의 가능성과 선택의 폭이 크게 확장됨에 따라, 전체와 개체의 일치를 추구하는 정전 이념이 차츰 설득력을 잃어 갔기 때문이다. 오늘날 사회는 상이한 환경들이 복수적으로 존재하지만 그들 사이의 연관성이나 그들과 사회 전체의 동질성이 두드러지지 않는 특징을 지닌다. 개인의 취향, 양식, 교육, 나이 등이 현실을 운영하는 모델을 탈집단화함으로써 이제는 개별 주체들이 하나의 통일적 형상에서 벗어나 스스로의 기준과 판단에 따라 활동할 여지가 크게 넓어졌다. "주체는 완성된 대본 없이 사회라는 무대에서 활동하는 배우"(Keupp 2002 : 53)라는 진단에서 보듯, 서로 다른 생활양식이나 서로 다른 세계관이 복수로 존재하는 상황에서 삶의 올바른 해답은 정전의 존중이 아니라 개인의 생산성에서[4] 찾을 수 있다. 이러한 탈정전적 접근 방식은 개인이 "생산적 정체성을 구성하는 데에 풍성한 기회와 종합적 자극을 제공하기에"(Pfäfflin 2010 : 5) 개별 주체는 주어진 기회와 자극을 통해 자신의 생산성을 적극적으로 형성해 나가야 한다.

문학 교육에서 정전 극복에 대한 요구는 고전 중심의 교육에 대한 문제 제기에서 출발한다. 정전화된 고전 작가들의 작품에 광범위한 성찰이 이루어지고 정전화와 고전의 지위를 비판적으로 인식하면서 탈정전화의 방향이 큰 붐을 이룬다. 나름대로 존재 가치를 지니고 있음

---

[4] 여기서 '생산성'은 규범과 체계 질서에 따른 사고에서 나아가, 개인이 자유롭고 창의적으로 이해, 사고, 활동하는 것을 의미한다.

에도 불구하고 정전이라는 보이지 않는 손이 행하는 선긋기 때문에 학교의 관심사로부터 배제되어 있던 문학 영역을 찾는 노력은 중심과 주변을 통합하여 새로운 문학 교육의 길을 모색한다. 문학 교육에서 정전의 개방은 고전문학과 현대 문학, 국민문학과 세계문학, 고급문학과 통속문학, 순수문학과 실용문학, 성인문학과 아동·청소년문학, 전통문학과 매체문학 등의 이분법에서 '주와 종'의 등급적 사고를 극복하고 각각의 문학 카테고리가 지닌 의미를 현대사회의 요구에 맞춰 새롭게 발굴하는 것으로 이어진다. 정전은 '표준standard'이 아니라 '과정process'이라는 인식과 더불어 문학의 활동 영역은 크게 넓어지고 활동의 정당성을 확보할 기회도 확대된다. 탈정전화는 정전의 폐기라기보다는 "정전의 가치와 의미를 현재의 수용 조건 속에서 끊임없이 재해석하고 수정하는 과정"(라영균, 2003 : 144)인 것이다.

　당시 독일의 문학 교육에서 정전 변화(재정전화, 탈정전화, 정전 수정 등)를 야기한 주요 요인으로는 다음과 같은 것을 들 수 있다.

　첫째, 정전이 가지고 있는 이데올로기적 특성에 대한 문제 제기이다. 일반적으로 정전은 다양한 계층의 사람들이 다양한 의견들을 근간으로 논의하여 도출한 결과가 아니라 사회적·시대적 기본 이념에 토대를 둔다. 그리하여 정전은 시민사회의 교육 이념이나 국가적 이데올로기에 부합하는 양상을 보이는데, 1970년대 이후 사회의 다양화 및 사고의 다원화가 진전되면서 정전의 규범적 특성은 급격히 힘을 잃기 시작한다. 특히 문학은 본질적으로 자유로운 활동 공간 속에서 움직이는 속성이 강하기 때문에, 문학 텍스트의 고유한 활동력을 배척하는 정전 이데올로기에 빈틈이 보이자 문학 교육은 가장 적극적으로 탈정전을 모색하게 된다.

둘째, 인문학과 사회과학에 전반적으로 나타난 소위 '문화적 전환 cultural turn'을 들 수 있다. 문화적 전환은 기존의 가치 체계에 의문을 제기하며 고급문화로서의 문화관에서 벗어나 일상문화나 대중문화 및 매체문화에 대한 관심을 환기시켰다. 이러한 문화적 전환은 사회의 다양한 그룹이나 가치들 사이에 소통 통로를 마련해 줌으로써 다수와 소수, 중심과 주변의 경계를 유연하게 만들었다. 또한 문화적 전환은 문학의 존재 방식을 서적에서 매체로 확장하는 계기를 마련해 주었다. 현대의 다양한 매체 시대에서는 종전의 정전 개념을 묶을 수 있는 규범이 더 이상 없게 된 것이다. 문학을 문화적으로 접근하려는 경향은 문학의 모티프, 테마, 내용, 구조, 형식 분석에서 문화 영역에 대한 관심이 작동되게 했으며, 텍스트 외부의 질서 준거, 즉 집단의 행위 및 사고 패턴의 차원에서 문학을 바라보게 하였다(예, 상호문화적 독어독문학).[5]

셋째, 고전성과 전통 미학에 바탕을 둔 문학 개념이 영향력을 잃어간 점이다. 다시 말해, 문학이 관련되는 분야가 확장되고 문학의 존재 방식이 다원화됨에 따라 기존의 정전에 대한 회의가 확산된다. 이러한 문학 개념의 확장은 학교의 정전을 무너뜨리며 심미성에 기반을 둔 '작품'이나 '장르' 등의 개념을 언어성에 의거하는 '텍스트'나 '텍스트 종류' 개념으로 전환시킨다. 이를 통해 읽기 교육의 대상이 순수문학에서 문학 현상으로, 다시 비문학으로 확장되는 길이 열린다.

---

[5] '상호문화적 독어독문학Interkulturelle Germanistik'은 자국어 독어독문학과 구분하여 외국 관점의 독어독문학을 통칭하는 개념으로서, 독일문학 속에 나타나는 사고 및 행동 패턴의 차이를 문화 관점에서 바라본다.

넷째, 수용미학의 광범위한 영향을 들 수 있다. 수용미학에 의하면, 심미성은 작품 속에 내재된 가치가 아니라 텍스트와 독자의 소통에서 비로소 구현되는 가치이다. 그럼으로써 정전 성립의 기준이 작품에서 독자 쪽으로 급격하게 기우는 현상이 나타난다. 또한 수용자의 관심과 기대에 부응하는 문학 교육에 대한 요구가 커지면서 정전과 학생의 관련 양상을 재검토하는 작업이 진행된다. '학생의 삶과 지평을 문학적 맥락과 어떻게 연결시킬 것인가' 하는 문제가 제기된 후, 그간 정전에서 배제되어 온 주변적 양식들(아동·청소년문학, 탐정소설 등)이 문학 교육 속으로 편입되어 들어온다.

정전에서 탈정전으로 이행되는 과정에는 주요한 인식 변화가 관측된다. 즉, 정전 형성을 주관하는 기반은 더 이상 존재론적 가치가 아니라 사회적 행위라는 인식이 나타난다. 그 어떤 것도 자체 지위로 정전이 될 수 없으며 그것이 사회적 관계 속에서 어떻게 실현되느냐, 다시 말하면 사회 제도 내의 인식 조건, 행동 규범, 가치 지향과 어떤 관계를 설정하느냐가 정전 형성의 기준으로 작용한다. 그리하여 "새로운 작품 등으로 인해 늘 바뀔 수 있으며, 정전 해체, 재정전화를 통해 잊혀지고 보충되며 재발견되는 것이 정전의 운명"(정인모 2008 : 296)이라는 말처럼, 탈정전 시대의 정전은 목표와 입장은 물론이고 시간과 장소에 따라서도 늘 가변적으로 활농한다. 절대적 정전이란 더 이상 손재할 수 없으며, 어떠한 정전이라도 근거를 제시하지 않고 존재의 위상만으로 정당성을 주장하면 시대착오적이란 평가를 받는다.

이런 점에서 문학은 그 자체가 문학적인 것이 아니라 독자와의 관계에서 문학적인 것이 된다. 왜냐하면 어떤 것이 문학적이고, 어떤 것이 문학적이지 않은가의 문제는 초월적인 가치에 근거하는 것이 아니라, 텍스트와 독자가 특정한 문학적 · 미적 가치를 상정하고 그것을 정당화하는 제도화 과정을 통해 이루어지기 때문이다. 즉, 문학은 단순한 언어적 · 미적 실체가 아닌 하나의 사회적 행위 속에 존재한다.[6]

4. 탈정전으로서의 동시대 문학

'동시대 문학zeitgenössische Literatur'은 비교적 최근에 발표된 것으로서 작가, 작품, 독자의 시대적 배경에 동일성이 존재함을 전제한다. 현대 문학이 일정 기준에 따른 시대 구분에 의거하는 개념인 반면에, 동시대 문학은 작가나 작품의 현재성을 분류의 근거로 삼는다. 이러한 동시대 문학은 문예학적 해석이나 교수법적 분석을 통해 정제된 지위가 아직 확립되지 않거나 확립 과정에 있기 때문에, 학교에서 수업 범주로서의 기반이 유동적이며, 왜 문학 수업에서 다루어야 하는가 하는 가치 판단에 대한 교수법적 성찰을 필요로 한다. 그리하여 동시대 문학은 탈정전 이념과 문학의 현재성이 부각될 때마다 격렬한 논의의 중심에 선다.

독일의 경우에, 지금의 학교 교육은 보편적 가치와 더불어 현재적 삶의 양상에 더욱 관심을 가져야 한다는 견해를 널리 수용하고 있다. 그러나 1980년대까지만 해도 동시대 문학에 대한 요구는 정전 의식의

---

6 따라서 정전을 체득하는 것은 곧 '문학사회화literarische Sozialisation'를 뜻한다. 사회화가 한 사회의 규범과 관습을 습득하는 과정이라면, 문학사회화는 통용되는 문학 정전을 경험하고 습득하는 것이다. 라영균(2003 : 142) 참조.

와해나 무의미한 시간 낭비로 간주되었으며, 현재도 그런 입장을 대변하는 사람들이 많다. 예를 들어, 시인 팔크너G. Falkner는 "최근의 독일 문학 작품을 읽는 것은 이태리 구두를 사서 신는 것처럼 난센스이다. 그 효과는 단지 몇 달만 지속될 뿐이다"(재인용, Pfäfflin 2010 : 1)라고 하였다. 또한 부크는 동시대 문학에 대한 관심을 '현재성의 위험성', '근거 없는 현재 문학의 붐', '미래의 파산을 가져올지 모를 사태' 등으로 언급하며(Buck 1983 : 364), 곧 잊혀질 대상에 모자라는 문학 수업을 할애하는 것은 시간 낭비라고 하였다. 그에 의하면, 문학의 질적 우수성은 시간적 흐름 중에 다양한 변화를 겪으면서 가치 판단의 시험을 이겨 낸 작품들(예, 고전)에서 찾을 수 있을 뿐이며, 출판 시기가 현재와 가까우면 가까울수록 검증 기간이 부족하기 때문에 문학 수업의 좋은 재료로서 그 의미가 약해진다.

그러나 작품의 가치 판단을 역사성에 근거하여 내리면 문학의 선별 기준은 과거의 정전을 정당화하는 데 기여할 뿐이다. 오늘날 어떤 작품이 의미를 지니며 학교에서 다룰 만 한가를 판단하기 위해서는 학교에서의 문학 정전화 과정을 전통주의와 분리시키는 새로운 논점이 필요해 보인다. 중요한 점은 문학 교육을 통해 정전의 요소를 확립하는 것이 아니라 어떤 작품이 왜 교육적으로 가치 있는가를 지금의 기준에서 판단할 근거를 마련하는 것이다. 이러한 탈선범석 사고는 상내주의나 다원주의가 표방하는 가치를 수용하는 데서 출발한다.

특히, 학생들이 현재적 삶에 능동적이며 성찰적으로 참여하도록 자극을 주어야 하는 국어 수업은 동시대의 문학을 다루지 않으면 안 된다. 왜냐하면 문학은 "시대의 문제에 반응하여 정신적 상황을 나타내

주는 대단히 예민한 지진계바늘"(Binczek 2002 : 10)로서, 현재의 삶과 관련된 풍성한 증언들을 담고 있을 뿐 아니라 이를 기반으로 다양한 삶의 양상을 관찰하고 반응하는 폭을 넓혀 주기 때문이다. 동시대 문학은 학생들이 현대의 도전을 예민하게 수용하고 이를 문학적 관점과 연결하여 성찰하는 가능성을 제공해 준다.

독일의 학교 교육이 특별히 동시대 문학에 주목하는 이유는 1990년 대 초 독일 통일이라는 세기적 전환 이후 새롭게 전개될 삶의 양상에 대한 관심이 크게 증폭되었기 때문이다.[7] 이는 마치 종전 이후 전후문학(뵐, 뒤렌마트, 그라스 등)이 등장하며 문학적 관심을 전통문학에서 현대 문학으로 쏠리게 한 현상의 재판再版처럼 보인다. 독일에서 1989~ 90년은 정치, 사회뿐 아니라 문학에서도 큰 분수령을 형성한다. 1990년대는 독일문학이 전후문학과 1970~80년대 현대 문학으로부터 새로운 진화를 활발하게 전개하는 시점이다. 이러한 진화는 한편으로는 사회·정치적 변혁을 야기한 독일 통일에 의해, 다른 한편으로는 인터넷의 등장, 컴퓨터 기술의 진전, 의사소통 수단의 세계화 등 현대 후기 사회의 특징들에 의해 추진되었다. 물론 시대 변화의 몇몇 요소들은 이미 이전에 진행된 것도 있지만, 그 결과가 사회적으로 활발하게 작동되며 지식·정보 사회를 구축한 것은 주로 1990년대 들어서이다. 최근의 사회는 직업 세계와 개인 생활에서 변화의 주기가 짧아지며, 엄격한 예측 가능성에서 벗어나 변화가 상존함으로써, 이제 개인들은 새로

---

[7] 그리하여 독일의 경우에 21세기는 1990년에 이미 시작된 것이라고 말한다. 이 시점은 거의 200년간 지속된 이데올로기 논쟁의 종점을 나타내며 동시에 세계화와 정보화의 거대한 출발을 의미한다.

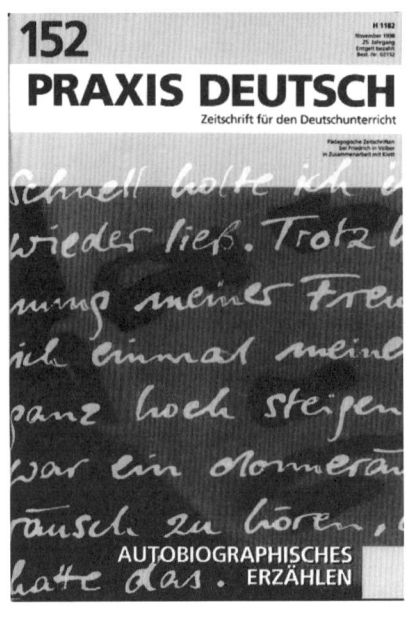

『국어실천 *Praxis Deutsch*』

운 상황에 민첩하게 대응하며 삶을 설계하지 않으면 안 되게 되었다.

문학 교육에서 가치 판단의 복수적 존재를 부각시킨 요소 중의 하나는 '수용자 입장'이다. 문학성의 실제적 실현 주체로서 독자가 발견되면서 독자의 반응이 하나의 작품 선택 기준으로 도입되었다. 문학 작품은 오로지 수용된 작품의 형태로만 존재 가능하다는 급진적 견해가 가치판단 문제를 해결하는 최종적 해답이라 할 수는 없지만, 수용자의 입장은 문학 교육을 설계함에 있어서 학습자의 상황을 중시하는 데 큰 영향력을 행사하였다. 그리하여 동시대 문학의 복권과 더불어 아동 · 청소년문학에 대한 관심이 함께 부각되었다. 실제로 독일의 문학 교육에서 동시대 문학과 함께 정전 재구성을 주도한 것은 아동 · 청소년문학이다. 1970년대까지는 문예학자나 문학 교육가 모두 아동 · 청소년문학을 통속문학의 범주에 두며 이들에 대해 거리를 두는 입장을 취했지만, 1990년대를 거치며 아동 · 청소년문학은 유년기 독서에서 성년기 독서로 가는 다리 역할을 한다는 평가 속에서 초등학교와 중등 1단계 문학 수업을 구성하는 주도적 장르로 자리 잡게 되었다.

아동 · 청소년문학은 자라는 세대들이 일상에서 체험할 수 없는 사회적 경험과 다양한 인물들과의 만남을 제공하며, 독자와 텍스트 사이의 소통이 활발히 진행되게 한다. 아동·청소년문학을 읽으면 학습자는 해석 및 분석의 부담에서 벗어나 자신의 삶과 지평에 근거해서 작품과 자유로운 '만남'을 경험하게 된다. 교육적 측면에서 보아, 아동·청소년문학은 가치관이나 정서가 불안정한 청소년들에게 또래 주인공의 자아 성장과 주변 문제를 풀어 가는 과정을 보여 주면서 긍정적인 역할을 한다. 또한 주제와 내용이 분명하기 때문에 읽어 나가는 과정에서 이

『국어교육 *Der Deutschunterricht*』

해하기가 쉽고 이해한 내용을 곧바로 자신의 상황에 대입하여 문제의 발견과 해결 방안 탐색에 응용할 수 있다.[8]

독일에서 동시대 문학이 학교 문학 교육의 대상으로 들어오게 된 배경에는 문학 교육 관련 연구 잡지들의 역할이 결정적으로 작용하였다. 예를 들어, 『국어 실천*Praxis Deutsch*』은 매호 두 번째 판을 별도로 만들어 이를 한 명의 현대작가를 소개하고 분석하는 데 할애하였다(예, 1995. H.133은 크리스타 볼프Christa Wolf에 배당). 이러한 연구 잡지의 활동은 아주 최근의 작가도 학교 교육에서 정전이 될 수 있다는 인식을 심어 주었다.

---

8   이러한 내용 중심적 특성으로 인하여 독일의 청소년문학 가운데는 '문제문학Problemliteratur'의 성격을 지닌 것들이 많다. 문제문학은 청소년과 관련된 문제들, 예를 들면 가출, 약물, 청소년 범죄, 성 문제, 알코올 등을 다룬다.

또한 대표적 문학 교육 잡지인 『국어교육Der Deutschunterricht』은 하나의 호를 한 명의 현대작가가 아니라 문제성이 짙은 한 편의 작품에 전체를 배당하여 집중 조명하는 작업을 벌이기도 하였다. 예를 들어, 『국어교육(1996년 H.3)』은 쥐스킨트의 『향수』에 할애되었는데, 이 호는 읽기 방식의 다양성을 탐구하는 기본 목적에서 출발하여 작품 『향수』를 예로 들어 다양한 접근 방법을 모색하고 있다. 이와 같이 살아 있는 작가나 출판된 지 얼마 되지 않는 작품에 대해 집중 조명하는 것은 교사로 하여금 동시대 문학을 수업에 큰 부담 없이 선택하게 하는 마음의 여유를 부여하였다.

사실 독일에는, 아직 정전화되지 못한 동시대 문학을 발굴하여 이를 문학 교육과정에 의미 있게 통합시키는 능력은 교사의 주요한 자질이 되어야 한다는 생각이 널리 퍼져 있다. "교사들은 새로운 작품이 홍수처럼 쏟아지는 무한정한 문학 시장 속에서 정전의 부담을 떨친 채 학교에 의미 있는 현재 작품들을 찾아내야 한다"는 캄믈러의 지적처럼(Kammler 1995 : 129),[9] 국어 교사는 새롭게 출판되는 작품들을 관찰하고 이들을 선택해서 독서를 해야 하는 과업을 지닌다. 물론 동시대 문학을 수업에 투입하려면 그 작품을 교사가 여러 번 읽어야 하기 때문에 부담스러운 일이 아닐 수 없다. 따라서 교사들은 고전적 정전을 선택할 때의 안정성과 자기 수도적으로 현재 문학을 투입하는 새로운 노전 사이에서 늘 번민을 하게 된다. 독일의 국어 교사에게는 고전적 정전

---

[9] 캄믈러는 지난 25년의 문학 흐름 속에서 몇몇 동시대 작품을 추천하였다. 알렌의 『하느님』, 쥐스킨트의 『향수』, 엘리네크의 『피아노 치는 여자』, 크뤼거의 『계속되는 삶』, 크뢰츠의 『서독의 두려움과 희망』 등. Kammler(1995) 참조.

과 현대적 정전이 긴장 관계 속에서 작동되고 있기 때문에, 정전을 주제로 한 논의는 지속적으로 새로운 논점을 재생산한다. 그러나 작품 선택의 결정에서나 수업에서의 실험에서나 판단 행위의 중심을 구성하는 것은 언제나 교사이다.

5. 탈정전 시대의 작품 선별 기준

탈정전화의 흐름은 정전 작가나 정전 작품이라는 준거를 무력화시킴으로써 이제 학교에서는 무엇을 문학 수업의 대상으로 선택해야 하는가 하는 작품 선별의 문제가 새롭게 제기된다. 문학 테스트의 선택 문제는 정전의 시대보다 탈정전의 시대에 더욱 절실하고 복잡하다. 선택 과정에서 문학 내적인 요소와 교육적 요소가 서로 얽혀 작용하며 기존의 선택 준거를 다원화하기 때문이다. 정전의 시대에는 정전의 기준에 맞는 작품을 선별하여 문학선選의 형태로 제시하였지만, 탈정전의 시대에는 선별 기준을 상반된 가치의 상호 관계 속에서 설정하거나 장르별이나 교육목표별로 세분화하는 경향을 보인다.

밀러-미하엘스는 1980년대 정전 변화에 맞추어 문학 작품의 선별 기준을 다음과 같은 '준거쌍Kriterienpaar' 형태로 제시한 바 있다. (Müller-Michaels 1981 : 136~148)

① 준거쌍 1 : [역사성]과 [현재성]

  [역사성] : 작품의 내용적 이해에 관련된 부분으로서, 각 시대의 문제

상황에 대해 작가나 작품이 보인 대응이 대표성을 지니느냐 하는 기준을 말한다.

[현재성] : 작품이 다룬 테마가 현대 독자의 정신세계나 생활세계와 어떤 관계 속에 있느냐 하는 기준을 말한다.

② 준거쌍 2 : [구조성]과 [활동성]

[구조성] : 문학 형식이나 기능적 영향에 관련된 부분으로서, 작품의 형식 및 표현 요소가 문학사적으로 새로운 면을 지니며 그것이 이후의 문학 세계에 어떤 영향을 주고 있는가 하는 기준을 말한다.

[활동성] : 작품의 형식 및 표현 요소가 소재나 테마를 전달하는 방식에 있어 설득력이 크고 매력적이며 독자의 동일화를 자극하는가 하는 기준을 말한다.

③ 준거쌍 3 : [지식]과 [행위]

[지식] : 텍스트의 이해를 통해 문학적 지식과 안목을 키워 줄 요소를 얼마나 지니는가 하는 기준이다.

[행위] : 텍스트의 중개와 독자의 생산 활동에 관련된 부분으로서, 작품의 요소가 특정 수업을 진행하는 데 적합한가 하는 기준을 말한다.

위의 준거쌍은 세 가지 모두 앞부분은 작품 지향적 특성, 뒷부분은 수용 지향적 특성을 지니도록 구성되어 있다. 이런 형태의 선별 기준을 설정한 의도는 이전의 정전 중심 기준에서처럼 작품을 절대화하는 접근 방식에서 벗어나 작품과 독자의 관계 속에서 다양한 교육 목적을 실현시키려 하는 데 있다. 또한 위의 선별 기준은 단순히 작품을 선택하는 근거로 작용할 뿐 아니라 교사가 특정 작품을 가지고 수업을 구상할 때 고려해야 할 요소들을 정리해 주는 의미도 지닌다. 교사는 수업을 구상할 때 이런 선별 요소뿐 아니라 이후에 추가된 다양한 기준들(예, 텍스트성과 상호텍스트성의 기준 등)이나 자신이 설정한 '지금, 여기서'의 기준들을 종합적으로 고려하여 작품과 학생 사이에 최적의 만남이 이루어지게 해야 한다. 이런 점에서 보면 탈정전 시대에 작품 선별의 최종 심급은 교사이며 그 이외는 모두 교사의 판단에 도움을 주는 바탕일 뿐이다.

정전의 개념에 내재된 규범적·규제적 성격을 피하면서도, 교사들의 선별 부담을 덜어 주고 나아가 문학 교육의 공통분모를 공유하기 위해 도입된 장치가 '추천(혹은 제안)' 시스템이다. 이에 대해 바덴-뷔르템베르크Baden-Württemberg 주의 문학 제안서는 다음과 같이 설명한다.

> 학교가 임의성에 빠지지 않기 위해서는 일정한 수준에서 교육 내용을 미리 정해 두는 것이 필요하다. 문화 기억은 기억의 공동성이 존재할 때 문화 자산을 운영하는 기능을 수행할 수 있기 때문이다. 그러나 추천 시스템은 공동의 역사적 틀을 아우르지만 추천이 의무적 독서를 나타내는 것은 아니다.[10]

읽을거리를 유연하게 제시하는 '텍스트 제안Textanregungen', '주해를 단 추천작kommentierte Empfehlungen', '추천 목록Empfehlungsliste', '독서물 목록Leseliste' 등은 탈정전의 시대에 정전의 기능을 대신 수행하는 새로운 작품 선별 개념들이다.

---

[10] Ministerium für Kultus, Jugend und Sport(2005), *Literatur in der Schule*, Baden-Württemberg 참조.

독일연방공화국의 주

'추천'(혹은 '제안') 시스템은 정전 시대의 문학선選 체제보다 더욱 많은 작품을 선정하며, 작품 자체의 가치와 실천 가치를 두루 아우르는 다양한 문학 형태들을 포함시킨다. 그리고 추천에 올라온 작품들은 언제나 수정, 보완, 업데이트가 가능하게끔 되어 있다. 특히 동시대 문학의 경우에 가치 평가가 수시로 변할 수 있기 때문에 현장 교사의 경험과 비평가의 의견을 통해 수정이 비교적 자주 이루어진다. 작품을 추천 목록에 수록하는 기준은 텍스트의 '문학적 자질'과 '교수법적 적합성'을 양축으로 하는데, 후자에서는 독서 난이도, 주제, 독서 동기화 등이 고려된다.

교사들이 참고할 수 있는 추천과 제안은 다양한 문학 주체들로부터 나온다. 문학 교육학자들은 수업의 구성 요소와 학생의 기대를 결합한 수업 연구에 의거하여 다양한 추천 목록을 제안하며, 출판사도 자사 출판물의 홍보 차원에서 여러 추천 목록을 제시하기도 한다. 그러나 학교 교육에 가장 영향력을 행사하는 것은 '국어 교육과정Lehrplan Deutsch'에 언급된 추천 목록이라 할 수 있다. 예를 들어, 헤센Hessen 주의 국어 교육과정은 각 학년별로 '문학 텍스트와의 만남' 영역에서 다루어야 할 텍스트 종류(이야기, 동화 등)와 수업 내용(환상적으로 해석하기, 등장인물이 되어 편지 쓰기 등)을 표준화하여 제시한 후, 여기에 해당하는 작품들을 텍스트 종류별(청소년문학, 전통문학 등)로 구분하여 '문학 텍스트 추천' 란에 첨부하고 있다. 이어서 주요 주제들이 다른 교과의 교육과정에 연결되는 지점들을 제시함으로써(Mu 5 / 01, Ku 5,1······) 국어를 중심으로 하나의 주제가 다양한 교과에서 다루어지게 한다. 아래는 5학년을 위한 추천 목록이다.

헤센 주 국어 교육과정 5학년의 문학 텍스트 추천

1. 다룰 텍스트 종류 : 이야기, 동화, 지역의 전설, 해학극, 아동 도서, 시
2. 문학 텍스트 추천

   2-1 청소년문학

      Auerbacher : *Ich bin ein Stern*(나는 별이다)

      Boie : *Jeder Tag ein Happening*(날마다 해프닝), *Nella Propella*(넬라 프로펠라), *Mit Kindern redet ja keiner*(아무도 아이에게 말을 걸지 않는다)

      Dahl : *Hexen hexen*(요술부리는 마녀들)

      Härtling : *Mit Clara sind wir sechs*(클라라와 합쳐 6명), *Das war der Hirbel*(히르벨 이야기)

      Hüttner : *Komm, ich zeig dir die Sonne*(와봐, 태양을 보여줄게)

      Janosch : *Der Mäuse-Sheriff*(모이제 세리프)

      Kästner : *Münchhausen*(뮌히하우젠)

      Kuijer : *Erzähl mir von Oma*(할머니에 대해 들려줘)

      Mebs : *Sonntagskind*(일요일에 태어난 아이)

      Nöstlinger : *Nagele einen Pudding an die Wand*(벽에 푸딩을 걸어라)

      Pludra : *Das Herz des Piraten*(해적의 심장무늬)

Preuβler : *Bei uns in Schilda*(여기 쉴다에서는)

Sundvall : *Alles wegen Valentino*(모든게 발렌티노 때문이야)

2-2 일반 문학

Europäische Märchen(유럽의 동화들)

3. 다른 교과와 주제상의 연결 추천

3-1 가족과 사회적 역할 : Rka 5.1, Rev 5.1+4, Mu 5/01, Ku 5.1

3-2 공정함 : Eth 5.2, Spo

3-3 갈등 : Ku 5.2, Klassenleiterstunde(담임시간)

독일 문학 교육의 추천 시스템에서 나타나는 큰 특징 중 하나는 주제 영역에 따른 분류가 활발하게 전개된다는 점이다. 이러한 주제 중심의 문학 교육은 학년이 높아질수록 더욱 강해지는데, 이는 장르나 문학사 등에 대한 기초 지식을 갖춘 후에는 특정 관점 하에서 주제(내용) 영역을 다양하게 그리고 집중적으로 다루려는 취지를 반영한 결과이다. 주제 중심의 선별은 학생들이 텍스트를 '해석'하는 것 대신에 자신의 경험과 관심사를 텍스트와 연결하여 자유로운 고찰을 행하도록 한다. 한편 주제 중심을 부각시키는 의도는 다른 교과(외국어, 역사, 사회, 윤리, 종교 등)와의 연계 속에서 문학 학습이 진행되도록 하는 독일의 통합교과적 교육 방향과 일맥상통한다. 헤센 주의 김나지움 상급반 국어 교육과정은 학기별로 다음과 같은 중점 주제를 제시한 후, 각 주제별로 10내지 20편 정도의 해당 문학 작품을 추천하고 있다.

헤센 주 김나지움 상급반(11~13학년)의 중점 주제 : 학기별 제시

11학년 1학기 : [나의 정체성 발견]		
사회화와 교육	사랑	선입견
익숙함과 낯섦		
11학년 2학기 : [삶의 설계]		
개인적 존재 형식	자아의 위기	영웅과 반영웅
행복		
12학년 1학기 : [이상과 현실의 긴장 관계 속에 놓인 개인]		
국가와 혁명	교육과 휴머니즘	현실과 환상
유토피아	자연과 예술	고전주의와 낭만주의
12학년 2학기 : [개인과 사회]		
사회적 삶	외부 세계와 내부 세계	여성과 글쓰기
남성과 여성의 관계	문학의 영화화	세계의 변혁들
13학년 1학기 : [세계의 설계]		
경계를 넘어서	전쟁과 평화	자연과학의 힘
도시	예술가의 문제	신화에 대한 이해
13학년 2학기 : [문학의 영향 관계]		
문학의 역할	문학 시장	문학의 평가
매체와 문학	컴퓨터의 세계	문화 논쟁들

6. 나가며 : 시사점

현대사회가 다양성과 복잡성을 더해 가면서, 그 구성원들은 집단적 정체성보다는 개인적인 이해와 취향을 더 선호한다. 그렇기 때문에 이들은 자신의 성, 계층, 인생관 등에 따라 특정 집단이나 계층에 소속되면서도 개인적 사고와 행동의 활동력을 갖길 원한다. 이러한 시대적 요구에 부응하기 위해서 문학 교육은 정전과 탈정전의 조화를 추구하며 삶의 여러 국면으로 다가갈 수 있어야 한다.

이런 점에서 볼 때, 정전 극복과 더불어 동시대 문학을 문학 교육에

적극적으로 편입한 독일의 사례는 시사하는 바가 크다. '현재성'은 문학 작품의 내용과 독자의 삶 사이에 연관성 정도가 얼마나 큰가를 고려하는 선별 기준으로서 심리적인 거부감 없이 즐겁게 문학에 접근하도록 해 준다. 동시대 문학과 아동·청소년문학을 문학 교육에서 적극적으로 다루는 것은 문학의 실천 가치를 크게 높여 줄 것이다.

탈정전 관점에서 동시대 문학을 교육 자료로 수용하기 위해서는 좋은 작품을 발굴하여 서로 공유하는 체제가 마련되어야 한다. 이를 위해서는 우리나라도 독일의 경우처럼 주요 항목별 작품을 추천하는 공간을 국어 교육과정에 배치할 필요가 있다. 그리고 작품 발굴에 교사들이 참여하여 자신의 견해를 밝히고 동료 교사들과 논의하며 작품의 교육적 신뢰도를 높여 가는 제도적 장치를 마련해야 한다.

학교 문학 교육을 통해 문학 역량뿐 아니라 독서 역량과 교육 역량을 함께 키워 주려 한다면, '수준 높은' 작품 외에도 청소년이 '소통하는' 작품을 배려해야 한다. 이를 위해서는 '문학에 대한 이해'와 더불어 '문학을 통한 삶의 이해'가 함께 추구되어야 한다. 주제를 중심으로 문학 교육과 다른 교과가 연계하여 삶의 다양한 국면들을 생각해 보게 하는 체제를 교육과정 차원에서 마련하는 방안도 검토해 볼 필요가 있다.

참고문헌

라영균, 「정전과 문학 교육」, 『독어교육』 26집, 한국독어독문학교육학회, 2003.

정인모, 「정전화와 탈정전화」, 『독어교육』 43집, 한국독어독문학교육학회, 2008.

Binczeck, Natalie u.a., *Anfang offen. Literarische Übergänge ins 21. Jahrhundert*, Heidelberg, 2002.

Buck, Günther, "Literarischer Kanon und Geschichtlichkeit", *DVjs* 57, 1983.

Burtscher, Sabine, "Auswahlkriterien für Gegenwartsliteratur im Deutschunterricht", *Literatur im Unterricht*, 2003.

Hessisches Kultusministerium, *Lehrplan Deutsch. Gymnasialer Bildungsgang. Jahrgangsstufe 5 bis 13*.

Heydebrand, Renate v. u. Winko, Simone, *Einführung in die Wertung von Literatur*, UTB 1953, Paderborn, 1996.

Kammler, Clemens, "Was kommt nach Dürrenmatt und Frisch?", *DD 26*, 1995.

Keupp, Heiner, u.a., *Identitätskonstruktionen. Das Patchwork der Identitäten in der Spätmoderne*, Rowohlt, 2002.

Ministerium für Kultus, Jugend und Sport, Baden-Württemberg, *Literatur in der Schule*, 2005.

Müller-Michaels, Harro, "Didaktische Wertung. Anmerkungen zur Kanon-Diskussion", ders.(Hrsg.) *Jahrbuch der Deutschdidaktik*, Scriptor, 1981.

Neuhaus, Stefan, *Revision des literarischen Kanons*, Vandenhoeck & Ruprecht, 2002.

Paefgen, Elisabeth K., *Einführung in die Literaturdidaktik*, Metzler, 1999.

Peck, Stefan, "Der Kanon als komprimierte Literaturgeschichte", P. Wiesinger(Hrsg.) *Jahrbuch für Internationale Germanistik. Reihe A. Kongreßberichte. Band 60*, Bern, 2003.

Pfäfflin, Sabine, *Auswahlkriterien für Gegenwartsliteratur im Deutschunterricht*, Schneider, 2010.

Rosebrock, Cornelia, "Funktionen der Kinder-und Jungendliteratur im Unterricht", B. Bank u.a.(Hrsg.) *Kinderliteratur. Literarische Sozialisation und Schule*, Beltz, 1997.

Stuck, Elisabeth, *Kanon und Literaturstudium*, mentis Verlag, 2004.

Winko, Simone, "Literarische Wertung und Kanonbildung", H. L. Arnold u.a.(Hrsg.) *Grundzüge der Literaturwissenschaft* 5, 2002.

Worthmann, Friederike, "Kanones als Lektüremacht", Heydebrand, R. v.(Hrsg.), *Kanon macht Kultur*, Stuttgart, 1998.

다문화주의적 사회를 위한 '지역 정전' 확립과 필리핀계 미국인 작품 읽기*

기현주

1. 서론

서구에서 시작된 다문화주의에 대한 논의는 '타자'와 관련하여 서구인들의 인식에 많은 영향을 끼쳤다. 그뿐만 아니라 이 이론은 다양한 영역에서 실천적 의미로까지 확대되었다. 특히 미국 교육 현장에서의 다문화주의에 대한 적극적인 수용은 주목할 만하다. 근본적이고 실제적인 측면에서 다문화주의는 대학의 커리큘럼이나 페다고지에 새로운 방향을 제시하였다. 이에 따라서 인종, 민족, 젠더의 차이에 근거하여 다양성을 강조하는 새로운 학부강좌 혹은 대학원강좌가 여러 대학과 대학원에서 수립되기에 이르렀다. 이처럼 미국을 중심으로 서구 국

---

* 이 글은 「다문화주의적 사회를 위한 '지역 정전' 확립과 필리핀계 미국인 작품 읽기」(『영미문학교육』 15집 1호, 한국영미문학교육학회, 2011)를 수정·보완하여 재수록한 것이다.

가에서는 다문화주의에 대한 관심이 증폭하고 아울러 학교 교육에도 교육 내용에서부터 방법 등에 이르기까지 실제적인 변화가 일어나게 되었다.

한편 한국사회에서도 최근 다문화주의에 대한 논의가 크게 증가하였다. 한국은 오랫동안 단일민족이라는 명제를 고수해왔으나 외국인 이주 노동자, 결혼이민자, 다문화가족 자녀, 재외동포, 그리고 북한이주민 등이 증가하면서 인종적으로나 문화적으로 다양하게 변화하고 있기 때문에 단일 민족주의적인 전제는 그 힘을 잃고 있다. 송종호에 따르면 2007년 현재 국내 체류 중인 외국인이 93만 명에 이르고, 인구 대비 외국인 체류자가 2010년 2.8%, 2020년 5%, 2030년 6%, 2040년 7.4%, 2050년 9.2%로 증가할 것으로 추산된다.(송종호 2007 : 91) 그에 따르면 보통 외국인수가 10%가 되면 이민사회로 분류된다고 한다.(송종호 2007 : 91) 이처럼 우리사회가 점점 이민사회 혹은 다문화사회로 변화하는 가장 큰 요인은 외국인 노동자와 결혼이주여성의 증가이다.(윤인진 2007 : 252)[1] 특히 농촌지역에서의 국제결혼의 비율은 33%에 달하고, 결혼 이민자가정에서 출생한 자녀는 2006년 현재 30,727명인데 그중 학교 재학생은 7천 명에 이른다.(윤인진 2007 : 253) 역사상 유례없는 결혼이주민의 증가는 해가 갈수록 증가추세에 있다. 이와 더불어서 한국 남성과 외국인 여성 사이에 난 아이늘이 대악에 가는 비율 노한 매년

---

[1]   윤인진은 내국인의 낮은 출산률과 3D 업종 기피로 인한 인력부족으로 인해 외국인 노동자는 불가피하게 증가할 수 밖에 없는데, 2006년 12월 현재 외국인 노동자는 45만 명까지 증가하였고, 국제결혼도 급증하여 1990년부터 2005년까지 한국 남성과 결혼한 외국인 여성은 159,942명에 달한다고 한다.(윤인진 2007 : 253) 이러한 수치들은 한국사회가 점차적으로 이질적이고도 다문화적으로 변화하고 있음을 명확하게 드러낸다.

증가할 것으로 추산된다. 교육의 직접적인 대상이 되는 구성원의 인종적 혹은 민족적 배경이 이전의 학생과 확연히 다르다는 사실은 당연히 이러한 학생들이 수용할 교육내용에 대한 재고를 요구한다.

Bobby Fong

　전통적으로 영문학계 내에서 교육자들은 정전을 가르쳤다. 정전은 1980년대부터 20년 넘게 활발하게 논의된 사안으로 영미권 국가의 사회, 문화 그리고 영문학 내에서의 변화를 반영한다. 많은 교수와 학자들이 지적하다시피 한국에서도 변하고 있는 학교 내외 상황, 영문학과의 변화 그리고 새로운 문학 및 문화 이론의 등장으로 기존의 정전만을 고집할 수 없는 상황에 이르렀다. 그러나 학교가 위치한 지리적 여건, 학생 수, 교직원 수와 영문학과 구조 등의 견지에서 놓여있는 조건과 규모가 다른 모든 대학교가 단일한 정전을 택해야 하는가에 대해서는 문제점을 지적하지 않을 수 없다. 이러한 시점에서 각 학교는 그 학교의 특성에 따라 '지역 정전'을 확립해야한다는 바비 펑Bobby Fong[2]의 주장은 매우 설득력 있다. 펑은 연구중심의 대학이나 대학원 과정이 없는 학부중심의 대학 모두가 단일한 정전을 택하기 보다는 각 학

2　바비 펑은 1978년부터 1989년까지 켄터키Kentucky주에 있는 베리아대학Berea College에서 교수로 재직한 경험을 바탕으로 논문 「지역 정전 : 작은 문과대학에서 문학가르치기Local Canons: Professing Literature at the Small Liberal Arts College」를 작성하였다. 이 논문에 나와있는 베리아대학은 학생수가 1,500명이고, 영어, 언어, 그리고 연극을 가르치는 교수가 총 14명인 학부과정만 있는 소규모 대학이다. 여기서는 특히 애팔래치아 지역과 켄터키 출신 학생이 학생 구성원의 80%를 이루기 때문에 펑은 애팔래치아문학 과목을 커리큘럼에 포함할 것을 주장한다.(Fong, Bobby 1990 : 202) 그는 현재 펜실베니아 주에 있는 우르시누스Ursinus대학의 총장으로 재직하고 있다.

교가 놓인 여러 가지 조건과 현재 변하는 문학 및 문화 이론 등을 고려하여 '지역 정전'을 구성함으로써 보다 효과적인 영문학 교육을 지향할 수 있을 것으로 본다.

이 글은 두 개의 중점적인 사안을 중심으로 구성되어있다. 전반부에서는 영미 학계에서 진행되고 있는 정전을 둘러싸고 있는 쟁점들과 점점 다문화주의적으로 변화하고 있는 한국의 대학 영문학과에서 가르치고 있는 정전의 문제를 논의한다. 후반부에서는 소수민족 혹은 인종 문학, 여성문학, 다문화적 문학 등을 포함하여 확대되고 있는 영문학 정전의 문제와 이러한 상황을 교육에 반영하는 '지역 정전' 확립에 대해 검토한다. 아울러 '지역 정전'을 구성할 때 고려해야 하는 문제뿐만 아니라 이를 통해 얻을 수 있는 잠재적 교육가치는 제시카 하게돈의 소설 『개먹는 사람들』과 지니 배로가의 극 「토크 스토리」에 대한 탈식민적 읽기를 통해 제시하고자 한다.

2. 정전 확대에 따른 '지역 정전' 확립의 필요성

전통적으로 미국의 대학에서는 소위 '위대한 작품들the Great Books'로 이루어진 정전을 가르쳐왔다. 인문학 연구의 바탕이 되는 정전에 대한 전통적인 개념은 서구의 형이상학에 기초하고 있다. "아놀드적인 Arnoldian 냉담함의 높은 영역에서" 문학은 "성스러운 텍스트"의 지위를 유지하였던 것이다.(Scholes 1998 : 27) 이와 함께 'canon'의 어원에서 나오는 "규칙, 법, 교회의 선언"(Scholes 1990 : 140)과 같이 절대적이고 초월

적인 진실을 구현할 텍스트로 정전을 구성하고 이를
학생들에게 가르쳐왔다. 인문학 연구에 대한 보수적인
관점은 "변화와 정의를 위한 사회운동시기"인 1960년
대를 거쳐 이러한 운동이 1970년대 학문과 교육 현장
에 영향을 끼치게 되면서 변화하기 시작하였다.(Bona &
Maini 2006 : 2) 소수문학에 대해 전통적인 "보편적 비평
패러다임"을 적용시키는 것이 타당한지에 대해 학자들

Paul Lauter

은 의문을 제기하였고 흑인문학 이론을 위시하여 소수문학 비평방식
이 새롭게 등장하게 되었다.(Bona & Maini 2006 : 4) 새로운 비평방식에 힘
입어 1980년대에는 정전논의가 뜨겁게 달아오르는 한편 정전 문제와
관련하여 탈식민주의, 페미니즘, 문화연구 등과 같은 새로운 문학과
문화이론이 부상하고 많은 여성 문학 그리고 소수인종문학 혹은 다문
화적 텍스트가 정전화되기에 이르렀다. 아울러 미국 내 소수인종 및
민족 집단의 극적인 증가는 새로운 작품들의 정전화뿐만 아니라 커리
큘럼의 변화에도 영향을 끼치게 되었다.

　그러나 급진적인 학문의 발달에도 불구하고 보수주의적인 앨런 블
룸Allan Bloom의 『서구정신의 닫힘Closing of the American Mind』이라든가 E. D.
허쉬E. D. Hirsch의 『문화 해석 능력Cultural Literacy』은 1980년대 많은 관심
을 불러 모았는데 이 둘은 각각 "보수적인 체제의 부활을 통한 교육개
혁"을 주창하였다.(Bona & Maini 2006 : 12) 비록 정전 확대에 큰 영향력을
미친 폴 로터Paul Lauter는 "혁명은 승리하였다"라고 선언하지만(Lauter,
Paul 2010 : 107) 전통적인 정전 옹호와 급진적인 정전 확대로 된 극단적
인 두 입장을 고수하는 학자들의 논쟁은 현재까지 계속 이어지고 있다.

사실 정전은 고정되어 있는 한편 변화하는 특징을 가지고 있는데, 대부분의 대학에서는 현실적인 제약에 의해서 이러한 변화 모두를 커리큘럼에 반영할 수 없다. 보통 미국의 연구대학들에 소속된 권위있는 학자들은 학부 학생 지도만을 하고 있는 대다수의 대학의 교수들보다 자유로이 소수집단의 새로운 목소리를 커리큘럼에 포함할 수 있다. 비록 부상하는 문학 이론에 따라 많은 작품들이 새롭게 정전화되었지만 규모가 작은 대학에서는 구조적인 제한과 방법론적인 어려움 때문에 이러한 변화를 커리큘럼에 반영하기 힘들다. 비록 어떤 소수집단의 목소리가 증대되고, 그 분야에 대한 관심이 증가한다 해도 작은 대학들은 기존의 코스에 새로운 텍스트를 맥락없이 덧붙일 수 없고, 경제적인 이유로 이러한 분야를 전공한 새로운 교수를 채용할 수도 없는 것이다.

　많은 학자들이 이러한 딜레마에 대처하기 위한 여러 가지 방안에 대해 논의하고 이에 따르는 문제들에 신중하게 대처할 것을 제안해왔다. 여기서 학자들이 지적하는 가장 중요한 사항은 인종, 젠더 혹은 계층 문제에 관련되는 소수문학 혹은 제3세계 문학으로 정전을 구성할 때 각별한 주의를 기울여야 한다는 것이다. 토니 모리슨Toni Morrison은 아프리카계 미국문학은 미국 정전에 포함된다고 주장하면서 "정전에 관한 논의는 그 영역, 본질, 범위(역사에 대한 미병, 지식의 역사, 언어의 정의, 미학 원칙의 보편성, 예술의 사회성, 인문학적 상상력)가 어떻든 간에 문화의 충돌"이라고 한다.(Morrison, Toni 1989 : 8) 정전 구성 시 어떠한 텍스트를 포함해야 하는가에 대한 문제는 결국 문화와 권력 간의 충돌을 포함한다는 말이다. 따라서 적절한 매개가 없으면 한 과목에서 가르치게 되는 상이한 문화는 상충하여 혼란을 야기하게 된다.

애뉴라다 니드햄Anuradha Needham은 서구국가'First' World의 맥락에서 제3세계 문학 텍스트를 연구하는 일에 대해 우려를 표한다. 아울러 그녀는 이러한 연구와 문화적 경계 넘기가 가능하려면 교육기관 차원에서 전체 커리큘럼을 다시 생각할 필요가 있다고 주장한다.(Needham, Anuradha Dingwaney 1992 : 44) 왜냐하면 특정한 이데올로기를 상정하고 있는 기존의 커리큘럼에 '다른' 문화와 경험을 다루는 제3세계 문학 과목을 덧붙이게 되면 그 내용들이 서로 어긋날 수 있기 때문이다. 더 나아가 커리큘럼을 재검토하지 않고 여기에 제3세계 문학 텍스트를 더하게 되면 서구국가들은 제3세계에 대한 물질적이고 담론적인 지배를 되풀이 할 수 있다고 경고한다.(Needham, Anuradha Dingwaney 1992 : 44)

이와 같이 기존의 정전과 새로 정전화되는 작품들이 내포하고 있는 서로 조화하지 않는 문화를 적절한 맥락속에서 다룰 수 없는 작은 대학의 한계를 상쇄하는 한편 영문학 연구에 있어서 진행 중인 정전 형성을 적극적으로 반영하기 위하여 바비 펑은 '지역 정전'을 제안한다. 사실 펑은 '지역 정전'의 개념을 다소 느슨하게 정의하고 있다. 그는 교수들이 개별적인 실라버스를 작성할 때 포함시키는 작품목록에서부터 남부나 서부 등에 위치한 한 지역에서 공통적으로 선정할 수 있는 작품 목록을 '지역 정전'이라고 부르고 있는데 일반적으로 '지역 정전'은 후자를 의미한다.(Fong, Bobby 1990 : 207~208) 여기서 필자는 펑의 제안에 기초하여 '지역 정전'을 지리적 환경과 놓여있는 상황이 비슷한 지역의 여러 학교에서 공통적으로 선정할 수 있는 작품목록으로 정의하고자 한다. 펑이 주장하는 '지역 정전'은 최근 정전의 확대문제와 더

불어 학교의 지역적 특징 및 규모, 학생 구성원, 영문학과의 구조, 영문학 교육 방법 등 실제적인 문제들을 고려하여 구성된다. 현재 영문학 정전은 여성문학 및 히스패닉, 아메리카 원주민, 흑인, 아시아계 미국인의 작품과 같은 소수문학을 포함하면서 팽창하고 있다. 하지만 교수들은 전통적이고 비전통적인 정전 모두를 다룰 수는 없다. 펑은 미국의 소규모 대학들이 규모, 예산, 지리적 특징 등을 고려해서 새로이 정전화되는 작품을 포함하여 '지역 정전'을 확립할 수 있다고 주장한다. 예를 들어 캘리포니아주에 있는 소규모 대학은 아시아계 미국인과 히스패닉 작가들의 작품을 '지역 정전'으로 선정할 수 있고, 미시시피주에 있는 대학은 흑인, 여성, 그리고 남부문학 작품을 포함하여 '지역 정전'을 만들 수 있다. 따라서 정전의 확대를 교육에 반영할 수 있는 여건이 되지 않는 소규모의 대학교에서는 '지역 정전'을 통해서 효율적인 영문학 교육을 꾀할 수 있을 것이다.

펑이 제시하는 대로 '지역 정전'의 확립은 어려움에 처한 한국의 대학 영문학과에서도 하나의 대안이 될 수 있다. 현재 한국 대학의 영문학과는 사회와 대학 자체 내의 변화로 인해 여러 가지 문제에 직면해 있다. 이형식은 한국의 영문학과가 당면한 '실용적 과목에 대한 시대적 요구' 및 '학부제 실시' 등으로 전공과목이 줄어드는 것과 같은 문제를 해결하기 위해 여러 방안을 제시하고 있다.(이형식 1998 : 758~765) 하지만 이형식이 지적하다시피 이수해야 하는 전공 학점이 줄어든 상태에서 영문학과에서는 모든 전통적이고 비전통적인 텍스트를 가르쳐야 된다는 부담을 안고 있다.(이형식 1998 : 760) 이러한 시점에서 모든 대학이 경제적 지리적 조건을 고려하지 않고 단일한 정전을 가르치는 대신에 각 대학별로 자신의 환경에 알맞은 '지역 정전'을 확립할 필요성이 대두된다.

한국에서 '지역 정전'을 형성할 때 앞서 언급한 대로 최근 부상하고 있는 문학 및 문화이론을 반영할 뿐만 아니라 노동이주민과 결혼 이주민의 증가 등으로 하루가 다르게 다문화적으로 변화하고 있는 한국사회의 양상도 고려해야 한다. 펑도 지역 정전을 만들 때 인종, 젠더, 계층의 측면에서 학생들의 특징뿐 만 아니라 "학생들의 출신배경과 그들의 포부"도 참작해야한다고 주장한다.(Fong, Bobby 1990 : 208~209) 이와 같이 특정한 시대와 문화 속에 사는 학생 개인의 삶을 인식하고 이들에게 맞추어 만들어진 '지역 정전'은 전통적이고 단일한 정전보다 실제적이고도 조화로운 교육을 생산할 수 있을 것으로 기대된다.

3. 탈식민주의적 관점으로 본
필리핀계 미국 소설과 희곡

이 절에서는 필리핀계 미국 소설인 하게돈의 『개먹는 사람들』과 필리핀계 미국 희곡인 배로가의 「토크 스토리」에 대한 탈식민적 읽기를 통해 '지역 정전'으로서의 가능성을 탐색한다. 비록 한국 내에서 필리핀 노동자, 결혼 이주민과 그들의 자녀의 비율은 전체 인구에 대비해 봤을 때 미미하다고 하겠지만 엄연히 한국사회의 일부를 이루고 있다. 따라서 한국에서 소수인인 이들은 필리핀계 미국인 문학 작품을 통해서 동질감을 확인할 수 있을 뿐만 아니라 자신의 정체성 확립에도 도움을 얻을 수 있을 것이다. 이러한 인구의 변화와 더불어서 필리핀계 미국문학을 '지역 정전'으로 고려하는 또 다른 이유는 필리핀과 한국은 인종적으로나 지리적으로 봤을 때 그리 멀지 않은 국가이면서 역사적인 측면에서도 서로 유사한 부분이 적지 않다는 사실에 있다. 필리핀과 한국 모두 식민 지배를 받은 경험이 있고, 제2차 세계대전 이후 정치, 군사, 문화 면에 걸쳐서 미국의 지대한 영향을 받았다. 이와 같이 두 나라가 가지는 공통점 때문에 필리핀계 미국문학 작품은 한국의 학생들에게 단순히 미국 내 소수인종 문학 이상의 의미를 갖게 된다. 따라서 학생들은 전통적인 정전을 통해 서구의 이데올로기를 그대로 수용하던 것을 지양하고 필리핀계 미국문학 작품을 통해 식민 역사로부터 출발한 필리핀인들의 억압적 현실에 대해 이해의 지평을 넓히고 국가관계와 관련하여 올바른 시각을 정립할 수 있을 것이다.

이러한 시점에서 두 필리핀계 미국인 작품을 최근 정전 논의와 관련하여 하나의 대안으로 떠오르고 있는 문화연구와 지역학 연구 측면으로 고려해보는 것은 유효할 것이다. 이형식은 영미외의 영어권 사용 국가의 문화 및 문학 그리고 아시아계 미국문학에 눈을 돌릴 것을 주장한다.(이형식 1998 : 764) 박찬부도 최근 문화연구와 관련하여 부상하고 있는 대안이 '지역학 연구'인데, 이것은 "영문학을 미국학, 영국학, 호수학, 혹은 영연방학 등 지역화 연구로 대체하자"는 것이다.(박찬부 2001 : 841) 이처럼 두 학자가 주장하는 문화와 지역학 연구는 그동안 기존의 정전을 그대로 수용한 것에 대한 반성을 내포한다.

이러한 문화와 지역학 연구는 외국문학의 주체적 수용이라는 문제하고도 관련된다. 저들이 저들의 논리에 따라 만들어 놓은, 따라서 인종, 계급, 성별 면에서 이데올로기적 편견으로부터 자유로울 수 없는 영문학의 정전들을 무비판적으로 받아들여 역사적 배경과 문화적 풍토가 다른 우리의 현실에 그대로 이식하는 행위를 그만두고 그것들을 우리의 실정에 맞게 주체적으로 수용하자는 것이다.

—박찬부(2001 : 841)

이러한 관점에서 보면 19세기 말부터 미국의 식민지로서 정치, 사회, 문화, 교육 등에 걸쳐 광범위한 영향을 받은 필리핀을 지역학의 한 분과로 고려할 수 있게 된다. 아울러 영미 국가에서 자신들의 논리에 따라서 구성한 정전이 아니라 우리와 인종적으로나 지리적으로 밀접한 관계를 가지고 있고, 우리 사회의 다문화적인 변화에도 기여한 필리핀에 관련된 텍스트를 읽는 당위성이 생긴다고 할 수 있다.

필리핀계 미국문학은 미국 내 거주하는 필리핀계 미국인들이 살아온 경험의 역사를 다루기 때문에 필리핀문학과는 변별된다. 하지만 국내 필리핀 학과가 없고, 필리핀문학 전공자도 거의 없는 실정이기 때문에 필리핀문학을 가르친다는 것은 현실적으로 매우 어렵다. 아울러 필리핀계 미국문학에는 필리핀의 역사 특히 미국의 식민지로서의 역사와 그 이후 미국과의 신식민지적 관계 그리고 미국 내 거주하는 필리핀인들의 살아온 경험이 투영되어있다. 따라서 역사를 비롯한 여러 영역에 걸쳐 필리핀 그리고 필리핀인들과 관련되는 필리핀계 미국문학 텍스트를 지역 정전으로 구성할 타당성이 있다고 하겠다. 다만 여기에 내재되는 문제는 미국의 다문화적 텍스트의 일부를 이루는 필리핀계 미국문학을 다문화주의를 제도화하기에 이른 미국의 지배 이데올로기의 관점에서 읽을 위험이 있다는 것이다.

미국에서 다문화주의가 제도화된 주요한 이유 중 하나는 다문화적 텍스트 혹은 '민족문학 텍스트'의 역할이다. 데이비드 펄럼보 리우 David Palumbo-Liu가 주장하듯이 이러한 민족문학 텍스트를 기존의 커리큘럼에 끼워넣는 것은 사람들의 '차이difference' 때문에 권력과 자원을 불균등하게 배분하는 이데올로기적 기구에 대해 비판적인 경우를 제시하기보다는 '미학적 가치' 라든가 '표현력', '인물형성' 등과 같은 단일문화 페다고지pedagogy 담론을 통해 구현될 수 있다.(Palumbo-Liu 1995 : 2) 그래서 "민족문학 텍스트는 모든 문화가 어떤 표현적 가치를 공유한다는 다원주의적 주장을 위한 구실이 될 수 있다."(Palumbo-Liu 1995 : 2) 그렇기 때문에 다문화적 텍스트가 지배 이데올로기를 무비판적으로 재생산한다는 혐의로부터 벗어나기 위해서는 텍스트에 존재하는 이데올로기적인 모순을 밝힐 수 있는 '거슬러' 읽기가 필요하다고 하겠다. 구체적으로 말해서 한국의 영문학과 수업에서 영미권 국가의 다문화적 텍스트를 탈식민주의적 관점으로 읽었을 때, 앞서 언급한 바와 같이 서구의 지배 이데올로기를 학생들이 그대로 수용하기보다는 이에 대해 보다 비판적인 시각을 가질 수 있게 될 것이다.

김성곤도 탈식민적 책읽기는 영문학 텍스트를 서구의 관점으로 보는 것이 아니라 새로운 시각으로 보고 이에 대해 새롭게 해석하는 행위로 본다.

탈식민주의적 책읽기는 또 우리로 하여금 서구가 임의로 정해놓은 가치관의 서열을 뒤집어 엎고, 영문학 텍스트들을 우리의 입장에서 재위치시킬 수 있도록 해준다는 점에서 중요한 의의를 가진다. 그것은 영문학 텍스트에 대한 단순한 비판을 넘어서서, 그것을 새로운 시각으로 바라보고 해석하는 것을 의미한다.

-김성곤(1994 : 30)

이러한 탈식민주의 작품읽기는 결국 서구중심주의적인 관점에서 벗어나 작품에 대한 독자적인 해석을 가능하게 함을 의미하게 된다.

리사 로우-Lisa Lowe도 또한 탈식민적 텍스트의 교육이 서구의 지배적인 이데올로기를 전복시킬 수 있음을 지적한다.

인종, 민족 그리고 탈식민 텍스트를 가르치는 것은 인종적, 민족적 그리고 탈식민적 집단의 복잡함을 다시 중심화함으로써 서구문화의 자주적인 개념을 탈중심화한다. 아울러 식민주의와 신식민주의 그리고 강제 노동의 역사를 정당화하기 위해 그리고 이러한 역사에서 나오는 탈장소와 혼종성을 말살하기 위해 고안된 하나의 허구로서의 발전적 내러티브의 가면을 벗긴다. 이러한 페다고지와 커리큘럼의 변화를 통하여 우리는 학생들이 교육 도구에 의해 주체로 호명되는 방식을 바꿀 수 있다.

The teaching of racial, ethnic, and postcolonial texts decenters the autonomous notion of Western culture by recentering the complexities of racial, ethnic, and postcolonial collectivities, and unmasks the developmental narrative as a fiction designed to justify the histories of colonialism, neocolonialism, and forced labor and to erase the dislocations and hybridities that are the resulting conditions of those histories. Through these pedagogical and curricular shifts, we may also be able to alter the ways in which students are interpellated as subjects by the educational apparatus.

—Lowe, Lisa(1995 : 66~67)

소수인종, 민족 혹은 탈식민적 작품은 서구의 식민적, 신식민적 역사 그리고 자국 내 소수인종에 대한 억압의 경험을 들추어낸다. 아울러 텍스트 읽기를 포함한 교육방법과 커리큘럼의 변화를 통하여 학생들은 서구 이데올로기에 의해 호명interpellate되기보다는 '다르고' 다양한 관점을 갖게 될 것으로 기대된다. 이처럼 로우의 관점에서 보면 『개먹는 사람들』과 「토크 스토리」를 지역 정전'으로 구성했을 때 서구의 지배 이데올로기를 탈중심화하는 과정을 더욱 강화할 수 있다. 즉 이미 두 텍스트에는 필리핀과 미국과의 식민적, 그리고 신식민적 관계가 분명하게 나타나 있고, 지배와 피지배를 전제로 한 두 국가의 관계가 개인들의 삶에 어떠한 방식으로 영향을 미치는가를 드러내고 있다. 따라서 이러한 텍스트는 미국의 지배 이데올로기에 대해 의문시하고 저항할 수 있는 단초를 제공하게 될 것이다.

지역학 중심의 교육을 한다면 기존의 전통적인 문학 분류 방식으로 소설, 희곡, 시, 비평 등을 나누어 교육하기보다는 문학 장르를 섞어서 주제별로 가르치는 것이 더욱 효과적일 것이다. 박찬부가 주장하듯이 영문학이 이미 분과학문으로부터 나와 전체적인 문화 텍스트로 그 지평을 넓혀갈 때 굳이 장르별로 문학 작품을 구분하여 교육하는 것은 별의미가 없어 보인다.[3] 필자의 이와 같은 주장을 뒷받침하기 위해서 필리핀계 미국인 작품 중에서 소설과 희곡을 각각 한 편씩 선정한다. 이 글에서는 하게돈의 소설『개먹는 사람들』과 배로가의「토크 스토리」의 탈식민지적 읽기를 통해 지역 정전으로서의 가치를 점검해볼 것이다.

1)『개먹는 사람들』

『개먹는 사람들』은 필리핀의 미국과의 신식민지적 관계가 두드러지게 드러나는 작품이다. 1950년대 중반부터 1980년대 중반까지 주로 페르디난도 마르코스Ferninand Marcos 독재 체제를 배경으로 필리핀 사회의 각계각층에 속한 사람들의 삶이 필리핀과 미국문화와의 복잡한 관계 속에서 전개되고 있다. 비록 필리핀은 스페인과 뒤이어 미국의 식민 지배로부터 벗어나 신생독립국가로서 출발한 지 10여 년이 흘렀지만 마르코스 정부는 독재체제를 유지하기 위해 그 어느 때보다도 심히 미국에 의존하였다. 특히 필리핀은 문화적인 측면에서 미국과 지배 종속관계를 유지하는데 이때 소비자본주의를 앞세운 미국문화는 필리핀 사회 전반에 걸쳐서 강력한 영향력을 행사하게 된다.

단일한 화자가 단일한 사건의 발전을 다루는 여타 소설과는 달리

---

3 사실 미국 대학에서는 일찍이 이론적 관점으로 작품을 읽는 방식을 채택해왔고 우리나라 역시 그러한 현상이 증가하고 있다. 이와 관련하여 이형식은 특히 우리나라 영문과 커리큘럼이 시대구분과 장르구분에 기초한 늘어놓기식 교과과정이었다고 지적하면서 "영미문학배경, 영국사정, 미국사정 등과 같이 영미의 문학뿐만 아니라 정치, 역사, 경제, 예술 등을 통합적으로 공부하고 문학과 연계시키는 강좌개설"을 역설하고 있다. (박찬부 2001 : 761)

Jessica Hagedorn(1949~)

『개먹는 사람들』은 장군, 상원의원에서부터 영화배우, 남창에 이르기까지 다수로 된 화자와 다양한 관점 그리고 시간순서의 왜곡 등으로 분열된다. 그래서 사리타 시Sarita See 는 이 작품이 "신문을 읽으려고 하는 동시에 5분 마다 채널을 돌리면서 디지털 유선 TV 앞에서 보낸 오후처럼 쓰였다"(Sarita See 2004 : 44) 고 하여 거대서사를 파열시키는 소설의 특징을 지적한다. 더 나아가 소설에서 작중 주요 화자인 십대소녀 리오Rio는 미국으로 이민 간 후 그녀의 고향을 회상한다. 마닐라에 대한 리오의 기억이 주요 내용을 이루기 때문에 소설이 기대고 있는 부분적이고 불완전한 기억은 공식적인 역사재현에 저항한다. 또한 소설에서는 주로 대중담론으로서 '한담gossip'이 공식적인 지배담론에 대항하는 전략으로 사용되고 있다.(Lowe 1996 : 113) 비공식적인 담론구조로 기능하는 '한담'은 필리핀의 식민지배역사와 무관하지 않다. 역사가 비센테 라파엘Vicente Rafael은 일본지배하의 필리핀에서 '한담'은 비엘리트 계층에게 "박탈감을 설명하고 재상술하기 위해 대안적 기초를 만드는" 전략으로 사용되었다고 설명한다.(Lowe 1996 : 114 재인용) 이와 같이 사회의 피지배계층의 전략으로 사용되는 '한담'은 『개먹는 사람들』에서 지배계층을 둘러싼 여러 가지 소문과 사건에 대해 공적담론과는 다른 텍스트를 제공함으로써 지배담론을 방해하거나 파괴한다.

혼종적인 서사방식으로 쓰인 『개먹는 사람들』에서는 필리핀 사회에서 일어나는 주요사건들, 즉 미스 필리핀 선발대회, 마닐라 국제필름 페스티벌과 인권운동가이자 상원의원인 도밍고 아빌라Domingo Avila의 암살사건 등을 중심으로 이에 직·간접적으로 관련되는 인물들의 이야기로 짜여 있다. 여기서 특히 관심을 끄는 문제는 다양한 형태로 드러나는 미국문화에 의해 필리핀이 새롭게 식민화되는 점이다. 마르코스 정권은 "독재 권력을 확립하고 정당화"하기 위해 내쇼날리즘 담론을 사용하는데 필리핀 미인대회와 국제영화제는 "신생 독립국 필리핀의 국제적 부와 위상을 과시하기 위해" 전국민의 애국적인 관심과 지지를 요구하는 국가사업이다.(이숙희 2003 : 9) 필리핀 '미인대회'는 특히 제2차 세계대전 이후 미국의 대중문화의 영향으로 생긴 국가차원의 행사이다. 여성의 성을 상품화하는 '미인대회'는 서구의 자본주의 이데올로기에 기초하는데 이러한 문화는 여과 없이 필리핀으로 들어와 화려한 모습으로 치장되어 대중적인 관심을 불러일으킨다.

국제영화제 역시 미국 문화의 절대적인 지배하에 있다. 영화제를 통해서 허리우드 영화가 대량으로 보급되어 필리핀은 미국문화에 의한 식민화를 촉진하게 된다. 특별히 영화 속의 이미지로 표현된 미국식 가치와 생활양식은 마닐라 국제영화제가 적극 유입하게 되는 헐리우드 영화를 통해 필리핀인들의 개인적인 삶에 속속들이 침투되는 것이다.(이숙희 2003 : 10) 따라서 작품속의 거의 모든 필리핀인들에게 미국문화는 중심역할을 하는 반면에 필리핀 토착문화는 주변화된다. 상층부일수록 서구, 특히 미국문화를 자국의 문화인양 받아들이거나 이에 대해 거의 숭배할 정도로 애정을 드러내는 반면에 필리핀의 문화는 경시한다.

작품의 주요 화자인 십대 소녀 리오 곤자가Rio Gonzaga의 집은 미국 문화와 필리핀문화가 어떻게 계층과 관련되는지를 보여주는데 이는 필리핀 사회의 압축된 모습이라고 할 수 있다. 리오의 가족은 오랫동안 필리핀 사회에서 상층의 위치를 차지해왔다. 곤자가라는 그녀의 성이 드러내듯이 부계는 스페인 혈통을 이어받았고, 모계쪽으로는 외할아버지의 이름이 위트만 로건Whitman Logan이라는 사실로 알 수 있듯이 미국인 혈통을 물려받았다. 특히 자신을 "리타 헤이워드Rita Hayworth"로 부르는 리오의 엄마는 백인 아버지와 갈색의 피부를 가진 필리핀인 사이의 혼혈로 "노란색과 흰색이 섞인 상아색의 부드러운 피부(82)"를 가지고 있다. 리오 가족의 하얀 피부는 필리핀 사회에서 이들이 누리는 특권화된 지위의 표지로써 역할을 한다. 아울러 이들은 미국의 문화에 경도되어 주로 미국산 음식과 상품 그리고 문화를 소비하는 동시에 필리핀 것은 가치 없는 것으로 취급한다.

리오의 가족들이 위층에서 미국식 음식을 먹을 때 그녀의 할머니와 하인들은 아래층에서 필리핀 토착음식을 먹는다. 피부색이 짙은 갈색인 할머니는 리오의 엄마에게는 숨기고 싶은 자신에게 존재하는 필리핀인 조상의 흔적이다. 외부에서 손님이 방문할 때마다 하인들이 거처하는 곳으로 사라지는 할머니는 리오의 가족에게는 인정하고 싶지 않은 필리핀의 유산인셈이다. 리오의 가족을 통해 보았듯이 작품 속 인물들이 먹는 음식은 그들이 속해있는 계층에 따라 미국식인지 혹은 필리핀식인지가 결정된다. 사실 『개먹는 사람들』에서는 음식이 식민화된 필리핀 상황을 드러내주는 주요한 요소인데, 책 제목으로 쓰인 '개먹는 사람들'은 미국의 식민지배 이전에 루손의 고원지대에서 살던 부족이 개를 잡아먹던 풍습을 경멸적으로 일컫는 말이다.(Zamora 2006 : 167) 서구인의 관점에서 봤을 때 다분히 이국적인 의미를 함축하고 있는 제목을 통해 드러나듯이 작품에서 서구 음식과 혼재하여 나타나는 필리핀 음식은 상층계급에 의해 경시된다. 이와 같이 식민주의 역사로 인해 소비하는 음식에 따라서 계층과 문화적 정체성까지 나뉘게 된다. 따라서 음식을 탈식민주의적인 관점으로 보고 분석하는 것은 작품의 전체적인 의미를 파악하는데도 도움이 될 것이다.

리오의 가족을 통해 드러나는 미국문화와 필리핀 토착문화의 계층적 관계는 사회전반에 확산되어있다. 특히 혈통적으로 백인에 가까운 리오의 가족은 상층을 차지하지만 또 다른 화자인 조이 샌즈Joey Sands는 필리핀이 미국의 식민지배를 받을 당시 흑인 미군병사와 필리핀 창녀사이에서 태어난 사생아다. 백인의 피를 물려받은 리오와 흑인의 피를 물려받은 조이는 소설에서 필리핀 사회의 두 대척점에 있는 계층에 속하게 된다. 이에 따라서 리오는 사회적·경제적·정치적 면에서 봤을 때 필리핀 사회의 최상층에서 미국 문화를 자신의 것으로 받아들이고 끊임없이 이에 대한 희구를 드러내는 한편 조이는 독일인 영화감독과의 관계를 통해 제시되듯이 지배와 종속을 전제로 한 식민적 관계의 고리속에 있다.

작품에서는 각기 다른 계층의 필리핀 사람들이 미국 문화와 필리핀의 토착문화를 다르게 소비하는 것을 볼 수 있다. 이에 따라서 두 개의 문화는 계속 비교되는데 여기서 서구정전을 읽는 전통적인 방식을 도입한다면 필리핀 토착문화는 '이국적'으로 보이고, 이 작품 읽기는 필리핀 문화를 '색다르게' 경험하는 것으로 끝날 여지가 있다. 따라서 전통적인 정전 읽기 방식 대신에 아시아계 미국문학 분석에 쓰이는 방식을 적극적으로 수용할 필요가 있다. 아시아계 미국문학의 발전에 중요한 역할을 한 아시아계 미국학은 하나의 학문분야로서 탈식민화하고 새로운 정치적, 문화적 정체성을 형성하는 것을 목표로 한다. 따라서 이러한 방식으로 『개먹는 사람들』을 읽는 것은 서구중심의 오리엔탈리스트적인 관점에 도전하는 동시에 서구 제국주의에 의해 오랫동안 지배당한 필리핀의 역사와 이러한 역사와의 관련 속에서 형성되어온 문화에 대해 비판적인 시각을 가질 수 있게 할 것으로 기대된다.

문화를 통해 미국과의 신식민지적 관계가 부각되는 이 작품에서 다루어져할 또 다른 요소는 탈식민주의에서 중요하게 거론되는 저항담론이다. 비록 작품에서는 문화를 앞세워 제국주의적 힘을 증대시키는 미국에 대한 분명한 저항의 움직임은 볼 수 없으나 미국과의 돈독한 관계를 통하여 자신의 독재정권을 영속시키려는 마르코스 정권에 대해 저항하는 좌익들의 활동이 강조되고 있고, 이는 당연히 탈식민적 저항담론의 측면에서 다루어져야 할 것이다. 특히 인권운동가인 상원의원 도밍고 아빌라Domingo Avila의 딸이자 미인대회 퀸으로 뽑힌 데이지Daisy가 공개적으로 미인대회를 코미디라고 비난하는 행위는 대통령 영부인이 적극 추진하는 국가적 차원의 행사에 대한 거부이기 때문에 단순하게 볼 수 없다. 그녀는 레데스마Ledesma 상군과 그 일당에게 고문 및 강간을 당한 후 산속으로 들어가 게릴라 군의 지도자가 되고, 조이도 우연히 아빌라 상원의원이 암살당하는 장면을 목격한 후 산속으로 도망간다. 산속은 마르코스 독재정권에 정면으로 도전하는 게릴라군이 지배하는 곳이기 때문에 이곳으로 가는 행위 속에는 미국과의 견고한 관계 속에서 자신의 권력을 지속하려는 지배층에 대한 더 나아가서는 이들을 비호하는 미국에 대한 저항이 잠재되어있다고 할 수 있다. 따라서 우연하고도 일상적으로 보이는 사건들을 통해 필리핀인들의 저항성이 강조되고 있다.

『개먹는 사람들』에서 사용되는 혼성적 서사방식과 '한담'의 사용 등은 지배담론이 내포하는 권위를 훼손시키면서 탈식민적 주체로서의 필리핀인들을 부각시킨다. 이와 같은 읽기 방식은 소설 속에 재현된 필리핀인들을 '이국적'인 타자 혹은 "강력한 지배 담론에 의해 정의되고 호명되는 무력한 수동적 존재로서의 피식민인"(이숙희 2003 : 13)이 아니라 복잡하고 혼란스러운 이미지들로 구성된 존재로 인식하게 된다. 오랜 식민주의 역사를 통해 인종, 문화, 언어의 측면에서 파편화된 필리핀인들의 곤경을 탈식민적 관점으로 읽는 것은 결국 서구 중심의 이데올로기로부터 벗어나게 하고 나아가 이러한 이데올로기에 대해 의문시하고 이를 불안정하게 할 것이다.

2) 「토크 스토리」

『개먹는 사람들』에서는 소설전체에 걸쳐서 계층이 다른 다양한 인물들을 통하여 혼란기에 있는 필리핀 사회의 모습을 사실적으로 제시하는 반면에 「토크 스토리」에서는 두 세대에 걸쳐 필리핀계 디아스포라가 처한 곤경을 회상 장면과 슬라이드 프로젝트 등 실험적인 극 장치를 통해 함축적으로 드러낸다. 이 작품을 읽을 때 특히 전제되어야

Jeannie Barroga(1949~)

할 점은 최근 들어 매스 미디어나 영문학 연구를 통해 활발히 유통되고 있는 용어인 디아스포라에 대한 논의이다. 원래 디아스포라는 "유대인들이 그들의 역사적인 고향으로부터 추방당하여 여러 국가로 이산한 것"(Saffran 1991 : 83)을 가리키지만 이제는 "탈식민화, 이민 증가, 지구적 커뮤니케이션과 이동을 반영하면서" 그 의미가 확대된다.(Clifford 1994 : 306) 이러한 용어에 대한 정의와 더불어서 주지해야 할 사항은 필리핀계 디아스포라는 필리핀인들의 식민적, 탈식민적 역사와 분리될 수 없다는 사실이다.

16세기부터 19세기 말까지 스페인에 의해 지배당한 필리핀은 미국이 스페인과의 전쟁에서 승리를 거두자 다시 미국의 식민지가 되고 1946년에서야 독립을 하게 된다. 비록 미국의 식민지배로부터 해방은 되었지만 제2차 세계대전 이후 미국이 아시아에서의 패권을 강화하기 위해서 필리핀을 전략적인 기지로 사용함으로써 필리핀은 다시 미국의 지배 아래 놓이게 되었다. 이러한 식민역사를 가진 탈식민적 필리핀 사회의 중요한 특징 중 하나는 사람들이 중동, 아시아, 유럽, 그리고 북아메리카로 이농해왔다는 사실이다. 국가의 독립 이후 많은 필리핀 디아스포라는 혼란스러운 국가를 떠나 정치, 사회, 경제적으로 안정된 국가로 이주하였던 것이다.

극에서 두드러지는 사안은 식민역사로 인해 필리핀계 디아스포라와 미국과의 관계가 복잡하고 모순되기도 하다는 것이다. 사실 프랭크와 그의 동료에게 미국은 외국이 아니다. 그들은 1930년대 이전에 미국에 왔는데 이때는 필리핀이 미국의 식민지였기 때문에 대부분의 필리핀인은 '국민'으로 간주되어서 미국 여권을 가지고 자유롭게 들어올 수 있었다.(Chan 1991 : 18) 하지만 미국에 온 다른 아시아계 이민자들처럼 필리핀인 역시 이민자들에 관련된 법률과 적대적인 사회의 분위기 때문에 여러 면으로 제한을 받았다. 「토크 스토리」에서 필리핀계 디아스포라와 미국과의 분열되고 모호한 관계는 특별히 이 작품에서 사용된 장치인 슬라이드를 통해서 드러나고 있음에 주목해야 할 필요가 있다.

무대 위에 설치된 슬라이드는 프랭크Frank와 그의 동생 그리고 친구들이 과거에 일하거나 이동하였던 장소들을 투사한다. 각각의 장소는 미국과 안정된 관계를 맺지 못한 필리핀계 노동자들이 일거리를 찾아서 혹은 심한 인종차별을 피해서 이곳에서 저곳으로 떠돌던 지역이다. 왓슨빌Watsonville, 약국drugstore, 그리고 프랭크가 일했던 여러 곳은 실제로 필리핀계 미국인들이 식민지적 규제하에 억압을 받았으나 이에 저항하였음을 증명하는 역사적인 장소이므로 이 장면에서는 역사적인 배경에 대한 이해가 필요하다.

프랭크를 비롯한 그의 동료들이 저임금 노동자로서 겪었던 인종적 차별은 미국에서 태어나고 자란 필리핀계 미국인인 그의 딸 디Dee의 삶과도 무관하지 않다. 그러나 필리핀계 디아스포라로서 아버지와 딸이 경험하는 이산성은 같으면서도 다른 특징을 가지고 있다는 것이 지적되어야 할 것이다. 프랭크가 식민적인 아시아계 이민자들을 억압하는 법률과 적대적인 사회분위기로 인한 노골적인 차별을 경험하였다면 미국에서 자라고 교육받은 디는 표면적으로는 차별없이 미국의 국가적 정체성에 동화하기를 요청받았을 것으로 추론된다. 따라서 디가 드러내는 국가적, 문화적 정체성은 그녀가 진정한 의미로서의 미국인임을 드러내는지 검토해야 한다.

특히 디와 그녀의 백인 남자친구 론Lon과의 관계를 이러한 디아스포라로서의 정치의식의 관점으로 살펴볼 필요가 있다. 디는 자신이 '다르다는 것'에 민감하게 반응하는 반면에 론은 인종차별에 대해 특별한 관심을 보이지 않는다. 결국 둘의 인종에 관한 서로 상반된 견해는 그들이 헤어지게 되는 주요한 이유가 된다. 백인 남성을 대표하는 론은 미국에서는 인종문제가 모두 사라졌다고 생각하고 항상 인종적 사안에 대해서는 예민하게 반응하는 디를 불편해 한다. 여기서 인종이 서로 다른 디와 론의 관계는 프랭크가 과거에 가졌던 백인 여자들과의 관계를 환기하며 두 세대가 겪었던 그리고 겪고 있는 인종에 관련된 문제들을 비교하게 한다. 비록 법이나 제도 면으로 봤을 때 프랭크가 경험한 노골적인 인종에 근거한 차별은 사라졌지만 디와 백인 남자친구와의 관계를 통해 보았듯이 인종문제는 아직도 유색인들의 삶에서 미묘하게 작용하는 중요한 문제임은 새삼 강조할 필요가 있다.

이 작품에 대한 탈식민주의적 읽기에서 중요하게 다루어져야 할 사항은 필리핀계 미국인들의 저항성이다. 프랭크는 저임금 노동자로서 일거리를 찾아서 혹은 사회의 적대적인 분위기를 피해서 미국의 여러 지역을 끊임없이 이동하였지만 작품에서 점차 강조되듯이 단순히 희생자가 아니라 차별적인 제도에 항거하여 파업이나 집단적인 싸움을 주도한 저항자로서 등장한다. 비록 세대는 다르지만 그의 딸 디 역시 미국사회에 동화되기보다는 인종에 대한 예민한 감수성으로 자신이 주류사회의 사람들과 다름을 인식한다. 더 나아가 그녀는 아버지의 조국인 필리핀과 자신이 현재 거주하고 있는 미국 중 어느 곳도 고향으로 여기지 않는 디아스포라 의식을 통해 저항성을 드러낸다.

「토크 스토리」는 필리핀계 노동자와 필리핀계 미국인이 미국에서 겪는 인종과 관련된 경험을 주로 다룬다. 비록 프랭크와 관련하여 필리핀에서 겪은 이야기가 에피소드 식으로 나오기는 하지만 필리핀 문화를 전적으로 재현한다고 하기에는 무리가 있다. 하지만 탈식민적 읽기 방식은 필리핀인과 필리핀계 미국인으로서 프랭크와 디의 미국사회로의 동화보다는 인종에 대한 의식에 주목하게 함으로써 그들의 저항의 근거에는 필리핀과 필리핀 문화가 존재함을 날카롭게 인식하게 할 것이다.

4. 결론

이 연구는 한국의 영문학 교육에서 '지역 정전'을 만드는 일의 중요성에 대해 논의한다. 전통적인 문학 작품들 뿐만 아니라 정전의 반열에 새롭게 오른 여성문학 혹은 소수인종 문학 작품들을 가르쳐야 하는 부담을 해소하기 위해 본 연구는 '지역 정전' 구성을 하나의 대안으로 제시한다. 학교의 규모, 여건, 영문학과의 구조 그리고 학생 구성원의 특징 등을 고려하여 '지역 정전'을 만들어서 변화하고 있는 사회, 학교, 교육 방법, 문학 및 문화이론 등에 적극적으로 대응할 수 있을 것이다.

'지역 정전'을 구성할 때 어떠한 측면이 고려되어야 하는지는 『개먹는 사람들』과 「토크 스토리」 읽기를 통해 검토해 보았다. 1990년에 하게돈이 발표한 『개먹는 사람들』은 '미국 도서상American Book Award'을 수상하는 한편 '전국 도서상National Book Award' 후보에 오르는 등 문학계와 학계에서 두루 주목을 받은 작품이다. 뿐만 아니라 이 작품은 극으로 개작되어서 1998년 캘리포니아 라 졸라 극장the California La Jolla Playhouse에서 초연된 이후 뉴욕과 로스앤젤레스 등과 같은 지역의 중요 극장에서도 공연된 바 있다. 필리핀인의 삶의 다채로운 양상을 다루는 『개먹는 사람들』은 필리핀계 미국 작품 중 가장 널리 알려진 작품 중의 하나로, 작품이 가지고 있는 미학적, 문학적, 문화적 측면에서의 풍요로움 때문에 계속하여 여러 방면 사람들의 관심을 끌고 있다. 배로가의 극 「토크 스토리」는 『개먹는 사람들』 만큼 대중적인 인지도는 없지만 아시아계 미국극 선집에 포함될 만큼 아시아계 미국극 중에서는 많이 알려진 작품이다. 최근 우리나라에서 아시아계 미국문학에 대한 관심이 증가하고는 있으나 대체로 중국, 일본, 한국계 미국문학에 초점을 맞추고 있다는 사실을 고려할 때 이 두 작품의 '지역 정전'으로의 확립은 아시아계 미국문학 교육의 지평을 넓히는 데에도 매우 고무적인 일이 될 것이다.

아울러 비교적 잘 알려진 필리핀계 미국인 작가들의 작품을 '지역 정전'에 포함하여 가르치는 것은 최근 다문화적으로 변화하고 있는 우리나라의 인구지형도를 생각해볼 때 유효하다고 하겠다. 한국사회에서 증가하고 있는 다문화가족 중에서 필리핀계 여성과 결혼한 경우는 베트남 출신 여성 다음으로 많다.(Hee-Won Cho 2010 : 31)[4] 한국인 남편과

---

4 한국인 남성과 결혼한 외국인 여성의 민족별 비율을 보면 한국계 중국인이 가장 많고 그 다음에는 중국인, 베트남인, 필리핀인순으로 되어있다. 필리핀 결혼 이주민은 캄보디아

사는 필리핀 여성 그리고 그들 사이에서 난 아이들은 비록 한국 문화에 동화되더라도 자신들의 정체성 일부를 이루는 필리핀문화에 대해 남다른 인식과 감수성을 가질 것으로 기대된다. 따라서 필리핀의 사회, 문화, 정치 문제뿐만 아니라 필리핀계 미국인의 역사와 경험을 다룬 필리핀계 미국인의 작품이 '지역 정전'으로 구성된다면 다문화가족 출신인 학생들은 자신들의 문화적 뿌리를 확인함으로써 정체성을 확립하는데 도움을 얻을 수 있을 것이다. 더 나아가 한국사회에서 소수를 이루지만 사회의 분명한 구성원인 이들에 대한 이해를 바탕으로 "인간적인 삶, 혹은 인문학적 교양의 함양을 통한 인간정신의 보편성에로의 열림이라는 인 / 문학적 이상과 목표"(박찬부 2001 : 843)라는 영문학 교육이 궁극적으로 지향하고 있는 바를 달성할 것으로 기대된다.

필리핀계 미국 작품을 '지역 정전'으로 확립하는 과정에서 본 연구는 탈식민주의적 관점에서 텍스트를 읽는 방안을 제시하였다. 이러한 방식은 오랫동안 서구국가의 식민지배를 받았던 필리핀인들의 문화와 탈식민적 상황에 대해 보다 정확한 인식을 하게 할 것이다. 아울러서 이러한 읽기를 통해 학생들은 한국과 필리핀 사회가 공통적으로 경험한 식민주의와 탈식민주의를 비교할 수 있고 더 나아가 탈식민주의에서 중요하게 다루어지는 역사, 문화, 권력 관계 및 저항담론 등에 대한 인식을 확대할 수 있을 것으로 기대된다. 특히 탈식민주의적 읽기 방식은 영미중심의 비평적 관점에서 벗어날 수 있게 한다. 그랬을 때 다문화주의 자체가 사회의 지배 계층과 소수 인종 및 민족 간의 정치적,

---

나 타일랜드 등의 국가 출신의 여성보다는 비율이 높은 편이다.(Hee-Won Cho 2010 : 31)

사회적, 경제적 불평등과 차이를 간과한다는 비판에서 벗어날 수 있을
것이다.

참고문헌

김성곤, 「탈식민주의적 책읽기와 영문학 연구」, 『외국문학』 38, 열음사, 1994.

박찬부, 「21세기에 다시 보는 한국의 영문학 교육」, 『영어영문학』 47(3), 한국영어영
　　　문학회, 2001.

송종호, 「단일민족 환상 깨고 다문화주의로의 전환시대」, 『민족연구』 30, 한국민족
　　　연구원, 2007.

윤인진, 「국가주도 다문화주의와 시민주도 다문화주의」, 『한국사회학회 동북아시아
　　　시대위원회 용역과제』, 한국사학학회, 2007.

이숙희, 「문화적 식민화화 저항. 제시카 하게돈의 『개고기먹는 사람들』」, 『현대영미
　　　소설』 20(2), 한국현대영미소설학회, 2003.

이형식, 「깨뜨리고 다시 만들기 : 한국에서의 새로운 영문학 커리큘럼을 위하여」,
　　　『영어영문학』 44(3), 한국영어영문학회, 1998.

Barroga, Jeannie, ed. Velina Hasu Houston, *Talk-Story. But Still, Like Air, I'll Rise*,
　　　Philadelphia : Temple UP, 1997.

Bona, Mary Jo & Irma Maini, "Introduction : Multiethnic Literature in the Millennium", ed.
　　　Mary Jo Bona and Irma Maimi, *Multiethnic Literature and Canon Debates*, State U of
　　　New York P, 2006.

Chan, Sucheng, *Asian Americans : An Interpretive History*, Twayne Publishers, 1991.

Clifford, James, "Diasporas", *Cultural Anthropology* 9(3), 1994.

Cho, Hee-Won, "Korean Multiculturalism under Globalization : A Case of Female
　　　Marriage Immigrants", *Journal of Social Science*, 36(2), 2010.

Fong, Bobby, "Local Canons : Professing Literature at the Small Liberal Arts College", ed.
　　　Charles Moran & Elizabeth F. Penfield. , *Conversations : Contemporary Critical Theory and
　　　the Teaching of Literature*, NCTE, 1990.

Hagedorn, Jessica, *Dogeaters*, New York : Penguin Books, 1990.

Lauter, Paul, *Canons and Contexts*, New York : Oxford UP, 1991.

_____, "Contexts for Canons", *Pedagogy* 10(1), 2010.

Lowe, Lisa, "Canon, Institutionalization, Identity : Contradictions for Asian American Studies", ed. David Palumbo-Liu, *The Ethnic Canon : Histories Institutions and Interventions*, U of Minnesota P, 1995.

_____, *Immigrant Acts : On Asian American Cultural Politics*, Durham : Duke UP, 1996.

Morrison, Toni, "Unspeakable Things Unspoken : The Afro-American Presence in American Literature", *Michigan Quarterly Review* 28, 1989.

Needham, Anuradha Dingwaney, "At the Receiving End : Reading 'Third' World Texts in a 'First' World Context", ed. Glynis Carr, *"Turning the Century" : Feminist Theory in the 1990s*, Bucknell UP, 1992.

Palumbo-Liu, David, "Introduction", ed. David Palumbo-Liu, *The Ethnic Canon : Histories Institutions and Interventions*, U of Minnesota P, 1995.

Saffran, William, "Diasporas in Modern Societies : Myths of Homeland and Return", *Diaspora* 1(1), 1991.

Scholes, Robert, *The Rise and Fall of English : Reconstructuring English as a Discipline*, Yale UP, 1998.

_____, "Canonicity And Textuality", ed. Joseph Gibaldi, *Introduction to Scholarship*, New York : MLA, 1990.

See, Sarita, "Southern Postcoloniality and the Improbability of Filipino-American Postcoloniality : Faulkner's *Absalom, Absalom!* and Hagedorn's *Dogeaters*", *Mississippi Quarterly* 57(1), 2004.

Zamora, Maria, "Female Embodiment and the Politics of Representation in Jessica Hagedorn' *Dogeaters*", *Atenea* 26(2), 2006.

필자 소개

강상순 姜祥淳 Kang, Sang-soon

고려대학교 민족문화연구원 HK교수. 고려대학교에서 박사학위를 받았으며 한국 고전문학(고전소설) 전공이다. 고려대학교 민족문화연구원 HK연구교수를 역임했다. 성과 사랑, 가족, 귀신이라는 키워드들을 중심으로 한국 전통문화와 역사적 주체의 정신분석에 관심을 두고 있다. 주요 논저로 「성리학적 귀신론의 균열과 귀신의 귀환」, 「고전소설과 정신분석학의 접합, 그 가능성과 지점 및 한계들」, 「조선 전기 성소화의 향유양상과 존재논리」, 「조선 후기 장편소설과 가족로망스」, 『19세기 조선의 문화구조와 동역학』(편저) 등이 있다.

권오현 權五鉉 Kwon, Oh-hyun

서울대학교 독어교육과 교수. 서울대학교에서 박사학위를 받았으며 문학 교육 · 다문화 교육 전공이다. 서울대학교 교육연수원장을 역임하였으며 현재 다문화교육연구센터 소장을 맡고 있다. 독일문예학이론, 다문화 교육, 문학 교육 등에 관심을 두고 있다. 주요 논저로 『구한말 한독 외교문서 '덕안' 연구』, 『다문화 교육의 이해』(공저), 『독일문예학입문』(번역), 「상호문화적 문학 교육에서 낯섦 이해의 문제」, 「고등학교 문학 교육에서 소통중심의 독서지도 방안」 등이 있다.

기현주 奇賢珠 Ki, Hyun-joo

세종대학교 초빙교수. Indiana University of Pennsylvania에서 박사학위를 받았으며 현대 영미드라마 전공이다. 경기대학교, 인천대학교 등에서 시간강사를 역임하였다. 아시아계 미국문학, 아시아계 미국 드라마, 탈식민 문학, 탈식민주의, 다문화주의, 다문화주의적 문학 작품에 관심을 두고 있다. 주요 논저로 「아시아계 미국극에 나타난 탈장소의 미학 : 플립조이즈와 비오는 클리브랜드를 중심으로」, 「『태양아래 건포도』에 나타난 지리적 이동의 탈식민적 의미」, 「아시아계 미국인의 노동 공간의 의미 : 『차이나타운의 마지막 손 세탁소』에 나타난 이국화와 여성성」 등이 있다.

김승우 金承宇 Kim, Seung-u

고려대학교 민족문화연구원 HK연구교수 · 국어국문학과 강사. 고려대학교에서 박사학위를 받았으며 한국 고전문학 전공이다. 2007년 이래 고려대학교 민족문화연구원에서 연구원, 선임연구원, HK연구교수를 역임했다. 한국 고전시가의 제현상, 19세기 서구인들의 한국문학 인식, 정전正典 형성 문제 등에 관심을 두고 있다. 주요 논저로 『용비어천가의 성립과 수용』(2013년 문화체육관광부 우수학술도서), 「고전시가 속 '漁父' 모티프의 수용사적 고찰」, 「한국시가에 대한 구한말 서양인들의 고찰과 인식」 등이 있다. 제20회 나손학술상羅孫學術賞을 수상하였다.

김윤희 金允姬 Kim, Yun-hee

고려대학교 강사. 고려대학교에서 박사학위를 받았으며 고전문학 전공이다. 고려대학교 BK21 한국어문학교육연구단에서 연구교수를 역임했다. 조선 후기 기행가사, 20세기 초 고전문학의 근대적 존재 양상 등에 관심을 두고 있다. 주요 논저로 『조선 후기 사행가사의 문학적 흐름』 등이 있다.

김장환 金長煥 Kim, Jang-hwan

연세대학교 중어중문학과 교수. 서울대학교에서 석사학위, 연세대학교에서 박사학위를 받았으며 중국 필기문헌과 학술사상 전공이다. 미국 Harvard University Yenching Institute와 Fairbank Center for Chinese studies에서 Visiting Scholar를 역임했다. 중국필기문헌에 대한 교감과 교석 작업을 진행하고 있으며, 위진남북조 학술사상에 관심을 두고 있다. 주요 논저로 『중국문학의 벼리』, 『중국문학의 갈래』, 『중국문학의 숨결』, 『劉義慶과 世說新語』, 역서로 『世說新語』(전 3권), 『世說新語補』(전 4권), 『世說新語姓彙韻分』(전 3권), 『太平廣記』(전 21권), 『太平廣記詳節』(전 8권), 『封神演義』(전 9권), 『唐摭言』(전 2권), 『列仙傳』, 『西京雜記』, 『高士傳』, 『中國歷代筆記』 등과 중국 필기문헌과 문언소설에 대한 여러 편의 연구논문이 있다.

김풍기 金豊起 Kim, Pung-gi

강원대학교 국어교육과 교수. 고려대학교에서 석 · 박사학위를 받았다. 고전문학 비평, 동아시아 고전문학(한문학), 책의 유통과 고전의 형성 등에 관심을 두고 있다. 주요 논저로 『조선전기 문학론 연구』, 『조선 지식인의 서가를 탐하다』, 『독서광 허균』 등이 있다.

박상신 朴商辰 Park, Sang-jin

부산외국어대학교 이탈리아어과 교수. 옥스퍼드대학교에서 박사학위를 받았으며 이탈리아문학과 비교문학을 전공이다. 하버드대학교와 펜실베니아대학교에서 방문학자를 역임했다. 이탈리아문학(단테), 비교문학, 르네상스, 세계문학, 문학 이론, 문명학 등에 관심을 두고 있다. 주요 저서로 『단테 신곡 연구』, 『비동일화의 지평』, 『열림의 이론과 실제』, 『에코 기호학 비판』 등이 있다.

백승욱 白勝旭 Baik, Seung-wook

고려대학교 민족문화연구원 선임연구원. 스페인 마드리드 아우토노마대학교에서 박사학위를 받았다. 서울대학교와 고려대학교 스페인문학을 강사와 한국스페인어문학회 총무, 세계스페인어문학회 이사직을 역임하였다. 스페인 중세 문학, 동서 문명 교류사, 동서 설화비교, 스페인어권 문학 정전 등에 관심을 두고 있다. 주요 논저로 "Aproximación al decir narrativo castellano del siglo XV(카스티야 15세기 서사문학에 대한 접근)", 「스페인 중세 문학 정전에 나타난 사회계층에 대한 관념들」, 「스페인 중세 문학에 나타난 판차탄트라의 전파와 수용 양상 연구」 등이 있다. 미국 델라웨어대학교의 방문교수로 초청을 받아 스페인문학을 강의할 예정이다(2013~14년).

송상기 宋相琦 Song, Sang-kee

고려대학교 서어서문학과 교수. 고려대학교에서 석사학위, 미국 예일대학교에서 석·박사학위를 받았으며 중남미문학 전공이다. 샌디에이고 캘리포니아주립대학 방문교수을 역임했고, 중남미 문학과 문화이론, 중남미 사상사에 관심을 두고 있다. 주요 논저로 『멕시코의 바로크와 근대성』, 『라틴아메리카의 역사와 사상』(공저), 『대통령 각하』(번역), 『아우라』(번역), 「중남미에서 나타나는 근대성의 대안으로서의 바로크적 에토스 연구」, 「중남미 묵시록적 소설에 나타나는 시간의 양상」 등이 있다.

안영희 安英姬 An, Young-hee

계명대학교 국제학연구소 연구원·계명대학교 일본학과 강사·대구대학교 강사. 동경대학교東京大學校 초역문화과학越域文化科学전공 비교문학비교문화코스에서 박사학위를 받았으며 일본 근대문학·한일 비교문학 전공이다. 일본의 사소설, 포스트모던시대의 사소설, 동아시아의 사소설과 문화 등에 관심을 두고 있다. 주요 논저로 『한일 근대소설의 문체 성립』, 『일본의 사소설』, 『韓國から見る日本の私小說(한국에서 본 일본의 사소설)』 등이 있다. 김소운상金素雲賞(동경대학교 비교문학회)과 비교문학상(한국비교문학회)을 수상하였다.

오윤선 吳侖鮮 Oh, Yoon-sun

한국교원대학교 국어교육과 교수. 고려대학교에서 박사학위를 받았으며 한국고전문학 전공이다. 고려대학교 민족문화연구원 연구조교수, 서울대학교 기초교육원 전임대우강사, 한국학중앙연구원 한국학진흥사업단 전임연구원을 역임했다. 한국고소설과 설화를 포함한 고전서사 전반, 한국고전의 영문번역, 고전문학 교육 등에 관심을 두고 있다. 주요 논저로 『한국 고소설 영역본으로의 초대』, 「구활자본 〈최장군전〉의 발굴과 그 의미」, 「근대 초기 한국설화 영역자들의 번역태도 연구 : Allen,

Griffis, Hulbert, Carpenter를 중심으로」, 「교과서 제재로서의 〈옛날 옛적에 휘어이 휘이〉 일고찰」 등이 있다.

윤혜준 尹惠浚 Yoon, Hye-joon

연세대학교 영어영문학과 교수. 버펄로 뉴욕주립대학교에서 영문학 박사학위를 취득하였으며 영국문학 전공이다. 영국 케임브리지대학교, 런던대학교에서 방문학자를 역임하였으며 근대 영국소설, 근대 영국사상사, 비교문학 등에 관심을 두고 있다. 주요 논저로『재산의 풍경 : 근대영국소설의 배경과 맥락』(2013), 『햄릿과 친구들: 바로크와 '나'의 탄생』(2013), *Metropolis and Experience: Defoe, Dickens, Joyce*(2012), 『포르노에도 텍스트가 있는가 : 비평, 논문, 단상』(2001), *Physiognomy of Capital in Charles Dickens : An Essay in Dialectical Criticism*(1998) 등이 있다.

이석호 李錫虎 Lee, Seok-ho

(사)아프리카문화연구소장과 런던 소재 Southern Voices Press의 대표로 있다. 영어권문학을 전공하였다. 한국외국어대학교에서 영문학으로 박사학위를 받은 후 University of Cape Town(남아공)으로 건너가 아프리카문학 연구로 두 번째 박사학위를 받았다. 한국과학기술원(KAIST) 대우교수를 역임하였으며, 주요 논저로『세계문학론』(공저), 『정신의 탈식민화』(번역), 『사르끼 바트만』(번역) 『아프리카여, 슬픈 열대여』(번역) 등이 있다. 『바리마』 편집위원을 맡고 있다.

이영섭 李永燮 Lee, Young-sub

중앙대학교 외국학연구소 HK연구교수. 연세대학교에서 박사학위를 받았으며 중국 학술과 문학을 전공이다. 연세대학교, 청주대학교 등에서 시간강사를 역임했다. 중국 전통 학술이 청대에서 근대로 이어지며 변용하는 모습에 관심을 두고 있다. 주요 논저로 「『中原音韻』, 曲韻書에서 韻書로 : 錢玄同의 『中原音韻』 研究의 意義」, 「章學誠『文史通義』「原學」上篇 析疑 : 淸代 乾嘉年間 學術談論에서의 '學' 槪念 硏究 1·2」, 「司馬遷의 發憤著書說 再論」 등이 있다.

이형대 李亨大, Lee, Hyung-dae

고려대학교 국어국문학과 교수. 고려대학교에서 박사학위를 받았으며 한국 고전시가 전공이다. 고려대학교 민족문화연구원의 연구교수를 역임하였으며 한국문학의 표준텍스트화 및 비서구권 문학과의 횡단적 교류에 관심을 두고 있다. 주요 논저로『한국고전 시가와 인물형상의 동아시아적 변전』, 『신라인의 마음, 신라인의 노래』, 『고산유고』(공역), 『어우야담』(공역) 등이 있다.